MARTHA GRIMES

Blinder Eifer

Buch

Es war ein kalter, grauer Februarnachmittag, und niemandem fiel auf, daß die junge Frau von ihrer Besichtigungstour in Old Sarum nicht zurückgekommen war. Erst am nächsten Morgen findet man Angela Hope – tot in einer Latrine. Alles sieht nach einem tragischen Unfall aus. Nur Inspektor Jury hat seine Zweifel. Denn kurz zuvor sind bereits zwei andere Frauen unter mysteriösen Umständen gestorben. Eine Stickerin brach in der Kathedrale von Exeter zusammen, eine ältere Dame in der Londoner Tate Gallery. Immer mehr drängt sich Jury der Verdacht auf, daß Angelas Tod kein Zufall war, sondern Teil einer ganzen Kette rätselhafter Todesfälle. Denn die Opfer hatten eines gemein: Alle waren kurz vor ihrem Tod in Santa Fe. Während die Polizei und Jurys alter Freund Melrose Plant die Nachforschungen in London weiterführen, macht sich Inspektor Jury auf in den amerikanischen Südwesten. Dort glaubt er das entscheidende Puzzlestück finden zu können, um hinter das Geheimnis der mysteriösen Todesserie zu kommen.

Autorin

Martha Grimes wurde in Pittsburgh geboren und studierte an der University of Maryland. Sie unterrichtete lange Zeit kreatives Schreiben an der Johns-Hopkins-University und lebt heute abwechselnd in Washington, D.C., und in Santa Fe, New Mexico.

Von Martha Grimes außerdem im Goldmann Verlag erschienen:

Fremde Federn. Roman (5270/43386)
Das Hotel am See. Roman (5285/43307)
Freier Eintritt. Roman (4307)
Gewagtes Spiel. Roman (44385)
Wenn die Mausefalle schließt/Der Zug war pünktlich.
Zwei Romane in einem Band (43946)

Als gebundene Ausgabe:
Die Frau im Pelzmantel. Roman (30814)

Martha Grimes

Blinder Eifer

Ein Inspektor-Jury-Roman

Aus dem Amerikanischen
von Sigrid Ruschmeier

GOLDMANN

Die Originalausgabe erschien unter dem Titel
»Rainbow's End«
bei Alfred A. Knopf, New York

Umwelthinweis:
Alle bedruckten Materialien dieses Taschenbuches
sind chlorfrei und umweltschonend.

Neuveröffentlichung August 2000

Umschlaggestaltung: Design Team München
Umschlagfoto: Photonica/Nelson
Druck: Elsnerdruck, Berlin
Krimi: 5376
JE · Herstellung: Max Widmaier
Made in Germany
ISBN 3-442-05376-5

1 3 5 7 9 10 8 6 4 2

Für Diana

ERSTER TEIL

Sonnenaufgang Salisbury

1

I

Wie die Männer zu Werke gingen, konnte er sich ja vorstellen, aber die Frauen? Da mußte Trevor lächeln, wahrhaftig. Die Latrinen waren große rechteckige Schächte, und kein dezentes Schild führte einen zu DAMEN/HERREN. Lachend lief er den Festungswall entlang und rauchte die erste Zigarette für heute. Er versuchte, sie sich einzuteilen, nicht mehr als zehn pro Tag. Ganz schön hart. Da half einem schon, wenn man Sinn für Humor hatte. Er begann wieder über die Latrinen nachzudenken. Nein, hier galt die Parole »Eine für alle, alle für eine«, egal, ob man die Hosen herunterlassen oder die Röcke hochheben mußte. Trevor machte sich einen Spaß daraus. Immer wenn er am Ausfalltor oder am Palast des Bischofs anhielt, versuchte er, sich in die Zeit der Römer zurückzuversetzen, so zu tun, als sei er einer von ihnen. Manchmal ein Palastwächter, manchmal ein Bäcker im Backhaus – er konnte sich gut in die Rollen hineindenken. Denn er betrachtete sich als Studiosus der Geschichte. Wenn die Dinge in seiner Jugend auch nur ein wenig anders verlaufen wären, wäre er zur Universität gegangen und hätte Geschichte studiert. Da wäre er vielleicht sogar berühmt geworden. Aber Schwamm drüber. Hat nicht sollen sein. Da mußte er eben für sich studieren. Hatte ja jede Menge Zeit, jetzt, wo er in Rente war und zwei Tage die Woche hier Eintrittskarten verkaufte. Darüber hinaus hatte er mehrmals pro Woche seine kleine Gruppe zur Führung. Aber nur im Sommer, wenn die vielen Touristen nach Salisbury kamen. All das konnte einen Mann schon gut auf Trab halten. Und zudem kam man aus dem Haus und der Frau nicht in die Quere. Aus dem Haus zu kommen, das war ein Segen.

Nun befand er sich über dem Palast des Bischofs Roger, so hoch, daß er den Nordwind voll abkriegte. Er zog sich den Kragen enger um den Hals und vergrub die Hände, ohnehin in Wollhandschuhen, tief in den Taschen. Es war Februar und zu dieser Stunde natürlich lausekalt. Nicht, daß er jetzt hier sein mußte, natürlich nicht. Und es stimmte, der Februar war ein grimmiger, rauher Monat. Konnte ganz schön deprimierend sein, wenn man sich zu sehr davon beeindrucken ließ.

Ein Sturm zog auf. Trevor roch den Regen, lange bevor er das Grollen hörte. Es war diese eigenartige Stunde kurz vor der Morgendämmerung. Er liebte den Anblick des ersten schmalen goldenen Saums am Horizont, der die fernen Hügel hinter Salisbury leuchten ließ wie Eishügel. Trev dachte an die Eiszeit. Vor hunderttausend Jahren bestand die Oberfläche der Erde größtenteils aus Eis. Er versuchte sich eine in Eis eingeschlossene Welt auszumalen. Er versuchte sich ein Bild von »vor einhunderttausend Jahren« zu machen. Aber sosehr er seinen alten Kopf anstrengte, er vermochte sich keine solchen Entfernungen in Raum und Zeit vorzustellen. Meine Güte, das gelang ihm ja nicht mal für die Entfernung von hier nach Salisbury.

Freddie Lake, mit dem er im Kartenkiosk arbeitete, mochte den Job nicht, er fand ihn langweilig, tagein, tagaus immer das gleiche. Nichts zu sehen als dämliche kaputte Mauern und Touristen. Aber schlußendlich brauchte man in jedem Job eine gehörige Portion Humor und Phantasie, in dem hier allemal. Das sagte er ja immer zu Freddie: Was dir fehlt, alter Junge, ist Phantasie.

Weit in der Ferne blitzte es, ein eindrucksvoller Anblick. Der Regen war immer noch ziemlich weit weg. Aber er würde kommen. Schwer, hier Entfernungen abzuschätzen. Wieder erhellte ein Lichtstrahl den Turm der Kathedrale von Salisbury. Bildschön, wenn man – wie er – einen Blick für das Kunstzeugs hatte. Wenn er sich nicht für Geschichte begeistert hätte, hätten es die schönen Künste sein müssen, dann hätte er eine künstlerische Laufbahn eingeschlagen. Ja, er wußte diese Sonnenaufgänge zu genießen, auch die Sonnenuntergänge. Nun beobachtete er, wie der goldene Streifen trügerischen Lichts milchig wurde, sich auflöste und beinahe verschwand. O doch, er wußte auch die Natur zu schätzen, schon immer.

Er drückte die Zigarette aus – hätte er doch bloß mit dem Anzünden noch ein wenig gewartet –, blies sich auf die Hände und bewegte sie wie einen Blasebalg. Die Finger würden ihm abfrieren, wenn er die Eintrittskarten ausgab. Aber heute würden eh nicht viele Touristen kommen, nicht im Februar.

Trevor langte bei einer der Latrinen an, über die er sich so amüsiert hatte. Wer weiß, was für Ausdrücke sie im Mittelalter für Aborte gehabt hatten. Es gab mehrere auf der gesamten Anlage, der hier war innerhalb der Mauer und vermutlich für die Wachen bestimmt gewesen. Da mußte er immer lachen. Plumpsklos! Er ging ein paar Meter den Hügel hinunter und kam zu dem Eisengeländer, das man um das große rechteckige Loch errichtet hatte, damit die Leute nicht hineinfielen. Oder hineinpißten. Ha, ha.

Er beugte sich über das Geländer und schaute so weit hinunter, wie er konnte. O Gott, man stelle sich vor, an einem Februarmorgen aus dem Bett zu steigen und mit nackten Füßen über die eiskalten gepflasterten Wege zu tapern, bis man zu diesem Loch kam. Trev überlegte, warum es so lange gedauert hatte, Wasserklosetts zu erfinden. So toll war die Erfindung ja nun auch wieder nicht. Man mußte nur an einer dämlichen Kette ziehen, und in der Toilette in seinem Haus sogar mehr als einmal.

Er kniff die Augen zusammen und beugte sich noch ein wenig weiter vor. Seine Augen waren auch nicht mehr das, was sie mal waren. Er konnte sich also irren.

Er irrte sich nicht: In der tiefen Dunkelheit unten auf dem Grund lag etwas. Er versuchte sich einzureden, daß es keine Leiche sein konnte, dort unten doch nicht, aber er wußte, es war eine.

Trevor fuhr so abrupt auf, daß er beinahe gestolpert wäre, rückwärts allerdings. Er fing an zu schreien und wußte gleichzeitig, es war sinnlos. Innerhalb einer Meile gab es niemanden, der ihn hätte hören können. Er drehte sich um und ging im Kreis, als ob er ein Ritual brauchte, das ihm sagte, was zu tun sei. *Na los, alter Junge, sei kein Waschlappen und benutz deinen Grips, darauf kommt's jetzt an. Klapp nicht zusammen wie ein altes Weib.* Natürlich, das Kartenhäuschen. Da war ein Telefon. Von dort konnte er im Krankenhaus anrufen, nein, bei der Polizei. Wer auch immer da unten lag, der brauchte keinen Krankenwagen mehr, dazu war's zu spät.

Er rannte los und blieb nur einmal kurz stehen, um sich mit zitternden Händen eine Zigarette in den Mund zu stecken. Diese Fluppen, die bringen mich noch mal ins Grab.

II

Trevor Hastings stand im Rampenlicht, und nach den anfänglichen Schrecksekunden wollte er es jetzt auch auskosten. Erst als Detective Chief Inspector Rush von der Kripo in Wiltshire in schwarzem Auto und schwarzem Regenmantel auftrat, wurde Trevor nervös. Der Mann zog den Regenmantel so eng um sich zusammen, daß er aussah wie ein Exhibitionist. Aber DCI Rush entblößte nichts, weder seinen Körper noch etwas in seinem Gesicht.

Und Trevor begriff erst, nachdem Rush eine Reihe schmallippiger Fragen an ihn gestellt hatte: *Er* wurde verdächtigt! Daß *er* die Leiche hier entdeckt hatte, machte ihn verdächtig! Dabei hatte er doch nur seine Bürgerpflicht getan und die Polizei gerufen. Er hätte auch einfach abhauen können. Von wegen telefonieren, er hätte sich in seinen Mini setzen und wegfahren können. Wäre er ja wohl auch, wenn er den da unten runtergeschubst hätte? Keine Frage.

Wie dem auch sei, Trevor wurde gebeten – nein, ihm wurde

befohlen –, an Ort und Stelle zu bleiben. Als wäre er ein dämlicher Hund. Platz! Der Pathologe war mit seiner Untersuchung noch nicht fertig, es hatte verdammt lange gedauert, die Leiche aus ihrem Höhlengefängnis hochzuwinden. Eine Latrine, hatte Trevor ihnen gesagt. Das hier war ein römisches Fort, das hier war Old Sarum, waren sie etwa noch nie hier gewesen? Herr im Himmel, die Geschicke des Landes lagen in Händen von Leuten, die keine Ahnung von Geschichte hatten. DCI Rush hieß ihn, »sich zur Verfügung zu halten«, solche Sprüche machten die Bullen doch, kurz bevor sie einen einbuchteten. Verdammter Mist!

Trevor begab sich in den Kartenkiosk, um sich aufzuwärmen. Sollten sie doch draußen auf dem vereisten Gras rumtrampeln und sich Frostbeulen holen. Ehrbare Bürger herumzukommandieren! An dem armseligen Haufen Knochen hätten sie doch gleich erkennen können, daß der Mensch da unten schon eine Zeitlang, möglicherweise seit Tagen, tot und nicht heute morgen über das Geländer gestoßen worden war.

Er stampfte mit den Füßen auf, damit seine Zehen warm wurden. Er war eher wütend als ängstlich. So eine Frechheit! Diese blöden Bullen waren unfähig, über ihren Tellerrand zu sehen. Wahrscheinlich lag die Leiche schon mehrere Tage dort. Ein, zwei Tage mit Leichtigkeit, denn es war ja nur eine Handvoll Besucher dagewesen. Schließlich war Februar, und die paar Touristen, die um diese Zeit überhaupt in diese Gegend kamen, schauten sich lieber Stonehenge an, mit Old Sarum hatten die nichts am Hut. Dabei fand Trevor letzteres viel interessanter. Jetzt wurde er auch noch wütend auf die Touristen. Wenn sie sich in Old Sarum statt in dem dämlichen Stonehenge herumgetrieben hätten, dann wären ihm die dummen Unterstellungen der Herren Polizisten aus Wiltshire erspart geblieben.

Trevor blies sich in die Hände. Aber wenigstens hatte er jetzt wirklich mal was zu erzählen und stand noch dazu im Mittelpunkt. Da würde die Alte aber die Segelohren spitzen, soviel war sicher! *»Äh, hab ganz vergessen, dir zu erzählen, daß ich eine Leiche in Old Sarum gefunden habe. Muß in eine Latrine gefallen sein.«* Er würde nicht mal von seinem *Daily Mirror* aufschauen, wenn er ihr das sagte. Locker vom Hocker, als tauchten in Old Sarum jeden Tag Leichen auf. Dann sähe sie sich zur Abwechslung vielleicht endlich mal verpflichtet, ihm zuzuhören.

Detective Chief Inspector Rush fühlte sich Trevor gegenüber zu nichts verpflichtet, am allerwenigsten zu einer Entschuldigung, als der Pathologe festgestellt hatte, daß die Frau seit mindestens zwölf Stunden tot war. Er erzählte es ihm draußen im Stehen vor dem Kiosk, den schwarzen Mantel immer noch eng um sich geschlungen, die Schultern eingezogen, die Augen glanzlos, dunkel. Knallhart, der Typ, dachte Trevor bei der Mitteilung des Chief Inspectors.

»Zwölf bis vierzehn Stunden, da hätte sie gestern am späten Nachmittag hiergewesen sein müssen. Falls sie eine Besucherin war. Erinnern Sie sich an sie?«

»Wie das? Hab sie ja bis jetzt noch nicht gesehen.« Für diese Retourkutsche gratulierte Trevor sich innerlich. Das Spiel konnten auch andere spielen.

Aber Chief Inspector Rush sah nicht so aus, als ob er Spielchen spielte, wie er da im grellen Licht eines Blitzes stand, der gespenstische Schatten über sein Gesicht warf. Er schien abzuwägen, ob man einem Nichtpolizisten den Anblick der Leiche zumuten konnte. »Dann kommen Sie mal mit.«

Trevor tat es leid, daß er den Mund aufgemacht hatte.

Merkwürdig, dachte er, als er mit den anderen in dem fahlen grauen Licht stand und auf den Körper der toten Frau hinunterschaute. Merkwürdig, daß sie nicht, hm, *toter* aussieht. Nach so einem Sturz! Sie lag mit dem Gesicht nach unten, so daß man nur die eine Seite sehen konnte. Wenn sie nicht die Blutergüsse auf der Wange gehabt und den Unterarm so komisch abgewinkelt hätte, hätte man meinen können, sie ... hm, sie schliefe. Trevor haßte es immer, wenn Leute eine Leiche so beschrieben. Wie zum Beispiel Mavis: *»Als ob er schlief, so natürlich sah er aus.«* Aber bei der toten Frau traf das zu. Dabei wußte er, daß in den Jeans und der Jacke nur kaputte Knochen steckten. Trevor nickte, räusperte sich und versuchte, so ruhig zu reagieren wie der Polizist. Er sagte: »Ja. Sie kam, kurz bevor es dunkel wurde.«

»Und Ihnen ist nicht aufgefallen, daß sie nicht wieder weggegangen ist?« fragte Rush.

»Warum sollte es?« knurrte Trevor. »Wir verkaufen den Leuten Eintrittskarten, wir wischen ihnen nicht den Hintern ab.«

Rushs Augenbrauen schoben sich einen Millimeter in die Höhe, aber er sagte nichts.

Trevor zeigte auf einen kurzen Pfad mit heruntergetretenem Gras, der hügelaufwärts von der Latrine wegführte. »Sehen Sie dort? Die ausgetretenen Stellen? Da kürzen die Leute gern den Weg nach oben ab. Gefährlich, kann ich Ihnen sagen. Mich überrascht immer wieder, daß nicht mehr ausrutschen und das Gleichgewicht verlieren. Ist mir selbst schon ein-, zweimal passiert.«

Rush schaute sich die Fußspuren im Gras genau an. Nach einer Weile sagte er: »Ich glaube nicht, daß es so war. Sie ist entweder hineingefallen oder -gestoßen worden.« Weiter ließ er sich nicht aus.

Ach, du Klugscheißer, dachte Trev, wie willst du das rauskriegen? Sollte mir den Atem sparen, sonst kann ich hinterher mein Porridge nicht mehr kaltpusten. Sagt Mavis jedenfalls immer. Und Trev mußte ihr ausnahmsweise recht geben. Er verschränkte die Arme fest vor der Brust. Wehe, wenn DCI Rush ihm noch eine Frage stellte!

Tat er prompt. »Können Sie sich daran erinnern, wer sonst noch hier war und zur gleichen Zeit eine Eintrittskarte gekauft hat? Oder so einen National-Trust-Ausweis?«

»Eine Mitgliedskarte des ›Freundeskreises‹, meinen Sie.« Trevor betrachtete die auf dem Bauch liegende Gestalt. »Hm, wahrscheinlich schon ein halbes Dutzend, aber so aus der Lamäng muß ich sagen, erinnere ich mich an niemand Besonderen. Vielleicht erinnert sich Freddie an etwas.« O Gott, diese Bande war ja wild entschlossen, aus der Sache ein, wie sie es nannten, Gewaltverbrechen zu machen.

Das arme Mädchen. Abgenippelt, nur weil sie einen falschen Schritt getan hatte. Das vermutete er zumindest, egal, was dieser jämmerliche Haufen hier glaubte. Man würde ja sehen. Man weiß doch nie, wann man dran ist. Wacht morgens auf, putzmunter, alles paletti, und bei Einbruch der Nacht ist man hinüber.

Nun ging die Sonne richtig auf. Er schaute zur Stadt hinab, die in der Ferne im Morgendunst lag. Von den Giebeldächern und den dicht an dicht stehenden Schornsteinen stieg Nebel auf. Die Sonne wob einen Lichtschleier um den Turm der Kathedrale, der ein paar Augenblicke lang aussah wie in Silber getaucht.

Hübsch, dachte Trev und bekam DCI Rushs Worte nur halb mit. »Entschuldigung. Was?«

»Sie war Amerikanerin.«

Trevor fand, der Bulle sagte das sehr nachdenklich. »Ja, und? Das ist in Old Sarum nichts Besonderes. Jedenfalls nicht so, als ob man einen Brontosaurus träfe. Amerikaner kommen massenhaft hierher.«

Rush überlegte noch ein wenig und sagte schließlich: »Dann wollen wir Sie nicht länger festhalten.«

Bevor Trevor antworten konnte, hatte Rush sich umgedreht und redete mit dem Arzt. Der Ärztin, bemerkte Trev nun. Eine Frau, ach, du lieber Himmel!

Nun schien die Sonne heller, umgab die Silhouette eines am Rand der Latrine stehenden Polizisten mit einem Schimmer. Als ob sie alle abwechselnd pinkeln gingen, dachte Trev. Er zog den Kragen seines Anoraks hoch und ging den Abhang hinunter. Na gut, heute würden sie wohl keine Eintrittskarten mehr verkaufen. Er mußte zugeben, er bedauerte beinahe, daß er gehen mußte, weg von dem Drama, zurück zu seinem uralten Mini, seinem Reihenhäuschen (Wohnzimmer und Küche unten, Schlafzimmer, Gästezimmer oben, die Kinder waren aus dem Haus) unter tausend anderen Reihenhäuschen und zu der schwachen Glühbirne, die Mavis immer in seine Leselampe schraubte, weil sie ja an allen Ecken und Enden sparte.

Er blieb stehen, um sich seine dritte Zigarette anzuzünden. Heute erlaubte er sich mal ein, zwei mehr als sonst, schließlich war es ein verdammt aufregender Morgen gewesen. Als er das Streichholz wegwarf und weiterging, überlegte er sich noch einmal, was er Mavis erzählen wollte. Da würde sie aber aufhorchen, wenn sie hörte, daß eine Polizeiärztin dabeigewesen war. Daß eine Dame in diese Grube stieg und dort an einer Leiche herumfummelte!

Heutzutage mischten die Frauen ja überall mit.

2

»Janet Leigh hat nie wieder geduscht.«

Diane Demorney, Exklusivlieferantin stets sehr spezieller Informationen, schob die Zigarette im Mund zurecht zum Zeichen, daß ihr jemand Feuer geben solle. Als sie sich vorbeugte, fiel ihr rabenschwarzes, akkurat geschnittenes Haar über ihre Wangen. Auf eine gierige, raubtierhafte Weise sah Diane gut aus. Sie hielt ihren Modelkörper tipptopp in Form; ihr Lippenstift war blutrot, die Fingernägel so scharf wie winzige Sicheln.

Melrose Plant und Marshall Trueblood schauten von den Namenslisten, die sie anlegten, auf, warfen erst einander und dann Diane einen Blick zu.

Melrose Plant hatte sich zwar geschworen, nie mehr auf Dianes Gesprächsthemen einzugehen, aber er wußte, wenn Trueblood nicht nachgefragt hätte, wäre er weich geworden.

»Janet Leigh?« Marshall Trueblood hob eine Augenbraue, wohlgepflegt wie der ganze Rest des Mannes. Sein Armani-Ensemble war mit einem türkisfarbenen Hemd und einer blaßgrüntürkis gestreiften Krawatte aufgepeppt. Bis hin zu der knallrosafarbenen Sobranie-Zigarette erstrahlte er in einer einzigen Farbenpracht.

Sie seufzte. Hatten sie nicht zugehört? »Janet Leigh hat nie wieder geduscht! Nur gebadet. Gibt mir wohl mal jemand Feuer?«

Trueblood gehorchte. »Die Schauspielerin Janet Leigh?«

Diane schaute ihn an, als sei er nicht recht bei Trost. »Mein Gott! Wenn Sie in einer Dusche erstochen worden wären, und sei es nur im Film, würden Sie hinfort nicht auch lieber baden?«

Was Melrose zu der Bemerkung veranlaßte: »Ich bade sowieso immer. Meine Gummiente schwimmt nicht in der Dusche.«

»Meinen Sie *Psycho*? Den Hitchcock-Film *Psycho*? Reden Sie darüber?« fragte Trueblood.

»Worüber sonst?« Sie suchte das Jack and Hammer nach Dick Scroggs samt ihrem Wodka mit dem unaussprechlichen Namen ab. Nirgendwo zu sehen. »Schmiert er draußen schon wieder mit Farbe rum?«

Dick Scroggs hatte das Jack and Hammer, ein ursprünglich cremefarben getünchtes Gebäude im Neo-Tudorstil, erst kürzlich verschönert, indem er ultramarinblaue Farbe auf die Fassade geklatscht hatte, damit sie zur Beinkleidung des »Jack« paßte, der Holzfigur, die hoch oben auf einem vorspringenden Balken thronte. Zum Glück erstreckte sich Dicks Ehrgeiz nicht auf das Innere des Pubs (vielleicht hinderte ihn aber auch nur seine Arbeitsscheu). Das Jack and Hammer dümpelte seit Jahren fröhlich vor sich hin, runde Holztische, wackelige Stühle, ein riesiger Kamin in der Saloon Bar, dem besseren Teil der Lokalität, und im Schankraum schmale Bänke an den Wänden und eine Dartscheibe. Touristen würden es lieben. Wenn sie es je zu Gesicht bekämen. Denn zum Glück für einige lag Long Piddleton abseits der ausgetretenen Touristenpfade. Wie Northampton. Ganz Northamptonshire, das ziemlich weit unten in der Hitliste der beliebten Grafschaften rangierte. Der wohlhabenden Einwohnerschaft Long Piddletons beziehungsweise der im Ruhestand Lebenden war es höchst willkommen, daß man sozusagen hinter dem Mond lag, die Geschäftsleute hätten indes nichts gegen die eine oder andere Busladung mit Touristen gehabt. Dick Scroggs hätte den Garten hinter seinem Haus sofort in einen Parkplatz verwandelt, wenn es denn notwendig gewesen wäre.

»Er ist draußen«, sagte Vivian Rivington, die neben Melrose in der runden Nische vor dem Erkerfenster saß und durch die bleiverglasten Fenster starrte, als ob Seufzer und sehnsüchtige Blicke den Frühling herbeizaubern könnten. Melrose kannte den wirklichen Grund für diese Seufzer. Sie war wieder einmal dabei, die Koffer zu packen und nach Venedig zu fahren. Herrgott, wie lange war sie nun schon mit Graf Dracula verlobt? Sechs Jahre? Sieben?

Trueblood setzte »Janet« auf seine Liste und entzündete ein Streichholz, um sich eine neue Zigarette anzustecken, diesmal eine tiefblaue. Diese Sobranie-Zigaretten rauchte er mittlerweile so lange, daß seine Finger eigentlich in allen Regenbogenfarben hätten schillern müssen, dachte Melrose. Er schaute sich Truebloods Notizen an. »Janet?« las er vor. »Soll das ein Witz sein? Nie im Leben würde sie Janet heißen.«

»Kümmern Sie sich, verdammt noch mal, um Ihre eigene Liste.« Trueblood deckte schnell die Seite mit seinen Namen zu.

»Sie würde nicht Janet heißen«, wiederholte Melrose. Er schürzte die Lippen. »Ich frage mich, wie alt diese Leute sind.«

Trueblood kritzelte weiter und sagte: »So alt wie wir.« Er schaute sich in der Runde um. »In den Vierzigern.«

»Wie bitte?« Das verbat sich Diane ja nun vehement. »Sie vielleicht alle«, tat sie ihre hochbetagten Trinkgenossen mit einer kurzen Handbewegung ab. »Ich bin in den Dreißigern, Anfang Dreißig. Melrose ist natürlich alterslos. Er verändert sich nie. Wahrscheinlich ist er mit seinem matten Goldschopf und der Brille schon zur Welt gekommen. So, jetzt wird's aber Zeit. Huhu, Dick!«

Endlich kam Dick Scroggs, stämmig und seinerseits um die Fünfzig, mit der Farbdose herein. Diane zeichnete ein Martiniglas in die Luft. Dann sagte sie: »Arbeiten Sie immer noch an Ihren Listen? Ich habe meine schon seit Ewigkeiten fertig.« Sie klopfte mit einem rotlackierten Fingernagel auf einen vor ihr auf dem Tisch liegenden Umschlag. »Letzter Abgabetermin ist morgen früh; das haben Sie selbst gesagt.«

»Stimmt. Aber ich kann mich bei dem Namen der Ehefrau nicht entscheiden.« Hingebungsvoll kaute Marshall Trueblood an seinem Bleistift und starrte Löcher in die Luft. Mit den Namen der drei Kinder war er zufrieden, nicht aber mit den Namen, die er für die Mutter dieser Mischpoke aus Chelsea ausgesucht hatte.

Diane redete weiter. »Wenn diese Familie hierherzieht, bedeutet das hoffentlich nicht, daß London Long Piddleton entdeckt hat, um Gottes willen. Bisher sind wir von solcherart Menschen verschont geblieben.«

In Anbetracht dessen, daß Diane Demorney direkt aus London nach Long Piddleton gezogen war, und zwar ohne Zwischenstopp in einer Dekompressionskammer für solcherart Menschen, unterschied sie sich von einem »Emigranten« aus London, sprich von solcherart Menschen, kaum. Worauf Melrose sie diskret hinwies.

»Machen Sie sich nicht lächerlich. Ich bin weder aus Chelsea noch vom Sloane Square, und schon gar nicht aus South Kensington. Ich habe ganz am Ende der King's Road gewohnt, praktisch in Parson's Green, was ja wohl kaum ›in‹ ist.« (Diane fand es neuerdings »in«, »out« zu sein.) »Und außerdem habe ich sowieso nicht den Nerv zum Wochenendmenschen. Angeblich wollten sie doch schon lange in Watermeadows einziehen. Wo bleiben sie?«

»Vermutlich machen sie wie die Royals einen auf Landleben«, bemerkte Trueblood.

Melrose schrieb einen Namen auf seinen Block. »Da werden sie aber enttäuscht sein. Hier in der Gegend geht das nicht.«

Vivian Rivington ließ Frühling Frühling sein und wandte sich vom Fenster ab. »Reden Sie nicht so einen Unsinn; das geht doch nirgendwo mehr.« Ihr von Natur aus rosiger Teint war ziemlich blaß, und der gräßlich artischockenfarbene Pullover war auch nicht dazu angetan, ihrer Haut oder dem kastanienbraunen Haar Farbe zu verleihen.

»Der Wochenendmensch schafft das überall. Sich aufs Land zurückzuziehen, ist eine Geisteshaltung. Mit königlichen Affären und Scheidungen oder gar mit einem bestimmten Landstrich hat das nichts zu tun«, erläuterte Trueblood.

Diane Demorney gähnte und fuhr mit einer Knoblauchzehe über den Rand ihres Glases. Dick Scroggs war endlich zur Stelle und mixte einen frischen Martini à la Demorney. Die Knoblauchzehe – existentiell notwendig für den perfekten Martini, behauptete sie – mußte sie selbst beisteuern. Das passende Glas steuerte sie auch bei. Und der Wodka war ebenfalls eine Demorneysche Trouvaille: In der Flasche befand sich Büffelgras, das heißt, es schwammen lange, fadenähnliche Dinger darin herum, die aussahen, als stammten sie vom Meeresboden. Trueblood nannte ihn Käpt'n-Nemo-Martini.

Der Wochenendmensch, den Trueblood eben beschrieben hatte, war in Wirklichkeit eine Wochenendfamilie, die angeblich den Landsitz namens »Watermeadows« zwischen Long Piddleton und Northampton gepachtet hatte. Dummerweise konnten sie dem Makler Mr. Jenks keine Informationen dazu entlocken. Dieser, ein dünnes Männlein in den Sechzigern, besaß viele Laster. Geiz, Habgier und einen durchtriebenen Charakter, der mit unverbindlicher Höflichkeit überzogen war wie ein Filet Wellington aus Knorpelfleisch mit einer leckeren Kruste. Unbeliebt hatte er sich jedoch gemacht, weil er das harmonische Ladenensemble in der High Street störte, indem er das Haus neben Trueblood's Antiques annektiert hatte. Einer Tugend konnte er sich allerdings rühmen. Wenn man es denn tugendhaft nennen wollte, keine Informationen über Klienten herauszugeben. Recht bedacht, konnte es sich auch nur um eine weitere Facette seiner Laster handeln: um Gewinnsucht und Heimlichtuerei.

Mr. Jenks hatte sich in einem Laden, an dem ein doppelseitiges Schild prangte, eingerichtet. Die eine Seite warb für sein Makler-, die andere für sein Reisebüro. Je nach Bedarf spielte er auch den Repräsentanten beider Firmen. Der janusköpfige Laden war ein schmales georgianisches Gebäude mit einem Erkerfenster, das Pendant zu Truebloods Antiquitätengeschäft. Und Marshall Trueblood war dementsprechend doppelt erbost ob der Übernahme dieser Räumlichkeiten. Er hatte nämlich selbst schon überlegt, ob er sie zwecks Geschäftserweiterung erwerben sollte. Aber er nahm es wie üblich mit Würde und Anstand und lauschte sogar mit einem beträchtlichen Maß an Geduld, wenn Mr. Jenks über drastische Einbrüche am Immobilienmarkt, sinkende Zinssätze und Hypothekenkäufe redete. Mr. Jenks war stets Leuten auf der Spur, die ihre Hypotheken nicht abtragen konnten und ihre Häuser verkaufen mußten.

Aus diesem Grund wurde das riesige Anwesen Watermeadows aber keineswegs an die Familie, über die Marshall Trueblood und Melrose Plant Listen anlegten, vermietet.

»Die Kinder heißen bestimmt Alistair und Arabella. Sie glauben, sie hätten zwei Kinder, nicht wahr, Viv-viv?« sagte Trueblood bleistiftkauend.

»Nein.« Das Kinn auf die Fäuste gestützt, hatte Vivian sich wieder zum Fenster gedreht. Auf dem Sims lag verharschter Schnee, der auch an diesem sonnigen Februartag nicht schmolz. Melrose bemerkte den reizenden Kontrast zwischen ihrem gräßlich artischockenfarbenen Twinset und einem schimmeliggrünen Rock. Bildschön, wie sie war, schien sie fest entschlossen, sich so reizlos wie möglich herzurichten.

Trueblood fuhr fort: »Er trägt bestimmt eine Regenjacke mit Kapuze und ein Sakko mit Lederflecken am Ellenbogen. Sie, blonder Kurzhaarschnitt und Tweedjackett. Sie rufen immer ›Hallöchen‹ und finden alles ›einfach hinreißend‹. Und haben natürlich zwei schokoladenbraune Neufundländer. Und einen Landrover. Den Landrover dürfen wir nicht vergessen. Oder einen Range Rover, ist ja einerlei. Die Köter sitzen hinten drin, vielleicht mit einer Tigerkatze. Die gehört Arabella. Sie hat darauf bestanden, sie mitzubringen, obwohl Mami sie lieber zu Hause bei der Köchin gelassen hätte. Sie haart so schrecklich. Sie heißt...«

Vivian drehte sich vom Fenster um. »Meine Güte, so hören Sie doch auf!« bat sie nicht böse, aber weidlich angeödet. Immerhin redeten sie seit Wochen über diese Leute.

Vivian wollte sich mal wieder nach Venedig aufmachen. Wie oft (überlegte Melrose) war sie seit ihrer Verlobung mit diesem italienischen Grafen nun schon dorthin gefahren? Wie oft war die Hochzeit – meist unter irgendeinem von Plant und Trueblood ausgeheckten Vorwand – hinausgezögert und verschoben worden? Das letztemal hatte ihr der Tod einer Giopinnoschen Tante eine kleine Atempause verschafft. Die war nun zu Ende, die Familie hatte den Verlust bemerkenswert gut verkraftet. Melrose hatte Vivian beim Tee in Ardry End auf den Kopf zugesagt, daß den Grafen Franco Giopinno zu heiraten für sie offenbar eine Art Hobby sei, dem sie, wenn sie nichts Besseres zu tun hatte, frönte wie Tennisspielen oder *Times*-Kreuzworträtselraten. Daraufhin hatte Vivian ihm ein Kressesandwich an den Kopf geworfen.

»Hm, vielleicht irre ich mich bei der Katze.« Trueblood drehte sich um und bestellte bei Dick noch ein Pint des scheußlichen Biers, das dieser zusammenbraute, um mit Trevor Sly, dem Wirt des Blue Parrot, mitzuhalten.

»Offen gestanden, bin ich froh, daß sie nur am Wochenende kommen«, sagte Diane Demorney. »Da müssen wir sie wenigstens nicht das ganze Jahr über ertragen.«

»Also ehrlich«, sagte Vivian, »Sie tun beide so, als gehöre Long Pidd Ihnen. Ja, als gehöre ganz Northants Ihnen.«

»Mir schon«, sagte Melrose und fügte leise hinzu: »Zum Kukkuck, da kommt Agatha.«

Mit den Worten: »Also, ich kann Ihnen mit Sicherheit eines über sie erzählen«, trat Lady Agatha Ardry ein, und ihre weite schwarze Pellerine wirbelte um sie herum. »Sie« waren während der letzten Tage ein so heißes Thema gewesen, daß sich eine Spezifikation erübrigte.

Marshall Trueblood richtete sich auf. »Ah! Sie haben sie gesehen?« Das fuchste ihn. Wie überaus ärgerlich, wenn Agatha die neuen Mieter von Watermeadows als erste gesehen hätte. »Wie viele? Wie sehen sie aus? Ihre Hunde? Katzen? Autos?«

Agatha brauchte geraume Zeit, sich häuslich niederzulassen und den Kragen ihres bräunlichgelben Kostüms glattzuziehen, in dem sie mit ihrer gedrungenen, fülligen Figur wie ein Heuballen aussah. Sie mußte frisch vom Friseur kommen, ihre funkelnagelneuen mausgrauen Locken waren in Form gelegt und angeklatscht, als hätte der Haarstylist sie mit Silberpolitur eingerieben. Sie bat Dick Scroggs um Bedienung und sagte dann höchst salbungsvoll: »Sie haben ein Recht auf Privatsphäre, Mr. Trueblood. Es gibt Leute, die nicht den halben Tag bei Bier und Klatsch verbringen.«

Sie haben ein Recht auf Privatsphäre, dachte Melrose, bedeutet schlicht und ergreifend, daß Agatha nichts weiß.

»Haben Sie sie gesehen?« fragte Diane.

»Nicht ... direkt.«

»Was heißt«, sagte Melrose, »indirekt auch nicht.«

Dick Scroggs schenkte Agathas queenreifem Winken keine Beachtung. Vergeblich wedelte sie mit steifer, ausgestreckter Hand hin und her. Er rollte einen Zahnstocher im Mund und las seinen *Bald Eagle*. Also schrie sie, wie es ohnehin ihre Art zu sein pflegte: »Einen kleinen Sherry!«

»Was bedeutet«, fuhr Melrose fort, als Scroggs vor Schreck sein Bier über die Zeitung kippte, »daß du sie in Wirklichkeit überhaupt nicht gesehen hast.«

Mit selbstgewichtiger Miene richtete Agatha die Falten ihrer Pellerine. »Es tut mir unendlich leid, daß ich Sie enttäuschen muß, Mr. Trueblood ...«

Nichts tat sie lieber, dachte Melrose.

»... aber Ihre Wochenendfamilie kommt nicht aus Chelsea.« Nun horchte Trueblood auf. »Sie wohnen bestimmt im Südwesten Londons. In SW 3 vielleicht oder in SW 4.«

»Oder W 1, das würde ja auch schon genügen«, sagte Melrose.

Agatha konnte vor Wonne kaum an sich halten. »Ich muß feststellen, daß ich meinen Drink immer noch nicht habe, Mr. Scroggs.« Sie schaute Richtung Tresen, wo Dick, den Zahnstocher im Mund, wieder über die Zeitung gebeugt stand. »Ignoriert mich wie üblich.«

Trueblood erbarmte sich und rief Scroggs die Bestellung zu. Der schaute prompt auf und nickte. »Woher dann? Woher kommen sie dann?«

Sobald Scroggs ihr den Sherry vorgesetzt hatte, sagte sie: »E 11.«

Trueblood schnappte nach Luft. »Aus dem gräßlichen East End? Sie machen wohl Witze.«

»Aus Whitehall oder Shoreditch«, sagte Diane und stieß eine Rauchwolke aus. »Obwohl... Shoreditch könnte E 13 sein.« Diane hatte einmal alle Postbezirksnummern auswendig gelernt, weil sie auf den Briefträger scharf war und ihm imponieren wollte.

»O Graus!« Trueblood schlug sich vor die Stirn. Dann erhellte sich sein Gesicht. »Moment mal! Das sind die Docklands! Ha, das ist ein Unterschied. Seit die luxussaniert werden, ziehen viele Leute aus Chelsea und vom Sloane Square dorthin.«

»Sie haben es für 'n Appel und 'n Ei gekriegt«, sagte Agatha. »Hat mir jedenfalls Mr. Jenks erzählt. Sie sind nicht einfach irgendwer, es sind Verwandte.«

Melrose schaute sie skeptisch an. »Mr. Jenks hat dir das erzählt? Mr. Jenks mit den festversiegelten Lippen? Daß ich nicht lache. Das hast du von Mrs. Oilings, deiner Zugehfrau, also können wir es vergessen, weil sie auch nichts weiß.«

»Ach? Ach, wirklich?« fragte Agatha und versuchte, soviel Ironie mitschwingen zu lassen wie möglich. »Dann teile ich dir hiermit mit, daß Mrs. Oilings auch bei Mr. Jenks putzt!« Triumphierend lehnte sie sich zurück. Und erkannte jäh, daß sie in der Falle saß.

Melrose lächelte. »Samstags nachmittags. Wenn niemand da ist.«

Agatha wechselte umgehend das Thema. »Ich kann Ihnen des weiteren erzählen, daß sie einen guten Tropfen zu schätzen wissen.«

»Wer nicht?« bemerkte Diane.

»Woher wissen Sie das?« fragte Vivian.

»Weil einer von ihnen reichlich Zeit –«, hier hob sie erneut die Stimme in Richtung Dick Scroggs, »– im Blue Parrot verbringt!«

Als der Name der Konkurrenz fiel, schnellte Scroggs herum. »Was soll das denn nun?« Er vergaß seine Zeitung und kam an ihren Tisch geeilt.

Entzückt, daß sie nicht nur Dick Scroggs schlechte Neuigkeiten, sondern überhaupt Neuigkeiten über die Mieter von Watermeadows mitzuteilen hatte, grinste Agatha wie ein Honigkuchenpferd.

Scroggs stemmte die Hände in die kräftigen Hüften. »Seit wann gehen Sie ins Blue Parrot?«

»Ich? Machen Sie sich nicht lächerlich, da würde ich nie im Leben hingehen. Ich habe nur zufällig gesehen, wie ihr Auto über die alte, holprige Straße dorthin geflitzt ist. Und an der liegt nur das Blue Parrot.«

»Und woher«, fragte Melrose, »wußtest du, daß das Auto aus Watermeadows ist?«

»Es kam aus ihrer Auffahrt, was dagegen?«

»Was du nicht sagst.«

»Ja. Aus der, die zur Northampton Road führt.«

»Und Sie sind hinterhergefahren«, sagte Vivian mißbilligend.

»Nein, bin ich nicht. Es war lediglich vor mir auf der Northampton Road.« Mit spitzem Mund überlegte sie, welches Detail sie als nächstes auftischen sollte. »Ich bin nämlich nach Northampton gefahren.«

»Nein, bist du nicht«, sagte Melrose. »Du fährst nie nach Northampton. Du läßt mich nach Northampton fahren, wenn du dort hinwillst. Du hast am Ende der Auffahrt auf der Lauer gelegen, um zu sehen, ob jemand herausgefahren kommt.«

»Spioniert? Da weiß ich was Besseres mit meiner Zeit anzufangen!«

Dick Scroggs sagte: »Na, ich seh schon, wie's kommt! Wer will, der kann sich bei Trevor Sly vergnügen, nur zu.« Empört stapfte er zurück zum Tresen, wo er laut mit Gläsern und Flaschen klirrte.

Melrose rief ihm zu: »Keine Sorge, Dick. Einen Schluck vom Cairo Flame, und die Flammen schlagen einem aus den Ohren. Da kann man nur noch die Flucht ergreifen. Ich hab den Geschmack von dem Zeug immer noch auf der Zunge.«

Daß Trevor Sly selbst sein Bier braute, war kaum ein Trost für Dick Scroggs, denn genau das tat er auch seit einiger Zeit, allerdings mit mäßigem Erfolg. Er zerbrach ein Glas und fluchte.

Vivian seufzte und blieb mit dem Blick an einem halben Dutzend weißer Umschläge hängen. Sie nahm einen. »R. JURY« stand darauf. Beim Anblick von Jurys Namen schüttelte sie den Kopf und ließ den Umschlag wieder fallen. »Jetzt ziehen Sie ihn auch noch in diese Sache rein. Nur damit er am Ende auch verblödet.«

Trueblood zog die Stirn kraus. »Ach, er hat auf seine Liste ja kaum einen Gedanken verschwendet. Haben Sie das nicht bemerkt? Er stand einfach da und kritzelte sie voll, ohne auch nur im entferntesten nachzudenken.«

Mehr zum Flügelfenster als zum Tisch sagte Vivian quengelig: »Warum fährt er eigentlich dauernd nach Stratford-upon-Avon? Er war doch gerade erst da.«

»Freunde«, sagte Melrose. Die Tatsache, daß es eine Freund*in* war, erwähnte er nicht. Melrose hatte die Beziehung zwischen Vivian und seinem Freund Jury nie recht begriffen. Als Jury das erstemal in Long Piddleton gewesen war, mußte irgend etwas vorgefallen sein (argwöhnte er). Nun wurde er quengelig.

Trueblood spann seine eigenen Gedanken fort. »Er hat nicht mehr als zwei, drei Minuten damit verbracht.«

»Er war in Eile«, sagte Melrose, strich »Fiona« aus und ersetzte es durch »Polly«. Das war ein guter Name, der nach Chelsea klang. »Er wollte nach Exeter.«

»Nach Exeter? Ich dachte, nach Stratford«, sagte Vivian.

»Danach nach Exeter.«

Leicht beunruhigt sagte Trueblood: »Sie meinen doch nicht, daß er es am Ende weiß? Schließlich ist er ja von Scotland Yard. Da wäre es kein Kunststück, in Jenks' Büro zu marschieren und Einsicht in die Unterlagen zu verlangen.«

»Quatsch«, sagte Plant. »Jury würde nicht betrügen.«

Aber Trueblood bedachte den mit R. JURY gekennzeichneten Umschlag mit einem bänglichen Blick.

»Für läppische sechzig Pfund lohnt sich die Mühe doch kaum«, sagte Diane. Zehn Pfund betrug der Wetteinsatz. Sechs hatten eingezahlt. »Und wenn Sie das nächstemal nach Northampton düsen, sagen Sie mir bitte Bescheid, Agatha, ja? Dort gibt es einen Laden, aus dem Sie mir Büffelgraswodka mitbringen können.«

Agatha würde ihr eher einen Büffel mitbringen, dachte Melrose. Agatha verabscheute Diane Demorney.

»Sie haben uns aber noch gar nicht erzählt, altes Haus«, sagte Trueblood mit gezücktem Bleistift, »was es für ein Auto war.«

»Darauf habe ich nicht geachtet.«

»Hm, hm«, sagte Trueblood und legte schnell die Hand auf Agathas Umschlag, weil sie danach langte. »Finger weg!«

Diane Demorney hatte offenbar nachgedacht, eine Aufgabe, der sie sich nicht oft unterzog. »Exeter. Geht es um die Sache in der Kathedrale? Weswegen er den Anruf bekommen hat?«

»Genau«, sagte Melrose und legte sein zusammengefaltetes Blatt in einen Umschlag.

»Das ist das Stendhal-Syndrom«, sagte Diane und blickte der lavendelfarbenen Rauchwolke hinterher, die aus ihrer Zigarette aufstieg. »Sie wissen schon. Ich habe Ihnen doch erzählt, daß Stendhal in Ohnmacht fiel, wenn er große Kunst betrachtete.«

»Stendhal«, sagte Melrose und strich die Lasche des Umschlags glatt, »hat nie wieder geduscht.«

3

Warum er geglaubt hatte, Elsie sei in der kurzen Zeit seit ihrem letzten Treffen gewachsen, wußte Richard Jury auch nicht. Vielleicht deshalb, weil sie ein kleines Mädchen war und Kinder wie durch Zauberei wachsen, wie Märchenwesen, heute so klein wie eine Erbse, morgen so groß wie eine der griechischen Statuen im Garten.

»Hallo, Elsie. Kennst du mich noch?«

»O ja!« rief sie begeistert. »Sie waren doch von Scotland Yard! Sind Sie immer noch dort?«

Als sei »Scotland Yard« eine Sommeradresse, die am Ende der Saison ungültig wurde. »Ob ich immer noch dort arbeite? Aber natürlich. Richard Jury, Superintendent, Scotland Yard.«

Offensichtlich beeindruckt, lächelte Elsie zu ihm hinauf. Sie trug ihre große weiße Schürze so ungeschickt um sich gewickelt, daß der Saum an manchen Stellen fast den Boden berührte. Aus der Küche kamen die köstlichsten, pikantesten Gerüche, es duftete nach Zwiebeln, Wein und Kräutern, die Jury nicht identifizieren konnte.

Elsie hielt die Tür weit offen. Selbstverständlich erinnerte sie sich, was für ein feines (unfreiwilliges) Publikum er bei seinem letzten Besuch abgegeben hatte und heute ja vielleicht wieder abgeben würde. »Du bist sicher sehr beschäftigt. Komme ich ungelegen?« fragte er ganz ernsthaft.

Auf dieses Stichwort hin dämpfte Elsie ihre Begeisterung mit einem Seufzen. »Ach, das geht schon in Ordnung. Ich rühre nur gerade die Sauce. Für den Kockowin. Kommen Sie herein und nehmen Sie Platz.«

Als Jury sich in einem Sessel niedergelassen hatte, versuchte er, den Kockowin dingfest zu machen. Erfolglos. War es ein neumodisches Gemüse? Wie Radicchio? Er schaute auf den kleinen Garten hinaus, der Regen tropfte von den Blättern, und dachte daran, daß er unwillkürlich auf den Vergleich mit griechischen Statuen gekommen war, weil Jenny einmal in einem riesigen Haus mit Säulengängen gewohnt hatte, in dessen Hof eine Statue (aber keine griechische) gestanden hatte. Deren Bild schmuggelte sich immer in seine Gedanken, wenn er bei ihr war, dazu bedurfte es nicht einmal Jennys Gegenwart.

Elsie strich ihre Schürze glatt und teilte ihm mit, daß Lady Kennington »in der Kneipe« sei. Wie eine eher gelangweilte junge Hausdame zog sie sich eine Illustrierte vom Couchtisch und blätterte sie beiläufig durch. Elsie war zehn und sah auch wie zehn aus, wollte sich aber gern unbekümmert und blasiert geben, wie in feineren Kreisen üblich. Der Eindruck wurde nur insofern getrübt, als es sich bei der Illustrierten, die sie nun beiseite warf, weder um *Majesty* noch um *Country Life*, sondern um *Chips and Whizzer* handelte. Sie sprang auf und verkündete besorgt, sie habe vergessen, den Schattenschild zu kühlen.

Jury blieb es überlassen, das in seinem Herzen zu bewegen, aber er kam zu keinem endgültigen Schluß, bis sie zurück war. »Du hast *was* gekühlt?« Neugierig neigte er den Kopf zur Seite.

»Den Wein. Zum Essen. Ich sollte ihn in den Kühler tun. Es ist ein sehr gutes Jahr für Schattenschild.« Lässig nahm sie *Chips and Whizzer* wieder zur Hand. »Lady Kennington hat gerade ein Pub gekauft. Das wissen Sie sicher schon.«

Jury hatte eher den Eindruck, als wisse Elsie ganz genau, daß dem nicht so war, und weise ihn diskret darauf hin, daß nicht jeder Lady Kenningtons Vertrauen besaß. »Nein, um ehrlich zu sein, das wußte ich nicht. Ich erinnere mich aber vage, daß sie erwähnt hat, sie wolle ein Restaurant eröffnen. Wo ist die Kneipe?«

»Ein wenig außerhalb der Stadt.«

»Wie heißt sie? Vielleicht habe ich sie gesehen.«

Elsie zog eine Schnute und schaute zur Zimmerdecke. »Sie wird wahrscheinlich den Namen ändern.«

Klartext: Elsie konnte sich nicht erinnern, wie die Lokalität hieß.

»Arbeitest du dann auch da?«

»Ja. Wahrscheinlich serviere ich den Tee.«

»Tee? In einer Kneipe?«

»Also, es soll ein bißchen von allem sein«, sagte Elsie und breitete die Arme aus, um »alles« zu umreißen. »Ein Restaurant und eine Teestube und ein Pub und vielleicht noch ein kleiner Buchladen.«

»Das sind ja ganz schön hochfliegende Pläne.«

»Es gibt auch viele Räume.« Sie dachte eine Weile nach. »Vielleicht auch einen Geschenkeladen.« Sie dachte noch eine Weile nach. »Und eine Disco. Das ist meine Idee.« Bei diesen Worten schaute sie Jury an, um nicht zu verpassen, wie er auf diese wahnsinnige unternehmerische Großtat reagierte, die Lady Kennington und selbstredend sie, Elsie, in Angriff nahmen.

»Herr im Himmel, Elsie, dann hast du aber alle Hände voll zu tun.« Das Gasthausabenteuer schien mit Elsies Phantasie außer Kontrolle zu geraten. Jetzt fehlte bloß noch ein Theaterrestaurant für die Royal Shakespeare Company. »Hm, wenn Lady Kennington sich um all das zu kümmern versucht, kommt sie aber bestimmt nicht vor ein, zwei Jahren zurück.« Jury schickte sich zum Gehen an.

»Oh, so lang bleibt sie nicht. Kann sie auch gar nicht, weil sie einen Anruf von Herrn ... von jemandem erwartet.«

In dem Bemühen, sich an den Namen zu erinnern, verzog sie das Gesicht – ohne Erfolg, nach den tiefen Falten zu urteilen. »Einerlei, er gibt ihr Geld, damit sie das Restaurant kaufen kann. Sie hat ihn auch schon in Lincolnshire besucht. Er ist reich.«

Jury sank das Herz eine Etage tiefer. Was Elsie kaltließ, sie fuhr munter fort, schlechte Neuigkeiten aufzutischen. »Er gibt ihr haufenweise Geld, damit sie das Pub kaufen kann, und dann noch mehr, damit sie es betreiben kann.« Demonstrativ schaute sie auf ihre runde Uhr. Jury glaubte, die schwarzen Ohren einer Mickymaus zu erspähen. »Ich weiß gar nicht, warum sie noch nicht zurück ist ...«

Plötzlich war Jury müde. Er stand auf, doch Elsie wollte ihn nicht gehen lassen und sagte ganz geknickt: »Aber ich wette, sie möchte Sie sehen.«

Er lächelte. »Sag ihr, daß ich kurz hier war. Sag ihr, ich rufe sie an.«

Vor Jahren war er genauso enttäuscht den gleichen Weg gegangen. Er hatte Jenny Kenningtons Haus verlassen, nachdem sie, auf Umzugskisten sitzend, zusammen eine Zigarette geraucht hatten. Sie hatte eine große Reise angetreten. Und er hatte hier am Ufer des Avon zwischen dem Theater und der Kirche, wo Shakespeare begraben war, einen Spaziergang gemacht. Damals war es dunkel gewesen. Jetzt war später Nachmittag, das Licht verlieh allem einen matten Glanz. Die Farben waren so gedämpft und blaß, daß sie beinahe transparent schienen, der Himmel schimmerte wie ein Opal, der Avon schwebte dahin wie Rauch. Dann brach die Sonne durch die Wolken, und wie auf ein Signal hin paddelten die Enten zum Ufer, wo Jury stand, und warteten dort auf Futter. Weiter draußen im Fluß glitt ein Schwan über das sonnenbeschienene Wasser wie durch Unmengen Pailletten.

Während er den Schwan beobachtete, dachte er darüber nach, wie er beinahe in Versuchung geraten wäre, Elsie Informationen über diesen Herrn Jemand zu entlocken. (»Sind die beiden sehr gut befreundet?«) Aus Angst, etwas zu erfahren, was er gar nicht wissen wollte, hatte er widerstanden. (»O ja, wirklich, sehr eng.«) Dann hätte er vielleicht Elsies Phantasie ertragen und zusehen müssen, wie dieser Bursche reich, schön, smart und ein Connaisseur von Kockowin und Schattenschildern aus dem Verborgenen trat. Er seufzte und schalt sich für seine Blödheit.

Er kannte Jenny Kennington als sehr ernsten Menschen, sie hatte nichts Falsches, Glattes oder Berechnendes. Wenn der Mann wichtig für sie war, hätte sie ihn erwähnt. Gewiß. Und genauso gewiß hätte Jury ihr sagen müssen, daß er vorbeikommen würde.

Ein Sonnenstrahl traf den Fluß wie ein Streich. Dieses archaische Wort schien angemessen zu beschreiben, was er sah: den gewaltigen Hieb eines Schwerts auf eine Rüstung. Das Licht war so stark, daß es den Schwan in glühendes Weiß tauchte. Er beobachtete ihn auf dem feurigen Wasser und dachte an ein altes Gedicht über ein junges Mädchen, das über einen Jahrmarkt ging. Der Erzähler beobachtet, wie sie umherläuft und sich auf den Heimweg begibt:

> . . . ein Stern erwacht,
> Und der Schwan gleitet über den See
> durch den Abend

Ohne zu wissen, warum, fand Jury es unsagbar traurig.

Er nahm ein Foto aus der Brieftasche. Es zeigte ein Mädchen von elf oder zwölf. Es hieß Jip und wohnte bei einer Tante in Baltimore. Wie hieß sie wirklich? Nicht nur mit Familiennamen, sondern auch mit Vornamen. Er wußte nur: »Jip«.

Wie eine einzelne Zeile in einem Gedicht war sie ein Mädchen ohne Kontext. Auf dem Foto stand sie einfach da, lächelte nicht, sondern blinzelte in das Licht, das sie und alles um sie herum in tiefe Schatten tauchte. Ein Schattenkind.

4

Mehr noch als Sergeant Wiggins lechzte er nach Tee.

Jury setzte sich in dem kleinen Restaurant direkt gegenüber der Kathedrale von Exeter an einen Tisch am Fenster, wo er seinen Tee trinken, ein Chelsea Bun verdrücken und den Platz vor der Kathedrale überblicken konnte. Kinder mit blauen Uniformen, vermutlich aus der zur Kirche gehörenden Schule, liefen auf dem Bürgersteig vor der Kathedrale hintereinanderher. Alle trugen marineblaue Blazer, weiße Hemden, Krawatten. Ein paar Dutzend Kinder unterschiedlicher Größe und unterschiedlichen Alters.

Sooft Jury diesen Anblick auch sah, er war jedesmal gerührt.

Sie rannten, hopsten, drehten sich, das lange Haar einiger Mädchen flatterte im Wind, und sie lachten, als sie den Platz überquerten. Hören konnte er nichts. In seinem Job verbot sich allzuviel Gefühligkeit, aber er konnte nicht anders, er sah sich selbst in dieser Horde von Kindern mit ihren ganz verschiedenen Persönlichkeiten, und als er beobachtete, wie sie in Zweierreihen durch die Anlage um die Kirche marschierten, konnte er eine aufkommende Wehmut nicht unterdrücken.

Er hatte keine solchen Erlebnisse in seiner Kindheit gehabt. Das wäre sicher anders gewesen, wenn seine Eltern den Krieg überlebt hätten. Sein Vater war als Luftwaffenoffizier auf Feindflug über München abgeschossen worden. In der kurzen Zeit danach, als seine Mutter noch lebte, war Jury noch nicht im schulpflichtigen Alter gewesen.

Trotzdem hatte er dagesessen und die Kinder in den dunkelgrünen Uniformen an den Mietshäusern vorbei durch die Fulham Road marschieren sehen. Es hatte so etwas Gemeinschaftliches, Kameradschaftliches, und sie waren ihm um Jahre älter vorgekommen.

Er hatte immer auf den unteren Stufen vor der Wohnung gesessen, wo er ganz allein mit seiner Mutter gelebt hatte. Seine Mutter hatte drinnen genäht.

Sie hatte sehr viel genäht und es geschafft, damit ihren Lebensunterhalt zu verdienen. Er hörte immer noch die Kommentare ihrer »Damen«, wenn sie die Treppe hinuntertrippelten. Sie mußte wirklich eine sehr gute Schneiderin gewesen sein. Einige ihrer Kundinnen waren reich, die meisten so korpulent, daß sie auf geschickt drapierte, weit fallende dunkle Stoffe und einen guten Schnitt angewiesen waren. Seine Mutter mochte Schwarz sehr gern, auch für sich selbst, obwohl sie schlank und jung und hübsch war. Sie trug immer ein Armband aus Stecknadeln, ein kleines, weiches Kissen, aus dem die Nadeln hervorstaken und das an einem Band ums Handgelenk befestigt war. Er hatte immer an den Rücken eines Stachelschweins denken müssen.

Morgens hatte er auf den Stufen gehockt und seinen Toast gegessen, nachmittags Zitronensaft getrunken und beobachtet, wie die Schulkinder auf dem Weg zur Boswell-Schule oben an der Ecke vorbeitrotteten. Die Welt der Boswell-Schule kam ihm wie verzaubert vor, die Schüler schienen einen magischen Zirkel zu bilden, in den er nicht eindringen durfte, weil er keine dieser Uniformen hatte.

»Mum, wann darf ich in die Schule? Sag schon, Mum«, hatte er gedrängt, als verwehre ihm die Sturheit seiner Mutter und nicht das Erziehungssystem den Eintritt in den magischen Zirkel.

Dann gab es wieder einmal große Ferien, und danach defilierten sie wieder in den dunkelgrünen Uniformen vorbei. Als Sechsjährigem erschienen ihm die Wochen zwischen den Ferien wie Jahre, und er konnte einfach nicht glauben, daß es immer noch nicht Zeit für ihn wurde, zur Schule zu gehen, nicht einmal, wenn die nächsten Ferien vorüber waren. Die Zeit dehnte sich in die Länge wie die selbstgemachten Karamelbonbons, die seine Mutter um den Türknauf schlang, damit er sie langziehen konnte. Danach schnitt sie sie in Stücke. Sie wurden zwar ganz dünn und schmal, rissen aber nie durch, sondern wurden immer länger. Wie die Zeit. Zwischen Pfingsten und irgendwann im Juli dachte er, nun müsse er doch um Jahre älter und viele Zentimeter gewachsen sein.

»Mum, wann kann ich? Mum, bitte!«

Daß er den Tag dort auf der Treppe absitzen mußte (so schien es ihm jedenfalls), war besonders schmerzlich, weil er sah, wie seine Herzallerliebste Elicia Deauville aus der Nachbarwohnung mit siebeneinhalb in ihrer neuen jägergrünen Uniform bei der Prozession mitmachen durfte. Wenn Elicia die Treppe hinunterstolperte und an ihm vorbeiflitzte, warf sie ihr langes, dichtes Haar beinahe verächtlich zurück. Aber sie lächelte auch ein wenig, als falle selbst ihr es schwer, die Haltung zu wahren, die die grüne Uniform zu verlangen schien.

Später sammelte er die Stecknadelstacheln von dem ausgebleichten Perser, auf dem seine Mutter vor der Schneiderpuppe kniete, um einen Saum abzustecken. Während er die Stecknadeln in das Stachelschweinarmband pikste, kam ihm eine schlaue Idee (fand er): Seine Mutter sollte ihm eine Schuluniform nähen!

Und in der Uniform konnte er sich vielleicht heimlich in die Prozession schmuggeln, unter die Kinder mischen, und keiner würde es merken.

»Mach mir eine Uniform, Mum!«

Da ergab sich aber ein Problem (sagte seine Mutter). Was, wenn der Rektor ihn fragte, wieviel zwölf mal zweiundachtzig war? Was würde er dann sagen?

Darauf wußte er keine Antwort.

Oder wenn er ihn fragte, wie man »Agape« schrieb.

Das Wort hatte er noch nie gehört, und noch weniger wußte er, wie man es schrieb. Er konnte ja sowieso kaum schreiben.

»Was ist ›Agape‹, Mum?«

Seine Mutter ließ von dem Saum ab und küßte ihn flüchtig auf die Wange. »Wahre Liebe, mein Junge, das ist es.«

Nur kurze Zeit danach war spätabends die Bombe gefallen. Decke und Wände waren zusammengekracht und hatten seine Mutter unter Schutt und Balken begraben.

Am anderen Ende des Platzes der Kathedrale verschwand nun die letzte blaue Uniform um die Ecke, das heißt die vorletzte. Ein Mädchen rannte mit wehenden Haaren, so schnell sie konnte, um die anderen einzuholen. Für Jury, der schrecklich übermüdet war, sah sie genauso aus wie Elicia Deauville.

»Los, Mum!«

»Wünschen Sie noch einen Tee, Sir?«

Jury blinzelte mehrere Male, blinzelte die Realität herbei und sah in das Gesicht der jungen Kellnerin. »Wie bitte? Oh. Nein danke, ich wollte gerade gehen. Wenn Sie mir die Rechnung geben würden...« Seine Stimme erstarb, als sei er unsicher, ob seine Bitte auch angemessen sei.

Sie schrieb etwas auf ihr Blöckchen, riß das Blatt ab und lächelte ihn an.

Jury verließ die Teestube.

In England gab es vierundsechzig selbstverwaltete Städte, was bedeutete: Es gab auch vierundsechzig Kathedralen. Trotzdem konnte er weniger als ein halbes Dutzend mit Namen nennen – Exeter, Ely, Salisbury, Lincoln. Nun stand er im Hauptschiff der Kathedrale von Exeter, schaute zum Fenstergeschoß hoch, dem kunstvollen Gewölbe, der fein gestalteten Decke und fragte sich, ob wohl eine der dreiundsechzig anderen Kathedralen noch weiträumiger und massiver sein könne.

Weil er viel zu früh da war, beschloß er, die Zeit zu einer Besichtigung der liturgischen Kissen zu nutzen. Diese bestickten runden Kissen waren über das ganze Hauptschiff verteilt. Jury entrichtete sein Pfund für den Kassettenrecorder, um ein wenig über ihre Entstehung zu erfahren. Als er sich über ein Kissen beugte, das den großen Brand von London sehr anschaulich darstellte, las er überrascht die eingestickten Worte, »durch Funkenflug aus dem Ofen einer Bäckerei«. Staunend betrachtete er die kunstvolle Handarbeit ...

»Auch schon da, Jury.«

Beim Klang dieser Stimme ließ er fast den kleinen Kassettenrecorder fallen. Er drehte sich um und sah Brian Macalvie, die Hände in den Hosentaschen, den Regenmantel offen. Mehrere auf Stühlen sitzende oder demütig betende Besucher schauten zu ihm hoch. Irgend etwas an Macalvie zog immer alle Blicke auf sich.

Auch den Blick Gottes (nahm Jury an), denn nun drang ein Sonnenstrahl durch die Fensterrosette hinter ihnen wie einzig und allein zu dem Zweck, einen Heiligenschein um Macalvies kupferrotes Haar zu zaubern. Dabei hatte Macalvie eine solche Zierde gar nicht nötig. »Tut mir leid, Macalvie. Ich mußte auf dem Weg hierher einen kurzen Halt einlegen. Man braucht zwischendurch auch mal ein bißchen Zeit für sich selbst.«

Macalvie blätterte schon in einem Spiralnotizbuch. »Das kann ja nicht lange gedauert haben.« Er ging die Seiten durch. »Die Leiche wurde fast genau an der Stelle gefunden, wo Sie stehen, wußten Sie das?«

»Nur Sie sind mit dem Zweiten Gesicht gesegnet, Macalvie. Nein, ich wußte es nicht.«

»Die Frau, Helen Hawes – ihre Freunde nannten sie Nell –, war zweiundsiebzig. Zunächst schien es nur, als habe sie Schmerzen, dann kippte sie vornüber. Ganz plötzlich. Nach Zeugenaussagen war ihr sehr übel geworden, sie würgte, schlang die Arme um ihren Bauch und dann . . .« Macalvie zuckte die Achseln. »Das war vor einer Woche, Ende Januar, als Sie sich in den Staaten rumgetrieben haben.«

»Danke.«

»Waren kaum Leute da, es war kurz, bevor sie zumachen, viele Touristen gibt es zu dieser Jahreszeit eh nicht.«

Macalvie überflog die Notizen in seinem Buch. Jury wußte, er las sie nicht ab, sondern erzählte alles auswendig. Die Informationen hatte er im Kopf. Jetzt suchte er offenbar etwas anderes.

»Nell Hawes wohnte in Exeter, eine ganz normale ältere, angeblich ruhige und sehr freundliche Frau, lebte allein und war, wie ich Ihnen schon am Telefon gesagt habe, eine der Tapisseristinnen, die diese liturgischen Kissen besticken«, fuhr er fort.

»Wir haben uns seit zwei Jahren nicht gesehen, Macalvie. Wollen Sie mir nicht guten Tag sagen?«

»Guten Tag. Nell Hawes' Freundinnen haben ausgesagt, daß sie ihres Wissens nicht krank war. Sie meinten, sie habe nur ein paar Probleme mit dem Herzen gehabt. Nichts Ernstes. Ansonsten war sie für eine Frau ihres Alters kerngesund.«

»Um so mehr Grund zu glauben, daß sie eines natürlichen Todes gestorben ist. Was ganz bestimmt der Fall ist«, bemerkte Jury kühl.

Macalvie überging es. »Ungefähr ein halbes Dutzend Kirchenbesucher lief hier im Hauptschiff herum und betrachtete die Kissen mit diesen Kopfhörern.« Er bedachte Jurys Kopfhörer mit einem schrägen Blick. »Und als die Frau umfiel, dachten sie, sie sei ohnmächtig geworden. Die Zeugen ...« Nun agierte sein Finger als Lesezeichen, denn er hatte in dem kleinen Notizbuch gefunden, was er suchte. »... haben alle dasselbe ausgesagt. Nämlich nichts. Niemand hat etwas gesehen, niemand hat sie bemerkt, bis sie hier vor den Kissen zu Boden gefallen ist.« Mit seiner freien Hand stopfte er sich einen Kaugummi in den Mund und fuhr fort: »Nell Hawes wohnte in einem eigenen kleinen Cottage drüben in Lucky Lane. In der Nähe des Flusses. Hatte bis auf ein paar Cousinen und Cousins oben im Lake District außerhalb Devons keine Freunde oder Angehörigen. Ihr Adreßbuch sieht ziemlich neu aus, es enthält ein paar Telefonnummern in New Mexico, und damit hat sich's.« Er las aus dem Notizbuch vor: »Silver Heron, Canyon Road, Santa Fe. Und dann wird noch ein ›Coyote Village‹ erwähnt, woraus ich aber nicht schlau werde. Einerlei, es scheint, als habe Nell Hawes im November eine Reise dorthin gemacht. Ihre Kolleginnen haben gesagt, sie hätte alle zwei oder drei Jahre eine Reise unternommen. Normalerweise im Winter. Wenn es nicht soviel Touristen gibt.«

»Haben Sie jemanden unter der Adresse kontaktiert?«

»Jawohl. Das heißt, ich hab's versucht. Keiner da. Nach Aussagen unserer amerikanischen Kollegen, die die Adresse überprüft haben, ist die Besitzerin des Ladens nicht da. Vielleicht sogar ins Ausland verreist, meinten sie. Kommen Sie mit.« Macalvie begab sich durch das Hauptschiff zu einem langen Tisch, an dem sich drei Frauen, die alle graues Haar hatten und sich sehr ähnlich sahen, über Stickrahmen beugten. Sie fertigten Meßgewänder, Kaseln, Manipel und Stolen an, erzählte Macalvie, und gehörten zu einer Vereinigung von Stickerinnen, die zusammen an den liturgischen Kissen arbeiteten. Sie schienen sich schon mit Macalvie angefreundet zu haben (wenn nötig, verstand er es durchaus, sich einzuschmeicheln), denn sie nickten lächelnd, als er ihnen Jury vorstellte.

»Schauen Sie, wie kunstvoll«, sagt Macalvie und beugte sich über die Stickerei. »Bestimmt ein Dutzend verschiedener Stiche.« Er nahm einen Strang bunter Fäden und ließ ihn durch die Finger gleiten. »Versuchen Sie mal, die Farben einzeln zu betrachten, es klappt nicht. Das ist der Regenbogenmechanismus.«

»Zwei Dutzend«, sagte eine der Frauen, deren klare Gesichter unter Polizeieinfluß noch mehr leuchteten.

Sie verließen den Tisch, und Jury fragte ungeduldig: »Haben Sie mir nicht erzählt, der Gerichtsmediziner führe den Tod der Frau auf Herzinfarkt zurück?«

»Wie ein Herzinfarkt kann manches aussehen.«

»Einschließlich eines Herzinfarkts.« Jury schüttelte den Kopf. »Macalvie, worauf wollen Sie hinaus?«

Anstatt zu antworten, sagte Macalvie: »Die Polizei in Wiltshire arbeitet an einem merkwürdigen Fall. Haben Sie es gelesen? In Old Sarum wurde die Leiche einer Frau gefunden.«

»Nein, ich habe noch keine Zeitung angeschaut.« Was gelogen war. Jury hatte mehrere in den Händen gehabt, sich aber nicht darauf konzentrieren können. Jenny Kenningtons Gesicht schwebte immer vor den Buchstaben. »Old Sarum? Das ist die römische Hügelfestung, sozusagen das ursprüngliche Salisbury. Merkwürdig, daß sie dort gefunden wurde.«

»Freut mich, daß Sie der Meinung sind.«

»Was ist passiert?«

»Herzinfarkt.« Macalvie warf ihm einen schneidenden Blick zu. »Klingt vertraut?«

Jury schaute hoch zum Deckengewölbe. »Und wie! Wie viele Fälle mit Todesursache Koronarverschluß oder ähnlichem Herzversagen hatten wir allein im letzten Monat?«

Macalvie sagte: »Sehr witzig. Die Frau war aus Santa Fe. New Mexico, falls Sie es vergessen haben.«

Das gab Jury zu denken. Trotzdem ... »Zufall.«

»Ach, ich bitte Sie!« schnaubte Macalvie. »Ich war gestern in Salisbury –«

»Das ist Wiltshire, Macalvie. Nicht Ihr Revier.«

»Das hat mir DCI Rush zur Genüge klargemacht. Nicht gerade mein größter Fan. Mochte mich schon damals nicht, als er hier Detective Sergeant war.«

Jury schwieg.

Macalvie nahm alles sehr genau, gelinde ausgedrückt. Während der zehn Jahre, die Jury ihn nun schon kannte, hatte er sich mit Gerichtsmedizinern, Spurensicherungs- und Fingerabdruckexperten, ja sogar mit einem forensischen Anthropologen angelegt. Normalerweise gewann Macalvie. Er gewann nicht nur, weil er klug, sondern weil er mit Leib und Seele bei der Sache war. Obwohl er als Divisional Commander einen in etwa gleichen Rang wie Jury als Superintendent bekleidete, war er sich für nichts zu schade. Jury hatte schon erlebt, wie er Raser auf der A 24 gejagt und ihnen Strafzettel verpaßt hatte.

»Deshalb habe ich über die Dame nichts aus ihm herausbekommen«, fuhr Macalvie fort. »Ich weiß nur, was in den Zeitungen steht. Darüber hinaus habe ich noch gehört, daß eine Familienangehörige, ich glaube, eine Cousine, vorgestern hierhergeflogen ist, um die Leiche zu identifizieren. Ich fahre heute nachmittag wieder hin. Nach Old Sarum.« Durch die Fensterrosette fiel Sonnenlicht, zauberte gebrochene Farbmuster auf den Boden und verwandelte Macalvies kupferfarbenes Haar in Flammenzungen. »Also, Jury. Was meinen Sie? Los geht's?«

»Nach Wiltshire? Ich –«

Ungeduldig schnitt Macalvie ihm das Wort ab. »Nach Santa Fe, Menschenskind.«

Jury starrte ihn nur an.

»Irgend jemand muß hin. Und ich kann nicht. Zu viele Fälle am Hals.«

»Die könnten Sie drastisch reduzieren, wenn Sie sich aus New Mexico raushielten und Ihre Arbeit auf Devon und Cornwall beschränkten. Nein, ich fliege nicht nach Santa Fe.«

Macalvie sagte nichts, sondern betrachtete schweigend das Kissen, das die Ermordung Thomas Beckets darstellte. Aus unerfindlichen Gründen hatte Jury das Gefühl, er müsse sich rechtfertigen. »Es ist reiner Zufall, Macalvie. Sie haben nichts als eine Adresse in Mrs. Hawes' Buch und die Information, daß die andere Frau Amerikanerin ist und vermutlich zufällig in Santa Fe lebt. Glauben Sie im Ernst, daß sie ermordet wurde? Von den Druiden womöglich?«

»Los, gehen wir.«

Jury schüttelte zwar abwehrend den Kopf, folgte ihm aber durch das Kirchenschiff.

Er wußte schon, das war alles gar nicht nach seinem Geschmack.

5

Macalvie fuhr auf den kleinen Parkplatz jenseits der schmalen Holzbrücke, die zum Innenhof der mittelalterlichen Burg von Old Sarum führte. Vier Wagen der Polizei von Wiltshire standen bereits da.

»Old Sarum. In der Eisenzeit eine Hügelfestung«, sagte Macalvie, als sie die Burggrabenbrücke überquerten. »Und ja, das ursprüngliche Salisbury. Kaum zu glauben.«

»Läßt einen ganz bescheiden werden, was?«

»Sie vielleicht.« Hinter dem Eingang neben dem Kartenhäuschen sperrte die Flatterleine der Kripo den Fundort der Leiche ab. Ein fröhliches sonnengelbes Band wellte sich im Wind an einem Pfad entlang, der zu den steinernen Überresten des ehemaligen Bischofspalastes hinauf und dort ringsherum führte.

Ein Knäuel uniformierter Polizisten stand dicht gedrängt auf dem Wall. Sie drehten sich um, als Macalvie näher kam. Er zeigte ihnen seinen Ausweis. Einer sprach ihn respektvoll mit »Commander« an, wenn ihn auch die Grafschaft, in der Macalvie »Commander« war, eindeutig verwirrte. Wiltshire war es nämlich nicht.

»Ich habe Rush gefragt, ob das in Ordnung geht«, sagte Macalvie und verzichtete freundlicherweise darauf, sich über Chief Inspector Rushs Antwort auszulassen. »Das ist Superintendent Jury, Scotland Yard, CID.«

Das kam für sie nun wirklich etwas überraschend. Aber sie nickten nur, als Macalvie sagte, er wolle den Abort, wo die Leiche gefunden worden sei, einmal in Augenschein nehmen.

»Es heißt Latrine«, korrigierte ihn einer von Rushs Männern mit betont gewählter Aussprache, auf die Macalvie natürlich keinen Pfifferling gab. Seine Augen waren blaß wie Eis, ihr Ausdruck auch nicht wärmer.

»Dort unten, Commander«, erwies sich ein anderer als hilfsbereiter. Er deutete mit dem Kopf in Richtung eines tiefen Steinschachts etwa fünf, sechs Meter hügelabwärts. Macalvie und Jury schritten vorsichtig den ausgetretenen Pfad hinunter. Um nicht auszurutschen, mußte man gut das Gleichgewicht halten. Dann konnten sie in eine tiefe brunnenähnliche Einfriedung hinunterschauen. Was Macalvie geraume Zeit mit beinahe ebensolcher Konzentration und Intensität tat, als liege die Leiche noch am Fundort.

Jury hatte Geduld mit Menschen, Macalvie mit Beweisstücken. Ungewöhnlich lange konnte er sich etwas anschauen und es hin und her wenden. Trotz seiner Reizbarkeit und seiner Art, Leute, die ihm in die Quere kamen, wie Luft zu behandeln, was ihn in den Augen seiner Kollegen arrogant erscheinen ließ, wußte Jury, daß sein Urteil untrüglich und seine Beharrlichkeit legendär waren.

Aber heute nervte Jury seine Geduld. Er wollte nicht in diese Geschichte hineingezogen werden. »Und was für eine Theorie konstruieren Sie nun?«

»Gar keine. Ich nehme die Dinge zur Kenntnis.«

»Wenn Sie anfangen, die Dinge zur Kenntnis zu nehmen, fange

ich an, nervös zu werden.« Als Macalvie daraufhin schwieg und ihn nur scharf anschaute, sagte Jury: »Sie haben nicht genug Beweismaterial, um eine Theorie zu konstruieren, Macalvie. Und Rush wird Ihnen das Beweismaterial, das er möglicherweise hat, bestimmt nicht präsentieren. Also, womit wollen Sie arbeiten?« Die Frage war rhetorisch, denn Macalvie hatte während der Dreistundenfahrt von Exeter hierher nichts als Theorien konstruiert, dekonstruiert, rekonstruiert. »Sie wissen, sie ist Amerikanerin, Mitte Dreißig, aus New Mexico.«

»Aus Santa Fe. Sie heißt – hieß – Angela Hope.« Er schaute in die dunkelblaue Ferne.

»Ich habe den starken Eindruck, daß Sie mir gar nicht zuhören.«

»Das ist korrekt.« Macalvie blickte nach Süden, in Richtung Salisbury. Des modernen Salisbury.

Und im Westen, wo das Blau blaß wurde, war ein Faß dunklen Goldes.

Macalvie blinzelte in die Sonne. »Rush hat mir lediglich gesagt, wie sie heißt. Dann weiß ich noch ein bißchen was von jemandem, der mir einen Gefallen schuldete. Der Pathologe hat festgestellt, daß Angela Hope vor ihrem Tod sehr übel gewesen sein muß. Er hat Spuren von Erbrochenem gefunden. Was sagt Ihnen das?«

»Nichts. Herr im Himmel, unter anderem hat sie sich das Genick gebrochen. Grund genug zum Sterben.«

»Wissen Sie, daß Sie genau wie DCI Rush sind?« Macalvie stöhnte. »Er hat mir jedenfalls so gut wie nichts erzählt.«

»Wenn Sie Rush wären, wollten Sie auch nicht, daß ein Kollege in Ihrem Revier wildert.«

»Ihnen würde er aber . . .«

Jury stutzte. »Würde mir was?«

»Etwas sagen. Er hat mit Angelas Cousine geredet. Ich wüßte gern, was durchgesickert ist, wie es so schön heißt.«

Die Cousine war aus New Mexico gekommen, um die sterblichen Überreste zu identifizieren. »Die Kollegen in Wiltshire haben Scotland Yard aber nicht um Hilfe ersucht«, sagte Jury.

»Nein. Aber Scotland Yard könnte die Kollegen in Wiltshire um Hilfe ersuchen.« Macalvie hatte sich auf ein Knie niedergelassen und beäugte den Pfad zum Rand der Latrine. Jury versuchte den Gedanken zu ignorieren, der sich mit aller Macht meldete. »Um Hilfe bei was?«

»Bei Ihrer Lady aus der Tate.«

Nun vollends überrascht, ging Jury ein paar Schritte weg, kam aber wieder zurück. »Macalvie, gibt es einen triftigen Grund, zwischen einer Amerikanerin, die sich in Old Sarum das Genick bricht, und einer Britin, die in einer Londoner Galerie ihr Leben aushaucht, eine Verbindung herzustellen?«

Macalvie inspizierte immer noch den Pfad. »Sie haben eine ausgelassen, Jury.«

Jury starrte ihn an. »Wen?«

»Helen Hawes. Über die bewahren Sie natürlich Stillschweigen, wenn Sie mit Rush reden, sonst merkt er, daß ich versuche, Informationen zu bekommen.«

»Ich bewahre Stillschweigen, weil ich nicht mit Rush rede.«

Macalvie ließ sich nicht beirren. »Die Tatsache, daß Nell Hawes und Ihre Dame vielleicht an derselben Sache gestorben sind. Das sollten Sie wohl tunlichst für sich behalten.«

»Sie ist nicht ›meine Dame‹, sie ist die ›Dame‹ der A-Division.«

»Wären Sie so freundlich, mir die näheren Einzelheiten anzuvertrauen? Bisher weiß ich nur, was ich mir aus Zeitungen und den Verlautbarungen der Pressestelle von Scotland Yard zusammengekratzt habe. Sie saß auf einer Bank in der Tate Gallery, im Präraffaelitensaal, kippte um und landete auf einer Frau, die neben ihr saß.«

»Dann wissen Sie alles.«

Nun stutzte Macalvie. »Wie zum Teufel soll ich alles wissen? Ich war nicht dort, geschweige denn der erste am Ort des Geschehens.«

Der Divisional Commander hegte die felsenfeste Überzeugung, daß neunzig Prozent des brauchbaren Beweismaterials in der Stratosphäre verpufften, wenn jemand vor ihm am Ort eines Verbrechens war. Jury lächelte. »Okay, dann beschreibe ich den Vorfall jetzt mal gnadenlos bis ins kleinste Detail. Vergessen Sie aber nicht, daß ich nicht als erster dort war. Die Galerie war voller Menschen.«

»Die natürlich alles kaputtgetrampelt haben.« Empört schob sich Macalvie einen neuen Kaugummi in den Mund. Warum war alle Welt auf den Beinen, wenn jemand umgebracht wurde?

»Ich war in dem Laden in der Tate, im Museumsshop, als auf einmal Unruhe entstand. Ein Aufsichtsbeamter sagte mir, eine Frau sei ganz plötzlich tot umgefallen. Sie hatten schon West End Central angerufen, ich war nur zufällig dort und kam als erster zum Unfallort.«

»Glück gehabt.«

»Ich nicht.«

»West End Central, meine ich.«

»Liebe Güte! Ist das ein Kompliment?« Während Macalvie ungerührt die Turmruinen jenseits des Innenhofes betrachtete, erzählte Jury weiter. »Die Frau – sie hieß Frances Hamilton – hatte auf einer Bank im Präraffaelitensaal gesessen und fiel plötzlich zur Seite. Die junge Dame neben ihr dachte, sie sei entweder sehr aufdringlich oder eingeschlafen, etwas in der Art. Unseligerweise hatte sich das Mädchen bis dahin weniger für die Frau interessiert als dafür, ihren Freund abzuknutschen. Sie hatte gar nicht auf Frances Hamilton geachtet. Beide nicht, bis Mrs. Hamilton auf das Mädchen fiel. Niemandem ist irgend etwas Ungewöhnliches aufgefallen, soweit ich gesehen und gehört habe. Vergessen Sie nicht, daß ich die Befragungen nicht geführt habe. Ich habe nur weiter zugesehen, nachdem die Leute von der A-Division und der Krankenwagen eingetroffen waren. Herzinfarkt. Oder Schlaganfall.«

»Also, was von beidem?«

Ach, du kannst mich mal, dachte Jury. »Der Pathologe war nicht hundertprozentig sicher. Aber sie war auf Nitroglyzerin, das steht fest.«

Macalvie nahm Jury scharf ins Visier. »Herzinfarkt, Schlaganfall. Nicht eindeutig, aber es sind trotzdem zwei verschiedene Dinge, Jury.«

»Na, so was!«

»Weiter.«

»Womit? Das war's.«

»Das nennen Sie gnadenlos bis ins kleinste Detail? Was für Bilder?«

Jury starrte ihn an.

»Welches oder welche Gemälde hat sie sich angeschaut?«

Jury hatte auch schon überlegt, inwiefern das Bild, vor dem sie gesessen hatte, sie an ihren Neffen erinnert hatte. »*Chattertons Tod*. Das Bild von Henry Wallis.«

»Wunderschönes Bild. Aber woher wissen Sie, daß sie sich das angesehen hat?«

»Ich weiß es ja gar nicht. Meinen Sie, es ist wichtig?«

»Jury, ich weiß nicht, was wichtig ist! Nell Hawes ist vor bestickten Kissen tot umgefallen. Was nicht bedeutet, daß sie vom bloßen Anschauen gestorben ist. Es bedeutet aber auch nicht das Gegenteil.«

»Auf der einen Seite war ein Bild von William Holman Hunt. Ein Mann und seine Geliebte an einem Klavier. Traurig . . .« Jury schüttelte die Erinnerung daran ab. »An die andere Seite erinnere ich mich nicht. Vielleicht hat Fanny Hamilton gar nicht großartig auf die Bilder geachtet, als sie starb. Vielleicht hat sie sich einfach nur hingesetzt, um sich auszuruhen. Punktum.«

»Aha.«

Wenn Macalvie aussah, als stimme er einem zu, wußte Jury, daß das Gegenteil zutraf. »Der Fall ist bestimmt abgeschlossen. Der einzige Grund, warum ich überhaupt da hineinverwickelt wurde, war eine Freundin. Ich habe einer Freundin einen Gefallen getan. Lady Cray. Diese Frances Hamilton hatte gerade ihren Neffen verloren. Er wurde in Philadelphia ermordet. In der Nähe von Philadelphia.«

»Das haben Sie mir erzählt. Deshalb sind Sie dort gewesen.«

»Frances Hamilton war in die Staaten geflogen, weil sie der Polizei helfen wollte. Als es passierte, ich meine, als sie starb, war sie schon einige Monate wieder zurück.«

Sie schwiegen und blieben im blassen Licht des späten Nachmittags stehen. Die drei Polizisten, die um die Latrine postiert waren, sahen in ihren dunklen Uniformen wie schmale schwarze Monolithen aus.

»Wo in den Staaten?« fragte Macalvie.

Was diese Frage nun wieder sollte ... »Wie bitte?«

»Ihre ... Verzeihung!« Macalvie ballte die Hände vor der Brust zur Faust. »Ich meine, die Dame der A-Division. Sie haben gesagt, sie sei in den Staaten gewesen. Wo genau? Nur in Pennsylvania?«

»In Pennsylvania ... Maryland.«

»Sonst nirgendwo?« Macalvie bückte sich und hob einen Stein auf, einen Feuerstein. Er studierte ihn.

Vor Jurys innerem Auge erstand ein Bild, er verdrängte es. »Macalvie, wie Sie diesen Fall aufbauen, erinnert mich gewaltig an die Art und Weise, wie die Steinmetze die Kapsteine in Stonehenge auf die Monolithen montiert haben.«

»Ist sie sonst noch irgendwohin gereist?«

Wieder regte sich ein Gedanke. Jury wurde unbehaglich. Vor seinem inneren Auge sah er nun, wie Lady Cray den Türkisblock mit dem Silberband und dem silbernen Flötisten in Händen drehte. *Er heißt* ... Wie? Angestrengt versuchte Jury, sich an den Namen zu erinnern. Lady Cray hatte ihn wie einen Talisman gehalten, ein Amulett, einen Gegenstand, aus dem man Kraft bezieht.

Auch Macalvie drehte den kleinen Feuerstein in Händen. »Sie erinnern sich an etwas.« Eine Frage war das nicht.

»Nichts Wichtiges.« *Er heißt Kokepelli.*

»Dann was Unwichtiges.«

»Hören Sie auf, meine Gedanken zu lesen.«

Macalvie lächelte. »Aber Sie sind so leicht zu durchschauen, Jury.«

Jury schaute in die Latrine. Sie hatte sich bei dem Fall das Genick gebrochen. Daran mußte sie gestorben sein.

»Der Punkt ist, Jury, was haben Sie zu verlieren? Vielleicht Zeit, aber die verlieren wir sowieso.«

»Ich hasse es, Trugbildern nachzujagen.«

Macalvie lachte hinter ihm. »Das tun Sie doch die ganze Zeit.«

Da mußte Jury dann auch lächeln. »Ich habe immer noch keinen triftigen Grund, mich in Rushs Ermittlungen einzumischen. Racer macht Hackfleisch aus mir. Der Polizeipräsident verspeist mich zum Abendessen.«

»Aber Sie würden sich doch gar nicht in seine Ermittlungen einmischen. Sie würden nur versuchen, etwas Licht in unsere Ermittlungen zu bringen. Rush soll seine Ermittlungen ruhig fortsetzen. Erspart mir die Laufarbeit. Und um Racer scheren Sie sich einen Dreck. Um den Präsidenten auch. Versuchen Sie nicht, mich auf den Arm zu nehmen, Jury.«

»*Unsere* Ermittlungen?«

»Natürlich unsere. Sie haben gesagt, Sie wollten sich versetzen lassen. Also können wir gemeinsam an diesem Fall arbeiten. Sie wären selbstverständlich in der Probezeit.«

»Ich glaube, so erpicht bin ich nicht auf eine Versetzung.« Er lächelte. »Ich halte mich viel mehr an das Offensichtliche als Sie. Wenn Sie so wollen, bin ich eher so wie Rush.«

»Daß ich nicht lache. Aber verdammt grantig sind Sie. Sie haben bestimmt Hunger. Ich jedenfalls. Kommen Sie, ein paar Meilen von hier kenne ich ein Pub, da gibt's gutes Essen.«

Die schwarzen monolithischen Figuren, die Polizisten aus Wiltshire, verschmolzen mit den Schatten unten an der Böschung und schienen die beiden fremden Polizisten vergessen zu haben.

»Wo ist das Pub?«

»In Steeple Langford. Heißt Rainbow's End.«

Jury lächelte. »Und, ist es da oder nicht?«

»Das Pub?«

»Nein, das Schatzkästlein am Ende des Regenbogens.«

6

Das Rainbow's End war ein ruhiges, einstmals sehr verkehrsgünstig gelegenes Pub. Nun wurde der Verkehr über die A 36 geführt. Das Pub grenzte an einen breiten Fluß, der durch die Langfords floß, Zwillingsdörfchen, ungefähr zwanzig Meilen von Salisbury entfernt. Das Geschäft mit Abendessen mußte früher floriert haben, denn der immer noch neu aussehende Speisesaal war überraschend groß.

Macalvie und Jury saßen in dem älteren, viel kleineren Gastraum mit viel Backstein und Holz, hübschen Queen-Anne-Polsterstühlen an kleinen Tischen und tulpenförmigen Lampen an den Wänden. Jury las einen eingerahmten Zeitungsartikel (in dem das Pub erwähnt wurde) über die New-Age-Leute, die durch die Langfords zogen und ihre Philosophie (wenn man es denn als solche bezeichnen konnte) und die Überreste ihrer Habseligkeiten am Wegesrand verstreuten. New Age. Er hatte ein komisches Gefühl, als befände er sich in einer anderen Zeit, weil er gerade in Old Sarum gewesen und das Pub so nahe an Stonehenge war.

»Mit fünfzehn Millionen Pfund wollen sie die Landschaft wieder in das verwandeln, was sie 2000 vor Christus war«, sagte Macalvie. »Kommt Ihnen das vielleicht ein kleines bißchen abartig vor?« Die umfassenden, teuren Pläne des National Trust und der English Heritage, Stonehenge groß herauszuputzen und dort ein neues Touristenzentrum zu errichten, fand er ziemlich daneben.

Jury lächelte. »Ja, durchaus.«

»Ich meine, wie zum Teufel sah denn die Landschaft 2000 oder 3000 vor Christus aus? Hier geht's um die Jungsteinzeit. Woher wollen die Landschaftsplaner das wissen?« Grübelnd betrachtete Macalvie sein fast leeres Bierglas.

Dann zogen sie in den Speisesaal um und bestellten beide Flußforelle und noch ein Bier.

»Also, das schwierigste ist, Rush dazu zu bewegen, im Körper der Toten nach Gift zu suchen und die Leiche in London exhumieren zu lassen«, sagte Macalvie nach einer Weile.

»Verdammt, worüber reden Sie jetzt schon wieder?«

»Sie wissen, worüber ich rede. Geben Sie mir das Brot.«

Mit den Gedanken ganz woanders, gab Jury ihm das Weidenkörbchen. »Nein, weiß ich nicht. Gift?«

Macalvies Antwort fiel noch unverständlicher aus. »Meine Dame wird jedenfalls sehr gründlich durchgecheckt. Darauf können Sie sich verlassen. Soviel habe ich wenigstens noch zu sagen.«

»Und nach welchem Gift suchen Sie?«

Macalvie inspizierte sein leeres Glas, als wolle er es einpudern, damit Fingerabdrücke abgenommen werden konnten.

»Sie haben meine Frage nicht beantwortet. Und zwar deshalb, weil Sie die Antwort nicht wissen. Es dürfte ja nicht länger als ein oder zwei Jahrtausende dauern, das mutmaßliche Gift zu bestimmen.« Sehr aufrichtig war Jurys Lächeln nicht. »Sie wissen, wie schwierig es ist, wenn man nicht weiß, nach welchem Gift man suchen muß.«

»Die eindeutig erkennbaren Gifte kann ich, oder der Bursche in der Gerichtsmedizin, ausschließen. Mit toxikologischen Untersuchungen schließen wir eine Menge weiterer aus. Eine vollständige Analyse von Lymphflüssigkeit und Urin ergibt entweder, was es war, oder schließt Hunderte von Giften aus.«

Jury verlor allmählich die Geduld. »Ich kapier das nicht, Macalvie. Es geht um eine Touristin, die einen Unfall hat und auf dem Boden eines Schachts landet. Der Sturz ist tödlich. Warum machen Sie was anderes daraus?« Jury wußte, warum. Aber wenn er Macalvie die Verbindung zwischen Angela Hope und Helen Hawes zugestand, gestand er ihm auch eine, wenn auch noch so schwache Verbindung zu Frances Hamilton zu. »Wenn Sie wissen wollen, warum der Frau vor ihrem Tod so übel geworden ist – vielleicht war es bloß eine Lebensmittelvergiftung.«

»Möglich. Aber nicht sehr wahrscheinlich, es sei denn, sie haben alle zusammen zu Abend gegessen.«

Allmählich ärgerte Jury sich darüber, daß Macalvie an der eigentlichen Frage vorbeiredete. »Sie gehen also bereits davon aus, daß die drei an derselben Sache gestorben sind.«

Mit Unschuldsmiene schaute Macalvie ihn an. »Selbstverständlich.«

Jury schüttelte den Kopf, drehte sich zum Fenster, das auf den träge in der Abendsonne dahingleitenden Fluß ging. Jury betrachtete das Wasser und das fleckige Licht, das durch die Bäume drang. Am anderen Ufer vergrub ein Schwan den Kopf unter dem Flügel und ließ sich treiben. Und Jury dachte an Stratford und an Jenny.

In seine eigenen Gedanken versunken, runzelte Macalvie die Stirn, sein Blick folgte dem Jurys nach draußen, wo nebliger Dunst am Ufer hing.

Über dem ruhig strömenden Wasser sammelte sich Licht, schoß durch die dunklen Zweige und leuchtete hier und da auf, als sei die Sonne bei ihrem langsamen Sinken plötzlich abgestürzt und habe sich dann noch einmal gefangen. Nun verströmte das Licht in einem goldenen See. Jury beobachtete den Schwan, der so reglos war, als habe man ihn aus Papier ausgeschnitten und aufs Wasser geklebt. Der Tod schien weit entfernt zu sein.

»Worauf wollen Sie hinaus?« fragte Jury noch einmal.

»Die tiefe Zeit«, sagte Macalvie.

Jury betrachtete ihn, während die Kellnerin ihnen das Essen mit den mahnenden Worten servierte, sie sollten sich bei den Tellern vorsehen, sie seien heiß. »Was meinen Sie mit ›tiefer Zeit‹?«

»Die Art Zeit, an die man denkt, wenn man Old Sarum oder Stonehenge sieht. Die Art Zeit. Tiefe Zeit.«

»Ach so, alles klar.« Jury zerlegte seinen Fisch.

»Als ob man versuchte, in Lichtjahren zu denken. Das schaffen wir nicht.«

Jury beobachtete ihn über seinen Teller mit der zarten Forelle hinweg. Macalvie schien seine Gedanken, seine Worte zu kosten, nicht sein Abendessen. »Denken Sie an des Königs Elle, Jury.«

»Würde ich ja, wenn ich wüßte, was es ist. Ihr Fisch wird kalt.«

»Des Königs Elle war das Maß zwischen des Königs Nasen- und Fingerspitze. Stimmt's?« Er schabte vorsichtig den Fisch von den Gräten.

»Wenn Sie es sagen.« Die Forelle war köstlich.

»Wenn Sie dieses Maß auf die ›tiefe Zeit‹ übertragen, würde unsere Zivilisation nach einem einzigen Mal Fingernägelfeilen verschwinden.« Er stocherte mit der Gabel in seinem Fisch herum.

»Dann wollen wir doch hoffen, daß der König sich nicht maniküren läßt.«

Macalvie schaute ihn finster an. »Ich meine es ernst.« Er ließ von seinem Teller ab und schaute versonnen auf den Fluß. »Die Bewegung in der Zeit ist trügerisch, Jury. Weil wir uns im falschen Zeitrahmen bewegen. Wissen Sie, wie ich mich fühle? Als ob ich auf hundert beschleunigen und gleichzeitig einen Film im Zeitraffer sehen würde, auf dem ... ich weiß nicht ... sich die Blütenblätter einer Blume langsam öffnen, während ich zusehe. Irgendwo hakt's. Haben Sie schon einmal überlegt, ob sich vielleicht zwei Welten nebeneinander bewegen, Seite an Seite, aber zu verschiedenen Zeiten?«

Jury lächelte. »Nur, wenn ich mit Ihnen zusammen bin, Macalvie.«

»Sehr witzig. Stonehenge, Sarum, Avebury – dort kriege ich dieses Gefühl ausgedehnter und gleichzeitig komprimierter Zeit. Heutzutage geschieht alles in einem so rasanten Tempo, als funktioniere der Zeitraffer immer.« Macalvie löste die Hauptgräte aus dem Fisch und betrachtete sie. »Mir gefällt, wie geduldig die Naturwissenschaftler sind, wie sie die Experimente ad infinitum wiederholen können. Wie Denny Dench.« Dench arbeitete im kriminaltechnischen Labor.

Die Gräte erinnert Macalvie an Dench, dachte Jury. Er selbst hatte ihn nur einmal getroffen, und da hatte dieser brillante Kriminaltechniker beim Essen die Knöchelchen einer Wachtel fein säuberlich nebeneinandergelegt.

»Was halten Sie für die mächtigsten Motive, um einen Mord zu begehen, Jury? Liebe? Habgier?«

»Rache.« Jury war überrascht, daß seine Antwort so entschieden ausfiel. »Das wußten schon die Griechen.«

Schweigend blieben die beiden sitzen und schauten zum Fenster auf den Fluß hinaus. Ein Stück der dunstig-orangenen Sonne schaute gerade noch über die Baumkronen. Der Himmel war beinahe purpurfarben. »Wie beim Regenbogenmechanismus«, sagte Macalvie nach einer Weile. »Als seien es einzelne Farben, verschiedene Farbbögen, aber in Wirklichkeit laufen sie alle ineinander. Wenn sie überhaupt existieren.« Sein Blick blieb auf das Fenster, den Himmel gerichtet. »Sie war erst dreißig. Wenn man fünfzig oder sechzig wird, hat man wenigstens die Chance, was zu begreifen. Nicht, daß man sie nutzt, aber man hat sie wenigstens gehabt. Einen gültigen Versuch.«

Einen gültigen Versuch, dachte Jury und beobachtete, wie der Schwan unter den tropfenden Zweigen am anderen Ufer des Flusses dahinglitt, als werde er von der Strömung des Wassers angetrieben. »›Voll Liebe sah ich sie dort ziehn . . .‹«

Fragend hob Macalvie eine Braue.

Jury hatte gar nicht gemerkt, daß er laut gesprochen hatte. »Ein altes Gedicht oder ein altes Lied.« Er wandte sich wieder dem Abendhimmel und dem Fluß zu.

> Dann ging sie heim, und ein Stern erwacht,
> Und der Schwan gleitet über den See
> durch den Abend

Urplötzlich fiel Jury aus seiner heiter gelassenen Stimmung in entsetzliche Traurigkeit. Er versuchte, sich dagegen zu wehren, und sagte: »Ich rede noch einmal mit Lady Cray. Und der Kripo in London.«

»Ich wußte, Sie kommen zur Vernunft.«

7

Hinter dem Bentley wirbelte gelber Staub auf, als Melrose Plant und Marshall Trueblood über die unbefestigte Straße holperten, die von der Northampton Road zum Blue Parrot führte.

»Ich habe mich schon immer gefragt, wer außer uns so blöde ist, hierherzukommen. Das Pub ist eine gute Meile von der Hauptstraße entfernt, und dann nichts als kahle Äcker drum herum. Sieht aus wie in der Wüste.«

Das Blue Parrot war ein unscheinbares Gebäude mitten im Nichts, das man gar nicht finden würde, wenn Trevor Sly nicht so umsichtig gewesen wäre, ein großes, knallbuntes Schild an der Northampton Road zu postieren. Das Pub machte seinem Namen alle Ehre. Es war leuchtend blau gestrichen und mit einer nicht weniger auffallenden kleineren Version des Schildes an der Straße geschmückt. Darauf waren eine verschleierte Dame mit juwelenbekränzter Stirn und ein paar rauhe turbangeschmückte Kerle zu sehen. Sie mußten gerade von ihren Kamelen gestiegen sein, denn ihre Reittiere waren an einen Pfosten gebunden. Durch die offene Tür der Lasterhöhle auf dem Schild konnte man verschwommen sehen, wie eine Bauchtänzerin ihrem Gewerbe nachging.

Seit Melrose' letztem Besuch war noch eine Wüstenszene hinzugekommen, die dem Laden afrikanisches Flair geben sollte. Gras war nie vor dem Blue Parrot gewachsen, aber um einen trockenen Springbrunnen sprossen bräunliche Stoppeln. Der Brunnen war natürlich immer noch trocken, doch nun, wie das Pub selbst, von Sand umgeben. Und auf einer eisernen Stange über einem Fenster schaukelte ein riesiger blaugrün angemalter Vogel mit einem gelben Schnabel, der von einem Wanderfalken bis zu einem Geier alles sein konnte. Sanft wiegte er sich in einer erfrischenden Brise.

»Regen? Rieche ich Regen?« röchelte Marshall mit ausgedörrter Kehle.

»Hier nicht. Unmöglich.«

Das gelblichorangefarbene Licht, in das die sinkende Sonne draußen alles tauchte, drang nur bis zur Tür. Dahinter, im Inneren, dräute pechschwarze Dunkelheit.

»Ich kann nichts sehen! Ich bin blind!« schrie Trueblood und verkrallte sich in Melrose' Ärmel.

»Ruhe!« Melrose schob den Perlenvorhang (ebenfalls neu) beiseite, der dem Eingang das Aussehen eines kleinen Alkoven verlieh. Jenseits des Vorhangs floß graues Licht durch die Fensterjalousien. Deckenventilatoren surrten leise, Palmenwedel bewegten sich träge, an der Decke wirbelten Rauchschwaden. Sie bildeten sich, lösten sich auf, bildeten sich neu.

»Brennt hier was?« Trueblood schnupperte.

»Vorsicht! Kamel!«

In seiner selbst diagnostizierten Blindheit hätte Trueblood beinah das große Pappkamel umgeworfen, das auf einer Tafel die Speisekarte des Tages zeigte. Die wiederum nicht viel anders aussah als vor zwei Jahren, als Melrose mit Jury hiergewesen war. Wie konnte Trevor Sly bloß Monat um Monat, Jahr um Jahr das gleiche Essen servieren – und (angeblich) orientalisches, vielleicht auch libanesisches obendrein? Melrose sah ja ein, daß ein Happy-Eater-Restaurant bis zum Sankt-Nimmerleins-Tag Eier, Bohnen und Pommes frites auftischte, aber wie oft konnte man Kibbi Bi-Saniyyi anbieten? Dann fiel ihm ein, daß die Hauptgerichte immer eine erstaunliche Ähnlichkeit miteinander aufwiesen. Und mit Hackfleisch.

»Was, zum Teufel, ist Kifta Mishwi?« Trueblood beugte sich vor und betrachtete argwöhnisch die Speisekarte auf der Tafel.

»Dasselbe wie Kibbi Bi-Saniyyi.«

»Sehr hilfreich.«

Trueblood studierte weiterhin den Höcker des Kamels, der die kreideverschmierte Tafel krönte, während Melrose, nachdem sich seine Augen an die Dunkelheit gewöhnt hatten, den Raum unter die Lupe nahm. Er erinnerte sich nicht, daß es vorher hier so dunkel gewesen war, aber da hatte es ja auch noch keine Jalousien gegeben. Vorsichtig bahnte er sich einen Weg zwischen Tischen und Stühlen, die für Berberhorden viel zu zerbrechlich aussahen, und öffnete eine Jalousie, um mehr Licht hereinzulassen.

Ansonsten war das Blue Parrot wie gehabt: Auf den Tischen standen kleine Blechkamele, Senftöpfe, die wie Sänften aussahen, Gläser mit Branston-Pickle und Ketchup. Die grünschimmernden Palmenlampen waren allerdings neu. Die drei Spielautomaten auch. Melrose schlenderte hin und sah, daß die Symbole für die Gewinnkombinationen nicht (wie üblich) aus Kirschen und Glokken, Orangen und Zitronen bestanden, sondern aus Sanddünen und Turbanen, Palmen und (wer sagt's denn) Kamelen. Wo hatte Trevor Sly diese Prachtexemplare aufgelesen?

Die Wände hingen voll Poster mit exotischen Schauplätzen – Pyramiden, vor Hitze glühende Sandwüsten, schattige Innenhöfe, staubige Torwege mit ernsten, dunkeläugigen Kindern. Dazwischen einige alte Filmplakate, natürlich von *Casablanca*, die dahertrottende dunkle Karawane von *Reise nach Indien* und der Eisenbahnzug, an dem Lawrence von Arabien – das heißt Peter O'Toole als Lawrence – entlangschritt. Plant fragte sich, was für ein Ambiente Trevor Sly für den Blue Parrot kreieren wollte: allem Anschein nach entweder das eines vorgeschobenen Postens in Arabien, von Kalkutta, L. A. oder Las Vegas.

Vielleicht glaubten die Gäste ja dann, daß der Besitzer selbst ein dunkelhäutiger Bursche mit Ohrring und Messer zwischen den Zähnen war und aus einer entlegenen, romantischen Gegend kam, von irgendeiner fernen Sanddüne. Pustekuchen!

Trevor Sly (aus Todcaster) glitt wie ein Schatten durch einen weiteren Perlenvorhang, der den langen, glänzenden Tresen von den hinteren Räumen trennte – der Küche und Trevors Privatgemächern. Er war groß und dünn, in die Länge gezogen und gelblichblaß wie ein Karamelbonbon. Seine dürren Hände trug er vor sich her wie schlaffe Anhängsel, rieb sie aber beim Reden gern aneinander, und nun, da er redete, hatte er damit schon begonnen, bevor der Vorhang klimpernd hinter ihm zusammenschlug.

»Meine Herr'n, meine Herr'n . . .« Seine Worte schnurrten ab, wurden langsamer und rasselten dann wieder heraus, als sei er ein Aufziehspielzeug. »Das ist doch Mr. Plant?! Wie schön, Sie mal wiederzusehen. Und Ihr Freund?« Seine spitz zulaufenden Augenbrauen hoben sich, sein eines braunes Auge glitzerte (das andere schielte ein wenig), erwartungsfroh rieb er sich die Hände.

»Mr. Trueblood.« Plant schätzte, daß Trevor Sly am liebsten so schnell wie möglich zum Du übergegangen wäre.

»Ein Glas Cairo Flame? Oder lieber das Tangier?« Ein breites Lächeln teilte seine hohlen Wangen. Er braute das Bier selbst, nicht unbedingt, weil er die Kampagne dafür unterstützte, sondern weil es viel billiger war und eine Betätigungsmöglichkeit für seinen nie versiegenden Einfallsreichtum bot.

»Als ich das letztemal Ihr Cairo Flame getrunken habe, bin ich in Kairo aufgewacht. Nein, bitte ein richtiges«, fügte Melrose hinzu, als Sly ihn verwundert anschaute. »Sie wissen schon, das braune Gebräu mit einer Schaumkrone obendrauf. Wie wär's mit einem Old Peculier?«

Trevor Sly schürzte die Lippen und schüttelte den Kopf, über Geschmack ließ sich eben nicht streiten.

Trueblood sagte: »Ich nehme ein Glas Tangier.«

»Lava in Flaschen«, sagte Melrose. »Gezapfte Lava«, korrigierte er sich, als er sah, wie Trevor sich am Zapfhahn zu schaffen machte.

»Und für Sie auch was, Mr. Sly.«

Trevor Sly lächelte breit, zwinkerte mit den Augen und legte los. Mit seinen langen Armen stellte er die Gläser bereit, glitt über die nach unten hängenden Portionierflaschen und Zapfhähne, Nußschälchen, Chipstüten, Zigaretten und Gläser mit Soleiern.

Seine Arme schienen immer mit viel mehr beschäftigt zu sein, als menschenmöglich war. Nachdem er Melrose und Marshall das Old Peculier beziehungsweise Tangier serviert hatte, machte er es sich auf einem Barhocker hinter dem Tresen bequem, indem er seine spillerigen Beine wie Efeuranken mehrmals um die Stangen schlang. Trevor war überall gleichzeitig und, selbst wenn er saß, hibbelig und ständig in Bewegung.

»Was ist das für eine komische Ablagerung auf dem Boden?« fragte Trueblood und hielt das Glas gegen das Licht.

»Ich hab's doch gesagt«, meinte Melrose, der sich an sein angenehm vertrautes Old Peculier klammerte. »Das gibt's auch am Vesuv. Mr. Sly, wo haben Sie die Spielautomaten aufgegabelt?«

»Die was?« Fragend hob Trevor die Brauen und folgte Plants Blick zur hinteren Wand.

»Die da. Heißen die bei Ihnen Kamelautomaten?«

»Von 'nem Kumpel von mir. Wohnt in Liverpool.« Sly studierte den Deckenventilator und die träge darum herum brummenden Fliegen. »Handelt mit gebrauchten Möbeln, soweit ich weiß.«

»Ah, stattet Fernfahrern die Fahrerkabinen aus?« sagte Trueblood, nahm endlich einen Schluck von seinem Tangier und hustete. »Mein Gott«, keuchte er, »nicht von schlechten Eltern.«

»Ich hatte Sie gewarnt«, sagte Melrose. Als Trevor ihm eine Speisekarte hinschob, fügte er hinzu: »Nein, wir wollen nichts essen. Wir haben zum Lunch ein Kamel verspeist.«

»Sie sind ein Witzbold, Mr. Plant«, sagte Trevor.

Melrose zwang sich zu einem Lächeln und schnitt das Thema an, um dessentwillen sie hergekommen waren. »Apropos Lastwagen, eben sind wir an Watermeadows vorbeigefahren, und ich hätte schwören mögen, wir hätten einen Lieferwagen gesehen. Sah aus wie ein Umzugswagen. Wissen Sie, ob Lady Summerston wiederkommt?«

»Soweit ich weiß, ja.« Trevor stand an den Portionierflaschen und gönnte sich noch einen Tropfen Gin.

Plant und Trueblood starrten den Wirt mit offenem Mund an.

»Aber wir – ich – dachte, das Haus sei vermietet worden...«

»An eine Familie, habe ich gehört«, sagte Melrose. »Mann, Frau, zwei Kinder.«

»Und zwei Neufundländer«, sagte Trueblood.

Melrose verpaßte ihm einen Tritt gegen den Knöchel. Herrgott, die Viecher hatten sie doch erfunden! Aber schließlich hatten sie beinahe alles erfunden, oder etwa nicht?

»Also, ich kann mir nicht vorstellen, wo Sie das gehört haben.« Trevor Sly zog an seiner Zigarette und deponierte sie auf der Tresenkante. Zu Melrose' Spekulationen enthielt er sich jeglichen Kommentars.

»Ich glaube, von... Mr. Jenks. Ja!« Als erinnere er sich plötzlich, schnipste Melrose mit den Fingern. »Den kennen Sie doch, den neuen Makler in Long Pidd.«

Trevor entrang sich ein kurzes Lachen. »Und ob ich den kenne!« schnaubte er. »Der hat doch für die Firma in Sidbury gearbeitet und ist mit der Kundenkartei abgehauen. Ein richtiger Schurke, der.«

»Wirklich?« Melrose heuchelte Interesse an dem Übeltäter und dessen sicher übertriebener Schurkerei. Er wollte ja nur endlich wissen, wer in Watermeadows wohnte.

Unter Ächzen und Würgen zwang Trueblood einen weiteren Schluck Tangier herunter und fragte dann: »Haben wir nicht gesehen, wie ein Landrover hier am Brunnen vorbeigefahren ist?«

»Na, den Brunnen können Sie aber von der Northampton Road aus nicht sehen!« Trevor flocht seine Spinnenfinger ineinander und rieb sich die Hände. »Und ich bezweifle sehr, daß Sie einen Landrover gesehen haben, Mr. Trueblood.«

Zum Kuckuck, der Mann zweifelte und dementierte und ließ kein Sterbenswörtchen raus.

»Also, Sie sagen, daß Lady Summerston zurück ist?«

»Nein, das hab ich ja nun nicht gesagt.« Trevor Sly wand sich erneut um den Barhocker und lächelte.

»Ich kann mir gar nicht vorstellen, daß sie da allein leben will, das heißt nur mit ihrem Butler«, sagte Trueblood. »Nicht nach dem Mord vor ein paar Jahren.« In den er sogar verwickelt gewesen war, weil eins seiner Möbelstücke, ein wertvoller Sekretär, eine tragende Rolle darin gespielt hatte.

»Aber sie ist doch gar nicht allein.«

»Nein?« sagte Melrose und beugte sich vor.

»Wie bitte?« Trueblood spitzte die Ohren.

Trevor studierte die Fingernägel seiner Hand, die nun flach vor ihm lag. »Ach, Sie wissen schon, sie bleiben lieber unter sich. Und ich bin auch niemand, der rumredet.«

O doch, o doch. Genau deshalb waren Melrose und Trueblood ja hier.

»Wir haben gehört, sie sind aus London. Aus den Docklands, um es genau zu sagen. Hätten das Haus für ein Jahr gemietet.« Das entsprach wenigstens der Wahrheit.

»Ah ja, kann sein.«

Klatschmäuler! dachte Melrose seufzend. Wenn man ihnen *nicht* zuhören wollte, konnte man sie nicht zum Schweigen bringen...

»Und sie sind richtig angetan vom Jack and Hammer«, sagte Trueblood.

Das provozierte nun allerdings eine Reaktion. »Vom Jack and Hammer?« Sly riß sich das Handtuch, mit dem er Gläser poliert hatte, von der Schulter und schlug damit auf die Luft ein, als könne er vor lauter Fliegen nicht atmen. »Da würden sie nie im Leben hingehen. Nicht, wo das Parrot so in ihrer Nähe liegt und sie hier richtiges Bier kriegen und nicht die gelbe Brühe, die Dick Scroggs zapft. Nein, nein, Miss Fludd hat neulich noch gesagt –«

»Miss Fludd?« sagten Plant und Trueblood wie aus einem Munde und beugten sich über den Tresen wie schiffbrüchige Matrosen über den Rand des Rettungsboots, so begeistert bei dem Ruf »Land«, daß sie mit Freuden hingeschwommen wären.

»Ja, genau. Miss Fludd hat - na, na, na, hallo, hallo, hallo! «

Diese stammelnden Begrüßungsworte schwirrten an ihnen vorbei Richtung Tür.

Melrose drehte sich um.

Im Türrahmen stand ein junges Mädchen in einem alten schwarzen Regenmantel, ihr Haar hatte die Farbe des Mantels. Im Gegenlicht konnte Melrose weder ihre Augen noch deren Farbe oder Ausdruck erkennen. Als sie hereinkam, geschah das unter einigen Schwierigkeiten, denn ihr rechtes Bein steckte in einem schweren, sperrigen Stützapparat, und sie zog es nach. Dennoch bewegte sie sich lächelnd und mit einer Energie, als trage sie lediglich ein ziemlich schweres Paket, eine unbequeme Last, die sie bald absetzen konnte und loswurde. Sie trug in der Tat ein sehr kleines Päckchen unter dem Arm.

»Hallo, Mr. Sly«, sagte sie, zog sich auf einen Barhocker und lächelte erst Trevor Sly, dann die beiden anderen Gäste an. Sie befreite sich aus dem schwarzen Regenmantel, unter dem sie ein taubengraues, schlichtes Kleid trug. Einen Moment lang musterte sie das Kleid (wie ein Kind, das sich vergewissern will, daß es auch wirklich angezogen hat, was es wollte) und lächelte wieder.

Ihr Gesicht war ruhig und sanft und das Lächeln regelrecht beseelt, als sei es ihr geschenkt worden. Mit einer Geste bat sie Trevor Sly zu sich, der am Tresen entlang zu ihr ging. Sie redete leise auf ihn ein, öffnete das Päckchen und bot ihm etwas an, das wie ein Stück Kuchen oder ein dünner Keks aussah. Er nahm ein wenig davon, kaute und nickte. Dann begab er sich zurück zu den Zapfhähnen, um ihr etwas zu trinken zu holen, und sie lächelte Plant und Trueblood zu, als habe sie gerade ein schlaues Kunststück vollführt.

Melrose schaute sie reichlich verwirrt an, er fühlte sich, als sei er über den Rand des Rettungsbootes gefallen. Ihr Alter war schwer zu schätzen. Leiden mochte ein junges Gesicht alt machen; Dulden ein altes jung. Melrose schätzte sie auf Anfang Dreißig, und dann wieder dachte er, sie könne genausogut dreizehn sein. In ihrem grauen Kleid saß sie einfach da, betrachtete die Zapfhähne, den Spiegel, die Regale mit den Bier- und Kognakgläsern und lächelte, als sei der Zweck ihres Ausflugs gleich erfüllt.

Mit ihrem Lächeln und ihrem Gesichtsausdruck nahm sie Melrose im Nu für sich ein. Sie lächelte wie ein Kind und sah zufrieden aus wie jemand, dessen Mühen und Plagen endlich belohnt werden. Daß sie an einem solchen Ort, dem Blue Parrot, aufkreuzte, an dieser staubigen Straße (wie war sie hierhergekommen?), kam ihm so außergewöhnlich vor wie eine Muschel am Strand, der großen Straße in London, zu finden.

Trueblood neckte sie wegen des kleinen Biers, das Sly ihr servierte. »Tangier! Mein Gott! Krabbeln Sie auch gern in aktiven Vulkanen herum?«

Trevor Sly ließ sein affiges hohes Kichern hören. »Na, na, na, Mr. Trueblood, Sie erzählen Geschichten. So stark ist es nun auch wieder nicht.« Dann tänzelte er am Tresen entlang, um Melrose und Trueblood noch einmal einzuschenken.

»Ehrlich gesagt«, sagte Miss Fludd, »wäre ein Vulkan wenigstens mal eine Abwechslung.« Sie stieß einen langen Seufzer aus, der etwas in den Raum zu entsenden schien. »Es wär doch mal schön, hm, Mount St. Helens zu sehen, oder?« Dann glitt sie vom Barhocker und bewegte sich, das kleine Glas seltsam orangefarbenen Biers in der Hand, mühsam durch den Raum, weil sie offenbar die Plakate an der Wand ansehen wollte. Sie betrachtete Slys Kollektion wie Gemälde in einer Galerie.

Miss Fludd.

Melrose dachte den Namen vor sich hin, als er sein Glas nahm und sich neben sie stellte. Dann sagte er laut: »Miss Fludd.«

»Hallo«, sagte sie und wandte den Blick kaum von dem Poster. Es war ein Werbeplakat für *Himmel über der Wüste,* eine Neuerwerbung in den Slyschen Exponaten wüster Einöden. Eine dunkle Gestalt verdeckte mehr oder weniger eine andere in dunkler, windzerzauster Kleidung. Nachdem sie und Melrose es eine Weile lang bewundert hatten, ging sie zum nächsten. Melrose folgte ihr auf ihrem stillen Rundgang. Es gab etwa sieben oder acht neue und alte große Plakate, zumeist Bilder, die eine Wüste zeigten oder einem zumindest den Eindruck vermittelten, daß man in einer gelandet war.

Miss Fludd sagte, ihr gefiele es sehr im Blue Parrot. Es sei so exotisch.

Melrose war verblüfft. Er wurde tiefrot und war froh, daß so trübes Licht herrschte. (Es simulierte eher Wüstennächte als -tage.) Nun befanden sie sich vor *Reise nach Indien*. Die winzige Peggy Ashcroft stand in einer Sänfte am Kopf einer langen Karawane, die frühe Abendsonne färbte die weiten Sandflächen bernsteinfarben.

Sie mochte Peggy Ashcroft sehr, sagte sie. Habe sie gemocht, korrigierte sie sich, nun sei sie ja tot.

Neben dem Plakat hing das von Lawrence, der in seinen wehenden weißen Gewändern an einer Reihe dunkler Güterwagen entlangschritt. Melrose erinnerte sich an Jurys Kommentar zu den beiden nebeneinanderhängenden Plakaten, daß nämlich der Kamelzug auf dem einen und der Eisenbahnzug mit den vielen Güterwagen auf dem anderen sich aufeinander zubewegten, es ihnen aber verwehrt sei, sich je zu treffen. Das hatte er wahrhaftig gesagt. Während Melrose die Plakate betrachtete und sich dann im Raum umschaute (und versuchte, alles mit ihren Augen zu sehen), überlegte er, ob er zynisch geworden sei oder es ihm einfach nur an Phantasie mangele. Er erzählte ihr von Jurys Beobachtung.

Jury müsse ein Romantiker sein, meinte sie. Dann nippte sie an ihrem Bier, schaute von einem Bild zum anderen und fügte hinzu: »Ein enttäuschter.«

Worüber Melrose eine Weile nachdachte.

Vor dem *Casablanca*-Plakat fragte sie ihn: »Waren Sie schon einmal in Paris?«

Auch das erstaunte ihn. War nicht jeder dort gewesen? Das sagte er natürlich nicht. Für sie mußte Paris genauso unerreichbar sein wie Algier. Reisen war bestimmt beschwerlich für sie. Bedauernd deutete sie auf ihr Bein.

»›Paris bleibt uns‹«, zitierte sie aus dem Film. Sie seufzte. »Das haben sie gesagt, stimmt's? ›Paris bleibt uns immer.‹«

Er begriff, daß eine ihrer entwaffnenden Eigenschaften ihre Direktheit war – sie sprach ihre gut oder schlecht formulierten Gedanken sofort aus, als habe sie keine Zeit zu verlieren. Und zu seinem Schrecken merkte Melrose plötzlich, daß er selten sagte, was er dachte. Das hatte nichts mit Ehrlichkeit oder Unehrlichkeit zu tun, sondern damit, daß seine Gedanken (wie die der meisten Menschen) blieben, was sie waren – unausgesprochen.

Sie beendeten ihren Rundgang durch den Raum vor einem schäbigen alten Plakat von *El Khobar – Schrecken der Wüste* und einem mit Rudolph Valentino in einer schummrigen Szene mit tanzenden Mädchen, die Schleier flattern ließen. Dann gingen sie zum Tresen zurück, wo Miss Fludd den Rest ihres Tangier abstellte, Trueblood zunickte (der eine knallrosa Sobranie rauchte) und sagte, sie müsse gehen.

Melrose half ihr in den Mantel und begleitete sie nach draußen.

Am Brunnen öffnete sie das Päckchen. »Die habe ich gerade aus der Tschechoslowakei bekommen. Aus Marienbad. Das heißt, früher hieß es Marienbad. Ich frage mich, ob sie den alten Namen wieder nehmen. Wollen Sie eine?« Sie bot ihm eine große runde, hauchzarte Oblate an.

Melrose brach ein Stückchen ab und probierte. »Lecker.«

Sie nickte. »Wenn Sie neben uns wohnen, sollten Sie uns mal besuchen.«

Melrose lächelte. Es klang, als seien Ardry End und Watermeadows zwei Reihenhäuser. »Danke, das mache ich.«

»Gut, dann auf Wiedersehen.«

Er schaute sich um. Da stand nur sein Auto, und ihm fiel auch ein, daß er keins gehört hatte, als sie so plötzlich erschienen war. »Wie sind Sie denn hierhergekommen?«

»Gelaufen.«

»Aber – hören Sie, ich nehme Sie gern irgendwohin mit.«

»Nein danke.«

Melrose zog die Stirn in Falten. Watermeadows mußte eine gute Meile entfernt sein. Und der Weg zur Landstraße war hartgefroren und voller Furchen. Selbst unter normalen Umständen beschwerlich zu gehen.

Sie bemerkte seinen Gesichtsausdruck. »Es ist gut für mich. Ich muß laufen.«

»Aha. Na schön, dann auf Wiedersehen.«

Mühevoll überquerte sie den sandigen Hof und ging zu dem Weg, wo sie sich umdrehte und winkte.

»Danke für die Waffel!« rief Melrose, und sie winkte noch einmal.

Als er sah, wie sie auf dem harten Weg vorankam, erinnerte er sich wieder daran, wie er sie eben zum allererstenmal erblickt hatte. Er wäre nicht überraschter gewesen, wenn die Göttin Diana mit dem Mond unter dem Arm vor seiner Tür erschienen wäre.

Miss Fludd.

»Und?« fragte Trueblood aufgeregt. »Und, was nun?« Affektiert flüsternd fuhr er fort: »Wer sind sie? Wie viele? Kleiner Bruder, kleine Schwester? Alistair und Arabel–«

»Ach, halten Sie den Mund!« sagte Melrose gereizt. »Sie heißt... Miss Fludd.«

»Das weiß ich selber, alter Kämpe. Das hat uns Sly schon gesagt.«

Unter Perlengeklimper kam Trevor Sly aus dem hinteren Raum.

»Meine Herr'n, meine Herr'n, wünschen Sie noch etwas?«

Mürrisch schob Melrose sein Glas über den Tresen. »Geben Sie mir ein Tangier.«

Mit einer kameradschaftlichen und (dachte Melrose) sogar mitleidigen Geste legte Marshall Trueblood Melrose die Hand auf die Schulter. Melrose antwortete nicht. Das Kinn auf die Hände gestützt, blieb er sitzen und fühlte sich unerklärlich elend.

»Was ist mit den schokoladenbraunen Neufundländern?«

8

Mit unsicherem Blick bat das kleine, schüchterne Hausmädchen in schwarzer Uniform Jury in das Haus in Belgravia.

Sie führte ihn in einen Salon voll erlesener Polstermöbel in allen möglichen Blau- und Grautönen, wo Lady Cray eigenhändig die Champagnerkelche auf ein Silbertablett neben einem silbernen Sektkühler stellte. Lady Cray trug eins der silbrigblauen Gewänder, die sie liebte, ein langes Kleid mit gewelltem Chiffonkragen und Ärmelaufschlägen, die am Rand mit winzigen Perlen verziert waren. Das Kleid paßte zum Raum, hatte dieses ätherische Blaugrau, das entsteht, wenn die Facetten von Waterford-Kristall in einem bestimmten Winkel vom Licht getroffen werden. Lady Crays Aussehen erinnerte Jury immer an altes Kristall.

Ihr Lieblingsgetränk war Champagner. Von wegen Tee zum zweiten Frühstück! »Wenn Sie mir nun erzählen, Sie sind im Dienst und trinken nur Johannisbeersaft, bekommen Sie in diesem Gespräch keine einzige Information von mir«. sagte sie.

Er nahm das angebotene Glas. »Eigentlich wollte ich ja um eine Karaffe Gin bitten.«

»Aha. Gehe ich recht in der Annahme, daß die Ermittlungen nicht vorankommen? Was auch immer Sie ermitteln. Prosit!« Sie neigte ihr Glas in seine Richtung und deutete mit einer schwungvollen Armbewegung auf das Sofa hinter ihm.

Jury sank in unglaublich weiche, tiefe Polster. Auf diesem Sofa hätte er tagelang Champagner trinken und Lady Cray zuhören können.

»Wieder wegen Fanny?«

Frances Hamilton war ihre beste Freundin gewesen und hatte hier in dem Haus in Belgravia gewohnt, bis sie so plötzlich in der Tate Gallery gestorben war. Jury fragte sich, ob er Lady Cray erzählt hatte, daß der Blick der Verstorbenen als letztes auf dem Gemälde geruht hatte, das Chattertons Tod darstellte. Während er sich in Lady Crays bildschönem Salon umschaute, dachte er wieder daran. Ihm fiel auf, daß die Möbel umgestellt worden waren, vermutlich um einem großen Sekretär und einem orientalischen Wandschirm in Jade und Elfenbein Platz zu machen. Sie ersetzten das zierliche Sofa und die Queen-Anne-Stühle, die nun vor der Verandatür standen. Diese führte zu einem kleinen Innenhof, der von Ziersträuchern, Tongefäßen und Beeten umgeben war, in denen im Frühling eine wahre Blumenpracht herrschte. Und mit den Möbeln waren auch der Nippes und Krimskrams auf den Tischen, dem Sekretär und in den Glasvitrinen umgestellt worden. Die Türkis-Silber-Skulptur sah er nicht.

»Sie waren doch von der amtlich festgestellten Todesursache ›Herzstillstand‹ auch nie richtig überzeugt«, sagte Jury.

»Ihr Pathologe auch nicht.«

Jury lächelte. Die Leute verstanden es einfach immer wieder, ihm die Verantwortung für diese Ermittlungen anzuhängen. »Hm, es war nicht unserer, Lady Cray.«

Sie hob die Schultern und schaute durch die Verandatür. »Überzeugt oder nicht, ihr Herz ist trotzdem stehengeblieben. Darum habe ich die Sache nie weiter verfolgt.« Sie betrachtete ihn über das tulpenförmige Glas hinweg. »Und Sie?«

»Ich habe noch eine Frage.«

Sie schwieg.

Jury setzte sein Glas auf das Silbertablett und beugte sich vor. »Sie haben mir damals erzählt, Mrs. Hamilton habe den Westen der Vereinigten Staaten besucht.«

»Ja, das stimmt. Letztes Jahr im November, nachdem sie in Pennsylvania war.«

»Texas, meinten Sie. Oder Arizona.«

»Sie haben ein besseres Gedächtnis als ich. Ich glaube, ich werde langsam alt.« Lady Cray seufzte demonstrativ und goß sich noch ein Glas Champagner ein. »Oder betrunken.« Sie stellte die Flasche wieder in den Kühler. »Ich fürchte, ich habe Fanny nie so recht zugehört, wenn sie unentwegt von ihren Reisen schwatzte.«

»Nur weil Sie damals abgelenkt waren.«

Mit einem entschiedenen Klirren setzte sie das Glas ab. »Wie bitte?«

»Soweit ich weiß, haben Sie Sergeant Wiggins erzählt, Sie hätten gerade bei Harrods in der Lebensmittelabteilung eine heftige Auseinandersetzung wegen einer Schachtel belgischer Pralinen gehabt. Und Ihr Enkel Andrew habe die Sache in die Hand genommen und Sie nach Hause gebracht. War's nicht so?« Jury schenkte ihr einen unschuldigen Blick aus großen Augen.

»Sehr geschickt. Versuchen Sie mich zu erpressen, damit ich mich an jede kleinste Kleinigkeit von Fannys Reise erinnere?«

Jury lachte. »Nicht doch. Mich interessiert nur, wo Mrs. Hamilton überall war.«

»Warum?«

»Stört es Sie, wenn ich es jetzt noch nicht sage?«

»Natürlich.«

»Es hat vielleicht gar nichts damit zu tun.«

»Womit nichts zu tun?«

Jury antwortete nicht direkt. »Sie hat Ihnen eine Skulptur aus Türkis und Silber mitgebracht. Ich weiß noch, daß sie an dem Tag, als Wiggins und ich Sie besucht haben, hier auf diesem Tisch stand.«

»Ja. Sie ist dort drüben, in der Vitrine. Warum?«

»Was dagegen, wenn ich sie mir noch einmal anschaue?«

Sie erhob sich, ging zu der Glasvitrine, öffnete die Tür, nahm den Türkisblock heraus und gab ihn Jury.

Er drehte ihn herum und betrachtete den kleinen silbernen Flötisten. »Wo hat sie den gekauft?«

»Ich glaube, in Texas. In Albuquerque oder Abilene. Oder vielleicht Austin? Fing mit A an, das weiß ich noch.« Seufzend nahm sich Lady Cray eine Zigarette aus einem Gold-Emaille-Etui und legte es wieder hin.

»Albuquerque ist nicht in Texas. Die beiden anderen Städte ja, Aber Albuquerque nicht. Das ist in New Mexico.«

»Was Sie nicht alles wissen!«

»Hat sie Santa Fe erwähnt?«

Lady Cray legte den Kopf zur Seite. »Ja, stimmt. Und Sie haben recht, es war Albuquerque, jedenfalls war dort der Flughafen. Superintendent, ermitteln Sie in dem Todesfall der jungen Frau in Salisbury?«

In den Zeitungen war ein kurzer Bericht gewesen, Chief Inspector Rush hatte schon dafür gesorgt, daß er kurz blieb. Gab kein so gutes Bild ab, wenn Fremde auf dem Grund und Boden des National Trust tot darniedersanken. »Davon wissen Sie?«

Lady Cray bedachte ihn mit einem Blick aus ihren glänzenden Augen. »Ja, wenn eine Leiche in Old Sarum gefunden wird, überliest man das nicht so leicht.«

»Es ist nicht mein Fall.« Und Macalvies auch nicht, ermahnte er sich einmal mehr. »Ich helfe nur einem Kollegen dort.«

»Sie meinen, die beiden Fälle haben etwas miteinander zu tun? Fanny und die junge Frau?«

»Der Commander meint das.« Er zuckte mit den Achseln. »Eine bloße Vermutung.« Von wegen! hörte er Macalvie sagen.

Sie schwiegen. Tranken einen Schluck. »Also, erzählen Sie es mir nun? Was man so vermutet, meine ich.« Wieder Schweigen. Sie griff nach der Türkisskulptur. »Hat es damit etwas zu tun?«

»Ja. Ich weiß aber nicht, was. War Fanny Hamilton eigentlich aus Philadelphia?«

Lady Cray nickte. »Wissen Sie nicht mehr, daß wir über ihre Familie gesprochen haben, als ich Ihnen von Philip erzählt habe? Sie kennen doch ihre Vorgeschichte.«

»Dann wollen wir mal zu ihrer Geschichte übergehen. Sie ist zwei Monate vor ihrem Tod aus Amerika zurückgekommen. War sie in irgendeiner Weise anders?«

»Nur insoweit, als sie Philips Tod betrauerte. Um Ihnen die Wahrheit zu sagen, sie hat auch gar nicht ständig über die Reise geplappert.«

»Was ist mit Postkarten? Hat sie Postkarten geschickt?«

»Ja.« Lady Cray zog die Stirn in Falten. »Hat sie. Aber die habe ich vielleicht weggeworfen.«

»Würden Sie trotzdem mal nachschauen?«

Sie nickte, wollte aufstehen, setzte sich jedoch wieder hin. »Was ist mit den Leuten in der Tate, die dabei waren, als sie starb? Was ist mit den Leuten, die zu der Zeit bei ihr waren? Könnte sie jemand, mit dem sie dort in Kontakt kam –« Sie machte eine vage Handbewegung. Ein großer, lanzettförmig gefaßter Stein, ein Diamant, vermutete Jury, glitt an ihrem dünnen Finger ein winziges bißchen zurück.

Jury dachte an das Paar, das am Ende der Bank gesessen hatte, auf der Fanny gestorben war. Bea und Gabe. »Ja. Sie ist ja mehr oder weniger auf ein junges Mädchen gefallen, das neben ihr saß. Und deren Freund.« Er konnte sich an ihre Namen erinnern, weil er es so witzig gefunden hatte, daß sich zwei Punks ausgerechnet vor Rossettis Gemälde *Beata Beatrix* abknutschten. Von zu Hause mußte er gleich Wiggins anrufen und ihm sagen, daß er von der C-Division in Erfahrung bringen sollte, wo sich Bea und Gabe und auch andere Zeugen aufhielten.

»Wenn man sie verhört hätte, wäre das wahrscheinlich nicht mit der Unverfrorenheit erfolgt, die man sich für Zeugen eines Mordes vorbehält.« Sie funkelte ihn an.

»Was haben die Kollegen denn mit Ihnen gemacht? Eine Leibesvisitation vorgenommen? Sie verprügelt?«

»Nein. Ich gestehe im allgemeinen gleich. Warum schauen Sie meinen Ring so an? Überlegen Sie, ob ich in letzter Zeit in der Bond Street war?«

Lächelnd schüttelte Jury den Kopf. Lady Cray hatte immer reichlich Ärger mit der Polizei. Sie war kleptomanisch. Es war aber besser geworden, nun konzentrierte sie sich bei ihren Diebereien nur noch auf bestimmte Dinge. Jedenfalls nicht auf Diamanten.

»Falls es Sie interessiert«, sie ergriff die kleine Skulptur, »dieser Türkis ist echt. Vermutlich aus Persien, da kommt er heutzutage meistens her. In den Staaten gibt es nicht mehr viele Türkisminen. Man muß aufpassen, daß man nicht auf das unechte Zeug hereinfällt. Da spritzen sie Plastik hinein.«

Jury lächelte. »Sie wissen ja gut Bescheid, Lady Cray.«

»In meinem Metier muß ich das auch. Gott weiß, was ich sonst für ein Talmi mitgehen lassen würde.« Wieder schenkte sie ihm ein funkelndes Lächeln. »Jetzt allerdings würde ich gern losziehen und einen Zeitungsladen oder so etwas ausrauben. Ihre ›Befragung‹ wird allmählich langweilig.« Dann zog sie unter der Rosenholztischplatte Papiere hervor – Briefe, Karten – und blätterte sie durch. »Hier ist eine.« Sie hielt eine Postkarte hoch und schaute sich den Text an. »Leider, leider gehörte Fanny zu dem Typ Postkartenschreibern, der immer ›Wunderschön hier, schade, daß du nicht dabei bist‹ schrieb.«

»Was schreibt sie?«

»›Wunderschön hier, schade, daß du nicht dabei bist.‹ Habe ich Ihnen doch gerade gesagt.«

Jury streckte die Hand aus.

»Sie glauben mir nicht«, seufzte sie. »Na gut: ›Es stimmt wirklich: Dies ist ein *Land of Enchantment*, ein magischer Ort. Man möchte beinahe hoffen . . .‹ – was, weiß ich nicht, es ist verwischt – ›Bürde der Vergangenheit . . .‹ Bitte. Ich kann es nicht lesen, und für mich klingt es sowieso alles viel zu tiefsinnig.« Sie kniff die Augen zusammen und betrachtete den Poststempel. »New Mexico, aber den Rest kann ich nicht entziffern. Unten am Ende steht lauter fitzeliges Kleingedrucktes. Hier.« Ihr Seidenkleid raschelte, als sie zu Jury hinüberging.

Aber er schaute sich zuerst das Bildmotiv an. Eine regelrecht explosive Formation roter Steine. Hohe Gewölbe, Berge roten Felsgesteins. Es sah aus wie Disneyland, futuristisch, hollywoodmäßig. Und natürlich war es wunderschön und eindrucksvoll. »Tao – nein, Taos«, sagte er.

Sie schaute ihm über die Schulter. »Wie dumm von mir. Es ist dort unten in der Ecke aufgedruckt.«

»Kann ich die behalten?«

»Sie wollen ihr natürlich alle ihre Geheimnisse entreißen.«

»Ja, klar.«

»Aber wie kann denn Fanny ermordet worden sein, Superintendent? Keine Waffe, keine Wunde. Irgendwie merkwürdig. Fanny war so gesund. Wieso war es etwas mit dem Herzen?«

»Ich weiß nicht. Aber ich bin überzeugt, es ist sinnvoll, sich mit ihrem Tod noch einmal ein wenig genauer zu beschäftigen.«

Sie nahm die Türkisskulptur vom Tisch und hielt sie hoch. »Und die hier? Demnächst erzählen Sie mir noch, daß ein ähnliches Teil neben der toten Frau in Old Sarum gefunden worden ist.«

»Nein, nein. Aber so, wie Sie mir Fanny Hamilton beschreiben, habe ich den Eindruck, daß sie ein wenig flatterhaft war. Wie Baisers. Schmackhaft, aber ein Leichtgewicht. Sie haben sie nicht sehr ernst genommen.«

Lady Cray wurde traurig. »Tut mir leid, wenn ich so über sie rede. Manchmal neigt man dazu, abschätzig über Dinge oder Menschen zu sprechen, die einem mehr bedeuten, als man zugeben möchte. Es stimmt schon, Fanny war, wie Sie sich ausdrükken«, Lady Cray lächelte, »ein Baiser. Aber eins können Sie mir glauben, in meinem Alter nehme ich jeden ernst, jedenfalls jeden, den ich mag. Wenn man jung ist, kann man es sich leisten, seine Freunde und seine Familie fallenzulassen oder zu ignorieren oder sogar schlecht zu behandeln. Solange wir jung sind, sind wir sorglos. Nicht, daß wir im Alter freundlicher werden, nein, wir werden vorsichtiger. Fanny war ein Mensch, den ich in meiner Jugend vielleicht sorglos behandelt hätte. Nun, mit beinahe achtzig, ist es mir wichtiger, an den Menschen festzuhalten. Ich vermisse Fanny sehr.«

Jury erhob sich, um zu gehen, und ließ die Postkarte in seine Tasche gleiten. »Sie haben recht. Wir gehen sorglos mit Menschen um.« Er lächelte. »Ich muß ins Büro.«

»Aber ich wollte noch ein Glas Champagner mit Ihnen trinken.

In der Sache mit Philip haben Sie so wundervolle Arbeit geleistet. Und ich hatte gehofft, daß Andrew mittlerweile hier wäre. Er wollte heute vorbeikommen. Mit Adrienne. Seiner Verlobten.« Sie holte tief Luft. »Wissen Sie, vielleicht wäre es sogar gut, wenn Sie mit Andrew redeten. Warum kommen Sie später nicht noch einmal vorbei? Bis dahin . . .« Sie drehte die Flasche eisgekühlten Champagner herum.

Bedauernd betrachtete Jury den silbernen Weinkühler. »Ich versuche, mit dem Rauchen aufzuhören . . .«

»Also, ehrlich gestanden, Champagner habe ich noch nie geraucht.«

»Ich meine doch, wenn man hier gemütlich sitzt und das Zeug trinkt, na, da lechzt man doch förmlich nach einer Zigarette, oder etwa nicht?«

Sie seufzte. »Allzu wahr. Fanny hat geraucht wie ein Schlot, was bestimmt nicht gut für sie war. Aber da haben Sie's mal wieder, was gut für uns ist, mögen wir selten.«

Jury lächelte. »Wie recht Sie haben. Auf Wiedersehen, Lady Cray.«

9

An: RJ
Von: JK
Betrifft: NADA

Das las Jury der auf seinem Sofa hingegossenen Gestalt vor. Die nämlich hatte es auf einen Notizzettel geschrieben. Carole-anne Palutski hatte die Arme sorgsam über der Brust verschränkt und war tief in ihre »Meditationen« versunken. Wieso der Plural? hatte Jury einmal gefragt. Weil es mehr als eine gab. Blöde Frage!

Sie behielt die Augen, die von Türkis bis Lapislazuliblau ein ganzes Spektrum von Halbedelsteinfarben annehmen konnten, seelenruhig geschlossen. Sie meditierte, wie gesagt.

Jurys Blick wanderte von der Nachricht zu Carole-annes friedvollem, klarem Gesicht. »Carole-anne, was genau bedeutet ›nada‹?«

»Nichts.«

Wütend schaute er sie an. Sie lächelte quietschvergnügt. »Am anderen Ende einer Telefonleitung kann ein Anrufer unmöglich ›nichts‹ sagen. Es sei denn, er atmet heftig.«

»Ach, Sie wissen doch, was ich meine.« Als verscheuchte sie Fliegen, wedelte sie mit frischmanikürten Händen.

»Nein, weiß ich nicht.«

Carole-anne gähnte, ergriff ihre Maniküreausrüstung – »Koral Kiss« hieß die Farbe des Nagellacks – und schickte sich an, ihr Werk fortzusetzen. »Sie wollte nur wissen, ob Sie schon wieder in London sind.« Sie stützte das Kinn auf das hochgezogene Knie und versah ihren Zehennagel mit einem Klacks Koral Kiss.

»Und Sie haben gesagt –?«

»Daß ich keine Ahnung habe, stimmt doch, oder?« Sie zuckte die Achseln, das rote Seidentop glitt von ihrer Schulter.

Hätte Christian sich darauf verlassen, daß Carole-anne statt Cyrano seine Botschaften überbrachte, wäre Roxane als alte Jungfer geendet.

»Daß ich keine Ahnung habe, stimmt doch, oder?« äffte Jury Carole-annes zickigen Tonfall nach. »Na gut, dann will ich mal ein paar Hinweise auf meine Aufenthaltsorte geben, wenn's genehm ist.«

Jury hatte Lady Cray in Belgravia aufgesucht, nachdem er kurz in seiner eigenen Bleibe in Islington gewesen war, um nach Post und Nachrichten zu sehen – deren wichtigste er ja soeben seiner bildschönen Nachbarin vorgelesen hatte, die die oberste Wohnung in dem Reihenhaus bewohnte. Die Verwaltung der leeren Wohnung zwischen ihm und ihr im ersten Stock oblag ihr, was nichts anderes bedeutete, als daß sie den Hausbesitzer überredet hatte, sie mit der Vermietung zu betrauen. (»Mr. Mosh, wir wollen doch hier keinen Pöbel, nicht wahr? Warten Sie ab. Ich finde jemand Solventen wie uns, das erspart Ihnen Ärger.«)

Der arme Mr. Mosh. Dem Rest der Welt war er übrigens als Mr. Moshegeiian bekannt. Carole-anne hatte Dutzende Bewerber abgelehnt, von denen die meisten, zumindest nach Aussagen Mrs. Wassermanns, die im Souterrain wohnte, durchaus nett waren. Carole-anne fand sie unter aller Kritik: kreischende Babys (»Wollen Sie, daß so was über Ihnen wohnt, Super?«), Huren vom Shepherd Market, Diebe, Verbrecher oder New-Age-Jünger. Diese Leute mit ihren exotischen Mineralien und Steinen und außerkörperlichen Erfahrungen waren Carole-anne ein Dorn im Auge. In Anbetracht ihres Jobs als Wahrsagerin und Hauptattraktion in einem Etablissement in Convent Garden, wo sie in einem Seidenzelt eifrig mit Tarotkarten hantierte, fand Jury ihre Abneigung gegen die mystischen und astronomischen Interessen der New-Age-Leute ziemlich heuchlerisch. Zugegeben (hatte er gedacht), für Carole-anne grenzte eine Erfahrung außerhalb ihres Körpers ans Tragische. Warum sie sich der Mühe unterzog, Teile von sich zu bemalen – Lippen, Augen, Zehennägel –, war ihm ein Rätsel. Das war des Guten zuviel, als tauchte man Sterne in Glitzerpailletten.

Mit einiger Erbitterung wies er auf die Spuren seines Aufenthalts in der Wohnung hin. »Noch nicht ausgepackte Tasche am Bücherschrank; Post hereingebracht und geöffnet; dito die Milch; Kaffeetasse und Reste eines Brötchens dort auf dem Tisch; Zettel für Mrs. Wassermann mit Tesafilm an meine Tür geklebt, Wortlaut: ›Zurück vom Land, bis heute abend, RJ.‹ Alles Zeichen menschlicher Behausung und meiner insbesondere. Und keiner dieser Fingerzeige ist Ihnen aufgefallen?«

Carole-anne blinzelte ihn an, als sei sie kurzzeitig erblindet. »Rumspionieren tu ich ja nun nich.«

Komischerweise traf das zu. Er hatte ihr eher um ihretwillen als um seinetwillen seinen Schlüssel gegeben und gesagt, sie könne sein Telefon abnehmen, wenn sie es hörte. Denn seines Wissens waren er und Mrs. Wassermann alles an Familie, das Carole-anne besaß. Und er wußte genau, wie sich ein solcher Mangel anfühlte. Einerlei, auch wenn man seine Zimmer auf den Kopf stellte, würde man nichts entdecken. Er überlegte, ob er ein Geheimleben hatte.

Er ließ sich in seinen großen Sessel plumpsen. »Äußern Sie sich zu ›nada‹, oder Sie werden es bereuen.«

Sie hob den korallenroten Nagellackpinsel, lehnte sich zurück, schaute ihr Kunstwerk an und wackelte mit den Zehen. »Die Verbindung war irre schlecht.«

Schlechte Verbindung herrschte immer, wenn Carole-anne einen Anruf von einer seiner Freundinnen entgegennahm. »Haben Sie den Hörer danebengelegt und sind in die Küche gegangen, um sich was zu brutzeln, während die Anruferin versuchte, mit Ihnen zu reden?«

Carole-anne verdrehte die Augen und machte einen auf: ›O Herr, gib mir Geduld!‹. »Nein. Mal sehen. Sie hat über Suppe geredet.«

»Suppe?« Jury runzelte die Stirn, ließ aber sofort davon ab, als ihm einfiel, daß Jenny Kennington ihm bei seinem letzten Besuch Suppe serviert hatte. Melone mit Pfefferminz. »Sie ist Köchin«, sagte er gedankenversunken.

»Oh? Na ja, irgendwomit müssen wir uns ja alle unsere Brötchen verdienen.« Verachtung troff ihr aus allen Poren.

»Sie muß ihre Brötchen nicht damit verdienen. Sie kocht einfach vorzüglich.«

»Echt? Klang aber nicht so. Sie laberte darüber herum, was sie reintun wollte. In die Suppe, meine ich.«

Jury versuchte an Carole-annes Gesicht zu erkennen, ob sie sich herausreden wollte. »Eigentlich kann ich mir nicht so recht vorstellen, daß Sie und Jenny Kennington Rezepte austauschen.«

»Wie käm ich denn dazu, Super. Ich weiß was Besseres mit

meiner Zeit anzufangen. Ich gebe zu, daß ich nicht besonders gut zugehört habe. Hat was über ein Pub gesagt.«

»Sie geht ins Gaststättengewerbe.«

Ein mißbilligender Blick von Carole-anne. »Ich mach mir ja manchmal so meine Gedanken über Wirtinnen.«

»Was für Gedanken?« Keinen einzigen hatte sie verschwendet.

»Hm, also, ich finde, es macht eine Frau ein bißchen hart, meinen Sie nicht? Oder vielleicht gehen eh nur die Harten in das Gewerbe.« Geziert drehte sie den Verschluß der Koral-Kiss-Flasche zu und wackelte mit den Zehen ihres anderen Fußes. Dann faltete sie die Hände hinter dem Kopf, dessen flammendes Rötlichgold durch ihren knallrosafarbenen Pullover noch mehr strahlte – sie sah aus wie ein Sonnenuntergang auf der Ebene von Salisbury –, und fügte abschließend hinzu: »Man verroht, finde ich.«

»Also diese Frau wird nicht verrohen, meine Liebe.«

»Nein, die wahrscheinlich nicht. Jemand, der so versnobt klingt wie die, nicht.«

Niemand vermochte seine Meinung so schnell zu ändern wie Carole-anne. Wenn Jenny nicht verroht war, war sie eben versnobt. »Versnobt?«

»Sie säuselt so, wenn sie spricht.«

»Aha, Gedächtnis wiedergefunden?«

Einen Augenblick dachte sie nach. »Also bitte, ich hab nicht gesagt, ich hätte es vergessen. Sie hat ja überhaupt nichts gesagt – absolut nichts –, was des Erinnerns wert gewesen wäre. Schließlich haben Sie auch keine Zeit zum groß Rumquatschen.« Sie stöhnte und schüttelte genervt den Kopf. Daß andere Frauen seine Zeit und Energie beanspruchten, war kaum zu tolerieren. »Sie haben Wichtigeres zu tun.« Nun pflanzte sie beide Füße auf seinen Couchtisch und begutachtete das Ergebnis ihrer Pediküre.

»Wie zum Beispiel Ihre Zehen zu zählen? Carole-anne, in der Zeit, in der wir hier gesessen und zwei Menschen imitiert haben, die einen lebhaften Meinungsaustausch pflegen, hätten Sie einen parlamentarischen Untersuchungsbericht oder den gesamten Bericht an den Polizeipräsidenten verlesen können, eine simple Telefonnachricht allemal.« Mit wütenden Blicken glitt Jury tiefer in seinen Sessel. »Ich besorge mir einen Anrufbeantworter.« Er haßte diese Dinger, und Carole-anne haßte sie offenbar auch, warum sonst wollte sie wohl als sein Anrufbeantworter fungieren? (Wie sonst behielt sie sein Leben unter Kontrolle?) »Einen Anrufbeantworter besorgen« war nur die übliche leere Drohung, vom selben Kaliber wie »Ich lasse das Schloß auswechseln« oder »Ich habe eine hübsche Frau für die Wohnung im ersten Stock gefunden«.

Nun schaute sie ihn an, als habe er den Streit angezettelt. »Sie brauchen sich nicht gleich ins Hemd zu machen. Immer reden Sie mir rein. Sie brauchen nicht –«

»– dem Impuls zu widerstehen, zum Küchenmesser zu greifen.«

Mit unendlicher Geduld streckte Carole-anne die frischmanikürten Finger aus, tätschelte die Luft, rief zur Ruhe. »Gut, wenn Sie unbedingt wissen wollen, warum ich die Nachricht nicht aufgeschrieben habe...« Pause zum Lügenmärchenausdenken. »Also: nur deshalb, weil ich wußte, Sie wären müde und erschöpft von der Reise. Und ich habe eigentlich nicht eingesehen, warum Sie sich nicht ein bißchen ausruhen sollten, bevor Sie zurückrufen.« Sie verschränkte die Arme, klopfte mit ihren Koral-Kiss-Fingerspitzen auf ihre weiße Haut, zog einen Schmollmund und wartete, daß er endlich zur Vernunft kam.

»Und? Jetzt habe ich mich ja mit Ihnen hier ein bißchen ausgeruht. Was hat sie gesagt?«

Carole-anne zuckte, so hübsch sie konnte, mit den Schultern. »Na ja, nur das über die Suppe.«

Jury stöhnte ungeduldig. »Sonst noch was?«

Sie konzentrierte sich. »Ach, und sie möchte, daß Sie sie anrufen, basta. Aber das haben Sie wahrscheinlich eh schon erraten.« Mit einem vorgetäuschten Gähnen sprang sie vom Sofa auf und ging, um ihn abzulenken, zum Fenster, als wolle sie für neue

Gardinen Maß nehmen. »Ihre Fenster müssen geputzt werden. Sie sollten sich eine Putzfrau besorgen. Ich kann ja schließlich nicht alles machen.«

»Bleiben Sie nur davor stehen. Die Scheiben werden schon von dem Dampf sauber, den Sie ablassen.«

»Wer ist denn das?« Schon klebte ihr Gesicht an der Scheibe.

»Wer?«

»Da unten, schauen Sie.«

Jury stellte sich neben sie. Auf der anderen Straßenseite stand ein pummeliges Pärchen mittleren Alters und unterhielt sich. »Die zwei da? Weiß ich nicht.«

»Nein, nein, nicht die beiden. Mrs. W. steht mit jemandem auf der Treppe, mit irgend so einem Typ. Hier, kommen Sie hierher.«

Jury ging um sie herum, stellte sich dicht neben sie (eine angenehme Nähe, alles, was recht war) und beugte sich vor. Zuerst dachte er, daß der große junge Mann, mit dem Mrs. Wassermann auf der obersten Stufe der nach unten zu ihrer Wohnung führenden Treppe redete, immer wieder zu seinem, Jurys, Fenster hochblickte, doch dann merkte er, daß der junge Mann höher hinaufschaute. Mrs. Wassermann zeigte auf etwas.

Wie der Blitz suchte Carole-anne ihre Siebensachen zusammen und stürzte zur Tür. »Muß mich fertigmachen. Zur Arbeit. Ciao!«

Sie polterte aber nicht gleich die Steintreppe hinunter, sondern raste in ihre Wohnung hoch. Bestimmt zu dem Zweck, in etwas noch heißer Korallenfarbenes zu schlüpfen.

Jury ging allerdings hinunter.

»Mr. Jury! Ich wußte ja gar nicht, daß Sie wieder da sind. Schauen Sie, hier möchte jemand die Wohnung besichtigen.«

Was sich Jury ja auch schon gedacht hatte, als er ihn hatte hochstarren sehen. Der Mann war Ende Zwanzig, fast so groß wie Jury und in schwarzes Leder gewandet. Von Kopf bis Fuß. Schwarzer Lederblouson, schwarze enge Lederhosen. Glänzend braune Augen, rotblondes Haar, Muskeln unter dem Leder und

Wangenknochen, wie für ein Model oder einen Filmstar gemeißelt.

Randy Tyrone.

Mit diesem Namen stellte ihn Mrs. Wassermann jedenfalls vor. Natürlich hieß niemand Randy Tyrone, dachte Jury. Mit einem Handschlag, der ein paar winzige, überflüssige Knochen in Jurys Hand zersplitterte, und einer unglaublich wohltönenden Stimme sagte Randy Tyrone: »Mrs. Wassermann hat mir schon von Ihnen erzählt. Da kann einem ja nichts passieren, wenn man hier wohnt.«

Schlaumeier. Jury erwiderte das Lächeln nicht, sondern schaute sich das am Bordstein geparkte Motorrad an – nichts Geringeres als eine BMW. Elegant und glänzend schwarz wie der Besitzer. »Ihre?«

Randy Tyrone nickte und verzog den Mund zu einem hochmütigen Lächeln. »Damit bin ich schneller als mit dem Auto.«

»Von wo nach wo?«

»Ich bin Schauspieler. Gönne mir gerade eine Ruhepause. Betätige mich zwischen zwei Theaterjobs ein bißchen als Model.«

»Schauspieler!« Mrs. Wassermann geriet ins Flattern.

Jury glaubte nicht, daß er die Maschine mit Schauspielen erworben hatte. Vielleicht mit einem Job in Soho. Er schüttelte bedauernd den Kopf und sagte: »Menschenskind, Randy, wie schade. Jetzt haben Sie den ganzen Weg umsonst gemacht. Die Bude ist vor nicht mal einer Viertelstunde vermietet worden.«

Mrs. Wassermann klappte der Mund auf. Dann sagte sie: »Nanu ... Carole-anne hat mir ja nicht mal gesagt, daß jemand zum Besichtigen kommen wollte. Du liebe Güte ... ich habe auch niemanden gesehen.« Hilflos schaute sie Randy Tyrone an.

Jury zeigte auf das Paar, das auf der anderen Straßenseite immer noch ins Gespräch vertieft war. »Die dort drüben. Die müssen Sie verpaßt haben.« Fröhlich winkte er ihnen zu. Sie starrten erst ihn, dann einander an und winkten, wenn auch ein wenig mißtrauisch, zurück.

Während Jury lauschte, ob er etwas von Carole-anne hörte, zuckte Randy Tyrone ein paarmal mit einem Wangenmuskel, setzte sich seinen schwarzen Motorradhelm auf, deutete abrupt einen Abschiedsgruß an und schoß (gerade als Carole-anne aus der Haustür trat) in einer schwarzen Staubwolke von dannen.

»Wer war das?« greinte sie in aller Öffentlichkeit und lief zur Straßenmitte, um besser sehen zu können.

»Bloß ein Motorradbote«, sagte Jury und bedeutete Frau Wassermann, still zu sein. Da sie lange genug mit ihm und Carole-anne zusammenwohnte, ahnte sie potentielle Probleme und nickte.

»Für wen denn?«

»Für mich«, sagte Jury.

»Ein Motorradbote?« Sie runzelte die Stirn. »Was Wichtiges?«

»Eigentlich nicht.«

»Was dann?«

Jury gähnte. »Nada.«

10

Dem Herrn sei Dank: Tee gab es schon länger als Wiggins.

Das war Jurys erster Gedanke, als er um vier Uhr sein Büro im Scotland-Yard-Gebäude betrat, wo der Detective Sergeant die Hände über den Wasserkessel hielt, als wolle er ihn schnappen, bevor er sich pfeifend in die Lüfte erhob. Dennoch pfiff er gellend, ehe Wiggins ihn sich greifen und in Richtung zweier wartender Becher befördern konnte.

»Tee ist fertig«, verkündete Wiggins und strahlte übers ganze Gesicht. »Ich wußte, daß Sie genau um diese Zeit kommen.«

Woher, wußte Jury wiederum nicht, sagte aber nur: »Diesmal nicht so viel Zucker, bitte.«

»Sie wissen doch, daß ich keinen Zucker mehr nehme. Honig, der bringt's.«

»Aha. Dann nicht so viel Honig.« Jury betrachtete die Papiermassen, die kunterbunt durcheinander auf seinem Schreibtisch gelandet waren, fuhr mit der Hand darüber, als ob diese Aktion ihm enthüllen werde, was wichtig war und was nicht, und schob dann alles beiseite. »Was haben Sie über die Kunstliebhaber in der Tate herausgefunden?«

»Beatrice und Gabriel? Bis jetzt nichts. Ich warte auf einen Anruf von der C-Division. Wieviel Milch?« fragte Wiggins, damit klar war, was hier Vorrang hatte.

»Wie immer.«

Wiggins kippte achtlos Milch in den Becher und stellte ihn Jury hin. Dann widmete er sich der ernsthafteren Beschäftigung, seinen eigenen Tee mit dem einen oder anderen der Medikamente zu versetzen, die vorn auf seinem Schreibtisch aufgereiht standen. Er nahm erst eine, dann eine andere kleine braune Flasche und inspizierte sie mit einer Sorgfalt, die (dachte Jury) der Apotheker nicht einmal auf die Zubereitung verwandt hatte, spitzte die Lippen, schüttelte den Kopf, nahm die nächste.

Jury war kurz vorm Platzen. Solange er Sergeant Wiggins kannte, verarztete dieser sich mit Pillen, Hustensäften, Kräutern, Tränklein, Keksen, Kapseln, Schmerzmitteln und Amuletten, es fehlte nur noch ein Knoblauchhalsband zum Böse-Geister-Abwehren. Die Welt der Geister bot keine Schrecken für Wiggins. Er hatte Angst vor dem, was auf dem Planeten Erde kreuchte und fleuchte, nicht vor unbekannten amorphen Heerscharen aus Himmel oder Hölle. Die Erde als Brutstätte körperlicher Gebrechen brachte genug hervor, das er ertragen oder bedenken mußte, da war er nicht im mindesten an den Leiden der Seele interessiert. Jury beobachtete ihn, wie er ein durchsichtiges Glasfläschchen fixierte, das ein grünliches, zähflüssiges Zeug enthielt.

»Was zum Teufel ist das?« fragte Jury, seinem ohnehin oft gebrochenen Schwur zuwiderhandelnd, sich niemals nach Wiggins' Quacksalbereien zu erkundigen.

»Das? Ach, das nehme ich für die Brust.« Zur Prophylaxe entrang sich Wiggins ein paar *Rr-Rrrks* und *Ahs*, die weniger wie Husten als vielmehr wie halbherziges Lachen klangen. »Seit ein paar Tagen, seit Sie weg sind, hab ich's auf der Brust, Sir. Das ist das Wetter, das wir immer haben.«

Jury trank von seinem viel zu süßen Tee. »Ich habe noch keinen Tag ohne erlebt.«

»Sir?« Fragend hob er eine Augenbraue.

»Ohne Wetter. Ich finde, es ist wie immer im Februar. Feucht und nieselig. Es sei denn, Sie reden wieder vom Ozon.«

Seit geraumer Zeit nun stieß Wiggins düstere Prophezeiungen hinsichtlich der dramatischen Veränderungen des Wetters in Großbritannien aus – die waren woanders natürlich auch zu verzeichnen, aber woanders sollte selber sehen, wo es blieb, er lebte ja nicht dort –, heiße Sommer, warme Winter. Solche Veränderungen verhießen Übles. »Demnächst kriegen wir Hurrikans, tropische Wirbelstürme«, hatte er im letzten Sommer gesagt.

Nach reiflicher Begutachtung des Flaschenarsenals verwarf Wiggins es zugunsten eines seiner Lieblingsschmerzmittel – dem schwarzen Keks. Ein ekelhaft aussehendes Gebäck, schwarz wie Galle, brachte angeblich das Verdauungssystem auf Hochtouren. Zur Teezeit gönnte sich Wiggins ein oder zwei Stück.

Und nachdem Wiggins seinen Verdauungstrakt auf Vordermann gebracht hatte, fragte er Jury nach dem Fall. Jury informierte ihn über die Schlußfolgerungen, die Macalvie gezogen hatte, worauf Wiggins ein paar schwarze Krümel wegwischte und sagte: »Vermutlich hat er recht.«

»Recht? Mein Gott, da wette ich lieber blind bei den Rennen in Cheltenham.« Das glaubte Jury doch selbst nicht.

»Na ja, denken Sie an Dr. Dench, Sir.«

Vor ein paar Jahren war Macalvie mit seinem Freund Dennis Dench wegen einer Knochenidentifizierung aneinandergeraten.

»Damals hatte Macalvie auch recht«, sagte Wiggins. »Dench war zwar der Experte. Und lag trotzdem falsch.«

Jury schob einen Stoß Papiere beiseite und knallte die Füße auf den Schreibtisch. »Er redet auch so komisch.«

Wiggins runzelte die Stirn. »Komisch?«

»Komisch für Macalvie. Er wird ganz philosophisch. Grummelt was von abstrakten Zeitvorstellungen und so weiter.«

»So war er doch schon immer«, sagte Wiggins im Brustton der Überzeugung.

Jury starrte ihn an. »Macalvie? Macalvie hat immer zu den pragmatischsten Leuten gehört, die ich kenne. Er liebt nackte, unbestreitbare Tatsachen. Er ist kein Philosoph.«

»Er ist auch kein Kriminaltechniker, obwohl er sich in dieser Hinsicht auch schon hervorgetan hat.«

»Ach, hol's der Henker«, murmelte Jury. Im selben Moment klingelte das Telefon.

Wiggins nahm ab, meldete sich, hörte zu, legte die Hand über den Hörer und sagte Jury, es sei die C-Division wegen der Tate Gallery. Hörte weiter zu, während er Block und Bleistift nahm. »Slocum, so heißt sie? S-l-o-c-u-m ... Alles klar ... Gabriel Merchant ... Aha, aha ... Bethnal Green, gut ... Alle beide ...? Hm, hm ...« Plötzlich veränderte sich sein Gesichtsausdruck drastisch, er schnellte in seinem Drehstuhl nach vorn, würgte schließlich ein »vielen Dank« heraus und legte auf.

Jury wartete. Wiggins schwieg.

»Was zum Teufel ist denn los?« fragte Jury.

»Die beiden, Bea Slocum und Gabriel Merchant.«

»Ist ihnen was zugestoßen?« fragte Jury alarmiert.

»Nein, nein. Wo sie wohnen, darum geht's, Sir. Im Osten Londons.«

»Na und? Im Osten Londons wohnen viele Leute.«

»Aber nicht in der Catchcoach Street, da nicht.«

Jury kam der Name vage bekannt vor, doch Wiggins wußte nur allzugut, was Sache war. »Catchcoach Street?« Jury überlegte, lächelte, lachte. »Herr im Himmel, Wiggins, Sie reden doch wohl nicht ...«

Wiggins sah aus, als sei ein neues Loch in die Ozonsphäre gerissen worden. Er nickte. Seine Stimme verhieß Unheilvolles. »Die Cripps, Sir. White Ellie. Ash. Und diese – Kiiinder...« Unwillkürlich überlief ihn ein Schauder. Dann riß er die Augen zu einem flehentlichen Blick auf. »Ich hab's immer noch schlimm auf der Brust, Sir. Ich hab überlegt, ob ich heute nicht mal früher nach Hause gehen und mich ein bißchen hinlegen sollte.«

Jury schlüpfte schon in seine Jacke. »Von wegen hinlegen, Sergeant. Zwei Männer. Sie wissen, warum. Racer sagt, wir müssen formal korrekt vorgehen.« Er strahlte ihn an. »Nehmen Sie ruhig Ihre schwarzen Kekse mit.«

11

Alles ändert sich, alles ist vergänglich, und nie taucht man die Hand wieder in denselben Fluß. Oder pißt in dieselbe Vogelbadewanne.

Es sei denn, man ist ein Cripps.

Im Vorgarten des Hauses in der Catchcoach Street – einem staubigen Fleckchen nackter Erde – zielte ein Junge von etwa vier Jahren auf eine weiße Plastikvogelbadewanne, die in diesem Garten der Lüste zwischen Plastikenten und einem scheußlichen kleinen Gartenzwerg thronte.

Vögel glänzten durch Abwesenheit. Wahrscheinlich hatten sie einmal zuviel getrunken, dachte Jury, als er und Sergeant Wiggins auf dem Bürgersteig standen und fasziniert zuschauten.

Ein Fenster flog auf, ein feistes Gesicht über einem fetten Körper erschien und kreischte: »Petey! Hör auf, da rumzupissen und komm rein! Essen!« Das Fenster knallte zu, die Scheiben klirrten und ließen den Kinderwagen auf der Türschwelle erzittern. Petey schenkte sich die Mühe, seine kurzen Hosen mitzunehmen, flitzte hinein und ließ die Tür weit offen.

»Wir brauchen ja sicher nicht zu klopfen«, sagte Jury mit einem Blick auf das Kind unter den verwaschenen Lappen im Wagen. Dabei beschlich ihn ein Gefühl, als werde die Zeit zurückgedreht. Vor fast zehn Jahren hatte er das Gefährt zum erstenmal gesehen, als er und Wiggins in einem grauenhaften Mordfall in der Catchcoach Street Informationen über einen Verdächtigen eingeholt hatten. Größerer Erfolg war ihnen damals beschieden gewesen, als sie das Baby unter der Wäsche hervorgeholt hatten. Der Wagen diente immer noch einem doppelten Zweck: als Kinderwagen und Wäschekorb. Jury zog ein Handtuch und ein paar Waschlappen vom Gesicht des Balgs, um sich zu vergewissern, daß es noch atmete.

Wiggins schüttelte seine alptraumhaften Erinnerungen an die Familie Cripps ab und murmelte: »Herr im Himmel.« Dann riskierte auch er einen Blick in den Wagen. »Das kann doch nicht das Baby vom letztenmal sein, Sir.«

»Wahrscheinlich haben sie immer ein Baby.« Jury versetzte die Rassel in sanfte Schwingungen. Das Baby gurrte und sabberte, seine Finger umklammerten einen Waschlappen, es kümmerte oder interessierte sich nicht für das dunkle Schicksal, das seiner, wenn nicht heute, dann morgen oder übermorgen, harrte.

Sie betraten einen Raum, den man im Zweifelsfall als »vorderes Wohnzimmer« bezeichnen konnte und in dem Wiggins haarscharf neben eine auf dem Boden befindliche Schüssel mit Wasser trat, in der Elektrokabel hingen. Aus der Küche erklang schrecklicher Lärm, Kesselpfeifen, klirrendes Geschirr, Gefluche und Gekicher. White Ellies Stimme war so laut, daß man sie sofort aus den anderen heraushörte. Dann erschien sie höchstpersönlich. Sie strahlte über alle vier Backen.

»Na, wenn das ma nich Dick und Doof sind! Wenn ich das Ash erzähle...« Sie richtete den Blick zur Zimmerdecke und fügte hinzu: »Egal. Immer hereinspaziert, gibt gleich ein Schlückchen!« Ohne ihre Antwort abzuwarten, rannte – watschelte – sie zurück in die Küche.

Wiggins schreckte nicht einmal vor der Aussicht auf die angebotene Erfrischung zurück, seine Aufmerksamkeit war von der Schüssel mit dem Wasser gefesselt. »Was ist denn das? Schauen Sie, die Kabel sind ja alle angeschlossen, Sir. Das ist gefährlich. Damit kann man das Haus abbrennen.« Er schüttelte den Kopf.

»Wahrscheinlich«, sagte Jury und betrachtete die bunten Bilder, die auf dem Fernseher herumzappelten. Irgendein Zeichentrickfilm lief.

»Du stehst im Weg, Kumpel«, sagte eine weibliche Stimme vom anderen Ende des Zimmers. Unter einem Dutzend verstreuter Kissen lümmelte sich die Gestalt auf dem Sofa. Ihr rotes Haar glühte, als sei auch ihr Kopf an elektrische Kabel angeschlossen.

Jury lächelte. »Beatrice Slocum, hab ich recht? Ich bin von der Kripo, Scotland Yard.«

Bea Slocum versuchte einen auf gelangweilt zu machen, als gelte ihr Interesse lediglich den Trickfilmfiguren. Kichernd schlug sie die Hand vor den Mund. Es war beinah so, als spräche man mit Carole-anne Palutski.

»Ich bin Richard Jury, das ist Sergeant Wiggins, Scotland –«

»Gut, aber das sind Ren und Stimpy, also trollt euch.« Ihr Haar hatte eine wunderschöne bläulich-schwärzlich-rötliche Farbe wie auf einem Werbeplakat, sah aber gefärbt aus, auberginenfarben, und ihr hübsches Gesicht war von den Regenbogenfarben des Lidschattens verunziert – ein halbes Dutzend Töne konkurrierten miteinander. Sie sah sanft und verdrießlich aus und hatte den Mund leicht nach unten verzogen, ein Zeichen, daß sie in zehn Jahren vielleicht hart und zynisch sein würde. Sie trug eine Art kugelsichere grüne Weste und abgesäbelte Jeans, und ihre Füße steckten in schweren kurzen Stiefeln. Mit der Fernbedienung in der Hand stellte sie die Lautstärke höher, woraufhin, von den Geräuschen ihres Lieblingstrickfilms angelockt, etliche Cripps-Sprößlinge aus der Küche angerannt kamen und Wiggins fast umstießen. Blitzschnell verteilten sie sich auf dem Boden und fingen sofort an, sich gegenseitig zu knuffen und zu kneifen.

Durch den Fernsehlärm hub Jury an: »Wenn Ren und Stumpy vielleicht –«

»Stimpy, Sir«, korrigierte Wiggins ihn. »Das ist der Hit im Moment.«

Für Wiggins auch, danach zu urteilen, wie eifrig er auf den Bildschirm starrte. »Setzen Sie sich aber nicht auch noch auf den Boden, Sergeant.«

Ren (oder Stimpy) sah aus wie ein langgezogenes Karamelbonbon mit Zähnen. Die anderen sahen aus wie etwas, das Picasso weggeworfen hatte. Sie schienen ihre Zeit damit zu verbringen, blutrünstig zu schreien oder sich zu bemühen, alles in ihrer Reichweite zu zerstören. Mit den typischen tausend ausgeklügelten Boshaftigkeiten von Trickfilmfiguren purzelten sie zeternd und kreischend durch die Gegend. Niemand schenkte Scotland Yard auch nur die geringste Aufmerksamkeit, nicht einmal sein eigener Sergeant.

Ren und Stimpy waren natürlich sehr inspirierend für den Crippsschen Nachwuchs. Als Ren (oder Stimpy) Stimpy (oder Ren) würgte, schickte sich der ältere Junge mit der Stachelfrisur an, seiner kleinen Schwester das gleiche anzutun. Er schüttelte sie wie eine Lumpenpuppe, bis Jury ihn am Schlafittchen packte und wegzog. Wenn es denn eine Regel gab, an die sich die Jungs der Familie hielten, dann die, sich nie mit jemandem anzulegen, der so alt, so groß oder vom selben Geschlecht war wie man selbst. So reduzierte man die Gefahr, sich weh zu tun. Daß die Kinder sich in den letzten zehn Jahren scheinbar nicht verändert hatten, lag natürlich an einer optischen Täuschung. Die großen waren weg, und es waren immer neue nachgewachsen. Wenn es sich bei dem halbwüchsigen Knaben dort drüben um Friendly handelte, war er um einiges größer, hatte aber immer noch den verschlagenen, durchtriebenen Blick, den er schon zur Perfektion gebracht hatte, als er sieben oder acht gewesen war. Ja, das mußte Friendly sein, dachte Jury, der Art nach zu urteilen, wie er sich mit der Hand zwischen die Beine fuhr. Vielleicht steckte diese Bewegung den Cripps aber auch in den Genen. Ein Blick auf den Vater genügte.

»He, Mister, ham Se mal zehn Pence? Na, mach'n Se schon!«

Eins der kleineren Mädchen zerrte mit einer Hand, an der die Spuren eines Abendessens aus Kartoffelbrei und Ketchup klebten, an seinem Ärmel. Ihre Dreistigkeit ermutigte auch die anderen, Forderungen herauszukreischen.

»Halt die Klappe, Alice!« Zwar kein Machtwort, aber doch ein Wort von White Ellie. Mit zwei angeschlagenen Bechern Tee kam sie ins Wohnzimmer zurückgestampft. Sie hielt sie Jury und Wiggins entgegen. »Prost!«

Jurys Dankeschöns gingen in dem Getöse unter, das Alice, Petey und das Baby verursachten, welch letzteres sie wahrhaftig greinend draußen auf den Bürgersteig gesetzt hatten. Und zum erstenmal erlebte Jury, daß Sergeant Wiggins einen Becher Tee mit Mißachtung strafte.

»Los, kommt her!« Wütend schaute sich White Ellie im Zimmer um. »Wo ist Klein-Robespierre? Habt ihr ihn schon wieder draußen gelassen?« Sie eilte von dannen und rettete das Baby vom Bürgersteig. »Petey, hast du wieder in die Vogelbadewanne gepißt?«

»Nein, Madame, nein, Madame, nein, Madame«, trällerte Petey als Antwort.

»Der wird genauso wie sein Dad, der Petey. Widerlich, sag ich ihm immer, und er endet mal genauso wie der, als öffentliches Ärgernis. Letzte Woche erst hat die Lügnerin wie ein Rohrspatz geschimpft, Ash hätte es ihr bei Mervin in der Autowerkstatt besorgt, haha, daß ich nicht lache! Wunschdenken, wenn Sie mich fragen. Hm, Sie kennen unsere Amy ja noch gar nich.« Sie zerrte eine Sechsjährige aus der Schar und schob sie vor Jury. »Als Sie das letztemal hier waren, war sie ja noch ein Baby.« Sie redete wahrhaftig so, als besuchten Jury und Wiggins sie regelmäßig einmal im Jahr. »Und das hier ist Alice.«

Alice war ein, zwei Jahre jünger als ihre Schwester und hob zur

Begrüßung ihr Baumwollröckchen, damit die Polizisten auch sahen, daß sie keine Unterhose trug. Ihr Grinsen fiel wegen etlicher Zahnlücken ein wenig dürftig aus.

White Ellie schlug ihr die Hand weg und riß das Röckchen herunter. Dann marschierte sie zum Fernseher und schaltete ihn mit einer heftigen Bewegung ab, als führe auch er Unschickliches im Schilde. »Wir haben Besuch.«

Beas rotschillernder Kopf war die ganze Zeit von einer Seite zur anderen geruckt, weil sie versucht hatte, den Bildschirm im Blick zu behalten. Geschlagen ließ sie sich auf das ausgebleichte Cretonnesofa fallen. Jury bezweifelte, ob es eine so zündende Idee war, Ren und Stimpy zu verbannen. Der Film hatte wenigstens den Aufmerksamkeitsradius der Kinder erweitert. Jetzt mußten sie sich wieder mit sich selbst beschäftigen. Sie sprangen im Kreis herum und sangen:

> Piesel-Pete, Piesel-Pete,
> Pieselt auf die Klobrille, igitt!

Was sie für äußerst humorvoll hielten. Außer Pete. Der stand in der Mitte der ihn umringenden kleinen Ungeheuer und plärrte.

White Ellies Order »Haltet die Klappe!« fand keinen Anklang. Aus keinem Jury ersichtlichen Grund flüsterte sie ihm nun zu: »Dachte, Sie wärn vom Sozi, wegen Ashley. Da oben...« Sie schaute zur Decke. »Die liegt ja immer auf der Lauer. Also die beiden, letzte Woche. Widerlich. Bumst sie in meinen eigenen vier Wänden...« White Ellie begriff es nie so ganz, daß New Scotland Yard kein weiteres Auge des Gesetzes war, das ihren Gatten Ash Cripps überwachte und seinen Untaten auf die Schliche kam. »Also, ich hab noch gesagt: ›Ashley, du hast verdammt Schwein, daß die Lügnerin die Geschichte über das in Mervins Werkstatt verbreitet.‹ Weil, der glaubt doch sowieso keiner, verstehn Sie?«

Nein, verstand Jury nicht, aber er ergriff die Gelegenheit zu sagen: »Wir sind nicht wegen Ash hier, Ellie. Sondern wegen Beatrice.«

Beatrice stachelte die lieben Kleinen an, indem sie mit dem Besenstiel in dem Kreis der Tänzer stocherte. Überrascht schaute sie auf.

Piesel-Pete, Piesel-Pete,
Bepieselt sich die Füß, igitt!

Petey, der in der Mitte gefangen war, jaulte noch heftiger.

»Verduftet, damit sich der Superintendent hier hinpflanzen kann!« schrie Ellie. »Aurora, räum mal die Schlüpfer und die Strumpfhosen von dem Stuhl da!« Wer auch immer Aurora war, sie ignorierte es genauso wie die anderen. Sie gingen völlig in ihrem Spiel auf.

Da ergriff Jury selbst die Initiative und fegte ein paar Lumpen von den Polstern neben Bea Slocum. »Sie waren mit Ihrem Freund Gabe damals in der Tate. Wo ist er denn eigentlich? Ich dachte, er wäre hier.«

»Gabe, der pennt hier auf unserem Sofa«, schaltete sich White Ellie ein. »Hat seine Wohnung verloren, und da hat ihm Ash gesagt, er kann so lange hierbleiben, bis er sich wieder bekrabbelt hat. Und Bea, die is nur zum Abendessen vorbeigekommen. Bea hat einen Job in Bethnal Green. Bea arbeitet!« An die Vorstellung ehrlicher Erwerbstätigkeit nicht gewöhnt, hauchte Ellie den Satz voller Inbrunst.

Jury sagte: »Ich dachte, daß Sie sich vielleicht an etwas im Zusammenhang mit der toten Frau erinnern. Sie hieß Frances Hamilton.«

»Gabe vielleicht. Wir haben uns nämlich eine Weile lang getrennt, damit er in die ›Swagger‹-Ausstellung gehen und ich mir die J. M. W.s anschauen konnte.«

»Die was?« fragte Wiggins. Er hatte von der kabelverbrämten Wasserschüssel abgelassen und sein Notizbuch gezückt.

Bea kratzte ein Fetzchen roten Nagellack von ihrem Nagel. »Turner.« Da sie Jurys und Wiggins' erstaunte Blicke dahingehend interpretierte, daß sie nicht wußten, wer Turner war, fügte sie für die Kunstbanausen, die noch nie was von diesem Künstler gehört hatten, ganz sachlich hinzu: »J. M. W. Turner. Ein Maler. Ist ja auch egal, Gabe mag die Tate. Er geht oft dahin. Er ist Maler.«

White Ellie prustete los. »Der? Das einzige, was der je gemalt hat, war Ash.«

»Ach, halt dich da raus, Elephant. Das war doch nur ein Witz.«

»Hat aber Ash ums Haar ins Kittchen gebracht, jawohl. Ein Witz. Also ...« Sie ließ sich mit voller Wucht auf der sauberen Wäsche nieder und konzentrierte sich auf Jury. »Ham sich vollaufen lassen bis zum Anschlag, Ash und Gabe, und da hat Gabe seine Farbpötte geholt ...«

»Meine Farbpötte, Elephant. Meine letzten außerdem. Gabe hat sie mir aus meiner Wohnung in Bethnal Green geklaut.«

Ellie fuhr fort: »Gabe pinselt also Ashley ein paar Tupfer drauf. Und dann meinen sie, was soll's, hat doch kein' Wert, wenn man nur ein bißchen blau is. Also zieht sich Ash aus, splitterfasernackt, und Gabe malt ihn blau an, von oben bis unten blau, bis auf ein paar Stellen, damit die Haut noch atmen kann, und dann wettet er mit ihm, daß er so nich bis zur Straßenecke rennt. Und ich sitz hier und geb Robespierre die Flasche, und was seh ich, als ich rausgucke? Da flitzt ein nacktes, blaues Etwas am Fenster vorbei, und kurz danach kommt eins der Kinder angelaufen und erzählt mir, Dad wär grad vorbeigerannt und wär ganz blau –«

Die Kinder setzten den Kontrapunkt zu der Geschichte und variierten ihren Gesang.

Ash ist blau und nackt und bloß,
Ash ist immer arbeitslos.

»He, was soll das?« schrie White Ellie. »Das is immer noch euer Vater, den ihr da verarscht. Ein bißchen mehr Respekt bitte!«

Dad ist blau und nackt und bloß,
Dad ist immer arbeitslos.

Ellie ignorierte diese erneute Unterbrechung und fuhr fort: »Und stellt euch vor, bevor ich auch nur Luft holen und rausgehen kann, hat doch die Lügnerin schon die Polente angerufen. Also kreuzen die Bullen hier auf, und draußen zeigt ihnen die Lügnerin den Weg, und Gabe lacht sich halb tot.«

»Ach, hör doch auf, Elephant. Reg dich ab!« rief Bea und zündete sich eine Zigarette an.

Jury wandte sich an Bea. »Kann es sein, daß Gabe Mrs. Hamilton – die tote Frau – gesehen hat, als er in der ›Swagger‹-Ausstellung rumgelaufen ist? Und Sie waren in der Clore Gallery?«

Sie stieß eine dicke Rauchwolke aus und sagte: »Schon möglich. Er muß aber jede Minute hiersein. Dann können Sie ihn selbst fragen.«

»Und Sie haben sich währenddessen die Turners angeschaut?«

»Na ja«, sagte sie, als sei die Frage idiotisch und jede Antwort darauf sowieso. »Wenn man einen Turner gesehen hat, hat man alle gesehen, stimmt's? Ich sage immer: Auf wie viele Arten kann man Licht malen?« Sie schaute Jury an, um zu sehen, wie er reagierte.

Jury reagierte noch erstaunter. Beatrice Slocum entsprach überhaupt nicht seinen Erwartungen. Oder nicht den Erwartungen, die sie bei anderen hervorrufen wollte.

Auf der Straße hörte man einen lautstarken Wortwechsel. Bea beugte sich über den Sofarücken und zog einen schmuddeligen Vorhang zur Seite.

Beteiligt an dem Spektakel waren ein älterer Mann ohne Kinn, eine Frau in einem Regenmantel, die wahrscheinlich schon ihr Leben lang aussah, als sei sie im mittleren Alter, ein großer junger Mann, den Jury als Beas Freund identifizierte, und Ashley Cripps. Ash hätte Jury überall wiedererkannt. Ein Streit war im Gange. Der kinnlose Mann schrie, Ash fuchtelte mit den Armen herum, und die Frau brachte einen Stock ins Spiel, woraufhin sie dann noch älter wirkte.

Bea hing über dem Sofarücken und schaute zu. »Ach, verdammter Mist. Schon wieder die Lügnerin. Sie ist draußen mit Fuckin' Freddie –«

Ellie riß das Fenster hoch. »Weg von der Straße, Ashley. Mach, daß du reinkommst!«

Erbost, daß sein Disput unterbrochen wurde, herrschte er Ellie an, sie solle ihn am Arsch lecken, er sei beschäftigt, vielen Dank, und schob dem kinnlosen Mann wieder die Faust unter die Nase.

Wütend und empört watschelte White Ellie durch die Haustür über den Bürgersteig. Jetzt waren sie zu fünft, was Jury zu dem Entschluß veranlaßte, zu intervenieren oder wenigstens hinauszugehen und Gabe zu holen, damit er in diesem Jahr noch mit seinen Ermittlungen fertig wurde. Er begab sich auf die Straße.

Offenbar auf eine Frage von White Ellie antwortete der kinnlose Mann: »V-v-v-v-verdammte Scheiße, er hat in meine Primeln gepißt. Jawohl, hat er! V-v-v-v-v-v–«

»Ach, halt doch die Fresse!« schrie Ash. »Erstunken und erlogen!«

»Hab's mit eigenen Augen gesehen!« greinte die Frau, die Jury für die Lügnerin hielt.

Mit der Behauptung, daß diese ihrem Namen auch alle Ehre mache und nie im Leben etwas Derartiges gesehen habe, ergriff der große junge Mann für Ash Partei. Jury fragte ihn, ob er Gabriel Merchant sei.

»Jawohl, bin ich, aber können Sie sich mal ne Sekunde verpissen, Mister? Okay?« Eine durchaus freundlich ausgesprochene Empfehlung.

Das erregte Stimmengewirr hatte mittlerweile eine solche Lautstärke erreicht, daß Passanten aufmerksam wurden und mit

Hunden an der Leine und Einkaufskarren stehenblieben und gafften.

»– und dann zieht er seinen v-v-v-v-verdammten Reißverschluß auf und –«

»Quatsch doch nich rum! Elephant, sag's ihr doch! Das geht ja gar nich!«

Die Frau begann mit dem Stock durch die Luft zu schlagen. »Hast du wohl, ich hab's gesehn, ich hab's doch gesehn –«

»Du lügst! Du lügst! Du lügst!« brüllte White Ellie. »Es geht überhaupt nich! Ich hab ihn ja zugenäht!«

Ashley freute sich diebisch, daß die beiden Nachbarn beim Lügen ertappt wurden. Mit einer entsprechenden Beckenbewegung forderte er die Lügnerin auf: »Na, los doch, los doch, reiß ihn auf!«

Die Frau schnappte nach Luft. Entweder wegen Ash Cripps' gefährlich nahem Reißverschluß oder weil sich herausstellte, daß sie ihren Spitznamen zu Recht verdiente. Sein Hosenschlitz war fest zusammengenäht. Mit hochrotem Kopf, der der Farbe des Granats an ihrer Kehle in nichts nachstand, drehte sie sich um und stampfte davon. Der kinnlose Mann (Fuckin' Freddie) stammelte ein paar unverständliche Worte und rannte hinter ihr her.

Ash und Gabe lachten Tränen und umarmten sich.

»Es tut mir ja in der Seele leid, wenn ich Sie stören muß«, sagte Jury.

»He, da brat mir einer 'n Storch, wenn uns da nich Scotland Yard mal wieder beehrt.« Begeistert schüttelte Ashley Jurys Hand wie einen Pumpenschwengel. »He, Gabe, das hier is Polizei. Weißt du, ich hab dir doch mal von dem Fall erzählt, wo wir geholfen haben.« Fröhlich wandte Ash sich an Jury. »Und was gibt's diesmal?«

Jury lächelte. »Könnten wir vielleicht doch ins Haus gehen? Ich hätte gern ein Wort mit Gabe gewechselt.«

»Mit Gabe? Was hast du denn verbrochen? In Fuckin' Freddies Primelchen gepißt? Ach, haltet mal den Rand, ihr Mistblagen!«

sagte Ash, als sie an den Kindern vorbeigingen, die sich vor dem Haus versammelt hatten, um das Schauspiel zu genießen.

Gabe und Bea küßten und knutschten sich ein wenig ab, dann machte Gabe es sich neben ihr gemütlich. Er hatte zwar lange, leicht fettige Haare, aber bemerkenswert blaue Augen. »Kann losgehen, Chef.«

Jury schob Wiggins von der kleinen Wasserschüssel weg. »Sir«, sagte dieser und zog sein Notizbuch heraus. Dann las er die einzelnen Punkte genau so pedantisch herunter, wie er sie immer aufschrieb.

»Wir wüßten gern alles, was Sie über den Vorfall in der Tate noch in Erinnerung haben.«

»Gib mal 'ne Fluppe, Süße«, sagte Gabe zu Bea. Sie gab ihm Tabaksdose und Zigarettenpapier, er verteilte den Tabak sorgfältig, verklebte das Papier, zündete sich das Ding an und schaute nachdenklich drein. Sagte aber nichts, so daß ihm Jury ein Stichwort gab.

»Haben Sie Mrs. Hamilton – die tote Frau – auch woanders in der Galerie gesehen?«

»Ja, hab ich tatsächlich. In der ›Swagger‹-Ausstellung. Bea, die war nich mit dabei.«

Bea schob ihren auf seinem Oberschenkel ruhenden Kopf weiter zurück, damit sie ihm in die Augen schauen konnte. »Warum soll ich vier Pfund berappen, nur um einen Haufen Frauen anzugucken, die auf Wolken sitzen und Schädel als Fußschemel benutzen?« Sie zwinkerte Jury freundlich zu – von Kunstkritiker zu Kunstkritiker.

Gabe stieß einen Laut heller Empörung aus. »Sei nicht albern.«

»Wissen Sie, ob sie allein war?«

»Soweit ich weiß, ja. Aber die Ausstellungen sind manchmal ganz schön überlaufen.«

»Erinnern Sie sich daran, was sie getan hat?«

»Mal sehen. Ich weiß, es war nach den van Dycks, und ich hab mir einen Reynolds angeguckt, das mit der italienischen Tänzerin.

Mann, hat die Augen. Da ist mir die Frau aufgefallen. Hat krank ausgesehen. Also, ich dachte, ihr wär übel, denn sie is rausgelaufen – Sie wissen schon, so wie Leute laufen, wenn sie . . .« Er tat, als ob er würgte.

Aus der Küche kamen Krachen und laute Stimmen, und gleichzeitig platzten die Gören wie Gewehrkugeln ins Zimmer und verteilten sich. Die Phase relativer Ruhe war vorüber.

»Hab ich nich!«

»Hast du doch!«

»Nein!«

Weiteres Schreien und Fluchen erscholl, bis Ash durch die Tür kam. Er hielt Teller und Gabel in der Hand und grinste unschuldig. Dabei war sein Abgang aus der Küche von einem Aluminiumtopf begleitet, der mit atemberaubender Geschwindigkeit gegen die Wand krachte, die verblaßte bräunliche Tapete zerdrückte, herunterknallte und über die Bodendielen klapperte.

Er hatte Ash knapp verfehlt. Ein zotteliger kleiner Terrier, der augenscheinlich auf den Teller scharf war, den Ash sich gegen die Brust preßte, folgte ihm. Ash plumpste neben Wiggins aufs Sofa und ließ die Staubflocken tanzen. Großzügig offerierte er Wiggins einen Happen von seinem Gebrutzelten – eine Melange aus Kotelett, Würstchen, Kartoffeln, Zwiebeln und Bohnen. Wiggins erbleichte. Ashley schaufelte es mit Hochgenuß in sich hinein. Mit zum Bersten vollem Mund fragte er Bea und Gabe: »Was is mit euch, Kinder? Habt ihr schon gegessen?«

Nein, aber sie wollten ins Pub, sobald das »Verhör« beendet sei.

»Mr. Jury? Der is schwer in Ordnung. Mann, der hat mir mal geholfen, als das Sozi angetanzt ist.« Dann setzte er eine todtraurige Miene auf und sagte: »Die Kneipe is zu. Das alte Anodyne Necklace. Alles ändert sich.« Ash schüttelte den Kopf.

Dann dampfte auch White Ellie mit einem vollen Teller an – Spiegeleier und ein Berg gebackene weiße Bohnen auf Toast. »Da hab ich dem hier gesagt«, sie deutete mit dem Kopf auf ihren Gatten und nahm das Gespräch auf wahrhaft homerische Weise, in medias res, auf, »ich sag: ›Ashley, kratz zwanzig Mäuse zusammen für eine Eintrittskarte, wenn das Criterion aufmacht, dann kannst du dich den ganzen feinen Pinseln in London zeigen.‹«

Aus dem Kinderwagen ertönte ein Gurgeln, doch Robespierre lag unter einem Wust blaßblauer Wolle, so daß man nicht sehen konnte, ob er an den Bohnen erstickte. Etliche Gabelvoll waren in seine Richtung gewandert.

Ellie redete glucksend weiter. »Das Ding hat wahrhaftig die schnieksten Klos in London.«

»Ach, hör doch auf, Elephant«, sagte Ash und ließ den Knochen von seinem Lammkotelett über die Sofalehne baumeln, um den Terrier zu ärgern.

»Na ja, immer noch besser, als wenn du dich in den dreckigen Klos in Mile End zeigst.«

Ashley hatte so oft gesessen, daß er wie ein vielbeschäftigtes Model immer eine kleine Tasche fertiggepackt neben der Tür stehen hatte. Er war so ungefähr jeden geringfügigen Vergehens angeklagt worden, dessen sich ein Mann mit ein wenig Phantasie schuldig machen konnte – Einbruch in einen Zeitungsladen, Hehlerei und andere Schiebereien –, aber sein eigentliches Metier war Erregung öffentlichen Ärgernisses, daher der Spitzname Ash the Flash, Ash der Blitzer.

Wiggins konnte seine Neugierde nicht bezähmen und unterbrach den Ehekrach. »Mr. Cripps, ich frage mich die ganze Zeit«, er zeigte auf die Schüssel mit dem Wasser und den Kabeln, »was, eh, für eine Theorie dahintersteckt.«

Ash wischte sich den Mund mit einem schmutzigen Taschentuch ab und stopfte es wieder in seine Hosentasche. »Das, ja, das is meine Erfindung, Mr. Wiggins, und darauf bin ich echt stolz. Also, die Maus kommt, will was trinken, und dann wird sie gebrutzelt. Das ganze Ding geht in Rauch auf.«

»Ashley, du solltest ein bißchen Käse reintun«, schlug Ellie vor, »die Mäuse lachen ja sonst drüber.«

Wiggins zog die Stirn in Falten und sagte: »Ich wußte ja gar nicht, daß Mäuse...«

Ellie zündete sich eine selbstgedrehte Zigarette an und nahm inmitten des Wäschehaufens (ob sauber oder schmutzig, war nicht auszumachen) auf dem Sofa Platz. Als sie sich auf den Polstern mit der kaputten Federung niederließ, entstand am anderen Ende Unruhe, und ein Mondgesicht mit stacheligen Borsten obendrauf tauchte auf.

»Da bist du ja. Dachte, du wärst zu dem Paki rüber, Bier holen«, sagte Ellie, völlig ungerührt von dem lazarusähnlichen Anblick.

Das Mädchen rieb sich die Augen. »Laß mich, ich hab 'ne Runde gepennt.«

Das jüngst hinzugekommene Familienmitglied rappelte sich auf, erhob und reckte sich, als sei es nun bereit, dem Tag entgegenzutreten. Dann verlangte es von White Ellie einen Fünfer für das Bier, suchte sich aus dem Gemüll in dem Kinderwagen etwas zum Anziehen heraus (einen Schal), ging los und knallte die Haustür hinter sich zu.

White Ellie legte ihre pummelige Hand auf Wiggins' Unterarm. »Sind Sie verheiratet?«

Wiggins schob schnell einige Handtücher und Waschlappen zur Seite, damit er von Ellie wegrücken und ein paar Anstandszentimeter zwischen sie bringen konnte. Nein, erwiderte er, sei er nicht. »Kluges Bürschchen«, sagte sie und zwinkerte ihm offen und herzlich zu, als wolle sie ihm bedeuten, daß er mit Damenbeziehungen nach dem Motto »Catch-as-catch-can« weit besser dran sei.

Bea versuchte sich nun durch den Lärm der Kinder, die sich kichernd über Petey warfen, Gehör zu verschaffen. »Wir sind sehr oft in der Tate, Gabe und ich. Das Victoria and Albert und die Nationalgalerie gefallen uns auch, aber Tate ist besser, weil sie am Embankment ist und wir gern am Fluß spazierengehen.«

Jury mußte lächeln, als er sich Bea und Gabe, diese schräge Mischung neonhaariger Anti-Establishment-East-End-Nonkonformisten, inmitten der Cappuccino-Schickeria vom Chelsea Embankment vorstellte. »Francis Hamilton auch«, sagte Jury. »Ist auch oft in die Tate gegangen, meine ich. Das sagt jedenfalls eine Freundin, bei der sie gewohnt hat. Sie mochte Museen.«

Bea verzog das Gesicht wie ein nachdenkliches kleines Mädchen. Sie drehte sich um und schaute in den nun hellen, sonnenbeschienenen Tag.

Wiggins schrieb ihre Adressen auf. Gabes Wohnung, die er hoffentlich nächste Woche wieder beziehen konnte, lag in der Nähe der Catchcoach Street. Beatrice wohnte in Bethnal Green, wo sie im Spielzeugmuseum arbeitete.

Jury erhob sich, Wiggins tat es ihm gleich. »Vielen Dank für Ihre Hilfe – Bea, Gabe.« Er blickte in die Runde. »Und allen anderen auch.«

Er schaute in den Kinderwagen, der nun die Haustür offenhielt. Im Gegensatz zu dem faulen Ashley Cripps fungierte also Robespierre nicht nur als Wäschekorb und Schublade, sondern auch als Türstopper. Jury verbrachte einen müßigen Augenblick in der Betrachtung des grimmig schlafenden Babys und fragte sich, welches der Kinder, die jetzt draußen auf dem Bürgersteig herumschrien, er damals in ebendiesem Gefährt gesehen hatte. Aurora war die aussichtsreichste Kandidatin, sie sah wie neun oder zehn aus. Fragen wollte Jury nicht; er hatte Angst zu hören, daß das Baby die anderen hier nicht überlebt hatte.

Auf dem Bürgersteig erklang ein Jammern und Schreien, und bei dem Gedanken, daß sie sich nun wieder gegenseitig quälten, sank Jury das Herz. Auch aus Robespierre mit den winzigen Fäusten und flammendroten Wangen würde ein Junge mit stacheligem Haar und wimpernlosen Augen, ein Mitglied des schmuddeligen Kreises dort werden.

Wie konnte die Zeit so grausam sein?

Er dachte an den zwischen den frischen grünen Uferböschungen unter dem kobaltblauen Himmel dahinfließenden Avon. Die Enten, das Schilf, die Schwäne. Der Fluß änderte sich nie. Aber das stimmte nicht. Er, Jury, würde ihn nie mehr genau so betrachten können. Alles änderte sich, nichts blieb.

Außer den Cripps.

Jury seufzte.

12

I

Jury vereinbarte mit Wiggins, daß er noch einmal zu Lady Cray gehen und mit ihrem Enkel sprechen würde und sie sich danach im Büro treffen würden. Die Tür des Hauses in Belgravia wurde dieses Mal nicht von dem schüchternen Hausmädchen, sondern von einem jungen Mann in feinkariertem Lambswoolmantel geöffnet. Er sah aus, als wolle er gerade gehen.

»Oh, hallo! Suchen Sie meine Großmutter? Sie ist leider mal eben zu Harrods.«

Angesichts seines Ausdrucks vermutete Jury, daß er das »leider« ernst meinte. Und angesichts dessen, was normalerweise passierte, wenn Lady Cray »mal eben bei Harrods war«, verstand Jury auch, warum. Er stellte sich lächelnd vor.

Aus dem Wohnzimmer rief eine Frauenstimme – mit eher mädchenhaftem Timbre: »Wer ist da, Andrew? Wir kommen zu spät zu der Eröffnung.«

Jury lächelte auch, als Andrew nicht darauf reagierte. »Ihre Großmutter redet immer voller Begeisterung von Ihnen.«

Andrews Miene erhellte sich beträchtlich. »Ja, wir verstehen uns sehr gut.«

»Kann ich einen Moment mit Ihnen reden? Ich verspreche, ich halte Sie nicht lange auf.«

»Natürlich. Kommen Sie herein. Meine Großmutter hat mir auch schon von Ihnen erzählt.« Als sie durch die marmorne

Eingangshalle gingen, sagte Andrew: »Sie haben sich doch in Castle Howe kennengelernt. Mein Gott, das muß ja aufregend sein, in einem Mordfall zu ermitteln und die Mörderin zu fangen. Da wäre ich gern dabeigewesen. Das ist Adrienne. Armitage«, fügte er hinzu. »Adrienne, das ist Superintendent Jury. Scotland Yard.«

Während Andrew hocherfreut schien, einen Superintendent von Scotland Yard auf seiner Türschwelle anzutreffen, war Adrienne weniger angetan. Mit einem enormen Seufzer schaute sie von einem Glitzermodemagazin auf und verdrehte ihre großen, hübschen, ein wenig leeren blauen Augen, als flehe sie: »Gott gebe mir Kraft!« Sie ignorierte Jury völlig. »Andrew! Wir kommen zu spät!«

»Das macht nichts«, sagte Andrew, ungerührt von ihrer Drängelei. »Womit kann ich Ihnen dienen, Superintendent? Und bitte, nehmen Sie doch Platz.«

Adrienne stemmte die Faust in die Hüfte und schlug dabei einen schicken, bodenlangen Pelzmantel zurück. Das anthrazitgraue Designerkostüm war vielleicht von Armani, der locker um den tiefen Ausschnitt geschlungene Schal ganz sicher von Hermès. Schuhe und Handschuhe von der Upper Sloane Street, darauf wettete Jury, und das weich fallende blonde Haar, das sie mit einer kleinen störrischen Bewegung zurückwarf, war erst kürzlich von jemandem gestutzt worden, zu dem Jury sich nie verirren würde. Sie wanderte im Zimmer umher – hierhin, dorthin –, nahm dann hocherhobenen Hauptes vor dem Kamin Aufstellung, legte eine behandschuhte Hand auf das Sims, hielt mit der anderen den Pelzmantel zurück und wippte mit dem Fuß. Jury beschloß, nicht Platz zu nehmen.

»Es handelt sich nur um eine Routinebefragung zum Tode von Frances Hamilton –«

»Drücken Sie sich wirklich so aus?« fragte Adrienne Armitage und ließ das silberne Zigarettenetui, dem sie eine Zigarette entnommen hatte, zuschnappen.

»Es ist mir nur gerade rausgerutscht, Miss«, sagte Jury und sah zu, wie sie hastig an ihrer Zigarette zog, während sie zu dem langen Glastisch ging und die Zeitschriften dort gedankenzerstreut herumzuschieben begann.

»Möchten Sie etwas trinken? Kaffee? Einen Drink vielleicht?« Andrew ging zu einem Schrank, aber Jury hielt ihn davon ab.

»Aha«, sagte seine Verlobte theatralisch. »Ich versuche seit Stunden, dir einen Champagnercocktail abzuringen, Liebling.«

»Du hast zum Lunch vier getrunken. Entschuldigung, Superintendent. Sie wollten über Fanny reden, nicht wahr?« Er zog die Stirn in Falten. »Ich weiß, daß meine Großmutter es nicht ganz koscher fand, aber –«

»Daddy wird vor Wut platzen, wenn wir nicht sofort gehen.« Aber Adriennes schleppender Tonfall und ständiges Seitenumblättern verrieten nicht, daß hier irgend jemand wegen irgend etwas in Eile war. Es hatte nur zur Folge, daß sie alle drei stehenblieben. »Du weißt doch, wie sich der arme Daddy ... Ach, schau her, Liebling.« Sie hatte eine Zeitschrift auf einer Seite aufgeschlagen, auf der zwei Models zwei Pferde an den Zügeln hielten, und streckte Andrew nun das Heft zur näheren Begutachtung hin. »Sieht sie nicht haargenauso aus wie Gypsy?«

Eine der Frauen oder eins der Pferde? Und in dem Moment wußte Jury, an wen Adrienne ihn erinnerte: seine alte Liebe Susan Bredon-Hunt. Aber so künstlich und übertrieben hatte Susan sich nie geriert. Doch auch sie hatte einen Daddy und ein Pferd gehabt.

Andrew seufzte. »Adrienne, kannst du dich bitte einen Moment gedulden? Der Superintendent versucht, ein paar Informationen zu bekommen.«

Jury lächelte über ihren Schmollmund. Das arme Mädchen bemühte sich ja nur, Andrews Aufmerksamkeit nicht zu verlieren, was eine schmerzliche Unsicherheit verriet. »Haben Sie sie denn gekannt, Miss Armitage? Frances Hamilton?«

»Ob ich sie kannte? Aber ja, ich kannte sie jedenfalls so gut, daß ich mit ihr zum Lunch gegangen bin.«

Für Adrienne maß sich eine gute Bekanntschaft offenbar daran, welche Mahlzeiten man mit einem Menschen einnahm. Jury lächelte. »Es geht darum, daß ihr Tod darauf zurückgeführt wurde, daß sie es am Herzen hatte und Komplikationen auftraten. Aber Mrs. Hamilton hat immer abgestritten, daß sie irgendwelche Herzbeschwerden hatte.«

»Das stimmt, die hatte sie auch nicht«, sagte Andrew.

»Doch, doch«, sagte Adrienne, den Kopf über ihr Modemagazin gebeugt. »Mir hat sie zumindest davon erzählt.«

Das überraschte Andrew sehr. »Was?«

»Also, sie hat davon gesprochen.« Adrienne blätterte, hielt die glänzenden Seiten auf Armeslänge entfernt und neigte den Kopf, als überlege sie, wie sie in dem Reigen der Models aussehen würde.

»Adrienne, leg das hin und erzähl schon.«

Mit einem Seufzer warf sie das Heft auf den Tisch. »Einmal waren wir zum Lunch im Savoy. Da klopfte sie sich auf die Brust und sagte, sie trage eins dieser Nitroglyzerinpflaster, und als ich gefragt habe, wofür sie gut seien, sagte sie, für ihr Herz. Also, weißt du, wenn man ein gewisses Alter erreicht hat, will man ja wohl die damit verbundenen Zipperlein nicht gerade in die Welt hinausposaunen.« Sie steckte sich noch eine Zigarette an.

Schlau, dachte Jury und wunderte sich, daß Fanny Hamilton sich einer Frau anvertraute, der es scheinbar so an Mitgefühl mangelte wie Adrienne Armitage. Oder verband sie ihre Eitelkeit? Jury wunderte sich auch über Andrews Interesse an Adrienne: Sie war bildschön, aber oberflächlich.

»Oh, ein Fleck«, sagte sie plötzlich, beugte sich über die Kostümjacke und kratzte an einem winzigen Flecken, Eigelb vielleicht. Jury lächelte über den Gesichtsausdruck, den er kurz mitbekam, bevor sie nach unten schaute, über ihre Bestürztheit, daß etwas so Winziges eventuell die Person zunichte machte, die sie doch gerade mit soviel Mühe kreiert hatte. Als habe man einen Kieselstein in einen Teich geworfen und beobachte nun, wie die

Oberfläche brach und sich das Wasser kräuselte. Da hatte sie alles so gewissenhaft zusammengesetzt und mußte nun wieder von vorn anfangen: Es erinnerte an die sorgfältig komponierten Fotos, die sie eben hochgehalten hatte. Der Zobel, die Frisur, das Pferd, der Titel – ihr Leben in Stücke geschnitten und darauf wartend, daß es wieder zusammengesteckt und -geklebt wurde. O Schreck, ein Fleck! Jury mußte immer mehr lächeln, als er ihr zusah. Schließlich hatte ein Fleck Lady Macbeth die Hölle heiß gemacht.

Aber Adrienne Armitage war nicht Lady Macbeth. Und Jury überlegte, ob er nicht ansatzweise begriff, was Andrew sehen mochte: daß ihre Spontaneität ihr zwar über die Jahre abtrainiert worden war, aber doch immer noch einmal zum Vorschein kommen konnte; daß schmerzliche Unsicherheit und nicht krasse Eigensucht sie antrieb, alles mögliche zu versuchen, damit die Anziehpuppe makellos und korrekt ausstaffiert war. Doch, doch, unter dem langen Pelzmantel und den Designerklamotten besaß Adrienne Armitage etwas einzigartig Bezauberndes.

»Dann hat sie Lady Cray also nichts von den Beschwerden erzählt.« Langsam gewöhnte sich Jury an den Gedanken, daß zwischen dem Tod wenigstens zwei der Frauen eine Verbindung bestand: zwischen Frances Hamilton und Nell Hawes. »Wenn sie es Lady Cray nicht erzählt hat, warum hat sie es dann wohl Ihnen erzählt, was meinen Sie?«

»Ach, das ist leicht zu erklären.« Sie stieß eine dünne bläuliche Rauchspirale aus.

Jury runzelte die Stirn. Andrew auch. »Was soll das heißen?«

»Ich bin Kettenraucherin, Liebling. Ich würde es ja aufgeben, sobald es Damen gestattet ist, Tabak zu schnupfen oder zu kauen. Aber vorher nicht. Fanny war schlimmer. Offenbar hätte sie überhaupt nicht rauchen dürfen. Hm, und deine Großmutter versucht ja auch immer aufzuhören und meint, daß alle Welt mit ihr aufhören sollte, besonders wenn sie es am Herzen hat.«

»Ja, das leuchtet mir ein«, sagte Jury.

Gelangweilt oder auch die Gelangweilte mimend, schüttelte

Adrienne ihren schimmernden Blondschopf. Als sie so dastand, von dem Licht übergossen, das sich in zerfließenden Flecken auf Haar, Mantel und Glastisch brach, die Haut goldener, das Braun des Zobels weicher und die Tischplatte stahlblau erscheinen ließ, hörte Jury die Stimme Brian Macalvies, und er sah ihn mit den Stickgarnen in der Vorhalle der Kathedrale stehen. *Versuchen Sie mal, die Farben einzeln zu betrachten, es klappt nicht*. Vor seinem inneren Auge sah Jury, wie die bunten Fäden in Macalvies Hand baumelten.

Regenbogenmechanismus.

II

Unter dem Fenster im Büro bei New Scotland Yard stand ein kleiner Wasserbehälter. Wiggins schien seine ganze Aufmerksamkeit einem Stromkabel zu widmen.

Jury behielt den Mantel an und setzte sich auf seinen Drehstuhl. Fragen erübrigte sich. Also sagte er so ruhig wie möglich: »Cyril würde eine Maus selbst auf einem Rugbyfeld aufstöbern. Also sehen Sie zu, daß das verdammte Ding hier rauskommt.«

Wiggins legte die Schnur weg und rührte in einem Gebräu, das in einer anderen Schüssel auf seinem Schreibtisch dampfte. »Es ist nur ein Experiment. Machen Sie sich denn Sorgen, daß Cyril daran kommt?«

»Cyril? Ich soll mir Sorgen um Cyril machen? Sie oder ich oder Racer, wir alle könnten nichts aushecken, keine Fallen, keine Tricks, die Cyril nicht in zwei Sekunden durchschaut hätte.« Jurys Tonfall war gefährlich gelassen. »Warum sollte ich mir also Sorgen um Cyril machen?«

Wiggins schürzte die Lippen. »Ich glaube zwar, ehrlich gesagt, nicht, daß es funktioniert, ich wollte nur –«

»Wiggins, das ist keine Verhandlungssache! Schaffen Sie die verdammte Schüssel aus dem Büro.« Er lächelte. »Raus damit!«

Wiggins bot seine ganze Selbstbeherrschung auf, erhob sich

steif und begab sich zum Fenster, nicht ohne zu bemerken, wie rasch einen doch die Cripps mit ihrer Grobheit anstecken konnten.

»Haha. Wenn ich Sie gleich blau anstreiche und nackt an Racers Tür vorbeitreibe, dann werden Sie feststellen, wie grob man werden kann.« Jury entledigte sich seines Mantels und setzte sich wieder hin. Er schaute nach unten. »Und sehen Sie sich mit dem verdammten Kabel vor!«

Aber der Sergeant hielt schon die Schüssel in einer Hand und das Kabel mit dem Ende nach oben in der anderen und ging zu dem winzigen Waschbecken in der Ecke des Büros. Ganz offensichtlich war er mit dem abrupten Abbruch des Experiments nicht glücklich.

»Nun grämen Sie sich mal nicht, Sergeant. Vielleicht finde ich einen Elektriker, der Ihnen einen elektrischen Stuhl en miniature baut.«

»Sehr witzig, allerdings.« Wiggins setzte sich vor seine dampfende Schüssel. »Haben Sie zu Mittag gegessen?«

»Nein.«

»Wollen Sie ein bißchen Suppe? Es ist bloß Instanthühnersuppe mit Nudeln, sieht aber ganz lecker aus.«

Suppe. Jury warf der Suppe einen finsteren Blick zu. Und erinnerte sich plötzlich an Jenny Kennington und die Nachricht, die sie – angeblich – Carole-anne aufgetragen hatte. Er nahm den Hörer und wählte die Nummer in Stratford. Ließ es elfmal klingeln, bevor er seufzend auflegte.

»Nein danke«, sagte er, als Wiggins ihn noch einmal fragte, ob er Suppe wolle.

»Mehr kann ich nach dem Besuch bei den Cripps nicht vertragen. Die verderben einem wirklich den ganzen Appetit.« Er senkte die Stimme, als ob White Ellie zuhörte. »Als ich in die Küche gegangen bin, wissen Sie, was ich da gefunden habe?«

Jury überflog gerade die Papierhaufen auf seinem Schreibtisch. Er wollte es nicht wissen. »Was?«

»Der halbe Laib hatte mittendrin ein Loch, und als ich den einen – Batty?«

»Petey.«

»– gefragt habe, warum in dem Brot so ein großes Loch sei, sagte er: ›Soll ich es mit Schimmel essen?‹« Wiggins schüttelte sich.

Jury lachte. Wiggins hatte Peteys quieksige Stimme richtig gut imitiert. Jury stapelte die Papiere aufeinander und blätterte dann die Zettel durch. Keine Nachricht vom Polizeipräsidenten. Keine von einem Axtmörder. Keine von Jenny. Unwichtig. Er schob alles in eine Schublade. Nun war sein Schreibtisch picobello. Er lächelte.

»Haben Sie mit Lady Cray gesprochen?«

»Nein. Mit ihrem Enkel. Und seiner Verlobten. Dabei ist herausgekommen, daß Frances Hamilton Medikamente gegen Herzbeschwerden genommen hat.«

»Aha. Was der Pathologe gesagt hat. Natürliche Todesursache. Glauben Sie, der Infarkt wurde von etwas Bestimmtem verursacht? Schock?«

»Das glaubt Macalvie jedenfalls von der Frau in Exeter. Helen Hawes.«

»Aber wo liegt die Verbindung?«

»Im amerikanischen Südwesten. Die beiden Frauen waren zur gleichen Zeit dort.«

Wiggins runzelte die Stirn. »Ein bißchen dünn.«

Jury nickte. Aber er dachte über Gabes Schilderung nach, wie eilig Frances Hamilton die »Swagger«-Ausstellung verlassen hatte. Als ob sie sich erbrechen müßte. »Der Magen will sich entleeren«, sagte Jury.

»Wie bitte?«

»Wenn man Gifte aus dem Organismus kriegen will, muß man Erbrechen hervorrufen.« Jury seufzte und beugte sich vor. »Ich glaube, ich rede doch mal mit DCI Rush. Es wird mich ja nicht gleich Kopf und Kragen kosten.«

Wiggins probierte ein Löffelchen Suppe und sagte: »Ich habe überlegt, ob ich nicht mal ein paar Tage Urlaub nehmen sollte.«

Die Aussicht darauf, dachte Jury, schien ihn nicht sonderlich zu erfreuen. »Sie sehen ein bißchen niedergeschlagen aus, Wiggins.«

»Ehrlich, Sir, wenn Sie weg sind . . . hm, dann hab ich eigentlich nicht so viel zu tun.« Er wedelte mit der freien Hand über den aktenübersäten Schreibtisch. »Papierkram, ungefähr dieses Ausmaßes. Zeug, das sonst niemand machen will.«

Er mußte sich nicht darüber auslassen, daß Jury hier im Prinzip der einzige war, der seine Dienste in Anspruch nahm. Jury war seit langem der Meinung, daß Wiggins unterschätzt wurde. Die Kollegen betrachteten ihn mit seinen Pillen und Quacksalbereien eher als lästige Bürde und übersahen völlig, daß genau diese Schrullen Wiggins' Wert ausmachten. Zeugen redeten zum Beispiel oft bereitwilliger mit Wiggins als mit anderen Beamten, weil sie vergaßen, daß sie einen solchen vor sich hatten. Man diskutierte die Tatsache, daß man zusätzliche zwei Pence von der Sozialhilfe ergaunert hatte, eben genauso ungern mit einem eiskalten Kriminalbeamten wie ein ausgenudeltes Knie mit Arnold Schwarzenegger.

Das Telefon klingelte, Wiggins nahm ab, hörte zu und sagte: »Ja, ich erzähl's ihm.«

»Erzählen mir was?«

»Fiona. Sie ist wirklich völlig aufgelöst. Der Chef droht, Cyril abholen zu lassen.«

»Damit droht er schon seit Jahren.«

Ungeduldig sagte Wiggins: »Ja, aber diesmal hat er den Kater in einem Käfig eingeschlossen und Fiona gesagt, sie soll beim Tierschutzverein anrufen, damit er abgeholt wird. Ich habe es Ihnen ja auf einen Zettel geschrieben. Haben Sie den nicht gesehen?«

»Vergessen Sie nicht, daß ich nicht hier bin. Liegt wahrscheinlich bei den Sachen, die ich weggepackt habe. Dachte, Racer wollte mich sehen, nicht Fiona.« Wie ein Motorradbulle schien Racer immer darauf zu lauern, daß Jury durch den Straßenabschnitt raste, wo er die Geschwindigkeitskontrollen durchführte. Die Radarfalle konnte jederzeit zuschnappen.

Die Füße auf dem Schreibtisch, fragte Jury: »Dann fahren Sie nach Manchester?« Manchester war Wiggins' einziger Zufluchtsort.

Wiggins nickte ingrimmig.

»Ferien kann man das ja wohl kaum nennen.« Bei Wiggins' Schwester samt Kinderchen. Jury wußte genau, wie es war. Er selbst hatte eine Cousine mit Kindern in Newcastle. Das hatte genausowenig mit der Provence oder mit Saint Kitt gemein wie Manchester. Die Kollegen drängten Wiggins immer, mal Ferien in der Sonne oder im Schnee zu machen. Schwimmen Sie, Wiggins! Laufen Sie Ski, Wiggins. Genausogut hätte man ihm die Wahl zwischen Hautkrebs und Beinbruch geben können. Warum die Leute immer meinten, sie wüßten alles besser, dachte Jury und ließ sich von Wiggins' Deprimiertheit anstecken. Er sah ihn geradezu vor sich, wie er einsam und allein an einem fremden Strand oder auf einem fremden Berggipfel stand.

Er sprang auf und riß seine Jacke vom Stuhl. »Ich geh rüber zum Starrdust, Wiggins. Besuche Carole-anne. Das heißt, wenn Ihre Herrlichkeit heute arbeitet.« Sergeant Wiggins liebte den Starrdust in Covent Garden. »Kein amtlicher Besuch, aber wenn Sie wollen, können Sie mitkommen.«

Wiggins seufzte. »Nein, Sir, ich muß die Schreibarbeit zu dem Restaurantbesitzerfall in Soho machen.«

Die Schlitzaugen-Kneipengeschichte, wie sich Racer immer auszudrücken beliebte, war ein Dauerbrenner und lief seit Jahren. Jury ging zu dem kleinen Waschbecken.

»Aber wollen Sie denn gar nichts wegen Cyril unternehmen?« fragte Wiggins besorgt.

»Doch.« Jury betrachtete das Kabel, um zu sehen, wie lang und wo es angeschlossen war.

»E ha' Cy'il ein'esp't?«

Fiona Clingmores Aussprache war leicht beeinträchtigt, weil sie sich ein weißes Taschentuch vor den Mund preßte. Auf dem

Schreibtisch lagen Konturen- und Lippenstift sowie ein Spiegel, mit Hilfe derer sie die durch die Tränen verursachten Schäden ausbessern wollte.

Jury stand an dem Trinkwasserbehälter und sagte: »Keine Bange, Fiona. Es wird schon alles gut.«

Fiona heulte auf und nahm das Taschentuch weg. »Diesmal meint er es ernst. Ich soll den Tierschutzverein anrufen.«

»Hallo, Cyril«, sagte Jury.

In königlicher Haltung, den Schwanz um die Pfoten gerollt, saß der Kater Cyril in dem Drahtkäfig und beobachtete den Wasserbehälter. Er mochte die Blasen, die entstanden, wenn jemand ihn benutzte. Der Pappbecher unter dem Hahn, der normalerweise voll Wasser war, bot immer reichlich Möglichkeiten zum Experimentieren.

»Er hat einen Tobsuchtsanfall.«

Aha, Racer hatte einen Tobsuchtsanfall. »Sonst was Neues?«

Jury ging in Racers Büro.

»Was, zum Teufel, wollen Sie denn hier, Jury?« Zwei Minuten später erschien Chief Superintendent Racer. Sofort fiel sein Blick auf die Schüssel am Rand des Tischs. »Und was, zum Teufel, macht eine Schüssel voll Wasser auf meinem Schreibtisch?«

»Es ist eine Mausefalle.« Jury legte das aufgerollte Kabel daneben. Dann räusperte er sich. »Nicht nur eine Schüssel mit Wasser. Hat ein Freund von mir erfunden. Wollen Sie sehen, wie sie funktioniert?«

Soweit Jury wußte, war hier nie eine Maus gesichtet worden, in Cyrils Nähe würde sich ja wohl keine herumtreiben. In Racers übrigens auch nicht.

»NEIN! Verflucht, will ich nicht! Raus hier!«

»Okay.« Jury stand auf und schickte sich an, die Schüssel mitzunehmen.

»Wofür ist die Schnur? Nackte Drähte, um Himmels willen!« Racer beugte sich über den Schreibtisch.

Jury schob die Schüssel wieder hin. Entrollte die Schnur. »Das eine Ende legt man hier hin«, er führte es vor, »das andere verbinden Sie mit einer Stromquelle. Voilà – leb wohl, Maus.«

Racer kniff die Augen zusammen und schaute erst die neumodische Mausefalle, dann Jury an. »Lächerlich.« Er klang skeptisch.

»Mäuse lieben Wasser. Das wissen nur die wenigsten.« Allerdings. Er blieb sitzen und beobachtete, wie es in Racers Hirnwindungen zu arbeiten begann. Zumindest nahm er an, daß Racer Windungen im Gehirn hatte. Sie funktionierten selten.

Racers Mund verzog sich zu einem fiesen Lächeln. Er schlug auf die Gegensprechanlage, und Fionas weinerliche Stimme ertönte.

»Miss Clingmore, ersparen Sie sich den Anruf beim Tierfänger. Ach, und wenn Sie aus der Pause zurück sind, die Ihro Majestät in Ihrer Gnade jedem Faulenzer im öffentlichen Dienst gewährt, bringen Sie mir eine Flasche Milch mit.« Er stellte die Gegensprechanlage ab. »Also, verdammt noch mal, was wollen Sie, Mann? Dachte, Sie wären tot.«

»Das Denken sollten Sie den Pferden überlassen«, sagte Jury und entfernte sich.

13

1

Covent Garden.

Jury stieg aus dem Auto und betrachtete das Sammelsurium der Läden. Das war nun Covent Garden. Vor gar nicht allzulanger Zeit war hier noch der alte Gemüse- und Obstmarkt gewesen – vor einem Dutzend Jahren vielleicht? Nun war er verschwunden und mit ihm Lärm und Dreck, Lastenträger und Kohlköpfe.

Als Junge hatte er in der Fulham Road gewohnt. Da war er samstags immer in der Morgendämmerung hierhergekommen und hatte sie beobachtet, wie sie die Lastwagen entluden und die Stände aufbauten, er hatte ihrem Schreien und Fluchen zugehört, wenn sie die Kisten aufrissen und die Salatköpfe durch die Gegend warfen.

Nun befanden sich hier ordentlich auf zwei Ebenen verteilte Bio- und Kräuterläden, Buchhandlungen und Boutiquen, Espressobars, Restaurants und die unvermeidlichen Filialen der großen Eishersteller. Manchmal dachte Jury, wenn er noch ein Häagen-Dazs erblickte, würde er sich übergeben.

Unter Garantie war auch ein Crabtree & Evelyn hier. Er überquerte den gepflasterten Platz und schaute auf den Wegweiser. Ja, klar. Er blieb stehen und schaute zu, wie die Akrobaten mit bemalten Gesichtern die Menge unterhielten, und freute sich, daß Covent Garden wenigstens eine Bühne für Live-Unterhaltung bot, selbst wenn sie stereotyp und aus der Retorte war. Auf der Suche nach dem Crabtree & Evelyn-Laden schaute er über das Geländer zu den unten gelegenen Läden und einem Yuppie-Pub namens Crusted Pipe. Was mehrgeschossige Einkaufszentren betraf, war Covent Garden wahrscheinlich eins von den hübscheren, ein wenig pittoresker als viele andere – aber dennoch ein Einkaufszentrum.

Er fand den Laden und kaufte ein Blütenpotpourri und ein Gefäß mit silbernem Deckel dazu.

Auf dem Weg zurück über den gepflasterten Hof kam er am Blumenmarkt vorbei. Aber er hielt nicht an.

Er mußte aufhören, in Erinnerungen zu wühlen, wirklich.

Die Starrdust-Zwillinge Meg und Joy betrachteten den Himmel, das heißt die jüngst neu gestaltete Decke in Andrew Starrs kleinem Etablissement. Sie nahmen das von ihnen geschaffene Kunstwerk in Augenschein. Hinter künstlichen Wolken, die an einem frisch gemalten, stürmischen Himmel hingen, zuckten gelbe Blitze. Irgendwo grollte Donner.

An, aus, an, aus. Lichtfetzen zuckten über die Decke. Meg

klatschte Beifall, Joy preßte die Hände unters Kinn und hüpfte herum. Es funktionierte.

»Wetterleuchten«, sagte Meg. Oder Joy. Jury verwechselte sie immer, weniger, weil sie sich so ähnlich *sahen*, als vielmehr, weil sie sich so ähnlich *waren*. Sie fungierten als Andrew Starrs Verkäuferinnen und waren verantwortlich für das Fenster – in diesem Fall auch die Decke. Das Schaufenster des Starrdust war in der kleinen Straße zu einer regelrechten Attraktion geworden, voll mechanischer und elektrischer Wunder, von Meg und Joy ersonnen und weit unterhaltsamer als die sonstigen Darbietungen in Covent Garden. Jury hatte sich auch heute wieder durch ein Dutzend staunender Kinder draußen einen Weg bahnen müssen, denn das Fenster war ebenfalls umdekoriert worden.

Er betrachtete die herrliche Decke. »Wunderbar! Wo ist Andrew?«

Ohne den Blick von ihrer Kreation zu wenden, zeigten die beiden (simultan) zum hinteren Ende des Ladens. Es war ein sehr dunkler kleiner Laden. Aber das gehörte zu seinem Zauber, denn die wenigen Lichter bewegten sich und schienen auf die Kunden zuzuschweben, verschwommen, schummrig.

Der Vorhang an Madame Zostras (alias Carole-anne Palutskis) Seidenzelt bewegte sich. Eine Frau, deren Gesicht aussah, als sei der Blitz in sie gefahren, kam herausgerannt, schubste Jury mit einem sehr unhöflichen »Verzeihung« beiseite, teilte Meg und Joy, als sei sie Moses, und sauste zur Tür hinaus.

Carole-anne trat aus dem Zelt und begab sich schnurstracks zu dem Kuchen, den Joelly, frisch angeheuert fürs Lager, anschnitt. Meist kam sie mit ihrem dreibeinigen Hund namens Joe zur Arbeit. Auf der Ladentheke stand die leckerste Schokoladentorte der Welt mit dem dicksten, fettesten Schokoladenüberzug, den Jury je gesehen hatte. Carole-annes Zeigefinger bohrte sich nun hinein.

»Super! Haben Sie Lust auf ein bißchen Schokoladensünde? So heißt die Torte nämlich.«

»Nein danke!« Jury wunderte sich ewig und drei Tage, wie Madame Zostra diese Figur behielt, mit der sie die Autos in verkehrter Richtung um den Piccadilly Circus hätte schicken können. »Ihre Kundin schien sehr aufgebracht zu sein.« Carole-anne wahrsagte. Zuweilen aus Handflächen, zuweilen mit Karten, neuerdings mit Schädeln, aber nie mit treffsicherem Ergebnis.

»Eine Schande, was?« Sie nahm ein Stück Torte entgegen, das man als Grundstein in Canary Wharf hätte benutzen können.

»Eine Schande?«

»Ihr Göttergatte hat eine Affäre.« Ein mächtiges Stück Grundstein wanderte in ihren Mund. »Mi' einer hleinen nutti'en Se'etärin...«

Als spräche Fiona durch ihr zusammengeknülltes Taschentuch. »Nuttige Sekretärin, haben Sie gesagt?«

Carole-anne nickte.

»Und warum hat sie es Ihnen anvertraut?« fragte Jury skeptisch.

»Ich hab es *ihr* gesagt.«

Jurys Skepsis wuchs. »Und wo sind Sie auf diese Pikanterie gestoßen?«

»Die Vibrations. Sie wissen doch, ich kann hellsehen.«

Halt den Mund, warnte ihn eine leise Stimme. Er sagte: »Um ehrlich zu sein, ich wußte es nicht.«

Carole-anne drückte die Gabelzinken in die Schokoladenstücke. »Doch, doch. Selbst als ich noch ganz klein war, habe ich Dinge wahrgenommen, die sonst niemand sehen konnte.« Sie leckte die Gabel ab.

»Das tun Sie doch immer noch.«

Vergebliche Ironie. »Ja, sag ich doch. Aber Sie wissen sowieso nichts über New Age.«

Halt den Mund, die Stimme wurde besorgter. Jury wußte, wenn er diese Warnung in den Wind schlug, würde er sich gleich in den labyrinthischen Bahnen verlieren, in denen Carole-annes umständliche Gespräche immer verliefen. Folgte er diesem absurden New-Age-Faden, konnte er sich nur selbst die Schuld geben, wenn er zum Schluß den Minotaurus erblickte. Von Carole-annes lapislazuliblauen Augen schaute er nach oben zu der blitzezuckenden Decke und überlegte, ob Zeus gleich einen Blitz gegen ihn schleudern würde... Mein Gott! Sie hatte ihn schon dazu gebracht, im Kreis zu laufen. Halt den Mund, halt den Mund, ratterte die Stimme.

Er sagte: »Ich weiß immerhin so viel über New Age, daß die Anhänger langes Haar tragen, in Wohnwagen umherziehen und entweder in Wiltshire oder in Sedona, Arizona, landen.« Vor seinem inneren Auge sah Jury den Zeitungsausschnitt an der Wand im Rainbow's End.

Der Minotaurus gönnte sich noch ein Stückchen Torte. Es plumpste auf seinen Teller. »Also, wissen Sie, die New-Age-Leute wissen alles über Bewußtseinserweiterung. Wir könnten alle ein bißchen hellsehen, wenn wir es nur übten. Selbst Sie.« Sie musterte ihn von oben bis unten. »Mehr oder weniger.«

»Mit anderen Worten, selbst ich hätte Ihrer unglücklichen Dame erzählen können, daß ihr Gatte es mit der Stenotypistin treibt.«

»Nein. Und so würde man sich auch nicht ausdrücken.«

»Ach, nein? Na, Lady Kenningtons Nachricht weiterzugeben, vermasselte man aber gründlich.«

»Phhh.« Helle Empörung. »Machen Sie immer noch an der Sache rum? Ich habe Ihnen doch gesagt –«

»Daß es um ›Suppe‹ ging. Hat sie Ihnen vielleicht erzählt – und jetzt denken Sie genau nach –, daß sie sich ›die Suppe selber eingebrockt hat‹?«

Es dämmerte. An ihrem sperrangelweit offenen Mund, der Gabel, die mitten in der Luft stehenblieb, und dem plötzlich aufblitzenden Licht in den blauen Augen merkte Jury, daß es sich wirklich um ein Versehen handelte. Einerlei, er kannte Caroleanne gut genug, um zu wissen, daß sie ihm die Nachricht sicher übermittelt hätte, selbst wenn hübsche Damen Probleme gehabt hätten.

»Eine Sekunde. Stimmt, das hat sie gesagt. Auweia, Super...« Die schönen Augen schauten zur Decke, als beschwöre sie die hellseherischen Kräfte, die sie zeitweilig verlassen hatten.

»Macht nichts.« Er lächelte sie an.

Die blauen Augen betrachteten ihn aufmerksam. Wohlwollend, ein wenig herablassend. »Hm, vielleicht sind Sie es.«

»Was?«

»Hellseherisch.«

Ein Donnerschlag ließ sie auffahren. Zeus hatte gesprochen.

II

Anstatt seine Reisetasche aus- und wieder einzupacken (was er für absurde Zeitverschwendung hielt), beschloß Jury, sie zu öffnen und den Inhalt zu lüften. Gesagt, getan, und dann schaute er sich seine Post zu Hause im Wohnzimmer an – seine Rechnungen und Postwurfsendungen. Und beäugte sein Telefon. Er mußte sich einen Anrufbeantworter anschaffen, sosehr er diese Dinger auch haßte. Seine Wohnung war kein Sammelplatz für die neuesten technischen Errungenschaften. Er hatte weder Videorecorder noch Stereoanlage, CD-Player, Faxgerät oder Dolby-Raumklang (es sei denn, Carole-annes Gespräche zählten dazu). Und eben auch keinen Anrufbeantworter. Im Moment besaß er nicht mal einen Fernseher. Nicht aus Hochmut und Verachtung für das, was die Glotze zu bieten hatte, sondern weil er das Gerät Carole-anne geliehen hatte. Diese Leihgabe, dachte er nun, da er in die Küche ging, um sich einen Kaffee zu machen, mußte vor etwa einem Jahr erfolgt sein. Als er einmal mit ihr in ihrer Wohnung eine hirnlose Show angesehen und ein Bier getrunken hatte, hatte er sie gefragt, wie sie es schaffte, sich um die Gebühren zu drücken. Woraufhin sie geantwortet hatte, sie habe eine »besondere Vereinbarung« mit dem Fernsehhändler. Das war vor ihren Starrdust-Zeiten, als sie ihre Handlesekunst noch gratis offerierte, und Jury hätte zu gern gewußt, wie sie diesen Menschen dazu verleitet hatte, ihr Gerät nicht anzumelden.

Der Kessel pfiff (obwohl Jury daneben stand und ihn beobachtete), und er löffelte Pulverkaffee in eine Tasse. Egal, welche Marke er nahm oder wie stark er ihn machte, das Ergebnis schmeckte immer wäßrig und nach Metall.

Zurück im Wohnzimmer versuchte er noch einmal, Jenny zu erreichen. Wieder nahm keiner ab. Er trank seinen Kaffee und starrte das Telefon an. Versuchte es zu hypnotisieren. Nun klingle doch endlich! Es klingelte nicht. Er setzte sich hin, faltete die Zeitung auseinander und sah nach, ob er einen weiteren Artikel über den Tod der Frau in Wiltshire fand. Da hätten die Medien doch anbeißen müssen, das war doch ein gefundenes Fressen für sie. Er war überrascht, daß kein Kolumnenschreiber aus der bizarren Ruhestätte der toten Frau Kapital geschlagen hatte, konnte man doch geheime religiöse Riten und geopferte Jungfrauen ins Spiel bringen. Etwas in der Art. Auf der Innenseite entdeckte er eine Spalte darüber, die aber weder lang war, noch mit etwas Neuem aufwartete. Detective Inspector Gordon Rushs Name stach hervor, aber sein Kommentar war »Kein Kommentar«.

Über den Zeitungsrand hinweg starrte Jury böse das Telefon an, das sich weigerte, seine Geheimnisse, seine verborgenen Nachrichten und gefangenen Stimmen preiszugeben. Er schloß die Augen und rief sich Lady Crays Türkisskulptur in Erinnerung. Für diesen Teil der USA nichts Ungewöhnliches, Türkis und Silber. Im letzten Jahr waren die Schaufenster von Harrods mit Kram aus dem amerikanischen Westen dekoriert gewesen: Fransenjacken, Stiefel, indianische Decken, Silberschmuck und Gürtel. Er betrachtete das Foto von Chief Inspector Gordon Rush in der Zeitung und dachte, er sehe doch ganz passabel aus, intelligent, aufgeschlossen und so, wie er den Kopf neigte, sogar ein klein wenig demütig.

Es war nicht von der Hand zu weisen, daß alle drei Frauen zur selben Zeit in oder in der Nähe von Santa Fe gewesen waren. Und ja, man konnte den Tod der beiden älteren auf irgendeine Herzgeschichte zurückführen, aber was war mit der jüngeren? Bei der war das doch sehr unwahrscheinlich. Macalvie hatte recht. Die Polizei in Wiltshire sollte die Leiche auf Giftspuren hin untersuchen – aber auf welches Gift? Hm, außer ein, zwei Fäden verband die drei toten Frauen nichts. Doch er mußte zugeben, wenn man an einem Faden zog, ribbelte man oft eine Menge auf.

Wieder schaute er zum Telefon. Wenn sie nicht anrief, mußte er womöglich nach Stratford-upon-Avon fahren. Keine unangenehme Aussicht. Er lächelte und erinnerte sich, wie er Jenny Kennington zum erstenmal gesehen hatte. Vor Angst war sie reizbar, störrisch, verschlossen, in gewisser Weise sogar unhöflich gewesen. Das war sie allerdings nie, wenn es um sie selbst, sondern nur, wenn es um andere ging, zum Beispiel um den wilden Kater Tom. Jenny schien so fest im Leben zu stehen, ganz dazusein. Ihm fiel ein, was Gertrude Stein einmal in der für sie so typischen Art über Los Angeles gesagt hatte: Da ist kein da da. Bei Jenny war es genau andersherum. Sie war da; sie war so überaus da. Aber wo zum Teufel steckte sie bloß?

In diese Tagträumereien hinein erklangen plötzlich völlig ungewohnte Klavierweisen, weniger »Musik« als vielmehr gebündelte Töne. Er hätte sie nicht als Klavierklänge erkannt, wenn er nicht gewußt hätte, daß in der leeren Wohnung oben ein alter Flügel stand. Jury richtete sich auf und starrte an die Decke. Den Flügel gab es schon so lange, wie sie – er, Mrs. Wassermann und Caroleanne – hier wohnten. Er war das einzige Möbelstück in der Wohnung, und niemand wußte, wo es herkam. Nicht einmal Mr. Moshegeiian, er entsann sich nicht, daß einer seiner Mieter einen besessen hatte. Jury mußte daran denken, wie sich sein kleines Spitzmaul von Mund lachend öffnete und schloß und der Hoffnung Ausdruck verlieh, daß der Flügel ja vielleicht einen »Künstler« ins Haus locken würde.

Plink, wurden die Tasten am oberen Ende der Tonleiter angeschlagen. Plink. Ein wenig tiefer. Plonk, plonk. Stille. Hatte Mr. Moshegeiian nun jemand, der die Wohnung lüften und saubermachen sollte? Seit wann das? Jury kratzte sich am Kopf. Das war gar nicht Mr. Moshegeiians Art, er überließ es lieber Carole-anne. Aber Carole-anne erprobte ihre Virtuosität nur in den Gesprächen mit potentiellen Mietern (was ihnen auch nichts nützte). Knakkende Rohre, tropfende Wasserhähne, knarzende Dielen, herabfallender Putz – dafür fühlte sich Madame nicht zuständig. Deren Schicksal wurde ja nicht von kollidierenden Sternen und Planeten bestimmt. Defekte Rohre und Wände waren Jurys Job.

Plink. Plonk, plonk, plink. Er starrte weiter nach oben. Es hörte sich an, als versuche ein Kind geduldig, sich selbst eine Melodie beizubringen. Jury verließ seine Wohnung und erklomm die Treppe zum ersten Stock. (Jede Wohnung erstreckte sich über ein gesamtes Stockwerk, geräumig wirkte das aber nur so lange, bis man merkte, wie schmal das Reihenhaus war.) Eine Weile lang blieb er vor der Wohnungstür stehen und lauschte. Er hörte nichts. Er klopfte leise. Keine Reaktion. Er klopfte noch einmal. Wieder keine Reaktion. Wie eine verwirrte Trickfilmfigur kratzte Jury sich am Kopf. Er drückte das Ohr an die Tür und lauschte.

»Klaviermusik?« Mrs. Wassermann schaute ihn neugierig an. Dann warf sie einen Blick auf seine Füße. »Sie haben vergessen, Ihre Schuhe anzuziehen, Mr. Jury.«

Als ob nur verrückte Leute ohne Schuhe Klaviermusik hörten. »Ich bin hinaufgegangen und habe geklopft. Aber niemand ist an die Tür gekommen, und die Musik hat aufgehört.«

Sie rang ihre plumpen Hände, faltete sie und dachte ernsthaft über dieses Problem nach. »Meinen Sie, es ist der Hund?«

Jury kniff die Augen zusammen. »Hm, nein. Das habe ich nicht gedacht. Denke ich auch jetzt noch nicht.« Der ironische Unterton entging Mrs. Wassermann. »Ich verstehe nicht, wovon Sie reden.«

»Na, von dem Hund in der Wohnung.« Als sei diese Erklärung

ausreichend, begab sie sich wieder in ihre Küche. Jury folgte ihr auf dem Fuße. »Ich hole gerade die Nuß-Ingwer-Plätzchen aus dem Ofen, Mr. Jury. Die essen Sie doch immer so gern. Da können Sie gleich ein paar probieren.«

Mrs. Wassermann glaubte von so manchem, daß Jury es gern aß. »Wieso ist ein Hund in der Wohnung?« Warum der Klavier spielte, wollte er nicht fragen. Der Hund selbst war schon ein Hammer.

Sie blieb stehen und drehte sich um. »Hat Carole-anne Ihnen denn nicht Bescheid gesagt?«

»Worüber? Daß sie die Wohnung über mir an einen Hund vermietet hat?«

Mrs. Wassermann lachte, was sie sonst selten tat. Dann bückte sie sich, um die Ofentür zu öffnen. »Er gehört doch dem neuen Mieter. Heute morgen, als Sie zur Arbeit waren, ist er eingezogen.«

Jury war total perplex. Dann leicht erbost. »Was für ein neuer Mieter? Ich habe doch vor kaum zwei Stunden mit ihr gesprochen. Da hat sie kein Wort davon gesagt, daß sie . . .«

Mit ihren großen roten Topflappen richtete sich Mrs. Wassermann wieder auf und schüttelte den Kopf. »Ich habe ihr noch gesagt, sie soll warten, bis Sie wieder da sind. ›Warten Sie, bis Mr. Jury wiederkommt, Carole-anne‹, habe ich gesagt.« Sie zeigte mit den roten Topflappen zur Küchendecke, als wolle sie entweder Gott oder den Hund zwingen, ihre Verteidigungsrede anzuhören. Als der Auftritt beendet war, bückte sie sich erneut und zog das Blech mit den Keksen aus dem Ofen. »Aber Carole-anne hat gesagt, das gehe schon in Ordnung, denn Sie hätten sowieso als erster die Idee gehabt.«

»Ich die Idee? Ich? Mrs. Wassermann, Himmel, Arsch – oh, Verzeihung – mir ist völlig schleierhaft, wovon Sie reden.« Das sagte er so langsam und gelassen, als ob allein Gelassenheit die neuen Mieter, den zweibeinigen und den vierbeinigen, vertreiben würde.

»Na, das ist aber sehr komisch. Es ist doch Ihr Freund. Hat sie jedenfalls gesagt. ›Stanley ist ein Freund vom Super.‹«

»Ich kenne keine Menschenseele mit Namen Stanley.«

Jetzt wurde Mrs. Wassermann aber doch unruhig. »Nicht? Aber Carole-anne hat hier gestanden und . . .« Traurig schüttelte sie den Kopf. »Warum sollte sie denn lügen?«

Oha. »Was ist es denn für ein Typ? Ich meine, außer daß er extrem gut aussieht, Mitte Zwanzig, Anfang Dreißig, noch zu haben und – sagen wir – interessant ist.« *Lackaffe* käme der Sache wahrscheinlich näher. Gerade hatte er es geschafft, Randy Tyrone abzuwimmeln. Die Wohnung stand schon seit Jahren leer, und nur der Himmel wußte, wie viele Leute Carole-anne abgewiesen hatte, weil sie nicht ihren Anforderungen entsprachen.

»Also kennen Sie ihn doch!« Mrs. Wassermann hielt ihm einen Teller mit Keksen hin.

Geistesabwesend nahm Jury einen und schüttelte den Kopf. »Ich zähle ja nur seine Meriten auf. Dieser Stanley und sein dressierter Hund, betteln sie am Piccadilly Circus oder in der Oxford Street?«

Innerlich schäumte er. Ein dämlicher Hund. Ganz zu schweigen von dem dämlichen Stanley, grummelte er in sich hinein, während Mrs. Wassermann ihm ein Glas Milch eingoß.

»Aber, aber, Mr. Jury. Sie verlieren doch sonst nicht die Geduld. Ihre Geduld ist Ihre liebenswerteste Eigenschaft.« Sie tätschelte ihn am Arm und bot ihm ein Glas Milch an.

Er trank. »Das kapier ich nicht. Warum hat sie gesagt, er sei mein Freund?«

»Weil Sie sie miteinander bekannt gemacht haben.«

»Ich? Hören Sie, Carole-anne muß den Verstand verloren haben oder so was. Sie hat zuviel in die Sterne geguckt. Langsam müssen wir uns, glaube ich, Sorgen um sie machen.« Jury hielt sein Glas hin, damit sie ihm nachschenkte, und mampfte seinen Keks.

»Wir haben aber noch nie einen Hund im Haus gehabt.«

Das hielt Jury nicht unbedingt für ein schlagendes Argument. Sie hatten ja auch noch nie einen Stanley als Mitbewohner gehabt. »Was ist es denn für ein Hund?« Dumme Frage.

»Ein Neufundländer. Stanley sagt, ein guter Wachhund für uns alle.«

Ach, verflixt, das sagten die Leute immer, wenn sie einziehen wollten. »Schlägt er die Einbrecher mit Mozart in die Flucht? Oder warnt er uns vielleicht so: ›Wenn ihr das Adagio in g-Moll hört, bedeutet das, sie sind bewaffnet‹?«

Mrs. Wassermann seufzte. »Das nimmt Sie ja alles sehr mit. Ich habe Carole-anne gleich gesagt, daß Sie sich aufregen würden. Ich hab gesagt: ›Liebe Carole-anne, Mr. Jury...‹«

»Schon gut, schon gut. Womit verdient denn der Kerl seinen Lebensunterhalt? Außer mit Betteln?«

»Er spielt Gags. Ich habe keine Milch mehr.« Mrs. Wassermann schaute in ihren Kühlschrank.

Jury wollte gerade zum Keksteller greifen, hielt aber inne. »Er spielt Gags?« Langsam, aber sicher knallte er hier in Mrs. Wassermanns Küche durch.

»Aber kein Problem. Der Hund kommt jeden Moment herunter. Es ist gleich eins.« Sie spülte die Milchflasche aus.

Führte er dieses Gespräch wirklich? Oder war er oben eingeschlafen und träumte alles nur? Er umklammerte den Keksteller, als könne der ihm durch seine pure Körperlichkeit Kraft verleihen.

Es klopfte an der Tür. Na ja, so was Ähnliches wie ein Klopfen.

Mrs. Wassermann ging mit der leeren Flasche zur Tür und sah vor dem Öffnen nicht einmal durch den Spion. Der Besuch wurde offensichtlich erwartet. Und war willkommen. »Komm nur herein, und hier ist dein neuer Nachbar.«

Ein bildschöner karamelfarbener Hund kam herein. Er trug ein rotes Halstuch.

Jury schaute den Hund an. Wo hatte er den schon einmal gesehen? Wo?

Mrs. Wassermann bückte sich, hielt dem Hund die Flasche hin, und er nahm sie zwischen die Zähne.

Wo hatte er den Hund mit einer Flasche im Maul schon einmal gesehen? »STONE!«

»Sehen Sie, ich wußte doch, daß Carole-anne nicht lügt.«

»Heißt Stanley mit Nachnamen Keeler?«

»Na also, Sie kennen ihn doch. Carole-anne lügt nicht.«

»Stan Keeler ist Berufsmusiker.« Jury erinnerte sich an Stans Club, den einzigen, in dem er spielte. Es war der Nine-One-Nine, der kleine verrauchte Blueskeller, in dem er Stan einmal zu einem Fall, an dem er arbeitete, befragt hatte. Stan war Underground-Musiker mit einer treuen Underground-Fangemeinde. Ein toller Gitarrist. »Stan spielt Gitarre, Mrs. Wassermann.«

»Hab ich doch gesagt.« Sie drohte ihm mit dem Finger.

»Sie haben gesagt, er spielt Gags. Gigs meinen Sie wohl!«

Froh, daß Jury wieder der alte freundliche Jury war, nickte sie.

»Stan Keeler.« Jury bückte sich und streichelte Stone kräftig den Rücken. Stan spielte Gags und Stone Klavier.

14

Jenny war nicht in ihrem Haus in der Ryland Street. Er begann sich Sorgen zu machen und überlegte, ob er Sam Lasko bitten sollte, sie im Auge zu behalten. Aber dann beschloß er, Jenny nicht zu erwähnen. Lächerlich, zu argwöhnen, es sei ihr etwas zugestoßen, nur weil sie so oft nicht zu Hause war. Immerhin wollte sie eine Kneipe aufmachen.

Sam Lasko hielt inne, schaute weg, dachte nach und schüttelte dann den Kopf, als könne er nicht fassen, was er da las. »Man sollte doch nicht meinen, daß mich bei der vielen Arbeit auf meinem Schreibtisch Lincolnshire bitten würde, auch die noch im Auge zu behalten.«

Jury war so in seine eigenen Gedanken versunken, daß er schon glaubte, Lasko habe sie ausgesprochen. »Was?«

»Ich habe gesagt, ich habe zuviel zu tun, als daß ich für die Kollegen in Lincolnshire jemanden beschatten könnte.«

Jury begriff nicht, worüber Lasko redete, nur daß er Hilfe brauchte. Jurys Hilfe. »Passen Sie auf, Sammy, ich habe wirklich keine Zeit...«

Sammy ignorierte, wofür Jury keine Zeit hatte, öffnete einen Aktenordner und drehte ihn so, daß Jury den Inhalt lesen konnte. Während er weiterredete, erinnerte sich Jury an den Fall vor acht Jahren in Stratford, in den ihn Sammy mit hineingezogen hatte. Da war es auch um Amerikaner gegangen.

»Hören Sie mir zu?«

»Nein.«

Lasko sah so hilflos aus, daß Jury sich völlig unbegründet schuldig fühlte. »Ich bin auf dem Weg nach Wiltshire, Sammy. Ich bin nur vorbeigekommen, um eine Freundin zu besuchen.«

»Aha.«

»Ich kenne sie seit Jahren. Wie auch immer, ich muß jetzt nach Wiltshire.«

»Wer geht denn freiwillig nach Wiltshire?« Lasko setzte nie einen Fuß über die Stadtgrenze von Stratford-upon-Avon, es sei denn, ein Fall erforderte es. »Sie reden doch nicht von der Amerikanerin? Die sie in Old Sarum gefunden haben? Wollen Sie mir erzählen, daß die Kollegen in Wiltshire um Hilfe gebeten haben? Kaum zu glauben.«

»Die Sache ist ziemlich verzwickt, Sam. Nein, sie haben uns nicht um Hilfe gebeten. Und ich bin auch sicher, daß sie keinerlei Wert darauf legen.«

Besonders Chief Inspector Gordon Rush nicht, dachte er und entfernte sich unauffällig von Laskos Schreibtisch.

15

»Ein römisches Klo«, sagte Gordon Rush. »Was für ein Ort, um tot umzufallen. Schon komisch.« Aber komisch fand er es gar nicht.

Jury ließ eine Halskette durch seine Finger gleiten, die man unter der Habe der toten Angela Hope gefunden hatte. Ein halbkreisförmiger Silberanhänger mit Türkissteinen und einem eingearbeiteten Türkisvogel auf einer Stange hing wie eine umgekehrte Mondsichel daran. Dann wandte er sich der Akte und den Fotos aus dem Leichenschauhaus zu, die vor ihm lagen. Er betrachtete eins der Fotos näher. »Und Sie meinen nicht, daß sie vielleicht doch einfach nur ausgerutscht ist? Angenommen, sie wollte nur den niedergetretenen Graspfad oberhalb der Latrine hinunterlaufen.«

»Nein. Dann hätte sie sich in die Erde gekrallt, sich an allem festgehalten, nur um nicht abzurutschen. Hat sie aber nicht.« Wie zur Demonstration hob Rush seine leeren Hände und drehte sie nach außen.

»Hm, hm. Was dann?«

»Möglich, daß sie runtergestoßen oder daß sie ermordet und dann dorthin gebracht worden ist.« Rush zuckte die Achseln. »Es kann so vieles passiert sein.«

»Keiner hat irgend etwas gesehen?«

»War ja keiner da, der was hätte sehen können. Die paar Touristen waren schon weg, und vom Kartenkiosk aus kann man die Stelle nicht sehen. Die Leute vom National Trust, die die Eintrittskarten verkaufen, waren in dem Häuschen.«

»Einer von ihnen hat sie gefunden. Was hat er denn bloß in aller Herrgottsfrühe dort getrieben?«

»Meint, er gehe gern dorthin, er gehe gern frühmorgens spazieren und schaue sich den Sonnenaufgang an. Einerlei, sie ist mindestens zwölf Stunden vorher gestorben. Vermutlich bei Sonnenuntergang, als sie den Laden dichtmachten. Gegen sechs.« Rush nahm eine Zigarette aus der Schachtel.

Jury nahm die Kette und betrachtete sie.

Rush beobachtete ihn. »Sie ist Silberschmiedin. War, meine ich.«

»Türkis und Silber gibt's viel im Südwesten Amerikas.«

»Sie auch?« Rush griff nach dem Feuerzeug. Das winzige Metallmaul klickte dreimal, und er zündete sich die Zigarette an.

Jury hob die Brauen. »Ich auch?«

»In Exeter rennt ein Divisional Commander rum – Macalvie heißt er –, der hat einen Floh im Ohr. Ich hab früher unter ihm gearbeitet. Einen verrückten Hund haben wir ihn immer genannt.«

Jury verbiß sich das Lachen. »Was für einen Floh?«

»Eine Verbindung zwischen meiner Lady und seiner –«

Herrgott, die beiden waren wahrhaftig besitzergreifend wie Liebende, dachte Jury.

»– weil in dem Adreßbuch seiner Toten eine Adresse in Santa Fe steht. Es geht um einen Ort oder eine Straße.« Rush wedelte mit dem Feuerzeug und blätterte in seinem Gedächtnis wie in einem Rolodex. »Die Canyon Road heißt. Dort besaß Angela Hope einen Laden.«

Jury hatte sich die Kette um die Finger geschlungen, der silberne Halbmond schwang hin und her. Er betrachtete ihn genau. »Aber es sieht doch verdammt so aus, als käme es nicht von ungefähr.«

Rush warf das Feuerzeug auf den Schreibtisch. »›Ungefähr‹ ist genau das richtige Wort.«

Jury nahm Lady Crays Skulptur aus der Manteltasche. »Das hier hat *meine* Lady mitgebracht.« Er lächelte flüchtig. »Aus New Mexico. Vielleicht aus Albuquerque. Oder Taos oder Santa Fe. Eine Touristin, die es bis nach Albuquerque geschafft hat, würde sicher die zusätzlichen fünfzig Meilen oder so nach Santa Fe auch noch auf sich nehmen. Habe ich mir jedenfalls sagen lassen.« Die

Schaufenster bei Harrods waren eine wahre Augenweide gewesen. Grandios hatte der Südwesten ausgesehen. Und die große Attraktion im Südwesten war Santa Fe.

Rush ergriff den Türkisblock. »Wer ist der kleine Kerl?« Er tippte mit dem Finger auf den silbernen Flötenspieler.

»Kokepelli«, sagte Jury. »Ein Gott oder so etwas. Bestimmt ein indianischer. Könnten wir das mal rein theoretisch annehmen?«

Rush stellte die Skulptur rasch weg. »Ich bin nicht dafür bekannt, daß ich mich in reine Theorien versteige, Superintendent.« Sein Lächeln war einen Hauch hochmütig.

Jury ging darüber hinweg. »Frances Hamilton ist im Januar gestorben. Vor ein paar Wochen. Offenbar an einer Herzgeschichte. Wie Angela Hope. Und im vergangenen November war Mrs. Hamilton in New Mexico. Vermutlich in Santa Fe, obwohl ich das noch nicht verifizieren konnte. Anfangs bestand kein Grund, die Ursache ihres Todes anzuzweifeln.«

»Und warum jetzt?«

Wegen einer Frau namens Helen Hawes, hätte Jury gern gesagt. Aber wenn Rush erfuhr, daß er hier war, weil Macalvie darauf bestand, würde er die Schotten vollends dichtmachen. Jury haßte es, wenn persönliche Eitelkeit Ermittlungen im Wege stand. Macalvie, der wohl auch nicht ganz frei von dieser Eigenschaft war, ging es jedoch in erster Linie um die Verbindung, die zwischen den Frauen bestanden haben mochte, und weniger darum, ob sich eine andere Polizeidienststelle in seine Ermittlungen »einmischte«. »Es hat sich die Frage ergeben, ob sie vielleicht vergiftet worden ist.«

Rush drehte das Feuerzeug unaufhörlich in Händen. »Wieso das?«

War er mit Absicht so begriffsstutzig? »Offenbar wurde ihr sehr übel, bevor sie starb. Die gleichen Symptome wie bei Ihrer Amerikanerin.«

»Dann exhumieren Sie die Leiche?«

»Kann sein. Das Problem haben Sie natürlich nicht.«

»Die Symptome bei einem Herzinfarkt ähneln ja denen einer Vergiftung. Übelkeit, Erbrechen. Da aber niemand gesehen hat, wie sich was auch immer bei ihr ausgewirkt hat, können wir nicht sagen, was sie durchgemacht hat. Hatte sie Krämpfe? Fiel sie in ein Koma? Also wissen wir auch nicht, ob sie eines natürlichen Todes starb oder ob Medikamente oder Gift im Spiel waren.« Rush schaute ihn an und spielte wieder mit dem Feuerzeug.

»Sie haben gesagt, eine Cousine sei hergekommen, um die Frau zu identifizieren.«

»Dolores Schell. Sie ist gerade wieder weggeflogen. Vor zwei Tagen.«

»Hatte sie keine engeren Familienangehörigen? Eltern? Geschwister?«

»Geschwister, ja. Das heißt eine jüngere Schwester. Die Cousine hat sich aber bereit erklärt zu kommen, weil sie meinte, die Schwester würde es zu sehr mitnehmen. Das Kind ist noch sehr jung.«

Jury lehnte sich zurück. »Wie jung?«

Rush überflog die Papiere auf dem Schreibtisch. »Dreizehn.« Er knipste mit der Kappe des Feuerzeugs herum. »Heißt Mary.«

Jury nahm das Foto von Angela Hope, auf dem sie mit dem Gesicht nach unten auf der Erde lag. »Mary. Was ist mit Verwandten? Ich meine, wer kümmert sich jetzt um Mary? Die Cousine?«

Rush schüttelte den Kopf. »Keine Ahnung.« Sein Lächeln war dünn. »Wir sind nicht das Sozialamt.«

Darauf sagte Jury nichts. Er wartete auf weitere Informationen.

Rush nahm die silberne Kette und ließ sie an seiner Hand baumeln. »Die Cousine hat ausgesagt, daß Angela Hope die Kette selbst gemacht hat. Wie schon erwähnt, sie war Silberschmiedin. Ihr Laden hieß Silver Heron.«

»In der Canyon Road.«

Rush nickte. »Mr. Jury, wenn Sie keine weitere Verbindung zwischen einer Amerikanerin und einer Britin haben als Santa Fe,

Erbrechen, einen Türkis und einen indianischen Gott, dann, na ja...« Achselzucken.

Jury wußte, er hatte alles erfahren, was zu erfahren war, und das war mit Sicherheit mehr, als er bisher gewußt hatte. Er lächelte. »Hätten Sie was dagegen, wenn ich ein Foto von Angela Hope mitnähme?«

Wieder zuckte Rush mit den Achseln. »Warum sollte ich?«

Jury stand auf und steckte die Türkisskulptur wieder in die Tasche. »Danke für Ihre Hilfe.« Es war nicht ironisch gemeint, er hatte Rush, der ihm nun eins der Fotos aus dem Leichenschauhaus gab, nichts vorzuwerfen. In dem Ordner lagen mindestens sechs, wie ein Satz Bewerbungsfotos. Bei dem Gedanken wurde Jury traurig. »Vermutlich jagen wir eh einem Phantom nach«, sagte er und lächelte, um die leicht gereizte Stimmung, die zwischen ihnen geherrscht haben mochte, vergessen zu machen.

»Die Jagd nach dem falschen Götzen«, sagte Rush, nicht ohne Galgenhumor.

16

1

Zwei Stunden später schaute Jury aus einem Fenster über die Dächer von Exeter, während Macalvie zum Hörer griff und die Telefonvermittlung seiner Dienststelle anrief.

»Die Staatspolizei in New Mexico und Santa Fe.« Nach kurzem Überlegen: »Abteilung Gewaltverbrechen.«

Jury wandte sich mit hocherhobenen Brauen vom Fenster ab. »Gewaltverbrechen, Macalvie?«

Macalvie warf das Adreßbuch auf den Schreibtisch und schwieg. Er hatte die Arme vor der Brust verschränkt und wärmte sich die Hände in den Achselhöhlen. Wie üblich war er im Mantel, obwohl die Heizung bullig warm war. Jury merkte, daß er in sein seltsames Schweigen verfiel, und widmete sich wieder den Dächern und der Biegung des Exe River weit in der Ferne. Er dachte an Jenny. Das Schweigen zog sich in die Länge.

Plötzlich hob Macalvie, hellseherisch wie immer (da konnte Carole-anne sich eine Scheibe von abschneiden), den Hörer mitten im ersten Klingeln ab. »Macalvie.« Pause. »Ja, ja, schießen Sie los, ich schreibe mit ... Angela Hope, hm, hm, ja, das ist sie ... Silver Heron, Canyon Road, Santa Fe. Und die Privatnummer?« Macalvie grummelte, schrieb. »Was ist mit der anderen Fünf-null-fünfer-Nummer ...? Vorwahl, okay ... Und wo ist Española? Dort ist sie unbekannt ...? Nichts ...? Danke.« Mit finsterem Blick erst zur Wand, dann zu Jury, legte er auf, als habe dieser in Española den Hörer abgenommen und kategorisch behauptet, er wisse nicht, wer Angela Hope sei. Sackgasse. Dann sprang er auf und rannte zur Tür. »Gehen wir.«

»Wohin? Vergessen Sie nicht, daß ich mein Teil getan habe.«

»Zu Saint Peter's.«

»Was dagegen, mir zu sagen, warum?«

Macalvies leidgeprüfte Sekretärin saß an ihrem Schreibtisch, den Kopf über die Arbeit gebeugt. Als Macalvie vorbeikam, fragte sie: »Kann ich endlich die Weihnachtsdekoration abnehmen? Das Lametta ist völlig verstaubt.« An Jury gewandt, fügte sie hinzu: »Immerhin ist Februar.«

»Sie haben Wichtigeres zu tun«, antwortete Macalvie.

Ihre Stimme schwebte hinter ihnen her, als sie hinauseilten. »Das haben Sie aber nicht gesagt, als ich sie anbringen sollte.«

Auf dem Parkplatz vor der Kathedrale standen mindestens ein Dutzend Busse. Diesmal tobten Schulkinder ohne Uniform über die Wiese, spielten Fangen und machten allerlei Unfug. Vermutlich sollte der Ausflug in die Historie ihnen ein Bildungserlebnis bescheren. Sie waren hier, um etwas zu lernen. Beim Anblick von drei Mädchen in Jacken und Pullovern, die einen sehr dicken

Jungen jagten, bezweifelte Jury, daß sie sich sonderlich für das Martyrium des heiligen Bonifatius oder die Brandschatzung der Abtei interessierten. Andere Kinder standen herum und beobachteten eine alte Frau mit einem Fahrrad voll Säcken. Sie streute einer Taubenschar Futter hin und schien sich mit den Tauben zu unterhalten, nicht mit den Kindern. So nahe würde die Kinderschar dem heiligen Franziskus wohl nie wieder kommen, dachte Jury.

Mit den drei Damen, die an dem langen Tisch gegenüber dem Chor saßen und Kissen für Stühle bestickten, stand Macalvie mittlerweile auf gutem Fuß. Sie begrüßten ihn freundlich nickend. Sie waren von unterschiedlichster Leibesfülle, hatten einen rosigen Teint und graues Haar und hätten Schwestern sein können. Macalvie hielt es selten für nötig, sich bei Zeugen einzuschmeicheln, um Informationen zu bekommen; diese drei jedoch hießen ihn herzlich willkommen und schienen entzückt zu sein, ihn zu sehen.

In Anbetracht dessen, daß Helen Hawes »es am Herzen hatte«, war ihr Zusammenbruch nicht so überraschend gekommen. Nur die Umstände waren überraschend. Trotzdem, hier in Saint Peter's tot umzufallen, während sie die liturgischen Kissen betrachtete, die ja auch das Produkt ihrer Arbeit waren, war wahrscheinlich viel besser, als in einem Krankenhausbett zu sterben. Die unangenehmen Begleiterscheinungen ihres plötzlichen Todes wurden jedenfalls dadurch gemildert, daß sie sich bis zuletzt ihrer Arbeit hatte widmen können. Nun aber wurde die Sache (durch Macalvie und Jury) sogar noch spannend und mysteriös, wobei das Mysterium weniger religiöse als vielmehr sehr weltliche Ursachen hatte.

Macalvie nahm das Foto aus dem Hefter. Bevor er es herumgehen ließ, erklärte er ihnen, sie müßten es nicht anschauen, wenn sie nicht wollen, es sei die – keineswegs grausige – Aufnahme einer toten Frau. Sie zeige nur das Gesicht, die Augen seien geschlossen. »Ein Foto aus dem Leichenschauhaus.«

Natürlich siegte ihre Neugierde sofort über eventuelle Empfindsamkeiten. Sie nickten schon zustimmend, bevor Macalvie noch seine (für ihn) ausführlichen Erklärungen beendet hatte. Bei dem Wort »Leichenschauhaus« spürte Jury, wie sich eine beinahe freudige Erregung am Tisch breitmachte.

»Wir überlegen, ob Helen Hawes diese Frau gekannt hat«, erläuterte er. »Angela Hope, eine Amerikanerin aus Santa Fe. Am sinnvollsten wäre, wenn Sie es alle zunächst anschauen und sich erst danach besprechen würden. Ich rechne gar nicht damit, daß eine von Ihnen sie erkennt. Aber wenn irgend etwas an ihr ist, das Sie an Helen Hawes erinnert...«

Gehorsam ließen sie das Foto von Hand zu Hand gehen. Sie sagten nichts. Sie schauten sich nicht an. Zuckten mit keiner Wimper, was Jury am eindrucksvollsten fand. Gertie, Ruth und Vi hatten den Blick fürs Detail, waren daran gewöhnt, das Leben wie durch ein Mikroskop zu betrachten, nicht zuletzt legte ja ihre jahrelange eifrige kunstvolle Stickerei auf den Kissen, Polstern und Meßgewändern lebhaft Zeugnis davon ab. Des weiteren vermochten sie, Anweisungen zu befolgen und die erforderliche Konzentration aufzubringen, sich in einen Gegenstand zu vertiefen. Nachdem sie das Foto genau begutachtet hatten, schauten sie in verschiedene Richtungen weg – zur Marienkapelle, einem gegenüberliegenden Grabmal, zum Hauptschiff. Dann war alles klar. Bedauernd schüttelten sie beinahe gleichzeitig den Kopf. Nein, eine Verbindung zwischen dieser toten Frau und ihrer Kollegin Nell Hawes konnten sie nicht herstellen. Macalvie dankte ihnen für ihre Hilfe. Wenn ihnen noch etwas einfiel, hätten sie ja seine Karte.

Als Jury und Macalvie gerade gehen wollten, fragte Vi, ob sie schon mit Annie Landis gesprochen hätten.

Macalvie verneinte. »Ist sie auch Stickerin?«

»Ja. Und sie ist bestimmt zu Hause.« Vi gab Macalvie die Adresse und schwieg dann traurig. »Es geht ihr sehr schlecht. Eine Schande.«

»Schlecht?«

Die drei beugten sich über ihre Stickerei, als ob sie beteten. Dann sagte Vi: »Sie hat gerade ihre Laborberichte bekommen. Hm...« Ihre Stimme erstarb.

Als Vi aufhörte zu reden, ergriff Gertie das Wort. Sie hielt weiterhin, wie die anderen, den Kopf gesenkt, die rote Stickseide wand sich wie ein Blutfaden um ihren Finger. »Nach Annie konnte man die Uhr stellen. Ich weiß noch, wie einmal der nette Mann, der sich um die große Uhr hier in der Kirche kümmert – also, ich weiß noch, wie Annie Landis einmal hereinkam und er sie sah und dann auf die Uhr schaute und meinte: ›Meine Güte, zwei Minuten nach!‹ Ja, wir haben die Uhr nach ihr gestellt. Wir haben immer von ›Annie Landis und dem Rad der Zeit‹ geredet. Tun wir immer noch.«

Jury lächelte über diese so poetische Wendung, war aber doch ein wenig erschrocken über die Anspielung auf Zeit und Vergänglichkeit. Als sei Annie schon tot. Er sah, daß Macalvie langsam einen Kaugummistreifen faltete und in den Mund schob, er schien Vis Neuigkeit und Gerties Worte zu überdenken.

Nach längerem Schweigen sagte Macalvie schließlich: »Vielen Dank für Ihre Hilfe, meine Damen.« Er schaute noch einmal über das Grüpplein, sagte dann zu Jury: »Kommen Sie« und entfernte sich an der großen Uhr vorbei durch das Hauptschiff.

Jury folgte ihm. Draußen vor dem Eingang fragte er: »Wohin?«

»Zu Annie Landis.«

Jury protestierte auf dem Weg zu Macalvies Auto. »Aber wenn sie krank ist, wirklich krank, Macalvie –«

»Dann freut sie sich vielleicht, wenn wir ihr Gesellschaft leisten.« Macalvie riß die Autotür auf.

»Gesellschaft? Macalvie, wir gehören nicht gerade zu der angenehmen, liebevollen Spezies von Krankenbesuchern, die man um sich haben möchte.«

Über die Motorhaube hinweg schenkte Macalvie Jury ein affektiert falsches Lächeln. »Sie vielleicht nicht. Nicht mit der Haltung.«

Wie bitte? dachte Jury. »Was für eine Haltung?«

Macalvie ließ sich auf dem Fahrersitz nieder und rief: »Kommen Sie mit, oder bleiben Sie hier?«

Jury stieg ein und knallte die Tür zu. »Sie sind vielleicht eine Marke, Sie verrückter Hund.«

»Jetzt weiß ich, daß Sie mit Rush gesprochen haben.« Macalvie rammte den Rückwärtsgang ein, der Kies spritzte von den Reifen.

II

Jury hatte das Hafenviertel von Exeter mit dem alten Kai, dem Kanal und den neuen Apartmenthäusern noch nie gesehen. Von hier führte der Exe bis nach Topsham (hatte Macalvie ihm erzählt), über Wehre und an Lagerhäusern, Discos und Pubs vorbei. Das Viertel war großteils in einen hohen Felsen aus rotem Sandstein hineingebaut, über den die alte Stadtmauer verlief.

Annie Landis' Cottage stand nicht weit weg von einer Steintreppe, die sich in Schlangenlinien den Felsen hinaufwand. Es war weiß gekalkt, klein und gemütlich, und Macalvie wollte gerade den Delphintürklopfer in die Hand nehmen, als sie drinnen laute Stimmen hörten. Eine laute Stimme, um genau zu sein, die Stimme eines Mannes. Eine Frauenstimme antwortete leise und gedämpft.

Der Streit so nahe an der Haustür schien sich darum zu drehen, ob er weggehen oder bleiben sollte. Das heißt, es war klar, daß er gerade gehen wollte und sie es zu verhindern versuchte.

»Herr im Himmel, ich will doch nur mal eben ins Pub. Mit meinen Kumpeln einen trinken.«

Ihre Stimme, nun sehr viel weniger deutlich zu vernehmen, sagte etwas in der Richtung, daß »was trinken« wahrscheinlich wieder Stunden dauern würde und sie hätte schließlich gerade die schlechten Nachrichten bekommen.

»Mum ... du meinst immer ...«

»Tee.« Eine traurige Stimme.

»Nein, ich will keinen Tee. Kapierst du das nicht? Das ist mein Leben.«

Komisch, dachte Jury, ich hatte den Eindruck, daß es nun eher um ihres gehe. Er sah, wie sich Macalvie nachdenklich einen neuen Kaugummi in den Mund schob. Mittlerweile hatte Jury begriffen, daß er das tat, wenn er sich über etwas aufregte und es, aus welchem Grunde auch immer, nicht zeigen wollte.

Die Tür wurde aufgerissen. Sie blickten in das Gesicht eines wütenden jungen Mannes, der der Frau hinter ihm verblüffend ähnlich sah. Wären sie Mutter und Tochter und im Alter nicht so weit auseinander gewesen, hätten sie wie eineiige Zwillinge ausgesehen.

»Oh . . . Wer sind Sie?«

Die Frage kam nicht feindselig, sondern wirklich neugierig. Er drehte sich zu seiner Mutter um. »Jemand für dich, Mum. Bis morgen.« Er lächelte und rannte die Treppe hinunter, wobei er mehrere Stufen auf einmal nahm.

Sie schüttelte den Kopf und drehte den Stickrahmen in Händen. Das eingespannte Stück Leinen war mit leuchtender Stickseide durchwirkt. Annie Landis hatte offensichtlich geweint. Jurys erster Gedanke war »tränenüberströmt«, obwohl er selten Anlaß hatte, das Wort zu benutzen. Annie Landis sah aus, als habe ein schwerer Gegenstand sie mit großer Wucht getroffen. Alles an ihr war schief – der Ausschnitt des Kaschmirpullovers war etwas verrutscht, der Ledergürtel hin schräg nach unten, und von ihrer Schläfe stand eine Locke ihres weichen rötlichen Haars ab wie eine Flamme. Sie sah aus, als kippe sie gleich um, wie aus der Bahn geworfen, wie ein Spiegelbild in einem geteilten Spiegelglas.

Und Jury zweifelte nicht daran, daß sie sich genauso fühlte.

Macalvie zückte seinen Ausweis, entschuldigte sich für die Störung, sagte ihr, wer sie seien und was sie wollten. »Wir würden Ihnen gern ein paar Fragen über Helen Hawes stellen. Es dauert nicht lange.«

Sie schaute Macalvie an, dann Jury. »Nell? Ach, die arme Nell. Kommen Sie herein.«

Etwas unbeholfen standen die drei im vorderen Wohnzimmer. Die beiden Männer hätten sich auch auf das Sofa oder den Boden setzen können – der Geste nach zu urteilen, mit der Annie Landis in den Raum hinein deutete. Sie hatte immer noch den Stickrahmen in der Hand und zeigte auf zwei mit Cretonne bezogene Sessel, deren große pastellfarbene Rosen zu einfarbigen, verschwommenen Flecken verblaßt waren.

So sah auch Annie Landis aus, sie mußte einmal eine Haut wie Elfenbein und Rosen und goldenes Haar besessen haben, aber obwohl die Farben noch nachklangen, verschmolzen sie jetzt mit dem blassen Beige ihres Rocks und Pullovers. Doch die Zeit konnte Annie Landis' Aussehen letztlich nichts anhaben, sosehr sie es auch versuchen mochte.

»Sie haben nicht«, sagte Macalvie und macht mit der Hand eine Trinkbewegung, »zufällig eine Tasse Tee?« Jury hatte noch nie erlebt, daß Macalvie einen Zeugen um etwas gebeten hatte. Bei Wiggins gehörte es dazu, der Sergeant mogelte sich immer heimlich, still und leise in Reichweite von Tee und Scones.

Annie Landis' Gesicht und Gestalt veränderten sich schlagartig, als glätte sich alles wie durch Zauber und käme sozusagen wieder ins Gleichgewicht. Hatte sie eben noch einen Anblick geboten, als löse sie sich in Wasser auf, erstand nun vor ihnen eine sehr attraktive Frau. »Aber ja, natürlich. Ich habe ja sogar gerade welchen gekocht.«

Schließlich war sie Engländerin, eine Tasse Tee konnte sie allzeit servieren, und für die Polizei von Devon und Cornwall erst recht – ganz zu schweigen von Scotland Yard. Beinahe munteren Schritts verschwand sie, und während Macalvie leise durch die Zähne pfiff und Jury ignorierte, erklang aus der Küche Geschirrklappern und Gläserklirren. In weniger als zwei Minuten kam Annie Landis mit einem zweistöckigen Teewagen zurück, deckte das Spode-Geschirr und eine blaue Glasplatte mit Petits fours und

Keksen auf. Das hatte sie offenbar alles für ihren Sohn vorbereitet.

»War das Ihr Sohn, der gerade gegangen ist?« fragte Macalvie, als wiederhole er Jurys Gedanken.

Sie setzte sich und schenkte den Tee ein. »Ja, Jimmy.« Nun lächelte sie sogar ein wenig. Jury konnte sich nichts Beruhigenderes als dieses Ritual vorstellen. Mit einem Dankeschön nahm er eine Tasse mit einer hauchdünnen Zitronenscheibe entgegen.

Macalvie deponierte seine Tasse behutsam auf der Sessellehne und verzehrte ein Petit four. Dann nahm er sich einen Keks. »Er wohnt bei Ihnen? Jimmy, meine ich.«

Sie schüttelte den Kopf. »Nein. Schon seit ein paar Jahren nicht mehr. Junge Leute brauchen ihre eigenen vier Wände. Ich finde es nicht gut, wenn sie zu lange bei den Eltern wohnen.« Das sagte sie ohne Bitterkeit und reichte die Kuchenplatte wieder herum.

Macalvie griff noch einmal zu, nicht ohne zu bemerken, wie lecker alles sei. Macalvie, der sonst nicht mal Zeit für ein »Hallo« oder »Auf Wiedersehen« hatte, machte es sich in seinem Sessel bequem und aß und trank! Jury brachte das Gespräch wieder auf Helen Hawes.

»Ja, Nell. Wir haben sie immer Nell genannt, nicht Helen.« Sie hielt inne, nahm die Teetasse hoch, als wolle sie trinken, stellte sie statt dessen aber vorsichtig wieder ab und zog den Kaschmirpullover fester um sich, als sei es auf einmal kalt im Zimmer geworden. »Es war so plötzlich.«

»Soweit wir wissen, war sie herzkrank.«

»Nein, nein. Ich meine, herzkrank ist ja nun nicht dasselbe wie Herzbeschwerden haben. Jedenfalls hatte sie nichts, das zu diesem Ende hätte führen sollen. Aber dann wiederum . . . vielleicht doch.«

»Was?« fragte Macalvie. »Was hatte sie denn?«

Wieder nahm Annie Landis ihre Tasse und stellte sie, ohne zu trinken, zurück. »Ich war an Nells Herzgeschichten schon gewöhnt. Ich glaube, es heißt Herzkammerflimmern. Sie nahm ein

Medikament dagegen, schon seit Jahren. Manchmal hat sie es vergessen oder weigerte sich hartnäckig, sich ein neues Rezept zu besorgen. Sie konnte sehr stur sein. ›Ich bin doch kerngesund, wozu brauch ich das Zeugs?‹ Dann habe ich ihr immer gesagt, daß genau dieses ›Zeugs‹ der Grund dafür war, daß sie ›kerngesund‹ war. Und wenn sie es nicht nähme, würde sie krank. Aber ihr ging's gut, solange sie es dabeihatte. Und sie hatte es ja dabei.« Annie Landis schaute Macalvie freundlich an »Oder? Das Fläschchen war in ihrer Handtasche.«

Jury lächelte. »Sie passen gut auf, Mrs. Landis.«

»Ja, wir alle eigentlich im Verein. Hat vielleicht was mit unserer Arbeit zu tun.«

Macalvie rührte sich im Sessel. »Es besteht kaum ein Zweifel daran, daß es ihr Herz war. Im Untersuchungsbericht wird es als Todesursache angegeben. Haben Sie darüber noch mal nachgedacht?« Eine für Macalvie unglaublich einfühlsame Frage.

»Natürlich.« Sie lehnte sich mit dem Kopf auf den Sesselrücken und schloß die Lider halb. »Also, an dem Tag, da saßen wir zu fünft an dem Tisch neben dem Chor, wo wir immer sitzen und arbeiten, und Nell sagte, sie habe keine Lust mehr weiterzusticken und wolle sich noch einmal die Kissen anschauen, sie hätte die im Westschiff ja noch nicht einmal richtig gesehen. Sie ließ ihre Handtasche dort, und die war offen. Deshalb weiß ich, daß sie ihre Medizin dabeihatte. Die kleine Flasche rollte nämlich heraus. Und Nell ist weggegangen.«

»Haben Sie sie da zum letztenmal gesehen, bevor ihr plötzlich übel wurde und sie zusammenbrach?«

Annie Landis nickte. »Ja, und das finde ich eigenartig. Na ja, Sie ja bestimmt auch, sonst wären Sie nicht hier.« Lächelnd verweilte ihr Blick auf Macalvie und wanderte weiter zu Jury.

Schweigen. Dann überraschte Macalvie, der vor Zeugen selten Informationen über einen Fall ausplauderte, Jury mit der Frage: »Haben Sie gelesen, daß man in Old Sarum die Leiche einer Frau gefunden hat?«

Sie runzelte die Stirn. »Ja.« Wieder schaute sie von Macalvie zu Jury. »Wollen Sie sagen, daß Nells Tod damit zusammenhängt?«

Macalvie schaute zur Zimmerdecke hoch, als ob er darüber nachdächte. »Vor nicht allzulanger Zeit hat Mrs. Hawes Urlaub in den Staaten gemacht.«

»Ja, vor ein paar Monaten. Sie ist sehr gern gereist. So ungefähr alle zwei, drei Jahre ist sie ins Ausland gefahren. Normalerweise aufs europäische Festland. Drei-, viermal nach Amerika.«

»In den Südwesten.«

»Beim letztenmal, ja, da fuhr sie in den Südwesten. Das war im vergangenen Oktober ... nein, ich glaube, im November. Nell ist immer gern dann verreist, wenn es nicht so überlaufen und teuer war.«

November, dachte Jury. Im selben Monat, in dem Fanny Hamilton in den Staaten war. »Hat sie was erzählt? Hat sie jemand Besonderen kennengelernt? War sie so wie immer, als sie zurückkam? Überhaupt seitdem?«

»Meinen Sie denn, in den Vereinigten Staaten sei etwas vogefallen? Ich glaube, sie war in – Arizona. Möglicherweise. Ja, sie hat erwähnt – warten Sie einen Moment, wie hieß die Gegend?« Bei dem Versuch, sich zu erinnern, verzog Annie Landis heftig das Gesicht. »Es klang mehr wie eine Straßenkreuzung als ein Bundesstaat ... Ah ja. Four Corners. Wo vier Bundesstaaten zusammentreffen. Ich glaube, sie hat erzählt, daß man sich dort hinstellen und den Fuß in alle vier Staaten setzen könne. Utah, Arizona ... New Mexico? Den vierten habe ich vergessen.« Sie schüttelte den Kopf. »Das ist von dem, was sie erzählt hat, das einzige, an das ich mich erinnere. Nell hat nie so geschwatzt wie die meisten von uns. Egal, wie ich jedenfalls.«

Das bezweifelte Jury sehr. »Aber es bestand kein Grund zu der Annahme, daß ihr irgend etwas – zugestoßen war? Sie hat sich nicht anders verhalten, war ängstlich oder ...«

»Nein. In keinster Weise.«

»Was ist mit Ihrem Sohn?«

Macalvies Frage kam völlig unvermittelt.

»Meinem Sohn?«

»Er hat sie doch sicher auch gekannt, oder?«

Annie sagte: »Ja, er kannte sie. Flüchtig. Aber er ist erst vierundzwanzig, Mr. Macalvie.« Sie lächelte. »Ich glaube nicht, daß sie sich sehr für ihn interessierte.«

»Wie gut kannten sich die beiden denn?«

Ihr Lächeln deutete an, daß sie Fragen in dieser Richtung für reichlich sinnlos hielt, doch sie antwortete: »Kaum. Gelegentlich fuhr Jimmy sie irgendwohin. Zum Einkaufen. Sie hatte nämlich kein Auto. Und wenn sie viele Lebensmittel brauchte, war es mit dem Bus zu beschwerlich.«

Macalvie zückte sein Notizbuch. »Wohin wollte Ihr Sohn eben?«

Bei der Erinnerung an die vorhergehende Szene änderte sich ihr Gesichtsausdruck. »Ins Pub. Vermutlich ins Pelican, da trifft er seine Freunde am ehesten.«

Macalvie notierte es sich penibel. Wie einen Erlaß oder ein Urteil, dachte Jury.

»Aber ich glaube nicht, daß Jimmy Ihnen viel weiterhelfen kann, Superintendent.«

»Vielleicht nicht.« Macalvies Lächeln erhellte die düstere Atmosphäre. »Trotzdem unterhalte ich mich vielleicht einmal kurz mit ihm.«

»Aber ich verstehe nicht, was Nell mit dieser toten Frau – dem jungen Mädchen ja wohl eher, oder? – in Salisbury zu tun haben soll. Irgendwie schwer nachzuvollziehen.«

»Wir wissen es nicht.« Dann fragte Macalvie: »Können Sie sich daran erinnern, ob Mrs. Hawes ein gewisses Coyote Village erwähnt hat?«

Annie Landis war zuerst ein wenig verdutzt. Nach reiflichem Überlegen schüttelte sie aber den Kopf. »Nein.«

»Es steht in ihrem Adreßbuch.« Macalvie zog das kleine ledergebundene Büchlein aus der Tasche und reichte es über den Teewagen. Annie Landis nahm es und blätterte es langsam durch. Macalvie fuhr fort: »Ich nehme an, daß Mrs. Hawes sich das in den Vereinigten Staaten gekauft hat, denn die Nummern darin sind alle aus New Mexico.«

»Nein.«

»Wie bitte?« Macalvie hob die Augenbrauen.

»Das kann nicht sein.«

»Ich glaube, doch, Mrs. Landis. Wenn Sie hinten auf der Innenseite schauen, sehen Sie noch ein Stückchen von dem Preisschild – und da steht das Dollarzeichen drauf. Es muß in den Vereinigten Staaten gekauft worden sein.«

Annie gab ihm das Notizbuch zurück. »Ich sage ja nicht, daß es dort nicht gekauft worden ist. Ich sage nur, daß es nicht Nells Adreßbuch ist.«

»Vielleicht hatte sie mehr als eins.«

»Kann sein. Aber das hier war nicht ihres. Schauen Sie es sich doch an.«

Macalvie warf einen Blick darauf und runzelte die Stirn. »Und?«

»Es ist aus Leder, Superintendent. Und Nell kaufte nie etwas aus Leder oder Tierhaut. Da kannte sie nichts. Sie war ja auch Vegetarierin. Ich habe sie nicht oft wütend gesehen, aber über die Ausbeutung von Tieren, da hat sie sich immer sehr aufgeregt.«

Macalvie starrte auf das kleine Buch. »Es ist sehr klein. Vielleicht hat sie es nicht gemerkt –«

Mit unverhohlenem Ärger sagte Annie Landis: »Hat es nicht gemerkt? Superintendent, sie hat nicht mal Lederschuhe getragen! Was nicht leicht ist, denn es kostet schon einige Mühe, Schuhe, an denen wirklich kein Leder ist, zu finden. Nicht gemerkt?« Erstaunt über so viel Uneinsichtigkeit, sah sie weg. Männer! sagte ihr Gesicht. »Vielleicht wären Sie besser beraten, wenn Sie es unterließen, die Tatsachen so zu verbiegen, daß sie zu Ihrer Theorie passen.«

Jury fiel fast der Kiefer herunter. Er hustete, um ein lautes Lachen zu verbergen. Macalvie? Die Tatsachen verbiegen? Na ja, man hat schon Pferde kotzen sehen.

Sie zog sich einen Ohrclip ab, rieb sich das Ohrläppchen und fuhr fort: »Wäre es nicht vernünftiger, das Offensichtliche zu akzeptieren?«

Zum erstenmal sah Jury, daß Macalvie eine Zeugin mit offener Bewunderung anstarrte. Lächelnd fragte er: »Und was ist das Offensichtliche, Mrs. Landis?«

»Daß es jemand anderem gehört. Und Sie können mich ruhig Annie nennen.«

Jury wiederum bewunderte an Macalvie, daß der Mann seine Energien nie darauf verschwendete, sich zu rechtfertigen – beziehungsweise seine Theorien, Vermutungen, Fehler (die natürlich selten vorkamen). Daß Annie Landis klüger kombiniert hatte als er (so etwas kam noch seltener vor als Fehler), überraschte ihn, scherte ihn aber nicht weiter. Annie hatte nur in einem völlig unrecht, dachte Jury: Macalvie verbog nie Tatsachen, damit sie zu seiner Theorie paßten. Nie. Manchmal waren seine Theorien haarsträubend, aber wenn man sie am Ende aus einem anderen Blickwinkel betrachtete, gar nicht so absonderlich.

Sie waren schon am Fuß der Treppe und gingen über den Kai, wo der Nebel vom Exe am Ufer und unter den Brücken entlangwallte, da kam Macalvie auf das zurück, was Annie Landis gesagt hatte. »Warum habe ich angenommen, es sei ihres?«

Jury blieb stehen. »Das Adreßbuch? Ja wohl offenbar deshalb, weil es in ihrer Wohnung gefunden wurde. Bei den wenigen Eintragungen, den paar Nummern und Wörtern bestand doch wirklich kein Grund zu der Annahme, es gehöre jemand anderem. Und deshalb auch nicht dazu, die Schrift analysieren zu lassen, oder?«

»Wem? Wem gehörte es dann? Wenn sie es irgendwo mitgenommen hat, gefunden, was weiß ich, dann muß es in den Staaten gewesen sein – zumindest ist es dort verkauft worden. Die Nummern sind von dort.«

Jury betrachtete die nebelumflorten Lampen, die wie alte Gaslaternen flackerten, eine Häusergruppe, die Menschen. »Wohin jetzt?«

»Ins Pelican.«

Als hätte er das nicht gewußt.

III

In dem Pub sah es aus, als habe man den Nebel vom Fluß abgeschöpft und hineingeblasen. Rauch hing wie eine Zimmerdecke darin und umwaberte die Gäste. Das Pelican war zwar nicht überlaufen, aber doch so voll, daß das Stimmengewirr das Dröhnen der Musikbox übertönte. Trotz des Qualms war es hell und bunt. Die Kleidung der Leute war farbenfroh, die Musikbox sandte Regenbogenreflexe aus, und die runden Windlichter auf den Tischen flackerten rot, gold, blau.

Jimmy Landis, im Mantel (was Jury interessant fand, als müsse der Junge gleich wieder los), trank am Tresen ein Bier mit einem Freund. »Was soll das nun wieder bringen, Macalvie?« Als ob ich das nicht wüßte, dachte Jury. Aber er blieb hartnäckig. »Meinen Sie wirklich, der Junge kann uns helfen?«

Macalvie wies Jury lediglich an, einen Tisch zu belegen, und ging direkt zum Tresen. Jury sah, wie er seinen Ausweis zückte und dem Jungen bedeutete, ihm dorthin zu folgen, wo Jury nun saß. Vor dem Lärm gab's kein Entrinnen. Jury hatte nur noch einen leeren Tisch neben der jaulenden Musikbox gefunden. Macalvie mochte Musikboxen, wenn auch nur, solange sie »seine« Musik spielten: Elvis, die Beatles, Frank, Patsy. Im Moment fiedelte und sang ein Country & Western-Sänger ein paar Takte über seine Lady, die die Koffer gepackt hatte und wegfuhr. In Countrysongs hauten die Leute immer so ab – Frauen verließen Männer, Männer Frauen. Sie stopften ihr Gepäck ins Auto und fuhren los, über Land. Fuhren sie, wenn ihr Herz gebrochen war, immer so durch die Weltgeschichte, weil es diese kilometerlangen Straßen gab?

»Superintendent Jury«, stellte Macalvie vor. »Scotland Yard, CID.«

Jimmy Landis zwang sich zu einem hauchdünnen Lächeln, nickte und setzte sich mit einer halbvollen Flasche Lager hin, die er umgehend fast leer trank. Über die eine Gesichtshälfte des Jungen wirbelten die Lichter aus der Musikbox.

»Mrs. Hawes?« wiederholte er den Namen, nach dem Macalvie ihn gefragt hatte. »Eine Freundin von meiner Mutter. Ich kannte sie kaum.«

»Sie haben sie aber doch durch die Gegend kutschiert.«

»Manchmal.«

»Als eine Art Chauffeur.«

»Manchmal. Sie lebte allein.«

»Wie Ihre Mutter.«

Macalvies Ton war gelassen, beinahe ausdruckslos. Jimmy Landis fühlte sich schuldig, vermutete Jury, denn er senkte den Kopf, betrachtete die Bierflasche und begann, an dem Etikett herumzuzupfen.

»Ist was?« fragte Macalvie.

Jimmy. Mitte Zwanzig, hatte seine Mutter gesagt, aber er sah blutjung aus. Vielleicht lag es auch an dem angstvollen Blick und seiner durchscheinenden Haut, die so blaß war, daß er noch verletzlicher wirkte. So hatte Jury das Gesicht seiner Mutter gesehen, die Haut, aus der alle Farbe gewichen war. Jimmy Landis' Haut war wie die seiner Mutter, wahrscheinlich nahm sein Gesicht oft diese Farbe an. Jury mußte an den Londoner Himmel in den flüchtigen Momenten zwischen dem ersten Licht und dem Sonnenaufgang denken, wenn der Himmel völlig farblos ist, zwischen dem ersten goldenen Streifen und der erwachenden Sonne. Und als er Jimmy, der sich in seinem Mantel zu verkriechen suchte, hier sitzen sah, fiel ihm der trübe Himmel an einem Wintertag in

Newcastle ein, wo seine Cousine und die Arbeitslosigkeit zu Hause waren und die durch Armut und Alkohol vorzeitig gealterten, gebeugten Gestalten der jungen Männer.

Und dann fiel ihm ein, daß Jimmy ihn auch an einen anderen Menschen erinnerte, an den Snooker spielenden Marquis – der hieß auch Jimmy und war dunkel, dünn und groß. Von dort mußte Jury nur die trostlose, winterkalte Straße zurück zum Old Washington gehen und zu dem Bett, wo Helen Minton gelegen hatte. Der eine Arm hing zur Seite herunter, und die Hand berührte beinahe den Boden. Jetzt merkte er zum erstenmal, daß Helen im Tode ausgesehen hatte wie Chatterton auf dem Gemälde. Chatterton mit seiner eisigen bleichen Haut. All das ging ihm in den wenigen Sekunden, die er in Jimmy Landis' Gesicht schaute, durch den Kopf.

Der Junge explodierte. »Ich faß es nicht! Was soll das? Sie reden über meine Mutter, Sie reden über Nell. Wozu, weshalb? Es war ihr Herz. Wozu braucht man da Scotland Yard? Menschenskind!« fügte er hinzu, um den harten Burschen zu markieren.

»Wir haben gerade bei ihr Tee getrunken«, fuhr Macalvie fort. »Bei Ihrer Mutter.«

Keine Reaktion. Wütend zupfte Jimmy an dem Flaschenetikett.

»Wär schade gewesen um die Verschwendung.«

Jury sagte leise: »Macalvie, bitte!«

»Wir haben gehört, Ihre Mutter ist krank.«

»Und was geht Sie das an?« Selbst die pulsierenden Lichtreflexe von der Musikbox schwanden aus seinem Gesicht. Es sah völlig farblos aus.

»Uns nichts, mein Junge, Sie aber sehr wohl.« Als Jimmy daraufhin schwieg, seufzte Macalvie und sagte: »Erzählen Sie uns, was Sie über Helen Hawes wissen.«

»Nichts. Hab ich Ihnen ja schon gesagt. Ich habe sie nur ein paarmal gefahren, damit sie Essen einkaufen konnte und dergleichen.«

»Und dabei geschwiegen wie ein Grab.«

»Was?« Mit immer noch gesenktem Kopf warf Jimmy ihm von unten einen bösen Blick zu.

»Sie haben sich nie unterhalten. Nie.«

»Herr im Himmel, natürlich haben wir uns unterhalten.«

»Und?«

»Über nichts, das auch nur irgendwie von Bedeutung wäre!«

»Woher wollen Sie das wissen?«

Jimmys frustriertes Stöhnen war weit eindrucksvoller als der Gesang der Countrysängerin, die »Walkin' After Midnight« zum besten gab. »Das Wetter. Meine Mutter. Meinen Job. Hören Sie, was soll das Ganze?«

Nun mischte Jury sich ein. »Manchmal hört man Dinge, denen man in dem Moment keine Bedeutung beimißt. Vielleicht hat sie auch über sich geredet, über Leute, die sie kannte, Reisen, die sie unternommen hat. Mehr meinen wir gar nicht, Jimmy.«

Macalvie sagte: »Ich brauch was zu trinken.« Er stand auf.

Jimmy schaute vom einen zum anderen und raffte sich wenigstens noch zu der ironischen Frage auf: »Und was soll das jetzt? Guter Bulle, böser Bulle?«

»Nein. Böser Bulle, böser Bulle.« Macalvie nickte Jury zu. »Vorsichtig. Sonst fällt er Sie noch an.«

Jimmy beobachtete, wie Macalvie wegging, und sah dann Jury an, als ob er nun auch vor ihm jegliche Achtung verlor. Wieder stellte er die Frage, die als einzige auf dieser Welt noch übrig zu sein schien: »Also hören Sie, was soll das alles? Stehe ich unter Verdacht oder was?«

»Nein. Die Todesursache ist nur nicht ganz klar.« Um Macalvie nicht in den Rücken zu fallen, sprach Jury in sachlichem, wenn auch nicht bedrohlichem Ton.

»Sie meinen, es lag nicht an ihrem Herzen?«

Jury schaute zum Tresen hinüber, wo Macalvie in der dritten Reihe mit all den Gästen stand, die um die Aufmerksamkeit des einen Mädchens, das Bier zapfte, buhlten. Die Luft im Pelican war von den vielen Menschen mächtig aufgeheizt und roch durchdringend nach heißem Atem und warmem Bier. Aber Jimmy Landis war im Mantel. Macalvie auch. Wahrscheinlich schläft er auch darin, dachte Jury. Na ja, da hatten die beiden was gemeinsam.

Er beantwortete Jimmys Frage: »Doch, vermutlich schon. Aber ein Herzinfarkt kann verschiedene Ursachen haben. Kennen Sie Nell Hawes so gut, daß ihr Tod Sie berührte?«

»Wenn Sie meinen, ob es mir leid tat – ja, es tat mir leid.« Er riß weiterhin Etikettenfetzchen von der leeren Flasche ab. »Nell war nett.« Rasch schaute er auf und wieder hinunter. »Redete aber viel, wenn der Tag lang war.«

»Wirklich? Ihre – alle anderen haben gesagt, sie sei ziemlich still gewesen. Zurückhaltend.« Er wollte Jimmys Mutter nicht erwähnen.

»Ja, gut. Aber mit mir hat sie aus irgendeinem Grunde geredet. Wenn ich sie zu Sainsbury's oder so fuhr. Den Chauffeur mimte. Sie wissen schon. Es war anonym.« Zum erstenmal lächelte er.

Jury erwiderte das Lächeln und sagte nichts.

Jimmy zuckte die Achseln, als gebe er nicht viel auf seinen eigenen Scharfblick. »Vielleicht lag es aber auch gar nicht daran. Wissen Sie, Nell hatte keine Kinder.«

Obwohl Jury mitnichten gemeint hatte, daß es dem Jungen an Menschenkenntnis mangelte, war er von dieser Bemerkung doch ein wenig überrascht. Auch von Jimmys implizitem Eingeständnis, daß er für Nell Hawes eine Rolle gespielt hatte, die er für seine eigene Mutter nicht zu spielen vermochte. Wenn Jury Macalvie gewesen wäre, hätte er ihn nun natürlich sofort nach den Fahrten und dem, was Nell Hawes erzählt hatte, gefragt. Aber er war nicht Macalvie, und er wußte selbst nicht, warum er nun das folgende erzählte.

»Als Kind bin ich immer mit einer Freundin meiner Mutter einmal in der Woche in einen Park gegangen. Es war solch eine kleine Grünfläche, die von Häuserreihen umgeben ist und zu der nur die Anwohner Zutritt haben. Um hineinzugelangen, brauchte man einen Schlüssel. Sie hatte einen, und damit schloß sie das Tor auf. Ich fand das immer – ich weiß nicht, unglaublich. Wunderbar. Einen Schlüssel zu haben, mit dem man ein Parktor aufschließen konnte.«

Jimmy hatte aufgehört, mit dem Daumennagel an dem Etikett zu kratzen, seine Augen hingen an Jurys Gesicht. Da der Junge vorher den Kopf immer gesenkt gehalten hatte, fiel Jury erst jetzt auf, daß sie noch dunkler und intensiver grün waren als die seiner Mutter.

»Die Frau liebte Blumen, aber sie war fast blind. Nicht ganz, aber sie sagte, die Formen verschwämmen ineinander, wenn sie sie anschaute. Sie konnte zwischen den kleinen Bänken im Park und den Ästen der Bäume, die darüber hingen, nicht unterscheiden, und schon gar nicht zwischen den verschiedenen Blumen in den Beeten dort. Und sie war Malerin gewesen, Aquarellmalerin, eine sehr gute. Sie hieß Amy und war bekannt für ihre Tapferkeit. Nie hörte man sie klagen oder böse werden. Nie sah man sie weinen. Ich konnte nicht glauben, daß das Schicksal einem Menschen so übel mitspielen konnte. Das war ja, als würden einem Pianisten die Finger lahm oder einem Rennläufer die Beine abgeschnitten oder als verlöre eine Sängerin die Stimme.«

Jury nickte in Richtung der Musikbox. Auch Jimmy schaute hin; sie waren beide wie hypnotisiert von den schwimmenden Farben – wie Öl, das sich mit Wasser vermischt – und der vibrierenden Stimme – immer noch – von Patsy Cline. Wahrhaftig, hier drin mochte jemand Patsy.

»Als wenn Patsy Cline auf einmal taub würde. Na gut, Amy wollte immer gern, daß ich ihr die Blumen beschrieb, das heißt ihr sagte, welche je nach Jahreszeit blühten, und dann malte sie sie. Es war erstaunlich, sie sahen völlig echt aus. ›Die Hand erinnert sich‹, sagte sie immer. Doch danach malte sie, was sie noch sehen konnte. Und das wurden Farbkleckse, und die Farben liefen alle ineinander. Und einmal, nur einmal, war sie so frustriert, daß sie Farben und Pinsel hinwarf und ihren Aquarellblock ins Gras schmiß. ›O Gott, das ist alles, was ich sehe! Ein Haufen zerlaufener Farben!‹ Sie weinte, sie schrie beinahe. ›Ich will Kanten sehen, Umrisse, aber alles, was ich sehe, sind zerlaufende Farben.‹ Und da – da explodierte etwas in mir. *Ich* fing an zu weinen, aber weder aus Mitgefühl noch aus Mitleid. Ich wurde wütend, immer wütender, nicht auf sie, sondern auf das Leben schlechthin. ›Ich wünschte, ich würde so sehen wie du!‹ Da hielt sie inne, wurde ganz ruhig. Sie sah mich an, na ja, so gut sie mich ansehen konnte – ein bißchen schräg, als wenn sie ein bißchen schielte. ›Was sehen?‹ ›Farben, die zerlaufen! Aber nein. Ich muß ja alles sehen!‹ Denn genau das fand ich ja so ungerecht und empörend – ich mußte alles sehen. Harte Kanten und Umrisse. Mittlerweile weinten wir beide, und dann lachten wir. Ich bat sie, es nicht meiner Mutter zu erzählen, ich weiß nicht, warum. Ich redete mir ein, daß ich nicht wollte, daß meine Mutter meinte, ich sei so herzlos gewesen, die arme Amy anzuschreien, ihr das Leben noch schwerer zu machen ... Aber das war nicht der Grund. Den weiß ich übrigens bis heute nicht.«

Gespannt wie ein Kind hing Jimmy an seinen Lippen. Jury erinnerte sich an den kleinen Park, das dunkle Grün der Bäume im September, die kühlen Farne und das feuchte Moos. Jimmys Augen hatten genau diesen grünen Farbton. Er wollte etwas sagen, unterließ es aber.

Sie lauschten ein paar Takten von »Crazy«, dann sagte Jury: »Nell Hawes. Wenn Sie sich an irgend etwas erinnern, erzählen Sie es mir.«

»Meinen Sie über die Reise?«

»Ja. Alles.«

»Es ist ein paar Monate her.«

»Ach, die Erinnerung kommt schon wieder«, schmunzelte Jury.

»Es gefiel ihr wirklich dort. Im Westen. Nein, es war ja wohl der Südwesten. Colorado, New Mexico ... Santa Fe und – wie hieß noch gleich das andere ...?«

»Was ist mit Santa Fe?« fragte Macalvie, der mit zwei Gläsern und einer Flasche Bier zurückkam. Er setzte sich (im Mantel!) und trank sein Glas halb leer.

»Ich glaube, es gefiel ihr dort, weil es etwas Mystisches hat. Sie hat mir was von ›sich öffnen für andere Energien‹ und ›Auren‹ und so 'nem Zeug erzählt.« Er hob die Flasche. »Prost. Ach, Taos. Den Ort mochte sie auch. Es heißt ›der Weg‹, hat sie mir gesagt. Ist Chinesisch oder so was. Ja, sie fand den Südwesten sehr mystisch.« Jimmy trank und dachte nach. »Nell war sehr gläubig. Das heißt, sie hatte wohl eher so eine spirituelle Ader. ›Es fließt alles zusammen‹, sagte sie immer. Nell meinte, die Indianer in Amerika könnten die Menschheit eine Menge lehren. Sie hat auch über einen ›Regenbogenpfad‹ geredet – etwas, an das einer von den Stämmen da glaubte. Ich glaube, sie hat gesagt, es wär ein Pfad zwischen Himmel und Erde.«

Macalvie knurrte. Er nahm zwanzig Pence von dem kleinen Haufen Münzen, den er auf den Tisch geworfen hatte, stand auf, brütete einen Moment lang über der Musikbox, fuhr sich mit dem Daumen über die Stirn, als erwäge er angestrengt, welche Platte er spielen solle, und warf die Münze ein. Als nichts passierte, trat er gegen die Musikbox. Dann setzte er sich wieder. Als sich die Stimme von Patsy Cline erneut mit »Walkin' After Midnight« meldete, fragte er: »Was war mit anderen Touristen? Hat sie irgend jemanden erwähnt, den sie dort kennengelernt hat?«

»Nein, eigentlich niemand Bestimmten, nein.«

»Wie wär's mit jemand Unbestimmtem? War vielleicht ein Landsmann darunter?«

»Amerikaner hat sie erwähnt. Was nicht überraschend ist«, sagte Jimmy trocken und warf Macalvie einen frechen Blick zu. »Aber ich erinnere mich an niemanden – doch, einmal hat sie gesagt, daß sie mit einer Familie aus New York zu Abend gegessen hat, und ja, mit einer Frau hat sie sich ein paar Tage lang zusammengetan. Sie haben sich die Sehenswürdigkeiten angeschaut.«

Macalvie hatte sein winziges Spiralnotizbuch herausgenommen und den Stift aufgeschraubt. »Was ist mit der Frau?«

Jimmy runzelte die Stirn und versuchte sich zu erinnern. Vergeblich.

»Hat sie Hotels erwähnt, in denen sie übernachtet hat? Wenn die Leute von Reisen zurückkommen, schimpfen sie doch immer über das teure Essen und die teuren Hotels.«

Wieder dachte Jimmy nach und nahm einen Schluck aus seiner Flasche. »Sie aber nicht, ich meine, sie hat kein bestimmtes Hotel erwähnt. Nur erzählt, wie teuer alles war, besonders in Santa Fe. ›Sogar die kleine Pension‹, meinte sie. Weil sie so nah am Stadtzentrum war. Aber sonst nichts.«

»Die ist ja leicht zu finden.« Macalvie notierte es und fragte dann: »Hat sie mal die Namen Coyote Village oder Silver Heron erwähnt?«

»Nein ... Canyon Road«, sagte Jimmy plötzlich. »Daran erinnere ich mich, weil mir der Name gefiel. Da hat sie die Frau getroffen.« Er schüttelte wieder den Kopf. »Vielleicht fällt mir ja noch mehr ein.«

Patsy sang sich die Seele aus dem Leibe, während die drei schweigend dasaßen.

»Waren Sie das«, fragte Jury, »der Patsy Cline gedrückt hat?«

»Sie hilft mir beim Denken. Okay, Jimmy. Wir haben die Adresse Ihrer Mutter, Ihre aber nicht. Soweit ich weiß, wohnen Sie ja nicht mit ihr zusammen.« Macalvie sagte das natürlich zutiefst vorwurfsvoll.

In Gedanken versunken, gab Jimmy ihm die Adresse. Finster schaute er den Stift und das Notizbuch an. »Das war's! Jetzt erinnere ich mich.«

»Was?«

»Das Notizbuch. Eher ein Adreßbuch. Als ich sie an einem Montag zu Sainsbury's gefahren habe, hat Nell was in ihrer Handtasche gesucht und die Sachen so rausgeworfen, Sie wissen schon, wie die Frauen das immer machen. Und da fand sie das kleine Adreßbuch. ›Zu dumm, das hab ich vergessen, ihr zu schicken‹, meinte sie. Als ich gefragt habe, wem, stellte sich heraus, daß es die Frau war, mit der sie sich auf der Reise so gut verstanden hatte. Offenbar hatte die Frau – wie hat sie noch gesagt?« Jimmy rieb sich die Schläfen, als wolle er diese kleine Information losrubbeln. »Frances, so hieß sie. Offenbar hatte sie Nell ihr Adreßbuch gegeben, damit die ihre Adresse und Telefonnummer reinschrieb, und da passierte irgendwas, und Nell hat vergessen, es ihr zurückzugeben. Sie wollte es ihr schicken, hat sie gesagt.«

Macalvie nahm das Adreßbuch aus dem Plastikumschlag und legte es auf den Tisch. »Das hier?«

»Nanu, ja. Woher haben Sie das denn?«

»Aus Nells Sachen.«

Jury fragte ihn: »Also, Frances hat sie sie genannt?« Als Jimmy bejahte, sagte Jury: »Und sie hat nur Amerikaner kennengelernt, haben Sie gesagt.« Wieder nickte Jimmy. »Kann es sein, daß eine von ihnen, diese Frances, in London wohnte?«

Jimmy runzelte die Stirn. »Hm, ja klar, kann sein. Aber das hat Nell nicht erwähnt.«

»Okay, Zeit, nach Hause zu gehen, Jimmy. Aber halten Sie sich zur Verfügung, bitte.«

Völlig perplex knallte Jimmy die Flasche auf den Tisch. »Nach Hause?«

»Ja, die Steintreppe hoch, das Haus mit der Tür und den Fenstern. Sie wollen doch sicher Ihrer Mutter gute Nacht sagen.«

Jimmy lachte unsicher. »Ich muß hier aber noch was trinken. Bin ja überhaupt noch nicht richtig dazu gekommen, ein Wort mit meinen Kumpeln zu wechseln, wo ich hier mit Ihnen beiden einen ausgequatscht habe.« Jetzt klang er wieder ziemlich cool.

»Ach, so ein Pech aber auch, die Bude macht gerade dicht.« Macalvie trank sein Glas aus.

Nun war Jimmy noch verblüffter. »Es ist doch noch nicht mal halb zehn. Was reden Sie da?« Er schaute sich um, um sicher zu sein, daß die Leute nicht schon alle verschwunden waren.

»Sagen wir mal, heute wird früher Schluß gemacht.« Macalvie

stand bereits und stopfte Zigaretten und Wechselgeld in die Tasche. »Zeit, nach Hause zu gehen. Es sei denn, Sie wollen mit uns zur Wache.«

»Was, zum Teufel, soll das nun wieder?« fragte Jimmy so genervt wie am Anfang. Aber er hatte sein Bier ausgetrunken und stand auf.

»Sie haben die Wahl. Eine schöne Tasse Tee bei Ihrer Mutter oder ab zur Wache.« Macalvie zuckte mit den Schultern, als wolle er andeuten: Kein Problem.

Patsys Stimme begleitete sie zur Tür und hinaus in die kalte Abendluft.

»Also, das raff ich nicht.« Jimmys Stimme war kaum zu hören.

Während des folgenden Schweigens ging Macalvie auf den Jungen zu, und Jury dachte schon, er lenke endlich ein und wolle ihm tröstend die Hand auf die Schulter legen. Macalvie legte ihm auch die Hand auf die Schulter, aber nach Trost sah das nicht aus – eher wie der Griff eines Raubvogels. »Du – armes – Schwein«, sagte Macalvie.

Da explodierte Jimmy. »Verdammt noch mal, was bilden Sie sich ein! Erzählen den Leuten, wie sie ihr Leben zu leben haben. Kommen hier rein wie beim Jüngsten Gericht und haben keinen blassen Dunst, was abläuft! Sie kennen mich nicht, Sie wissen nichts von mir, Sie kennen weder mich noch meine Mutter!«

Er klang, als werde er gleich vor Wut heulen, und Jury erinnerte sich, daß er an dem Tag damals im Park mit Amy genauso geklungen hatte.

Macalvie ließ Jimmys verbale Attacken über sich ergehen, wie er es zu tun pflegte, wenn er darauf wartete, daß seine Mitarbeiter – Männer oder Frauen, wie Gilly Thwaite zum Beispiel – ihre hysterischen Anfälle überstanden hatten, nachdem er sie mal wieder bis aufs Blut gepeinigt hatte. Als Jimmy seinem Ärger schließlich soweit Luft gemacht hatte, daß er nur noch vor sich hin stotterte, sagte Macalvie: »Also dann, gute Nacht. Wir bleiben hier stehen und passen auf, daß Sie heil die Treppe raufkommen und nicht überfallen werden.«

Wutentbrannt stapfte Jimmy los. Nur einmal auf der Mitte der Treppe drehte er sich um und schleuderte Macalvie eine letzte Beleidigung an den Kopf. »Lecken Sie mich am Arsch, Commander!« Dann ging er weiter.

Jury war begeistert von dem »Commander«, als habe das »Leck-mich-am-Arsch« um so mehr Gewicht, je höher der Rang.

»Er hat nicht ganz unrecht, Macalvie.« Jury ergriff ihn am Arm und versuchte, ihn in Richtung Kai umzudrehen.

Macalvie behielt die Treppe im Blick. »Ist er jetzt drin, oder drückt er sich in der Dunkelheit herum und wartet, daß er verduften kann?«

»Also, jetzt kommen Sie! Verdammt, Sie sind nicht sein Kindermädchen!« Jury zog ihn zum Fluß.

»Als nächstes stellen wir die Daten fest, wann Ihre Lady – Fanny Hamilton – im Südwesten war. Und wo. Kinderspiel.«

Jury seufzte. »Die Verbindung, die Sie da herstellen, ist ziemlich an den Haaren herbeigezogen.«

Den Blick immer noch nach oben gerichtet, sagte Macalvie: »Nell Hawes und Angela Hope, beide in Santa Fe. Fanny – oder Frances – Hamilton dito.« Dann folgte ein theatralisches Stöhnen. »Wenn ich Urlaub nehmen könnte, würde ich hinfliegen. Zuviel am Hals im Moment.«

»Sie haben immer zuviel am Hals. Während ich ja nichts Besseres zu tun habe, als in den amerikanischen Südwesten abzuschwirren.«

»Sieht ganz so aus.« Macalvie verrenkte sich beinahe das Genick, weil er immer noch nach oben schielte.

»Nein.«

»Machen Sie, was Sie wollen.«

»Angela Hope ist in Wiltshire gefunden worden. Nell Hawes hier in Devon gestorben. Fanny Hamilton in London. Die amerikanische Botschaft und die amerikanische Polizei sind an letzteren beiden garantiert nicht interessiert. Ebensowenig wie die Kollegen in Wiltshire.«

»Eben. Gerade deshalb sollten wir ja hinfliegen.«

»Steter Tropfen höhlt den Stein. Aus dem ›wir‹ wird schließlich ›ich‹. Sie vergessen immer gern, daß ich mein Leben hier lebe.« Jury dachte an Jenny und daß er sie nicht erreichen konnte. Es war ein Jammer.

»Tolles Leben.«

Da hob auch Jury den Blick. Stimmt, dachte er traurig. Der mattschwarze Himmel war mehr als sonst mit Sternen übersät, als habe ein Sternengewehr ihn mit Sternengeschossen durchsiebt. Dann mußte er lächeln. Der Anblick erinnerte ihn an Covent Garden und das Starrdust. Die Minuten verstrichen in völligem Schweigen, und langsam reizte ihn Macalvies Hochstarren. »Was schauen Sie sich denn eigentlich da an?«

»Die dunkle Materie.«

Jury zuckte zusammen. Er bereute, daß er die Frage gestellt hatte.

»Von der dunklen Materie haben Sie gelesen?«

»Nein, das ist eins der vielen Dinge, von denen ich nichts gelesen habe. Los jetzt, ich bin müde.« Jury zerrte Macalvie am Ärmel.

Macalvie bewegte sich aber nicht vom Fleck. »Es hat was mit der Erdanziehungskraft zu tun. Wissenschaftler haben errechnet, daß sich die erste Masse, die sie gefunden haben, über Trillionen Meilen erstreckt. Millionen Millionen, Jury. Es handelt sich um eine Masse, die so riesig ist, daß man sie sich nicht vorstellen kann. Das finde ich ja so interessant. Sie ist unvorstellbar, aber berechenbar.«

»Wird das noch so ein Vortrag wie über tiefe Zeit?«

Nun richtete Macalvie seinen Blick auf Jury. »Ich rede nicht von tiefer Zeit, ich rede von dunkler Materie. Kann ein Mensch sich nicht mal das Universum anschauen, ohne von Ihnen belästigt zu werden?«

»Ein Mensch schon. Aber Sie nicht. Los jetzt. Ich habe überhaupt keine Lust, mitten in der Nacht hier rumzustehen und über das Universum zu reden.«

Nun schielte Macalvie auf seine Uhr. »Meine Güte, es ist noch keine zehn. Das ist für Sie mitten in der Nacht?«

»Wie kann jemand so Prosaisches wie Sie hier rumstehen und über tiefe Zeit und dunkle Materie reden? Was ist los mit Ihnen? Normalerweise sehen Sie doch immer nur, was am Ende einer Knarre oder einer Taschenlampe oder eines Mikroskops ist. Was soll diese ganze Philosophiererei?«

Als sei diese Frage überhaupt nicht rhetorisch, wandte Macalvie den Blick wieder gen Himmel und antwortete: »Dunkle Materie. Ich hab's Ihnen gesagt.«

»Was? Höre ich richtig? Wollen Sie andeuten, es gebe so etwas wie das unlösbare Verbrechen?«

»Jawohl. Denken Sie mal einen Moment nach! Die Wissenschaftler – die Physiker, Chemiker, Astronomen – haben genug Fakten. Sie haben soviel Fakten, daß sie ihre Berechnungen anstellen können. Sogar beweisen können. Aber ›beweisen‹ steht in Anführungszeichen. Denn wie kann man etwas beweisen, das man sich nicht vorstellen kann?«

Jury begann auf dem alten Kai auf und ab zu laufen. »Macalvie, jetzt hören Sie mir auf damit! Sie wissen, und ich weiß, daß es nur zwei Gründe gibt, warum man einen Fall nicht lösen kann. Entweder hat man nicht genug Informationen, oder man hat Informationen, setzt sie aber nicht richtig zusammen. Basta. Finito.«

Macalvie vergrub die Hände in den Hosentaschen und zuckte die Achseln.

»Also, was ist, Macalvie? Sehen Sie es endlich ein! Wenn wir keine Verbindung zwischen Fanny Hamilton, Nell Hawes und Angela Hope herstellen können, liegt es entweder am Mangel an Informationen oder unserer Unfähigkeit, vernünftig zu denken.« Als Macalvie nicht antwortete, fügte Jury hinzu: »Ich habe einen Haufen Fälle nicht gelöst. Lieber Himmel, vielleicht gibt es ja auch einen Fall, den Sie nicht gelöst haben. Informationsmangel. Schlecht kombiniert. Für Sie ist es natürlich immer nur ersteres. Aber da ist doch nichts Metaphysisches dran.«

Macalvie schüttelte den Kopf. »Vielleicht nicht. Weil es – unbegreiflich ist.«

»Lächerlich. Unmöglich. Wollen Sie behaupten, daß wir es hier mit einem solchen Verbrechen zu tun haben?«

Macalvie schnaubte. »Wie käme ich dazu, verdammt noch mal! Wir haben ja noch nicht mal alle Informationen beieinander, die es gibt.« Er gähnte. »Worin hat er recht?«

»Was? Was meinen Sie?« Jury war in Gedanken immer noch heftig bei der Metaphysik.

»Jimmy. Sie meinten, er habe nicht ganz unrecht.«

Typisch Macalvie. Er vergaß nie etwas, auch wenn es noch so unerheblich war. »Jetzt will ich Ihnen mal was sagen, das Ihnen vielleicht nicht behagt.«

»Wie aufregend.«

»Obwohl Sie so ein guter Polizist sind und so einen scharfen Verstand haben, sehen Sie die Dinge manchmal wirklich auf einer arg simplen Ebene. Sie scheinen sich die Möglichkeit nicht vorstellen zu können, daß das Leben bisweilen extrem komplex –«

»Ach nein? Worüber habe ich denn eben gerade geredet?«

»– sein kann oder daß die Menschen Sklaven sehr widersprüchlicher Gefühle sein können. Jimmy hat insofern recht, als man niemandem vorschreiben kann, wie er zu leben hat.«

»Verdammt und zugenäht! Kann ich doch. Also gut, gehen wir.«

Jury stöhnte. »Sie sind genau wie er.«

Macalvie blieb stehen. »Wie Jimmy Landis? Ich?« Er schlug sich vor die Brust. »*Moi*?«

»Ja, *toi*.«

»Und wie haben Sie das herausgefunden?«

»Sie haben beide so eine Angst, daß etwas Schlimmes passieren könnte, daß Sie nicht mal den Mantel ausziehen.«

Ein paar Minuten gingen sie schweigend nebeneinanderher.

Jury dachte über das Mädchen nach, die kleine Schwester. Wie alt war sie? Zwölf, dreizehn. Angela Hope war offenbar ihre einzige Angehörige gewesen. Nun war ihre Familie tot. Er sagte: »Zwei oder drei Tage. Allerhöchstens vier.« Jury schaute über den Fluß. »Weil ich die Informationen haben will und weil ich weiß, daß Sie unrecht haben.«

Macalvie zündete sich eine Zigarre an. Als er sie genüßlich angeraucht hatte, warf er das Streichholz in den Fluß und fragte: »Können Sie morgen los?«

»Nein.«

Jury flog am nächsten Tag.

17

Melrose war überzeugt, wer zufällig im Regen vorbeikam und in die Fenster von Ardry End schaute, empfand ihn und seine Tante als Urbild behaglichen, unbeschwerten Beisammenseins. Gemütlich tranken sie Tee und Sherry am Kamin, der alte Hund lag zu ihren Füßen.

Aber warum sollte jemand im dunklen, strömenden Regen zufällig vorbeikommen? Er dachte zum hundertstenmal an Miss Fludd. Und er hätte auch zum hundertundeinstenmal an sie gedacht, wäre nicht sein Butler Ruthven neben ihm aufgetaucht, hätte ihm den Telefonhörer hingehalten und ihn aus seinen Träumen von Paris und Miss Fludd gerissen. Schon vor dieser Unterbrechung hatte er nur mit Mühe seinen Phantasien nachhängen können, denn Agatha lagerte auf dem Sofa ihm gegenüber. Obwohl der Regenschauer sie zur Tür hineingeschwemmt hatte, war er nicht stark genug, um sie auch wieder hinauszubefördern.

Dieses flaue Wunschbild hatte ihn jedoch von Paris und Miss Fludd ins National Aquarium nach Baltimore geführt und von dort zu der Schriftstellerin Ellen Taylor. Ihr Buch *Fenster* lag hauptsächlich deshalb auf seiner Stuhllehne, weil es ihn inspirierte, an seinem eigenen weiterzuschreiben. Bis zu Agathas frühmorgendlicher Invasion war er prächtigster Laune gewesen. Er hatte Kaffee getrunken und an der Fortsetzung von *Gin Lane* und den Abenteuern von Detective Chief Inspector Smithson und seiner Frau Norma gearbeitet. Smith und Norma saßen auch am Kamin, aber in Gravely Manor, und auch sie tranken Kaffee (Norma wie immer Champagner dazu). Melrose freute sich, daß die beiden seine Freizeitvergnügungen teilten.

»Du siehst doch, Darling«, sagte Norma, »daß dieses Alibi ...«

Wie bitte? Was war mit dem Alibi? Melrose überflog die Seiten, um es zu suchen. Konnte er sich nicht mal merken, welches Alibi zu welcher Figur gehörte? Na ja, er hatte *Gin Lane* schließlich nach seiner Rückkehr aus Baltimore nicht mehr zur Hand genommen. Er runzelte die Stirn ein wenig, halb mit den Gedanken bei den Petit fours, die Agatha vor sich aufgereiht hatte, halb bei dem Telefonhörer, den Ruthven ihm aufdrängte.

»Es ist Superintendent Jury, Mylord«, sagte Ruthven selbstzufrieden, sogar hämisch. Er wußte, Agathas Anwesenheit bedeutete, daß das Gespräch mit Mr. Jury von Anfang bis Ende verschlüsselt geführt würde. Ruthven mochte Richard Jury sehr. Er bezeichnete ihn immer als »Gentleman der alten Schule« und fühlte sich von Jury, obwohl dieser nicht adlig war, in gewisser Weise dafür entschädigt, daß Melrose seine Grafen-, Herzogs- und Marquistitel abgelegt hatte.

Melrose hörte ein paar Augenblicke zu und sagte dann: »Schon wieder? Meine Güte, wir sind doch gerade erst zurück ... Krankenhaus? Wiggins ist im Krankenhaus ...? Was für einen Unfall? ... Nichts Ernstes? Für Sergeant Wiggins ist aber alles ernst ... Ja, ich fahre hin und besuche ihn ... Ich wollte ohnehin nach London ... Hm, hm ... Merchant – Moment, ich muß mal eben Papier holen.« Er schaute sich auf dem Couchtisch um, da reichte Agatha ihm in einer ihrer seltenen Anwandlungen von

Hilfsbereitschaft ein kleines silbernes Notizbuch, das mit einem Wappen verziert war. Irgendwie kam es ihm bekannt vor. »Ja, weiter . . .« Melrose schrieb, während Jury redete. »Gabriel Merchant . . . Die Cripps? Machen Sie Witze . . .? Klar, erinnere ich mich. Aha! Lady Cray. Die möchte ich zu gern einmal wiedersehen . . . Slocum, Beatrice . . . das Paar in der Tate, stimmt's? Aber wenn Sie schon mit ihnen geredet haben . . . Wie kann denn überhaupt eine Verbindung zwischen . . . Nein, ich habe kein Faxgerät – wozu denn? Ich schaffe es ja kaum, die Wählscheibe am Telefon zu bewegen . . . Ja, gut, ich schicke es mit Eilpost. Ich besorge es, bevor ich fahre. Was haben die Telefonnummern mit . . . Commander Macalvie . . . Na, das ist er doch immer!« Melrose lachte. Hörte indes abrupt auf, als er merkte, daß er vor lauter Überraschung wiederholte, was Jury sagte, obwohl Agatha ganz Ohr dabeisaß. Herrje, lernte er denn nie, seine Gespräche draußen zu führen, wenn sie im Zimmer war? Mit steinerner Miene blieb er die restliche Zeit sitzen, während Jury ihm erklärte, warum er mal kurz in die Vereinigten Staaten jetten müsse. Schon wieder. Und sie waren erst seit einer Woche zurück. Schließlich verabschiedeten sie sich voneinander.

»Und was war das nun wieder?« Die Antwort blieb ihm erspart, weil die Frage offenbar nur rhetorisch gemeint war. »Du hast mir gar nicht erzählt, daß du nach London fährst!«

»Zu meinem alljährlichen Besuch bei Mr. Beaton.«

»Wer, um alles in der Welt, ist denn das? Von dem habe ich ja noch nie gehört.« Damit war Mr. Beatons Schicksal besiegelt.

»Mein Schneider. Der Schneider meines Vaters. Und dieses hier«, Melrose hielt das silberne Notizbuch hoch, »ist meines Wissens das Notizbuch meiner Mutter.«

Mit großen Augen fragte Agatha: »Wessen?«

»M-u-t-t-e-r-s. Lady Marjories. Du erinnerst dich an Lady Marjorie, die Countess von Caverness?«

Agatha entschied sich bei ihrer Antwort gegen die Wahrheit und für die Ermahnung, er solle nicht albern sein.

Während er dasaß und über das Telefongespräch mit Jury nachdachte, wurde er plötzlich von der Stimme seiner Tante und dem jähen Erscheinen Mr. Momadays an dem hohen Fenster aus seinen Gedanken gerissen. Der neue Gärtner und Jagdaufseher, von einem Blitzstrahl erhellt, sah aus wie ein begossenes Skelett in einer Barbourjacke.

Melrose ging zum Fenster, schob es hoch und bekam einen Regenschwall ins Gesicht. Er lauschte den gutturalen Lauten des wild gestikulierenden Mr. Momaday.

»Mach das Fenster zu, Plant!« keifte Agatha. »Es regnet!«

Sie merkte aber auch alles. Zu Momaday sagte er: »Ja, ja, alles klar.« War es zwar mitnichten, aber er knallte das Fenster zu.

Das wiederum beirrte Mr. Momaday nicht im geringsten. Seiner Meinung nach konnte Melrose durch eine Glasscheibe ebensogut mit ihm parlieren wie sonstwo. Sein Mund arbeitete weiter.

»Was erzählt dieser Momaday da die ganze Zeit? Er ist total verrückt. Das habe ich dir schon gesagt, als du ihn eingestellt hast.«

Nichts dergleichen hatte sie gesagt. Im Gegenteil, sie war entzückt, daß sie einen Neuen durch Haus und Garten scheuchen konnte. Melrose hatte ihn nicht deshalb angeheuert, damit er nach Fasanen und Waldhühnern Ausschau hielt, sondern nach dem einen oder anderen Jägersmann, der bisweilen unbefugt auf seinem Anwesen herumpirschte. Mit entsichertem Gewehr und dienstlicher Miene streifte Momaday in grüner Barbourjacke und Gummistiefeln durchs Gelände und tat nichts. Außer eine bedrohliche Atmosphäre zu verbreiten. Zu ebendem Behufe war er ja auch aus dem Kandidatenreigen auserkoren worden. Er war zu wenig nutze und ließ Melrose in Ruhe. Mr. Momaday sah auch aus, wie es sich für seine Rolle geziemte. Er war hager, hatte einen länglichen Schädel und eine von permanenten Knitterfalten durchfurchte Stirn. Und erwarb sich zusätzlich das unerwartete

Verdienst, daß er Agatha sozusagen aus dem Salon in die Büsche lockte. Denn nun hatte sie jemand Neuen gefunden, den sie drangsalieren konnte.

»Wenn du nach London fährst, kannst du bei Harrods vorbeischauen und mir etwas von dem gekochten Schinken aus Norfolk mitbringen.«

»Wenn du gekochten Schinken willst, fahr nach Norfolk. Ich gehe nicht in die Lebensmittelabteilung von Harrods. Ich würde ja erst nach Tagen wieder auftauchen.« Er schaute auf sein Manuskript. Was für ein Alibi? Es fiel ihm nichts ein. Also zeichnete er ein Schwein. Der Schinken inspirierte ihn mehr als seine eigene Phantasie.

Die Bewegungen seines Stifts lieferten Agatha neue Munition. »Schreibst du immer noch an dem albernen Krimi?«

»Nein.« Melrose schrieb weiter.

Sie seufzte und machte es sich auf dem Sofa gemütlich. »Was kocht uns Martha zum Dinner?«

Uns? »Haggis. Und Rübenpüree. Mit einem guten Tropfen Malzwhisky, glaube ich.«

»Mit Innereien gefüllter Hammelmagen? Herr im Himmel, das Zeug ißt du doch nicht etwa? Ich kann's nicht fassen!«

»Ich esse und trinke und rezitiere Mr. Burns' Ode an das Haggis. Ja, so könnte es heißen: ›An ein Haggis. Mit leichter Hand ich dich nun schneid‹«, Melrose tat, als schwinge er ein Messer, »›zerteil deine bunten Eingeweid, sie quellen herfür . . .‹«

»Absolut widerlich.«

»Dann willst du mir wohl nicht Gesellschaft leisten? Es ist immer, hm, also ein bißchen, als wohne man einem düsteren Racheakt bei, wenn Ruthven die Haut ansticht.«

»Du könntest dir aber doch einen Termin geben lassen«, sagte Norma. »Schließlich hat Jonah dich nie kennengelernt.« Ja, exzellente Idee! Und »Jonah« war, soweit er wußte, ein beliebter Name für Psychiater.

»Ein ekelhaftes Arme-Leute-Gericht.« Immer noch beim Haggis, schüttelte Agatha sich und inspizierte den geplünderten Teetisch. »Dann sag ich eben Martha, daß sie mir ein paar von den Törtchen zum Mitnehmen einpacken kann. Sie hat ja bestimmt noch mehr in der Küche.« Sie hob den Blick. »Ich möchte mal wissen, was du dir da zusammenreimst, Plant.«

Melrose antwortete nicht. Er hatte einen Brunnen gezeichnet und setzte nun eine kleine Statue daneben. Unfähig, sich etwas einfallen zu lassen, das Smithson einem Psychiater erzählen könnte, zeichnete er Bildchen auf die Seite. Der Gartenzwerg war zweifellos von Truebloods absurdem Plan inspiriert, sich Einlaß in Watermeadows zu verschaffen.

Agathas Kommentare prasselten gnadenlos auf ihn nieder, aber er ignorierte sie und kehrte in Gedanken zu den Fludds und Watermeadows zurück.

Miss Fludd wohnte doch sicher nicht allein in Watermeadows, es sei denn... War sie vielleicht als Vorhut von Lady Summerston gekommen? Als bezahlte Gesellschafterin oder so etwas? Aber das wäre bestimmt kein Beruf, der zu der jungen Frau passen würde. Verdammt! Wie konnte er nur so dumm sein, sie überhaupt nichts zu fragen? Was für ein Gespräch! Keine einzige brauchbare, handfeste Information war dabei herausgekommen!

»Gar keine Frage, seit du aus den Staaten zurück bist, hast du dich verändert, Plant. Das finde ich schade.« Bla, bla, bla.

Melrose stellte fest, daß er drei Hühner neben den Brunnen gekritzelt hatte. Er wandte den Blick zur Zimmerdecke, deren eleganten, klassizistischen Stuck er immer so besänftigend, ja beinahe einschläfernd fand. Und fragte sich, warum er nicht an den überaus simplen ersten Schritt gedacht hatte, die Fludds (angenommen, »Fludd« war der Familienname) zum Tee einzuladen. Das wäre doch mal eine nachbarliche Geste. Watermeadows grenzte immerhin direkt an sein Anwesen – wenn auch die Entfernung zwischen beiden Häusern eine halbe Meile betrug. Egal.

»Was machst du?«

Melrose schaute hoch. Der Redefluß verebbte allmählich. »Hm? Ach, ich mache nur eine Liste für Momaday.«

»Eine Liste? Was für eine Liste?«

»Für Sachen, die wir brauchen.« Melrose zeichnete eine winzige Schweineschnauze aufs Blatt. Er hatte eigentlich nie viel mit Schweinen zu tun gehabt, aber er fand, er mochte sie. Dies hier hatte einen Hängebauch wie diese koreanische Rasse. Oder waren es vietnamesische? »Futter, Dünger. Vielleicht einen Traktor.«

»Was? Wozu brauchst du einen Traktor?«

Melrose zeichnete einen Zaun um seine Bauernhoftiere. »Für den Bauernhof. Oder das Bauernhöfchen. Ich will mich ja nicht überanstrengen. Den Traktor brauchen wir, um den Lehmboden zu pflügen. Lehm.« Er mochte den Klang des Wortes. Es gab so hübsche Worte, die mit Erde zu tun hatten: Scholle, Lehm, Moos, Moor ...

»Du mußt verrückt sein! Wir sind hier in Ardry End! Es ist ... ein Herrensitz!«

»Nein.«

»Aber wenn es ein wenig größer wäre, doch.«

»Mrs. Withersbys Cottage auch, wenn es größer wäre.«

Entrüstet ergriff Agatha für Ardry End Partei, den verstorbenen Earl of Caverness, Melrose' Vater, die verstorbene Countess, Melrose' Mutter, das Kristall und die Teppiche, die Diamanten und das Derby-Porzellan, erhob sich, wickelte die auf dem Derby-Kuchenständer verbliebenen Scones in eine Serviette und verkündete: »Jetzt reicht's, Schluß! Ich wasche meine Hände in Unschuld!« Sie ergriff Lady Marjories Notizbuch und sagte: »Du brauchst einen Psychiater, Plant.«

»Aber es geht doch nur um mögliche Informationen, Liebling«, sagte Norma.

Insgeheim lächelte Melrose. Das Schreiben ersparte zumindest ihm den Gang zum Seelendoktor. Schreiben, fand er, war eine wunderbare Therapie.

18

Jury traf mehr als eine Stunde zu früh in Heathrow ein. Die Fluggesellschaften wollten ja am liebsten, daß man *drei* Stunden vorher da war. Die meiste Zeit verbrachte er damit, den Mietwagen zu einem kräftigen Aufpreis abzugeben, weil er ihn nicht ordnungsgemäß zu derselben Londoner Geschäftsstelle zurückbrachte, die ihn vermietet hatte. Jury war jedoch auf direktem Wege von Exeter hierhergefahren.

Böser Junge, schien ihn die graugesträhnte, ein wenig matronenhafte Angestellte zu schelten. Sie gab sich aber dann doch damit zufrieden, ihn darauf hinzuweisen, was für ein Glück er habe, daß ihr Unternehmen als eines der größeren in der Branche in der Lage sei, sich bei derlei Durcheinander kulant zu zeigen. Und obendrein habe er sie nicht einmal im vorhinein benachrichtigt...

(Hier knallte die Heftmaschine auf die weichen Vertragsformulare.)

...was im Vertrag stehe, und da habe er doppelt Glück bei dieser Firma...

(Die Formulare wurden in einen Umschlag gestopft.)

...weil die anderen nie...

»Obendrein«, sagte Jury, riß seinen Ausweis heraus und schob ihn ihr unter die Nase, »verlasse ich das Morddezernat an dem Tag, an dem Fortuna mir zulächelt, nur weil ich bei einer bestimmten dämlichen Firma ein Auto miete.« Den Ausdruck benutzte er sonst nie, es gab kein »Morddezernat«. Rasch trat sie zurück und schob dann zaghaft mit dem Zeigefinger den Umschlag über den Tresen.

»Danke schön«, sagte Jury und steckte ihn strahlend lächelnd ein, was ihr neuen Mut einflößte.

Fröhlich hub sie an: »Wenn Sie wieder ein Auto mieten müssen, vergessen...«

Unterstehen Sie sich, sagte sein Blick.

»Ich mag DimeDrive«, flüsterte sie. »Dort drüben.« Umständlich zeigte sie dorthin.

In vollem Einverständnis nahmen sie freundlichst voneinander Abschied.

Gerade als Jury an den Telefonen vorbeikam, legte jemand auf. Dafür war er nun wirklich dankbar. Normalerweise hatte man kein solches Glück.

Niemand da. Er rechnete aber auch schon gar nicht mehr damit und achtete kaum auf das entfernte doppelte Klingelzeichen von Jennys altmodischem Telefon.

Er überlegte einen Moment, wählte dann die Nummer der Polizeizentrale in Stratford und ließ sich zu Sammy Lasko durchstellen. Gut, er sollte eigentlich keinen Detective Inspector bitten, seine aushäusigen Freundinnen zu suchen (der Gedanke an Jenny Kennington als »aushäusig« amüsierte ihn). Aber daß er sie während der letzten drei Tage nicht erreicht hatte, bereitete ihm doch immer größere Sorgen.

»Lasko«, meldete sich Sammy und schaffte es, gleichzeitig müde, gelangweilt und neugierig zu klingen.

Jury bat ihn, jemanden zu einer Freundin zu schicken, damit dieser überprüfe, ob alles in Ordnung war. »Sie heißt Jenny Kennington, Lady Kennington, und wohnt in der Ryland Street, in einem von den kleinen Cottages.«

Vom anderen Ende der Leitung kam Schweigen, es »klang« sogar besorgt. Man hörte Sammy schwer atmen. Schwer. »Kennington?«

»Ja.« Jurys ganzer Körper, nicht nur sein Magen, zog sich zusammen. Er spürte einen Adrenalinstoß, der einen olympischen Rennläufer von der Startlinie katapultiert hätte.

»Bleiben Sie mal eine Sekunde dran, Richard.«

O Gott. »Mal eine Sekunde« war so lang, daß Jury vor seinem inneren Auge mehr bluttriefende Bilder von zerfetzten Körpern unter gleichermaßen zerfetzten Automobilen an der Straße von Stratford nach Warwick sah, als ihm lieb sein konnte.

»Richard.« Sammy war wieder dran und raschelte mit Papieren. »Ich wollte nur ganz sichergehen. Hm, das ist komisch, ein verdammt komischer Zufall.«

»Komisch« konnte er aushalten, »komisch« war in Ordnung, denn Laskos Tonfall signalisierte natürlich, daß »komisch« nicht »tot« bedeutete. Eine Welle der Erleichterung durchlief ihn. »Soll heißen?«

»Ich habe Ihnen doch von dem Fall in Lincolnshire erzählt. Da haben Sie nicht zugehört. Die Kripo hat mich gebeten, in einer Mordsache eine Dame im Auge zu behalten.«

Jury war in Gedanken schon einen Schritt weiter. Er umklammerte das Telefon. »Wollen Sie etwa sagen...«

»Jennifer Kennington. Hören Sie mal, von wo rufen Sie an? Klingt wie ein Flughafen.«

»Ist auch einer. Wollen Sie mir erzählen, daß Jenny unter Verdacht steht?«

»Sie ist Zeugin. Zeugin! Und ich suche sie auch.« Besorgtes Schweigen. »Wohin fliegen Sie?«

»In die USA. Was soll das heißen, Sie suchen sie? Können Sie sie nicht finden?«

»Nein. Ist vielleicht getürmt, wie es hier so schön heißt. In Amerika sagt man ja noch viel schöner: Sie hat sich verpißt. Und wo soll's hingehen? In welche Gegend?«

»Santa Fe. Und es ist lächerlich, Sammy, Jenny würde nicht türmen.« Woher wußte Jury das? Die Lautsprecheranlage plärrte los. Wurde sein Flug aufgerufen? Er schaute auf die Uhr. Noch Zeit.

»Schon möglich«, sagte Sammy ruhig. »Sie ist jedenfalls nicht zu Hause. Aha, Santa Fe. Warum werde ich nie in solche Gegenden geschickt? Und dabei sind Sie doch gerade erst aus den USA zurückgekommen.«

Jury rieb sich die Schläfen, als dringe dadurch etwas zu seinem

Hirn durch. Das Schreckliche war natürlich, daß sie *ihn* angerufen hatte, und zwar offenkundig, weil sie Hilfe brauchte. Wider jede Vernunft war er plötzlich wütend auf Carole-anne ... Nein. Es war nicht ihre Schuld. Jenny hatte es nur einmal versucht, und er war nicht dagewesen, und damit hatte es sich. »Sammy, tun Sie mir einen Gefallen.« Wenn ihm jemand einen Gefallen schuldete, dann Inspector Lasko, der sich dessen bewußt war. »Erinnern Sie sich an Melrose Plant? Wenn ich Ihnen seine Nummer in Northants gebe, können Sie sich mit ihm in Verbindung setzen?«

»Plant? Ach so, der Herzog. Klar erinnere ich mich an ihn.«

»Graf. Das heißt Exgraf. Nennen Sie ihn nicht Lord Ardry. Er hat seine diversen Titel vor ein paar Jahren abgelegt.«

»Warum? Wegen der Politik? Will er ins Unterhaus oder so was?«

»Der? Quatsch.« Jury erinnerte sich an einen kleinen Vortrag, den Plant ihm einmal über Adelsprivilegien gehalten hatte. »Ich weiß nicht, warum. Fragen Sie ihn, nicht mich.«

Jury angelte sein Adreßbuch heraus und gab Lasko die Nummer, der sie gehorsam wie ein Kind wiederholte. »Ich kann auch noch mal versuchen, ihn zu erreichen, aber ich glaube, er ist heute in London. Ich hinterlasse in jedem Fall eine Nachricht bei ihm zu Hause, damit er Bescheid weiß, daß Sie anrufen.«

»Herzlich gern. Aber warum sollte ich?«

»Weil Sie Jenny suchen.« Wieder umklammerte Jury den Hörer. »Sie ist doch nicht in Gefahr?«

»Sehe nicht, wieso. Vielleicht ist sie nur bei einer Freundin, vielleicht ist sie ja auch nach London gefahren.« Dann fügte er nachdenklich hinzu. »Allerdings habe ich allen gesagt, sie sollten in Stratford bleiben.«

Jury dankte ihm. Wieder eine Lautsprecherdurchsage.

Jenny.

Getürmt.

Verpißt.

Mist.

Jury lehnte an der schmuddeligen Plastikhaube des Telefons und hielt ein kurzes Zwiegespräch mit sich. Jenny war eine Freundin, und sie hatte ihn um Hilfe bitten wollen. Er würde nicht fliegen. Aber er hatte es Macalvie versprochen. Er würde fliegen. Verdammt, er jagte einem Phantom nach. Er würde nicht fliegen. Es war nicht sein Fall, Herrgott. Er würde nicht fliegen. Er rieb sich den Kopf. Unsinn. Macalvie hatte in seinem ganzen Leben noch kein Phantom gejagt.

Er fand Plants Nummer und rief in Ardry End an. Ja, Seine Lordschaft sei in der Tat nach London gefahren, kurz vor zwölf, teilte Ruthven ihm unter gleichzeitiger Bekundung größten Mitgefühls und Bedauerns darüber mit, daß der Superintendent Lord Ardry sprechen wolle und Lord Ardry nicht an seinem üblichen Aufenthaltsort anzutreffen sei.

»Wenn Sie in London sind, Sir, können Sie ihn eventuell bei seinem Schneider erreichen. Das wäre in der Old Brompton Street. Ich kann Ihnen die Nummer geben. Er verbringt gewöhnlich sehr viel Zeit bei Mr. Beaton, da sie ja alte Freunde sind. Mr. Beaton war der Schneider seines verstorbenen Vaters –«

Jury unterbrach ihn. »Wenn Sie ihm nur etwas ausrichten würden, Ruthven. Mein Flieger geht in einer Viertelstunde. Sagen Sie ihm einfach nur, daß ihn Inspector Lasko von der Kripo in Stratford anruft. Wegen einer Angelegenheit, die er bitte für mich in die Hand nehmen möchte. Es ist ziemlich wichtig.«

Ruthven versicherte ihm, er werde die Nachricht umgehend übermitteln. Seine Lordschaft werde am späten Abend zurück sein.

Vor lauter Nervosität langte Jury automatisch mit der Hand in die Tasche, wo normalerweise seine Zigaretten steckten, fand aber nur eine Packung Pillen, die Wiggins ihm kürzlich während einer Grippeepidemie aufgenötigt hatte. Mit Anweisungen. In der Packung lag ein kleiner Zettel mit Farbcodes. Er nahm das dämliche Ding heraus, studierte es und warf es weg. Solch ein Geschenk war schon ohne die zusätzliche Mühe, die Dosierung zu entschlüsseln, eine Zumutung.

Er war mittlerweile soweit, daß er ein ganzes Päckchen Players oder Silk Cut hätte vernichten können. Er lief zum Zeitungsstand. Mit, wie er fand, beeindruckender Selbstbeherrschung würdigte er weder die Theke noch die Vitrine, noch die Ständer, wo die Versuchung winkte, eines einzigen Blickes.

Aus der Vielzahl der Zeitschriften – gab es für *jedes* Thema eine? – suchte er sich etliche heraus und fand in den endlosen Reihen Taschenbüchern sogar eins von Polly Praed. Er war überrascht, daß sie es schon zu Flughafenpopularität gebracht hatte. Sie tat ja immer so, als verkauften sich ihre Bücher nicht, würden remittiert oder nicht wiederaufgelegt oder Opfer von Bücherverbrennern. Polly war extrem pessimistisch. Der Umschlag war reißerisch, der Inhalt, da war er sich sicher, nicht.

Jury deponierte seine Käufe in die Nähe der Versuchung – der Zigarettenständer war nicht zu übersehen, er war direkt hinter der Kassiererin und ihrer Computerkasse. Reichlich traurig saß sie da und schüttelte sich das dunkelblonde Haar von der Schulter. Tabakbraun, dachte er. Lächerlich! Aber ihre Augen waren hellbraun, nicht nikotinfleckenbraun. Er betrachtete die bunte Auslage der Zigaretten so sehnsüchtig wie den Horizont eines exotischen Landes, das um so verlockender wird, je mehr es dem Blick entgleitet, sich an einem Strand entlangzieht, der in der dunstigen Ferne ver...

Schluß jetzt! schrie eine innere Stimme. Jenny ist getürmt, und du denkst nur an die Qualmerei. Muß man denn eine tödliche Angewohnheit unbedingt romantisch verklären? kasteite er sich. Hielt aber plötzlich inne: Moment mal, alter Junge. Okay, das Problem war schon, daß man bei Tabak romantisch werden konnte. Wie oft war Rauchen mit einer angenehmen, schönen Erfahrung verbunden gewesen! Man hatte zum Beispiel auf einem Balkon mit Blick auf ein jaspisgrünes Meer gestanden, in der einen Hand einen Drink, in der anderen eine Zigarette. Oder wie tröstlich war eine Zigarette, wenn man an einem Fenster stand und jemanden weggehen sah. Es war ein Verlust, ganz einerlei, wie sehr man herumräsonierte und vor seinem geistigen Auge die gräßlichen Röntgenbilder zerstörter Lungen erstehen ließ. Über diesen Schreckensbildern lagen andere: der Balkon, das Meer, die Zigarette, der Whisky, der Sonnenaufgang, das Fenster, der Rauch, der Regen. Es war ein Verlust und ebenso schmerzlich intensiv wie der Verlust von Liebe oder Schönheit. Und mit beiden war der Genuß, wenn auch nicht mit böser Absicht, auf heimtückische Weise verbunden.

Ihr Satansbraten, dachte er und starrte die Reihen glänzender Päckchen böse an.

Wenigstens dachte er, er habe es gedacht, aber da fuhr die Kassiererin erschreckt auf. »Was?«

Jury errötete und entschuldigte sich. »Tut mir leid, ich habe nicht Sie gemeint, sondern die da.«

Sie schaute sich um und wandte sich ihm dann mit unsicherem Lächeln wieder zu. »Sie auch? Ich versuche schon so lange aufzuhören. Seit einer Woche habe ich keine geraucht, aber fragen Sie mich nicht, wie lange ich es noch aushalte. Und dann arbeite ich auch noch ausgerechnet hier. Ich habe schon überlegt, ob ich nicht in eine von diesen Gruppen gehe, wissen Sie, wie die Anonymen Alkoholiker, nur für Raucher.«

»Bei mir sind's schon zwei Wochen. Die Hölle.« Er knallte noch eine Rolle Pfefferminzbonbons und ein Päckchen Kaugummi auf die Theke. »Ich hasse Pfefferminzbonbons. Kaugummi ist ja gar nicht so schlimm, obwohl ich nie welches gekaut habe.«

»Ich auch nicht.« Sie gab die einzelnen Artikel ein und legte sie in eine Tüte. »Ich glaube, ich halte nicht durch. Ein Blick genügt, und Sie sehen, wie ich immer schwächer werde.«

Das sagte sie in einem derart ernsthaften Ton, daß Jury lachen mußte. Sie auch. »Hören Sie«, sagte er. »Schließen wir eine Wette ab. Oder sagen wir, einen Pakt. Ich fliege für ungefähr drei, vier Tage weg. Wenn ich wieder in Heathrow bin, erzählen wir uns, wie die Sache steht. Aber wir müssen einen Preis aussetzen.« Er schaute über die Theke zu einer dahinter befindlichen Vitrine, in der Modeschmuck und Parfüm lagen. »Ist da was drin, das Ihnen gefallen würde?«

Vor lauter Paktiererei wurde sie ganz aufgeregt und atemlos. »Gut, ich sag's Ihnen ehrlich. Ich habe schon ein Auge auf das Armband geworfen.« Sie glitt vom Stuhl, griff in die Glasvitrine und holte ein Armband mit kleinen bunten Steinen hervor, das Jury nun nicht gerade den Atem verschlug. Die Geschmäcker waren eben verschieden.

»Alles klar, wenn Sie es schaffen, schenke ich es Ihnen.«

Sie strahlte, weil es mal was Neues war. »Gut, und was ist mit Ihnen? Ich muß Ihnen auch was schenken.«

Bei ihrem Anblick bezweifelte er, daß sie mit irdischen Gütern gesegnet war. »Sie können mir einen Kuß geben.« Er lächelte, als sie die Luft anhielt und ganz unsicher wurde. »Vor mir brauchen Sie keine Angst zu haben. Ich bin von Scotland Yard. Hier.« Er zeigte ihr seinen Ausweis.

Jetzt war sie Feuer und Flamme. Sie lächelte. »Sonst nichts? Nur einen Kuß?«

Er nickte. »Ja, das reicht. Wie heißen Sie?«

»Des.« Sie errötete und sagte: »Eigentlich Desdemona, aber ich hasse den Namen, deshalb habe ich Des daraus gemacht.«

Jury legte die Hand an den Kopf und tat, als salutiere er. »Also dann, bis in ein paar Tagen, Des.«

Als er zu den Sicherheitskontrollen ging und seine Tasche auf das Förderband warf, schaute er zurück. Sie winkte ihm. Jury dachte an sein Reiseziel. Er hatte von dem Licht im amerikanischen Südwesten gehört, von dem Himmel, den Sonnenaufgängen und besonders von den Sonnenuntergängen.

Würde er einen Sonnenuntergang in Santa Fe ohne Zigarette überstehen?

Er winkte Des.

Vielleicht. Ganz vielleicht.

19

»Aha, Sergeant, eine Überdosis schwarze Kekse?« fragte Melrose und schalt sich dann innerlich, weil er so kaltschnäuzig daherredete. In Wiggins' Zimmer im Fulham Road Hospital zog er sich einen der Plastikschalensessel mit den runden Beinen heran.

Sergeant Wiggins sah aus wie ein Unschuldsengel. Er lag in kühlem, gestärktem Linnen und hatte die Hände auf der Decke gefaltet. »Von uns Polizeibeamten wird erwartet, daß wir immer weiterackern, einerlei, wie schlecht es uns geht. Wenn einer von uns erschöpft oder krank ist, dann hat ihm das gefälligst nichts auszumachen. Das ist wirklich so was von ungerecht«, schniefte er.

Melrose griff in die mitgebrachte Tüte und zog ein Päckchen heraus. »Sie haben völlig recht, Sergeant. Ich wollte ja nur sicher sein, daß Sie die essen dürfen.« Er legte die schwarzen Kekse und was er sonst noch bei HealthWays gekauft hatte, aufs Bett. Während Wiggins das Paket inspizierte, schaute sich Melrose in dem spartanisch eingerichteten Zimmer um. Von dem klinisch reinen Weiß stach nur ein Blumengebinde ab. Ein eher klägliches Sträußlein Herbstastern moderte, mit ein paar Farnzweigen zusammengequetscht, in einem großen Glas vor sich hin. Eine Karte mit dem Namen »Wiggins« lehnte dagegen. Melrose schloß messerscharf, daß es von den Wiggins' aus Manchester sein mußte. Betrüblich, daß nicht mehr Leute Blumen geschickt hatten. Offenbar interessierte es niemanden, daß Wiggins immerhin im Krankenhaus lag. Nicht einmal Jury. Vermutlich zu sehr damit beschäftigt, nach New Mexico zu düsen.

Aber Wiggins war mit Melrose' Geschenk hochzufrieden. Nacheinander zog er die Mitbringsel aus der braunen Tüte: ein paar Rollen Pfefferminzbonbons, etliche Dosen Fisherman's Friends, Kräutertee, Vollkornkekse und eine hübsche, mit einem »W« verzierte Keramiktasse. »Das ist aber schrecklich nett von

Ihnen, Mr. Plant.« Er bebte vor Vergnügen. »So schön ist es nämlich nicht, den lieben langen Tag hier gefangen zu sein. Man hat keinen zum Reden und nichts zu tun.«

Melrose fand zwar nicht, daß er den Eindruck eines Gefangenen machte. Mit Wonne schlug er oben immer wieder die Bettdecke um und glättete dann das Ganze wieder. Melrose wußte immer noch nicht, was dem Sergeant zu diesem (wie er vermutete) höchst erquicklichen Krankenhausaufenthalt verholfen hatte. »Wenn es also nicht der Schwarze Kekstod ist, warum sind Sie dann hier? Zu irgendwelchen Untersuchungen?«

»Der Superintendent hat Ihnen nicht gesagt, weshalb?« fragte Wiggins, gleichzeitig ein wenig überrascht und erleichtert.

»Kein Wort. Nur, daß es nichts Ernstes sei.«

Wiggins riß die Zellophanhülle von den schwarzen Keksen ab, schürzte die Lippen und dachte erst einmal nach. »Nein, was Ernstes ist es nicht. Nur ein Unfall. Ich hab mich dumm angestellt. Ich sollte für den Chief Superintendent eine Kleinigkeit erledigen, was mit der Elektrik. Dabei habe ich einen leichten Schlag abgekriegt.« Er bot Melrose einen Keks an. Der lehnte die Köstlichkeit freundlich ab. »Falsch angeschlossen, nehme ich an. Man würde doch meinen, ein Sergeant von Scotland Yard wüßte, daß man nicht mit Strom spielt.«

Melrose hatte nicht den blassesten Schimmer, wovon der Sergeant redete, aber er verfolgte die Sache nicht weiter. Statt dessen langte er in seine Tasche und brachte ein Taschenbuch zum Vorschein, das er auch gekauft hatte. »Hier, bitte. Es paßt zu der Situation wie die Faust aufs Auge.«

Wiggins wischte sich sorgfältig die Finger an einem Papiertaschentuch ab, setzte sich dann ein wenig aufrechter hin und nahm das Buch. »Hm, ja. *Alibi für einen König*.« Er drückte es an sich und schien die Zimmerecke danach abzusuchen, ob vielleicht dort ein Waschzettel hing, dem er entnehmen konnte, ob er schon davon gehört oder das Buch vielleicht sogar schon gelesen hatte.

»Josephine Tey.«

»Ah ja. Eine sehr gute Krimiautorin.« Er betrachtete den Umschlag. »Damals haben sie noch vernünftig geschrieben. Ohne diesen ganzen Firlefanz. Intelligente Ermittler. Profis wie ich oder Amateure wie Sie.« Gütig neigte er den Kopf. »Keine Frauen, Schwulen, Lesben, Huren oder Tiere. Und keine Katzen. Mir ist aufgefallen, daß Katzen hoch im Kurs stehen.« Wiggins blätterte die Buchseite mit dem Daumen um, als mische er Spielkarten, und beugte sich dann nach vorn. »Würden Sie mir wohl die Kissen ein wenig aufschlagen?«

Melrose klopfte und knuffte, und Wiggins ließ sich mit seinem neuen Buch und einem zufriedenen Seufzer nach hinten sinken. »Jetzt erinnere ich mich. In dem hier liegt der Ermittler auf der Nase. Im Krankenhaus.«

»Deshalb habe ich es ja genommen. Ein historischer Fall. Er verfällt auf eine ziemlich wacklige Lösung der Frage, wer die Prinzen im Tower von London ermordet hat. König Richard ist der Hauptverdächtige. Unser Held beweist seine Unschuld. Mehr oder weniger. Seine Freundin, glaube ich, schleppt ihm alle möglichen Bücher und anderen Informationen an, und er kriegt es heraus. Ich habe mir nun gedacht, wenn ich Ihnen die Einzelheiten, die ich zufällig von den Ereignissen in der Tate Gallery, der Kathedrale von Exeter und Old Sarum weiß, erzähle, fällt uns beiden zusammen was ein.«

Wiggins schien davon zwar sehr angetan, blätterte aber mit todernstem Gesicht langsam in den ersten Seiten des Buchs. Nun ging's zur Sache. »Sie meinen, daß wir uns jetzt, da der Super in den Staaten ist, hier nützlich machen könnten? Vergessen Sie Commander Macalvie nicht. Seine Kenntnisse könnten wir uns auch noch besorgen.«

»Commander Macalvie kam mir nie wie ein Mensch vor, von dem man sich was besorgen kann«, sagte Melrose trocken.

Wiggins erwiderte darauf ein wenig scharf, daß das Problem sich auch bisher nie ergeben habe. »Mr. Macalvie und ich, wir verstehen uns.« Er schien ein wenig verletzt, daß Melrose keine Ahnung davon hatte, daß Macalvie ihn, Wiggins, schätzte.

»Hm, hm.« Melrose hoffte, sein Plan, Wiggins zu unterhalten, schlug nicht fehl.

Als hole er sich moralische Unterstützung von Josephine Tey, strich Wiggins über *Alibi für einen König*. »Gute Idee. Erzählen Sie mir, was Sie über den Fall wissen.« Wiggins lehnte sich zurück, legte sein neues Buch ordentlich auf Kante mit der Zudecke und faltete die Hände darüber.

»Bisher leider nicht viel.« Melrose schilderte ihm das wenige, das er von Jury wußte. Dabei zeigte er ihm auch die Fotokopien aus dem Adreßbuch, das Macalvie unter Nell Hawes' Besitztümern gefunden hatte, und die Telefonnummern darin. Melrose hatte Macalvie angerufen, um noch ein paar Einzelheiten zu erfahren, die er Wiggins nun mitteilte. »Die Nummern sind von Angela Hopes Laden, einer Apotheke, einem Hotel und einem Privathaus, dessen Bewohner aber behaupten, niemanden zu kennen, der Frances Hamilton oder Helen Hawes oder Angela Hope hieß.«

»Angela Hope ist die Frau, die sie in Old Sarum gefunden haben?« Als Melrose nickte, sagte Wiggins: »Und die kannten sie auch nicht?«

Wieder nickte Melrose.

Wiggins schaute sich die fotokopierten Seiten sehr konzentriert an. »Komisch, was? Ich meine, eine Touristin würde ja vielleicht die Nummer eines Hotels oder eines Restaurants oder eines Ladens, in den sie wollte –«

»Meiner Ansicht nach kann eine Touristin unterwegs auch jemanden kennenlernen, der ihr seine Telefonnummer geben würde. Was ist daran komisch?«

Wiggins betrachtete sein neues Taschenbuch, als wolle er es für seine grandiose Idee küssen, daß man Kriminalfälle vom Krankenhausbett aus lösen konnte. »Überhaupt nichts. Nur, daß die Person dann abstreiten würde, den Betreffenden zu kennen.« Sorgsam strich Wiggins seine Bettdecke glatt. »Woher wissen Sie denn so genau, daß es eine Telefonnummer ist?«

Melrose war völlig überrascht. »Weil . . . ich hab's Ihnen doch gerade gesagt. Die Polizei in New Mexico hat dort angerufen. Und hat ja auch jemanden erreicht. Wen, weiß ich nicht, aber diese Person hat gesagt, sie wisse nicht, wovon die Rede sei.«

Wiggins zuckte die Schulter. »Obszöne Anrufer wählen oft ganz willkürliche Zahlen.«

»Was hat denn das mit obszönen Anrufen zu tun?«

»Gar nichts. Es geht ja auch gar nicht darum, sondern um die Willkürlichkeit. In Anbetracht aller existierenden Telefonnummern – Gott weiß, was für eine Zahl dabei herauskäme – kann man durch puren Zufall auf eine echte kommen. Nur weil es eine solche Nummer gibt, heißt das ja nicht, daß nicht noch was anderes dahinterstecken kann.«

Melrose überlegte. Natürlich war das möglich.

»Wenn also die Nummer von dem, was wir suchen, dieselbe ist wie die in – wo?«

»Española.«

»Española, dann könnte es immer noch ein Zufall sein.« Wiggins schloß friedlich die Augen und faltete die Hände über dem Buch. Er sah jetzt aus wie ein weiser, alter Eremit in seiner Höhle.

Melrose schämte sich, ihm wurde peinlich bewußt, was für eine herablassende Haltung er gegenüber dem Sergeant oft einnahm. Es war sogar eine sehr gute Idee. Aber Wiggins hatte trotz all seiner guten Eigenschaften nie großartige deduktive Fähigkeiten an den Tag gelegt. Wiggins' Verdienste lagen in seiner Verläßlichkeit, seiner akribischen Mitschreiberei und seinem Blick fürs Detail und vor allem in der Art, wie er die Schwächen der Zeugen widerspiegelte. Mit Wiggins konnten sie sich identifizieren. In Gegenwart des Sergeant fühlte sich niemand genötigt, unfehlbar zu sein – tapfer oder stark oder gesund. Man konnte die Taschentücher herausziehen, losschniefen und -schnaufen, Kopf- und

Gliederschmerzen haben, den Tränen freien Lauf lassen. Jury (dachte Melrose) war auch gut in diesen Situationen. Aber Wiggins war besser; Wiggins war Otto Normalverbraucher. Das war sein Vorzug, nicht deduktive Intelligenz.

Deshalb war Melrose so überrascht, daß Wiggins mit einer Idee ankam, auf die sonst noch niemand verfallen war, auch Commander Brian Macalvie nicht. Alle glaubten, daß es sich hier um mehrere Telefonnummern handelte.

»Was meinen Sie denn? Was könnte denn diese Nummer sonst noch bedeuten?« fragte Melrose und kam sich reichlich begriffsstutzig vor.

Aber der weise Eremit hielt die Augen geschlossen, machte eine abschätzige Handbewegung und sagte: »Hm, da müssen wir ja nun wohl mal unsere kleinen grauen Zellen aktivieren, Sir.« Er gähnte.

»Wohl wahr.« Melrose erhob sich. »Dann will ich mal gehen. Und meine kleinen grauen Zellen aktivieren.«

Wiggins machte keine Anstalten, ihn zurückzuhalten, er schlug auch die Augen nicht auf.

An der Tür hörte Melrose ein Schnarchen vom Bett. Wiggins lag mit offenem Mund da und schnarchte laut vor sich hin, sein Kopf ruhte auf dem Stapel pludriger weißer Kissen, die Hände waren auf dem *Alibi für einen König* verkreuzt.

Der Eremit schlief in seiner Wolkenhöhle.

Melrose begab sich schnurstracks ins Schwesternzimmer, wo er mit der Oberschwester über die Möglichkeit, eine Privatschwester für den Sergeant zu engagieren, sprach. Ja, selbstverständlich könne das arrangiert werden. Melrose gab ihr seine Adresse und Telefonnummer und sagte, daß er alle anfallenden Kosten übernehmen werde, man dem Patienten aber nicht sagen dürfe, daß es sich um eine Privatschwester handle. Die Oberschwester verstand.

Danach begab er sich in einen Blumenladen in der Fulham Road, nicht weit vom Krankenhaus. Er aktivierte seine kleinen grauen Zellen und erstellte eine Liste von Namen. Dann orderte er bei einer freundlichen Dame vier verschiedene Sträuße, nahm vier weiße Karten von einem Ständer und schrieb vier verschiedene Namen darauf. Wobei er jedesmal seine Schrift veränderte. Er wies die Floristin an, die Sträuße nicht alle auf einmal, sondern zu verschiedenen Zeiten zu liefern, gab ihr ein fürstliches Trinkgeld und ging pfeifend die Fulham Road hinunter.

20

1

Mr. Beaton, Melrose' Schneider, unterhielt sein Etablissement nicht im vornehmen Mayfair oder in der Regent oder Bond Street. Überraschenderweise lag Mr. Beatons Atelier – seine Räume, um genau zu sein – im ersten Stock über einem Süßwarengeschäft in der Old Brompton Road in der Nähe des Oratory.

Melrose mochte auch den Süßigkeitenladen, er ging immer hinein in der Hoffnung, daß hinter der Ladentheke diesmal eine kleine graue Dame in lilafarbenem Taftkleid, mit Spitzenkragen und Kameebrosche, schüchtern lächeln würde, während sie mit der Metallschaufel in das schräge Glas mit den Gummibärchen fuhr. Eine solche Dame exisierte nur in seiner Einbildung oder war möglichweise jemandem aus seiner Kindheit nachgebildet, in der es – dachte er immer gern – von Süßigkeitenläden gewimmelt hatte. Aber die Verkäuferin hier und heute war das ganze Gegenteil: Sie saß mit phlegmatischer Miene und gekraustem, blondem Haar da, las und kaute Kaugummi. Dem Blick nach zu urteilen, den sie Melrose zuwarf, gehörte sie eher in eine Apotheke anstatt in diese wohlriechende Umgebung. Da konnte sie statt Zitronendrops kaltblütig Gift verabreichen.

Aber über ihren ersten eisigen Blick hinaus belästigte sie ihn nicht weiter. Er wollte ja nur die Reihen dicker Gläser und die Pralinenschachteln von Cadbury bestaunen. Hm, Opernmischung! Als er darum bat, bedient zu werden, warf sie ihr Klatschblatt beiseite, quälte sich aus dem Stuhl und zog ihren Pullover glatt. Zu ihrer nicht geringen Verärgerung erwarb Melrose winzige Mengen Zitronenbrausebonbons, Colaknaller, Smarties, saure Pommes, Sahnekaramellen und Regenbogenkissen. Dabei ging es ihm nicht um die Süßigkeiten, er wollte nur zuschauen, wie das ganze Procedere ablief, wie die Aluminiumschaufel in Aktion trat, wie – immer mit Stirnrunzeln – abgewogen wurde, wie die kleinen weißen Tüten gefüllt und rasch zugedreht wurden. Er bezahlte und bat sie darum, die sechs Tütchen in eine größere Tüte zu packen. Sie weigerte sich, natürlich einzig und allein aus dem Grunde, weil im Handbuch für Verkäufer stand, daß man grundsätzlich den Wünschen der Kunden zuwiderhandeln müsse. Und das tunlichst durch eine entsprechende Grimasse oder Pose oder zur Not durch ein offenes Wort kundtat. Sie verzog das Gesicht. Melrose strahlte sie an, was sie noch mehr erboste. Ihre großen leblosen Augen verschwanden so bald wie möglich hinter dem Schutzschild des Klatschblattes.

Trotzdem verließ Melrose den Laden, getröstet in dem Wissen, daß der Prototyp noch existierte. Es gab noch so etwas wie Lebensart, Platos Schatten tanzten noch in der Höhle. Er ging zur nächsten Tür und lief die düstere Treppe zu Mr. Beaton im ersten Stock hinauf.

In Mr. Beatons Wohn- und Arbeitsräumen bestätigte sich die Existenz von rechter Lebensart aufs neue. Mr. Beaton sah nämlich aus, wie es sich für einen Schneider gehört. Wie der Schneider von Gloucester von Beatrix Potter. Er war klein, fast zerbrechlich, und hatte einen runden Schädel, der im Lichtkegel der Lampe glänzte. Die randlose Brille benutzte er nie zum Hindurchschauen, sondern nur zum Darüberschauen, manchmal trug er eine grüne Blende hoch auf der Stirn, immer aber ein Maßband um den Hals.

Außerdem hatte er immer einen Lehrling, wenn auch über die Jahrzehnte verschiedene. Sie schienen austauschbar. Der junge Mann, der jetzt da war, hatte einen braunen Haarschopf, ebenfalls eine Brille und war wie sein Herr und Meister sehr höflich und korrekt. In diesem Etablissement konnte man vor Höflichkeit vergehen.

Von Jahr zu Jahr vergaß Melrose, daß er diese Räume stets mit einem Wonneseufzer betrat. Nichts hatte sich geändert, würde es auch nie. Mr. Beaton war der Schneider von Melrose' Vater und selbst Lehrling gewesen, als der ältere Mr. Beaton der Schneider von Melrose' Großvater gewesen war. Ein paar Menschen waren so fest miteinander verwoben, daß Melrose es fast als ein Wunder empfand und sich die sentimentale Überzeugung verzieh, daß sich bei Mr. Beaton nie etwas änderte. Da Mr. Beaton wenig mit der Gegenwart zu tun hatte, blieb viel Platz für die Vergangenheit. O doch, er las Zeitung und wußte, daß Regierungen kamen und gingen (»die Konservativen, Labour, die Soziopathen«, kicherte er immer), aber das kümmerte ihn nicht.

Ein- oder zweimal hatte Lady Marjorie – Melrose' Mutter – seinen Vater hierherbegleitet, lächelnd und schweigend dagesessen, während Mr. Beaton Maß nahm. Sie hatte sich nie eingemischt oder gesprochen, wenn ihr Gatte sie nicht ausdrücklich wegen des Stoffs oder der Farben nach ihrer Meinung fragte. Sie saß immer mit gefalteten Händen still da und schaute entweder durch die welligen Glasscheiben der Flügelfenster, die damals vermutlich so wie heute mit einer Patina hellbraunen Staubs bedeckt waren, was der Szene darunter einen leicht goldenen Glanz verlieh, oder nahm an dem runden Tisch Platz, stützte das Kinn auf die Hand und betrachtete die gerahmten Fotografien der Beatonschen Vorfahren. Ja, die Fenster hatten Schmutzstreifen, und auch die Vorfahren waren immer noch in den Zinn- oder dunklen Holzrahmen auf dem Tisch arrangiert. Lady Marjorie vergaß nie, Mr. Beatons Kunstfertigkeit zu loben.

Das wußte Melrose aus Mr. Beatons Erzählungen. Lady Marjorie, Countess of Caverness – ja, das war eine Lady, die den Titel verdiente!

»Mylord.« Mr. Beatons kurze Verbeugung war keineswegs servil, nein, hier bekannte man sich lediglich zu den alten Sitten und Gepflogenheiten. Melrose hatte ihm nie erzählt, daß er seine Titel abgelegt hatte, denn es hätte Mr. Beaton zu sehr verstört, zu deutlich angezeigt, daß Unordnung und Gleichgültigkeit die Oberhand gewannen, daß die modernen Zeiten angebrochen waren. Dabei hatten die modernen Zeiten nichts damit zu tun, und Gott weiß, Gleichgültigkeit schon gar nicht.

»Ich habe soeben dieses feine Kammgarn hereinbekommen«, mit einem Kopfnicken bedeutete Mr. Beaton seinem Lehrling, zu dem durch einen Vorhang abgetrennten Alkoven zu gehen, wo die Stoffballen aufbewahrt wurden, »das gewiß Ihre Zufriedenheit findet.« Der große junge Mann holte einen schweren Ballen dunkelgrauen Wollstoffs hervor. Mr. Beaton zog einen Zipfel heraus, damit Melrose ihn begutachten konnte. »Er fühlt sich an wie Seide.«

Melrose ließ den Stoff durch die Finger gleiten. Er fühlte sich nicht wie Seide an, sondern wie Luft. »Mr. Beaton, das ist ja hauchzart. Wie kann Wolle so leicht sein?«

Die Frage war rhetorisch. Der Schneider lächelte und zuckte mit den Schultern – eine minimale Bewegung des Oberkörpers. Mr. Beatons Bewegungen waren stets anmutig, aber sparsam, als wolle er wegen seiner geringen Größe mit seiner Energie haushalten. Schließlich wartete genug Arbeit auf ihn.

Und außerdem fand er, daß es nicht ausreichte, exquisit gekleidet zu sein. Die Etikette verlangte, daß man es nicht merkte – ein Mann trug seine Kleidung, wie er gute Werke tat: Er machte kein Aufhebens davon.

Bei der Anprobe brachte der Lehrling Tee und hauchdünne Kekse, die so geschmacklos wie Abendmahlsoblaten waren, und dann standen sie mit den Tassen in der Hand herum und plauderten. Mr. Beaton stand immer. Offenbar setzte er sich nur, um zu sehen, wie das Tuch über dem Knie spannte oder die Wade hoch verlief. Er wies seine Kunden stets an, dieselbe Haltung wie sonst auch einzunehmen – nicht steif wie ein Brett dazustehen, nicht, als ob sie einen Besenstiel verschluckt hätten. Denn beim Anpassen der Kleidung mußte man sich nach den Tatsachen richten, nicht nach dem Wunschdenken der Leute.

Nach dem Tee war die Anprobe beendet. Das Ritual beherrschten alle, jeder kannte seine Rolle.

Lächelnd verabschiedete Melrose sich und ging über die Treppe zurück in die Old Brompton Road. Sich und diesen Tag konnte er nur mit dem Wort »erstklassig« beschreiben. Auch die Straße blühte, gedieh und funkelte, als sei alles aus britischem Sterlingsilber. Die Sonne schien, die Passanten eilten dahin. Farben und Klänge trieben an Melrose vorbei und um ihn herum und stießen ihn an wie Ellenbogen oder Schirme. Hatte die Old Brompton Road eine Wordsworthsche Transformation durchlaufen? Beton, Metall und Glas verschmolzen zu einer seltsam natürlichen Szenerie. Das lange weiße Banner wehte am Oratory herab und sah aus wie ein Wasserfall. Die Straße floß wie ein Fluß an den Autos vorbei, die wie Felsvorsprünge wirkten.

Melrose fühlte sich so vollkommen eins mit London, daß er hätte weinen mögen.

II

Ah, Luft! Ah, Sonnenlicht!

Den Unbilden der Victoria Line entronnen, ging Melrose von der U-Bahn-Station Pimlico zum Embankment in Chelsea, benommen von dem Blick auf Themse und Westminster. Die Vauxhall Bridge lag hinter ihm, das dunkle filigrane Gerüst der Waterloo Bridge in einiger Entfernung vor ihm. Er blieb stehen, schirmte die Augen mit der Hand ab, schaute zur Westminster Bridge und dachte wieder an Wordsworth.

Sein offener dunkelblauer (nicht Beatonscher) Kaschmirmantel flatterte ihm um die Beine, als er, nun wieder durchdrungen vom Geist der Stadt, am Embankment entlangschritt. Romantischer Stimmung, von der gruseligen Dunkelheit im Erdinneren befreit, atmete er auf, beobachtete, wie ein Schnellboot über den Fluß zischte, und schaute nach oben, wo die Sonne die winzigen Blätter in den Baumkronen wie Münzen aufblitzen ließ. Das Licht hatte ihn wieder!

Das Bedürfnis, wieder ein Gefühl für seine eigene Gestalt zu gewinnen, indem er die Gestalten anderer – Bilder, Skulpturen – betrachtete, trieb ihn in die Tate Gallery. Im Vorraum der »Swagger«-Ausstellung (die verlängert worden war) mietete er Kopfhörer und Kassettenrecorder. Melrose liebte audiovisuelle Führungen, weil er gern Geschichten erzählt bekam. Diese wurde von einem Schauspieler mit vornehmer, klarer Stimme erzählt, der Begeisterung für die Gemälde ausdrückte, ohne pompös oder salbungsvoll zu klingen. Und was für Bilder! Die ersten waren wunderbar protzig: auf Wolken sitzende Figuren, deren Füße auf Schädeln ruhten. Dann kamen die herrlichen Bilder von Reynolds und die prächtigen van Dycks, deren Figuren vornehm und würdevoll aussahen und dem wirklichen Leben weit entrückt. Eine Fahrt mit der Victoria Line würde euch Mores lehren, dachte Melrose mit überheblichem, kleinem Lächeln.

Er befolgte die strikte Anweisung des Sprechers, die Kassette anzuhalten, während er in den nächsten Raum ging. Verstohlen schaute er sich unter den Galeriebesuchern um. Eine Frau im mittleren Alter hatte die Kopfhörer abgenommen, ein dünner junger Mann ließ seine in der Hand baumeln, aber die meisten Leute hatten gar keine. Freigeister. Er zuckte die Achseln. Oder arme Schlucker. Er ließ die Kassette wieder laufen und lauschte den Bemerkungen zur britischen Schule. Ja, es stimmte, die Figuren schienen ein wenig lockerer, natürlicher, nicht so erfüllt von protziger Selbstüberheblichkeit... Oh, das Bild von Mrs. Siddons! Die unglaubliche Textur und Farbe des Samtgewandes! Kastanienbraun? Tief dunkelbraun? Herrlich!

Dann erblickte Melrose durch die Tür ein Porträt, bei dem er stocksteif stehenblieb. Er wußte weder, wer die Dargestellte (eine Mrs. Chambers, fand er schließlich heraus) noch wer der Maler war (Lawrence), aber es war so überwältigend schön und ähnelte dem Porträt seiner Mutter im Speisesaal von Ardry End so sehr, daß er sich wahrhaftig fühlte, als habe ihm eine enorme Hand vor die Brust geschlagen und ihn zurückgestoßen. Zum erstenmal empfand er, was es bedeutete, wenn einem etwas »den Atem raubt«. Diese Augen! Das gelbliche Licht strahlte von dem Kleid nach oben ab und ergoß sich über die Haut der Frau. Beim ersten Hinsehen von der anderen Seite der Tür hatte er gedacht, dieses Porträt werde gesondert beleuchtet, es schien sogar selbst eine Lichtquelle zu sein.

Lange betrachtete Melrose Mrs. Chambers, und als er es nicht mehr aushalten konnte, ging er weg und gab den Kopfhörer ab.

Er fand Raum 9, der die präraffaelitischen Gemälde beherbergte, und dann auch die Bank, auf der Mrs. Hamilton gesessen haben mußte. Er nahm Platz. Hier mußte es gewesen sein, nach dem, was Jury gesagt hatte, genau vor dem Bild Chattertons und dem William Holman Hunt. Letzteres war nicht mehr dort; vermutlich hatte man es umgehängt. Aber der Chatterton war da. In die »Swagger«-Ausstellung mit den protzigen Bildern der feinen Gesellschaft hätte er nie Aufnahme gefunden. Chatterton hatte nichts Protziges. Vielleicht nicht die glücklichste Entscheidung, wenn er, Melrose, sich in seiner momentanen Stimmung vor dieses Bild setzte.

Er fragte sich, wie andere Menschen mit Verlusten fertig wurden, dem Verlust von Menschen und Orten. Offenbar gelang es allen besser als ihm, aber woher wollte man das schon wissen? Und wer weiß, ob alle damit fertig werden mußten?

Er dachte an Nancy Fludd. Sie hieß nicht Nancy, aber er fand, der Name paßte zu ihr, und er mochte sie nicht mehr Miss Fludd nennen. Wie wurde Nancy mit ihrer eingeschränkten Welt fertig? Wie erklärte und begriff sie sie, bewohnte sie, gab ihr Farbe und

Gestalt? Wahrscheinlich konzentrierten sich viele Menschen so sehr auf die Zukunft, daß sie die Vergangenheit als überflüssig erachteten. Besonders die jungen. Hatte er je Bedauern oder Reue empfunden, als er jung war? Vermutlich nicht. Er war sicher genauso unreif wie dieses Paar Beatrice und Gabe gewesen, die nicht einmal gemerkt hatten, daß neben ihnen eine Frau starb.

Er erinnerte sich daran, was er im Türrahmen des letzten Raumes der »Swagger«-Ausstellung empfunden hatte, als es ihm den Atem verschlagen und er die Hand auf seiner Brust gespürt hatte, und als er den Blick wieder auf das Bild Chattertons richtete, überlegte er, ob er mit Frances Hamilton, dieser Frau, die er gar nicht kannte, etwas gemeinsam hatte.

Traurigkeit überwältigte ihn. Er hielt es jedenfalls für Traurigkeit und nicht Verzweiflung, denn Verzweiflung hatte doch eigentlich keine identifizierbare Ursache. Die Ursache für seine Traurigkeit war dagegen leicht dingfest zu machen, sie reichte lange zurück zu der ganzen schlimmen Geschichte kurz vor dem Tod seiner Mutter in dem Haus in Belgravia. Wie lange hatte sie gedauert? Monate? Ein Jahr? Damals war es ihm endlos erschienen. Das Haus hatte er mit dreißig verkauft, weil er sich nicht mehr wohl darin fühlte, geschweige denn zu Hause.

Vor seinem inneren Auge sah er sich in dem trübe beleuchteten hinteren Salon sitzen, der mit erlesenen Möbelstücken ausgestattet war, auf die er sich aber nicht mehr deutlich besinnen konnte, und durch die Verandatür in den Garten starren. Warum gab es in den Geschichten über Liebe und Verrat immer Gärten? Wegen des Garten Eden, vermutete er und dachte an Robert Frost: »So fällt denn Blatt um Blatt, auch Eden ja versank.«

Und das bedeutete auch die Existenz einer Schlange. Nicholas Grey.

Der nette, hübsche Nick Grey. Der Freund seines Vaters, Waidgenosse in der Wildnis des schottischen Hochlands, Anglerfreund in den eisigen Forellenbächen von Wales. Die Nick Greys dieser Welt, denen kamen Mr. Beatons berufliche Qualitäten zugute.

Oder auch nicht, überlegte er. Vielleicht nicht. Mr. Beatons »Gentlemen« waren nicht bloße Figuren wie Schneiderpuppen, an die er seine Anzüge hing. Seine Kunden waren, hm, eben Gentlemen, vornehme Menschen. Und Nick Grey gehörte nicht dazu.

In dem Salon, in dem sich Melrose aus der Tür starren sah, sah er auch viele Monate, eigentlich Jahre lang, die Gestalt Nick Greys – mit einem Whisky in der Hand in einen Sessel hingelümmelt, lächelnd an dem elfenbeinfarbenen Marmorkamin stehen, mit verwirrtem Blick auf der Bibliotheksleiter sitzen, ein aufgeschlagenes Buch aus dem Bücherschrank in der Hand. Gibbon oder Vergil gingen über seinen Horizont. Das meiste ging über seinen Horizont.

Melrose' Mutter hatte sich wie ein Geist durch den Garten bewegt.

Melrose dachte an die Frauen, die er kannte. Er glaubte nicht, daß er Frauen gegenüber zu kritisch eingestellt war, eigentlich traf doch eher das Gegenteil zu. Sein Herz war leicht zu erobern. Andererseits glaubte er an Liebe auf den ersten Blick (wenn er auch keineswegs wußte, wie tief eine solche Liebe ging). Doch es war eindeutig eine unbewußte Entscheidung, keine bewußte. Dann aber kam immer etwas dazwischen, versperrte ihm den Weg, wie eine Gestalt in einem Durchgang oder auf dem Bürgersteig, um die man nicht herumgehen kann.

Allein in den letzten Jahren hatte es etliche Frauen gegeben: Polly Praed, die ihn beim erstenmal in Littlebourne so fasziniert hatte. Die Wahl hätte auf sie fallen können. Oder Ellen, deren Schroffheit sie ja gerade so liebenswert machte. Und Vivian natürlich. Höchst unwahrscheinlich, daß sie für ihn etwas Besonderes empfand. Sie kannten sich einfach schon zu lange. Trotzdem, jede dieser Frauen hätte es gewesen sein können, wenn er sich ein wenig mehr bemüht hätte (obwohl ihm immer noch schleierhaft war, worum ...). Aber immer verstellte ihm die geisterhafte Erscheinung im Garten den Blick.

»Ver – zeihung.«

Mit einem Ruck erwachte Melrose aus seiner Träumerei und schaute auf, um zu sehen, wer sie war und warum sie sich entschuldigte. Er hatte völlig vergessen, daß er sich in der Tate, in der Öffentlichkeit, befand.

»Verzeihung«, sagte sie noch einmal. Ihre Miene drückte heftige Besorgnis aus. »Ich hasse es, wenn mich jemand auf diese Weise stört. Aber Sie sehen – das heißt sahen – hm, aus, als ob es Ihnen nicht gutginge. Ich dachte, Sie wären vielleicht krank.«

Ihre Unsicherheit und Verwirrung, ob sie ihn überhaupt hätte ansprechen sollen, waren überdeutlich. In der Hoffnung, beides zu zerstreuen, lächelte er sie an. Gleichzeitig ging ihm durch den Kopf, daß er auf der Bank saß, auf der Frances Hamilton gesessen hatte. Aber während Bea Slocum Mrs. Hamilton nicht beigestanden hatte, kam ihm eine Beatrice zu Hilfe.

Dunkelrotes Haar, großer Mund, blasses Gesicht, sympathisch. Nicht schön, aber einprägsam. Zu jeder anderen Zeit hätte er etwas Witziges gesagt, sie zum Kaffee oder Lunch eingeladen. Heute nicht.

»Der Chatterton?« fragte sie und schob ihr dunkles, dichtes Haar mit einer Hand ohne Ehering zurück. »Ich finde, das Bild läßt einen nicht mehr los.« Sie schaute von dem Bild zu Melrose.

Sie hätte es sein können, dachte er.

Sagte aber: »Ja, es liegt an dem Chatterton.«

21

»Verzeihung«, sagte Lady Cray beinahe als erstes, und Melrose erinnerte sich sofort an die Frau in der Tate. »Ich habe Fanny dümmer beschrieben, als sie war.« Sie überreichte Melrose ein dickes Whiskyglas, wohlgefüllt mit Virginia Gentlemen, Fanny Hamiltons Lieblingsdrink. »Prosit.«

Sie hoben die Gläser und tranken. Der Whisky war mild, aber

süß wie Likör. Trotz des übersüßen Geschmacks war Melrose froh darüber und noch froher über den Teller Hühnchensandwiches, den ihm das kleine Hausmädchen gebracht hatte. Denn als er in die seidigen Polster eines eisblauen Sessels sank, merkte er, daß er nach den Mühen und Plagen des langen Morgens erschöpft war. Mittlerweile war es nach vier Uhr, und er hatte noch weitere Besuche vor sich.

»Ich glaube, ich habe Superintendent Jury einen falschen Eindruck vermittelt. Das war ungerecht.« Das Glas in beiden Händen, lehnte sie sich in die Sofapolster zurück und schaute zur Decke.

»Aber es ist ja nie zu spät, es zu korrigieren.« Er lächelte und dachte, wie angenehm es war, in diesem Zimmer, das ihn an eins in Ardry End erinnerte, zu sitzen und sich mit einer Frau zu unterhalten, die seiner Tante alles andere als ähnlich war. Was für ein Unterschied, Lady Crays Gesellschaft und das Gespräch mit ihr! Sie war vermutlich so alt wie Agatha, vielleicht ein wenig älter. »Richard Jury interessiert sich besonders für Mrs. Hamiltons Reise nach Amerika. Das heißt, die Zeit nach ihrem Aufenthalt in Pennsylvania.«

Lady Crays Gesicht nahm einen noch sorgenvolleren Ausdruck an, als sie nachdenklich hochschaute. Als werde er von den Stuckengeln hervorgerufen, deren knubbelige Händchen Stuckvorhänge hochhielten. »Superintendent Jury meint, es bestehe eine Verbindung zwischen Fannys Tod und der Frau, die in Exeter gestorben ist.« Sie seufzte. »Ich habe keine Ahnung, wie er auf diese Idee kommt.«

»Ich glaube, es ist gar nicht seine. Sondern die eines Divisional Commander, der sich allerdings selten irrt.«

Von irgendwoher aus den Tiefen eines Raumes jenseits des Zimmers erklang Flötenmusik. Flötenmusik und dann eine Art tiefer Sprechgesang. Vollkommen anders als die Klänge, an die Melrose gewöhnt war. Er fragte, was es für Musik sei.

»Fannys. Sie hat sie aus dem Südwesten mitgebracht. Ich

glaube, es ist die Musik der amerikanischen Ureinwohner. Ich finde sie sehr beruhigend.«

»Ich auch.« Melrose dachte einen Moment nach und fragte dann: »Wie war ihr Neffe?«

Lady Cray überlegte sich die Antwort gut. Weil sie Fanny Hamilton unrecht getan hatte, wollte sie diesmal vielleicht sichergehen, daß sie dem Neffen Gerechtigkeit widerfahren ließ. »Ehrlich. Er war ehrlich. Das hat mich beeindruckt.«

Melrose nickte, trank und wartete, daß sie weiterredete.

»Und wenn man ehrlich ist, hat man vielleicht nicht viele Freunde. Die anderen finden einen lästig, und man selbst hält sie umgekehrt für, hm, oberflächlich. Denn nichtehrliche Menschen reden über alles auf Gottes weitem Erdboden, nur nicht über das, was sie wirklich denken und fühlen. Das tun wir alle viel zu selten. Wir verkümmern, wir machen von unseren Möglichkeiten keinen Gebrauch.« Lady Cray studierte ihr Glas.

Melrose murmelte beifällig und schaute an dem Marmorkamin vorbei zu der Verandatür in den kleinen Garten. Die Flöte war abwechselnd weit entfernt, unheimlich, gespenstisch, klar und dann wieder ganz nahe. »Und sie ist sofort nach Amerika geflogen.« Er sah, wie die zarten Zweige einer Zierweide von einem heftigen Windstoß hochgehoben wurden und dann auf den Betonboden eines leeren ovalen Teichs herabfielen. Er dachte an Watermeadows. Er dachte an Hannah Lean. Arme Hannah. »Kann man sich etwas Schlimmeres vorstellen, als den Menschen zu verlieren, der einem am meisten bedeutet? Ich weiß nicht, wie ich damit fertig würde.«

»Aber Sie mußten es doch auch. Ihre Eltern sind doch beide tot.«

Er wandte den Blick nicht von den hängenden Zweigen der Weide und dem leeren Teich ab. »Ja«, sagte er einfach.

»Na also.« Sie trank ihr Glas aus.

Na also.

Das Licht war milchig geworden, beinahe trübe, dick und dicht wie Nebel. Die Dahlien im Beet bogen sich, als sei das Licht zu schwer. Es schien in den Raum gekrochen zu sein, nicht von oben hereingefallen wie Sonnenstrahlen oder die blaue Morgendämmerung oder diffuses Regenbogenlicht am späten Nachmittag.

»Haben Sie ein Bild von ihm?« fragte er.

Lady Cray schaute ihn verwirrt an. »Von wem?«

»Entschuldigung. Von Philip Calvert. Wenn Mrs. Hamilton ihn so sehr mochte, gibt es doch bestimmt Fotos von ihm. Familienfotos.«

»Er ist ermordet worden«, sagte sie, als sei das eine Antwort auf seine merkwürdige Frage nach der Fotografie.

»Ich habe nur über etwas nachgedacht, als ich in der Tate saß. Und ich frage mich ...« Melrose hielt inne, weil er gar nicht genau wußte, über was er vorhin oder gerade jetzt nachgedacht hatte.

Lady Cray lächelte und zeigte auf die Wand hinter ihm, links von seinem Sessel. »Sie sehen aber auch nichts, was?«

Er drehte sich zu dem Teil der Wand zwischen den beiden Doppeltüren, die zu der großen Eingangshalle führten. Dort hingen über der Zierleiste verschieden große, unterschiedlich gerahmte Bilder. Das größte in der obersten Reihe war das von einer kleinen Lampe erhellte Porträt eines jungen Mannes. Melrose erhob sich und fragte, als sei der Gang durch den Raum ein unhöflicher Abschied: »Darf ich?«

Lady Cray nickte und erhob sich ebenfalls.

Das Bild zeigte Philip Calvert, der in einem kitschigen viktorianischen Sessel neben einem kleinen Tisch saß, einem dieser nutzlosen Möbelstücke, die man oft auf Bildern sieht. Stühle und kleine Tische, die so zerbrechlich sind, daß sie nur dem Zweck dienen können, einen Ellenbogen darauf zu stützen, eine Hand darauf zu legen oder Mütze und Schal flott darauf zu drapieren. So war es denn auch: Philip Calverts Ellenbogen ruhte auf dem Tisch, der Kopf war auf die Hand gestützt, die andere Hand umfaßte das Ende der Sessellehne; eine Kappe aus weichem Wollstoff lag achtlos auf dem Fuß der Lampe, als sei sie zusammen mit der Rennfahrerbrille dorthin geworfen worden (was bei der Lampe natürlich unmöglich war). Philip hatte locker einen dunklen Kaschmirschal umgeschlungen, dessen eines Ende über den Sesselarm fiel, als wolle er ihn gleich ablegen. Die beabsichtigte Wirkung war »Unbeschwertheit«. Ein junger Mann macht zwischen zwei Fahrten in seinem Sportwagen Pause, und den wilden Pinselstrichen nach zu urteilen, kann er sich kaum im Sessel halten. Aber die Komposition paßte überhaupt nicht zu Philip. Ja, er lächelte, aber flüchtig, das sah man. Melrose mußte an den blassen, leeren Himmel hinter sich denken. Ein Vogelschwarm war so rasch fortgeflogen, als verfolge ihn das eindringende Licht. Hier erschöpften sich die Farben in traurigen Variationen von Brauntönen. Das dunkle, fast schwarze Braun oben auf der Leinwand löste sich in finstere Schatten auf, dann in das Kaffeebraun des künstlichen Arrangements. Die wenigen Farben im Stoff der Kappe – Burgunderrot, hier und dort Jägergrün – waren so dunkel und matt, daß sie mit dem Hintergrund verschmolzen. Und gefangen in dieser düsteren Umgebung wurden Phil Calverts blasses Gesicht und seine hellbraunen Augen beinahe transparent.

Melrose fand das kleine Porträt wundervoll, aber widersprüchlich, der Gemalte stand in einem solchen Gegensatz zu den Dingen um ihn herum. Die Atmosphäre war zu behaglich und vornehm, zu lässig elegant. Zu reich, viel zu reich. Nach dem, was Jury ihm über Philip Calvert erzählt hatte, hatte Melrose angenommen, daß der junge Mann all dem ja gerade entfleuchen wollte. Er sprach mit Lady Cray darüber.

Sie nickte heftig. »Ja, richtig. Er stritt sich immer mit Fanny, auf nette Weise, denn sie wollte natürlich das viele Geld mit Philip teilen. Philip fühlte sich mit Geld nicht wohl. So geht's ja manchen Leuten. Um diese Einstellung zu gewinnen, habe ich allerdings nie genug gehabt.«

Melrose sagte: »Glücklich sieht er nicht aus.«

»Nein, das stimmt. Ich weiß aber nicht, warum. Denn er

wirkte – vielleicht nicht glücklich, aber doch überzeugt, daß er das Richtige tat. Er war zumindest zufrieden.«

Schweigend betrachteten sie das Bild. Dann sagte sie: »Aber Mr. Plant, Sie wollen doch sicher nicht andeuten, daß dieses Verbrechen etwas mit Fannys Tod zu tun hat?«

»Nein, Philip Calverts Mörder ist überführt worden. So meine ich es nicht.«

»Wie denn?«

Melrose lächelte. »Ich kann Ihnen eine Theorie unterbreiten, der eine Freundin von mir in Long Piddleton anhängt. Das heißt, wenn Sie willens sind, sich etwas verdammt Albernes anzuhören.«

»Heraus mit der Sprache. Für meine Albernheit, mein Lieber, bin ich doch bekannt.«

»Ich bitte Sie, Lady Cray, Sie vergessen, daß ich Sie ein wenig kenne. Sie sind alles andere als albern.«

Sie zuckte zurück und nahm die Hand von seinem Arm. »Nun stellen Sie mich nicht tugendhafter dar, als ich bin. Sie kennen mein Laster. Lassen Sie mal die alberne Theorie hören.«

»Sie bezeichnet es als ›Stendhal-Syndrom‹.«

»Das was?«

Melrose erklärte es. »Kunstsüchtige wie zum Beispiel Stendhal können vor großartigen Gemälden regelrecht kollabieren.«

»Lieber Himmel! Wollen Sie damit sagen, daß Fanny, die, was große Kunst angeht, eigentlich nicht so leicht zu beeindrucken war, sich in der Tate zuviel zugemutet hat?«

Melrose antwortete ausweichend. »In der ›Swagger‹-Ausstellung stand ich plötzlich vor einem Bild und hatte das Gefühl, als würde ich entsetzlich – geschlagen, wissen Sie, als schiebe mich eine Wand aus Händen zurück. Das meinen die Leute bestimmt mit der Redewendung, es habe ihnen den Atem verschlagen.« Er dachte, sie würde etwas sagen, sich erkundigen, welches Bild ihn in so einzigartiger Weise berührt hatte, aber sie tat es nicht. Vielleicht respektierte Lady Cray die Privatsphäre, in die er selbst, ohne es zu wollen, eingedrungen war.

Lady Crays fein geschwungene Augenbrauen zogen sich zusammen. »Was hat sich Fanny angeschaut?«

»Chatterton.«

Sie sah wieder zu Philips Bild. »Aber eigentlich besteht keine Ähnlichkeit.«

»Ich glaube, doch.«

»Soweit ich mich erinnere, war Chatterton sehr jung...«

»Siebzehn.«

»... bettelarm, ohne Freunde, und am schlimmsten: als Plagiator bloßgestellt. Irgend so was. Künstler schon, und das war Philip ja auch. Aber darüber hinaus sehe ich keine Ähnlichkeit.«

»Also, ich überlege eher, ob sie sich charakterlich ähnlich waren.« Mit einer Handbewegung wehrte Melrose einen Einwand ab. »Doch darum geht es gar nicht. Ich meine etwas viel Simpleres.« Melrose deutete mit dem Kopf zu dem Bild. »Als Toter hätte er anders ausgesehen.«

»Natürlich, aber Fanny hat ihn –«

»Nicht gesehen? Nein. Aber man hat ihr erzählt, wie und wo er gestorben ist. Der tote Philip Calvert lag auf einer Art Schlafcouch. Sie hat ihn nicht gesehen. Um so schlimmer. Da hat sie ihn sich nämlich vorgestellt. Ich schätze, sie hat ihn wie Chatterton daliegen sehen, über ein schmales Bett hingestreckt. Selbst die Bücher und die Papiere auf dem Boden müssen sie daran erinnert haben. Richard Jury hat man jedenfalls den Fundort von Philip Calverts Leiche ähnlich geschildert.«

Als sie sich umdrehte und ihn anschaute, glitzerten ihre blauen Augen. »Nun überlegen Sie doch mal. Wenn dem so wäre, hätte Superintendent Jury keinen vernünftigen Grund, Fannys Tod mit dem Tod dieser armen Frau in Exeter in Verbindung zu bringen. Und, weiß Gott, schon gar nicht mit der Leiche, die man bei Salisbury gefunden hat. Und ich gehe doch wohl recht in der Annahme, daß die Ofper nicht alle das Bildnis des armen treuen Chatterton betrachtet haben.« Lady Cray begab sich wieder zu ihrem Platz.

»Nein. Aber Ihre Freundin Mrs. Hamilton und Mrs. Hawes waren offensichtlich zur selben Zeit in Santa Fe.«

»Mrs. Hawes?«

»Helen Hawes war die Frau in der Kathedrale. Und die tote Frau, die man in Old Sarum gefunden hat, kam aus Santa Fe.« Das sagte er eher zu dem Bild als zu Lady Cray. Aus irgendeinem Grunde hatte er sich in das Licht darin verliebt, die winzig kleinen goldenen Tupfer, die sich über den Schal und den Tisch ergossen; die schimmernde Haut des jungen Mannes. Melrose legte den Kopf zur Seite, unerklärlicherweise ließ ihm das alles keine Ruhe. Dann drehte er sich um, setzte sich wieder hin und ließ sich noch einen Drink einschenken.

»Zur selben Zeit?« Sie lachte kurz auf. »Na, tausend andere auch, möchte ich annehmen.«

»Die sind aber nicht tot.«

Sie schaute ihn an und zuckte unmerklich mit den Schultern. »Das stimmt natürlich. Wie dumm von mir.«

Melrose nahm die Fotokopien aus der Innentasche seines Jacketts. »Würden Sie sich die einmal anschauen?«

Sie nahm die Seiten, betrachtete sie sorgsam und fragte dann: »Sollte ich das kennen? Es scheint ein Terminkalender zu sein.«

»Nein, solch ein kleines Adreßbuch. Sie haben es vielleicht nie gesehen, aber was ist mit der Handschrift?«

»Meinen Sie, es ist Fannys?«

»Ich frage nur. Es befand sich im Besitz der Frau, die in der Kathedrale von Exeter gestorben ist. Es gehörte ihr aber nicht. Dessen ist sich die Polizei dort sicher.«

Wieder schaute sich Lady Cray mit gerunzelter Stirn die Seiten an. »Schwer zu sagen ... Aber es sieht nach zwei verschiedenen Handschriften aus, finden Sie nicht? Schauen Sie hier.« Sie gab Melrose die Seiten zurück. »Das C und das O in ›Canyon‹ sind ganz anders geschrieben als in ›Coyote‹. Was für ein komischer Name, ›Coyote Village‹. Aber eins verstehe ich nicht.« Sie schaute Melrose an. »Wenn man es bei dieser anderen Frau gefunden hat... Wie oft habe ich Fanny gesagt, daß man ihre kleinen Zahlen unmöglich lesen kann. Ihre Neunen sehen zum Beispiel wie Fünfen aus.« Lady Cray seufzte tief und lehnte sich zurück, die Lider fast geschlossen. »Arme Fanny.« Sie seufzte noch einmal.

Als habe die Verwechslung von Neunen und Fünfen ihr den Tod gebracht.

Vielleicht hatte sie ja recht. Es war jedenfalls nicht unwahrscheinlicher als das Stendhal-Syndrom.

Melrose lächelte, dankte ihr und verabschiedete sich.

22

Als Melrose sah, wie die Crippsschen Sprößlinge auf die Mülltonnendeckel einhämmerten, dankte er dem Herrn, daß er diesmal nicht mit dem Rolls in die Catchcoach Street gefahren war. Beim letztenmal hatte er Schutzgeld entrichten müssen. Er zählte fünf – nein, sechs, denn in der Mitte des Kreises war noch eins, und natürlich waren es nicht dieselben sechs wie damals. Eine neue Serie. Typisch für diese Familie.

Bei ihrem Aussehen gab's kein Vertun, das wurde von Generation zu Generation weitergegeben – Käse-, Pudding- und Teiggesichter, Haar und Wimpern ausgebleicht, so farblose Augen, daß sie beinahe durchsichtig waren. Die Cripps sahen alle aus, als seien sie einmal zu oft montags in die Waschmaschine im Waschsalon gesteckt worden.

Ihr farbloses Aussehen glichen sie durch ihr Verhalten aus. Melrose blieb auf der anderen Straßenseite stehen, nur um ihr neuestes Spiel zu beobachten. Fünf marschierten eifrig in einem Kreis herum, in dessen Zentrum ein tumbes Kind stand – schwer zu erkennen, ob Knabe oder Mädchen. Es hatte die Augen verbunden und eine Topfpflanze in der Hand. Die Kinder im Kreis schlugen entweder auf die Mülltonnendeckel ein oder zweckentfremdeten andere Gerätschaften. Ein Gartenrechen diente als Fahnenstange, an der eine zerlumpte irische Flagge hing. Eine Hacke trug eine hand- und natürlich falsch geschriebene Losung – NIEDER MIT SCHMEISSMAJERS. Die Hauptparole der Demonstration war offenbar den morgendlichen Schlagzeilen über einen IRA-Protest entliehen. Ein mutmaßlicher Übeltäter war verhaftet worden, daher der Gefühlsausbruch der Kinder. Ihre Sympathien lagen bei jeder Organisation, die Unruhe stiftete. Warum einer der Ihren den Gefangenen mimte, war unklar. Aber Melrose vermutete, daß die Cripps immer auf allen Hochzeiten tanzen wollten, damit ihnen die Gelegenheit nicht entging, alles und jeden zu malträtieren.

Angesichts des Zustands des wenigen Erdreichs zwischen Haustür und Bürgersteig wunderte er sich auch über die Gartengeräte. Die übrigen Anwohner der Catchcoach Street mochten ähnliche Fleckchen Land als »mein kleiner Vorgarten« bezeichnen, aber der Crippssche Garten war ein einziges Chaos, unkrautüberwachsene, aufgewühlte Erdklumpen, Dreckhaufen neben grabähnlichen Löchern, die wohl aufnehmen sollten, was immer drinnen gestorben war – Hund, Katze, Großmutter.

Stand zu befürchten. Aber Melrose war sicher, daß diese aufgewühlte Erde nicht darauf wartete, einen Ehrengast zu empfangen wie in Audens Elegie auf Yeats' Tod und Grablegung. Nein, auch praktischen Zwecken dienten diese Erdhöhlen nicht. Hier wurde kein Poet begraben, kein geliebtes Haustier. Diese Familie verschwendete ihre Zeit weder auf feinere Gefühle noch auf pragmatische Lösungen. Bei den Cripps wurden Löcher eben einfach gebuddelt. Gefühle waren Verschwendung. Es gab immer zuviel zu *tun*. Wie zum Beispiel, sich gegenseitig zu quälen oder die Nachbarn in den Wahnsinn zu treiben.

Oder – heute war ein Glückstag! – einen Fremden.

Als Melrose über die Straße auf sie zuging, ließen sie im Nu von ihren Aktivitäten ab und beobachteten ihn so beutegierig wie die

Kojoten, die Richard Jury wahrscheinlich um diese Zeit in New Mexico beäugten.

Melrose trat zu ihnen, lächelte und fragte freundlich: »Die Mum zu Hause?« Denn wenn Mum oder Dad nicht zur Tür kamen, bestand nicht die geringste Hoffnung, ohne die Erlaubnis dieser Bande hier die Schwelle zu überschreiten. »Oder Dad?« fügte Melrose hinzu und zog eine kleine Tüte Bonbons aus der Tasche. Er nahm einen Colaknaller heraus und zwang sich, darauf herumzukauen, obwohl er wie flüssiger Zucker schmeckte.

Zwölf Augen – nein, zehn, denn das sechste Kind schien zu blöde zu sein, sich der Augenbinde zu entledigen, und stand bloß mit offenem Mund da – folgten der Bewegung der Hand zum Mund. Das klebrige Einjährige umschlang inbrünstig Melrose' Beine, zerrte und zeterte.

Nun übernahm der Älteste, ein Junge von zehn oder elf, das Wort. Er tat so, als strafe er die Colaknaller mit Verachtung, und starrte Melrose böse an. »Und warum wolln Se das wissen?« Das Kleinkind schrie er an: »Halt den Rand, Spanky!« und versetzte ihm einen ordentlichen Schlag aufs Hinterteil. Womit er dafür sorgte, daß die Lautstärke erheblich zunahm.

»Darum«, erwiderte Melrose und zog in aller Ruhe eine Tüte Zitronenbrausebonbons heraus. Er lutschte eins und sah, wie ein paar der Kinder sich die Lippen leckten. Nummer sechs tappte immer noch blind herum und fuchtelte mit den Armen. »Ich bin ein Freund«, sagte Melrose.

»Ach, wirklich? V'lleich is se zu Haus, v'lleich auch nich.«

»Was du nicht sagst.« Melrose holte eine dritte Tüte heraus und lugte hinein. Smarties. Uach. Er schob sich zwei in den Mund und kaute sie langsam. Das mittlere Mädchen (von vielleicht sechs Jahren) sprang auf und ab und schlang die Arme um sich, als finde sie schon den bloßen Anblick von Smarties erregend. Sie tanzte hinterrücks zur Tür und rief: »Ich hol sie, ich hol sie!«

»Klappe!« herrschte der größte Junge sie an, rannte hin, schnappte sie von hinten und stieß sie in eine frisch ausgehobene

Grube. Sie weinte kurz auf und kam dann dorthin zurück, wo die Action und die Süßigkeiten waren. Der Knabe war wütend auf Melrose, weil er in ihm den Rivalen witterte, der ihm die Kontrolle über die Gruppe streitig machte. Er stemmte die Hände in die Hüften und wiederholte: »V'lleich ja, v'lleich nein.«

»Dann entscheide dich, ich habe nicht den ganzen Tag Zeit.« Zu lauten »Ooohs« und »Aaahs« kam die Tüte mit den Regenbogenkissen zum Vorschein. Das Einjährige ließ los, erhob sein rotznasiges, triefäugiges Gesicht zu Melrose und schlug mit den kleinen schmutzigen Händen nach der weißen Tüte. Mit spitzen Fingern fischte Melrose das bunte Bonbon heraus und ließ es sich in den Mund fallen. Nun waren vier Tüten zu sehen.

Das Kind mit der Binde tapste herum und trat auf das Kleine. Der Ältere riß es zurück und befahl »dem dämlichen kleinen Penner«, sich die »dämliche Binde« abzunehmen. Das Mädchen, das er in den Dreck geschubst hatte, briet dem Bruder mit dem kleinen Spaten eins über.

Melrose zog Tüte Nummer fünf heraus, steckte die Nase hinein und angelte dann ein Sahnetoffee heraus, das hart wie Stein aussah. Das würde er ja nun nie im Leben essen. Er ließ es wieder in die Tüte fallen.

Das nunmehr sehende Kind stürzte sich auf die Tüte, verpaßte sie und begann, sich direkt neben Melrose' Schuh zu erleichtern.

»Da sehn Sie's!« schrie eins der Mädchen. »Sehn Se, was Petey jetzt macht! Sie sind schuld!« Es faßte seine Schwester, die aus dem Loch gekrabbelt war, an den Händen, und gemeinsam drehten sie sich im Kreis und sangen:

> Piesel-Pete, Piesel-Pete,
> bring ihm doch was Süßes mit!

Dann fielen sie vor Lachen hin.

Als die letzte Tüte zum Vorschein kam – die sauren Pommes –, flippten alle, selbst der Anführer, aus. Sechs Tüten für sechs

Kinder! Sie schrien, kreischten und grabschten nach den Bonbons, die Melrose aber aus ihrer Reichweite hielt. Einen unbehaglichen Moment lang erinnerte er sich an eine schauerliche Szene in einem Tennessee-Williams-Stück, in dem eine Horde gräßlicher Gassenjungen einen armen Teufel überfällt. Na ja, dachte er, wahrschienlich verdiene ich es, weil ich die Crippsschen Sprößlinge so schamlos provoziere.

Auf dem Höhepunkt des Spiels flog die Haustür auf, und White Ellie erschien leibhaftig. Die liebe alte Mama, in geblümtem Overall. »Rein mit euch!« Dann sah sie Melrose. »Mich laust der Affe!« Das brabbelte sie in einer Tour vor sich hin, während sie durch Dreck, Müll, Spielzeug und kaputte Gartengeräte zu Melrose watete, um ihre Kinder von ihm zu pflücken, als ob sie welke Rosen köpfte. »Rein mit euch! Gibt Abendessen!«

»Einen Moment!« sagte Melrose, hielt sie zurück und schenkte jedem Kind feierlich ein weißes Tütchen.

Sie grabschten, brüllten, lachten, tanzten und versuchten, sie sich gegenseitig abzujagen, während sie zum Essen liefen. Wehe, wer seins nicht fest in der Hand hielt!

Trotz der immer wieder ausbrechenden Schreierei, des zerbrechenden Geschirrs und der Stimme von White Ellie, die alle anderen Geräusche mit großen Donnerschlägen übertönte, setzte Melrose sich ruhig und entspannt ins Wohnzimmer und beglückwünschte sich dazu, solch klugen Gebrauch von den Süßigkeiten gemacht zu haben. Um so mehr, da er bei ihrem Erwerb gar nicht an diese Bande hier gedacht hatte. Was, um alles in der Welt, hatte ihn veranlaßt, sechs Tüten zu kaufen? Der Tag war gerettet. Er plusterte sich regelrecht auf, nun, da er wieder ein wenig von dem alten Selbstbewußtsein spürte, das ihm abhanden gekommen war, als er feststellen mußte, daß Sergeant Wiggins klüger war als er. Nein, Wiggins hätte die Cripps'sche Brut nie übertölpelt. Aber er. Lächerlich, sie »übertölpeln« zu wollen. Sie selbst waren die größten Tölpel. Während er sich noch derart selbst beweihräucherte, schürzte er plötzlich die Lippen und runzelte die Stirn. Sollte ein halbwegs vernünftiger Mensch auf so etwas stolz sein? Hatte er seine eigenen Ansprüche an sich schon so heruntergeschraubt?

Er wartete, daß White Ellie mit seiner Tasse Tee zurückkam, rauchte und blies aparte kleine Rauchringe in die Luft. Hier brauchte man nicht zu fragen, ob man rauchen durfte. Ein Blick ins Zimmer genügte, und man wußte, daß hier alles, wirklich alles, erlaubt war. Wie in Ada Crisps Gebrauchtmöbelladen waren Sessel mit großen Lehnen und Sofas in Massen hier hineingestopft, überhäuft mit alten Kissen und Wäsche, die darauf wartete, daß sie durch Eingreifen einer höheren Gewalt sortiert wurde. Über dem kalten Kamin hing ein Luchskopf (von einem der Kinder erlegt?), dem es nicht geschadet hätte, wenn sich der ortsansässige Präparator seiner noch einmal angenommen hätte. Auf dem Boden standen Tischlampen, die offenbar mit ihren schiefen Schirmen die verblaßten Rosen auf dem Teppich wie Nachtlichter in einem Garten illuminieren sollten. In einer Ecke stand eine Wasserschüssel, die Melrose Rätsel aufgab. Bei näherer Betrachtung erwies sich, daß Stromkabel hineinhingen. Er zuckte mit den Schultern und wandte sich der Tapete zu. Sie war neu (was bei den Cripps neu hieß . . .). Er erinnerte sich, daß sie vor Jahren anders gemustert gewesen war. Trotzdem kam sie ihm bekannt vor. Ach ja, es war die gleiche wie in der Küche. Die Cripps mußten ein paar alte Rollen gefunden und das Zimmer frisch tapeziert haben. Das Muster wartete mit Unmengen dieser großen schrecklichen Blumen (deren Name ihm nicht einfiel) auf, die ihre Blütenblätter weit spreizen und aus deren Mitte Staubfäden hängen, die deutlich an Phalli erinnern. Im Hause Cripps wurde der Erinnerung auf wunderbare Weise auf die Sprünge geholfen, denn die Kiddies hatten ihre Wachsmalkreiden geschwungen. Ihre Wandmalereien lieferten sicher ein hübsches Gesprächsthema, wenn Gäste da waren. Die Wohnung war graffitimäßig voll im Trend der Zeit, denn auch Türen und Fensterrahmen waren mit diversen Obszönitäten vollgeschmiert. Melrose überlegte, ob die zwei unter den feuchten Flecken in der Decke aufgestellten Eimer wirklich zum Tropfenauffangen gedacht waren oder für Piesel-Pete. Wahrscheinlich für beides.

Er hörte White Ellie, bevor er sie sah. Mit zwei Bechern Tee, einem kleinen Teller mit Zuckergußkeksen und schon mitten in einer ihrer weitschweifigen Histörchen kam sie ins Wohnzimmer gerattert.

»... und dann der Rasputin, schmeißt die Scheißmöbel direkt aus'm Fenster oben, wär ja gar keine schlechte Idee gewesen, wenn nich – hier.« Sie gab Melrose seinen Tee. »Zucker is schon drin.«

(Melrose murmelte ein Dankeschön und drehte die Tasse so, daß er die Lippenstiftspuren am Rand nicht mehr sah.)

Sie ließ sich in einen tiefen, dunklen Sessel fallen, nicht ohne einen Wäschestapel woanders hinzubefördern und eine neue Staubwolke aufzuwirbeln. Ihre Zigarette klebte wie durch Zauber in ihrem Mundwinkel fest und tanzte beim Sprechen mit. »Wenn er nich gezündelt hätte. Und schon fliegt der antike Petit-point-Stuhl von meiner Mutter auf den Haufen. ›Rasputin, du verdammter Idiot‹, brüll ich, ›gleich ham wer die Feuerwehr hier!‹«

Geduldig lächelnd wartete Melrose, daß sie ihr Epos von Rasputins Guy-Fawkes-Abenteuer zu Ende erzählte. White Ellie begann stets mitten in einer Geschichte, so daß ihr Zuhörer hinsichtlich der Figuren und Ellies Beziehung zu ihnen immer völlig im dunklen tappte. Wenn sie ihre Geschichten zu einem ordentlichen Abschluß gebracht hätte, hätte sie dem großen Dichter Homer durchaus das Wasser reichen können.

»Der Schuppen, genau! Rasputin meint, es wär doch mal ein Lacher, den Schuppen hinten abzubrennen, und schon tanzt die Polente *und* das Sozi an – Missus Esposito von weiter unten in der Straße, na, die steckt doch ihre lange Nase überall rein. Sag ich: ›Und hat das Sozi nix Besseres zu tun, als die Feuerwehr zu belästigen?‹«

Ihre Kreissägenstimme sirrte vor sich hin, erhob sich zu gräßlichem Kreischen oder fiel zu einem Jammern ab, je nachdem, während Melrose in einen Dämmerzustand glitt, in dem er einmal gestört wurde, als die Kinder explosionsartig aus der Küche die Treppe hinaufstürmten, und zum zweitenmal, als vor dem Wohnzimmerfenster, das trotz Februar offenstand, ein Tumult entstand. Er drehte sich um und sah, daß sich zwei Leute mehr oder weniger mitten auf der Straße stritten und den Morris Mini ignorierten, der versuchte, um sie herumzufahren. Der Mann war klein, hatte einen Buckel, einen schrecklichen Überbiß und ein Kinn, das in seinem Hals verschwand; die Frau nannte ein spitzes Gesicht und eine schrille Stimme ihr eigen.

White Ellie hievte sich aus dem Sessel, ging zum Fenster und brüllte das Paar an, »die Klappe zu halten, ich hab Besuch«, was etliche in ihre Richtung geschleuderte Grobheiten zur Folge hatte, aber keineswegs Ruhe. Sie knallte das Fenster zu. »Die Lügnerin und Fuckin' Freddie. Da kommt mir's Kotzen, echt. Streiten sich wie die Besenbinder, und das vor meinem Fenster! Wo war ich? Ach ja, genau, Rasputin . . .«

Melrose warf einen Blick auf den Keksteller (den sie freundlicherweise neben ihn gestellt hatte) und nahm den mit dem wenigsten rosa Zuckerguß. Sie sahen ziemlich eklig, aber doch sauber aus, und er wollte ihre Gastfreundschaft nicht beleidigen. Als er in den weichen Keks biß, wurde seine Aufmerksamkeit von einer winzigen Maus abgelenkt, die neben der Wasserschüssel Aufstellung bezogen hatte und sie offenbar gründlich musterte. Nun wollte er es aber wissen. Er unterbrach Ellie bei ihrer Geschichte über die Guy-Fawkes-Feierlichkeiten (»die Feuerwehr, die Polizeiwache, alle Mann hoch!«) und deutete auf die Maus.

Sie beugte sich vor und verdrehte den Kopf, damit sie etwas sehen konnte. »Ach, das is Ashleys Mausefalle. Das is Narziß.« Dann kehrte sie zu Rasputin zurück.

Mausefalle? Narziß? Vielleicht waren sie ja wirklich im Land der Lotosesser? »Einen Moment. Wie kann man mit einer Schüssel Wasser eine Maus fangen?«

»Kann man ja auch nich, oder? Hat Ashley erfunden. Also, die Stromkabel im Wasser sollen der Maus einen tödlichen Stromschlag verpassen, wenn sie draus trinkt. Narziß is der einzige, der schon mal 'n Blick riskiert. Ein Freund von uns, Gabe Merchant, hat ihn so getauft.« Als sie grinste, glitzerte es golden im Licht.

Ah! Die Bresche, der Spalt in der Tür! Die Erwähnung Gabes bot einen glatten Übergang zu der Angelegenheit, derentwegen Melrose hier war. Nicht, daß man bei White Ellie Tricks anwenden mußte (ermahnte er sich). Sie wuchtete ihre beträchtliche Leibesfülle wieder aus dem Sessel, watschelte zu einem Regal, holte ein viereckiges Papier oder Pappestück und gab es ihm. »Sehn Se? Hat Gabe gemalt.«

Melrose mußte unwillkürlich lächeln. Die kleine Aquarellzeichnung zeigte eine Maus an einer Schüssel mit Wasser. Das Tierchen war so entzückend und possierlich, daß es ihn an Beatrix Potter erinnerte. Zwei glänzende Äuglein schienen zu fragen: »Würden Sie hier Ihr Glück versuchen?« Unten hatte der Künstler den Namen »Narziß« verewigt.

»Weil er sich immer selbst anguckt, sagt Gabe.«

Gabe, entdeckte Melrose zu seiner Freude, hatte Phantasie.

»Und ich leg der Maus da immer ein Keksstückchen hin, aber sagen Sie es nicht Ashley. Der wär so was von enttäuscht.« Sie zündete sich eine Zigarette an und schüttelte die Flamme des Streichholzes aus. »Einmal lag in der Küche eine tote Maus, und die hab ich hier neben die Schüssel gelegt. Ganz normal gestorben, klar, aber das wußte Ashley nicht. Mann, hat der sich gefreut! ›Elephant‹, sagte er, ›Elephant, hier oben versteckt sich ein Genie‹, und tippt sich an den Kopf. Ein Genie ist Ashley aber nu nich.«

Melrose mußte lachen. Als er ihr die Zeichnung zurückgab, sagte er: »Der Maler, er heißt Gabriel Merchant, stimmt's?« White Ellie nickte. »Er war mit einer Freundin in der Tate.«

»Bea Slocum, genau.«

»Sie waren beide in der Tate, als dort eine gewisse Frances Hamilton gestorben ist.«

Da prustete White Ellie los und schlug sich auf den Oberschenkel. »Ja, genau! Na ja, Bea saß da, und die Frau fiel auf sie. Das muß man sich mal vorstellen.«

Melrose wunderte sich, daß sie gar nicht wissen wollte, warum er hier war und Fragen stellte. In White Ellies Welt war alles Teil eines riesigen Wandteppichs, Kette und Schuß, Rasputin und die Tate, die Maus und Melrose, ein Brand im Garten und ein plötzlicher Tod. White Ellies Haltung zum Leben war beinahe stoisch.

»Richard Jury wollte, daß ich noch einmal mit Bea und Gabe rede. Mr. Merchant wohnt bei Ihnen, hat er gesagt, und ich hatte gehofft, er wäre hier.«

»Ja, aber leider ist er gerade im Knast und zahlt die Kaution für Ashley. Bea, na, die wird noch auf der Arbeit sein. Ist doch noch keine fünf, oder? Bea wohnt in Bethnal Green. Arbeitet in dem Spielzeugmuseum. Würde gern mal mit meinen Blagen hingehen, aber die würden die Bude auseinandernehmen.« Sie seufzte. »Echt intelligentes Mädchen, die Bea. Zeigt sie aber nich. Trotzdem: Ich wüßte nicht, was Ihnen die beiden sonst noch verklickern könnten. Der Super und sein Sergeant haben sie schon gelöchert. Ich glaube, Bea und Gabe haben ihnen alles erzählt.« Sie beugte sich vor und blies ihm Zwiebelatem ins Gesicht. »Meinen die etwa doch, die beiden hätten was damit zu tun?«

Melrose schüttelte den Kopf. »Nein, ich bin überzeugt, auch der Superintendent glaubt das nicht. Wissen Sie, warum er möchte, daß ich mit Ihnen rede? Weil vier Ohren mehr hören als zwei, und manchmal weiß man mehr, als einem klar ist. Da stimmen Sie mir doch sicher zu.«

Sie nickte feierlich. Daß White Ellie je mehr wußte, als ihr klar war, bezweifelte er.

»Gabe ist offenbar ein guter Beobachter. Und seine Freundin ist, wie Sie gesagt haben, ja auch sehr intelligent. Jury hat mir erzählt, daß sie ein paar überraschende Dinge über Kunst von sich gegeben hat. Und beide haben ... Bemerkungen gemacht, die darauf schließen lassen, daß sie mehr gesehen haben, als sie wissen.« Er zuckte die Achseln. »Sehr wahrscheinlich ist diese Frances Hamilton eines natürlichen Todes gestorben«, er konnte sich einen kurzen Blick auf die Wasserschüssel nicht verkneifen, »aber danach ist doch noch einiges passiert, so daß wir uns fragen, ob Mrs. Hamiltons Tod nicht doch mit diesen Dingen in Verbindung steht.«

White Ellie rauchte und starrte an die Zimmerdecke. »Passiert«, murmelte sie. Dann schaute sie sich im Zimmer um und sagte: »Wo sind die Blagen?«

Melrose merkte plötzlich auch, daß der Hintergrundlärm verstummt war.

»Ts, ts, die führen doch immer was im Schilde. Schlimm, schlimm.« Aber sie schickte sich nicht an, nach ihnen zu sehen, sondern zündete sich statt dessen eine neue Zigarette an.

»Ash ist im Kittchen, haben Sie gesagt?« Zur Arbeit konnte er nicht sein. Melrose erinnerte sich, daß Ashley Cripps immer arbeitslos war.

»Diesmal hat ihn die Polente in Bethnal Green geschnappt.«

»Aber Superintendent Jury hat ihn doch erst vor ein oder zwei Tagen hier gesehen?«

Sie schnaubte. »Der braucht nich lange, um sich im U-Bahn-Klo zu entblößen. Bea war stinkwütend, und ich kann's ihr nich verübeln. ›Die ganzen Kinder, Ash‹, hat sie zu ihm gesagt. ›Stell dir doch mal vor, da geht so ein kleines Mädchen zur Toilette, und was sieht sie? Was?‹ Sie können sich denken, wie gekränkt Ashley da war. ›Wie werd ich denn!‹ sagt er zu Bea. ›So wie du redest, könnte man ja meinen, ich wär ein Scheißperverser!‹«

»Wie lange behalten sie ihn dort?«

»Nicht lange. Gabe is hingegangen, um ihn rauszuholen. Aber ich wünschte wirklich, er blieb hier in der Gegend. Verdammt peinlich, die ganze Sache.«

Das sagte sie in einem Ton, als wünschte sie, daß ihr teurer Göttergatte nicht mehr in einem Laden kaufte, der einem Konkurrenten gehörte.

Melrose stellte seinen Becher ab, erhob sich und sagte, er müsse gehen. »Ich würde wirklich gern noch einmal mit Beatrice Slocum reden. Sie sagen, sie arbeitet im Spielzeugmuseum.«

»Genau. Aber Sie sind doch gerade erst gekommen. Ein nettes Plauderstündchen mit einem alten Freund ist doch immer wieder schön. Ich dachte, wir könnten vielleicht im Pub noch ein Bierchen zischen.« Sie kämpfte sich aus den Tiefen der Sesselpolster. »Das Necklace gibt's ja nicht mehr, jammerschade.«

Sie redete vom Anodyne Necklace, einem kleinen alten Pub, das am Ende der Catchcoach Street gestanden hatte. Melrose wurde traurig, daß es nicht mehr existierte. »Das sind aber schlechte Neuigkeiten. Was ist passiert?«

»Ach, Sie kennen doch die Brauereien«, sagte White Ellie mit einer abschätzigen Handbewegung. »Charrington's hat's übernommen. Doppelter Preis für die Hälfte Bier. Und dann ham sie von der Decke so eine glitzernde Kugel gehängt, furchtbar, wie in einer Disko.«

Mittlerweile waren sie an der Tür angelangt, wo der rattengesichtige Hund darauf wartete, sich in Melrose' Hosenbein zu verbeißen.

»Ey, Basker, hau ab!« White Ellie versetzte dem Hund einen Tritt, aber ihr Hausschuh war so weich, daß er keinen ernsthaften Schaden anrichtete.

Der Hund ließ erst los, als Melrose ihm einen Schlag verpaßte. Er fragte sich, wo die Kinderchen waren. Fünfzehn Minuten Stille verhießen nichts Gutes.

White Ellie suchte den Bürgersteig ab. »Keine Ahnung, wo die Blagen stecken.«

»Ich finde sie bestimmt gleich. Auf Wiedersehen, Ellie.«

Melrose kam billig davon. Nur sechs Pfund. Sie lagen an der Ecke auf der Lauer und sagten, sie gingen mit ihm an der Metzgerei vorbei, wenn er jedem ein Pfund gäbe. (Das Schutzgeld erhöhte sich wie alle Lebenshaltungskosten.) Als er gegen diesen abenteuerlichen Plan Einwände erhob – »Warum soll ich jemanden bezahlen, damit er mit mir an einer Metzgerei vorbeigeht?« –, erzählten sie ihm, der Metzger sei wahnsinnig und hole jedesmal sein Hackebeil heraus, wenn er einen feinen Pinkel aus der City sähe.

»Ich bin ja gar nicht aus der City. Und auch kein feiner Pinkel, wie ihr euch auszudrücken beliebt.«

»Na gut, aber das weiß er nicht, oder?« Ein vernünftiges Argument.

Also bezahlte er – sogar das Kleinkind, das sein klebriges Pfötchen aufhielt – und ging bis zur nächsten Seitenstraße mit ihnen, wo sie an einen Laden kamen, dessen Besitzer M. Perkins und dessen Spezialität »Eins a Fleisch und Wild« waren. Melrose bezweifelte, daß in dieser Gegend große Nachfrage nach »Eins a Fleisch« bestand, geschweige denn nach »Wild«, aber als er durch das Fenster schaute, sah er einen freundlichen, rundgesichtigen Herrn mit einer blitzsauberen weißen Schürze adrette Häuflein Gehacktes auf einer Platte arrangieren, auf der schon ein hübscher Braten lag. Lammkeule, dachte Melrose und lächelte den Metzger fröhlich an. Der Mann erwiderte das Lächeln, winkte den Cripps-Kindern und warf sogar dem Einjährigen, das seine kleinen Patscher und das Gesicht an die Scheibe drückte und sie ableckte, eine Kußhand zu.

»Komisch. Er scheint doch ein ganz friedlicher Bursche zu sein«, überlegte Melrose beim Weitergehen.

Der ältere Junge schaute ihn an und schüttelte den Kopf, als sei er wirklich schwer von Begriff. »'türlich. Ich hab Ihnen ja gesagt, solange Sie mit uns zusammen sind, passiert Ihnen nichts.«

Mit diesen Worten rannten sie weg. Ein Kichern schwebte durch die eisige Luft, als sie sich drehten und wirbelten und wegflatterten wie Blätter.

23

Wenn sie nicht das rote Haar mit dem künstlichen Auberginenton gehabt hätte, hätte Melrose sie für eine Besucherin gehalten. Sie stand vor einer der vielen Glasvitrinen, die nostalgische Dinge aus der Kindheit beherbergten. In dieser befand sich ein sehr großes, kunstvoll eingerichtetes Puppenhaus. Er sah sie ganz kurz – ihr Gesicht spiegelte sich in der Scheibe und legte sich über eine kleine Küche und ein Eßzimmer mit winzig kleinen Geschirrteilen, Öllämpchen, Obst und Gemüse. Auf dem Tisch lag sogar ein Schinken zum Anschneiden bereit. Er sah ihr Staunen, der Kopf war ein wenig geneigt, der Mund zu einem O geformt. In der Hand hatte sie eine Juwelierlupe.

»Miss Slocum? Beatrice Slocum?«

Sie drehte sich abrupt um, und das staunende Kind verwandelte sich im Nu in eine eher genervte Erwachsene. »Kenne ich Sie?« Aber nachdem sie ihn rasch von oben bis unten gemustert hatte, war klar, daß sie nichts dagegen hatte, ihn kennenzulernen.

»Nein. Ich heiße Melrose Plant. Ich bin ein Freund der Cripps.«

Sie kniff die Augen zusammen. »Was? Sie?« Als wolle sie sagen: Das können Sie Ihrer Großmutter erzählen, werter Herr.

Er nickte. »Ich komme gerade aus der Catchcoach Street. Ellie Cripps hat mir gesagt, daß Sie hier arbeiten. Können wir uns wohl ein wenig unterhalten? Ich bin auch ein Freund von Superintendent Jury.«

Sie stöhnte. »Nicht schon wieder! Nicht schon wieder diese bekloppte Frau aus der Tate. Also, was jetzt?« Sie ging hinter eine Theke und studierte angelegentlich das Minizubehör für ein Puppenhaus.

Melrose folgte ihr. »Ich verstehe ja gut, daß Sie die ganze Sache gründlich satt haben. Besonders deshalb, weil Sie sicher der Meinung sind, daß Sie eigentlich nichts mehr wissen können, das von Nutzen wäre.«

Ärgerlich begann sie, Sachen in ihrer Handtasche zu verstauen. »So ist es. Gabe und ich – mit Gabe haben Sie ja wohl gesprochen?«

»Nein, er war heute nachmittag nicht da. Mrs. Cripps sagt, er versucht, Ash freizubekommen.«

Das versetzte sie zumindest in bessere Stimmung. Sie kicherte so frech wie die Kinder. »O Gott, ja. Ich hab ihn gewarnt. Ich hab Ash gesagt, wenn ich ihn noch einmal nur in der Nähe meines Territoriums erwische, setzt es eine Tracht Prügel. Was soll's.« Sie seufzte und stopfte wieder Zeug in ihre Tasche.

»Hören Sie, haben Sie vielleicht nach Feierabend Lust, einen Happen zu essen oder einen Kaffee oder sonstwas zu trinken? Dann können wir uns dabei unterhalten. Nur ein paar Minuten.«

Sie spitzte die Lippen. »Hm. In der Nähe vom Vicky Park ist ein neues Restaurant. Das Dotrice. Bock hätte ich schon. Aber ich muß erst hier alles fertigmachen. Dazu brauch in ein paar Minuten. Sie können sich ja in der Zwischenzeit ein bißchen umschauen.«

Er wanderte herum.

Daß Bea Slocum ausgerechnet hier arbeitete, fand er eher komisch, aber er kannte sie ja kaum. Er schaute zu dem Puppenhaus ein paar Stufen hoch zu seiner Linken. Eigentlich war es ein kleines Schränkchen, das geschickt in mehrere Räume verwandelt worden war. Die Einzelheiten faszinierten ihn, die winzigen Gläser auf dem Eßtisch, das Miniaturgemüse, das zum Kochen in Töpfen bereitlag, die den Durchmesser einer Fünfpennymünze hatten. Er ging zur nächsten großen Vitrine weiter. Dingley Hall stand dort, ein richtig hübsches Herrenhaus. Seine Bewohner schienen sehr beschäftigt zu sein, sie schritten den hochherrschaftlichen Treppenaufgang hinauf und hinunter. Gewiß versammelten sie sich gleich zum Tee, der auf einem Tisch serviert wurde, um den winzige Queen-Anne-Stühle gruppiert waren.

Melrose erklomm die paar Stufen zum zweiten Stock und kam zu den Eisenbahnen: Holzeisenbahnen, elektrische und Dampfeisenbahnen, Tender- und Schlepptenderlokomotiven, Triebfahrzeuge, Schlaf- und Personenwagen, alles, was das Herz begehrte. In einer großen Glasvitrine befand sich eine komplette Modelleisenbahnanlage, Schienen, Fahrzeuge, Miniaturgebäude und -menschen, und wenn man zwanzig Pence in den Schlitz steckte, fuhr der Zug durch die Landschaft. Ein Junge von fünf oder sechs warf Geld ein, und der Zug fuhr an. Der Junge hatte die Hände auf dem Rücken gefaltet, wiegte sich auf den Absätzen und schaute aufmerksam zu. Er hatte offenbar nichts dagegen, das Vergnügen mit einem Fremden zu teilen. Als der Zug jedoch anhielt, blickte er Melrose an wie ein Kumpel, der eine Runde ausgegeben hat und sich fragt, wann der andere sich dazu bequemt.

Melrose steckte die Münze in den Schlitz. Der Junge nickte, und beide beobachteten nun, wie der Zug aus dem Bahnhof aufs offene Land schnurrte. Der Junge verfolgte die Fahrt ganz konzentriert. Zum Reden schien er nicht aufgelegt, was Melrose nur recht war.

Mit gerunzelter Stirn betrachtete Melrose die kleine Bahn, die sich nun durch einen Tunnel schlängelte. Hatte er eine solche Anlage besessen, als er so alt wie der Junge gewesen war? Er konnte sich nicht erinnern – was ihn erboste. Nach reichlichem Nachdenken kam er zu dem Schluß, daß er wirklich keine Eisenbahn gehabt hatte. Woraufhin er noch erboster wurde. Warum nicht? Hatten nicht alle Jungen, deren Familien es sich leisten konnten, eine Eisenbahn ihr eigen genannt? Nach einer Weile merkte er, daß er genauso dastand wie der Junge – die Hände auf dem Rücken, wippte er auf den Fußballen vor und zurück. Rasch vergrub er die Hände in den Jackentaschen.

Ohne weiteren Kommentar setzte der Junge seinen Rundgang fort, und Melrose begab sich zu verschiedenen Vitrinen mit Miniatureinkaufsläden: einem Lebensmittelgeschäft, einem Fischstand, einem »Tiptop«-Krämerladen, einem Hutsalon, in dem eine Porzellanverkäuferin mit winzigen perlweißen Händen auf kleine Hüte auf Tischen und Regalen zeigte. Der größte Laden war eine Metzgerei. Erstaunlich, wie echt er wirkte. Rinderfilets und Hammelbraten hingen nebeneinander unter dem Dach. Enten, Hühnchen und anderes Geflügel baumelten mit dem Hals nach unten von einer Stange. Ein Fleischer mit Melone auf dem Haupt stand in der Tür, ein anderer schärfte hinten im Laden Messer. Wie hätte Mr. Jurvis, der Metzger in Long Piddleton, den maßstabgetreuen Laden samt Ausstattung und Waren bewundert!

Melrose ging ein paar Schritte zu einer Szene, die mit Mädchen- und Jungenfiguren aufgebaut war. Sie spielten Spiele von früher, Reifenschlagen und Blindekuh. Das Mädchen mit dem Reifen erinnerte ihn an J. M. W. Turners lustiges Bild in der Tate. Hatte er solche Spiele gespielt? Wenn ja, hätte der Künstler die Szene bestimmt gemalt.

Er lief weiter zu den Bauklötzen, Werkzeug- und alten Stabilbaukästen und konnte sich beim besten Willen nicht erinnern, daß er dergleichen Dinge als Kind besessen hatte. Stirnrunzelnd ging er zu einer großen Vitrine, die aussah wie aus dem Old Penny Palace in Brighton. Darin befanden sich Holzschafe mit schwarzen Gesichtern, die für zwanzig Pence »Baa Baa Black Sheep« zum besten gaben. Alles schien zwanzig Pence zu kosten, aber er hatte keine Münzen mehr. Jede Wette, solche Münzspielzeuge hatte er massenhaft an den Piers von Brighton oder Liverpool gesehen.

Meine Güte, er war ja in seinem ganzen Leben noch nicht in Liverpool gewesen. Und nur einmal in Brighton, mit Jury. Aber er mußte doch in den Ferien am Meer gewesen sein. Trotzdem konnte er sich keine einzige Situation ins Gedächtnis rufen, in der er als Kind mit sonnenverbrannten, sandverklebten Beinen mit Eimerchen und Schippchen gespielt hatte. Wer hatte ihm seine Kindheit so verdorben? Er zog die Stirn in tiefe Falten. Er würde Ruthven, den Hüter solcher Erinnerungen, fragen. Der gute, verläßliche Ruthven und auch Martha, seine Frau, mußten doch noch etwas wissen. Wie alt war Ruthven? Na, einerlei, er schien sich bester Gesundheit zu erfreuen. Aber wie es dann so ist, wenn man seine eigene oder die Sterblichkeit seiner Mitmenschen bedenkt, meint man, man müßte alles auf die Reihe kriegen, bevor sie tot umfallen. Er würde Ruthven sofort fragen, wenn er –

Melrose wurde von einer Bewegung hinter sich jäh aus seinen Gedanken gerissen, eine Hand schob eine Münze in den Schlitz, und die hölzernen Schafe begannen ihr Liedchen zu bähen. Bea stand direkt hinter ihm.

»Na, gefällt's Ihnen?« sagte sie fröhlich. »Wenn Sie wollen, können Sie ruhig mitsingen.«

Melrose schaute sie genau an, um zu sehen, ob sie es ironisch meinte. Aber dem war nicht so. Trotzdem sagte er nichts.

»Die Guckkästen gefallen Ihnen bestimmt. Sie sind gleich dort hinten.«

»Also, ich hatte als Kind schon die Nase voll von Guckkästen«, sagte er beleidigt.

Sie ließ sich durch den Tonfall nicht beirren. »Haben Sie sie auch immer aus Schuhkartons gebastelt? Wir nämlich. Wir haben kleine Sachen in den Karton gestellt und dann ein Loch in eine Seite gestochen.«

»Ja, das haben wir auch gemacht. Unsere waren aber richtig schick. Wir hatten maßstabgetreue ... Gegenstände. Wollen wir in dieses Restaurant gehen?«

Sie wurde noch fröhlicher. »Es ist in der Nähe, von wo ich wohne. Ich wohne in einem von den Hochhäusern, die die Stadt da hingeklotzt hat. Das Restaurant ist französisch. Etepetete?« Das fragte sie, als sei sie unsicher, ob Melrose sich für »etepetete« begeistern konnte. »Nicht billig.«

Er lächelte. »Geld spielt keine Rolle. Gehen wir.«

Beas Beschreibung traf zu: ein schickes, kleines Restaurant, vermutlich überteuert – aber etepetete, allemal für Bethnal Green. Den Stadtteil zwischen Shoreditch und Spitalfields, nicht weit entfernt von Stepney und Limehouse, konnte man wohl kaum als wohlhabend bezeichnen. Das Dotrice war vielleicht schon ein

Vorbote der Luxussanierung und verhieß die Invasion der Truebloodschen Wochenendmenschen, die den Rest der (Arbeits-)Woche in Bethnal Green verbrachten.

Wenn es einen Indikator für solche Veränderungen gab, dann ein Restaurant. London liebte seine Restaurants, vielleicht noch mehr als seine West-End-Theater. Zum Essen auszugehen war obligatorisch, und jedes noch so kleine Etablissement, das aus dem Boden sproß, wurde in aller Form zur Kenntnis genommen, besucht und beurteilt. Als Melrose das Äußere des Dotrice betrachtete, machte ihn der Gedanke, wie die alten Pubs sowohl ihr Aussehen als auch ihr Essen aufmotzten, um den Bedürfnissen dieser neuen Klientel gerecht zu werden, ganz traurig.

Der Oberkellner persönlich geleitete sie zu einem Tisch. Eine erstaunliche Anzahl von Gästen dinierte bereits, sie mußten vor halb acht gekommen sein. Liebe Güte, war das der neue Trend? Dinner um sieben? Melrose schauderte es regelrecht, als er Bea zu dem Tisch folgte. Wenn man die Abendstunden zwischen acht und zehn nicht beim Dinner totschlagen konnte, wo sonst? Vorm Fernseher? Das Paar am Nebentisch verspeiste schon den Nachtisch. Wenn die beiden nicht aufpaßten, waren sie um Viertel vor acht fertig.

»Is was?« fragte Bea, als sie ihre Tasche auf dem Boden abgestellt hatte und ihre Serviette auseinanderschüttelte. »Sie sehen schrecklich aus.«

»Ob was ist? Nein, nein. Ich habe nur gerade daran gedacht, wie die Frau da in der Tate gestorben ist. An den Tod. Wissen Sie...«

Bea interessierte sich nicht für den Tod, sondern für die Speisekarte, die sie gierig las. Die Zunge zwischen den roten Lippen las mit.

Hm, auch das war ja wohl eine Art Tod, oder etwa nicht? Um sechs, sieben mit dem Dinner fertig? Grauenhafte Aussichten! Zum Beispiel Agatha, die würde abends noch einmal auf seiner Schwelle auftauchen, nachdem sie ihr Mahl in der Plague Alley eingenommen und noch reichlich Zeit hatte, um zu Portwein und Keksen nach Ardry End zu radeln.

Nein! Wenn es soweit kam, würde er ins Jack and Hammer gehen und dort bis zur Sperrstunde ausharren. Aber das Jack and Hammer war der Aperitif, nicht das Gebäck und der Port. Seine tägliche Routine durfte nicht gestört werden.

Als er sich in dem Restaurant umschaute, das im Art-déco-Stil eingerichtet und mit jeder Menge Lichtenstein- und Duchamp-Drucken behangen war, überlegte er, ob sich hier einmal ein Pub befunden hatte. Die alten Pubs schwanden auch dahin, man mußte nur an die Docklands denken: Das Town of Ramsgate und das alte Grapes waren keine Kneipen mehr, in die ein Fischer, ein Kaimeister oder ein normaler Arbeiter gingen. Sie waren alle umgekrempelt und aufgemotzt worden für die nach oben mobilen Manager und Anwälte, die in einem der umgebauten Lagerhäuser wohnten. Über das Pflaster ratterten und klapperten keine Fischkarren mehr. Jetzt zischten Jaguar XJ-6er und BMWs durch den Regen.

Der Ober gab Melrose die Weinkarte. Damit konnte er sich wenigstens beschäftigen, während Bea über der Speisekarte schnalzte (die Preise! Manno!). Als ihr Melrose noch einmal klipp und klar sagte, Geld spiele keine Rolle, sie solle bestellen, was sie wolle, meinte sie, sie hätte Bock auf Steak mit Pommes frites. Was ihn nicht überraschte.

Den Ober überraschte sie allerdings mit der Frage, ob »frites« bedeute, daß sie gebraten seien. Seine Nase schien sichtbar länger zu werden, als er Madame informierte, ja, sie seien »fritiert«. Melrose bestellte eine Flasche Château Latour und für sich nur eine Vorspeise: *Foie gras* mit Limone.

Als der Ober mit der Bestellung davonsegelte, drehte Bea sich demonstrativ um und betrachtete seinen entschwindenden schwarzbefrackten Rücken. »Widerling. Würde mich am liebsten gleich rauswerfen. Mehr wollen Sie nicht, nur die Vorspeise?« fragte sie.

Worauf er antwortete, er habe sehr spät zu Mittag gegessen und könne sich jetzt nicht den Bauch mit einem üppigen Hauptgang vollschlagen. In Wirklichkeit freute er sich schon auf den *Boudin blanc* mit Senfsauce, den seine Köchin Martha für ihn bereithielt. Das Gericht liebte er vor allem, weil es Agatha so wirkungsvoll abschreckte. In ihren Augen war es schlicht ekelhafte Weißwurst. Dazu gab es gewürzte Bratäpfel, wenn er sich richtig erinnerte. Verstohlen schaute er zur Uhr. Um zehn konnte er wieder in Long Pidd sein, vielleicht sogar schon um halb zehn, wenn sie sich nicht zu lange im Dotrice aufhielten.

Aber er mochte Bea. Ihm gefiel, daß sie aus ihrer Freude an dem teuren Interieur, den gutbetuchten Gästen und dem französischen Menü kein Hehl machte. Er probierte den Wein, verkündete, er sei exzellent, und der Ober schenkte ihnen ein. Melrose beobachtete, wie Bea das tolle Ambiente, das sich von ihren üblichen Käse-Salat- oder Ei-Mayonnaise-Sandwich-Bars gründlich unterschied, genoß und lächelte. Bea hatte etwas (Gabe auch, nach dem, was er gehört hatte), das nicht ganz zu dem Bild von zwei flippigen jungen Leuten paßte, die sich in solch hehren Räumlichkeiten wie der Tate Gallery abknutschten. Das sagte er auch.

Bea pikste den Radicchio aus ihrem Salade Dotrice und erwiderte: »Ach, Gabe, der ist so. Der sieht gern, wie die Leute reagieren.« Sie deponierte die Radicchiofetzchen am Rand ihres großen Salattellers. »Er will nämlich immer sehen, ob die Leute schockiert sind. Verhaltensstudien, behauptet er. Meint, das nützt ihm beim Malen. Möchte mal wissen, wie.« Sie nippte an ihrem Wein und aß ihren Eichblattsalat. »Egal, wir waren sowieso nicht richtig zugange, verstehen Sie? Ich habe über Gabes Schulter das Bild auf der anderen Wand angeguckt, *Ein grauer Morgen* oder so was, echt traurig –«

»Aber vielleicht hatte Gabe die Augen ja auch auf.«

Schulterzucken. »Ja, kann sein.« Wieder ein Schulterzucken, während sie Radicchioblättchen nebeneinander aufreihte. »Und?«

»Vielleicht ist ihm was aufgefallen.«

»Wenn er was gesehen hätte, hätte er was gesagt. Mir hat er jedenfalls nichts erzählt.«

»Erzählen Sie mir noch einmal ganz genau, was Sie gemacht haben. Ich meine, in den ein, zwei Stunden, bevor Mrs. Hamilton gestorben ist.«

Ungeduldig stöhnte sie auf. »Wie oft soll ich es denn noch erzählen?«

»Vielleicht noch viele Male. Wenn man eine Geschichte immer wieder erzählt, verändert sie sich oft.«

»Die hier nich, garantiert nich.« Sie deutete mit dem Gabelgriff auf ihre Brust. »Meine Geschichte nicht.«

»Ich rede von Einzelheiten, winzigen Kleinigkeiten. Vielleicht sind welche untergegangen. Zum Beispiel haben Sie mir gerade erzählt, Sie hätten die Augen offen gehabt. Hatte Gabe vielleicht ja auch.«

Sie ließ sich zurückplumpsen, jetzt konnte er sich auf was gefaßt machen. Aber ihr Steak kam, und sie entspannte sich. Der Ober warf einen mißbilligenden Blick auf den Kreis Radicchioblätter auf dem Tellerrand und nahm ihn weg.

Während sie das Fleisch fein säuberlich in kleine Würfel schnitt (als wolle sie eine Katze füttern), erzählte sie ihm, sie habe sich die Turners reingezogen, während Gabe zu den Protzbildern gegangen sei.

»Und da hat er auch Frances Hamilton gesehen.«

»Das sollten Sie gefälligst mit ihm und nicht mit mir besprechen, meinen Sie nicht?«

»Ja, will ich ja auch noch.« Melrose betrachtete sein fast leeres Weinglas. »Aber Sie sind vielleicht eine bessere Beobachterin.«

Überrascht schaute sie ihn an. »Unsinn.«

»Und was ist dann mit den Miniaturen und der Juwelierlupe, die Sie zum Anschauen benutzt haben?« Er lächelte sie an. »Das war interessant. Sie stellen sie in das Puppenhaus, stimmt's?«

Bea steckte sich ein Stück Fleisch in den Mund, schaute ihn an, schüttelte den Kopf. »Wollen Sie damit was Bestimmtes sagen?«

»Vielleicht nicht. Ich weiß nicht.«

»Ich auch nicht.« Sie spießte einen weiteren adretten Happen auf und kaute nachdenklich. »Da kippt diese Frau tot um, weil sie es am Herzen hat oder so was, und die Bullen, sogar Scotland Yard, stürzen sich darauf.« Kaute und schüttelte den Kopf. »Wie das? Und wieso ist dieser Mann von der Kripo an Gabe und mir so interessiert? Hm?« fragte sie in gespielt herausforderndem Ton und beugte sich vor.

Melrose lächelte und schenkte beiden nach. Das war zwar der Job des Obers, aber der Herr war damit beschäftigt, Grünzeug in einer Schüssel zu wenden. »Superintendent Jury fand es einfach amüsant, daß Sie und Gabe ausgerechnet vor Dante Gabriel Rossettis *Beatrice* saßen.«

»Ach nee.« Jetzt kaute sie betont langsam und fuhr sich mit der Gabel unter der Nase her. »Arschloch.« Dann spießte sie noch einen Bissen auf. »Sie auch. Schmeckt gut, das hier«, fügte sie hinzu und wedelte mit dem Fleisch auf der Gabel.

Melrose lachte, trank einen Schluck Wein und studierte den Lichtenstein an der Wand neben ihnen. »Gefallen Ihnen diese Drucke, Bea?«

Ohne von ihrem winzigen Häuflein Pommes frites aufzuschauen, antwortete sie: »Wenn ich Cartoons sehen will, guck ich lieber Ren und Stimpy.« Sie schenkte dem Druck einen verächtlichen Blick. »Nö.«

Er sah, wie der Ober eine Tonflasche mit Olivenöl über der riesigen Salatschüssel schwang. »Mögen Sie Kunst? Große Kunst, meine ich.«

»Manche.« Achselzuckend tat sie die große Kunst ab, trank ihr Glas zur Hälfte leer und verspeiste ihre Pommes frites.

»Stimmt nicht. Im Gegenteil. Jemand, der lediglich darauf wartet, daß ein anderer sich eine Ausstellung oder einen Raum voller Bilder zu Ende anschaut, schlendert normalerweise einfach durch die Räume oder geht ins Restaurant und trinkt einen Kaffee. Zieht sich jedenfalls nicht die Constables rein.«

»Die Turners. J. M. W. Constable mag ich nicht besonders.«

»Ja. Genau, das habe ich ja gemeint.«

»Gar nichts haben Sie gemeint. Aber Sie können mir noch mal nachschenken, bitte.« Sie tippte mit ihren kräftigen Fingern an ihr Glas.

»Weil Sie beide zusammen keine zehn Pfund hatten, ließen Sie, großzügig, wie Sie sind, Gabe in die Protzausstellung gehen.«

»Was ist daran großzügig? Wer will denn schon einen Haufen überkandidelter Schinken von lauter feinen Pinkeln sehen?«

Er lächelte. »Woher wußten Sie denn, was das für eine Ausstellung war?«

»War ja wohl klar, oder?«

»Nein. Zumindest mir nicht. Und ganz dumm bin ich nicht –« Ihre Miene verriet es: Ob er sich da mal nicht täuschte.

»... und im Katalog steht, daß der Kurator der Tate den Titel erfunden hat. ›Swagger‹, Prunk, Protz.«

Bea runzelte die Strin. »Und was soll das jetzt alles?«

Melrose ließ den Wein im Glas kreisen, überlegte, ob sie im Nichtraucherbereich saßen, sparte sich die Mühe nachzufragen und zündete sich eine Zigarette an. Bea würde es nicht stören. Daß sie rauchte, hatte er an den Nikotinflecken auf ihren Fingern gesehen. »Sie malen, stimmt's?« Ein Schuß ins Blaue hinein.

»Was?« Sie zog eine Grimasse und stach in das Steak. »Jetzt seien Sie nicht albern.«

Melrose blies langsam eine Rauchwolke aus und sah zu, wie sie sich kräuselte und verflüchtigte. »Vermutlich besser als Gabe.«

Sie hatte den Mund schon offen, weil sie eine Gabel voll Pommes frites hineinschieben wollte. Nun ließ sie die Gabel sinken und behielt den Mund offen. »Jetzt seien Sie nicht albern!« sagte sie noch einmal. Dann jagte sie wie ein Billardspieler, der Kugeln einlocht, wütend Fleischstückchen über den Teller. Als er leer war, legte sie die Gabel hin. »Selbst wenn ich malen würde ...«

(Aha, es stimmte also.)

»... was hat das mit der Frau zu tun, die auf der Bank abgenippelt ist?«

»Weiß ich nicht. Ich bilde mir nur ein, daß Sie weit mehr sehen, als Sie zugeben. Ich meine, was ein Maler sieht, prägt sich seinem Kopf oder seinem inneren Auge unauslöschlich ein. Selbst wenn er sich nicht bewußt daran erinnert.«

»Verdammte Kacke«, sagte sie völlig ruhig, »dann hab ich also aus den Augenwinkeln gesehen, wie sich ein Typ im schwarzen Regenmantel und mit Ray-Ban-Sonnenbrille an diese Mrs. Hamilton ranschleicht und mit einer Nadel zusticht. So was in der Art meinen Sie?«

»Nein, nicht unbedingt. Aber ich bin sowieso eher daran interessiert, wie jemand auf Kunst reagiert, der extrem sensibel dafür ist.«

Absolut ungläubig riß sie den Mund auf, so daß man ihre perlweißen Zähne sehen konnte. »Sie sind ein mieser Kriminaler.«

»Ich bin gar keiner.« Melrose betrachtete den Duchamp, der ein wenig von dem Lichtenstein entfernt hing.

»Sie sind ein mieser Kriminaler.« Sie hielt ihm ihr Glas hin.

»Sie wiederholen sich.«

Er goß ein, sie trank.

Dann fragte sie: »Verdammt, was hat denn Kunst damit zu tun?«

Eine Weile schwieg Melrose, wandte den Blick von den dunkelroten Tiefen seines Weinglases und schaute die Drucke an. »Sie mögen Turner. Mögen Sie auch die französischen Impressionisten?«

»Ich mag den Anblick des Dessertwagens. Gucken Sie sich doch nur das Superschokoladendings da an. Was das wohl ist?«

Melrose schaute weder hin, noch antwortete er, sondern hob gleich den Finger und gab dem Ober ein Zeichen. Während sie den Wagen beäugte, betrachtete er sie. Sie war intelligent – und zwar überaus – und hatte ein feines Wahrnehmungsvermögen. Er war überrascht, daß Jury und nicht einmal Wiggins diese hohlköpfige Punknummer durchschaut hatten. Die Show (nahm Melrose an) zog sie ab, weil sie »die Gesellschaft« an der Nase herumführen wollte, vielleicht aber auch ihren Freund. Vielleicht sogar sich selbst. Nun betrachtete sie ihn und wand sich eine Strähne dieses lächerlich auberginenfarbenen Haars um den Finger. Ihre Augen waren so ausdruckslos, als registrierten sie gar nichts. Außerdem waren sie kühl, klar blaßgrün. Die Farbe erinnerte ihn an Meereswellen, die an den Strand rollen.

Der Ober erschien an ihrem Tisch und erklärte, das Schokoladendings sei eine Kreation aus Mousse, Mürbeteig und zerstoßenen gebrannten Mandeln, eingehüllt in einen Mantel aus Zartbitterschokolade. Bea sagte, sie wolle ein Stück »mit einem ordentlichen Schlag Sahne«. Angesichts solch maßloser Übertreibung rang sich der Ober ein freudloses Lächeln ab, tat aber, wie ihm geheißen. Melrose wollte kein Dessert, nur einen Kaffee.

»Ihr Neffe war nicht lange davor ermordet worden«, sagte er, als der Ober sich entfernt hatte, um andere Gäste zu bedienen.

Beas Kopf fuhr auf. Sie verzichtete einen Moment darauf, ihr Schokoladendings in mundgerechte Happen zu zerlegen, und schaute ihn fragend an.

»Mrs. Hamiltons Neffe. Er wurde in den Staaten ermordet.«

»Wie schrecklich. Meinen Sie, die Art ihres Todes hat was damit zu tun?«

Melrose schüttelte den Kopf. »Direkt nicht, nein. Die Mordsache wurde im großen und ganzen aufgeklärt. Aber es gibt andere Dinge, die damit zusammenhängen.«

»Was für welche?«

»Möglicherweise ein paar andere Todesfälle. Die Polizei ist sich nicht sicher.« Ob sie etwas über die Leiche in Old Sarum gelesen hatte? »Lesen Sie Zeitung?«

Sie schaute ihn an. »Nö. Ich nix lernen. Ich unterschreiben mit Kreuz.« Sie zog die Gabel aus dem Mund und leckte die Schokoladenstückchen ab.

»Entschuldigung, ich wollte nicht so von oben herab klingen. Ich meinte, ob Sie in letzter Zeit Zeitung gelesen haben? Über eine junge Frau, die man tot in Old Sarum gefunden hat.«

Da blieb die dessertbeladene Gabel mitten in der Luft hängen. »Gott, Sie glauben doch nicht, es hat damit was zu tun?«

Melrose zuckte die Achseln. »Keine Ahnung.« Vielleicht hätte er den Mund halten sollen. Er wußte nicht genau, was er den Leuten, die er befragen sollte, sagen durfte und was nicht. Es war alles sehr nebulös, die Verbindung derart... hm, im Grunde unmöglich, und er konnte sich schlecht vorstellen, daß er Geheimnisse verriet.

»Es stand nicht drin, wie sie gestorben ist. Wie also?«

»Weiß ich nicht.«

Sie wandte ihre Aufmerksamkeit wieder dem letzten Klacks Mousse zu. »Viel wissen Sie ja nicht, was?«

»Nein. Was für Sachen malen Sie?«

»Geht Sie nichts an. Fertig«, seufzte sie, als sie die Gabel ordentlich auf den Teller legte. »Köstlich. Jetzt wär ein Kognak nicht übel.« Sie schaute hinter sich, wo der Ober war.

»Stilleben? Landschaften? Große bunte Rechtecke wie Rothko?«

»Warum wollen Sie das wissen? Sie würden es ja nur Gabe erzählen.«

Melrose verdrehte die Augen. »Machen Sie sich nicht lächerlich. Verhalte ich mich wie jemand, der Sie verpfeifen will?« Er hob zwei Finger in Richtung Ober.

»Woher soll ich das wissen?« Stirnrunzelnd betrachtete sie den Duchamp. »Ich male in Blau.«

»Blau?«

Sie nickte. »Blau. Basta. In allen Blautönen, die je erfunden worden sind, und ich habe auch ein paar eigene. Solche Blaus haben Sie noch nie gesehen.«

Melrose öffnete den Mund, um etwas zu sagen, aber ihm fiel nichts ein.

»Als Gabe Ash blau angemalt hat, dachte ich natürlich, das sei eine Message. Bin voll ausgerastet. Ich dachte, er hätte sich in meine Bude geschlichen und rumgeschnüffelt. In meiner Bude schnüffelt niemand rum.«

Ihr schmales Gesicht nahm einen harten, wilden Ausdruck an, als wolle sie ihn warnen, falls er genau das vorgehabt habe.

»Wie bitte? Er hat Ashley Cripps blau angemalt? Haben Sie das gerade gesagt?«

»Genau. Hat Ihr Kumpel von Scotland Yard Ihnen das nicht erzählt?«

»Hat er vergessen.«

»Es ging um eine Wette oder so was Blödes. Ash rannte nackt, wie Gott ihn schuf, durch die Gegend – blau von oben bis unten. Vielleicht wollte er die Lügnerin schockieren.« Sie lächelte heiter, als der Ober ihre doppelten Kognaks brachte. In zwei herrlichen Kognakschwenkern erglühten sie im Widerschein des Kerzenlichts. »Eins muß ich Ihnen lassen, knickrig sind Sie nicht. Prost.«

Ließ sie ihm sonst noch was, fragte er sich, als er lächelnd sein Glas hob und mit ihr anstieß. »Vielen Dank. Dann sagen Sie mir auch eins: Was reizt Sie an den Bildern von Turner?«

»Hab ich Ihnen doch gesagt. Das Licht. Wie er Licht malt. Wenn ich deprimiert bin, geh ich hin und guck sie mir an. Voll coole Bilder, da fühle ich mich gleich besser. Von dem hier aber auch.« Sie trank und leckte sich die Lippen. »Was sollen eigentlich die ganzen Fragen zur Kunst?«

»Mich interessiert, wie intensiv Sie auf den Turner reagiert haben. Ich frage mich«, Melrose hob das Glas, um zu sehen, wie ihr Bild durch die Flüssigkeit verzerrt wurde, »ob Kunst töten kann.«

»Sie machen Witze.« Sie lachte kurz auf.

»Sie glauben, sie kann heilen.«

»Ach ja?«

»Das haben Sie doch gerade gesagt. Turner hilft Ihnen, wenn Sie deprimiert sind.«

»Meine Fresse, das ist aber noch lange nicht dasselbe wie Töten oder Heilen.«

Sie tranken ihren Kognak, er bezahlte die Rechnung.

Ein gelblich strahlender Lichtkranz umgab die Eisenleuchter hoch an der Backsteinmauer des Restaurants und verwandelte den diesigen Regen in Gazeschleier. Ein leichter Regen, aber Melrose wußte, er sickerte durch bis auf die Knochen. Als sie am Bordstein auf ein Taxi warteten, zog er seinen Mantel aus und hielt ihn wie ein Zelt über Beas Kopf.

Überrascht schaute sie zu ihm auf. »Ah, ein echter Gentleman!« Sie lachte. »Gabe, der tut immer so, als ob er den Schirm gepachtet hätte.« Sie riß den Arm hoch und winkte. »Da ist ein Taxi.«

Der Fahrer sah sie nicht und wollte umdrehen, um denselben Weg zurückzufahren, den er gekommen war. Plötzlich zuckte Melrose zusammen. Ein gellendes Pfeifen war ertönt. Bea hatte die kleinen Finger im Mundwinkel, ein zweites Pfeifen zerriß den Abend. Das Taxi kam im Rückwärtsgang auf sie zugefahren.

Bea tat seine hochgezogenen Brauen mit Schulterzucken ab. »Hab ich schon als Kind gelernt.«

Als das Taxi mit im Regen glänzenden Scheinwerfern langsam auf sie zufuhr, sagte Melrose: »Eine Tränengas-Spraydose brauchen Sie ja dann nie.«

Der Wagen hielt am Bordstein. Als Melrose Anstalten machte, ihr auf den Rücksitz zu helfen, blieb sie stehen und fragte: »Was ist mit Ihnen? Kommen Sie nicht mit?«

Er verneinte. »Ich laufe.«

»Laufen? Bei dem Mistwetter?«

»Ich komme nicht so oft nach London. Und ich laufe gern.« Unsicher sagte sie: »Machen Sie, was Sie wollen.« Dann streckte sie ihm die Hand entgegen, sie griff überraschend fest und kräftig zu. »Also, vielen Dank. Es war wunderbar. Sie auch ... für einen feinen Pinkel. Ich wollte schon seit Urzeiten mal dahin, und aus dem Museum ist noch niemand dagewesen.« Besonders darüber war sie sichtlich erfreut.

»Dann bin ich ja froh, daß wir drin waren.« Er kritzelte seine Telefonnummer in sein kleines Notizbuch und riß die Seite heraus. »Hier. Wenn Ihnen noch was einfällt, oder Gabe, rufen Sie mich doch bitte an, ja?«

Bea knüllte das Papier in ihre Tasche. »Alles klar.«

»Wenn wir die ganze Sache geklärt haben, falls überhaupt, dann gehen wir noch mal dort essen.«

Sie lächelte breit. »Gute Idee. Beim nächstenmal essen Sie aber was Vernünftiges, verstanden?«

»Jawohl. Gute Nacht, Bea.«

Im Taxi rollte sie das Fenster herunter. »Beim nächstenmal dürfen Sie meine Bilder sehen, wenn Sie wollen.«

Er beugte sich hinunter. »Gern.« Wenn ihre Malerei wie sie war, mußte sie interessant sein. Bea mit ihrem purpurfarbenen Haar, ihren komischen sprachlichen Entgleisungen (East End gegen West End), ihrer scharfen Intelligenz, ihrem Turner und Rothko. Ihren hundert Blautönen.

»Danke«, sagte sie.

Er trat zurück, gab dem Taxi einen Klaps, als sei es ein Spielzeugauto, das er mit einem Schlüssel oder einer Fernbedienung steuern, es fortschicken oder zurückkommen lassen konnte.

Konnte er aber nicht.

Ihr kleiner werdendes, in dem dunklen Wageninneren weißes Gesicht war gegen die Rückscheibe gepreßt, und sie winkte. Bewegte die Hand vorwärts und rückwärts wie ein Metronom.

Du hättest es auch sein können.

Er lief wirklich. Er würde spät nach Hause kommen, zu spät für Marthas *Boudin blanc*, aber in der letzten Stunde hatte er den Appetit verloren. Ja, sogar die Lust, nach Northants zurückzukehren.

Also lief er durch die nassen Straßen von Bethnal Green, während der Nebel noch durchdringender wurde. Der Regen fiel geschäftsmäßig, es war ein unfairer, unenglischer Regen; die Tropfen gingen wie Geschosse auf ihn nieder und durchnäßten alles.

Beim Laufen überlegte er, was mit ihm los war, warum ihn ein Tag in London derart verwirrte und er sich leer und allein fühlte. Und anders. Er fühlte sich anders, das war alles. Und das, alter Junge (sagte er sich), ist gewiß ein Grund, warum du dich an deinen Portwein und deine Bücher halten solltest.

Er kam an dunklen Toreingängen, Gassen und Läden vorbei – einem Fischladen, einem Gemüseladen, einer Hovis-Bäckerei. Es war erst neun, aber diese trostlose Stille hätte er in Bethnal Green erst in den Stunden nach Mitternacht erwartet. Die ruhige Straße und verrammelten Schaufenster, der geschlossene Rolladen des Gemüseladens, das Gitter vor den Schaufenstern des Juweliers, all das schrie regelrecht: Keiner da! Leer! In der Straße waren keine vertrauten Geräusche zu hören, auch keine abrupten Schreie aus der Ferne, es zischten keine Reifen, weder Hunde noch Betrunkene klapperten an Mülleimern. Genausogut hätte die Londoner Nacht im Gleichschritt neben ihm hermarschieren und ihm ins Gesicht sagen können, wie allein er war.

'tschuldigung, Kumpel. Du bist in Bethnal Green, nicht auf dem dämlichen Land. Hier gibt's kein behagliches Feuerchen im Kamin mit 'nem schnarchenden alten Köter davor. Hier ist Bethnal Green, alter Junge, schreib dir das hinter die Ohren. Sei schlau, halt dich an das, was du kennst, und denk nicht soviel, capito?

Aber Melrose lief weiter, und der Regen ließ nach, verwandelte sich wieder in den Gazenebel, vielleicht war er auch müde von seinem Zornesausbruch. Melrose blieb stehen, um zu lauschen, hörte nichts, ging weiter. Er wußte nicht genau, wo er war, und war zu traurig, als daß es ihn gekümmert hätte.

Er kam in eine kleine Sackgasse vor eine kahle Mauer, die mit einem uralten Plakat dekoriert war, einer Reklame für Rowntree's Kakao. Und wie alles, was an dem Tag geschehen war, brachte ihm das wieder die Vergangenheit vor Augen. Da gibt's kein Entrinnen, Kumpel.

Melrose senkte den Kopf, als könne er durch eine Geste der Demut Traurigkeit und Bedauern verscheuchen. Aber er wußte ja nicht einmal, wo diese Gefühle entsprangen. Als er das verblaßte, vollgekritzelte, abblätternde Plakat betrachtete, kam ihm eine Gedichtstrophe aus seiner Kindheit in den Sinn. Er war überrascht.

Der Bettelmann wird vollgespritzt,
Ein Spritzer Schlamm, mehr nicht.
Der Kakaoverkäufer kann nichts sehn,
An der Brandmauer in Bethnal Green.

ZWEITER TEIL

Sonnenuntergang Santa Fe

24

Jury saß auf der Dachterrasse des Hotels La Fonda und sah, wie sich das Sonnenlicht auf den Westhängen der Sangre de Cristo Mountains spiegelte. Tief atmete er die schwerelose, trockene Luft New Mexicos ein. Der goldene Streifen wurde breiter, diffuser, rosagold, noch breiter und dann tief orangerot.

Er war zu sehr an die trostlose, oft eisige Dämmerung in London gewöhnt, wo keine Farbe existierte und das Licht prosaisch war. In London diente das Licht nützlichen Zwecken, um sechs, sieben erschien es vor seinem Fenster und sagte ihm, Zeit, zur Victoria Street zu gehen, und am Ende des Tages erstarb es und sagte ihm, er solle mal lieber die Taschenlampe mitnehmen.

Jury saß mit Jack Oñate auf der Dachterrasse, dem Polizisten aus Santa Fe, der ihm den Namen der Bergkette genannt hatte. Insgesamt gebe es dreiundsiebzig Gebirgszüge, erzählte er, und er habe die Namen als Kind in der Schule auswendig lernen müssen, sie aber mittlerweile vergessen. Von der nördlichen Kette wußte er nur noch die Sangre-de-Cristo-Berge dort drüben, die Sandias, die Jemez, die Ortiz – die bekannteren eben –, vielleicht noch ein paar mehr.

Jury war in einem Mietauto die fünfzig Meilen vom Flughafen in Albuquerque hierhergefahren, durch eine Wildnis von silbernem Beifuß und Pappeln, ein Land, übersät mit dunkelgrünen Nußpinien und Wacholdersträuchern. Er hatte sicher schon schönere Landschaften gesehen – den Lake District, die Hebriden –, aber diese hier war die unirdischste. Sie sah völlig unwirklich aus. Auf den Nummernschildern der vorbeifahrenden Autos stand »Land of Enchantment«, magisches Land. Das paßte.

Mit weiteren Gästen, die der Februarkälte trotzten, um den Sonnenuntergang zu genießen, saßen Jury und Jack Oñate, Bierflasche in der Hand, auf Klappstühlen und starrten auf die Sangre de Cristos. Jury erkundigte sich, ob und wo es schneite.

»Auf manchen Bergen schmilzt der Schnee nie ganz weg«, sagte Jack. »Ich gehe öfter in die San Juans campen, und wenn man dort im Schnee gräbt, stößt man auf Eis. Gletscherschnee, sage ich immer.«

»Wie weit sind die entfernt?« fragte Jury und betrachtete die Bergkette mit zusammengekniffenen Augen.

»Keine Ahnung, vielleicht zwanzig Meilen.«

»Sie sehen so nah aus.«

»Hier sehen dreißig, vierzig Meilen aus, als könnte man sie zu Fuß zurücklegen. Das liegt an der Luft. Die ist so klar.«

Sie schwiegen und sahen zu, wie die Sonne unterging. Dann schlug Jack Oñate mit dem Seufzer »Zurück zum Geschäftlichen« einen der Ordner auf, die er in seiner abgewetzten Aktentasche mitgebracht hatte.

»Also, Angela Hope.« Oñate hatte den gelbbraunen Ordner offen auf den Knien liegen und las den Namen von einem Blatt Papier ab. Er trank einen Schluck Bier und stellte die Flasche auf den Zementboden. »Zweiunddreißig Jahre, eins achtundsechzig, braune Augen, dunkelbraunes Haar. Angela Hope hatte einen kleinen Kunstgewerbeladen drüben in der Canyon Road. Wo Hinz und Kunz kleine Kunstgewerbeläden haben. Sie wohnte etwa fünfzehn Meilen von Santa Fe entfernt, zwischen hier und Española. Da gehört die 753er-Nummer hin, bei der wir angerufen und die Leute noch nie von ihr gehört haben. Die 473er- und 982er-Nummern sind aus Santa Fe, die 753er aus Española. Angela und ihre Schwester haben ein abgelegenes kleines Haus mitten in der Wüste. Die Schwester ist sehr jung. Dreizehn, wirkt aber älter. Sie heißt Mary. Seit sie hierhergezogen sind, haben sie eine Haushälterin, Rosella Ortiz. Sie ist Indianerin, Cochise vielleicht oder Zuñi.«

»Was ist mit der Cousine, Dolores Schell? Die die Leiche identifiziert hat.«

»Richtig. Von Schell's Pharmacy. Ihr Vater war Apotheker, und nach seinem Tode hat Dolores die Apotheke übernommen. Die ist drüben am Old Pecos Trail.«

»Dann ist sie Apothekerin?«

Oñate nickte. »Also, die Schells wohnen schon lange hier.«

»Verheiratet?«

Oñate schüttelte den Kopf. »Wohnt allein in einem Haus drüben in El Dorado. Eine relativ noble Siedlung außerhalb der Stadt. Ich habe den Eindruck, daß sie und Angela nicht allzu dicke Freundinnen waren.« Er zuckte die Achseln. »Nichts Ungewöhnliches, ich habe manche von meinen Cousinen und Cousins noch nie gesehen.«

»Die Schells sind schon lange hier, aber die Hopes nicht? Wo kommen sie denn her?«

»Aus dem Osten.« Jack Oñate blätterte die Papiere durch. »Aus New York. Hm. New Yorker Geld, egal, auf alle Fälle Geld. Die Eltern sind beim Absturz ihres Privatflugzeugs umgekommen.« Er nahm seine Flasche wieder zur Hand. »So, was meint ihr in England denn zu der ganzen Sache?«

»Nicht viel.« Jury schüttelte den Kopf und sah, wie die blauen Berge sich tief dunkelviolett verfärbten.

»Was heißt ›nicht viel‹?«

»Nichts!«

Oñate nickte. »Das ist wahrhaftig nicht viel.« Er schaute wieder in seine Unterlagen. »Nach Aussagen ihrer Freunde war sie nett, talentiert, nett, spirituell, nett, großzügig, nett. Immer das gleiche Lied, also keine Feinde – soweit wir wissen, jedenfalls.«

»Was ist mit Männern? Wichtigen Bezugspersonen, wie es so schön heißt.«

»Schwer zu sagen, aber der eine Typ, Malcolm Corey, kann eine gewesen sein. Er hat auch einen kleinen Kunstgewerbeladen in der Canyon Road. Eine Galerie. Behauptet, er sei Maler – wer behauptet das hier nicht? -, aber eigentlich ist er Schauspieler. Sagt er. Eigentlich.«

»Wie hat er reagiert, als er von ihrem Tod erfahren hat?« Jury beugte sich vor, um die Adresse in der Akte lesen zu können, und schrieb sie auf.

»Ziemlich schockiert. Vielleicht ist er blaß geworden, aber der Bursche ist so braun gebrannt, daß man es schwer erkennen konnte.«

»Das klingt nicht gerade, als ob Sie ihn sehr mögen.« Jury beobachtete, wie ein langer purpurroter Streifen sich auflöste und blaßrosa und lavendelfarben verfärbte. Er war umrandet von dunklem Gold, das wie Karamel zerschmolz. »Also, Sie sagen, dieser Corey sei Schauspieler.«

»Nein, ich habe nur wiedergegeben, was *er* gesagt hat. Hier in der Gegend werden ständig Filme gedreht und immer Statisten für große Szenen oder einfach Leute gebraucht, die durch die Straßen schlendem. Da macht er dann mit, aber er tut natürlich so, als ob er bald die großen Rollen kriegt. Behauptet, der Laden sei sein Hobby und er male, wenn er zwischen zwei Rollen eine Pause einlegt. Mit anderen Worten: Er ist arbeitslos. Sein Typ ist offenbar nicht sehr gefragt. Egal, er hat sogar einen großkotzigen Agenten. Wenn Sie mit Corey reden wollen, dann versuchen Sie's doch mal im Rancho del Reposo. Da filmen sie dauemd. Ein ziemlich teures Hotel, besteht aus einer Lodge und Casitas, ein paar Meilen außerhalb der Stadt.«

Jury hielt seine leere Bierflasche hoch und bedachte sie mit einem grübelnden Blick. »Dann wimmelt es hier also von Typen aus Kalifornien?«

»Meine Güte, ja, aber nicht nur wegen der Filmerei. Aus Südkalifornien kommen sie in hellen Scharen hierher. Sie lieben Santa Fe und bilden sich ein, sie hätten es entdeckt.«

»Wohnen Sie schon lange hier?« Jury hätte am liebsten den Rest der Nacht hier im Sessel mit den Füßen auf dem Terrassengeländer verbracht. Er war müde, aber nicht bis auf die Knochen wie in London, sondern schlapp, als ob die ganze Anspannung aus seinem Körper wich.

»Mein ganzes Leben. Früher war Santa Fe anders. Jetzt ist es verstädtert, wissen Sie, was ich damit meine? Kultiviert, total in, schön – aber schön wie eine Hure. Wird dafür bezahlt, hübsch auszusehen und sich gut in Schuß zu halten.«

Jury lachte. »Nein, auf die Weise billig ist es nicht.«

»Wer hat denn billig gesagt? Glauben Sie mir, wenn es einen Ort in den Vereinigten Staaten von Amerika gibt, der ganz bestimmt nicht billig ist, dann der hier. Aber man sieht, wie es vom Rand her verfault. Auf dem Herweg sind Sie doch bestimmt über die Cerrillos Road gekommen.«

»Den Highway mit den vielen Motels?«

»Genau. Die Cerrillos Road zeigt die schäbige Seite des Tourismus an, den Schrott, den er mit sich bringt. Verstehen Sie mich nicht falsch; ich hasse die Touristen nicht. Im Gegenteil, es nervt mich total, wenn die Besitzer all der schnieken Lädchen in einer Tour über sie meckern. Wo wären sie denn ohne die Touristen? Wer gibt denn das Geld aus? Was mich aufregt, ist die Art von Tourismus hier. Ein Monster, das die Stadt selbst erschaffen hat und das jetzt durch die Straßen stampft und ein Zimmer für die Nacht verlangt.« Oñate klang traurig. »Mist, in zehn Jahren ist das alte Santa Fe verschwunden.«

»Das könnte man auch über Merry Old England sagen.«

Jack Oñate schüttelte den Kopf. »Es wäre aber doch einigermaßen schwer, England unter einem Haufen Türkisen, geschnitzten Kojoten und Kakteen zu begraben. Ich finde ja nur, daß es einer Kultur nicht guttut, wenn man allzuviel auf ihr herumhämmert. Wollen Sie noch ein Bier? Sie haben mit der leeren Flasche jetzt so ungefähr jedes Kunststück vollführt, außer sie auf dem Kopf balanciert.«

Jury grinste. Er hatte beobachtet, wie sich zwei Frauen hinten in den Reihen der Sonnenuntergangsgenießer eine Zigarette anzündeten. Die Frauen sahen gut aus, perfekt frisiert, wie lackiert.

Aber er lechzte nach den Zigaretten. »Ja, ich möchte noch eins. Rauchen Sie?«

»Nein, nicht mehr. Habe es vor ein paar Jahren aufgegeben. Warum?«

»Ich versuche aufzuhören.« Er sah, wie die Rauchfäden aus den frisch angezündeten Zigaretten vor der warmen, umbrafarbenen Adobewand bläulichrosa wurden. »Aber wenn ich das da sehe...« Er deutete mit dem Kopf in Richtung der Frauen, die die Zigaretten dicht vor ihre feuchten roten Lippen hielten. »Es ist wie... Sex. Lust, Gier, die einen verzehrt. Wenn ich das sehe, gelüstet es mich danach. Den Zigaretten, nicht den Frauen.«

»Habe Jahre gebraucht, um aufzuhören. Zwei Dutzend Anläufe, glaube ich.« Er stand auf und schlug Jury mit der Hand auf die Schulter. »Also gut, Mann, trinken wir noch ein Bier und unterhalten uns und so.« Er begab sich zur Dachterrassenbar.

Unterhalten uns und so. Jury lächelte über diesen Satz und Jack Oñates kindlichen Gesichtsausdruck. Er kehrte in Gedanken zu der Zeit im Haus seines Onkels zurück. Dort hatte er nach dem Tod seiner Mutter und dem Heim, in das man ihn zeitweise gesteckt hatte, gelebt. Neun oder zehn war er gewesen. Hinter dem Haus war ein langer Garten, der in endloses Weideland überging, das einem reichen Bauern gehörte. Ein ziemlich großer Schuppen diente den Tieren, die bei Regen oder Schnee draußen blieben, als Unterstand. In dem Schuppen saß er oft mit seinem besten Freund Billy Oakley, der ein paar Jahre älter war als er und immer Zigaretten und manchmal sogar Whisky von seinem Vater stahl. Sie rauchten und tranken, bis ihnen schlecht wurde, und bisweilen gesellte sich eine Kuh oder ein Schaf zu ihnen. Billy Oakleys Lieblingsspruch war »und so«. Das reichte im großen und ganzen für alles, was er nicht verstand, alles, das sein Begriffsvermögen überstieg. Sein Vater war »Buchhalter und so«, Frauen hatten »Titten und so«. Und nach ein paar Jahren gemeinsamer Schuppenbesuche war Billys Mutter gestorben. An »Leukämie und so«.

Jack Oñate setzte sich wieder hin und gab Jury das Bier. Er seufzte. »Angela Hope. Ich kannte sie selbst nicht. Das heißt, nur vom Sehen. Sie und ihre Schwester.«

»Ich würde gern mit Leuten sprechen, die sie gekannt haben. Wen gibt es noch, außer der kleinen Schwester und dem Eventuell-Freund?«

»Na ja, noch ein paar Leute in der Canyon Road. Da sie ja ihr Geschäft dort hatte, sollten einige sie gekannt haben. Auf der einen Seite ist eine Ms. Bartholomew. Sukie Bartholomew. Mein Gott...« Jack schaute Jury an, »*Sukie* Bartholomew. Was für ein Name! Sie hat's mit Kristallen, Tarotkarten und so. Diese Leute sitzen vor allem in Sedona. Ich glaube sogar, daß die Bartholomew von dort kommt. Was komisch ist. Meistens ist es umgekehrt, die Leute ziehen von Santa Fe nach Sedona. Ein spiritueller Ort, heißt es. Orte der Kraft und so. Irgend so ein magnetischer Punkt, der angeblich voll spiritueller Kraft ist. Löcher im Boden. Mit besonderen Energien, behaupten sie. Ich behaupte: Mystikscheiß.«

»In Sedona, Arizona?«

»Ja.« Jack schaute ihn an. »Selbst in Ihrem Gewerbe haben Sie von Sedona gehört?«

»Zufällig. Bin in einem Zeitungsartikel über New-Age-Leute darauf gestoßen.«

Jack schaute auf seine Notizen und fuhr fort. »Ich habe den Eindruck, daß niemand von den Geschäftsleuten in der Canyon Road Angela Hope allzugut kannte. Außer dieser Sukie, ich meine, sie haben schon mal Tee zusammen getrunken. Vermutlich Ginsengtee, Kräutertränklein.« Oñate studierte das Flaschenetikett, als wolle er den Inhalt damit vergleichen. »Und was Ihre beiden Engländerinnen angeht, Frances Hamilton und Helen Hawes«, er schüttelte den Kopf, »da gibt's noch weniger Informationen. Sie sind beide zwei Tage hiergewesen.« Er zeigte nach unten. »Nein, die Hawes länger. Frances Hamilton hat in den beiden Tagen, bevor sie weggefahren sind, hier im Hause gewohnt. Aber keiner, mit dem ich geredet habe, hat sie zusammen gesehen –

weder der Empfangschef noch das Zimmermädchen, noch die Kellnerin.«

»Kann Frances Hamilton vorher woanders gewohnt haben?«

»Klar. Aber ich dachte, Sie wollten nur wissen, wo sie zusammen waren. Ich kann mich weiter erkundigen –«

Jury schüttelte den Kopf. »Danke, das kann ich auch.«

Oñate überlegte einen Moment und fragte dann: »Hatte sie Geld?«

»Frances Hamilton? Ja, ziemlich viel.«

»Dann versuchen Sie's im Rancho del Reposo. Das ist auf der anderen Seite von Santa Fe, ungefähr zehn Meilen außerhalb.«

»Gut.« Jury warf einen Blick auf Oñates Notizen. »Sonst noch jemand?«

»Dann noch dieser Wissenschaftler, Nils Anders. Doktor Anders, sollte ich besser sagen. Er war mit Angela Hope befreundet. Wieder: wie eng, weiß ich nicht. Er arbeitet drüben am Santa Fe Institute. Ich weiß leider nur, daß er ein Freund ist.«

»Und was ist das Santa Fe Institute?«

»Da hängen alle möglichen Naturwissenschaftler rum und hekken komische Theorien aus.«

Jury rollte sich die kühle Flasche über die Stirn und sagte: »Was für komische Theorien?«

»Es ist eine Art Denkfabrik. Die verschiedensten Wissenschaftler – Physiker, Biologen, Mathematiker, Chemiker – kommen dort zusammen und spielen mit Ideen. Sie arbeiten viel mit Computern. Von den Dingern gibt's da mehr als bei Macintosh.«

Jack setzte die Flasche an und nahm einen langen Zug. »Sie beschäftigen sich hauptsächlich mit etwas, das sie als ›Komplexitätstheorie‹ bezeichnen.«

»Was ist denn das?«

»Irgendeine Theorie darüber, wie das Universum funktioniert. Nach dem ›Chaos‹«, sagte Jack achselzuckend. »Schauen Sie mich nicht an, ich hab's nicht erfunden. Es hat was mit Ordnung zu tun. Einer Art Ordnung.«

Das würde Macalvie gefallen, dachte Jury und wandte den Blick wieder den dunklen Bergen zu. Allmählich wurde er hungrig. In Santa Fe mußte es doch massenhaft gute Restaurants geben. »Wo ist es?«

»In der Hyde Park Road. Sie fahren, als ob Sie zu dem Skigelände oder zu diesem Kurhotel wollten.«

»Ich laufe weder Ski, noch bin ich auf Kur, da müssen Sie mich schon hinbegleiten.«

Jack nickte. »Ich meine immer, wenn Einstein solche Buden wie dieses Institut noch erlebt hätte, wär er dorthin gefahren, um sich mal richtig zu entspannen. Verstehen Sie?«

»Dieser Dr. Anders. Mit was für komischen Theorien beschäftigt er sich speziell?«

»Anders ... Anders ... Anders ...« flüsterte Jack und blätterte die Seiten durch. »Komische Theorien ... komische ... Ah, hier: Doktor der Psychologie, Doktor der Soziologie, Doktor der Mathematik. Mann, da bin ich aber schwer beeindruckt. Drei Titel hat der Typ.« Er schaute wieder in die Notizen. »Wollen Sie ihn besuchen? Und die anderen?«

»Ich glaube, ja. Aber wie wär's jetzt mit Abendessen?«

»Okay. Übrigens, Rich, die Leute am Santa Fe Institute spinnen nicht.« Mit spitzen Lippen wiederholte Jack tonlos: »Spinnen nicht.«

Jury beugte sich zu ihm vor und formte die Worte: WIR AUCH NICHT.

25

»Canyon Road« stand auf dem Schild, und da die anderen Straßen, durch die Jury gelaufen war, nicht mit türkisbraunen Holzschildern bezeichnet waren, nahm er an, daß er nun die Hauptattraktion von Santa Fe vor sich hatte. Häuser aus Adobe und Holz

stopft worden – Briefe, Rechnungen, Buchhaltungsunterlagen. Und in dem allgemeinen Durcheinander gab es etliche Hinweise darauf, daß hier jemand versucht hatte, mit dem Rauchen aufzuhören: ein Päckchen Plastikfilter, einer benutzt, die anderen vergessen; Nikotinkaugummi, noch ein teerbeschmierter Filter. Er hatte recht gehabt. Eine Seelenverwandte. Wieder lächelte er und wünschte sich, er hätte sie gekannt.

Jury zog eins der Rechnungsbücher neueren Datums hervor und öffnete es, weil Angela vielleicht zu den Geschäftsfrauen gehörte, die Namen und Adressen der Kunden, die einmal bei ihr gekauft hatten, in der Hoffnung notierte, daß sie wieder bei ihr kaufen würden, wenn sie auf der Adressenliste standen. Fehlanzeige. Für die Steuer notwendige Unterlagen hatte sie aufbewahrt. Aber eine Kundenkartei fand Jury nirgendwo, und schon gar keine sonstigen Informationen über Käufer. Angelas Marketingaktivitäten erschöpften sich vermutlich darin, die kleinen Karten auszuteilen, auf denen in silbernem Prägedruck der Name des Ladens sowie Telefon- und Faxnummer (identisch!) standen. Die waren ja auch in Fanny Hamiltons Adreßbuch gelandet.

Er ließ von dem Schreibtisch ab und betrachtete den Silberschmuck in der Glasvitrine und auf den Regalen der linken Wand genauer. Ihre Arbeiten waren sehr fein, elegant und glatt und nicht mit den geometrischen indianischen Mustern verziert, die er in den Schaufenstern um die Plaza gesehen hatte. Es gab eine Anzahl Kruzifixe. Und die waren merkwürdigerweise am kunstvollsten. Auf beiden Seiten waren Kreise, Ranken und Kringel eingraviert, winzig kleine Muster, die man kaum erkennen konnte, weil die Kreuze so klein waren, manche kaum mehr als eineinhalb, andere höchstens zweieinhalb Zentimeter lang. Er nahm ein Armband, in das ein ovaler Türkis eingelassen war, und staunte, wie leicht und zart das silberne Band war.

Auf dem mittleren Regal standen drei ähnliche Türkisskulpturen, wie Lady Cray sie besaß. Sie waren verschieden groß und unterschiedlich gestaltet, gerade recht für Papierbeschwerer, als

säumten die enge, gewundene Straße zu beiden Seiten und waren in so unterschiedlichen, leuchtenden Farben gestrichen, daß er sich vorkam wie in einem »schönsten Dorf Englands«. Hier wurden Bilder, Kunsthandwerk der Ureinwohner Amerikas oder Essen verkauft. In den Sommermonaten war die Straße sicher eine Touristenmeile, aber nun, im Februar, lag sie ruhig und golden da, die Sonne spiegelte sich auf türkisfarbenem, blauem und rosa Lack.

Der Silver Heron lag hinter einer Kurve etwa auf der Hälfte der Straße. Wie die meisten Läden hier war er sehr klein und besaß einen Raum vorn und einen hinten, der nicht größer als ein Ankleidezimmer war. Dort mußte Angela ihre Silberschmiedearbeiten angefertigt haben. Er hatte kein Fenster, und das einzige Möbelstück war ein sehr langer Holztisch – ein großer Eßtisch, nur höher. Davor stand ein Hocker mit hohen Beinen.

Ordentlich war Angela Hope nicht gewesen, dachte Jury. Ihre Werkzeuge lagen wie Kraut und Rüben durcheinander und wurden offenbar nie in die dafür vorgesehene Holzkiste an der Wand zurückgestellt. Über den gesamten Tisch lagen wie Konfetti verstreut winzige Silberspäne und bunte Steinstückchen. Außerdem kleine Haufen Halbedelsteinbrocken – Achat, Koralle, Malachit, Azurit, schwarzer Onyx, Obsidian. Am einen Ende des Tischs lag ein Türkisblock, ähnlich groß und so geschnitten wie der von Lady Cray. Jury sah ein paar kleinere Maschinen, die er nicht identifizieren konnte, eine Acetylenlötpistole, die dazugehörige Schutzbrille, etwas, das wie eine Handschleifmaschine aussah, und ein paar Juwelierlupen. Dunkle Flecken, verbrannte, schwarze Dellen im Holz an der Kante des langen Tischs, verrieten, daß hier brennende Zigaretten abgelegt worden waren. Angela Hope hatte heftig geraucht. Und nur weil Jury sich jüngst zum Nichtraucher hatte bekehren lassen, zählte er fünfzehn Kerben, die gleichmäßig an der Kante entlang verteilt waren und ein dunkles Muster bildeten. Unwillkürlich mußte er über Angela Hopes Sucht lächeln. Wie oft hatte sie wohl versucht, aufzuhören, und es nicht geschafft? Er fühlte sich ihr merkwürdig verwandt. Ihr Arbeitstisch wirkte, als sei sie nur mal eben von dem Hocker aufgestanden und eine Tasse Kaffee trinken gegangen. Und natürlich: eine rauchen. In dem Raum herrschte eine erwartungsvolle Atmosphäre, als käme sie gleich zurück. Jury hatte eine kleine Kamera mitgebracht und begann Fotos zu machen.

Im Verkaufs- und Ausstellungsraum waren die üblichen Glasvitrinen und Regale an beiden Wänden. In einer Vitrine lagen Angelas Arbeiten, da war er sicher. Sie waren viel feiner als die Teile in der anderen Vitrine – die Türkise waren in gehämmertes Silber eingesetzt. Außerdem waren Angelas Werke alle aus Türkis oder Silber und Türkis. Selbst sein ungeübtes Auge erkannte den Unterschied zwischen diesem Schaukasten und dem anderen, in dem sich hübsche, aber gewöhnliche Schmuckstücke befanden. Perlmutt- und Korallenanstecknadeln, kunstvoll gearbeitete goldene und silberne Armbänder, Schnurkrawatten und einige der so beliebten Hopi- und Schwarztongefäße. An der gegenüberliegenden Wand hingen Regale mit Büchern, einer Stereoanlage und mehreren Kachinapuppen, die nicht zu verkaufen waren. Sessel standen um einen Rosenholztisch herum. Der Raum verströmte eine behagliche Atmosphäre, die jetzt aber von dem Staub und den heruntergefallenen Blütenblättern der Rosen in einer Vase beeinträchtigt wurde. In einer Ecke befanden sich eine Kaffeemaschine und Plastikbecher samt einem Schild, das die Kunden zur Selbstbedienung aufforderte. Man war hier offensichtlich bemüht, es den Leuten nett zu machen, und wollte nicht nur etwas verkaufen. Jury konnte sich lebhaft vorstellen, wie Angela in einem Sessel saß und mit einem Kunden redete, was sogar sehr wahrscheinlich war, da sie auf individuelle Bestellungen hin ihre Schmuckstücke anfertigte. Hier hatte sie Entwürfe mit den Kunden besprochen und Handgelenke und Ringfinger gemessen.

Er kam sich wie ein Voyeur vor, als er Schubladen öffnete und Bücher und Papiere durchsah. Ja, Angela war schlampig gewesen. Die verschiedensten Dinge waren zusammen irgendwo hineinge-

die sie ein Kunde auch verwenden würde, wenn er Wert auf etwas Nützliches legte. Lady Crays Türkis diente lediglich ästhetischen Zwecken. Wie schön, wenn Angela Hope das noch erfahren hätte!

Wie schön, wenn Angela noch lebte! Punkt. Er nahm den kleinsten Türkis zur Hand und setzte sich in einen Sessel. Die Skulptur war von einem Silberband mit einer kleinen bronzenen Eidechse umwunden. Es sah ein wenig aus wie ein Gürtel mit Bronzeschnalle. Bei den beiden anderen Türkisskulpturen war keine Bronze verwendet worden; vielleicht hatte Angela damit experimentiert. Im übrigen war sich Jury nach dem Anschauen etwa eines Dutzends Juwelierschaufenster um die Plaza herum ziemlich sicher, daß nur Angela Hope in dieser Weise Türkise und Silber kombiniert hatte. Bisher hatte er nichts auch nur entfernt Ähnliches gesehen.

Jury gelangte allmählich zu demselben Schluß wie Macalvie. Nur daß Macalvie sofort darauf gekommen war. Jury konnte sich für solche voreiligen Schlüsse nicht sonderlich begeistern – reine Glaubensfragen, fand er immer. Sie gründeten sich auf nichts als guten Instinkt. Aber Macalvies Instinkt war unheimlich. Wenn er es auch nicht als »Instinkt« bezeichnet hätte, sondern als blitzschnelles Überlegen, als solch rasches Begreifen von Fakten, daß es nur so schien, als sei er »instinktiv« auf die Lösung gekommen. Macalvies Fakten waren allerdings nicht unbedingt identisch mit anderer Leute Fakten.

Mittlerweile häuften sich freilich zu viele Zufälle, als daß man Macalvies Theorie noch ignorieren konnte. Die Türkisskulptur, die Tatsache, daß Frances Hamilton Santa Fe zur selben Zeit besucht hatte wie Nell Hawes und daß beide im La Fonda gewohnt hatten, und zwar im November. Er setzte die Skulptur auf der breiten Sessellehne ab und holte die fotokopierten Seiten hervor, die er auch Melrose Plant geschickt hatte. Und dann studierte er diese merkwürdige Telefonnummer, deren Besitzer weder Nell Hawes noch Frances Hamilton kannten. Irgendwas war an der Nummer komisch, dachte er. Sie ähnelte den anderen überhaupt nicht, sie war auch anders eingetragen, nicht so sorgfältig in die kleinen Kästchen geschrieben worden.

Jury stand auf, knipste an der Stereoanlage herum, sah, daß eine CD drinlag, und drückte auf die Play-Taste. Die kristallklaren Klänge von Flötenmusik erfüllten den Raum. Sehr besänftigend, dachte er. Es paßte zu dem Land. Na ja, kein Wunder, schließlich war es die Musik der amerikanischen Ureinwohner. Rechts neben dem CD-Player stand eine lange Reihe Bücher. Eine schräge Mischung. Diverse Nancy-Drew-Bücher teilten sich das Regal mit etlichen Werken über indianische Kultur und ein paar Archäologiebüchern. Er zog *Das Geheimnis der Wendeltreppe* heraus und blätterte darin herum, weil er die Illustrationen mochte. Nancy mit ihrer Taschenlampe, Nancy mit den weißen Socken und den Mokassins. Ab der Hälfte war das Buch mit Randbemerkungen versehen, Kommentaren wie »War doch sonnenklar!« oder »Streng deinen Grips mal ein bißchen an!« und zum Schluß, als der Schurke offenbar enttarnt war: »Das weiß ich schon seit Ewigkeiten!« Jemand – die jüngere Schwester Mary? – war felsenfest überzeugt, daß sie eine erheblich bessere Detektivin war als Nancy Drew.

Er stellte die kritische Ausgabe von Nancy Drew zurück und las die Rücken der anderen Bücher. *Sarum*, ein fiktionales Werk über das alte Salisbury und Stonehenge, recht zerlesen. Mehrere Bände von Autoren, die verschiedene Mystizismusformen popularisiert hatten wie Alan W. Watts. *Überredungskunst* von Jane Austen, ein Raymond-Chandler-Krimi, ein paar Bücher von ortsansässigen Schriftstellern.

Ein Buch, das Jury nicht kannte, interessierte ihn sehr. Es war von Nils Anders verfaßt und trug den für einen Naturwissenschaftler seltsamen Titel *Zersplittertes Licht*. Jury nahm es und setzte sich wieder hin. Das kleine Foto auf dem Schutzumschlag zeigte einen Mann, der sich offenbar nicht gern fotografieren ließ. Er neigte den Kopf und schaute nach unten, als sehe er dort etwas bei weitem Interessanteres als die Kamera. Gerade mal im mittleren

Alter, vielleicht noch nicht einmal das. Ende Dreißig vielleicht. Was Jury von dem Gesicht sah, schien hübsch zu sein, aber bei der Haltung des Kopfs war es schwer zu erkennen. Wahrscheinlich helles, eher lockiges Haar. An den nach unten gerichteten Augen konnte man natürlich nichts ablesen. Sein Mund öffnete sich ein wenig, als sei er beim Sprechen aufgenommen worden. In den biographischen Angaben prangten Buchstaben hinter seinem Namen, die auf noch mehr Titel hindeuteten, als Jack Oñate erwähnt hatte. Anders hatte auch eine Anzahl Preise bekommen. Bereitwillig stellten ihm mehrere Organisationen Mittel für seine Arbeit zur Verfügung.

Jury schlug das Buch willkürlich irgendwo auf und verlor sich sofort in einer verwirrenden Beschreibung von Licht und dessen Wirkungen, die er genausowenig wie ihre Ursprünge verstand. Er versuchte es noch einmal und fing auf der ersten Seite an zu lesen. Sie stellte sich als weit zugänglicher heraus. Zwischen Dr. Anders und jemandem, der ihn vor einer Weile interviewt hatte, fand eine Art Gespräch statt. Anders benutzte den kleinen Plausch, um den Laienleser für das Buch zu interessieren. Sehr clever, Dr. Anders war kein übler Schreiber. Er hegte eine gewisse Vorliebe für Beschreibungen – Ambiente, Menschen (besonders die fade Dame, die ihn interviewte). Wahrscheinlich hätte ihn nicht einmal Mary Hope redigiert. Vorteilhaft war auch, daß er dem Leser zugleich die Botschaft vermittelte: Schau, du bist nicht so klug wie ich, aber so dumm wie sie bist du auch nicht, klar? Jury hätte beinahe laut gelacht. Ein kluger Trick, und sehr notwendig, denn man wurde gleich danach in ein Universum geworfen, das aus allem anderen denn handfesten Dingen bestand: Partikeln, Laserstrahlen, Gleichungen, Theoremen, Pis.

Eine Frage an Anders lautete, ob er, wenngleich er ein solch »reiner« Wissenschaftler sei (»was immer das war«, fügte Anders hinzu), an etwas glaube? Er antwortete so sarkastisch, daß die Interviewerin nach Jurys Dafürhalten nur noch hätte aufspringen und das Weite suchen können. Aber die Antwort war simpel. »An

Licht.« Simpel, doch so seltsam, daß Jury förmlich hören konnte, wie die Frau den Atem anhielt und zaghaft ungläubig lachte. »Ja, aber an was denn noch?« fragte sie.

»Es gibt nichts anderes«, antwortete Anders, warf ein paar Papiere auf den Tisch und begann sofort, die Dame mit einem Wust von Zahlen zu überschütten.

Jury schaute skeptisch auf. Es gibt nichts anderes?

Sein Verstand schien zu klicken, wie wenn man den Kombinationsknopf eines Safeschlosses dreht. Etwas hakte ein und flog gleichzeitig in alle Himmelsrichtungen davon. Unseligerweise konnte nur das klicken, was weggeflogen war. Es mußte eingesammelt und wie Tumbleweed in der trockenen Prärie zusammengerecht werden. Erst dann war es verständlich. Diesen Vergleich hätte Jury herangezogen, wenn er seinen momentanen Geisteszustand hätte schildern müssen.

Er schlug das Buch zu und schüttelte den Kopf, damit er wieder klar wurde. Der Schutzumschlag war bildschön, silberne Nebel explodierten auf dem blau-purpurnen Hintergrund des Kosmos, unterlegt von etwas, das wie ein zerbrochener Spiegel aussah. Na ja, eben *Zersplittertes Licht.*

Er wollte das Buch auf das Regal zurückstellen, zögerte und steckte es in die Innentasche seines Mantels.

Es gab noch ein paar Gedichtbände, ein dicker Robert Frost, ein dünnerer T. S. Eliot. *Vier Quartette.* Letzteres enthielt eine Reihe mystischer Geistesblitze, die Jury sich mehr als einmal zu Gemüte geführt hatte. Er war so tief berührt gewesen, daß er beinahe Angst verspürte, doch verstanden hatte er sie nicht. Jury ging an Lyrik eher befangen, ja sogar schüchtern heran, er zog sich vorher regelrecht Brandschutz-Handschuhe an. Gedichte konnten einen überrumpeln. Er öffnete *Vier Quartette* und sah, daß auch hier ganze Abschnitte dick unterstrichen und ab und zu Kommentare an den Rand geschrieben waren:

Wer dann erfand die Qual? Liebe.

Jury schlug das Buch abrupt zu, die nächsten Worte in dem Opus wollte er sich ersparen. Er wollte nichts über verlorene Unschuld lesen. Oder Rosen, die zu Staub zerfielen. Oder trockene Brunnen.

Er wollte tiefe Wasser meiden, lieber in flachen waten, was Eliot bestimmt als freiwilligen Gang ins Fegefeuer betrachtet hätte, Na gut, immerhin war es nur die Vorhölle. Liebe. Die Liebe war derart beängstigend. Etwas so schwer zu Findendes sollte nicht so leicht zu verlieren sein. Er schloß das Buch und dachte wieder an Jenny, spürte in dieser ominösen Stimmung, in der man die Katastrophe schon sieht, seinen Erinnerungen nach. Dabei hatte er nur wenige: wie sie auf der anderen Seite eines Grabes stand und dann allein in dem großen, leeren Haus, das sie hatte verkaufen müssen. Und die Begegnungen in dem Trödelladen in einer Seitenstraße der Saint Martin's Lane, wo sie einen Ring anprobiert hatte, den er für eine andere Frau gekauft hatte, und kürzlich in der Ryland Street. Zwischen diesen Treffen lagen Jahre, was sie um so symbolträchtiger machte und mit unausgesprochenen, vielleicht unbewußten Bedeutungen erfüllte.

Jury begab sich viel lieber auf das dünne Eis des Bewußten. Und vermutete allmählich, daß es mehr als dieses dünne Eis auch gar nicht gab.

Er öffnete den Gedichtband noch einmal und betrachtete die Titelseite. Er war ein Geschenk von Nils Anders. Angela Hope hatte es auch sehr ernst genommen.

Die Frau, die in den Laden kam und wissen wollte, was er dort zu suchen habe, stellte sich schließlich als Sukie Bartholomew vor. Ihre Lieblingspose war allem Anschein nach, eine Hand an den Ellenbogen des anderen Arms zu legen und in der anderen Hand ein schwarzes Zigarillo zu halten. Die beiden Arme bildeten ein L, einen Rahmen, in dem der Betrachter Sukie Bartholomew anschauen konnte. Sosehr sie sich auch bemühte, ein Image zu kreieren . . . es hatte keinen Sinn. Sie war nicht attraktiv, sondern hager, dünn, möglicherweise Ende Fünfzig, trug aber immer noch blaue Haarspangen, mit denen sie ihr schulterlanges Haar zusammenfaßte und zurückhielt. Es war mausbraun, stumpf geschnitten und mit hellen Strähnchen durchzogen, die wie Silberstaub aussahen. Von zu vielen Friseurbesuchen war ihr Haar ganz strohig geworden.

Sukie Bartholomew focht einen heftigen Kampf mit sich selbst um ihr Aussehen. Kein Lippenstift, aber brauner Glitzerlidschatten; schlichter Haarschnitt, doch sorgfältige helle Strähnchen; ihr Outfit schrie: »Ich beuge mich dem Diktat der Mode nicht!«, war jedoch das eines Mädchens von fünfzehn und nicht das einer Frau von über fünfzig. Jury schloß aus diesen Widersprüchen, daß sie ziemliche Probleme hatte. Eine schwierige, unzufriedene Frau, die mit sich selbst und deshalb mit dem Rest der Welt nicht zurechtkam. Es sah aus, als wolle sie um keinen Preis in die Falle der Weiblichkeit tappen und sich nicht mit den kleinen Extras schmücken, die Frauen für Männer attraktiv machen. Jury hatte noch nie darüber nachgedacht, aber die Frauen, die er toll fand, kämpften keine offene Schlacht mit sich selbst, ob sie ein wenig Nagellack oder eine Spur Lippenstift auftragen sollten. Er dachte an Fiona, deren Jungbrunnen sich in ihrer Kulturtasche befand und nicht in ihrem Medizinschränkchen, und das wiederum erinnerte ihn an Wiggins. Er durfte nicht vergessen, ihm Blumen zu schicken. Während ihm all das in Sekundenschnelle durch den Kopf ging, lächelte er das Morgenlicht an, das Streifen auf den gewienerten Boden des Ladens malte.

Er mußte auch Sukie angelächelt haben, denn sie fragte: »Was gibt's zu lachen?« Ihr Ton war feindseliger, als nach solch einem Lächeln zu erwarten gewesen wäre.

»Nichts, gar nichts. Sie erinnern mich an . . . jemanden, sonst nichts.«

»Na, dann hoffentlich an jemand Netten.«

Ihre Miene war unangenehm kokett. Und das Lächeln, das diese unechte Pose begleitete, war noch unangenehmer als der finstere Blick vorher.

»Ja, sehr nett.«

Mit einer reichberingten Hand drückte sie sich das ohnehin schon angeklatschte Haar an die Wange. »Sie sind sicher wegen Angela hier. Schrecklich traurig das Ganze.«

Jury bezweifelte, daß sie traurig war. »Wann haben Sie sie zum letztenmal gesehen?«

»Kurz bevor sie abgeflogen ist. Wir haben uns oft getroffen. Zum Kaffeetrinken und so.«

»Sie kannten sie gut?«

In aller Ruhe zog sie an dem Zigarillo und stieß dünne Rauchfahnen durch die Nasenlöcher. Jurys Blick folgte den aufsteigenden Spiralen.

»Sie hat eigentlich nie viel über sich selbst geredet, also über ihre Gefühle. Aber wer macht das schon? Das ist ja eins der Probleme.«

Er würde sich hüten, genauer nachzufragen, worin die anderen bestanden. Sonst war sie garantiert im Handumdrehen von dem Thema Angela Hope weg und bei sich selbst. Er lächelte so schmeichlerisch wie möglich. »Ich habe gehört, daß sie mit ihrer jüngeren Schwester ein paar Meilen außerhalb der Stadt wohnte.«

»Mary. Schwieriges Mädchen. Angela war viel formbarer.«

Ein winziges bißchen zog er die Augenbrauen in die Höhe. Komisch, sich die Freundin – oder egal, wen – formbar zu wünschen.

»Erzählen Sie mir von Angelas Reise nach Großbritannien. Hatte sie irgendeinen besonderen Grund, daß sie nach England wollte?«

»Angela war sehr interessiert an alten Kulturen, Ruinen, Steinkreisen und so weiter. Sie liebte Mesa Verde. Sie war von der Anasazi-Kultur fasziniert.« Sukie rauchte ihr Zigarillo und schaute zu Boden. »Insofern war ich nicht überrascht, daß sie in Old Sarum landete.«

»Aber es muß Sie doch überrascht haben, daß sie tot dort ›landete‹.« Jury zog die kleinen Fotos aus seinem Notizbuch.

»Erinnern Sie sich an eine dieser Frauen, Miss Bartholomew?«

»Ms., bitte.« Sie nahm sie.

»Verzeihung.« Wenigstens besser als »Sukie«.

Sie warf einen flüchtigen Blick auf die Fotos von Nell und Fanny und hielt sie ihm wieder hin. »Nein.«

»Sie waren vermutlich im November beide in der Canyon Road. Wollen Sie sie nicht noch einmal anschauen?«

Sie seufzte und betrachtete die Bilder genau. »Es kommen einfach so viele Touristen hierher.« Wieder schüttelte sie den Kopf und gab ihm die Fotos zurück.

»Aber nicht im November.«

»Sie wären überrascht.«

»Santa Fe scheint ja ein lebendiges kleines Städtchen zu sein. Trotzdem habe ich gehört, daß im November die Geschäfte nicht so gut gehen. Soweit sie hier je schlecht gehen.« Als sie schwieg, meinte er: »Die Frauen sind britische Staatsbürgerinnen und heißen Helen Hawes und Frances Hamilton. Die eine war aus London, die andere wohnte in Exeter. Das ist im Südwesen Englands. Was Ihnen sicher nicht viel sagt.« Als sie den Kopf schüttelte, fuhr er fort: »Sie waren beide zur selben Zeit hier, die eine hat nachgewiesenermaßen im Hotel La Fonda gewohnt, und wir haben Grund zu der Annahme, daß sie beide in der Canyon Road waren. Ja, sogar zu der Annahme, daß sie sich hier, in Santa Fe oder vielleicht woanders – in Arizona möglicherweise – kennengelernt und, hm, zusammengetan haben. Nicht verwunderlich, weil sie ja Landsleute waren.«

»Wollen Sie damit sagen, sie hatten etwas mit Angela Hope zu tun? Daß es eine Verbindung gibt?«

»Möglicherweise. Was ist mit Angelas Freunden und Freundinnen? Kennen Sie welche?«

»Eigentlich nicht, nein. Sie war mit jemandem, der in dem Institut arbeitet, sehr befreundet.«

»Dem Santa Fe Institute?«

»Kennen Sie das?«

Jury nickte.

»Wissenschaftler. Soweit ich weiß, arbeiten sie an ziemlich verstiegenen Theorien. Mit Dr. Anders hat sich Angela oft getroffen.«

»Sonst noch jemand?«

»Malcolm Corey. Wir kennen ihn fast alle; er hat eine der Galerien hier.«

»Ist Angelas Schwester in Santa Fe?«

»Nein. Jedenfalls habe ich sie in den letzten Tagen nicht gesehen. Sie ist vermutlich zu Hause. Das ist in der Nähe von Chimayo. Nein, irgendwo in der Gegend von Tesuque. Aber nicht *in* Tesuque.«

»Hatte Angela Hope sonst keine Angehörigen?« Sie standen am Schaufenster. Jury schaute zur Straße, zu einem niedrigen Dach, das als Baldachin über einem mit Steinen ausgelegten Patio diente, auf dem trotz der Kälte etliche weiße Tische aufgestellt waren, die in der Sonne glänzten.

»Nicht daß ich wüßte.«

»Was macht ihre Schwester denn jetzt?«

Sukie Bartholomew zuckte mit den Schultern. »Weiter wie bisher, nehme ich an. Sie ist sehr selbständig, soviel ich weiß.«

So selbständig ist niemand, dachte Jury.

Sie deutete mit dem Kopf auf die Straße. »Malcolm ist dort, wenn Sie mit ihm sprechen wollen. Gegen zehn trinkt er da immer Kaffee.«

Bei einem erneuten Blick zu den Tischen sah Jury einen blonden jungen Mann, der ohne Mantel in der Kälte saß. Er fläzte sich in dem weißen Metallstuhl und hatte das Gesicht der Sonne zugedreht. Es stimmte, die Sonne schien kräftig, und die Luft war mild, aber immerhin war Februar.

»Da wird mir schon vom Zusehen kalt.«

Sie schnaubte. »Malcolm muß sich in Szene setzen, auch wenn es ungemütlich ist. Ich weiß nicht, warum er aus Kalifornien weggegangen ist. Bildet sich ein, er sei Schauspieler. Bildet sich ein, er sei Maler. Malt schreckliche Schinken, wilde Pinseleien von was weiß ich. Um diese Zeit sitzt er immer dort und trinkt Kaffee.«

Auch Jury lechzte nach einer Tasse Kaffee oder Tee. Und nach einer Zigarette. Er hatte keinen einzigen Zug an ihrem Zigarillo verpaßt. Jeden mitinhaliert. Wie sollte er sich auf seine Arbeit konzentrieren, wenn er nicht rauchen durfte?

Er dankte Sukie Bartholomew und ging über die Straße.

26

Das sonnengebleichte, noch ein wenig feuchte blonde Haar war zurückgekämmt, als habe er soeben die übliche Stunde im Swimmingpool verbracht; enge Hosen, Turnschuhe, keine Socken, Sonnenstudiobräune. Alles klar.

»Malcolm Corey?«

Mit dem beseligten Lächeln des frisch Gesalbten, das Gesicht der Sonne zugewandt, wie um ihre Segnungen zu empfangen, fragte er: »Warum?«

»Wegen Angela Hope.« Jury klappte seinen Ausweis auf und lächelte, als erteile er nun den Segen von Scotland Yard.

Corey bequemte sich, einen Blick auf den Ausweis zu werfen, und Jury sah, wie sein glattes Gesicht lang wurde, seine Stirn sich runzelte und die Furchen von Nase zum Mund tiefer wurden. So jung war er nicht mehr. »Was dagegen, wenn ich mich setze? Ich könnte auch eine Tasse Kaffee gebrauchen.«

Natürlich hatte Malcolm Corey was dagegen, aber er nahm die beturnschuhten Füße von dem Stuhl gegenüber und schob ihn in Jurys Richtung. An der Art, wie er den Kopf neigte und seine Gesichtszüge arrangierte, wurde deutlich, daß er seine Rolle und das Publikum, für das er sie spielen wollte, gefunden hatte.

»Ich habe von Angela gehört. Wie schrecklich!«

Eine Kellnerin mit einem Schopf wippender blonder Locken erschien mit einer Tasse schaumigem Cappuccino. Sie trug einen bestickten Rock und viele bunte Perlenschnüre. Und machte beim Anblick ihres Gastes eine nicht gerade glückliche Miene.

»Danke, Süße«, sagte Corey und zeigte seine weißen Zähne. »Sie auch einen?«

Jury nickte. Sie schritt davon. In Santa Fe schienen alle Menschen zu schreiten.

»Sie war eine Freundin von Ihnen, stimmt's?«

»Judi?« Nachdenklich schaute Malcolm dem entschwindenden Rücken der Kellnerin nach. »Judi? Interessieren Sie sich für meine Bettgeschichten? Oh, Entschuldigung, ich dachte, Sie meinten die Bedienung. Dabei meinen Sie Angela.«

»Ja, ich meine Angela.«

»Ich kannte sie ganz gut, doch, doch. Wir sind ja alle auf der Canyon Road.« Er deutete mit dem Kopf in Richtung Silver Heron. »Angela war Silberschmiedin, so heißt das wohl. Eher eine Türkisschmiedin. Damit hat sie gearbeitet, mit Silber und Türkis. Hübsche Sachen gemacht.« Er trank einen Schluck Kaffee, drehte das Gesicht gleich wieder in die Sonne und schloß die Augen.

»Ja, das ist mir bekannt. Was mir nicht bekannt ist, warum endet eine Silberschmiedin aus Santa Fe tot in Old Sarum? Können Sie ein wenig Licht in die Sache bringen?«

Daß er es konnte, war weniger die Frage, als ob er es wollte. Malcolm strahlte erst mal wieder den Himmel an, dann Jury. »Das Ding mit Sarum überrascht mich nicht.« Er zog ein Pillenfläschchen aus seinem weißen Jackett und inspizierte es.

Genau dasselbe hatte Sukie Bartholomew gesagt. Jury seufzte. »Warum nicht?«

»Angela hatte einen Tick mit Archäologie, Ausgrabungen und so was. Steinmälern, magischen Kreisen.« Er nahm eine gelbe Tablette aus der Flasche, die Jury sofort erkannte (Kunststück!), und riß die Umhüllung auf. Dann hob er fragend die Brauen und hielt Jury die Flasche hin. »Ein Valium?«

»Nein danke, habe meine schon genommen.«

Malcolm zerstieß die Tablette mit dem Löffel, streute sie wie Kakaopulver über den Cappuccinoschaum und lächelte sein Zahnpastareklamelächeln. »Das gehört hier dazu.«

»Um auf Sie und Angela Hope zurückzukommen –« Jury schenkte der gelockten Kellnerin ein Lächeln, das sie nicht erwiderte. Ihr Blick war auf Corey fixiert, als sie Jurys Tasse hinstellte.

»Wer hat mich eigentlich mit Angela Hope in Verbindung gebracht? Ich wette, Sukie Bartholomew, diese blöde Kuh.« Nun entkorkte er ein Aspirinfläschchen.

»Nein, eigentlich nicht. Sergeant Oñate von der Polizei hier in Santa Fe. Sie haben mit ihm gesprochen, erinnern Sie sich?«

Er grunzte bestätigend und löffelte den Valiumschaum von seinem Cappuccino.

Lecker! Jury betrachtete das köstliche Getränk und fragte sich, warum, zum Teufel, er sich praktisch allen Leuten hier in Santa Fe überlegen fühlte. »Aber Sie waren befreundet?«

»Meinen Sie damit eine sexuelle Beziehung?« Malcolm warf sich ein paar Aspirintabletten in den Rachen und spülte sie mit einem kleinen Glas Milch hinunter. »Wir haben schon mal eine Nacht zusammen durchgesumpft.«

Jury lächelte mitfühlend. Was wir nicht alles auf uns nehmen, dachte er. Valium. Aspirin. Milch, um den Magen zu puffern. Jury waren, vielleicht wegen seiner beruflichen Tätigkeit, »durchgesumpfte Nächte« eher fremd. Alkohol war auch nie ein Problem für ihn gewesen. Was weniger an moralischer Stärke als an dem Mangel an Zeit und Lust lag. Als er die Valium-Aspirin-Milch-Melange bedachte, schwand Gott sei Dank sein Gieper auf eine Zigarette. Zumindest vorläufig.

»Warum interessiert sich Scotland Yard dafür?«

»Hm, sie ist immerhin auf britischem Territorium gestorben.« (Klang ganz schön pompös.) »Wir arbeiten mit der Polizei in New Mexico zusammen.«

»So, so. Aber Scotland Yard? Liegt Old Sarum nicht irgendwo im Westen Englands? Treibt ihr Jungs euch auch da rum?«

»Old Sarum liegt am Rand von Salisbury. In Wiltshire.«

»Aber es riecht ja nach einer größeren Sache, wenn ihr da dran seid.«

»Nein. Ich helfe nur der Kripo dort. Angela Hope ist unter extrem merkwürdigen Umständen gestorben. Und die Ursache ihres Todes haben wir immer noch nicht definitiv feststellen können.«

Da war Malcolm sprachlos. »Ich dachte, sie sei –«

»Was?«

»Ich weiß nicht«, er zuckte mit den Achseln, »eines natürlichen Todes gestorben, dachte ich.«

»Sicher ist das möglich. Und wenn sie in der High Street in Salisbury zusammengebrochen wäre, hätte man sie ins Krankenhaus geschafft, und die Sache wäre erledigt gewesen.« (Nicht wenn Macalvie Dienst gehabt hätte, dachte Jury, in sich hineinlächelnd.) »Statt dessen ist sie ziemlich dramatisch in Old Sarum gestorben. Auf so was stürzt sich normalerweise die Presse. Nach all dem, was wir herausgefunden haben, ist sie bei Sonnenuntergang, jedenfalls kurz bevor das Ding zumacht, dorthin gegangen.«

Malcolm Corey nickte und starrte in den Himmel. »Typisch Angela.«

»Aha?«

»Hatte 'nen Hang zum Mystischen. Kraxelte immer in Pueblos herum – Canyon de Chelley, Chaco –, an solchen Orten.« Er seufzte, als sei er erleichtert, und lehnte sich mit dem Stuhl zurück. Vermutlich tat das Valium seine Wirkung. Jury fragte sich, ob Valium bei Nikotinentzugserscheinungen half. »Angela interessierte sich sehr für alte Kulturen, besonders indianische. Die der Hopis, der Anasazi. Sie fuhr mit Mary dauernd nach Mesa Verde.«

»Verzeihung, was ist Mesa Verde?«

Malcolm bedachte ihn mit der milden Verachtung, die er sich

wohl für Touristen vorbehielt. »Mesa Verde ist berühmt wegen seiner Ruinen – Felsenhäuser und dergleichen. Anasazi-Ruinen.«

»Hat Mary Hope sich auch dafür interessiert?« Es paßte eigentlich nicht zu der Lektorin der Nancy-Drew-Romane.

Er nickte und rieb sich die Schläfen. »Vermutlich ja. Weil Angela sich dafür interessierte und nicht allein dahin wollte. Mary hat Angela geliebt. Sie ist dreizehn und wird bald hundert. Sehr anstrengend.«

»Was heißt?«

»Sie schaut mich immer an, als sei ich ein Nichts.«

Jury lachte. »War sie eifersüchtig? Auf Ihre Beziehung mit Angela?«

»Da hätten wir's mal wieder, was? Immer nur Sex im Kopf. Nein, so eine Beziehung hatten wir nicht. Nicht, daß ich mich nicht redlich bemüht hätte.« Er grinste anzüglich.

Jury nahm es ihm ohne weiteres ab, wenn Corey auch nicht der Typ war, der vergebliche Eroberungsversuche zugab. »Wenn sie sich für diese Dinge interessierte, was ist dann mit der New-Age-Bewegung?«

»Mit der hatte Angela nichts am Hut. Sukie Bartholomew steht auf so was, die Kuh. Haben Sie schon mit ihr gesprochen? Sie hat den Laden direkt neben dem Silver Heron. Verscherbelt Aromatherapiescheiß. Kristalle und so weiter.«

»Sie ist aber mehrfach in Sedona gewesen?«

»Da war doch jeder schon mal.«

»Ich nicht. Eine Amerikanerin und eine Britin waren hier, von denen wir annehmen, daß sie Angela Hope kennengelernt haben.«

»Oh? Ist das von Bedeutung?«

»Ich glaube ja. Sie sind beide tot.« Er brachte die Fotos von Helen Hawes und Frances Hamilton zum Vorschein. »Haben Sie die beiden Frauen je auf der Canyon Road gesehen?«

Malcolm schüttelte den Kopf. »Nein. Komisch. Aber mir kommt es eher wie Zufall vor.«

»Möglich. Aber wenn man genug Zufälle beieinander hat, hm, dann sieht die Sache schon anders aus.« Jury schaute über die Straße zu dem kleinen Juwelierladen. »Mrs. Hamilton hat eine Türkisskulptur mit nach London gebracht, in die eine silberne Figur des Kokepelli eingearbeitet ist. Meiner Ansicht nach handelt es sich um eine Arbeit von Angela Hope. Wissen Sie Genaueres?«

»Silber und Türkis sind hier sehr verbreitet.« Malcolm rückte die Pfeile auf dem Deckel der Aspirinflasche zurecht. »Mein Kopf bringt mich noch um. Und dabei kann ich jederzeit angepiepst werden.« Er zog die Stirn in tiefere Falten.

»Angepiepst?«

»Wegen des Films. Sie haben doch bestimmt die Teams an der Plaza gesehen. Eine Statistenrolle, ohne Text, aber –« Er zuckte die Achseln und rieb sich dann die Schläfen, als habe ihm die Bewegung weh getan.

Plötzlich fiel Jury ein, daß Wiggins ihn mit einem Vorrat seiner Schmerzmittel ausgerüstet hatte, und zog eine Plastiktüte heraus. Darin befanden sich etliche kleinere Beutel. Sieben. Jeder war mit einem Buchstaben und einer Farbe versehen. Jury hatte die Erläuterungen fortgeworfen, war aber jetzt überrascht, daß er nicht das ganze Zeug hatte verschwinden lassen. Er legte die sieben Beutelchen nebeneinander. »Vielleicht hilft Ihnen eins von denen hier.« Er starrte die bunten Buchstaben und Zahlen finster an. Was zum Teufel war »K«? Kopfschmerzen? Kater? Da Jury nie einen Kater hatte, mußte es gegen Kopfschmerzen sein. Doch warum sollte er sich den Kopf über »K« zerbrechen, wenn nichts von den Mittelchen auch nur einer Menschenseele helfen würde? Er betrachtete die drei Beutel mit den sorgfältig bunt ausgemalten Ziffern. Das »K« war rot, als gehörten alle Tütchen mit einem roten Punkt dazu.

»Darf ich fragen, worum es sich da handelt, Superintendent?«

»Das hat mein Apotheker für mich zusammengestellt. Eins hilft schon bei einem bestimmten Leiden, aber zwei zusammen wirken Wunder.« Jury schob das mit »K« bezeichnete hinüber. »Gegen

Kopfschmerzen. Und das hier kuriert alle Begleiterscheinungen. Übelkeit et cetera.«

Malcolm runzelte die Stirn und beäugte die beiden kleinen Plastikbeutel. »Sieht wie Unkraut aus.«

Jury grummelte nur. Genau das enthielten die Dinger vermutlich auch – Kräuter. Bestimmt hatten Wiggins und Mrs. Wassermann die Köpfe zusammengesteckt. Ihm fiel wieder ein, wie sich Wiggins diese idiotische Rauke in die Nase gestopft hatte. War angeblich gut für die Stirnhöhlen. Rauke, Rosmarin. Hätten die beiden zu Ophelias Zeiten gelebt, wäre diese ein Bild blühender Gesundheit gewesen.

»Ich stehe nicht so auf Kräutermedizin«, sagte Malcolm skeptisch. »Chemie, jederzeit, immer her damit. Warum schnallen die Leute nicht, daß Valium und Perkodan Mutter Natur bei weitem überlegen sind?« Er schüttelte die Flasche.

Aber Valium und Perkodan konnten mit Illusionen, Lügen und Sergeant Wiggins nicht konkurrieren. »Stimmt ja normalerweise auch. Doch wenn man dieses Zeug hier zusammen nimmt, löst sich jeder Brummschädel in Wohlgefallen auf. Verlassen Sie sich darauf.« Leider hatte Jury keine Ahnung, was man wie kombinieren mußte. Die bunten Buchstaben gehörten angeblich zu den bunten Ziffern. 2.2/3–5. Was zum Teufel sollte das heißen? 2.2 bedeutete vielleicht doppelte Dosierung. Herrje, warum versuchte er überhaupt, es rauszubekommen? Er schob Malcolm das Tütchen zu. »Also, von dem hier, da nehmen Sie zwei Portionen.«

Malcolm runzelte die Brauen. »Zwei? Und wieviel ist das?«

»Eine Dosis sind drei Milligramm und die andere fünf.« Jury schaute ihm mutig in die Augen. »Aber man nimmt zweimal drei. Ich weiß«, sagte er beschwichtigend, »daß es sehr kompliziert klingt.«

Malcolm kratzte sich am Kopf. »Gott, Ihr Apotheker sollte bei den Jungs da im Institut arbeiten. Also, wie nehm ich das Zeug? Einfach so schlucken?«

»In Brühe ist am besten.«

»Was für Brühe?«

»Bouillon.« Die kesse Kellnerin stellte gerade zwei weitere Kaffee hin. Malcolm bat sie um eine Rindfleischbouillon.

Als freue sie sich, ihm schlechte Neuigkeiten mitteilen zu können, schüttele sie ihre Ringellöckchen und sagte: »Wenn es nicht auf der Karte steht, kannst du es nicht haben.«

»Wieso? Du stehst doch auch nicht auf der Karte, und ich habe...«

Sie schaute ihn wütend an. Auf ihren Wangen erschienen rotglühende runde Flecken.

Sie stolzierte davon, Malcolm zuckte mit den Schultern.

Allmählich mochte Jury Malcolm Corey. Er war nicht so fade, wie es zuerst den Anschein gehabt hatte. Eher sarkastisch als eingebildet. »Erzählen Sie mir mehr über Angela Hope.«

»Ich weiß ja nicht viel. Sie wohnen außerhalb der Stadt und haben, glaube ich, eine Haushälterin, eine alte Indianerin. Die habe ich aber nie gesehen. Die Eltern sind vor Jahren gestorben, und Angela brauchte sicher Hilfe, weil Mary noch so klein war, jemanden, der sich mit um das Kind kümmerte. Aber ehrlich gesagt, wenn es einen Menschen gibt, um den man sich nicht kümmern muß, dann Mary. Dafür lege ich meine Hand ins Feuer.«

»Aha, macht einen auf cool? Wir alle brauchen aber doch irgendwann einmal jemanden, der sich um uns kümmert. Sie und Mary haben es wohl nicht so miteinander, oder?«

Das fand Malcolm sehr witzig. »Freundlich ausgedrückt. Aber nicht nur ich und Mary. Sie sieht einen an, als schaue sie direkt durch einen durch. So nach dem Motto: Kann jemand wirklich so blöd sein, sich in mein Blickfeld zu stellen?« Er lachte und schaute hinter sich, als stehe dort genau ein solcher Jemand. Vielleicht wartete er aber auch nur ungeduldig auf seine Rinderbrühe. »Doch wie gesagt, ich bin nicht der einzige. Sukie Bartholomew müßte eigentlich jedesmal tot umfallen, wenn Mary sie anschaut.«

»Sie ist ein kleines Mädchen«, warf Jury ein.

»Na ja. Sie hat Angela immer regelrecht beschützt. Bei den beiden habe ich mich manchmal gefragt, wer sich um wen kümmert. Ich glaube, Mary sah Sukie als Bedrohung.«

»War sie eifersüchtig, weil diese Frau mit ihrer Schwester befreundet war?«

Malcolm räusperte sich, eine derart alberne Vorstellung konnte er nur mit Verachtung strafen. »Eifersucht ist eins dieser profanen Gefühle von uns Sterblichen, über die Mary weit erhaben ist.«

»Ach, kommen Sie.« Jury lachte. »Sie reden ja so, als sei sie gar nicht recht menschlich.«

»Oder übermenschlich.« Malcolm dachte nach. »Ich glaube, sie redet mit Bäumen und Kojoten. Und sie hat sogar einen und will mir weismachen, es sei ein Hund. Nichts weiter als ein Hund.«

»Ein zahmer Kojote?« lachte Jury.

»Keine Ahnung. Aber ich mache immer einen weiten Bogen um den verdammten Köter.«

Die Kellnerin kam mit der Tasse Bouillon und setzte sie Malcolm kommentarlos vor. Dann eilte sie von dannen.

»Und jetzt rühr ich das Zeugs hier rein?« Als Jury nickte, streute er den Inhalt beider Tütchen in die Brühe. Jury sah zu, wie er daran nippte. »Hm. Schmeckt nicht schlecht.« Er zog die Nase kraus. »Ein Hauch Majoran ist auch drin, glaube ich. Oder Salbei.«

»Kann sein.«

»Wie lange braucht es, um zu wirken?«

»Zehn Minuten. Nicht so lange wie Valium.«

»Sukie verkauft solchen Scheiß haufenweise – o Verzeihung, ich wollte nicht sagen, daß das hier auch Scheiß ist. Sukie fährt auf die alten indianischen Heilmittel ab. Wurzeln. Steine. Baumrinde.«

»Steine?«

»Ja. Kiesel und so was.« Er blies auf die Bouillon und trank den Rest.

Diese Kur mußte Jury Wiggins empfehlen. »Was für Kiesel?«

»Weiß der Henker.« Malcolm kratzte ein wenig Erde zwischen den Steinplatten heraus und zeigte auf ein paar kleine Steinstücke. »Solche.« Dann lehnte er sich wieder zurück, hob das Gesicht gen Himmel und schloß die Augen.

»Ich möchte Sie etwas fragen. Wenn Angela Hope ermordet wurde –«

Malcolm riß die Augen auf, als sei vor ihm ein Dutzend Blitzlichter losgegangen. »Ermordet?«

»Möglich ist es.«

»Angela ermordet? Wollen Sie von mir wissen, ob ich jemanden kenne, der sie so sehr haßte, daß er sie ermordete?« Er schüttelte den Kopf. »Nein, da fällt mir keiner ein. Wenn es jemand von hier gewesen wäre, hätte er ja nach England jetten müssen.« Er runzelte die Stirn. »Die einzige, die in England war, war Dolly Schell, ihre Cousine.«

»Um die Leiche zu identifizieren.«

»Da hätte sie sich aber ein bißchen viel Zeit gelassen, was, wenn sie sie hätte ermorden wollen?« frotzelte Malcolm.

»Aber es gibt auch noch andere Motive als Haß. Geld. Liebe. Rache.«

Wieder schüttelte Malcolm den Kopf. »Also, so dicke hatte Angela es nicht. Und ich bezweifle ernsthaft, daß sie sich jemals so verhalten hat, daß ihr jemand ewige Rache schwor. Ich glaube auch nicht, daß Psyche sie aus Liebe zu meiner Wenigkeit umgebracht hat.« Er warf Jury ein kurzes Lächeln zu.

»Konkurrenz?«

»Hm ...« Seine Stimme erstarb. »Wir werden jedenfalls beobachtet, seit Sie sich hingesetzt haben.« Er schaute nicht in die entsprechende Richtung, Jury auch nicht. »Diese blöde Kuh.«

»Ja, das sagten Sie schon.«

»Haben Sie das Santa Fe Institute auf dem Programm? Da gibt's einen Typen, einen von den Wissenschaftlern, der sie, glaube ich, ziemlich gut gekannt hat.«

»Anders. Mit dem habe ich aber noch nicht gesprochen.«

Malcolm rieb sich die Schläfe. »Mir geht's beschissen.«

»Es sind aber noch keine zehn Minuten vergangen. Verlassen Sie sich auf mich.«

»Tu ich ja«, sagte er ohne große Überzeugung.

Sie blieben ein paar Minuten sitzen. Malcolm hing mit geschlossenen Augen im Stuhl. Jury schaute direkt über die Straße in das in Schatten getauchte Gesicht von Sukie Bartholomew. Er winkte. Sie verschwand sofort.

»He.« Plötzlich schlug Malcolm die Augen auf. »Sie haben recht, es ist beinahe weg.«

»Schön. Gut, ich muß gehen.« Jury steckte die restlichen Plastikbeutel ein und stand auf. Als er auf einem ein »N« erspähte, seufzte er. »Sie haben nicht zufällig eine Zigarette?«

»Ich rauche nicht.«

»Gott sei Dank.«

27

Wenn jemals ein Foto einem Menschen nicht gerecht wurde, dann das von Nils Anders auf dem Umschlag seines Buches. Unter anderem verriet es nichts davon, wie lebendig der Mann war, obwohl der Text selbst es sicher vermittelte. Er war beträchtlich hübscher als auf dem Foto und persönlich so fesselnd, wie die ersten Seiten vermuten ließen. Jury stand in Anders' Büro im Santa Fe Institute und dachte, wenn der Mann sich entschlossen hätte, Priester, Missionar oder Guru zu werden, hätte er Jünger en masse gefunden. Wäre er Serienmörder geworden ... Gott steh uns bei.

Auf Frauen mußte er einen absolut verheerenden Einfluß haben. Die Frau, die bei Jurys Eintreten mit ihm sprach, war, jedenfalls ihren Blicken nach zu urteilen, seinem Zauber schon erlegen. Jury blieb in der Tür stehen, als sie Anders zum Essen einlud.

Worauf dieser erwiderte: »Ich schaff es, glaube ich, nicht, Dolly.«

»Selbst du mußt essen«, sagte sie, als seien ihm normale menschliche Bedürfnisse fremd.

Jury begriff sofort, daß Dr. Anders sich weder über seine Wirkung auf diese Frau noch die Auswirkung seiner Ablehnung klar war. Als sie sich umdrehte, um zu gehen, war ihr Gesicht starr vor Enttäuschung. Sie rauschte, ohne Jury eines Blickes zu würdigen, durch die Tür. Er trat zur Seite und lächelte. Sie nicht.

Anders bot ihm einen Plastiksessel an und setzte sich auf einen hölzernen Drehstuhl. Während Jury ihm den Grund seines Besuchs erläuterte, schaukelte er langsam und rhythmisch vor und zurück. Als er aufhörte, quietschte der Stuhl. »Angie.« Er schüttelte kurz den Kopf, schaute nach unten ins Leere und nach oben, an Jury vorbei.

Jury war überrascht, daß er sonst nichts sagte. Er hätte angenommen, daß Nils Anders dauernd in Bewegung sein und seine Energien ständig in Worten oder Taten entladen mußte. Statt dessen blieb er, nachdem er den Namen einmal ausgesprochen hatte, ein paar Augenblicke ruhig sitzen. Jury war froh, daß er die Abkürzung des Namens benutzt hatte. Es verriet eine gewisse Nähe. Aber darüber ließ Anders sich nicht weiter aus.

Jury fuhr fort: »Sie sind ein guter Freund von ihr, Dr. Anders, oder?«

»War ich, ja.« Dann wurde Anders stutzig. Seine sich ständig verändernden Augen wurden dunkler. »Wollen Sie wissen, ob wir eine sexuelle Beziehung hatten?«

Jury zuckte leicht mit den Achseln. »Ich frage nur. Sie müssen natürlich nicht antworten.«

Anders' Blick verneinte diese Möglichkeit. »Ich habe nicht viel Zeit für Frauen, Mr. Jury. Liebesbeziehungen sind zu kräftezehrend.« Er schwieg und schaute wieder in die Luft. »Ich war einmal verliebt...« Seine Stimme erstarb; sein Tonfall war ein wenig verwundert, fragend, zweifelnd, als rufe er sich eine schlecht formulierte Hypothese in Erinnerung, ein ergebnisloses Experiment, über das er sich immer noch den Kopf zerbrach und sich fragte, wo es schiefgegangen war.

»Warum haben andere den Eindruck, Sie hätten eine Liebesbeziehung gehabt?«

»Weiß ich nicht.« Anders lachte. »Da müssen Sie diese anderen fragen, meinen Sie nicht?«

Er schaukelte in dem Drehstuhl und lächelte. Jury beschlich das unbehagliche Gefühl, daß er sich über ihn, Jury, amüsierte. Dann fragte er: »Warum ist es wichtig, ob oder ob nicht?«

»Ich weiß es nicht, Dr. Anders, um die Wahrheit zu sagen. Ich versuche nur, mir ein Bild von Angela Hope zu machen. Von ihrem Leben.«

Anders nickte, verkreuzte die Hände im Nacken und beugte sich ein wenig zur Seite. Eine jungenhafte Geste, als spiele er Flugzeug und wolle gleich losfliegen. Er sagte: »Verstehe. Unter der Voraussetzung natürlich, daß es überhaupt sinnvoll ist, daß Sie hier sind.« Er schenkte Jury ein blitzendes, völlig entwaffnendes Lächeln.

Es sprach für ihn, dachte Jury, daß es ihn überhaupt nicht interessierte, wer Jury den Eindruck, er sei mit Angela liiert gewesen, vermittelt hatte.

Dann sagte er nüchterner: »Angela, ja.« Seine Augen schienen sich buchstäblich zu bewölken, das Blau verflüchtigte sich zu winterlichem Grau. »Bitte glauben Sie nicht, daß ich mit meiner Haltung Angies Tod als belanglos abtun möchte. Ich fühle mich ziemlich leer. Ich mochte Angie sehr, ich war gern mit ihr zusammen und habe gern mit ihr geredet. Was ich nicht von vielen Menschen behaupten kann. Man braucht ihnen ja nur die kleinste Chance zu geben, und sie stehlen einem mit ihrem geistlosen Geschwätz die Zeit. Angela nicht; wenn sie redete, redete sie über Dinge, die ihr wichtig waren.«

»Darf ich fragen, was für Dinge?«

Es schneite, die Flocken waren groß wie Steine und erinnerten auch deshalb daran, weil sie so schwer herunterfielen. Anders' Blick war auf einen Punkt draußen fixiert, Jury fühlte sich regelrecht gezwungen, ihm zu folgen.

Dicke Schneeflocken fielen auf die Straße, die vielleicht einmal Brachland durchschnitten hatte, nun aber an Anwesen vorbeiführte, die Millionen Dollar wert waren. Jury wartete, doch Anders antwortete nicht.

»Dr. Anders?«

»Hm? O Verzeihung. Ich habe den Schnee angeschaut. Sieht aus, als sei er von hinten beleuchtet, stimmt's? Angela. Hm.«

Jury folgte seinem Blick. »Erinnert Sie der Schnee an Angela?«

»Nicht direkt. Aber schließlich sind nur wenige Dinge direkt, meinen Sie nicht? Licht ist mein, äh, Thema, würde man wahrscheinlich sagen. Mein Schwerpunkt. Ich habe ein Buch geschrieben –«

»Ich habe es auf Angelas Bücherregal gesehen.« Daß er es geborgt hatte, erzählte er nicht.

»*Zersplittertes Licht* bedeutet im Grunde nur ›zerstreutes Bewußtsein‹.«

»Soll heißen?«

»Soll heißen . . . heißen. ›Fehlendes Zentrum‹ wäre zu einfach ausgedrückt. Aber mehr kann ich im Moment nicht sagen.« Er lächelte. »Ich bin heute ein bißchen durcheinander.«

Womit er vielleicht andeuten wollte, daß Jury durcheinander war. Oder die conditio humana selbst. Auch Jury lächelte. »Wofür hat sich Angela interessiert, können Sie mir das erzählen?«

»Klar. Außer für ihre Arbeit, die Kultur der Hopis, der Anasazi, Mythen, Rituale, das Land – dieses Land, meine ich. Es ist sehr schön, finden Sie nicht?« Als Jury nickte, fuhr er fort: »Sie glaubte, es habe alles etwas mit dem persönlichen Seelenheil zu tun. Mit ihrem.«

»Inwiefern?«

»Schwer zu begreifen, was ›inwiefern‹ für andere bedeutet. Ich sage Ihnen eines: Sie hatte große Achtung vor der Stille. Was manche Leute schwer akzeptieren können. Gut, ich schon. Ich entfleuche sowieso immer in die eine oder andere Welt, wenn ich in meinem Dämmerzustand bin. Eine ärgerliche Angewohnheit, hat man mir mehr als einmal gesagt. Angie hatte irgendwie einen Hang zum Mystischen ...« Er hielt inne und runzelte die Stirn. »Aber offen gestanden, und sosehr ich es auch hasse, überheblich zu sein: Es ging um diesen modischen Mystizismus. Sie wissen schon, Mantras herunterleiern oder in sich versunken vor Ikonen und Kerzen in einer Ecke beten. Die Art. Saft- und kraftlos.«

Anders äußerte sich zwar nicht direkt abschätzig, aber das lag wahrscheinlich nur daran, daß Angela Hope eine gute Freundin von ihm gewesen war. »Was meinen Sie mit Saft und Kraft?«

»Die Sorte Mystizismus, mit dem man sich in der Sporthalle austobt, bis man Eimer voll Wasser schwitzt. Wie der heilige Johannes vom Kreuze. T. S. Eliot. Die Art.«

»*Vier Quartette* stand auf ihrem Bücherregal. Sah ganz schön abgegriffen aus.«

»Na ja.« Anders enthielt sich eines ausführlicheren Kommentars.

»Hat sie sich sehr für Ihre Arbeit interessiert?«

Er lachte. »Hätte sie bestimmt, wenn sie was kapiert hätte.«

Jury lächelte. »Ich habe ein wenig in Ihrem Buch herumgelesen. Ich habe es irgendwo in der Mitte aufgeschlagen. Und ich muß zugeben, für mich ist es zu hoch.«

»Man soll nie in der Mitte anfangen. Nie.«

»Und wie betrachte ich dann einen Kreis?«

Wie alles an Anders war auch sein Lachen gewinnend. »Okay, was soll's, eins zu null für Sie.«

»Schön wär's. Ich wünschte, ich könnte diese abstrakten Gedanken begreifen.«

»Sie wollen mir doch nicht erzählen, daß Sie nur auf der Ebene des Faktischen denken?« schnaubte Anders.

»Doch, ich glaube schon.«

Nils Anders zählte die Argumente an den Fingern ab: »Sie

kennen Angela Hope nicht, Sie wissen nicht, warum sie gestorben ist, Sie wissen nicht, ob Sie irgendwas in Santa Fe in Erfahrung bringen. Und trotzdem sind Sie hier. Fünftausend Meilen von zu Hause entfernt, sitzen Sie hier auf diesem Stuhl.«

»Nein, da liegen Sie falsch. Es gibt Beweise, auf Grund derer wir es für sinnvoll hielten, daß ich hierherflog und mich auf diesen Stuhl setzte.« Lächelnd erzählte ihm Jury von der Verbindung zwischen den drei Frauen, dem Adreßbuch, der merkwürdigen Kette von Ereignissen.

»Das sind keine Beweise, das sind Schlußfolgerungen. Abstraktionen. Wo ein Schatten ist, muß auch ein Mensch sein. Platos Höhle, obwohl es Plato nicht darum ging.«

Jury schüttelte den Kopf und lächelte. Er fühlte sich zunehmend wohler. Für das Spiel war er zu haben. »Also, der Grund meines Hierseins ist wohl eher, daß ein Freund von mir, auch ein Polizist, die Todesfälle Angela Hope, Helen Hawes und Frances Hamilton genau unter die Lupe genommen und drauflosspekuliert hat.«

»Eben!« Anders' Faust schoß in die Luft, als sei er ein Kind, das gerade den Hauptgewinn in einem Spielautomaten oder bei einer Lotterie gewonnen hatte. »Drauflosspekuliert, genau, was ich meine. Meiner Ansicht nach ist das Leben ein einziges Drauflosspekulieren. Nur schade, daß die meisten Menschen sich mit der Idee nicht anfreunden können. Sie ist ihnen nicht geheuer. Wir weigern uns, anzuerkennen, daß man sich auf eine sogenannte vollkommen irrationale Hypothese eher verlassen kann als auf eine Schlußfolgerung, die man aus beweisbaren Voraussetzungen zieht –«

Jury unterbrach ihn, bevor er sich zu sehr in seinen Theorien verfing. »Ganz so philosophisch sind die Gründe für Mord nicht. Sie sind viel unkomplizierter.«

Nils Anders' Augenbrauen gerieten in wilde Bewegung. »Oh? Reden wir über Mord?«

»Ich fürchte, ja.«

Mit beinahe selbstzufriedener Miene kreuzte er die Arme und sagte: »Gut, da beiß ich an.«

Jury lachte. »Ich weiß nicht so genau, ob ich will, daß Sie sich auch noch darin verbeißen.«

»Ich will die unkomplizierten Gründe hören.« Er langte hinter sich und zog ein Exemplar seines Buches hervor, holte einen Stift aus der Tasche und kritzelte etwas auf das Vorsatzblatt. Als das erledigt war, nahm er ein Blatt Papier und begann die Ecken ordentlich zu falten.

»Geld, Rache, unerwiderte Liebe, Habgier – gut, das wär wieder Geld – und Zorn. Und so weiter.« Jury wurde ein wenig unbehaglich.

Anders starrte ihn an. »Das ist Ihre Vorstellung von ›nicht philosophisch‹? He, he!« Seine Hand schoß zum Telefon. »Rufen wir mal Plato an. Oder Kant.« Er ließ den Hörer wieder auf die Gabel fallen. »Mr. Jury, Ihre Terminologie besteht nicht gerade aus lauter direkt verwandelten Schüssen, so ganz ins Tor treffen Sie damit nicht. Ganz abgesehen von Ihrem merkwürdigen Verständnis des Terminus ›philosophisch‹. Woher haben Sie außerdem bloß die Vorstellung, daß der Begriff ›unkompliziert‹ die Antithese dazu ist?«

»Hören Sie, Dr. Anders.« Jury fand Anders' Ton und Lächeln eine Idee zu herablassend. »Ich meine ›klar‹. Sie wissen, was ich meine.«

Gefährlich herablassend, fand er, als Anders mit der Faust auf den Tisch schlug und die Papiere hochsprangen. »Wie sollte ich, bitte schön?« Er beugte sich vor und fixierte Jury mit seinen blauen Augen, als wolle er ihn an die Wand nageln. »Die Leute sagen immer, ›Sie wissen, was ich meine‹. Wie kann ich es wissen, wenn Sie es selbst nicht einmal wissen?« Er lehnte sich zurück und lächelte. Der Dreisekundenanfall war vorüber.

Jury schüttelte den Kopf. »Dem Polizisten in Exeter – er ist Divisional Commander – würden Sie gefallen.«

»Dem Drauflosspekulierer?«

Jury nickte. »Er hat mich gerade erst mit seinem Gerede von Vorstellungen wie ›tiefe Zeit‹ halb in den Wahnsinn getrieben.

Und dabei habe ich ihn immer für den typischen rationalen Kriminalbeamten gehalten. Und mich immer für jemanden, der mehr nach Gefühl und Instinkt funktioniert. Offenbar habe ich mich geirrt. Ich scheine vernünftiger und damit oberflächlicher zu denken.«

Nils Anders stöhnte, als habe er einen absichtlich begriffsstutzigen Studenten vor sich. »Mr. Jury, ›rational‹ hat mit tief und oberflächlich nichts zu tun. Und es ist auch nicht das Gegenteil von ›emotional‹. Warum halten die Leute so hartnäckig an diesem Glauben fest?« Nun sah Anders wirklich so verwirrt aus, als gehe die menschliche Sturheit weit über seinen Horizont. »Dem, was wir immer gern als ›emotional‹ bezeichnen, liegt eine eigene Rationalität zugrunde. Sehen Sie sich doch die menschlichen Verhaltensweisen an. Vollkommen janusköpfig.« Er hatte seinen Papierflieger zu Ende gefaltet. »Ich bin zu dem Schluß gekommen, daß es vier Verhaltensweisen gibt. Zwei sind gut – zum Beispiel das ›ich liebe dich‹, das auch ›ich liebe dich‹ bedeutet, und das ›ich hasse dich‹, das ebenfalls genau das bedeutet. Die beiden anderen sind schlecht – das ›ich liebe dich‹, das ›ich hasse dich‹ bedeutet, und vice versa. Aber ihnen allen unterliegt ihre eigene Rationalität.« Er lächelte Jury an. »Und oberflächlich sind Sie nicht. Das weiß ich.«

»Woher?«

»Weil Sie nun«, er ließ seinen Flieger über Jurys Kopf segeln, »seit mehr als einer Viertelstunde hier sitzen und mit mir reden. Die meisten Leute suchen schon nach fünf Minuten das Weite. Wir hier vom Santa Fe Institute sind nicht erste Wahl, wenn zu Dinnerparties geladen wird.«

»Wie dumm. Mit Ihnen wären diese dämlichen Veranstaltungen wahrscheinlich viel erträglicher.« Jury versuchte sich zu erinnern, wann er das letztemal eine Dinnerparty beehrt hatte. In Bradford, in Yorkshire, oder? »Danke.« Anders wirkte nüchterner, sein Ton ernster. »Sie glauben, Angie ist ermordet worden?«

»Möglich ist es. Wahrscheinlich aber war es doch eher ein Unfall.« Jury schüttelte den Kopf. »Hielten Sie sie für suizidgefährdet?«

Anders stieß ein ungläubiges kleines Lachen aus. »Wenn Sie das dächten, wären Sie nicht hier.« Er nahm ein Blatt Papier und begann einen neuen Flieger zu falten. Dann sagte er zu seinen fleißigen Fingern: »Scotland Yard tut doch bestimmt das Seinige, die Dinge zu entmystifizieren.« Der Flieger segelte aus seiner Hand, beschrieb einen Kreis und landete schließlich neben einem Aktenschrank. Anders beobachtete die Landung und seufzte. Dann gab er Jury sein Buch.

»Oh – danke schön.« Jury schlug es auf und las die Widmung. Lächelte. Dann sagte er: »In dem Bericht des Gerichtsmediziners steht, daß Angela möglicherweise nicht ganz gesund war. Wissen Sie, ob sie etwas am Herzen hatte?«

Anders schüttelte den Kopf. »Ich weiß, daß sie sich jeden Virus einfing, der durch die Canyon Road wanderte. Und sie litt unter Migräne.«

»Oh. In dem Fall hatte sie vielleicht Zugang zu einer Reihe von Medikamenten.«

»Vergessen Sie's«, sagte Anders lachend. »Es sei denn, man kann sich eine tödliche Überdosis Ginseng oder nordamerikanische Ulme oder kanadische Gelbwurzel verpassen. Angela nahm nichts. Eine Überdosis Tylenole 3? Nichts da. Sie hat immer gesagt, sie würde nur im alleräußersten Notfall Medikamente nehmen. Dollys schlechteste Kundin.«

Jury begriff nicht. »Wessen schlechteste Kundin?«

»Dollys. Die Frau, die es eben so eilig hatte, daß ich Sie gar nicht miteinander bekannt machen konnte. Die hier war, als Sie kamen. Sie ist Apothekerin. Dolly Schell.«

Jury war überrascht. »Meinen Sie Dolores Schell?«

Anders bejahte. »Stimmt, ich habe ganz vergessen, daß die Polizei in England sie gebeten hat, Angela zu identifizieren. Genau. Das muß schlimm gewesen sein.«

»Ich habe gestern abend bei ihr angerufen. Da war sie nicht da. Ich möchte mit ihr reden.«

»Versuchen Sie es in der Apotheke. Am Old Pecos Trail. ›Schlechteste Kundin‹ nur deshalb, weil Angie Ärzte haßte. Also kam sie auch nicht mit Rezepten zu Dolly. Ich glaube, sie gab der Medizinerzunft die Schuld an der Krankheit ihrer Mutter. Brustkrebs, zu späte Diagnose.«

»Die Polizei hier in Santa Fe hat mir erzählt, die Eltern seien bei einem Flugzeugabsturz umgekommen.«

»Ja, aber ihre Mutter wäre ohnehin bald gestorben. An der späten Diagnose war sie unter Umständen selbst schuld. Angela hat von Ärzten nichts mehr erwartet, das kann ich Ihnen sagen.« Er zuckte mit den Schultern. »Womöglich nur eine Ausrede, damit sie nicht zum Doktor mußte. Die meisten Menschen erfinden aus Angst Ausreden, meinen Sie nicht?« Sein Blick ging wieder zu dem Papierflieger, als sei er enttäuscht, daß er nicht richtig flog. »Haben Sie schon mit Mary gesprochen?«

Etwas änderte sich – der Tonfall, die Atmosphäre. Sie war erfüllt von etwas, das Jury nicht ausmachen konnte. Er schaute Nils Anders an, aber der hatte den Blick gesenkt.

»Noch nicht. Ich weiß nicht, wo sie ist.«

»In der Schule.«

»Heute ist Samstag.«

»Ach, tatsächlich? Na ja, Mary lebt sowieso nach ihrem eigenen Zeitplan. Wie oft hat Angela sie gesucht.« Anders lachte. »Einmal hat sie sie mitten in der Wüste, ungefähr eine Meile von ihrem Haus entfernt, gefunden. Mary saß mit ihrem Hund auf einem Felsen. Als Angela fragte, was sie da machte, sagte Mary: ›Nichts.‹ Und Angie meinte, das hätte sie ihr abnehmen müssen. Sie hat einen Hund, der heißt Suma.«

»Mr. Corey hat mir davon erzählt. Er meint, es sei kein Hund, sondern ein Kojote.« Jury lächelte.

Auch Nils Anders lächelte. »Jede Wette. Mary behauptet immer, er stammt von einem deutschen Schäferhund ab, weil die

Leute nicht so gern Kojoten auf den Fersen haben. Egal, er begleitet sie überallhin. Er heißt mit Spitznamen Sunny. Herrlich.« Er begann zu lachen. »Zu witzig. Ein Hund mit Spitznamen.«

»Und mögen Sie sie?«

Anders war überrascht. »Mary? Aber ja, natürlich. Wer würde sie nicht mögen?«

»Zwei Leute könnte ich Ihnen nennen.«

Mit einer Handbewegung tat er deren Meinung ab. »Sukie Bartholomew hat was Biestiges.« Das sagte er zwar verächtlich, aber nicht bösartig, sondern so, als formuliere er ein Naturgesetz.

Jury lachte. »Na, die Meinung teilen Sie mit Malcolm Corey.«

»Er nun wieder. Mary ist keine typische Nullachtfünfzehn-Dreizehnjährige. Ich nehme an, wenn ein Kind beide Eltern verliert, und zwar beide auf einmal...« Er hielt inne. »Sie hatten Geld, die Eltern, meine ich. Die Mutter hatte es geerbt, der Vater erarbeitet. Die Darks – die Mutter war eine Sylvestra Dark – hatten ein wenig Geld. Martin Hope hatte mehr. Das merkt man Angela oder Mary aber überhaupt nicht an. Sie leben ziemlich einfach.«

»Angela war ungefähr zwanzig Jahre älter als Mary?«

»Ungefähr. Angie war – einunddreißig, glaube ich. Vielleicht zweiunddreißig. Sie haben sich sehr gemocht.« Er schwieg, drehte sich um und schaute wieder aus dem Fenster. »Es ist wirklich schlimm für Mary. Haben Sie es bei ihr zu Hause probiert?«

»Ich habe heute morgen angerufen. Aber keiner hat abgenommen.«

Anders runzelte die Stirn und kaute auf seiner Lippe. »Rosella – die Haushälterin – ist eigentlich immer da.« Nachdenklich fuhr er sich mit dem Daumen über die Stirn. »Mary war vielleicht nur draußen... eben auf ihre Weise beschäftigt. Mary ist ruhig – nein, das stimmt nicht. ›Still‹ ist vielleicht ein besserer Ausdruck.« Er lächelte. »Ich habe schon versucht, sie in ein Gespräch zu verwickeln – in ein ganz normales Gespräch, und sie stand einfach nur da wie die personifizierte Einsilbigkeit. ›Ja‹, ›nein‹, ›ja‹,

›brumm‹. Andererseits hat sie ein wilde Phantasie. Das heißt, sie saugt alles auf und spuckt dann manchmal Sachen aus wie ein Felsenvulkan.« Anders schaute Jury aus seinen klaren Augen an und sagte: »Sie glaubt, daß Angie ermordet worden ist.«

Jury war überrascht. »Und wem unterstellt sie welches Motiv?«

»Ich hab Ihnen doch gesagt, mit Einzelheiten hat sie's nicht so.« Nils Anders richtete den Blick wieder zum Fenster.

Da spürte Jury es erneut. Die Atmosphäre war plötzlich aufgeladen.

28

Auf ihre Weise hatte sie etwas Nostalgisches. Sie erinnerte Jury an die unzähligen Apotheken, in denen er als Kind gewesen war – die engen Gänge, die überfüllten Regale, die Waschlappen und Duschhauben, die am Ende eines Regals an Haken hingen. Nur daß in englischen Apotheken natürlich keine Getränke verkauft wurden. Schade, dachte er und betrachtete die Marmortheke, Chrommixer und Holzhocker, auf denen Kinder sich immer so gern drehen. Ein paar ältere Kinder waren auch dort, ein Junge und ein Mädchen schlürften Limonade. Hinter der Theke las ein großer, dürrer Junge eine Zeitschrift mit Namen *Flex*. Kraftlektüre für jemanden ohne Bizeps, dachte Jury.

Dolores Schell beugte sich im hinteren Teil des Ladens über eine Arbeitsplatte und las Rezepte, als er auf sie zuging. »Miss Schell?«

Überrascht hob sie den Kopf. Sie trug eine nicht sehr modische Hornbrille und war ziemlich klein, dünn und (wie Jury fand) »hibbelig«. Sie bewegte sich abrupt, beinahe zappelig. Dabei sah sie nicht unangenehm aus. Sie füllte eine umbrafarbene Flasche mit winzigen weißen Pillen. Beim Klang seiner Stimme rollten ein paar Pillen über die Theke. Ja, nervös. Deshalb war sie bestimmt auch so dünn.

»Mein Name ist Richard Jury. Wir haben uns – beinahe! – vor einer Stunde kennengelernt. Ich bin von Scotland Yard, CID. Ich würde gern einen Augenblick mit Ihnen reden.«

»Wegen Angela?« Er nickte. »Bitte.« Sie schraubte ein großes Glas Tabletten auf und begann, mit einem Trichter eine Anzahl in ein kleineres Glasgefäß umzufüllen.

Er lächelte. »Ich dachte, wir könnten uns vielleicht hinsetzen.«

Auch sie lächelte, doch nur kurz. »Tut mir leid, aber ich muß das jetzt erledigen – wie war Ihr Name?«

»Jury. Superintendent, Kriminalpolizei.« Noch einmal zückte er seinen Ausweis, hatte aber den Eindruck, daß sie es genau wußte.

»Ich habe hier haufenweise Rezepte zu erledigen, ein paar von den Leuten holen sie gleich ab.« Sie hielt einen kleinen Stapel weißer Bögen hoch und wedelte damit herum. Vielleicht wußte er ja nicht, was ein Rezept war.

»Okay. Stört es Sie, wenn wir uns unterhalten, während Sie arbeiten?«

»Keineswegs. Aber einen Moment bitte.«

Bei diesen Worten verschwand sie zwischen den Medikamentenregalen. Halb verborgen von den Flaschen und Gläsern, sah er sie sozusagen stückchenweise – ein rechteckiges Stück weißen Kittel, ein Stück braunes Haar, Finger mit unlackierten Nägeln. Sein Blick verfing sich in einer Reihe kobaltblauer, umbra- und amethystfarbener Flaschen, wie sie manchmal als Dekoration in Apothekenschaufenstern stehen. Während er Dolly Schell beobachtete, las er schweigend die Schilder – Stärkungspillen, Rizinusöl, Fiebermittel. Ohne sich von seiner Gegenwart im geringsten stören zu lassen, arbeitete sie ruhig und effizient. Entweder vermochte Dolly Schell ihre Gefühle extrem gut zu verbergen, oder ein Gespräch über ihre Cousine Angela rief keine Gefühle hervor.

Als sie mit mehreren Flaschen in der Hand zurückkam, sagte Jury: »Sie waren in Wiltshire, um Ihre Cousine zu identifizieren.«

»Ja, genau.«

»Soweit ich weiß, hat Angela Hope eine Schwester. Warum ist sie nicht hingeflogen?«

»Weil sie erst dreizehn ist. Und Angela war Marys einzige Angehörige. Ich weiß nicht, ich fand den Gedanken schrecklich, daß sie dorthin fliegen sollte, um das zu erledigen.« Sie zuckte leicht die Achseln. »Ich habe angeboten, statt ihrer zu fliegen.«

»Waren Sie und Angela eng befreundet?«

Dolly Schell füllte eine Flüssigkeit in einen kleinen Plastikbehälter ab. »Nein. Wir haben uns selten gesehen. Um ehrlich zu sein, ich glaube nicht, daß sie mich mochte.« Sie klang traurig, während sie weiße Tabletten in einen kleinen Umschlag schob.

»War Angela Hope eine Ihrer Kundinnen?«

Da bedachte Dolly ihn aber doch mit einem ironischen Lächeln. »Nur im äußersten Notfall. Angela hielt mehr von Kräutern und dem Wirken Gottes.« Sie ging zu den Regalen und stellte das Glas zurück. »Ich glaube nicht, daß sie hier in Santa Fe je die Praxis eines Arztes betreten hat.«

»Und wann war das?« Jury hob die Stimme, damit sie ihn hören konnte.

»War was?«

»Der äußerste Notfall?«

»Ach ... das habe ich nicht wörtlich gemeint.«

»Und wann im übertragenen Sinne?«

Diesmal brachte sie ein kleines Glas rosafarbene winzige Pillen mit zurück. Dann spannte sie eine Rolle leerer Etiketten in eine alte, geradezu antike Underwood-Schreibmaschine und beschriftete ein Etikett. »Angela hatte Migräneanfälle, die auf kanadisches Gelbkraut und Sassafraswurzeln nicht ansprachen.« Sie schaute sich mit einem kleinen schuldbewußten Lächeln um. »Ich habe ihr ein paar Tylenole 3 gegeben, ein verschreibungspflichtiges Medikament. Buchten Sie mich jetzt ein?«

Jury lächelte. »Die Befugnis habe ich nicht. Sie haben Detective

Inspector Rush gesagt, Angela habe als Kind manchmal rheumatisches Fieber gehabt.«

Dolly nickte. »Ja, das stimmt. Ich glaube nicht, daß es ernst war, aber so etwas kann einem später im Leben Probleme bereiten.« Sie zog das beschriftete Etikett aus der Maschine. »Zum Glück bekam sie diese Migräneanfälle nur selten. Sie wissen, wie die sind. Da kann einem speiübel werden.«

Jury dachte an das Erbrochene, das der Pathologe am Fundort der Leiche entdeckt hatte. Er wußte, daß Migräne schrecklich sein konnte, man konnte davon erblinden. Aber er bezweifelte sehr, daß Angela Hope deshalb in den tiefen, dunklen Steinschacht gefallen war.

Dolly klebte das Etikett auf eine umbrafarbene Flasche und ließ diese in einen kleinen weißen Umschlag gleiten, den sie schon beschriftet hatte. Dann griff sie zu einem Behälter mit einer grell rosafarbenen Flüssigkeit. (Damit gelänge es Wiggins wohl, alle Übel dieser Welt zu kurieren.) »Was wollen Sie eigentlich genau wissen? Ich glaube, so ganz verstehe ich nicht, warum Sie hier sind und Fragen stellen.«

Der Ton war nicht feindselig, sondern ganz sachlich. Jury antwortete: »Ein Divisional Commander glaubt, daß der Tod Ihrer Cousine eventuell etwas mit einem Fall zu tun hat, in dem er ermittelt.«

»Mir hat keiner was von solch einem Fall erzählt.« Sie schaute ihn scharf an.

»Als Sie mit der Polizei in Wiltshire gesprochen haben – mit Inspector Rush, nicht wahr? –, gab es keinerlei Hinweise, daß der Tod der anderen Frauen mit dem von Angela Hope zusammenhing. Oder daß die Umstände verdächtig waren. Wir wissen ja immer noch nicht genau, ob das der Fall ist.«

»Der anderen Frau*en*? Sie meinen, es gibt noch mehr Opfer?« Sie hielt die Flasche mit dem üblen rosa Zeugs in die Höhe und riß die Augen auf.

»Womöglich.«

»O Gott.« Sie stellte den Behälter auf den Tisch und wischte sich nervös die Handflächen an ihrem weißen Kittel ab. »O Gott«, sagte sie noch einmal.

Jury erzählte ihr alles Notwendige, und im Nu waren Gläser und Flaschen völlig vergessen. »Aber das ist . . .« Sie suchte nach Worten. »Das ist doch kaum zu fassen. Und warum ermitteln Sie hier in New Mexico, anstatt dort, wo es passiert ist?«

»Wir ermitteln hier und dort.«

Sie begab sich wieder an die Rezepte, nahm die Flasche mit dem rosa Zeugs, setzte sie wieder ab. »Sind aber noch zu keinem Ergebnis gekommen . . .?« Sie schwieg, schüttelte den Kopf und suchte wieder nach Worten. »Zäumen Sie das Pferd nicht vielleicht von hinten auf? Woher wissen Sie, daß es nicht umgekehrt ist? Daß in Ihrem Land jemand die eine Frau oder beide aus dem Weg schaffen wollte und Angela ihm in die Quere kam?«

Dolores Schell war nicht dumm. »Sie haben recht, das kann möglich sein.«

Jury beobachtete ihre geschickten Bewegungen und hoffte, daß sie bald mit den Rezepten fertig war. Denn diese Fünf-Quadratmeter-Klause ließ ihn geradezu klaustrophobisch werden. Wiggins hätte sich hier pudelwohl gefühlt, eingeschlossen mit diesen Wunderkuren, Schmerzmitteln und Tränklein. Als paradiesisch hätte Wiggins, fiel Jury jetzt auf, die Gläser und Flaschen empfunden. Hier gab es nicht etwa profane »Pillen« und »Säfte«, sondern Substanzen mit ans Magische grenzenden Kräften.

»Worüber lächeln Sie?« Dolly schraubte den Deckel auf ein riesiges Gefäß.

»Habe ich gelächelt? Ich mußte an einen Kollegen denken. Er wäre begeistert von Ihrem kleinen Raum hier.«

»Oh? So begeisternd kommt er mir nicht vor.«

»Sie sind kein Hypochonder, Miss Schell.«

Sie hatte sich soweit erholt, daß sie lachen konnte. »Wir sind alle Hypochonder. Und Sie können mich ruhig Dolly nennen.« Die Gläser wanderten zurück auf die Regale, die Fläschchen ordentlich in ihre weißen Verpackungen. Sie schaute sich zufrieden um. »So, das wäre erledigt. Billy kann einen Moment auf den Laden aufpassen. Er liest sowieso nur seine Bodybuilding-Gazetten.« Sie ging zu der Getränketheke, sagte ein paar Worte zu dem schlaksigen Knaben und kam zurück. »Wenn Sie wollen, nebenan ist ein Café.«

Nun war es an Jury zu lachen. »In dieser Stadt ist nebenan immer ein Café.«

Im muskat-zimtfarbenen Ambiente des Café-Buchladens nebenan nahmen sie auf Bänken Platz, die vollgestopft mit blumengemusterten Kissen waren. Dolly bestellte *Latte*, Milchkaffee; Jury einen richtig starken Kaffee, schwarz.

»Sie können's einfach nicht lassen, was?« sagte Jury und deutete auf ein Tablett mit verschiedenen Tassen mit Schaum. Dolly schaute ihn fragend an. »Das hier.« Er hob seine Tasse.

Sie lachte. »Nicht nur in Santa Fe. Heutzutage ist Cappuccino und *Latte* trinken eine landesweite Seuche. Na, eigentlich überall. Bei Ihnen gibt es Espressobars. Ich war in einer in Salisbury. Also, bitte.«

Er schüttelte den Kopf. »In Salisbury waren Sie in einer *Bar*. Einer echten. Wo der Chef eine Espressomaschine zu bieten hat.«

»Gut, Sie haben gewonnen. Egal, Salisbury ist wunderschön.«

»Ja. Sind Sie in der Kathedrale gewesen?« Sie nickte. »Es tut mir leid, daß die Umstände so unerfreulich waren.«

Sie senkte den Kopf. »Ja.«

»Sie haben gesagt, Sie und Angela seien nicht eng befreundet gewesen.«

Sie hob den Kopf. »Soll ich Ihnen die Wahrheit sagen?«

»Ist mir lieber als Lügen.« Er lächelte.

Dolly lehnte sich in die knallbunten Kissen und holte tief Luft. »Ich habe gesagt, daß Angela mich nicht sehr mochte. Vielleicht war das so, vielleicht auch nicht. Aber ich weiß, daß ich Angela nicht sonderlich mochte.«

»Oh? Warum nicht?« Jury dachte, er wüßte es. Einer so unscheinbaren, farblosen Person wie Dolly Schell fiel es sicher schwer, eine so hübsche, noch dazu künstlerisch begabte Frau wie Angela Hope zu mögen.

Sie schüttelte den Kopf und studierte ihre Tasse. Um ihre Mundwinkel spielte sogar ein Lächeln. Als wolle sie sich schelten. »Ich glaube, ich war eifersüchtig. Ich war böse, weil immer nur sie Glück im Leben hatte.« Sie seufzte. »Ich erzähle Ihnen mal ein wenig von meiner – unserer – Geschichte, ja?« Jury nickte und lehnte sich zurück. »Ich habe mein ganzes Leben hier in Santa Fe verbracht. Beziehungsweise in Albuquerque. Mein Vater hatte den Drugstore, und ich bin einfach nur in seine Fußstapfen getreten. Ich war ein Einzelkind. Nicht sonderlich abenteuerlustig und zudem aus der Kleinstadt. Aber Angelas und Marys Eltern – es fällt mir schwer, sie ›Tante‹ und ›Onkel‹ zu nennen, weil ich sie kaum kannte und selten sah und sie nicht unbedingt als Verwandtschaft betrachtete –, also, sie waren absolut überzeugte New Yorker. Wahrscheinlich sind sie nie westlich über den Hudson hinausgekommen. Sie reisten immer nur in die andere Richtung – nach Europa, Antigua, Kioto, in die Türkei, Orte und Länder, die ich nur aus Büchern kenne. Sie waren beide sehr schön. Ich meine, wirklich schön. So wie die Filmstars, die hier in der Stadt herumlaufen. Meine Tante Sylva – so haben wir sie genannt – war die jüngere Schwester meines Vaters, aber wenn man sie zusammen sah, hätte man das nie gedacht. Sie hieß Sylvestra Dark Schell. Dark war der Mädchenname meiner Großmutter, aber ich kann Ihnen sagen, sie war total anders als meine Großmutter. Jetzt hätte es Sylva hier gefallen, das reinste Hollywood. Aber damals haßte sie den Südwesten, sie verabscheute New Mexico, für sie war es tiefste Provinz. Also ging sie in den Osten, landete in Manhattan und heiratete Martin Hope. Mein Vater ist tot, er ist vor vier Jahren an Krebs gestorben. Und Sie wissen sicher, daß die Hopes umgekommen sind, als ihr Flugzeug – ihr Privatflugzeug – in einem winzigen Land mit einem unaussprechlichen Namen an einem Berg zerschellte.« Sie machte sich an ihrem kalten Kaffee zu schaffen. »Ich klinge vielleicht hartherzig. Aber ich kannte sie ja nicht. Jetzt würde ihnen Santa Fe vermutlich gefallen, es ist entdeckt worden, alle rasten aus, weil es immer schicker wird. Vor dreißig Jahren oder so war es ein verschlafenes Städtchen. Ist es teilweise immer noch, mißverstehen Sie mich nicht. Es ist nicht alles Glitzer und Schminke. Aber es ist zu – aufgesetzt, wenn Sie wissen, was ich damit meine. Das reinste Theater.«

Betrachtete sie sich selbst als »Außenstehende«, überlegte Jury, wie ein Bühnenarbeiter, der unbeachtet Kulissen schiebt und Seile zieht? Es gab ja wohl kaum einen Job, der mehr »hinter den Kulissen« ablief als der des Apothekers. Anspruchsvoll, aber auch einsam. Den Kneipenbesitzer im Angel zu Hause, den kannte er, seinen Apotheker aber nicht (zugegeben, er hatte mit ersterem geschäftlich auch weit mehr zu tun). Der einzige Mensch, der wahrscheinlich seinen Apotheker auf der Straße erkannte, war Wiggins. Die Anerkennung kriegten die Ärzte. Fühlte sich Dolly Schell auf dem, was sie als weit überschätzte »Bühne« ansah, nicht ausreichend gewürdigt?

Jury sagte: »Aha, ein amerikanisches Mekka. Aber bitte erzählen Sie weiter.«

»Gut, Sylvestra entkam in den Osten und heiratete Martin Hope. Er war ein reicher Bauunternehmer. Was er gebaut hat, weiß ich nicht so genau. Häuser, Wolkenkratzer, keine Ahnung. Vor sieben Jahren, als Angela fünfundzwanzig und Mary sechs war, sind sie umgekommen. Angela ist viel älter als Mary, aber sie verstehen – sie haben sich richtig gut verstanden. Was mich überraschte, weil sie so verschieden sind. Mary ist eigenwillig und nüchtern wie eine alte Dame, die sich kein X für ein U vormachen läßt. Und auch genauso stur. Weil sie im Osten überhaupt keine Familienangehörigen hatten, beschloß Angela, hierherzukommen. Als Kind hat sie uns auch mehrere Male besucht, wenn Martin und Tante Sylva ihre spektakulären Trips unternahmen und sie nicht mitschleppen wollten. Auch damals schon mochte ich sie nicht.« Mit einer trotzigen, dennoch bezaubernden Geste warf Dolly das glatte braune Haar nach hinten.

Jury lächelte. Ihm gefiel ihre Direktheit. »Mochten Ihr Vater und Ihre Mutter Angela?« Sie errötete und preßte die Lippen aufeinander, er mußte einen empfindlichen Nerv getroffen haben.

»Meine Mutter ist gestorben, als ich noch sehr klein war. Ich war nicht einmal ein Jahr alt. Mein Vater – ja, er mochte sie. Es war sehr schwierig, Angela nicht zu mögen. Also, sie war ja genau wie ihre Eltern – so bezaubernd hilflos. Ich hasse solche hilflosen Typen, vor allem, weil ich es ihnen nicht abnehme. Sie sind nur zu faul, auf eigenen Füßen zu stehen, und brauchen immer jemanden zum Anlehnen. Schauen Sie, als sie sich entschloß, hierherzukommen, war sie sechsundzwanzig. Trotz des vielen Geldes und all der Beziehungen brauchte sie immer noch jemanden, auf den sie sich stützen konnte, der sich um sie kümmerte. Und erkor Dad zu diesem Menschen.«

»Und hat er sich um sie gekümmert?« Jury meinte die Frage scherzhaft.

Dolly senkte den Kopf, sagte, sie wolle noch einen Kaffee, und schwieg, während Jury die Kellnerin herbeiwinkte. »Ja«, sagte sie dann mit tonloser Stimme. »Angela verstand es, die Leute dazu zu bringen, daß sie sich gern um sie kümmerten.«

»Das war doch bestimmt – sehr schwierig für Sie.« Er spürte, wie inadäquat die Worte waren.

»Dann starb er.« Sie schaute in den anderen Raum, zu den dunklen Gängen, wo die Bücher standen.

Jury überlegte, ob sie zwischen dem Tod ihres Vaters und Angelas Erscheinen einen Zusammenhang sah – eine irrationale Verquickung von Ursache und Wirkung. Als Kind, besonders als einziges, war sie gewiß der Mittelpunkt im Leben des Witwers gewesen.

Sie fuhr fort: »Angela wollte immer gern wie die New-Age-Leute sein. Sie wissen schon – Kristalle, Orte der Kraft, sich öffnen für andere Energien und Erfahrungen. Nicht materialistisch, spirituell leben. Kein Kunststück, sich einzubilden, man verachte materielle Güter, wenn man sie hat beziehungsweise das Geld, sie zu kaufen, meinen Sie nicht? Wenn man einen Jaguar fährt, kann man getrost einen Mercedes verschmähen.«

Jury lächelte. »Ja, bestimmt. Und Angela besaß die materiellen Güter?«

»Aber gewiß doch. Das Erbe kann nicht klein gewesen sein. Martin Hope war alles andere als arm.«

»Und wer bekommt nun das Geld? Ihre Schwester?«

»Vermutlich.«

»Und Sie?«

Dolly runzelte die Stirn und überdachte diesen Gedanken, als sei er ihr ganz neu. »Vielleicht. Aber dazu hätte Angela ein Testament machen müssen, was bei Leuten wie ihr selten ist. So in dem Stil: Wozu die Mühe?« Sie zuckte die Achseln.

»War sie in praktischen Dingen sorglos?«

Dolly nickte. »Tat jedenfalls so.«

Er lächelte. »Merkwürdig. Warum sollte sie sich die Mühe geben, so zu tun?«

»Vielleicht will man jemanden mit seiner weltabgewandten, poetischen Natur beeindrucken.«

Zum Beispiel Dr. Anders, dachte Jury, obwohl Dolly Schell weit danebenlag, wenn sie annahm, daß dieser Herr auf Hilflosigkeit und Verträumtheit ansprang. »Wollte sie wohl jemand Bestimmten beeindrucken?«

Dolly errötete, ihre Augen schossen hinter der dunkelgerahmten Brille hin und her, als wollten sie wegflattern. »Hm, nein. Niemand Bestimmten.«

Jury wollte nicht ins Gespräch bringen, daß Dolly Nils Anders attraktiv fand. »Also, Angela und ihre Schwester wohnten allein ... wo genau? Ich weiß nur, außerhalb Santa Fes. Ich würde gern mit Mary sprechen.«

»Na, dann viel Glück!« Dolly trank ihren frischen Milchkaffee.

»Oh? Ist es schwer, mit ihr zu reden?«

»Na ja, sie macht sich – rar.«

Jury lachte. »Rar? Was soll das heißen?«

Dolly lehnte sich zurück und drehte die Tasse auf der Untertasse. »Zum einen, daß sie oft allein loszieht, und zum anderen, daß Sie durchaus mit ihr reden oder sich einbilden können, mit ihr zu reden. Mary schaltet aber einfach ab. Hin und wieder arbeitet sie bei mir in der Apotheke. Sie bedient die Leute, die ihre Medizin abholen wollen. Oder schenkt Getränke aus. Doch nur gelegentlich, wenn Billy – mein Bote – und ich zur selben Zeit weg sind. Eins muß ich ihr lassen, sie ist sehr klug.« Dolly seufzte. »Sie mag mich nicht besonders. Sie ahnt, was ich von Angela gehalten habe. Und sie und Angela haben sich wirklich gut verstanden – Mary ist auf Gedeih und Verderb loyal –, trotz ihres Alters und obwohl Angela so anders war.« Sie schaute auf ihre Uhr und nahm rasch Mantel und Handtasche an sich. »Ich muß zurück. Billy ist nicht der Zuverlässigste.«

Sie wollte sich erheben, aber Jury legte ihr die Hand auf den Arm und hielt sie zurück. »Dolly, fällt Ihnen irgend jemand ein, der wollte, daß Angela starb?«

Wiederum von dem Gedanken überrascht, daß ihre Cousine ermordet worden sein sollte, setzte sie sich hin. »Sie ist doch an einem Herzinfarkt gestorben, oder nicht?«

»Ein Polizist in Devon meint, sie könnte auch vergiftet worden sein. Und Sie wissen vermutlich, daß das schwer herauszubekommen ist, wenn man nicht weiß, wonach man suchen muß.«

»Aber sie kannte doch niemanden in England.«

Doch, dachte Jury, Frances Hamilton und Helen Hawes. Das war das Problem. Er sagte: »Nein, ich meine hier. Es könnte ihr ja auch jemand nach England gefolgt sein.«

Sie starrte ihn an. »Wie ich, zum Beispiel? Wollen Sie meinen Paß sehen?«

»An Sie hatte ich nicht gedacht, Dolly. Ich hatte an niemand Bestimmten gedacht. Deshalb habe ich Sie ja gefragt.«

Sie entspannte sich ein wenig, lehnte sich auf der Bank zurück und schien nachzudenken. Dann schüttelte sie den Kopf. »Ich kann mir niemanden vorstellen. Da würde einem leichter jemand einfallen, der Mary aus dem Weg schaffen wollte.«

»Warum?«

»Ach, ich habe nur Spaß gemacht. Weil Mary viel weniger umgänglich ist als Angela. Angela hatte etwas . . . Vages. Hm, das ist nicht das richtige Wort. Mary ist jedenfalls alles andere als vage. Manchmal habe ich das Gefühl, daß sie einfach durch mich hindurchsieht. Sie ist viel bodenständiger als Angela.«

»Das hat Dr. Anders auch gesagt.« Als der Name fiel, war ihr Unbehagen deutlich sichtbar. »Er war mit Angela eng befreundet, stimmt's?«

Dolly schaute weg. »Die meisten Leute mochten Angela«, sagte sie ausweichend.

»Einer nicht.« Jury warf ein paar Geldscheine auf den Tisch und stand auf.

29

Als Jury die Speisekarte im Hotel La Fonda studierte, kam der Empfangschef auf ihn zu. Jury versuchte gerade, sich zwischen den Huevos Rancheros (immerhin hatte er heute morgen noch nicht gefrühstückt) und der »Old Santa Fe Trail«-Platte (Enchiladas, Bohnen, Posole, rote und grüne Chilisauce) zu entscheiden, als der junge Mann ihm eine Nachricht reichte.

»Der Anrufer sagte, es sei wichtig, ich solle Ihnen das geben, sobald Sie kämen.« Daß Jury ein britischer Polizist war, beeindruckte ihn mindestens ebenso, als wäre er ein Regisseur, der sich gerade seine Besetzung zusammensuchte.

Jury dankte ihm, blieb aber trotzdem stehen. Die Lobby war voll Menschen, der Speisesaal überfüllt. Auf der Plaza hatte er wieder Dreharbeiten gesehen. Sie war abgesperrt wie der Schauplatz eines Verbrechens, und die Einwohner Santa Fes und die Touristen standen haufenweise darum herum und gafften.

Er fragte den Empfangschef, ob es irgendwo ein Restaurant gebe, das nicht proppenvoll sei.

»Nein«, antwortete der junge Mann kurz und bündig, lächelte und starrte Jury immer noch an, als könne dieser ihm eine Rolle in einem Film über Scotland Yards neueste Großtaten besorgen, in *Priestley of the Yard* oder *The Whitechapel Horrors*. Schließlich zog er ab, um sich eintreffenden Gästen zu widmen.

Jury las die kurze Nachricht von Jack Oñate. Es sei wichtig, er solle sofort anrufen. Er schaute sich nach den öffentlichen Telefonen um. Die Leute – reiche Leute, schöne Leute, kalifornisch braune Leute – strömten nur so durch den Eingang des La Fonda, aber endlich entdeckte er um die Ecke neben dem Aufzug ein Telefon und steckte einen Vierteldollar hinein.

»Haben Sie Lust auf Colorado?« war Jack Oñates erste rätselhafte Frage.

»Nein, ich habe Lust auf die Old-Santa-Fe-Trail-Platte. Aber da Sie schon davon reden, vielleicht muß ich nach Colorado, um überhaupt was zum Mittagessen zu kriegen. Wo kommen im Februar all diese Leute her? Was ist in Colorado?«

»Aspen, Telluride – um nur zwei Orte zu nennen. Sie sollten Colorado unbedingt sehen, bevor Sie wieder abfliegen.«

Jury stöhnte. Offenbar wollte Jack seine kostbare Information so lange wie möglich für sich behalten. »Was ist so wichtig, Jack?«

»Na, Sie werden überrascht sein.«

»Toll. Dann schießen Sie los.« Jury studierte die mexikanischen Kacheln, mit denen die Wand vor ihm dekoriert war.

Dann hörte er Zellophan oder sonstwas knistern und knacken. Als Jack wieder in der Leitung war, aß er. »Okay, die Kolle'n in Co-lo-ahdo –«

»Jack, schlucken Sie erst mal runter, bitte.« Als versuchte man, mit Wiggins zu sprechen, wenn er gerade Nasentropfen nahm.

Jury fuhr mit dem Finger über das Einlegemuster der Kacheln und ermahnte sich, daß er Wiggins Blumen schicken mußte. Na ja, in ein paar Tagen war er sowieso zurück.

»Verzeihung. Heute morgen war jemand von der Staatspolizei aus Colorado und ein paar andere Typen hier, und sie haben über Mesa Verde geredet.« Erneut vernahm Jury Kaugeräusche, bestimmt hatte Jack wieder in die Pizza, das Sandwich oder was sonst gebissen. »Also, er hat über die Ruinen geredet – die großen wie Spruce Tree House und so weiter, und dann die kleineren, die nur Nummern tragen. Und raten Sie, was?«

Jury stöhnte. »Kann ich nicht. Sie wollten mich doch überraschen!«

»Gut, manchmal geben sie den kleineren auch Namen, einfach so aus Spaß, glaube ich.«

Das folgende Schweigen zog sich in die Länge, wieder raschelte Papier. Dann half Jury seinem Kollegen auf die Sprünge. »Und?«

»Also. Eins heißt Coyote Village. Wenn Sie hinwollen, nehmen Sie am besten hier ein Flugzeug und mieten sich dort ein Auto. Sonst brauchen Sie sechs Stunden.«

30

Mit den Worten, er habe nur noch eine Stunde, da sie bei Sonnenuntergang schließen würden, gab ihm der Parkwächter am Eingang eine Karte von Mesa Verde. Als Jurys Mietauto über die kurvenreiche Straße kroch, knallte die Sonne auf die Windschutzscheibe, als habe sie den Hinweis des Wächters gar nicht gehört. Noch war der Tag kalt und blau, die Wolken türmten sich, und die Luft war wie Glas. Inmitten silbriger Grasbüschel blühten zarte weiße Blumen am Straßenrand, deren Namen er nicht kannte.

Jury wußte genau, wie er die Ruine fand, die man spaßeshalber Coyote Village getauft hatte: ungefähr fünfzehn Meilen bis zum

Besucherzentrum und dann noch zwei Meilen. Warum er jedoch diesen Kurztrip unternahm, war ihm wesentlich obskurer. Vielleicht entdeckte er etwas, höchstwahrscheinlich nicht.

Er mußte das angeblich zur Linken befindliche Schild übersehen haben, denn auf einmal landete er neben einer der Hauptattraktionen, dem Cliff Palace, steuerte das Auto auf den Parkplatz und stieg aus. Von der Spitze des Plateaus aus schaute er in den Canyon, der sich tief unten durch die Felsen wand. Das Pueblo war wie ein Amphitheater in den Felsen hineingebaut. Es war ein höhlenartiger, drei- bis vierstöckiger Wohnkomplex, so in Stufen errichtet, daß die Dächer zu Veranden wurden. Die Anasazi hatten ihn buchstäblich mit bloßen Händen erbaut. Er war riesengroß. Jury schätzte, daß es mehr als zweihundert Räume darin gab. Während er hinunterschaute, zog er seinen Mantel enger um sich. Was war aus den Anasazi geworden? Wo waren sie hingegangen? Warum waren sie weggegangen? Wovor waren sie geflohen und hatten alles, was sie gebaut hatten, zurückgelassen? Ein gefährlicher Gedankengang, denn Jury mußte wieder an Jennys Verschwinden denken. »Verschwinden« war sicher übertrieben. Aber einen Felshang anzuschauen und über eine ganze untergegangene Zivilisation nachzudenken war auch kein Trost. Ein kalter Wind erhob sich und blies Tumbleweed-Knäuel über die Kante, wo er stand. Schließlich stieg er wieder ins Auto, er war der einzige Besucher auf dem Parkplatz. Er fuhr zurück und hielt nun konzentrierter Ausschau nach Coyote Village.

Er stand neben dem Auto und lauschte. Er hörte nichts als einen undeutlichen, entfernten Vogelruf, der so schwach war, daß er sogar dachte, er bilde sich ihn ein.

Musik.

Es war kein Vogelgesang, sondern Flötenspiel. Als er auf die Lichtung trat, blieb er wie angewurzelt stehen. Eine junge Frau spielte Flöte, ein langsames, trauriges Stück, als halte sie ganz allein eine geheime Zeremonie ab.

Sie war eher klein, dünn und knabenhaft. Ihr glattes, langes Haar war dunkelbraun, mahagonifarben, von der Sonne von einem Hauch Rot überzogen. Sie war ganz in Schwarz gekleidet. Von Kopf bis Fuß. Schwarze Lederstiefel, schwarzes Wollhemd, schwarze Cordjeans. Starkes, wenn auch milchiges Licht strömte durch die Bäume, färbte die Flöte perlgrau und schimmerte auch auf dem Stoff des Hemdes mit dem hohen Kragen, der bis unters Kinn zugeknöpft war. Die Jeans steckten in den Stiefeln. Nur ihre Hände und ihr Gesicht waren nicht bedeckt und im Kontrast zu der dunklen Kleidung und dem dunklen Haar sehr hell. Sie hörte auf zu spielen, hielt die Flöte mit beiden Händen fest und starrte einen Moment auf das Gelände. Dann drehte sie den Kopf und starrte Jury an.

Der stellte lächelnd fest, daß sie ziemlich grell geschminkt war. Lipgloss, dunkellila Lidschatten, schwarzer Eyeliner. Das alles in seltsamem Gegensatz zu ihrem düsteren Outfit und Alter, das er offenbar falsch eingeschätzt hatte. Sie war ein Mädchen – beinahe noch ein Kind –, keine junge Frau. Was er für knabenhafte Schlankheit gehalten hatte, war lediglich eine noch unentwickelte Figur.

Einigermaßen verwirrt blieb Jury eine Weile stehen. Sie musterten einander, und der Groschen wäre immer noch nicht gefallen, wenn nicht der Hund aus dem Gestrüpp auf die Lichtung gekommen wäre. Er sah wirklich aus wie die Kojoten, die er auf Bildern gesehen hatte – lange, dünne Beine, fuchsähnliche Schnauze, pechschwarze, von weißen Haaren umgebene Lippen, das silbrige Fell hatte die Farbe von Beifuß oder der Grasbüschel, an denen er auf dem Weg hierher entlanggefahren war. Und die Augen waren transparent, beinahe farblos.

Der Hund trottete herbei und blieb zwischen den beiden stehen, die Ohren nach vorn gerichtet, die großen eiswasserkalten Augen durchbohrten Jury.

Jury räusperte sich freundlich (er hoffte, daß es auch so ankam). »Was macht dein Hund?«

»Nichts. Er sagt nur hallo.«

»Polizeihunde habe ich noch nie so hallo sagen sehen.«

»Er ist ja auch kein Polizeihund«, sagte sie. Logisch. Dann durchbohrten ihre Augen ihn. Sie hatten dieselbe Farbe wie die des Hundes. »Sind Sie auch ein Polizist?«

»›Auch‹ weiß ich nicht, aber ja, ich bin Polizist.«

Sie ließ die Schultern sinken, und er hörte, wie sie leise »au, verdammt« sagte.

Jury behielt den sogenannten Hund im Blick, um mitzukriegen, was er vorhatte. Maß die Entfernung zwischen sich und dem Tier. »Bist du Mary Hope?«

Sie zog die Stirn in tiefe Falten. Dann spitzte sie den Mund und kaute an ihrer Lippe. Mit einer unbewußten, weiblich-koketten Geste warf sie ihr langes Haar über die Schulter zurück. »Mary Dark Hope.« Sie seufzte und zeigte zum Parkplatz. »Das Auto steht da hinten.«

»Das Auto?« Er trat einen Schritt vor, worauf sich auch der Hund sofort bewegte. Es war wie im Film, wenn der Bodyguard des Mafiabosses nach seiner Knarre greift. Vorsichtshalber ging Jury ein paar Schritte zurück. »Was macht er?«

Sie stöhnte. »Er ist nur freundlich.« Schweigen. Jury konnte beinahe sehen, wie sich die Rädchen in ihrem Kopf drehten. »Deshalb nenne ich ihn ja auch Sunny.« Dann fügte sie hinzu: »Deutsche Schäferhunde sind so. Sind Sie nicht von der Polizei? Sind Sie nicht wegen des Autos hier?«

»Nein.« Als der Hund sich bei dieser Antwort zu entspannen schien, fügte Jury mutig hinzu: »Ich bin von Scotland Yard.«

Sie neigte den Kopf und musterte ihn wieder. Eine winzige Bewegung, eine der wenigen, die sie gemacht hatte, seit sie ihn gesehen hatte. Sie rührte sich nicht, hielt weiterhin die Flöte fest. Ein reizendes Pärchen: Mary Dark Hope und der Kojote Sunny.

»Dann wollen Sie mich wohl nicht verhaften.«

Jury überlegte, bevor er antwortete. Dann sagte er feierlich: »Noch nicht.«

Die Antwort gefiel ihr. »Aber wahrscheinlich wollen Sie mit mir reden.«

Jury lächelte breit. »Ja, genau.«

Sie hatte soviel »Schmiere« im Gesicht (erzählte sie ihm, als sie über den Pfad zurück zu den Autos gingen), damit sie älter aussah, alt genug zum Fahren. Alt genug, damit sie durch das Parktor kam. Auf der Fahrt von zu Hause hierher hatte sie Angst gehabt, die Polizei würde sie erwischen. An ihrem Auto, einem staubigen alten Ford, lugte Jury durch das Fahrerfenster. »Telefonbücher?«

»Ich muß ja größer aussehen.«

»Du bist beinahe dreihundert Meilen gefahren und hast dabei auf Telefonbüchern gesessen?«

Weil sie ihm genau das ja soeben erzählt hatte, ersparte sie sich die Antwort, lehnte sich an den Ford und behielt den Blick starr auf die weit entfernten Berge gerichtet. Ihre Augen waren so blaß, daß sie beinahe farblos waren, klar wie Eis. Jury hatte bei Farblosigkeit bisher noch nie an Schönheit gedacht – doch schließlich gab es Diamanten . . . Quellwasser, schillernde Regentropfen . . .

Und Wodka, und Gin, hörte er Diane Demorneys Stimme seine Auflistung unterbrechen. Er lachte.

»Was ist so witzig?« Mary Dark Hope errötete ein wenig, er lachte doch bestimmt über sie.

»Nichts. Gar nichts. Ich mußte nur gerade an eine Freundin denken.« Er schwieg. »Es muß dir ja sehr wichtig gewesen sein, hierherzukommen.«

Immer noch antwortete sie nicht. Warum auch? Vielleicht lachte er ja wieder.

»Können wir nicht irgendwo hinfahren und miteinander reden? Vielleicht was essen?«

Bei diesem Vorschlag lebte sie auf. »In Durango ist ein Café, da sind wir immer hingegangen.« Rasch wandte sie den Blick zu dem Plateau, wo die sinkende Sonne einen Augenblick aufloderte und dann verschwand.

Jury bat sie nicht, das »wir« zu erläutern. »Ich fahre«, sagte er trocken und öffnete die Tür. »Glaubst du, ich brauche die Telefonbücher?«

Das ignorierte sie und warf statt dessen seinem Dodge Dynasty einen Blick zu. »Was ist mit dem? Soll der hier stehenbleiben?«

»Der ist sowieso gemietet, vielleicht fährt die Parkpolizei ihn nach Cortez. Wenn ich erkläre, warum das nötig ist«, fügte er drohend hinzu.

»Dann fahre ich«, sagte sie und wollte sich hineinsetzen.

»Raus!« sagte Jury und packte die Telefonbücher weg.

Sie öffnete die Beifahrertür und schob den Hund auf den Vordersitz.

»Nein«, sagte Jury, »der Hund kommt nach hinten.«

Angesichts dieser Willkür des Gesetzes zuckte sie gleichgültig die Achseln, stieg aus und öffnete die hintere Tür. »Wie Sie wollen, aber Sie werden's bereuen.« Sie knallte Sunnys Tür zu, setzte sich nach vorn und knallte ihre Tür zu. »Sunny ist ein schrecklicher Beifahrer, wenn er hinten sitzt.«

Nicht halb so schrecklich wie Mary Dark Hope vorn, entdeckte Jury auf den zehn Meilen über die kurvenreiche Bergstrecke, während der blasser werdende rote Schimmer der Sonne auf den hochaufgetürmten Wolkenbänken widerschien, die sie tief rosa färbte und sich über Felsplateaus und Beifußsträucher ergoß. Jury fand es atemberaubend schön.

»Wie gemalt«, sagte sie und konzentrierte sich wieder darauf, jede Kurve für ihn zu nehmen, jede Parkbucht, jedes starke Gefälle sowie jedes entgegenkommende und folgende Auto weit im voraus anzukündigen und überhaupt jedes Fahrmanöver Jurys zu kritisieren.

Sunny boxte Jury nur ab und zu mit der Vorderpfote gegen die Schulter.

Mary Dark Hope überlegte laut, wie um Himmels willen Jury es ganz allein hierhergeschafft hatte.

Jury überlegte, wie er den ganzen Weg zurück schaffen sollte.

In Durango hielten sie, um Kaffee zu trinken.

Alle drei.

Durango, Colorado, lag in einer Talschüssel, die von steil aufragenden Bergen umgeben war. Die Luft war klar und blau, sie fühlte sich an wie in sehr großer Höhe. Jury atmete tief durch, als sie sich zu Mary Dark Hopes Lieblingscafé begaben. (Kein Wunder, Tiere durften mit hinein.)

Mary ließ sich immer noch über Jurys miserable Fahrkünste aus, ihrer Meinung nach lag es daran, daß er Engländer war und diese sowieso nur Spielzeugautos auf der falschen Straßenseite durch schmale Gassen chauffierten.

»Also, hörst du jetzt auf damit?«

Sie ging an der Theke entlang und beäugte das ausgestellte Gebäck auf den hohen Tellern. »Ich habe ja nur Ursachenforschung betrieben, mehr nicht. Ich möchte zwei Gelee-Doughnuts und ein Quarkblätterteig. Und ein Eclair.« Sie schaute ihn mit hochgezogenen Brauen an, als gönne er ihr dieses üppige Mahl nicht, und erklärte: »Der zweite Doughnut ist für Sunny.«

»Willst du was trinken? Kakao? Limonade?«

»Nein, Cappuccino.« Ihr Ton war ein wenig herablassend. Schließlich waren sie in einer Espressobar.

Er weigerte sich aber, drei Cappuccini zu kaufen. »Der Hund kann Wasser trinken«, sagte er. »Vielleicht muß er fahren.«

Dieser kleine Scherz am Rande ging voll in die Hose, signalisierte ihre Miene.

»Schon gut, schon gut.« Jury trug die beiden Tassen, sie folgte mit einem Teller Gebäck. Der Doughnut wanderte unter den Tisch, wo Sunny lag und friedlich das Procedere beobachtete.

Sie aßen und tranken. Seine Fahrerei wurde erst einmal vergessen – oder zurückgestellt –, und sie erzählte ihm von Durango. »Es ist eine richtig altmodische Cowboystadt, das merkt man an den breiten Straßen und den vielen Saloons.«

Jury schaute sich die Frauen in den wunderschönen Stiefeln, den weichen Lederklamotten und Seidenschals an, die winzigen

Tassen und Platten mit Croissants, und versuchte sich die Espresso-Cappuccino-Bar voller Cowboys vorzustellen. Unter dem Tisch nagte Sunny an dem Doughnut, als sei er so hart wie ein Steakknochen.

Mary aß in aller Ruhe. Er beobachtete sie, wie sie auf den Cappuccino blies und mit ihrem Atem Muster in den Schaum zauberte. Ihr Blick war gesenkt, die Wimpern lang und dicht. Wahnsinn, dachte Jury. Das wird sie – eine Wahnsinnsfrau. Der Gedanke verstörte ihn, immerhin war sie erst dreizehn. Aber sie strahlte etwas verstörend Erotisches aus, widersprüchlich, als wolle die Frau sich gegen das kleine Mädchen durchsetzen. Zuerst hatte er sie ja für eine junge Frau gehalten, jetzt merkte er, daß das nicht nur an dem dicken Make-up gelegen hatte. Er fragte sich, wie Männer auf sie reagierten, welche Gefühle sie in ihnen hervorrief.

Außer mit der impliziten Anspielung in dem Satz »Aber wahrscheinlich wollen Sie mit mir reden« hatten sie Angelas Tod nicht erwähnt. Und Mary schien nicht geneigt, damit anzufangen. Also sprach Jury sie direkt darauf an. »Ich würde gern mit dir über deine Schwester reden.«

Mary hörte auf, den Milchschaum abzuschöpfen, blickte aber nicht hoch.

»Ich weiß, daß ihr, du und deine Schwester, immer gern nach Mesa Verde gefahren seid«, fuhr er fort. »War das einer von euren Lieblingsorten?«

Sie nickte und löffelte den Rest des Schaums ab. Dann sagte sie: »Vielleicht gibt es dort Geister.«

»Geister?«

»Ja, Angie glaubt an Geister. Rosella auch. Vielleicht hat Angie deshalb daran geglaubt, weil Rosella immer davon erzählt.«

»Rosella ist die Frau, die sich um dich kümmert?«

»Hm, hm.« Sie schnitt das restliche Gebäck in kleine Stücke.

»Vertritt sie jetzt, hm, einen gesetzlichen Vormund?« Jury fragte sich, was das Schicksal mit Mary Dark Hope vorhatte.

Sie schüttelte den Kopf, daß ihr dunkles Haar hochwirbelte. »Ein paar Damen vom Sozialamt sind vorgestern vorbeigekommen.« Bei der Erinnerung daran schaute sie Jury mit ihren Eiswasseraugen an.

Er war froh, daß er keine »Dame vom Sozialamt« war, und lächelte. »Rosella ist doch schon so lange bei euch, daß man sie sicher als geeigneten Vormund betrachten würde, obwohl ihr nicht blutsverwandt seid. Würde ich meinen.«

Wenn Mary das mit Erleichterung aufnahm, zeigte sie es zumindest nicht. Sie schaute ihn weiter an.

Nun verstand er, daß Erwachsene ehrfürchtig oder wütend auf sie reagierten; sie war so schwer zu durchschauen und distanziert.

»Dann hast du für die Geister Flöte gespielt?«

»Nein. Wegen der Erinnerungen.«

Er schaute sie an, aber sie hatte das Gesicht dem Teller zugewandt, auf dem jetzt nur noch ein kleines Stück Blätterteig und das Eclair lagen. Weil sie für ihre Hände keine andere Beschäftigung fand, drehte sie den Teller im Kreis. Jury schämte sich ein wenig; seine Frage war arrogant gewesen. Wegen der Erinnerungen. »Es tut mir wirklich sehr leid, Mary, das mit Angela.«

»Sie haben mir aber noch gar nichts erzählt.«

Jury erzählte ihr, wie sie ihre Schwester gefunden hatten.

Dabei betrachtete sie die ganze Zeit das Eclair, aß es aber nicht. »Würdest du dir das mal anschauen?« Jury zog die Fotokopie aus der Innentasche seines Mantels und strich sie auf dem Tisch glatt. »Es ist eine Seite aus einem Adreßbuch.«

Sie studierte sie einen Moment lang mit gerunzelter Stirn. »Da steht ›Coyote Village‹. Und die Ziffern?«

»Vermutlich Telefonnummern.«

»Ist es Angies Adreßbuch?«

»Sieht es wie ihre Schrift aus?«

»Nein.«

»Kennst du sonst noch jemanden, der gern dahin gefahren ist?«

»Nein. Die Touristen gehen hauptsächlich zu den ganz großen

Sehenswürdigkeiten – Balcony House, Spruce Tree. Angie –« Sie senkte den Kopf, er konnte ihren Gesichtsausdruck nicht erkennen. Als sie wieder hochschaute, war er so entfernt wie der Mond. »Angie mochte Coyote Village, weil da kaum jemand aufkreuzte, und sie – wir – hatten es ganz für uns. Bildete Angie sich immer gern ein.« Sie nahm ihr Eclair und biß ein Stück ab.

Jury faltete die Fotokopie, deren Knickkanten vom vielen Gebrauch schlaff geworden waren, und steckte sie wieder ein. »Bis jetzt habe ich von deiner Schwester den Eindruck gewonnen, daß sie weit mehr an geistigen Dingen interessiert war als an materiellen.«

»Deshalb haben wir ja auch keine Geschirrspülmaschine.« Nachdem sie die praktischen Herausforderungen des geistigen Alltags so schön auf den Punkt gebracht hatte, leckte sie ein wenig von dem Vanillepudding ab, der aus dem Eclair floß.

»Hat sie dir von Old Sarum erzählt?«

Sie schaute von links nach rechts, als wolle sie nachsehen, woher diese drollige Frage kam. »Was gibt's da groß zu erzählen? Es ist ein alter Ausgrabungsort, oder?« Sie ging mit sich zu Rate, ob sie sonst noch etwas über Sarum wußte, merkte, daß dem nicht so war, und beendete den Satz mit: »Stammt jedenfalls aus Urzeiten.« Mit der Zungenspitze fing sie noch einen Puddingtropfen auf. »Es ist eine berühmte historische Stätte. Das müssen Sie doch wissen, es gehört doch Ihnen.« Nachdem sie Old Sarum in Jurys persönlichen Besitz überantwortet hatte, glitt sie nach unten und gab Sunny einen Bissen Eclair.

Jury klopfte mit den Fingern rhythmisch auf den Rand seiner Tasse, entschied sich dagegen, damit zu werfen, und wartete, daß Marys Kopf wieder auftauchte. Dann fragte er: »Hatte Sarum für deine Schwester eine besondere Bedeutung? Eine besondere, darüber mache ich mir Gedanken.«

»Eigentlich nicht, aber schauen Sie: Wenn Sie Felsen und Ruinen liebten wie Angie, wollten Sie es dann nicht sehen? Und Stonehenge? Das ist doch auch dort. In der Nähe.« Sie bedachte ihn mit einem Blick, als bedürften seine England-Kenntnisse einer Auffrischung.

»Ja, dann würde ich es auch gern sehen.«

Sie zuckte mit den Schultern, trank ihren Kaffee und fuhr fort: »Sie war noch nie in England gewesen, und sie fand es toll, daß sie sich den ganzen Kram da anschauen konnte.«

Schweigend tranken sie ihren Kaffee. Dann sagte sie: »Die Menschen verursachen ihren Tod selbst.«

»Wie bitte?« fragte er verblüfft.

»Wenn Sie ein Zuñi wären, würden Sie es begreifen.«

»Ein Zuñi?«

»Das ist ein Indianerstamm. Rosella ist Zuñi.« Sie dachte nach. »Mehrere Male im Jahr muß sie zurück ins Zuñi-Pueblo.«

»Oh. Und warum?«

»Die Frauen dürfen sich nicht so weit vom Pueblo wegbewegen. Zuñi-Frauen verlassen es auch selten, weil sie mit ihrem Silber- und Türkiskram soviel Geld verdienen. Aber hauptsächlich, weil man von den Zuñi-Frauen erwartet, daß sie gute Ehefrauen sind. Sie müssen Festmahle für die Kachinatänzer kochen und sie bei den Tänzen bewundern. Selbst wenn eine Frau gestorben ist, muß sie nach Kachina Village und immer wieder die gleichen Dinge tun. Eine Schweinerei, meinen Sie nicht auch?« Sie wartete die Antwort nicht ab. »Die Zuñi glauben, man kann seinen eigenen Tod verursachen.«

»Meinst du zum Beispiel, indem man Selbstmord begeht?«

Sie schüttelte heftig den Kopf. »Nein, überhaupt nicht. Man kann seinen eigenen Tod beabsichtigen und es nicht einmal wissen, man kann ihn wollen. Wie –« Sie suchte nach Worten, um sich auszudrücken. »Man kann zum Beispiel meinen, man hätte einen Unfall gehabt, dabei hat man ihn selbst verursacht. Man kann auch seinen Tod herbeiführen, wenn man zu lange um jemanden trauert, also, wenn man die ganze Zeit traurig ist.« Nun hielt sie inne, musterte ihre schwarze Kleidung, schwieg und richtete den Blick auf einen weit entfernten Horizont da draußen in der Cappuccinomenge, in dem Raum voller Espressotrinker. »Also, an gebrochenem Herzen«, fügte sie hinzu.

Vor Staunen wußte er nicht, was er sagen sollte. Er nahm die Fotos aus der Tasche und legte sie Mary hin. »Kommt dir eine von den Frauen bekannt vor? Ich glaube, daß sie im letzten November im Laden deiner Schwester gewesen sind. Zumindest diese hier.« Er tippte mit dem Finger auf das Bild von Fanny Hamilton.

Sie nahm sie nacheinander zur Hand, studierte sie eingehend und legte sie wieder hin. »Warum meinen Sie das?«

»Weil Mrs. Hamilton – so heißt die hier – eine Türkisskulptur mit nach Hause gebracht hat. Einen Türkis mit einem silbernen Band um die Mitte. Und man kann sofort erkennen, daß Angela sie gemacht hat.«

»Weil Rosella es ihr beigebracht hat, deshalb war Angie so gut. Solche Arbeiten machen die Frauen im Pueblo.«

»Ich habe mehrere davon in Angelas Laden gesehen.«

»Müssen Sie keinen Durchsuchungsbefehl haben, wenn Sie in fremde Häuser gehen?«

»Ich habe einen. Willst du ihn sehen?«

»Vergessen Sie's.«

»Eines von den Dingen, die ich gesucht, aber nicht gefunden habe, ist eine Adressenliste oder ein Rechnungsbuch mit Adressen von Kunden.«

»Es gibt einen Rolodex.«

»Den habe ich gesehen. Es kam mir aber so vor, als stünden da eher private Adressen drin als geschäftliche.«

»Ich glaube nicht, daß Angie großartig Listen angelegt hat; sie hatte einen Buchhalter oder Steuerberater, der sich um so Zeugs gekümmert hat. Sie war sehr unorganisiert. Ich habe ihr immer gesagt, sie solle expandieren. Ihr Geschäft hätte viel besser laufen können, aber sie meinte, Geld bedeute ihr nicht viel und sie verbrächte ihre Zeit lieber an Orten wie Sedona. Das sei spirituell viel besser für sie.« Achselzucken. »Gut und schön, aber mir bedeutet Geld eine ganze Menge, und Sedona kann ich nicht ausstehen. Was sie für schräge Typen da kennt! Die hängen immer an den Energiefeldern rum.« Erneutes Achselzucken.

»Mary, was hast du gedacht, als du gehört hast, wie Angela gestorben ist? Es tut mir leid, daß ich dich das fragen muß, aber du hast sie besser als alle anderen gekannt. Für dich muß das doch unfaßbar gewesen sein.« Sie wartete so lange mit ihrer Antwort, daß Jury sich schon schämte, weil er eine so intime Frage gestellt hatte. Aber sie hatte einen derart offenen und beherrschten Eindruck auf ihn gemacht, daß er fast vergessen hatte, daß es sich bei der Toten immerhin um ihre Schwester handelte. »Tut mir leid. Reden wir nicht darüber.«

Aber offenbar wälzte sie das Problem noch von allen Seiten. »Ich habe überlegt, wie sie es gemacht haben«, sagte sie.

»Wie wer was gemacht hat?« Jury begriff nicht.

»Sie umgebracht haben.«

»Glaubst du, daß Angela ermordet worden ist?«

Nun war sie an der Reihe, ihn erstaunt anzuschauen. »Klar. Natürlich. Sie doch auch, sonst wären Sie ja nicht hier.«

»Warum würde jemand Angela umbringen wollen?«

»Rosella sagt, durch Hexerei. Sie wissen schon – jemanden aus der Ferne umbringen.« Sie zuckte die Achseln. Wandte sich wieder den Fotos zu. »Glauben Sie, daß es Kunden waren? Oder was?«

»Ja.«

»Ja, aber . . . wer sind sie?«

»Die hier ist aus Exeter. Das ist ungefähr hundert Meilen von Salisbury und Stonehenge entfernt. Die hier ist zwar Amerikanerin«, er nahm das Foto von Fanny, »aber sie wohnte in London – schon seit Jahren.«

»Wohnte?«

»Sie sind beide tot.« Er steckte die Fotos wieder ein.

Endlich hatte er mal was Interessantes gesagt. Und als habe diese Mitteilung sogar den Hund überrascht, spürte Jury, wie er sich bewegte und über seinen Fuß rollte.

Nervös fuhr sich Mary mit der Zunge über die Lippen. »Und Sie meinen, das hat was mit Angie zu tun?«

Jury nickte. »Ja.«

»Warum?«

»Das versuchen wir herauszufinden.«

»Waren sie befreundet? Lassen Sie mich die Fotos noch mal sehen.«

Jury zog sie wieder heraus. »Auch das wissen wir nicht. Aber es besteht Grund zu der Annahme, daß sie sich hier kennengelernt haben. Da sie beide aus England sind, wäre es nichts Ungewöhnliches, wenn sie sich hier angefreundet hätten, wenn auch nur flüchtig. Sie haben beide im La Fonda gewohnt. Zumindest für ein paar Tage.«

Nachdem sie die Bilder noch einmal angeschaut hatte, sagte sie: »Schwer, jemanden wiederzuerkennen, weil in der Canyon Road immer so viele Leute sind. Vielleicht hat jemand anderes sie gesehen. Mit wem haben Sie sonst noch gesprochen?«

»Mit der Dame, die den Laden neben dem Silver Heron hat – Bartholomew.«

Marys Meinung von Sukie Bartholomew spiegelte sich deutlich in ihrem Gesicht. Nils Anders hatte es ihr schon eher angetan. »Er ist nett. Er sagt, ich bin ein Soliton.«

»Ein was?« lachte Jury.

»Ein Soliton. Die haben doch lauter so komische Worte. Es bedeutet ›eigen–‹ . . .« Sie suchte nach der Definition. »Unabhängig oder so was. Egal, es ist jemand, der sich um sich selbst kümmern kann.«

»Das glaube ich. Ich habe den Eindruck, daß deine Schwester nur mit wenigen Menschen eng befreundet war.«

Mary schüttelte den Kopf. »Stimmt. Hauptsächlich mit Dr. Anders. Warum sie Sukie mochte, weiß ich nicht. Und Malcolm, haben Sie mit dem gesprochen?«

»Ja.«

Geringschätzig sagte Mary: »Er behauptet, er sei Schauspieler.

Wenn er nicht gerade Maler ist. Und ewig und drei Tage drehen sie in Santa Fe Filme. Wenn ich Robert Redford noch einmal sehe, kotze ich.«

»Ich habe die Dreharbeiten auf der Plaza gesehen. Meinst du den Film?«

»Wahrscheinlich. Das meiste schießen sie im Rancho del Nepp. Das ist so 'ne Touristenranch ungefähr zehn Meilen außerhalb.« Sie hielt inne. »Was ist mit Dolly? Haben Sie mit ihr geredet?«

Die Frage kam zu beiläufig, dachte Jury. Er hatte es bisher vermieden, von Dolly Schell zu sprechen, weil es Mary vielleicht weh tat. »Deine Cousine, ja, mit der habe ich auch schon gesprochen.«

»Sie ist nach England geflogen, um Angela zu identifizieren.« Ihre Stimme klang bitter, aber sie schaute Jury nicht an. Plötzlich glitt sie unter den Tisch. »Sunny schläft.«

»Er ist wirklich ein ziemlich ruhiger Hund.« Jury würde die Dolly-Geschichte später noch einmal aufgreifen.

»Wenn man ihn nicht ärgert.«

»Was ärgert ihn denn?«

»Also, ich glaube, er würde sich nicht gerade mit jemandem anfreunden, der mit einer Keule oder einer Axt auf mich losginge. Wenn er durch die Canyon Road flaniert, verschwinden die Leute in ihren Häusern.« Sie schüttelte ein wenig den Kopf und kniff den Mund zusammen, damit hinreichend deutlich wurde, was sie davon hielt. »Stellen Sie sich vor! Alle glauben, Sunny ist ein Kojote.«

Sie sprach es Ko-i-jote aus.

»Mary, er sieht aber auch so aus.«

»Quatsch! Haben Sie schon einmal einen Kojoten mit solchen silbrigen Augen gesehen?« fragte sie wütend.

»Nein, aber ich habe auch noch nie einem Auge in Auge gegenübergestanden. Wo hast du ihn aufgelesen?«

»Beim Rumlaufen«, antwortete sie vage.

»Wer ist rumgelaufen, er oder du?«

»Er war in der Wüste und noch ein kleiner Welpe und schnüffelte an einem Geierskelett herum. Und weil er bestimmt Hunger hatte, habe ich ihm mein Schinkenbrot gegeben«, erzählte sie unwirsch.

»Was hast du denn mit einem Schinkenbrot in der Wüste getrieben?«

Ach, sagte der verkniffene kleine Mund, du schnallst doch nichts. »Vermutlich dasselbe wie er.«

»Geierskelette gesucht?«

»Nööö.« Nun wurde ihr Mund kreisrund. »Ich fahre samstags immer in die Wüste und esse dort zu Mittag.«

Trotzdem sagte sie nicht, was sie »trieb«. Vielleicht gar nichts. Ein Soliton? Er lächelte. »Du solltest lieber ... ich weiß nicht ... mit deinen Freundinnen ins Kino gehen. Ich bin samstags immer ins Kino gegangen.« Wie bitte? Ihm fiel kein einziger Samstag ein ... aber doch, ja, er erinnerte sich an ein Kino namens Odeon. In der King's Road, oder war es in der Fulham Road gewesen? Er sah sich davor stehen, die Ankündigungen lesen, die Plakate ...

Sie starrte ihn böse an. Ihre Lieblingsmiene. Sie schaute ihn an, schaute weg, kurz hierhin und dorthin, die Möglichkeit für einen fetzigen Gegenschlag war so toll, daß sie sich nicht entscheiden konnte, welcher am besten war, und es ganz aufgab.

Jury lächelte ein wenig und kapierte allmählich, warum er hier den Dummen abgab (auch in seinen Augen). Er eignete sich als Zielscheibe. Wenn man gerade jemanden verloren hat, den man sehr liebt (und für ihn bestand kein Zweifel, daß Mary ihre Schwester liebte), ist es doch geradezu eine Erleichterung, einem Riesendepp – besonders einem von der Polizei – gegenüberzusitzen, auf den man sich einschießen kann.

»Ist ja auch egal, es ist keine richtige Wüste. Sie ist nicht mehr echt.« Nun war ihr Ton nicht mehr ironisch, sondern traurig.

Er beobachtete dieses Kind in der kohlrabenschwarzen Kluft, das nichts Kindlich-Verspieltes mehr an sich hatte, und fragte sich, ob nicht die pragmatische Mary statt der mystisch verklärten Angela (in den Worten von Nils Anders) »den Laden schmiß«. Sie hatte etwas derart Bodenständiges, etwas so Kompaktes, daß Jury nicht überrascht gewesen wäre, wenn er Wurzeln und nicht Schuhe am Ende ihrer geraden langen Beine erblickt hätte. Die Bilder in seinem Kopf liefen ineinander. Die Samstage mit Freunden – hatte es die überhaupt gegeben? Doch, das Kino, das Odeon, weiter unten in der Straße, ja (in der King's Road, da war er sich jetzt sicher). Der Park, in dem er Amy geholfen hatte, damit sie ihre Aquarelle zeichnen konnte... Marys Bemerkung über die Wüste (»wie gemalt«) hatte ihn darauf gebracht... Er schaute auf.

Mary sah erschreckt und besorgt aus, ihre klaren Augen waren getrübt, als entgleite er ihr gegen ihren Willen...

Sie schob aber nur ihren Teller beiseite und sagte: »Fertig.« Dann blickte sie sich in dem Raum um, als könnten jetzt alle nach Hause gehen, rutschte nach unten und schnappte sich Sunnys Leine.

Jury spürte, wie sich der Hund wachschüttelte. Als er wieder beieinander war, tauchte sein Kopf unter dem Tisch auf. Mit seinen Silberaugen betrachtete er Jury.

Trotz der Ladung Kuchen hatte Mary schon bald wieder Hunger. Gegen neun hielten sie zum Essen in der Nähe von Chamas vor einem rustikalen kleinen Restaurant, das keine besondere Küche bot. Sie bestellten Steaks und Pommes frites, als Beilagen grüne Chilisauce und Posole. Während der Mahlzeit fragte er sie nach Dolly Schell und dem Verhältnis der Schells zu den Hopes. Er achtete darauf, so sachlich wie möglich zu klingen. Ruhig antwortete sie ihm, erzählte aber nichts, was er nicht schon von Dolly wußte, und zerschnitt ihr Steak.

Die meiste Zeit schwiegen sie, aber es war ein unangestrengtes Schweigen. Es war einfach da.

Das Steak war gut, aber das Posole mit der Chilisauce fand Mary nicht sehr echt. Rosella kochte es viel besser. Sie bestand darauf, die Knochen mitzunehmen – einen für Sunny (den sie diesmal im Auto gelassen hatten) und einen für ein streunendes Tier an der Straße. Die gab es immer, sagte sie, und jetzt, da sie wieder in New Mexico waren, sahen sie bestimmt auch tote Hunde.

Sie hatte recht. Sie waren noch keine fünf Meilen gefahren, als die Scheinwerfer einen geisterhaft grauen, streunenden Hund am Straßenrand erfaßten, dessen gelbe Augen in den Lichtstrahlen aufblitzten. Mary bat Jury anzuhalten, damit sie dem Hund den Knochen hinauswerfen konnte.

Was die toten Hunde betraf, hatte sie auch recht. Zwei Stunden später kamen sie an einem großen toten Tier vorbei. »Nummer eins«, sagte Mary grimmig.

Vor ihnen leuchtete ein riesiger gelber Vollmond. Bei seinem Anblick rutschte es Jury heaus: »So einen Mond haben wir immer Bombermond genannnt.«

Warum redete er über den Krieg? Für jemanden in ihrem Alter mußte er so weit entfernt und irrelevant sein wie der Mond dort oben, angestaubt und langweilig wie ein altes Geschichtsbuch. Jury war deshalb überrascht, als sie das Wort wiederholte.

»Bombermond.« Sie dachte offenbar darüber nach.

»Wir hatten Verdunklung, London war vollkommen dunkel.«

»Und wenn dann der Mond richtig hell leuchtete, konnten die Bomberpiloten ihre Ziele sehen.«

»Ja.«

»Sind Sie in Luftschutzkeller gegangen?«

»Ja.«

Wieder schien sie nachzudenken. »Ist es Ihnen auch schon mal passiert, daß Sie es nicht mehr hineingeschafft haben?«

Für die Antwort brauchte Jury ein paar Momente. »Ja, ein paarmal. Besonders gegen Ende«, fügte er hinzu.

Mary Dark Hope legte den Kopf auf den Sitz. Den Mond hatte sie vergessen.

Irrtum.

»Als Sie ein Kind waren, muß ja alles noch richtig echt gewesen sein«, sagte sie.

Aus ihrem Mund klang es, als habe die Realität da noch Mumm gehabt, Saft und Kraft, wie sich Nils Anders ausgedrückt hätte.

Dann sagte sie: »Das ist aus und vorbei. Schauen Sie, ein Filmmond.«

Zehn Meilen später, als sie durch Española gefahren und auf dem Weg nach Tesuque waren, sahen sie am Seitenstreifen noch einen toten Hund liegen, einen Schäferhund. Und nur zwei Meilen danach wieder einen.

Jury sagte: »Schon drei. Mein Gott.«

»Land of Enchantment«, sagte Mary Dark Hope.

Vor ihnen sauste der Filmmond davon.

31

I

Die Rückfahrt von Bethnal Green nach Long Piddleton und Marthas *Boudin blanc* hatten Melrose wieder in bessere Laune versetzt. Nun nahm er mit besonderem Vergnügen sein spätes Frühstück ein, weil seine Tante nicht dabei war. Sie kreuzte zwar mittlerweile oft in aller Herrgottsfrühe und zu den unmöglichsten Zeiten auf, aber bisher war keine Spur von ihr zu sehen. Melrose lüpfte die Silberhauben der Platten auf dem Sideboard – buttertriefende Eier und saftige Würstchen. Es war beinahe zehn Uhr, als er sich den Teller füllte und ihn auf einmal das unangenehme Gefühl beschlich, er werde beobachtet. Er wandte sich von dem üppig beladenen Büfett ab und schaute zum Fenster. Momaday. Wirklich, der Mann mußte aufhören, immer so zu lauern.

Melrose setzte seinen Teller ab, ging zum Fenster und riß es auf. »Was machen Sie denn schon wieder hier, Momaday?«

Mr. Momaday tippte sich mit dem Finger an die Mütze und begrüßte Melrose, als kommunizierten sie immer durchs Fenster. »Hab eine Nachricht, Mylord.«

Ruthven und seine Frau Martha, die sich das »Mylord« nicht abgewöhnen konnten, hatten Momaday unfreiwillig indoktriniert.

»Eine Nachricht? Von wem?«

Die Antwort war nebulös. Das wußte Melrose von vornherein. »Von einem Jungen aus dem Dorf.« Wie ein Spion schaute der Mann sich verstohlen nach allen Seiten um.

»Wo – also, passen Sie auf, kommen Sie doch bitte in die Küche.« Melrose war schon lausekalt in der eisigen Luft, die durch das Fenster strömte. Außerdem war er wütend, daß er von seinen Würstchen weggeholt wurde, weil Momaday Verschwörung spielte.

Martha, bis zu den Ellenbogen mit Mehl bestäubt, und Ruthven, der vor einem kleinen Kamin eine Scheibe Toast aß, befanden sich in der Küche, die wie immer erfüllt war von den köstlichen, würzigen Düften der Mahlzeiten des Tages. Bei Melrose' Erscheinen stand Ruthven natürlich sofort Gewehr bei Fuß. Er war vor Melrose an der Tür, ohne daß er den geringsten Anschein erweckte, als beeile er sich. Naserümpfend duldeten Martha und Ruthven Momaday in der Küche.

Na klar, dachte Melrose, die beiden waren schließlich schon in den Diensten des siebten Earl und der Countess gewesen, bevor Melrose geboren worden war.

Sie hatten zum harten Kern einer beträchtlichen Anzahl Bediensteter gehört – Haus- und Küchenmädchen, Chauffeure, Gärtner – und es dann als selbstverständlich hingenommen, daß es nun ihnen allein oblag, mit Hilfe einiger Reinemachefrauen aus dem Dorf den Haushalt weiterzuführen. Auch der alte Gärtner, Mr. Peebles, war endlich in Rente gegangen (hatte offiziell getan, was er schon vor Jahren begonnen hatte, meinte Melrose). Für ihn war Momaday eingestellt worden.

Als er nun Seiner Lordschaft eine Nachricht überbrachte, drang er entschieden in Ruthvens Territorium ein. Melrose nahm ein mehrfach gefaltetes, schmuddeliges Stück Papier entgegen und fragte erstaunt: »Und warum wurde es Ihnen nicht übergeben, Ruthven?«

»War ja wohl nich hier, was?« antwortet Momaday für Ruthven und beleidigte ihn damit noch mehr. Darüber hinaus klang es wahrhaftig so, als tanzten hier in dem Moment, in dem Seine Lordschaft aus dem Haus war, die Mäuse.

»Es war notwendig«, sagte Ruthven steif, »daß ich zu Jurvis ins Dorf ging, um den Lammrücken abzuholen. Und Martha hat ihre Cousine besucht.«

Die Nachricht war von Dick Scroggs und besagte, daß Mr. Jury im Jack and Hammer angerufen habe, nachdem in Ardry End keiner dagewesen sei. Des weiteren, daß Mr. Jury Melrose bitte, Inspector Lasko in Stratford-upon-Avon anzurufen.

Klartext: daß Mr. Jury Melrose bitte, nach Stratford-upon-Avon zu *fahren*.

»Warum haben wir kein Fax?« fragte Melrose später an dem Morgen Ruthven in untypisch streitsüchtigem Ton, als sei dieser daran schuld. »Wir haben nicht einmal«, fuhr er mit Blick durch die mangelhaft ausgerüstete Anrichtekammer fort, die nun als Büro diente, »einen Computer.«

»Wir haben erst kürzlich eine Schreibmaschine erworben, Mylord«, erwiderte Ruthven, »was für unsere Zwecke ausreichend zu sein scheint.«

Melrose war unsicher, ob ihm dieser Ton behagte, da »unsere Zwecke« bedeutete, daß *Gin Lane* getippt wurde, welchselbige Aufgabe Ruthven mit großem Eifer übernommen hatte. Er genoß es, die Haushaltsbücher und Inventarlisten beiseite zu schieben, sich mit aufgerollten Hemdsärmeln an den antiken Nußbaumschreibtisch zu setzen und hingebungsvoll im Zweifingersuchsystem zu tippen, das er mittlerweile perfekt beherrschte. Melrose' handgeschriebene Seiten bewahrte er im Schreibtisch verschlossen auf (warum, wußten sie beide nicht). Nun schaute er sich die Notizen Seiner Lordschaft über den Trip nach London an. Melrose hatte einiges festgehalten und wollte den Rest Ruthven direkt in die Maschine diktieren.

Zum Diktat bedurfte es normalerweise Lou Reeds, der hinten im Salon loswummerte. Aus unerfindlichen Gründen regte dies Melrose' Kreativität an. Er liebte Lous »Marshal Law« inständig und spielte es mit Wonne, wenn Agatha wie ein alter grauer Seehund auf dem Sofa saß, Tee trank und zarte Küchlein in sich hineinstopfte.

... I'm the marshal in this town ...

beschwor weitere Visionen herauf, von Clint Eastwood zum Beispiel, den Melrose sehr mochte. Während Lou Reed Agatha kreischend in die Flucht trieb, war Clint Eastwood die Apotheose dunklen, teuflischen Schweigens. Wenn Melrose sich vorstellte, daß Clint am Kaminsims lehnte, war dessen Schweigen geradezu greifbar, nahm Form und Gestalt an und ermunterte Melrose zu weiteren Phantasien: Schonbezüge fielen auf Sessel und Sofa und besonders dorthin, wo Agatha saß. Sie bedeckten das Sofa und die darauf Sitzende, die unentwegt weiterredete und den Mund unter dem Stoff bewegte. Ein dunkler Fleck entstand, wo sie geisterhaft gedämpft die Luft einsog. Und wenn Melrose mit seiner Phantasie diesen Spezialeffekt nicht ganz zuwege brachte, konnte Clint Eastwood immer noch die Knarre ziehen und Agatha erschießen. Auch das passierte nicht selten.

Nun aber diktierte Melrose den Teil über das Essen in Bethnal Green, wobei seine Beschreibung von Bea Slocum recht farbig geriet (und er ihrer voll Zuneigung gedachte). Ab und zu machte er eine Pause, damit Ruthven mitkam. Melrose wollte natürlich ein Faxgerät, um Richard Jury diese Notizen nach Santa Fe schikken zu können.

»Also gut, wer hat eins? Irgend jemand muß doch eins haben.«

»Ich könnte mir vorstellen, daß Mr. Trueblood im Besitz eines Geräts ist, Mylord. Schließlich ist er Geschäftsmann.«

»Liebe Güte, hoffentlich nicht.« Trueblood richtete auch ohne die Hilfe moderner Technik genug Unfug an.

Ruthven spreizte seine müden Finger und dachte weiter nach. »Sie könnten sich im Wrenn's Nest erkundigen. Wahrscheinlich hat Mr. Browne eines.« Angewidert rümpfte er die Nase.

»Also, den bitte ich doch nicht um einen Gefallen! Es muß doch sonst noch jemanden geben.«

Sie dachten beide nach. Dann sagte Ruthven: »Es würde mich keineswegs überraschen, wenn Sie im Blue Parrot eines finden. Mr. Sly will doch immer das Neueste vom Neuen haben. Bei allem und jedem. Ich finde ihn allerdings ein wenig penetrant.« Ruthven hüstelte, während seine Finger wie zarte Flügel über die Tasten schwebten.

Das Blue Parrot war nicht weit von Ardry End entfernt, was Dick Scroggs häufig mit einem vernichtenden Blick in Richtung derjenigen erwähnte, die dort wohnten und eventuell Lust verspürten, in Slys Etablissement einzukehren. Es lag ungefähr zwischen Watermeadows und Ardry End. Nun jedoch war es mehr der Gedanke an Watermeadows und Miss Fludd als an das Faxgerät, der Melrose veranlaßte, Ruthven auf die Schulter zu klopfen. »Exzellent! Geben Sie mir die Faxnummer von Jurys Hotel. Wenn Sly kein Fax hat, fahre ich nach Sidbury.«

II

Sly hatte ein Faxgerät. Und war entzückt, daß Melrose es benutzen wollte. Er bot es natürlich an, als tue er dem Gast einen persönlichen Gefallen. In Wirklichkeit knöpfte er ihm ein Vermögen dafür ab.

Er kehrte mit dem Dreiseitenfax aus seinen Privatgemächern zurück und blieb hinter dem kupferverblendeten Tresen stehen.

Er sah aus wie ein Strichmännchen aus einer Kinderzeichnung, unglaublich groß und dünn, und rieb sich wie üblich in seiner besten Uriah-Heep-Manier die Hände. »Das macht dann drei Pfund pro Seite, Mr. Plant.« In einen Kürbis eingeritzt hätte sich sein vielzahniges Lächeln wunderbar gemacht.

»Ein gepfefferter Preis, was, Mr. Sly?« Melrose deutete mit dem Kopf in Richtung der Zapfhähne und fügte hinzu: »Und geben Sie mir ein kleines Glas von dem Cairo-Flame-Gebräu.« Melrose hatte das Gefühl, er brauchte ein bißchen Feuer unterm Hintern. Er legte drei Fünf-Pfund-Noten auf den Tresen – für die drei Seiten und das Bier. »Trinken Sie auch eins.«

Trevor umschloß das Glas mit seinen langen Fingern und sagte: »Drei Pfund ist nur eine Winzigkeit mehr, als es mich selbst kostet, Mr. Plant, denn es geht ja in die Staaten, nicht wahr? Und man muß auch berücksichtigen, wie bequem es für Sie ist.«

»Bequem? Wir sind hier mitten im Niemandsland! Und bei den Schlaglöchern auf der letzten Meile hierher ist mir bald der Auspuff abgerissen. Sie sollten die Straße richten lassen – dieser Zustand kann doch unmöglich gut fürs Geschäft sein.« Melrose waren sowohl Straße als auch Geschäft herzlich einerlei; er hatte gehofft, Miss Fludd werde aus einer dunklen Ecke des Blue Parrot auftauchen. Leider herrschte gähnende Leere.

Trevor Sly hatte Melrose sogar das Stichwort geliefert, nach ihr zu fragen. »Bequem ist es vielleicht für Leute, für die es nur ein Katzensprung ist und die nicht mit dem Auto fahren.« Lässig fügte er hinzu: »Wie die Fludds.« Und schwieg. Dito Sly, er schaute an Melrose vorbei in die Ferne. »War, eh, Miss Fludd in letzter Zeit mal wieder hier?«

»Ich glaube, ich hätte lieber das Kamel behalten sollen.«

Bei dieser rätselhaften Aussage fuhr Melrose auf. »Wie bitte?«

Trevor Sly war offenbar in Betrachtung seiner jüngsten Neuerwerbung versunken, denn er zeigte mit seinem knochigen Zeigefinger zur Tür. »Meine neue Lady, Mr. Plant.« Melrose drehte sich um und erblickte die angemalte Gipsfigur einer arabischen

Schönheit, die nun dazu diente, die Speisekarte des Tages zu zeigen. »Ich glaube, das Kamel war doch pfiffiger.» Er legte den Kopf zur Seite.

»Und potthäßlich.« Melrose ärgerte sich, daß sie vom Thema abkamen. »Aber es ist völlig unerheblich, weil Sie die Spezialitäten ja doch nie hatten.«

Sly gelang ein gleichzeitig kriecherisches als auch arrogantes Lächeln. »Also, das stimmt so nicht!«

»Doch. Das Fleisch ist angeblich Lamm, und dabei ist es immer nur Rindfleischgehacktes.«

»Ich leugne ja nicht, daß das ein- oder zweimal vorgekommen ist, aber –«

»Ha! Na gut!« Melrose glitt vom Barhocker, ging zur Dame mit der Speisekarte und versuchte, die pseudoarabischen Schriftzeichen zu entziffern. »Na gut, ich bestelle eine Portion von diesem Fatta-Zeugs. Hier steht ja, es ist ›Lammeintopf‹.« Er marschierte zurück zu seinem Hocker.

Völlig gelassen sagte Trevor Sly: »Dieses Gericht ist jetzt natürlich noch nicht fertig, Mr. Plant. Wie Sie sehr wohl wissen, bin ich genauso abhängig von Mr. Jurvis wie Sie alle. Natürlich noch existentieller als Sie. Sein Bursche sollte meine Bestellung um Punkt neun liefern, und jetzt ist es schon . . .« Sly schaute sich um und blieb dann mit dem Blick auf dem Zifferblatt einer Uhr hängen, die in den Schultern einer Sphinx ruhte (er favorisierte deutlich ausgehöhlte Objekte), »halb elf durch, und er war immer noch nicht da.«

Melrose seufzte und schob sein Glas über den Tresen, damit Trevor nachschenkte. Ach, dann war es jetzt die Schuld von »Jurvis Eins a Fleisch, Wild und Geflügel«.

»Am Dienstag«, fuhr Sly fort, »bin ich wie üblich hingegangen und habe meine wöchentliche Bestellung aufgegeben. Gut, im Gaststättengewerbe ist das immer problematisch. Aber bis jetzt ist der Lieferwagen noch nicht aufgetaucht.«

Melrose überlegte, ob er sich so lange hier herumtreiben sollte, bis der Wagen kam, und dann notfalls den Lieferburschen bestechen sollte, um zu erfahren, ob Sly überhaupt Lamm bestellt hatte. Während Sly ihm noch ein Bier zapfte, wurde er immer nervöser und gereizter, weil er hier saß und eine Möglichkeit austüftelte, das Thema Miss Fludd wieder aufzuwerfen. Er sagte: »Wo kommen eigentlich Ihre Gäste im wesentlichen her?«

»Aus Northampton würde ich sagen. Die jungen Leute mögen meine Diskonächte. Und die sind jeden Samstag. Und aus Sidbury kommen Leute, obwohl das Jack and Hammer näher liegt.« Er feixte vor Vergnügen. »Aber ich habe auch viel Laufkundschaft, also Leute, die nach Northampton fahren und unterwegs was trinken oder essen wollen.«

»Viele Leute mögen ja auch Hackfleisch.«

»Sehr witzig, Mr. Plant.«

»Gut, aber aus dem Dorf kommen nicht viele, oder?«

»Hm . . . nei-ein.« Sly schürzte die Lippen. »Die Leute in Long Piddleton gehen meistens ins Jack and Hammer. Bequemer, wie sie sagen.«

»Dann haben Sie also nicht viele Stammgäste. Ich meine, in der näheren Umgebung wohnt ja kaum jemand.« Es gab sechs oder sieben Häuser, und vier davon waren vermutlich fünf Meilen entfernt. Womit zwei übrigblieben. »Also, ich natürlich . . .« Melrose trank sein Cairo Flame und wartete. Nichts. Er holte tief Luft. »Und jetzt wohnen noch diese Fludds –«

»Mr. Trueblood kommt auch gelegentlich, wenn er auf Antiquitätenjagd über Land fährt. Er hat ein paar hübsche Pyramiden gesehen und mich gefragt, ob ich sie will. Er meinte, ich könnte sie im Raum verteilen, wissen Sie, in jede Ecke eine und je eine Palme dazu. Aber ich weiß nicht. Vielleicht ein bißchen übertrieben, finden Sie nicht?« In den hinteren Räumen klingelte ein Telefon. »Bin sofort zurück.«

Na, das ersparte ihm wenigstens die Antwort auf diese idiotische Frage. Er schaute sich den ganzen pharaonischen Krimskrams an: goldene Miniaturpyramiden auf jedem Tisch, hier und da eine

Pappsphinx. Verdrießlich betrachtete er sein Glas und staunte, daß er sich beinahe ein großes Cairo Flame hinter die Binde gekippt hatte.

Trevor Sly schlängelte sich durch den Perlenvorhang und zog das schwarze Telefon an der langen Schnur mit sich. »Für Sie, Mr. Plant.«

»Für mich? Das muß Ruthven sein.«

»Nein, eine Frau.« Sly beugte sich über den Tresen, ganz Ohr.

»Hallo . . . Diane? Woher wissen Sie denn, daß ich hier bin?« Von Ruthven natürlich. Melrose stöhnte. Wirklich, warum mußte Ruthven seinen Aufenthaltsort immer in alle Welt hinausposaunen? Es sei aber sehr wichtig, sagte sie. Ob er bitte bei ihr vorbeikommen könne, sie habe auch einen Drink für ihn.

»Nein. Tut mir leid, Diane, aber ich bin – sehr beschäftigt. Ich warte hier auf ein Fax . . .«

Trevor wackelte verschwörerisch mit den Augenbrauen.

Ärgerlich drehte Melrose sich von ihm weg. »Jury muß mir eine Antwort faxen.«

»Aber ich glaube, ich hab's heraus, Melrose. Wie es abgelaufen ist.«

Melrose hielt den Hörer ein Stück weg, dann wieder ans Ohr. »Was abgelaufen?«

»Wie sie ermordet worden sind«, sagte sie ungehalten.

Melrose schaute zu dem verstaubten Deckenventilator, der sich träge drehte. Na, das konnte ja heiter werden.

III

In Diane Demorneys Wohnzimmer herrschte arktische Kälte. Melrose sank in einen unförmigen Ledersessel und kam sich vor wie auf einer Eisscholle. Er haßte diesen Sessel sowieso, doch er hatte immer nur die Wahl zwischen dieser Sitzgelegenheit und dem Kanapee (das große Sofa nahm stets Diane in Beschlag). Letzteres hätte er mit dem Kater teilen müssen, den er auch haßte, was auf Gegenseitigkeit beruhte. Das Tier hatte goldene Schlitzaugen, die in einem wilden weißen Fell verschwanden, und einen prächtigen, enormen Schwanz, den er gern warnend zucken ließ, wenn Melrose in seine Richtung schaute.

Diane bestand auf einem Vormittagsmartini, den er zwar, um nicht unhöflich zu sein, akzeptierte, aber (auf das Cairo Flame) nicht trinken wollte.

Er schaute sich in dem kompromißlos weißen Wohnzimmer um – weiße Teppiche, Möbel, Bezüge. Admiral Byrd, der Polarforscher, hätte sich hier sofort zu Hause gefühlt. Seltsamerweise waren sogar die Bilder weiß auf weiß, man sah überhaupt nicht, was darauf war, und vor den weißen Wänden zauberte das Sonnenlicht kleine goldenen Rhomben auf die Teppiche oder malte zarte zitronengelbe Streifen und Finger auf Sideboards und Wände. Es blitzte und stach, wetteiferte mit Spiegeln und zerschnitt Bilder, als wolle es zum Duell herausfordern.

Um dieses kunstvolle Arrangement nicht durcheinanderzubringen, trug Diane ein feines, weißes, perfekt geschnittenes, weich fallendes Wollgewand. Einzig ihr rabenschwarzes Haar (so gestutzt, daß es zu beiden Seiten ihres Kinns einen Vorhang bildete) stand in wundervollem Kontrast zu allem. Eins mußte Melrose ihr lassen: Sie war immer korrekt gekleidet, jederzeit. Sei es zum Einkaufen auf dem Markt, zum Jack and Hammer, nach London oder einem Jahrgangstreffen an der Uni. Er fand es bewundernswert, daß sie soviel Selbstachtung aufbrachte, sich dieser Mühe zu unterziehen, auch wenn es nur um ihr eigenes Spiegelbild ging. Selbst in Long Piddleton, wo Mode ein Fremdwort war. Vivian zum Beispiel warf sich in Venedig absolut in Schale, aber hier mogelte sie sich in staubfarbenen Röcken und Pullovern durch.

Ob Diane ihm wirklich etwas zu erzählen hatte, wußten die Götter, vielleicht ja, aber es konnte auch nur ein billiger Trick sein, ihn hierherzulocken. Normalerweise war sie dazu aber zu clever, über billige Tricks war sie erhaben. Wie dem auch sei, sie wich allen seinen gezielten Fragen aus und rührte ihren Martini mit einer Art langem gläsernen Eiszapfen um, der mit einer öligen Flüssigkeit gefüllt war, in der wiederum Hunderte winziger Silbersternchen schwammen. Ein plötzlicher Sonnenstrahl ließ das Rührgerät aufleuchten und bewegte sich wie ein Lasersuchstrahl weiter. Melrose hoffte nur, er würde mit seinem spitzen Ende den Kater erfassen und: Fuuutsch!

Während er angeregt über die Tate Gallery berichtete, schaute er sich in der blendenden Helle um und sagte: »Turner hätte diesen Raum bestimmt heiß und innig geliebt.« Als sie verständnislos ihre schwarzen Augenbrauen hob, fügte er hinzu: »Der Maler J. M. W. Turner.«

Nachdenklich zog Diane eine kleine Schnute, während sie den Blick zu dem großen hellen Fenster schweifen ließ und im Geiste alles, was Rang und Namen hatte, durchging ... Tolstoi ... Triest ... Tristan (& Isolde) ... Turner ... Tutencham ... ach ja, da ein bißchen weiter vorn! »Turners schwarzer Hund!«

»Was?«

Sie übertraf sich wieder mal selbst. In aller Gemütsruhe nahm sie ihre weiße Zigarettenspitze und die Silk Cut zur Hand, drehte eine Zigarette hinein und winkte mit beidem, damit Melrose ihr Feuer gab. Er wuchtete sich in seinem Sessel nach vorn und tat, wie ihm befohlen. Zigarette, Martini und Turner fest im Griff, lehnte sie sich zurück, schaute durch einen Rauchstreifen zur Zimmerdecke und hub an zu erzählen: »Es gibt ein Bild von ihm – ich weiß nicht mehr genau, welches ...«

(Wie denn auch, dachte Melrose.)

»... mit einer langen Uferterrasse an was weiß ich für einem Fluß ...«

(Themse, Seine, Rubikon, Styx.)

»... und daran stehen Häuser, Bäume und haufenweise andere Dinge ...«

(Haufenweise.)

»... und eine lange Mauer. Und das alles in blendendem Sonnenlicht. Das Sonnenlicht beleuchtet die Mauer. Gut . . . und auf der Mauer steht ein schwarzer Hund und schaut zum Fluß . . .« Beinahe verschwörerisch lugte sie über den Rand ihres großen Glases. Sie trank und setzte es auf den gläsernen Couchtisch.

»Und? Und was noch?«

»Also, er hatte das Gemälde beendet und ließ es trocknen, da kam einer seiner Malerfreunde und schaute es an. Er schnitt den Hund aus schwarzem Papier aus und klebte ihn darauf.« Strahlend lehnte sie sich zurück. »Der Hund war erst ein nachträglicher Einfall.«

Der Kater zuckte mit dem Schwanz.

»Das ist ja Wahnsinn!« Ob Bea Slocum das wußte? Wahrscheinlich nicht. Aber im Gegensatz zu Diane, die einen Turner selbst dann nicht erkennen würde, wenn sie einen ganzen Saal davon vor sich hätte, kannte Bea die Bilder in- und auswendig.

»Sehr interessant!« Was es in einer schrägen Weise ja auch war.

»Ich frage mich, warum der Freund ihn nicht hineingemalt hat.« Diane stützte das Kinn auf die Hand und grübelte.

Melrose schaute sie an. »Der Firnis. Das Gemälde war . . .« Ach, egal. »Diane, Sie haben mir am Telefon gesagt, Sie hätten mir etwas Wichtiges mitzuteilen. Über den Fall, an dem Jury arbeitet?«

Sie genehmigte sich noch einen Martini und ging zum geschäftlichen Teil über. »Ich habe nachgedacht.«

Ah, öfter mal was Neues. Melrose hielt ihr das Glas hin, damit sie nachschenkte. »Ja?«

»Ich habe überlegt, worin die Verbindung zwischen diesen drei Frauen bestehen könnte. Ich meine, wie sie ermordet worden sind. Wenn überhaupt.« Träge zündete sie sich eine neue Zigarette an und inhalierte genüßlich. »Dann habe ich es herausgefunden.« Sie holte einmal tief Luft, rauchte, wippte mit dem Fuß.

»Ach, wirklich? Sie meinen, Sie haben herausgefunden, wie sie umgebracht worden sind?«

Nun studierte sie ihre blutroten Krallen. »Hm. Die Kopfhörer.«

Melrose hatte ein Gefühl, als blockiere etwas in ihm wie der Motor eines billigen Autos. »Wie bitte?«

»Sie kennen sich doch aus. Sie haben selbst gesagt, daß Sie in dieser Ausstellung in der Tate welche aufgesetzt haben. Sie haben die audiovisuelle Führung gemacht. Das hat – wie hieß sie?« Melrose war zu baff, um zu antworten. Aber die Frage war eh nur rhetorisch. Diane scherte sich nicht um die Namen der Opfer. »Die zweite? Egal, die in der Kathedrale von Exeter. Sie wissen ebensogut wie ich, daß es nun fast überall diese Führungen gibt. Der Information halber habe ich dort angerufen. Und raten Sie, was? Es gibt eine audiovisuelle Führung für diese – wie heißen sie doch gleich?« In dem Versuch, ihr Erinnerungsvermögen anzukurbeln, schnipste sie mit den Fingern. »Diese bestickten Dinger. Diese Kissen.«

»Die liturgischen Kissen. Die meinen Sie.«

Hocherfreut nickte sie. »Also, ich wette, die eine Frau hatte eine Kassette von der Bildersammlung und die andere – hat nicht jemand gesagt, sie sei Stickerin gewesen? Können Sie sich nicht vorstellen, daß sie sich auch eine Kassette angehört hat?«

Melrose kniff die Augen zusammen. »Diane, die Kassette in der Tate ist von einem Schauspieler besprochen worden. Und der hat nicht gebrüllt: ›BIST DU BEREIT ZU STERBEN?‹«

Was war er blöde! Mit absolut verächtlicher Miene sagte sie: »Mein Gott, Melrose, begreifen Sie's denn nicht? Der Mörder hat die Kassetten ausgetauscht!«

Er nahm einen tiefen Schluck Martini und lehnte sich in seinem Sessel zurück. Und lag fast auf dem Rücken, weil er keinen Halt darin fand. Er rappelte sich wieder auf und setzte sich gerade hin. »Wie?«

»Wie? Wie was?«

»Hat er oder sie die Kassetten ausgetauscht?«

Mit einem kleinen Fingerschnipsen tat Diane eine solch triviale Frage ab. »Na, da gibt es doch Tausende von Möglichkeiten. Das müßten Sie doch herausfinden können. Sie schreiben ja schließlich den Krimi! Und wie hieß der Held noch gleich? Inspector Smithson?«

»Das ist doch was ganz anderes, meine Güte!«

Aufgeregt beugte sie sich vor und umschlang die Knie mit den Händen. »Aber Melrose, wenn jemand die Möglichkeit gehabt hätte, wäre es doch vollkommen plausibel, meinen Sie nicht?«

»Wenn ...« Er ließ seinen Martini im Glas hin und her schwappen. »Wenn das Wörtchen ›wenn‹ nicht wär ...«, gluckste er (angesäuselt, verrückt?) und hielt ihr sein Glas noch einmal hin. »Ich meine, wenn ich mir die Messerklinge aus Sonnenlicht auf der Wand da schnappen könnte, würde ich Ihren Kater damit erdolchen.«

Der Kater schlug mit dem Schwanz, streckte das Hinterteil hoch und miaute. Diane gab ihm einen Klaps.

»Und noch etwas.« Melrose biß die Zähne zusammen und grinste. Er fand sich selbst total abartig, weniger, weil er ihre hübsche Theorie in der Luft zerfetzte, als vielmehr, weil er sie überhaupt diskutierte. »Und noch etwas«, wiederholte er, »die junge Frau, die sie in Old Sarum gefunden haben, kann ja so nicht umgebracht worden sein.«

»Warum nicht?«

Er starrte sie an und verschüttete ein paar Tropfen Martini, als er ihr das Glas aus der Hand nahm. »Hm ... weil es an Orten wie Sarum und Stonehenge keine audiovisuellen Führungen gibt.«

Aufrichtig erstaunt hob sie die pechschwarzen Brauen und sagte: »Aber Melrose, das sind berühmte Sehenswürdigkeiten. Stonehenge gehört zu den meistbesuchten Denkmälern der Welt. Old Sarum und Stonehenge sind – Hunderte von Jahren alt!«

Melrose betrachtete den Sonnenlichtdolch, der nun über seinem blankpolierten Schuh lag. Vielleicht sollte er ihn nehmen und statt des Katers sich selbst niederstrecken. »Ich glaube, äh, ich glaube ...« Er schaute sie hilflos an. »Ich glaube, an Orten wie Stonehenge erwarten sie von einem.. also gut: entweder man begreift's... oder nicht.«

Wirklich? fragte ihr Gesichtsausdruck.

32

1

Sam Lasko stöhnte, die Bürde des schwindenden Tages, mit dem auch noch die Zeugen verschwanden, lastete schwer auf seinen Schultern. »Ich habe ihr gesagt, sie soll hierbleiben«, klagte er und schaute trübselig drein wie ein Vater, dessen aufsässiges Kind weggelaufen ist und vermißt wird. »Eine meiner Hauptzeuginnen. Das macht keinen guten Eindruck, was?«

Sie gingen durch die kalte Dämmerung. Am Vorgarten des Pubs in der Straße am Park und am Avon entlang blieb Lasko stehen. Fürs Abendpublikum war noch nicht geöffnet. Lasko schaute an der Fassade hoch, als falle ihm auch das Dirty Duck in den Rücken. Weigerte sich, die Londoner Öffnungszeiten zu übernehmen! »Ich könnte einen Schluck gebrauchen«, sagte er.

Sie liefen weiter.

»Sie wissen ja nicht, ob sie verreist ist«, sagte Melrose auf Laskos traurige Feststellung, wie unzuverlässig Jenny Kennington sei. Er beobachtete, wie weiter entfernt eine Entenfamilie (»Familie« war seine Wunschvorstellung) das Ufer nach übriggebliebenem Brot absuchte. Im Februar war bestimmt Schmalhans Küchenmeister, dachte er, nur wenige Touristen bevölkerten die Uferböschung und warfen den Schwänen Krumen, Popcorn und Pommes frites zu. Es war wunderschön. Wie immer. Die Gaslaternen am Weg zwischen dem Royal Shakespeare Theatre und der kleinen Kirche, wo der Dichter begraben lag, waren gerade angegangen und verströmten ein warmes Licht. »Sie ist nur nicht zu

Hause«, sagte Melrose. War das nicht eine kluge Schlußfolgerung? Er spürte Laskos Blick auf sich ruhen. Lahm fügte er hinzu: »Ich meine, was ist mit ihren Freunden? Vielleicht besucht sie jemand?«

»Als ob ich das nicht überprüft hätte!«

»Oh, Verzeihung.« Er war heute schon so viel in der Gegend herumgesaust, daß er gar nicht mehr richtig denken konnte. Nach den Besuchen im Blue Parrot und bei Diane hatte er eigentlich direkt nach Stratford fahren wollen, sich aber erst mal ein Nickerchen gegönnt.

Lasko fragte: »Ist die Dame eine besondere Freundin von Richard? Er schien sehr besorgt zu sein.« Laskos Miene verfinsterte sich, als gestalte sich dadurch alles noch schwieriger für ihn.

Melrose ging es nicht anders. »Offenbar«, antwortete er mißmutig. Was war das bloß immer mit Jury und den Frauen? Entweder starben sie, entpuppten sich als Mörderinnen oder paßten sonstwie überhaupt nicht zu ihm. Und jetzt war diese hier verschwunden. Behauptete Lasko. Melrose hatte seine Zweifel. Er kannte Jenny Kennington nicht gut – überhaupt nicht, wenn man es recht bedachte. Er hatte sie nur einmal gesehen, und das auch nur aus der Ferne und obendrein bei einer Beerdigung. Sie hatte weit weg, auf der anderen Seite des Grabes gestanden. Er wußte aber sehr viel über ihre Geschichte, die hatte ja in dem Fall in Hertfordshire, wo sie damals gewohnt hatte, eine große Rolle gespielt. Und Jury hatte ab und zu über sie gesprochen. Folglich bildete Melrose sich ein, sie zu kennen, zumindest soviel von ihr zu wissen, daß er mit Fug und Recht behaupten konnte, daß sie nicht der Typ war, der weglief.

Als sie in die Ryland Street einbogen, sagte Lasko: »Sie hätte nicht türmen sollen.«

Jennys Haus in der Ryland Street, ganz in der Nähe des Pubs, war ihr Ziel.

Die Brise vom Avon hatte einen beinahe heilkräftigen Geruch, und Melrose mußte an Wiggins denken, der im Krankenhaus schmorte und Josephine Tey las. Er dachte an den spartanisch eingerichteten Raum, dessen aseptisches Weiß nun (hoffentlich) von bunten Farbtupfern aufgelockert war. Er hatte vergessen, Blumen von sich selbst zu schicken. Aber das würde er bei der nächsten Lieferung nachholen.

An der Tür wurden sie von einem zerzausten schwarzen Kater begrüßt, der aussah, als sei er gerade aus dem Jugendgefängnis entwichen. Wie er da so angeschlagen, zerkratzt und schmutzig saß, hielt Melrose ihn zunächst für eine etwas deplazierte Gartenstatue.

Aber er sträubte bei ihrem Anblick prompt das Fell. Sein Nakkenhaar stand hoch wie ein Irokesenschnitt bei einem Punker vom Piccadilly Circus. Wirklich (dachte Melrose und neigte den Kopf), bemerkenswert ähnlich.

»Willst du den Durchsuchungsbefehl sehen? Hier.« Lasko entrollte das Papier und hielt es dem Kater vor die Nase.

»Ein Glück, daß Sie als erster hineingegangen sind«, sagte Melrose.

Der Kater warf sich in Positur, drehte sich um und stolzierte aus dem Flur.

Melrose und Lasko folgten ihm in das kleine Vorderzimmer, von wo aus Melrose gleich in die Küche eilte und den Boden inspizierte. Nicht weit vom Mülleimer standen eine Schüssel mit sauberem Wasser und zwei Teller mit Futter, das eine naß, das andere trocken, beides halb aufgefressen. Er schaute sich das Dosenfutter gründlich an.

»Alles klar, Lady Kennington ist hier, und Sie haben sie nur zufällig nicht erreichen können. Oder sie hat jemanden gebeten, regelmäßig vorbeizuschauen und Fidel Castro hier zu füttern. Das Futter kann noch nicht lange draußen stehen, sonst wäre es zumindest ein wenig trocken geworden. So oder so, getürmt ist sie nicht, Inspector.«

Lasko zog ein Gesicht, als ob er Schmerzen hätte. »Es so zu

arrangieren, daß jemand anderes bis in alle Ewigkeit ein Tier füttert, ist ja wohl kein Problem, Mr. Plant.«

Melrose schüttelte den Kopf. »Nein, das machen die Leute nicht; sie hätte ihn in ein Heim gebracht oder weggegeben. Ich meine auch nur, es sieht eindeutig so aus, als habe sie die Absicht wiederzukommen. Und schauen Sie das übrige Haus an.« Nun waren sie im Wohnzimmer. »Das Buch mit der aufgeschlagenen Seite nach unten auf dem Sessel, die Zeitung, Tasse und Untertasse dort neben dem Sessel. Es sieht ganz so aus, als sei hier jemand schnell weggegangen –«

»Meine Rede, oder etwa nicht?«

»– um irgendwas zu erledigen, und sei dann aufgehalten worden. Was ist mit dem Pub, von dem Sie mir erzählt haben? Das sie von der Brauerei kaufen wollte.«

Lasko blätterte die Briefe und Postwurfsendungen auf dem Tisch durch. »Das habe ich natürlich überprüft. Seit zwei Tagen hat sie dort keiner gesehen.«

»Ich meine, vielleicht hat sie was in Verbindung damit zu erledigen. Und ist nach London gefahren oder so.«

»Hm, hm.«

Lasko glaubte es nicht, ganz klar. Er machte sich nun an der offenen Schublade eines zierlichen Sekretärs neben der Verandatür zu schaffen und blätterte die Papiere dort durch. Melrose war unwohl. Außerdem fand er die Suche sinnlos. »Was meinen Sie, was Sie finden, Inspector?«

»Keine Ahnung«, antwortete Lasko achselzuckend, schloß die Schublade und wandte den Blick zur Decke. »Ich schau mich mal oben um.« Er ging.

Melrose blieb im Wohnzimmer stehen und schaute sich seinerseits um. Er fand es gemütlich, angenehm, ein bißchen überfüllt mit den Antiquitäten aus ihrem alten Haus in Hertford. Wie hatte es noch geheißen? Er erinnerte sich, daß er auf der Straße nach Littlebourne daran vorbeigefahren war, ein großes Anwesen, abgeschirmt von einer hohen Mauer, weit weg von allem.

Auf dem Klapptisch, neben dem er stand und der (seiner Meinung nach) als provisorischer Eßtisch diente, befand sich eine kleine Figurine aus Biskuitporzellan. Er nahm sie und drehte sie um. Woran erinnerte sie ihn? An Jurys Beschreibung des Innenhofes dieses Hauses.

Stonington. Das war's. Er setzte sich hin und betrachtete die Figur. Und versuchte sich daran zu erinnern, wie Jenny Kennington ausgesehen hatte. Aber es gelang ihm nicht. Er erschrak regelrecht, als er anhand der Ereignisse nach den Morden in Littlebourne feststellte, daß seitdem zehn Jahre vergangen waren. War das möglich?

Nein, er konnte sich an ihr Gesicht nicht erinnern, sehr wohl aber an ihre Gestalt, isoliert auf der anderen Seite des Grabes. Ruhig und ernst. Kühl und ziemlich elegant. Und noch etwas fiel ihm ein; damals hatte er geglaubt, ihre Hände seien leer gewesen, das stimmte aber nicht. Er hatte dort an der Böschung gestanden, zurück zu dem kleinen Friedhof geschaut und bemerkt, daß sie das, was sie in der Hand hielt, in die Manteltasche gesteckt hatte. Und er wußte, nur aus Dankbarkeit (oder mehr) für Richard Jury war das verdammte Ding in ihre Tasche und nicht ins Grab gewandert.

Melrose seufzte und setzte sich in den bequemen Sessel. Die Spurensuche war zwar nicht unbedingt seine Stärke, aber er bemerkte die halbvolle Tasse mit kaltem Kaffee auf dem Tisch neben sich, die ordentlich bei dem Kreuzworträtsel aufgeschlagene Zeitung auf der zu dem Sessel passenden Ottomane. Er nahm die Zeitung, sank tiefer in die Polster und betrachtete das einzige in Bleistift eingetragene Wort. Nein, ein halbes Wort, denn sie hatte es nicht zu Ende geschrieben. Es mußte

BALL

heißen. »Ist rund, manchmal aber auch lang und glanzvoll«, lautete der Hinweis. Ein Teekesselchen, dachte er. Aber nur die zwei Buchstaben »BA« standen in den kleinen Kästchen. Daß sie es gewußt hatte, war ziemlich klar. Warum hatte sie dann mittendrin aufgehört und nicht weitergeraten?

Er schaute von der Zeitung auf und runzelte die Stirn. Hatte das Telefon geläutet? Die Haustürklingel? Dem Zustand des restlichen Hauses nach zu urteilen, dem kalten Kaffee, dem angebissenen Keks, war sie in einiger Eile weggegangen und hatte eine halb ausgetrunkene Kaffeetasse und ein halb geschriebenes Wort hinterlassen. Seltsam.

Lasko kam gerade die Treppe heruntergestampft, als Melrose wieder in die Zeitung schaute und es sich bequem machte. Bei dem Anblick konnte der Inspector sich eine Bemerkung nicht verkneifen. »Überanstrengen Sie sich bloß nicht, dazu ist das Leben viel zu kurz. Lassen Sie uns lieber was trinken gehen. Sie haben es sich redlich verdient.«

Melrose überhörte den kleinen Scherz und stand auf. Die Zeitung ließ er liegen.

Wie ein Butler mit vollendeten Manieren erschien der Kater und überwachte ihren Abgang.

II

Das Dirty Duck war auf. Sowohl in dem Teil, der als Pub fungierte, als auch in dem Restaurantteil (der unter dem Namen Black Swan lief) hatte sich eine stattliche Menge Gäste, die gleich ins Theater wollten, versammelt. Melrose lud Sam Lasko ein, mit ihm zu Abend zu essen, der aber sagte, er habe nur Zeit für ein Bier und müsse dann zurück ins Büro. Und sie hatten gerade ihr Bier im Stehen halb ausgetrunken, da verkündete Lasko, er wolle nur mal eben anrufen, ob es was Neues gebe.

Melrose belegte einen Tisch, den ein Paar gerade geräumt hatte, und warf einen Blick auf das Programmheft, das die beiden liegengelassen hatten. Die Royal Shakespeare Company zeigte eins der Henry-Stücke, wonach es Melrose indes nicht gelüstete. Er war in der Stimmung für eine Rachetragödie. Das kleine Theater, das sich kokett The Other Place nannte, gab *Die Herzogin von Amalfi*, aber nicht heute abend. Mist. So was in der Art könnte er jetzt gebrauchen. Oder *Der Wechselbalg, Der weiße Teufel*, ja sogar *Die Tragödie des Rächers*, so schwülstig sie auch war. Als er das letztemal in Stratford war, hatte er zwei Anläufe gemacht. Doch jedesmal war er aus der Vorstellung herausgeholt worden, bevor es richtig losging, wie zum Beispiel, bevor Ophelia wahnsinnig wurde und ertrank. Ophelia.

Nun mußte er wieder an die Tate Gallery denken und die Präraffaeliten, das Gemälde von Millais mit dem armen unglückseligen Mädchen, und in Gedanken wanderte er durch die Galerie – zu dem Bild von Chatterton. Zu Burne-Jones. Rossetti. Er schloß die Augen, legte die Hände um den Kopf, griff sich ins Haar, zog sogar ein wenig daran, erwischte einen Blick auf sein Spiegelbild in einer Spiegelreklame für Malzwhisky, fand, er sah auch wie ein Wahnsinniger aus, und setzte sich wieder ordentlich hin.

Trotzdem schwirrten ihm tausend Bilder durch den Kopf. Er fragte sich, ob jemals ein Fall durch freies Assoziieren gelöst worden sei. Warum nicht? Jetzt zum Beispiel trieb etwas sanft am Rande seines Bewußtseins, segelte dahin wie ein Meeresvogel, ein schwarzer Flügel flappte . . .

Da unterbrach ihn Sam Laskos Stimme. Mit einem frischen Lager und einer weiteren Flasche Old Peculier setzte er sich hin und seufzte tief. Dann nahm er sein Bier. »Ihr Kumpel hat angerufen.«

»Ich habe viele.«

»Sergeant Wiggins. Warum ist er im Krankenhaus?«

»Das weiß ich selbst nicht so genau.«

»Wie hat er denn herausbekommen, daß Sie hier sind?« Lasko trank, den Henkel des Glases fest im Griff.

Melrose zuckte mit den Schultern und wünschte, der Vogel mit den schwarzen Flügeln würde zurück in sein Blickfeld fliegen.

Nachdenklich runzelte er die Stirn. »Ach, mein Butler hat es ihm wahrscheinlich gesagt.« Kaum war ihm der Satz entfleucht, bedauerte er ihn schon.

Lasko bedachte ihn mit einem argwöhnischen Knurren. Butler (sagte seine Miene) liefen vielleicht in Hallen und Grüften großer Adelssitze und zerfallender Schlösser herum, aber er, Lasko, hatte sich noch nie mit jemandem gemein gemacht, der tatsächlich einen besaß.

»Ruthven gehört praktisch zur Familie. Er war schon da, bevor ich geboren wurde.« Albern. Warum verteidigte er sich? Weil Lasko dasaß und Melrose anstarrte wie ein Leibeigener einen Feudalherrn. Und das ärgerte Melrose. Ein Butler machte noch keinen Feudalherrn, Herr im Himmel! »Also, erinnern Sie sich noch an mich? Wir haben bei diesem Mord in der amerikanischen Reisegruppe zusammengearbeitet. Ich bin immer noch der alte, hören Sie auf, mich mit diesem Proletenhohn anzustarren, dem zornigen Revolutionärsblick, als ließen Sie mich gleich von allen Mitwirkenden von *Les Misérables* zu Tode trampeln.«

Aber Sammy Lasko knurrte noch einmal. Dann sagte er: »Sie haben einen Haufen Titel. Oder binden Sie mir hier einen Bären auf?«

»Hatte, Inspector, hatte. Hören Sie auf, mir Purpur und Hermelin umzuhängen. Sie binden sich selbst einen auf.«

»Wußten Sie, daß Jennifer Kennington auch einen hat?«

»Einen Bären?«

»Einen Titel. Lady Kennington. Hat ihn vermutlich geheiratet – den Titel. Trotzdem, nette Frau.« Lasko schien Jenny Kenningtons »Nettigkeit« zu überdenken.

Froh, daß sie jetzt bei ihren und nicht seinen Titeln waren, sagte Melrose: »Jury hat mir nicht verraten, was hier gespielt wird. Warum wollen Sie sie sprechen?«

»Sie ist Zeugin.«

»Na und? Das sind wir doch mehr oder weniger alle. Hier und da.«

»Und was hat Jury mit dieser Frau am Hut?«

»Weiß ich nicht.«

»Er ist offenbar überzeugt, daß sie sich nie bei Nacht und Nebel verdünnisieren würde. Wie ist sie denn?«

»Weiß ich nicht«, sagte Melrose wieder. »Hab sie nie kennengelernt.«

Lasko war verblüfft. »Warum hat er dann Sie geschickt? Ich habe ja wenigstens schon mal mit ihr gesprochen.« Zumindest schwieg er nicht mehr beleidigt.

»Weil ich, mein lieber Inspector, ein Müßiggänger bin. Ich kann meine Zeit mit Mittagessen in Pubs und Kreuzworträtseln vertrödeln. Sie sind Polizist, Ihnen ist das verwehrt.« Bei dem »Kreuzworträtsel« mußte er wieder an die gefaltete Zeitung auf dem Sessel denken. Er runzelte die Stirn. Warum hatte sie mitten im Wort aufgehört? »Sie haben meine Frage nicht beantwortet. Was soll das alles?«

»Es geht um einen Fall«, sagte Lasko geheimnisvoll.

»Mehr wollen Sie mir nicht erzählen?«

»Nein.«

»Man befiehlt mir, Lady Kennington zu suchen, und Sie wollen mir nicht sagen, warum?«

»Nein.« Der Feudalismus war kein Thema mehr, Lasko kehrte den Amtsträger heraus. »Mr. Plant, es handelt sich um amtliche Angelegenheiten. Die kann ich ja nun schlecht der Öffentlichkeit zugänglich machen, was?« Plötzlich lächelte er fürsorglich wie ein Ober, der eine Serviette über dem Schoß eines Gastes auffaltet.

»Herrgott noch mal, ich bin doch nicht die Öffentlichkeit. Und ich tue *Ihnen* einen Gefallen. Versuche ich zumindest.«

Lasko lächelte. »Ihm. Sie tun ihm einen Gefallen.«

»Hach, ich weiß doch, was hier läuft! Konkurrenzneid! Wer hat die Nase vorn? Wollen Sie wirklich nicht mit mir zu Abend essen? Die Küche ist gut, ich war früher schon mal hier.«

»Vielen Dank, sehr freundlich, aber ich muß zurück.« Lasko langte nach seinem Geld, aber Melrose winkte ab. »Sie sind mein

Gast. Oh ... übrigens, ich dachte ... in dem Haus schauen wir uns wohl nicht noch einmal um?«

»Nein, nicht noch einmal, Sir.«

Wütend sagte Melrose: »Ich will ja nur nachsehen, ob die Zei-« Er sagte nichts weiter. Wollte er Lasko überhaupt wissen lassen, daß in der Zeitung ein Hinweis auf Jenny Kenningtons Verbleib stecken konnte? »Na gut. Dann geh ich zurück in mein Hotel. Ach, ob wohl noch ein Zeitungsladen auf ist? Schon sechs durch«, fügte er nach einem Blick auf die Uhr hinzu.

»Dort hinten, um die Ecke. Und wenn der nicht mehr geöffnet hat, versuchen Sie's bei W. H. Smith's.« Lasko trank sein Bier aus. »Danke für das Bier, Mr. Plant. Und vergessen Sie nicht, Ihren Kumpel anzurufen.«

III

Melrose rief seinen Kumpel an.

Als er wieder in seiner wunderschönen Tudorsuite im Shakespeare Hotel war (mit zwei Lokalblättern und einer Regionalzeitung), ließ er sich mit dem Fulham Road Hospital verbinden. Es war beinahe halb acht, und er hatte noch nicht zu Abend gegessen, doch Wiggins tat ihm leid, wie er da an sein Krankenhausbett gefesselt war. Er fühlte sich verpflichtet, zurückzurufen. Er würde ein wenig mit Wiggins plaudern und dann ein Bad nehmen.

Während er diverse Male weiterverbunden wurde, summte er leise vor sich hin und ging in seinem Kopf die in Frage kommenden Restaurants durch. Auf dem Weg ins Hotel hatte er an mehreren Lokalitäten haltgemacht, um die Speisekarten zu studieren. Auch die vor dem Speisesaal seines Hotels. Blinis als Vorspeise und dann entweder die *Queue de bœuf* oder vielleicht doch die *Langoustines crème glacée* und eine Flasche Châteauneuf du Pape oder einen Pouilly-Fumé. Das Wasser lief ihm im Mund zusammen, er war dem Hungertode nahe; vielleicht schenkte er sich das Bad.

»Sergeant Wiggins!« Er gab sich ein wenig begeisterter, als er war. Schließlich hatte er Wiggins ja erst gestern besucht. »Wie geht's, wie steht's?« Eine Routinefrage, während der er eine der Zeitungen aufschlug und die Seiten durchblätterte. Kein Kreuzworträtsel.

»Die Behandlung hier ist wirklich wunderbar, Mr. Plant. Ich wußte ja gar nicht, daß ein Krankenhausaufenthalt eine so erholsame Angelegenheit sein kann. Fließend heiße und kalte Schwestern«, Wiggins kicherte beinahe, »alles tanzt nach meiner Pfeife. Tee, wann immer ich welchen mag, und sogar richtig aufgebrüht. Porzellankanne und -tasse, nicht die üblichen Plastikbecher. Und die eine Schwester, Lillywhite heißt sie, ist so was von entgegenkommend.«

Melrose lag der Länge nach auf seinem bequemen Doppelbett und widmete sich der nächsten Zeitung. Auch kein Kreuzworträtsel. Die Lider wurden ihm schwer, während der Sergeant die Annehmlichkeiten des Krankenhauslebens pries. Ja, in der dritten Zeitung war ein Kreuzworträtsel, aber eindeutig nicht das, an dem sich Jenny Kennington versucht hatte. Er seufzte, warf die Zeitung beiseite und hörte zu, wie Wiggins sich über die »cuisine« ausließ. Da mußte auch er wieder an Ochsenschwanzragout und Wein denken, ja, vielleicht nahm er dieses köstlich klingende geeiste Nougat zum Nachtisch. Er schloß die Augen, riß sie aber unmittebar danach wieder auf, als Wiggins überraschend auf die liturgischen Kissen zu sprechen kam.

»Was ist mit denen? Was für eine Spur?«

»Diese Helen Hawes war eine von den Stickerinnen. Und soweit ich im Bilde bin, starb sie beim Anschauen der Kissen. Wenn Sie nach Exeter fahren, würde ich die mal ernsthaft unter die Lupe nehmen. Jawohl.«

Worüber redete er da? Melrose fürchtete, er wußte es schon. »Sergeant, Sie wollen doch nicht allen Ernstes behaupten, daß auf eins der Kissen etwas Bestimmtes gestickt war?«

»Eine irgendwie geartete Drohung. Es sind schon seltsamere Dinge geschehen.«

So ein Quatsch! Melrose ließ die freie Hand über seinen Schädel krabbeln und drehte sich Kräusellocken, die in alle Richtungen abstanden.

»Und die Beweismittel, die Sie dort finden, würde ich gern sehen.« Wiggins' Ton entbehrte nicht einer gewissen Herablassung.

»Keine Ahnung, wovon Sie reden.« Melrose hielt sich den Hörer ans andere Ohr. »Ich war gestern bei Ihnen und habe Ihnen das einzige ›Beweismittel‹ gezeigt, das ich zu Gesicht bekommen habe. Ich habe Ihnen alles gesagt, was ich weiß.«

Kam da ein gönnerhaftes Schnauben durch die Leitung? »Mr. Plant, immer wieder gehen Dinge verloren.«

»Ganz recht. Weg sind sie!«

»Ich dachte nur, daß Sie mir am besten alles, was Sie bisher herausgefunden haben, faxen. Ich habe ein paar Ideen.«

»Ich habe ja überhaupt noch nichts herausgefunden.«

»Nichts, Mr. Plant?« Wiggins sagte das überaus liebenswürdig, wies aber mehr oder weniger versteckt darauf hin, daß Melrose ohne Superintendent Jurys (und selbstredend seine, Sergeant Wiggins') tatkräftige Hilfe ruhig weiter im Sandkasten spielen konnte, so zwecklos war sein Tun.

Melrose hielt den schmalen Hörer vom Ohr ab und schaute ihn an. Er sah aus wie ein menschliches Gesicht auf strenger Diät. Er streckte ihm die Zunge heraus. Als er ihn sich wieder ans Ohr hielt, vernahm er:

». . .mander Macalvie. Ich habe ihm schon eine Nachricht nach Exeter übermittelt. Ich bin sicher, er faxt mir die Beweismittel, die dort vorliegen, und wenn Sie dasselbe tun – das heißt, wenn Sie etwas haben –, wäre das eine große Hilfe. Denn, wie gesagt, auf der Grundlage meiner Lektüre hier habe ich einige Theorien entwickelt. Zum Beispiel Medikamentenvergiftung.«

Was faselte der Mann da? Melrose hielt sich den Hörer wieder ans andere Ohr und rollte sich auf die Seite. »Sergeant Wiggins, ich weiß nicht, wovon Sie reden.«

»Weil Sie Ihre Hausaufgaben nicht gemacht haben«, sagte Wiggins in einem tadelnden Ton, den er sich besser für einen Drittkläßler aufgehoben hätte. Alle möglichen Papiere raschelten und knisterten. »Zunächst einmal gibt es jede Menge giftige Pflanzen im Südwesten Amerikas ...«

»Herrgott noch mal, wenn sie vergiftet worden wären, hätte die Polizei das ja mittlerweile rausgekriegt!«

Man konnte die zufrieden gekräuselten Lippen des Sergeant förmlich sehen. »Wenn Sie eine solche Erfahrung mit Gift hätten wie ich, Sir, wüßten Sie, daß es nicht so einfach nachzuweisen ist. Zum einen müssen Sie wissen, was Sie suchen. Also, wenn die beiden Engländerinnen einen Peyotisten getroffen haben –«

»Einen was?«

»Einen Peyotisten. Hat was mit einer Religion der indianischen Ureinwohner Amerikas zu tun. Sie benutzten Peyotl bei ihren Ritualen.«

Melrose gähnte. »Mischt Carlos Castaneda bei der Geschichte mit?«

Diese Bemerkung überging Wiggins selbstredend und begann – in tödlichen Einzelheiten – Melrose alles über Peyotl und andere halluzinogene Drogen zu erzählen. »Also, ich habe diese Schwester Lillywhite gebeten, mir Lesematerial zu besorgen. Unglaublich, wie freundlich und hilfsbereit diese Schwestern sind. Lillywhite ist ein paarmal für mich zu Dillon's gerannt, einmal sogar bis zu Foyle's auf der Tottenham Court Road, um mir dort ein schwer erhältliches Buch zu kaufen.«

Vielen herzlichen Dank, Schwester Lillywhite. In der nächsten Post suchst du deinen Scheck vergebens. Mit knurrendem Magen zog Melrose ein Kissen unter seinem Kopf hervor und legte es sich übers Gesicht. Ob es schon mal jemand geschafft hatte, sich selbst zu ersticken?

Der Sergeant plauderte angeregt weiter. Als er seinen Bericht über Giftpflanzen beendet hatte, wandte er sich anderen Dingen zu.

»Zu dem Türkis. Da haben Sie vielleicht auch etwas Wichtiges nicht mitgekriegt.«

Melrose wollte nur sein Ochsenschwanzragout und seine Blinis mitkriegen, während er heiße Luft in das Kissen blies.

»Sie haben von den Ojibwa gehört?«

Pause. »Von wem?«

Pause. »Ist was, Mr. Plant? Sie haben sich doch wohl hoffentlich nicht diesen Virus eingefangen, der gerade wieder grassiert?« Wiggins' Interesse an Melrose' Gesundheit war aber nur vorübergehender Natur, denn er fuhr gleich fort: »Die Ojibwa glauben, daß Steine reagieren können – das ist sehr vereinfacht ausgedrückt. Sagen wir nur, sie sind überzeugt, daß manche Steine ein Leben haben. Nicht alle natürlich...«

Vielleicht, wenn er sich auf den Bauch rollte... Der Hörer entglitt ihm, als er das Gesicht in die totale Dunkelheit zwischen den Kissen drückte. So oder so, er würde das Bewußtsein verlieren, es war einerlei, aber er verschwendete einen flüchtigen Gedanken daran, woher die Ojibwa wußten, welche Steine belebt waren. Sicherlich nicht die in Hörweite von Wiggins' Krankenhausbett, darauf wettete er.

Der ellenlange, atemlose Vortrag des Sergeant knisterte aus dem Hörer, während Melrose sich für Rhabarber-*Coulis* und gegen das geeiste Nougat entschied. Als es auf einmal ganz still wurde, rollte er sich wieder herum, riß den Hörer hoch und sagte: »Faszinierend, Sergeant Wiggins.«

»Danke. Sie wissen ja gar nicht, wie dankbar ich Ihnen bin, daß Sie mir diesen Josephine-Tey-Krimi mitgebracht haben.«

Ja, wahrhaftig, eine tolle Idee, vielen herzlichen Dank. Melrose schaute auf die Uhr. Wiggins hatte nonstop gut zwanzig bis dreißig Minuten salbadert.

»Und es ist erstaunlich, was man alles schafft, obwohl man im Krankenhaus festhängt. Also, Teys Inspector hat den Fall gelöst.« Im Hintergrund war Lärm zu vernehmen, weibliches Gelächter, ein Kommen und Gehen und Hin- und Hergewusel.

»Na, so was! Gerade habe ich noch mehr Blumen bekommen, Mr. Plant. Ich wußte ja gar nicht, daß ich so beliebt bin.« Dann folgte ein kurzes ominöses Schweigen. »Sie selbst haben ja gewiß keine Zeit gehabt. Um im Blumengeschäft vorbeizuschauen, meine ich. Ach, macht nichts«, sagte er traurig und vergab Melrose mit einem großmütigen Seufzer.

Von dem innigen Wunsch verzehrt, Wiggins ein paar Dutzend Peyote-Kakteen an den Kopf zu werfen, sagte Melrose, er werde ganz gewiß *tout de suite* welche schicken, sagte weiterhin, er müsse jetzt auflegen, sagte dann auf Wiederhören und knallte den Hörer auf.

BESCHAFFEN SIE DIE BEWEISMITTEL! FINDEN SIE JENNY! SCHIKKEN SIE BLUMEN!

IV

Nachdem er seine *Langoustines crème glacée*, abgerundet mit dem geeisten Nougat (plus Armagnac), rundum genossen – jeder Bissen war so köstlich wie sein Name – und sich ein Brötchen in die Tasche gesteckt hatte, unternahm Melrose einen kleinen Verdauungsspaziergang vor dem Zubettgehen, was eigentlich gar nicht seine Art war. Derartige Unternehmungen gingen in Ardry End mehr in Richtung Portwein und Buch am Kamin, die Hündin Mindy schlafend (oder tot, das wußte Melrose nie so genau) zu seinen Füßen. Nach dem Dinner in Ardry End – Moment mal, also ... Er blieb stehen und starrte auf die Pflastersteine. Nach dem Dinner hieß auf französisch? *Après le diner?* Das klang doch nach was! »*Après le diner in Ardry End*«. Konnte er daraus nicht ein Buch machen, eine Reihe Geschichten über das Landleben, so in Richtung *Mein Jahr in der Provence*? Also, Mr. Momaday konnte mit provenzalischen Exzentrikern allemal konkurrieren, und schließlich mußte Melrose Talent haben, wo ihn doch all diese Schriftstellerinnen – Polly, Ellen, Joanna – wie Maxwell Perkins, den Lektor Hemingways, behandelten.

Jetzt aber Schluß! rief sein anderes vernünftiges, strenges Ich und schaute böse über seine goldgerahmte Brille. Du bist ja genauso schlimm wie Sergeant Wiggins, murmelte es.

Melrose seufzte und ging weiter die High Street entlang, vorbei an einem W. H. Smith's und einer Boots-Drogerie. (Gab's auf der Venus auch ein paar Filialen von denen?) Er verfolgte seine Essayistenkarriere in Gedanken nicht weiter und konzentrierte sich lieber auf seine literarische, sprich auf *Gin Lane*. Und natürlich mußte er im Zuge all diesen Nachdenkens über das Schreiben an Ellen Taylor und ihre Bücher denken, an *Fenster, Türen* sowie an den letzten Teil ihrer Trilogie, der vorläufig noch keinen Titel hatte. Und daran, daß er ihr versprochen hatte, sich diese absurde Frau, die Ellens Stoff klaute, mal vorzuknöpfen. Melrose kicherte. Sein Plan war glänzend. Ellen würde ihn lieben. Aber er mußte erst noch ein paar Details ausarbeiten.

Merkwürdig, daß seine Füße ihn schnurstracks zu den Steinstufen des Dirty Duck trugen. Das wollte er sich für später aufheben. Er überquerte die Straße und fand den Pfad, der um das Theater zu der hübschen baumbestandenen Wiese am Avon führte.

Es war ein wunderschöner, wenn auch nebliger Abend, und die gespenstischen Säulen des Brass-rubbing-Center erhoben sich wie ausgebleichte Knochen. Von dem Kiesweg aus ging er mit raschen Schritten über den Rasen zum Fluß, wo er am Ufer stehenblieb und die Lichtwellen bestaunte, die der Mond auf den sanft dahinfließenden Avon zauberte. Wie still die Nächte sein konnten, selbst in London, selbst in solchen Ecken wie in Bethnal Green, wo er den kurzen Spaziergang nach dem Essen mit Bea unternommen hatte. Was hatte sie gesagt? Daß die Knutscherei und Küsserei in der Tate nur Mache gewesen waren, daß Gabe gern beobachtete, wie die Leute reagierten. Und daß sie aus lauter Langeweile die Augen auf gehabt hatte. Wenn dem so war, hatte Gabe dann auch ab und zu die Augen geöffnet? Damit er die Reaktion der Besucher nicht verpaßte? Sein Blick wäre auf Frances Hamilton gerichtet gewesen. Nur ein Detail, aber es lohnte sich, nachzufragen.

Melrose schaute auf die morastige Wiese, die einem Kreis wippender, schlafender Enten, von denen einige die Köpfe unter die Flügel gesteckt hatten, als klitschige Matratze diente. Er nahm das Brötchen aus der Tasche und begann es auseinanderzubrechen. Ein Zug weiterer Enten – die Avon-Nachtpatrouille – ruderte in militärischer Formation auf ihn zu. Scheinbar aus dem Nichts, als schwebten sie in der Luft (diese Täuschung wurde von dem Nebel auf dem Fluß hervorgerufen), näherten sich zwei Schwäne, der eine schwarz, der andere weiß, um auch ihren Teil von der Beute abzubekommen.

Melrose warf die Krumen hin und überlegte, ob Jury schon sein Fax bekommen hatte. Hier war es zehn... Was bedeutete, dort war es fünf, oder? Nein. Innerhalb der USA gab es noch verschiedene Zeitzonen. Zwei? Drei? Wo lag New Mexico? Vermutlich irgendwo bei Kalifornien, in der Gegend. Melrose ließ ein paarmal eine leere Landkarte von Amerika in seinem Kopf entstehen, konnte aber nur Baltimore irgendwo einordnen. Es lag in der Nähe von New York City. Und Kalifornien. Natürlich wußte er, wo das war. Die Hände noch voll Krumen (die die Schwäne nun eifrig einforderten), versuchte er, New Mexico auf der Landkarte in seinem Kopf auszumachen. Wie ein Kind beim Eselsspiel mit einer Binde vor den Augen irrte er hilflos umher. Dann stach er in Gedanken zu. Da!

Wo war der Obdachlose her gewesen? Aus Baton Rouge, genau. Wo war das? Baton Rouge, ein erlesener Name. Jury war schuld an dieser leeren Karte. Wenn Jury ihn mitgenommen hätte, wüßte er jetzt, wo diese dämlichen Orte und Bundesstaaten lagen.

Er warf die letzten Krumen ins Wasser und wischte sich die Hände ab. Die herrischen Schwäne machten sämtliche Versuche der Enten, diese Köstlichkeiten zu erwischen, zunichte. Was für Rüpel, dachte Melrose und beschloß, sich nicht immer selbst zu bemitleiden. Jury hatte wohl doch recht: Melrose war bestimmt nützlicher, wenn er hier dasselbe Feld noch einmal beackerte, mit denselben Leuten redete und seine eigenen Eindrücke sammelte.

Neue Hinweise, die waren wichtig. Er blieb an der kalten feuchten Flußböschung stehen und bedachte seine bisherigen Ergebnisse.

Aber er konnte immer nur an Miss Fludd denken.

Und an Turners schwarzen Hund.

Von weiter weg vernahm er gedämpfte Stimmen – die Zuschauer verließen das Theater, strömten über den Parkplatz, die Bürgersteige und die vielen kleinen Sträßchen. Und würden gleich das Dirty Duck überschwemmen, also konnte Melrose es sich schenken und sofort zurück ins Hotel gehen.

Er nahm den Weg über die Ryland Street. An Jenny Kenningtons kleinem Haus blieb er stehen und inspizierte die Fenster. Dunkel.

Er hatte das Gefühl, als laste der unendliche Druck der Zeit auf ihm. Er schlug sich den Mantelkragen hoch, weil die Nacht so neblig war, und dachte wieder an New Mexico und ob die Sonne dort jetzt unter- oder aufging.

33

Filmsonne.

Was hätten sie gemacht, wenn das Licht nicht mitgespielt hätte, überlegte Jury, als er zur Straße hinabschaute. Die Sangre-de-Cristo-Berge schienen zum Greifen nah zu sein, und über ihren Gipfeln ergoß sich das Licht in hellen Pastellfarben und tauchte die Unterseiten der Wolken in Gold.

Dieser abstruse Gedanke kam ihm, während er auf der breiten Steintreppe des Rancho del Reposo stand und beobachtete, wie die Filmcrew etwas weiter weg arbeitete. Schwache, unverständliche Stimmen drangen durch die kalte Luft, von der schmalen Landstraße her, wo Filmleute mit Armbewegungen und Megaphonen den Verkehr umleiteten. Was in der Hauptsache darin bestand, ab und zu ein Auto von der schmalen asphaltierten

Fahrbahn auf noch schmaleren Feldwegen in die Pampa zu schikken. Aber die Fahrer schien das nicht zu stören, die meisten fuhren an den Straßenrand, gesellten sich zum Filmvolk und schauten zu.

Das Rancho del Reposo war eine Wucht und hätte jeden Cowboy in Entzücken versetzt: eine reiche (wenn auch nicht unbedingt geschmackvolle) Mischung unterschiedlicher Baustile – maurisch, westernmäßig, spanisch, modern mit viel Glas. Rote Ziegeldächer, Adobewände mit handgemalten spanischen Kacheln, ein Glasanbau, der wie ein Gewächshaus aussah und ein Restaurant beziehungsweise ein gemütliches kleines Café war. Es war durch einen von Kakteen und Wüstengräsern gesäumten Säulengang mit dem Hauptgebäude verbunden, von dem aus sich meilenweit die vielen Häuschen der Ranch verteilten – unauffällige niedrige Casitas im Schutz von Pinien und Wacholdersträuchern. Es sah alles sündhaft teuer aus. Innen brannten mehrere helle Kaminfeuer, Kacheln aus Saltillo glänzten unter langen bunten Teppichen, überall saßen Gäste und tranken Kaffee, die meisten mit Kameraausrüstungen, Walkie-talkies und irgendwelchen Filmutensilien behangen.

Die beiden Frauen an der Rezeption direkt hinter dem Eingang waren, was Jury mittlerweile als »Santa-Fe-fröhlich« bezeichnete. Sie verströmten nicht nur als Repräsentantinnen des Rancho del Reposo pure Fröhlichkeit, sondern hatten auch etwas Aufgesetztes an sich, dieses Gehabe, »was sind wir für Glückspilze, daß wir hier wohnen«.

Jury erwiderte das herzliche Lächeln der Empfangsdame und fragte (nicht minder gut aufgelegt): »Was machen die da unten auf der Straße? Einen Film?« Er schaute durch eine breite Glastür auf einen Patio, wo mehr Leute an den Tischen saßen, als er im Februar draußen erwartet hätte. Aber in der Sonne war es warm.

»O ja. Das sind wir schon gewöhnt, was, Patsy?« Das war an die ziemlich kräftige, plumpe Person gerichtet, die lächelnd nickte und dann wieder ihre Anmeldekarten sortierte. »Irgendeine Film- oder Fernsehgesellschaft treibt sich hier immer rum. Wegen der Landschaft, wissen Sie.«

Am Ende dachten sie noch, die hätte er bisher verpaßt. »Ja, ist mir auch schon aufgefallen.« Er zückte seinen Ausweis.

»Wollen Sie einchecken, Mr. –« Ihre wohlgepflegten Brauen hoben sich fragend.

»Jury. Das heißt Superintendent Jury, Scotland Yard.« Na, das war ja mal was Neues! Er freute sich richtig, als die Frauen erschraken, und hielt den Ausweis hoch, damit sie beide was davon hatten. Das kleine Plastikviereck glänzte wie ein Presseausweis. Die erste Frau richtete sich beim Hinschauen die Frisur, als sei es ein Taschenspiegel. »Ich möchte mich gern nach ein paar Dingen erkundigen«, erklärte er.

Patsy war die Fixere. »Angela Hope. Sie sind wegen Angela Hope hier, stimmt's?«

»Haben Sie sie gekannt?«

Patsy schüttelte den Kopf. »Eigentlich nicht. Das heißt, gesehen habe ich sie schon mal. In ihrem Laden da in der Canyon Road. Aber richtig gekannt habe ich sie nicht.«

»Im Grunde bin ich wegen dieser beiden Frauen hier. Wir glauben, daß sie im La Fonda gewohnt haben. Zumindest ein, zwei Tage lang.« Jury legte die Fotos von Fanny Hamilton und Nell Hawes nebeneinander. »Es ist aber auch möglich, daß sie jeweils noch woanders gewohnt haben.« Das Rancho del Reposo überstieg Nell Hawes' finanzielle Möglichkeiten bei weitem, Frances Hamiltons natürlich nicht. »Erkennen Sie eine wieder?«

Patsy tippte mit dem Finger auf das Foto von Fanny Hamilton. »Die ja. Sie hat hier gewohnt. Erinnerst du dich an sie, Em? Amerikanerin, aber mit englischem Akzent?«

Em betrachtete das Foto mit zusammengekniffenen Augen. Brauchte wahrscheinlich eine Brille, war aber zu besorgt um ihr Aussehen, um sie ständig zu tragen. Sie nahm eine aus einem Rindsledereetui und setzte sie auf. Dann nickte sie. »Ja. Sie war hier – mal sehen – im Oktober? November? Ja, es war vor Thanksgiving. Hat eine von den Casitas gemietet. Welche, kann ich so auf Anhieb nicht sagen. Aber ich kann mal nachsehen.« Sie drehte sich zu den Regalen um, wo Patsy mit den Anmeldekarten zugange gewesen war.

Jury fragte Patsy: »Erinnern Sie sich, ob die Frau Besuch hatte?«

»Na, das ist aber ganz schön viel verlangt. Mein Gedächtnis ist gut, aber so gut nun auch wieder nicht. Ich muß mal überlegen ...« Gesagt, getan, ihr Blick wanderte wieder zu den Fotos. »Warten Sie mal – ja! Die andere Frau ist auch hiergewesen, sie haben zusammen zu Mittag oder zu Abend gegessen. Ich erinnere mich, weil sie beide sehr britisch klangen.«

Em hielt eine große weiße Karte hoch und wedelte wie mit einem Taschentuch damit herum. »Hier habe ich sie. Mrs. Frances Hamilton, Belgravia, London SW1.« Sie legte sie Jury hin.

»Erinnern Sie sich an die andere Dame, Em? Die beiden haben hier gegessen.«

»Hm. Nein, ich glaube, da habe ich nicht gearbeitet.«

Jury schrieb etwas hinten auf eine seiner Visitenkarten. »Wenn eine von Ihnen sich an irgend etwas erinnert, würden Sie sich wohl mit mir in Verbindung setzen? Ich wohne im La Fonda.« Em nahm die Karte und nickte. Jury dankte ihnen, wollte gehen, hielt aber kurz inne. »Können Sie mir die Telefon- und Faxnummern des Hotels geben? Wahrscheinlich haben Sie mehr als eine.«

Patsy nahm eine Karte des Hotels aus dem Ständer, drehte sie herum und schrieb ein paar Nummern auf die Rückseite. »Die Hauptnummer ist hier aufgedruckt«, sie deutete auf die Vorderseite, »die Faxnummer auch. Die anderen habe ich hinten draufgeschrieben.«

Jury dankte ihnen noch einmal und warf einen Blick auf die Karte. Die Nummer aus dem Adreßbuch war nicht darunter, aber das hatte er auch nicht erwartet. »Wenn die beiden hier gegessen haben, ob ich dann wohl mit dem Personal des Speisesaals sprechen kann? Vielleicht finde ich jemanden, der sie bedient hat.«

Wieder schaute Patsy auf einen der Zettel, die an die Karte

getackert waren. »Es war ein Freitagabend, es könnte also ... mal sehen, Tisch dreizehn, entweder Johnny oder Sally. Ich glaube, sie sind beide hier, wenn Sie mal Chris fragen wollen. Das ist die Oberkellnerin.« Patsy deutete mit dem Kopf zu einem breiten Torbogen am Ende des gekachelten Korridors.

Chris – überaus attraktiv, was ihr als Oberkellnerin sicher zustatten kam – beugte sich ein wenig über die pultähnliche Säule, auf der das Buch mit den Reservierungen lag. Der untere Teil ihres Gesichts war in das Licht der kleinen Lampe über dem Buch getaucht. Sie war richtig begeistert von Jurys Bitte. »Sally Weeks? Sie muß hier irgendwo sein.« Sie schaute in die samtene Dunkelheit des Speiseraums und zeigte schließlich auf eine junge Frau am anderen Ende, die einen Tisch abwischte. »Dort drüben, das ist Sally. Ja, es könnte sein, daß sie an dem betreffenden Freitagabend gearbeitet hat. Das ist ihre Schicht, wenn sie nicht krank oder sonstwie verhindert ist.«

Sally Weeks war dünn und ziemlich jung. Braunes Haar, braune Augen, braune Uniform – sie sah aus wie ein trockenes Blatt. Der dröge herbstliche Eindruck wurde aber von ihrer energischen Miene schnell ausgelöscht. Sie hatte eine knabenhafte Figur und schlang vermutlich deshalb die Arme so fest um das kleine Tablett und hielt es dicht vor sich, dachte Jury, um bei dieser Invasion von Hollywoodbusen ihre Flachbrüstigkeit zu verbergen.

Da das Mittagessen noch nicht serviert wurde und der Speisesaal leer war, gehe es schon in Ordnung, sagte sie, wenn sie sich setzte (im Raucherbereich, denn sie brauchte unbedingt eine Zigarette). Und als Jury ihr Feuer gab, sagte sie, das sei einer der Gründe, warum sie sich an die beiden Frauen erinnere, sie seien als einzige hier im Raucherbereich gewesen und hätten geraucht.

»Hauptsächlich aber«, fügte sie nachdenklich hinzu, »weil sie weder mit einer Reisegruppe noch mit einem Mann kamen. Weil sie wirklich so ihren Spaß hatten.« Dann meinte sie, in England werde ja noch mehr geraucht und ob Jury Nichtraucher sei. Woraufhin er antwortete, er versuche gerade, aufzuhören.

Sofort drückte sie ihre Zigarette aus. »Das tut mir leid. Sie hätten was sagen sollen.« Solche Rücksichtnahme überraschte Jury. Sie schaute sich im Raum um. »Wollen Sie woanders sitzen?« Als sei hier alles verseucht.

Er lachte. »Nein, Sally, das geht schon in Ordnung. Erzählen Sie weiter.«

»Hm, also, man sieht ja nicht alle Tage, daß zwei eher ältere Damen – sie müssen weit über sechzig gewesen sein – so unbeschwert durch die Gegend reisen. Wenn Sie so lange hier arbeiten würden wie ich, wüßten Sie, was ich meine.«

Jury konnte sich nicht vorstellen, daß sie überhaupt schon irgendwo lange arbeitete, sie sah ja kaum älter als siebzehn aus. Er sagte aber nichts. »Erzählen Sie, was Sie damit meinen, daß die beiden Spaß am Reisen hatten.«

Sally rieb sich wie eine alte Dame die Schläfen, als wolle sie die Erinnerungen freilegen. »Also, sie wollten wirklich was *sehen*.«

»Reisen die meisten Leute nicht genau deshalb?«

»O nein! Für die meisten ist es nur eine Gelegenheit – was zusammen zu unternehmen. Ich meine nicht, zusammenzu*sein*. Das interessiert wohl die wenigsten. Ich habe den Eindruck, daß sich viele nicht einmal richtig mögen. Nicht mal Familien, obwohl sie oft so tun. ›Wir sind eine Familie, müssen wir ja sein, wir sind ja zusammen hierhergereist.‹«

Jury lächelte. »Sie machen feine Unterschiede. Haben Sie etwas von den Plänen der beiden Frauen mitbekommen?«

»Ja, sie haben sich manchmal mit mir unterhalten. Sie haben zum Beispiel über Mesa Verde geredet, und ich habe ihnen gesagt, es lohne sich anzuschauen.«

»Stimmt. Ich komme gerade von dort.«

»Es hat wirklich etwas Mystisches. Nicht wie Sedona. ›Sedona können Sie vergessen‹, habe ich ihnen gesagt. Das war, als ich ihnen die Suppe serviert habe, Kürbissuppe.«

Jury wollte sie nicht unterbrechen, weil sie sich konzentrierte. Schließlich fragte er: »Warum haben Sie ihnen das gesagt?«

Sie ging nicht direkt darauf ein. »Ich habe ihnen gesagt, sie sollten lieber nach Utah fliegen. Vielleicht in die Canyonlands. In Utah gibt es diese roten Felsen, mehr als in Sedona auf alle Fälle, aber kaum Leute. Man kann meilenweit fahren und sieht keine Menschenseele, keine Autos. Ich habe Sedona ziemlich satt.« Sie nickte nachdrücklich und schaute Jury, Einverständnis heischend, an; auch er hatte Sedona doch gewiß satt.

Er lächelte. »Nie dagewesen.« Er nahm seinen Mantel.

»Gehen Sie nicht!« Jetzt nicht hier weg oder nicht nach Sedona? »Es ist bloß eine ganz normale Stadt, die plötzlich *in* ist, weil jeder jedem erzählt, wie spirituell und mystisch es da ist. Eine richtige New-Age-Stadt, wissen Sie. Kristalle, Felsen, Orte der Kraft, also Stellen in der Erde, wo sich angeblich eine Menge Energie konzentriert.«

Als Jury aufstand, dachte er, daß Sally alle diese Energiefelder übertraf, so wie ihre braunen Augen strahlten.

Er ging durch die Glastür und schaute sich nach einem leeren Tisch um, fand aber keinen. Allerdings fand er Malcolm Corey, der ja, wenn Jury sich recht erinnerte, heute vielleicht »angepiepst« wurde. Corey winkte ihm zu und deutete auf einen Stuhl neben sich. »Ich warte, daß ich gerufen werde.«

Jury setzte sich. »Schön, Sie zu sehen. Haben Sie Ihren kleinen Auftritt schon hinter sich?«

»›Klein‹ stimmt haargenau. Ich habe eine Zeile. Und warte jetzt schon seit zwei Stunden mit diesem Scheiß-Make-up im Gesicht auf meinen Auftritt. Wahrscheinlich bin ich erst morgen dran. Wie seh ich aus?« Er warf sich in Pose und schaute Jury an.

Außer den geschminkten Lippen konnte man kaum erkennen, daß er Make-up trug, denn sein Gesicht hatte ja normalerweise auch die Farbe von poliertem Eichenholz. »Großartig«, sagte Jury.

»Ich warte auf einen Freund. Meinen Agenten«, erklärte er. »Wir wollten uns hier treffen. Benny Betts. Kennen Sie ihn?« Malcolm verrenkte sich beinahe den Hals, als er den Raum absuchte.

»Glaube nicht. Was für einen Film drehen Sie denn?«

Er heißt *Die Sonne am Morgen*. Schrecklicher Titel.« Malcolm Corey gähnte und zuckte mit den Schultern. Dann winkte er einer Frau in Rüschen und Pailletten, die unter den Leuten mit den ganz normalen Alltagsklamotten hier etwas fehl am Platz wirkte, quer durch den Raum affektiert zu. »Ein moderner, ein revisionistischer Western. 'ne Clint-Kopie natürlich. Seit Clint – ah! Da ist er ja!« Er deutete auf einen Mann, der auf sie zukam.

Und selbst dabei redete Benny Betts in ein schnurloses Telefon. Ein zweites baumelte an einem Lederriemen und hing ihm wie eine Kamera um den Hals. Er trug einen so edlen und locker geschnittenen Anzug, daß es aussah, als habe der Wind ihm den angepaßt. Dazu ein billiges blaues Rollkragen-T-Shirt, das merkwürdigerweise zu dem teuren Anzug paßte, und natürlich keinen Schlips. Schuhe mit Spiegelglanz.

Benny Betts versetzte zuerst dem Telefon, dann seinem Klienten einen Klaps. »Mac, was liegt an?« Dann streckte er die Hand aus, ergriff die von Jury und schüttelte auch sie kräftig. Noch überraschender war, daß seine Handfläche hart und trocken war. Wenn Jury überhaupt etwas erwartet hätte, dann eine eher feuchte, schwammige Hand. Betts schwang sich auf einen Stuhl und sagte zu Jury: »Haben Sie einen Manager?«

Jury nickte und zog seine Brieftasche heraus. »Scotland Yard.« Er lächelte.

»Ist das so was wie das International Creative Management in Hollywood?«

»Wenn's dabei um Verbrechen geht, schon.« Er schob Betts seinen Ausweis hin.

Benny kniff die Augen zusammen, als versuche er zu begreifen. Dann riß er sie auf. »Himmel! Sie sind Bulle!«

»Hat man mir jedenfalls gesagt. Manche mögen es bestreiten.«

Malcolm Corey lachte. »Schade, Ben, daß du ihn nicht unter Vertrag nehmen kannst.« Zu Jury sagte er: »Benny hat überall die Pfoten drin, ich liebe ihn.«

»Das will ich dir auch geraten haben. Aber du bist nicht richtig positioniert, jedenfalls nicht für ein Package. Ich ruhe und raste nicht, wie du siehst, im Moment bin ich *sans cesse* hinter Kabel-TV her, Entschuldigung.« Bevor das Piepen noch ertönt war, nahm er den Hörer des einen Telefons. »Betts ... Ja, stellen Sie ihn durch – Bobby, Bobby, Bobby! Du hast nicht zugehört ... Ich rede hier über *Den Zauberer*, Bobby. Ein Remake ... Was zum Teufel meinst du – als wenn man *Casablanca* neu verfilmte? Scheiße, ich habe *Blanca* schon gepackaged. Ich stelle mir Alec und Isabella vor, die Tochter gibt dem Ganzen doch einen hübschen Touch. Also, was ... Gar nichts heilig?« Benny kniff sich in den Nasenrücken und gab falsche, weinerliche Töne von sich. »Heilig! Bobby, wir sind in Hollywood, nicht in Lourdes oder den Höhlen von Luray, also was ...« Benny hörte ein paar Augenblicke zu, zappelte und stöhnte, dann unterbrach er die, wie er offenbar fand, unsinnigen Einwände: »Bobby, Bobby, was fang ich bloß mit dir an ...? Okay! Okay! Ich mach ja keinen Druck, warum auch? Sogar Woody ist interessiert. Bei den *Noir*-Sachen ist er toll ... *noir* habe ich gesagt. Undramatisch, eine absolut undramatische Version. Von wegen gelbe Ziegelsteinstraßen und Smaragdstädte. Also, laß es dir durch den Kopf gehen, gut, aber ich warte nicht, bis du deine Kameralinsen geputzt hast ... Gut, guuut ... Ja ... Hm ... Ciao.« Benny knallte das Telefon hin, nahm es wieder und hämmerte eine Nummer hinein. »Dieser Typ, ist das zu fassen?« fragte er Jury und Malcolm mit ernstem Blick. Er schüttelte sich, klemmte sich das Telefon ans Ohr und fragte nach Jim. »Jim, Jim, Jim, lange her ... Ja, ich habe dir doch gesagt, ich rufe dich wieder an. Also, das ist jetzt wasserdicht: Neil macht das Skript, Sean und Miranda wollen es unbedingt ... Hm, hm. In drei Wochen ist er fertig, hat er versprochen ... Neil ... Ja ... Gelesen?« Benny lachte lautlos. »Das muß man doch nicht lesen, Kumpel ... Drei Wochen, sage ich dir. Fertig, *fini*, dann liegt es auf dem Tisch. Und ich denke an Vanessa als Mutter ... Natürlich ist eine Mutter dabei. Wir reden hier über Irland, da ist immer eine Mutter dabei ... Nein, versprechen kann ich sie nicht, ich bin nicht ihr Agent. Dir zu Gefallen, höchstpersönlich ... Jim, hör zu, wir wollen doch nichts überstürzen ... Also bitte, take it easy ... Du willst ja nicht viel, oder ...? Das muß bombensicher sein, bevor ich rangehe – hör zu, diese Leute lehnen Skripts ab, wie du Fliegen totschlägst ...« Benny seufzte, lehnte sich zurück, schaute träumerisch auf die Sangre de Cristos, schüttelte den Kopf. »Jim, dieses Package ist Schönheit pur, wie ...« Er kniff die Augen zusammen, als suche er eine Metapher, gab achselzuckend auf und wandte sich wieder den Fakten zu. »Ewig kann ich nicht warten. Mamet redet über eine Zusammenar... Okay. Toll ... Toll ... Phantastisch ... Ganz genau ... Morgen ... Ciao.« Wieder nahm Benny das Handy, wählte und plauderte, diesmal mit irgendeiner Sekretärin.

Jury schaute sich im Patio um, in dem schon seit einer ganzen Weile der Teufel los war. Die Filmleute kamen und gingen durch die großen Glastüren, als hätten sie alle ihr Stichwort bekommen. Zumindest hielt Jury sie für Filmleute, da sie entweder mit Walkie-talkies in der Hand oder mit langen Kabeln umschlungen oder in ihren Filmkostümen durch die Gegend flitzten. Die Klamotten erinnerten Jury an den Wilden Westen, jede Menge speckige Jeans, dreckige Stiefel, Halstücher, Schnurrbärte, Koteletten. Die Frauen trugen fast alle lange Wollröcke in stumpfem Braun und Grau, ab und zu blitzte ein Satingewand in satten Farben auf ... nun zum Beispiel raschelte eins in silberdurchwirktem warmen Apricotton und leuchtendem Blau an ihrem Tisch vorbei. Es schmückte eine so makellos schöne blonde Frau, daß Jury ein paar Herzschläge lang aufhörte zu atmen, nur um diesen Anblick nicht zu verpassen. Sonst schien ihr niemand Beachtung zu schenken. War Schönheit hier wirklich etwas so Normales, daß sich keiner mehr die Mühe machte, hinzuschauen? Nun wanderte ein Rotschopf in burgunderfarbenem Samt durch die Glastüren. Im Aussehen stand sie der klassischen Blonden in nichts nach. Kurz darauf kam eine Brünette in lavendelfarbenem Taft. Diese Ballschönheiten (als solche schienen sie kostümiert zu sein) stellten sich hinten an einer Steinsäule auf. Sie wirkten wie ein riesiges Blumenbouquet. Und keiner sah hin.

Eine Kellnerin brachte eines der Haustelefone, das sie an einer langen Schnur hinter sich herzog, und setzte es vor Benny Betts auf den Tisch. Er machte an dem Handy Schluß und nahm den anderen Apparat. »Neil, Neil, Neil! Du haßt mich, du haßt mich, lüg nicht. Aber damit ist Schluß, wenn du das gehört hast: Ich habe das definitive Okay, daß Jim produziert und Sean und Miranda die Hauptrollen spielen. Definitiv. Aber sie machen es nur, wenn du das Skript schreibst. David will, aber ich habe natürlich nein gesagt, das Geheul konnte man von Killarney bis hierher hören. Alles klar?... Natürlich bist du überlastet, bist du doch immer, warum sonst schlagen sich die Leute darum, mit... Hm, hm... Hm, hm... Gut. Und Vanessa als Mutter... Woher soll ich wissen, ob 'ne Mutter drin vorkommt?« Benny klemmte sich den Hörer vor die Brust und warf Malcolm und Jury einen raschen Blick zu. »Kapiert ihr das?« Wieder ins Telefon: »Neil, das spielt in Irland, da ist immer eine Mutter dabei... Hm, hm. Wie lange also, meinst du? Hm, hm... hm... Drei Monate? Ein bißchen lang, *mon cher*. Nicht, daß wir nicht alle mit Freuden warten. Aber Sean ist auch anderweitig verpflichtet... Zwei Monate?... Hm, hm. Meinst du nicht, du könntest es, oooh, sagen wir, in sechs Wochen schaffen?... Du packst das schon.« Benny zwinkerte Jury zu. »Du bist für mich *der* Top-Mann, Neil, seit eh und je... Okay... Gut... Später.«

Mit geschlossenen Augen, das Gesicht wie ein Sonnenanbeter nach oben gerichtet, sagte Malcolm Corey lächelnd: »Benny, ich liebe dich, aber Ideale hast du keine. Absolut keine.«

»Für welche Ideale soll man hier denn schon eintreten? Den Scheiß da hinten?« Sein Blick war auf die Crew gerichtet, die sich im Gleichschritt über die Landstraße bewegte. Dann griff er wieder zum Telefon. »Belinda, mein Augapfel, wo ist er? Hm, hm, beim Lunch? Bei Sal's? Wann zurück?« Benny schaute auf seine

Rolex, schüttelte sie, als wäre das Essen dann schneller erledigt. »Okay, sag ihm nur, ich rufe gleich wieder an.«

Ein Schweigen senkte sich über sie. Die Luft summte. Jury fragte: »Interesse, bei der Kripo zu arbeiten, hätten Sie wohl nicht?«

Auf der Suche nach Action warf Benny Betts den Kopf herum und erwiderte: »Gott weiß, wie gern ich etwas hätte, das mich fordert.« Er versetzte Malcolm einen Schlag auf die Schulter. »Okay, Mac. Also. Wir müssen uns was Neues einfallen lassen. Kabel, das ist es. Das oder eine Serie. Und wir müssen dir ein anderes Image verpassen.«

»Ich sage nur, Fernsehen ist Scheiße, Ben.«

»Wer sagt das nicht? Ist das ein Grund? Ich laß mir was einfallen. Ich hab dir ja gesagt, ich check aus, was sich beim Kabelfernsehen tut.«

»Was ist mit dem andern Ding?«

»Der Deal läuft, wenn er läuft. Du kennst mich. Ich warte. Und schlage im rechten Augenblick zu.«

»Sitcoms, Benny, die mach ich auf keinen Fall. Du wirst es mir nicht glauben ...« Corey lächelte, damit jeder sah, daß er nicht glaubte, daß Ben es nicht glaubte, »... aber ich betrachte mich als Schau-spie-ler.« Er sprach es so affektiert aus wie Benny die französischen Worte. »Als Künstler.«

»Gut, wenn du den Clint-Streifen machen willst, schlage ich dir vor, du hievst deinen Künsterlarsch in diese Serie, die ich in der Mache habe. Du gehörst zum Tooley-Package, und ich habe ihm gesagt, wenn er Clare Tooley haben will, muß er dieses glänzende neue Talent nehmen, das ich gerade entdeckt habe. Und Clare Tooley, die will er.«

»Und hat Clare Tooley die Rolle schon angenommen?«

»Ja, aber sie weiß es noch nicht.« Benny hämmerte wieder auf seinem Telefon herum.

Malcolm Corey lächelte milde. »Du bist so was von abartig, Benny.«

»Na und? Ich bin reich und abartig, was man *pour vous* nicht gerade behaupten kann.« Er drückte auf die Wiederholtaste und hatte Belinda dran, die ihn weiterverband. »Stevie, Stevie! Wo zum Teufel – Du kannst nicht mehr bei Sal's lunchen, doch nicht nach dem letzten . . . Ja . . . ja . . . Hm . . . Hm . . . Ich servier dir ein Projekt auf dem Silbertablett – was? . . . *Der Zauberer von* – Woher weißt du? . . . Nein, nein, nein. Herr im Himmel, kein Remake. Ist denn nichts mehr heilig? Die Vorgeschichte . . . Gut. Vielleicht, wenn sie acht ist, sechs geht auch noch. Ich habe ein erstaunliches neues Talent, nenne aber noch keinen Namen.« Benny drohte mit dem Finger. »Meinst du, ich ließ sie mir unter dem Arsch wegschnappen? Bevor der Hurrikan . . . Tornado? Okay, bevor der Tornado, bevor der große Wind Kansas aufmischt . . . Gut. Stürz dich auf die Gestaltung der Figuren, ein *pièce noire* . . . Was meinst du, der Hund? Der Scheißhund ist da ja noch gar nicht geboren, Steve . . . Ach so? . . . Na gut, ein Welpe, das geht. Bin ich Skriptwriter? Ich sag ja nicht . . . Moment mal! Mann! Ich hab dich nicht angerufen, weil ich darüber mit dir sprechen will, das ist streng unter Verschluß. Wenn du das wissen willst, dann runter mit dir auf die Knie, *mon cher.*« Benny gluckste. »Der *Blanca*-Deal, falls du dich erinnerst. Ich habe ein Naturtalent für die Bogey-Rolle – ein neues Gesicht, irres Talent. Für Ingrids Rolle, na, die will natürlich Isabella. Aber ich habe an Melanie gedacht . . . Ich weiß, sie hat keine Akzente drauf, aber wer hat das schon? Außerdem habe ich einen echten Schauspieler für die Rolle des Louis.« Er zeigte auf Corey und blinzelte. »Wo ich bin? In Santa Fe . . . Santa – du weißt doch, der Vorort, von L. A. . . . Weiß nicht, warte eine Sekunde.« Er klemmte sich das Telefon zwischen Kopf und Schulter und fragte Corey: »Wie heißt der Flop, den sie hier drehen?«

»*Die Sonne am Morgen.*«

Benny runzelte die Stirn. »Heavy. Auf wessen Mist ist das denn gewachsen?« Er wiederholte es für Steve. »Gut, dann ruf mich zurück. Aber warte nicht zu lang, sonst kriegt Woody es. Der ist schon seit Wochen hinter mir her.« Verzweifelt suchte Benny das kalte Firmament über sich ab und schüttelte den Kopf. »Und wer redet von Algier ...? Ja. Da ist es. Ich weiß, daß es da ist. Aber seit wann bedeutet Wo-es-ist Wo-es-sein-soll? Stevie, du hast wohl wieder zuviel gelesen? Du darfst es nicht so eng sehen. In dem Metier mußt du Visionen haben. *Les vi-si-ons.*«

Baß erstaunt schaute Malcolm Benny an, formte das Wort »Vision« mit den Lippen, warf Jury einen fragenden Blick zu, zeigte auf Betts und bildete das Wort »Vision« noch einmal. Verdrehte die Augen und schloß sie. »Benny, kannst du mir verraten, was für eine Vision du hast?«

Benny schob die Antenne ein und sagte: »Merchant ohne Ivory zu kriegen.« Er grinste freundlich zurück. »Oder umgekehrt.« Dann lehnte er sich zurück und trommelte mit den Fingern auf den Tisch. Sein Mund bewegte sich, als führe er in Gedanken immer noch Telefongespräche.

»In dem Film hier«, plötzlich veränderte Malcom seinen Tonfall und säuselte, »spielt deine Freundin mit.«

Benny schaute Malcolm an, als rede der Mann in einer fremden Zunge, und trommelte weiter mit den Fingern.

»Da hinten steht sie.« Malcolm drehte sich um und schaute in Richtung der drei schönen Frauen. Eine löste sich aus der Gruppe. »Ah! Da kommt sie!« Demonstrativ flüsternd sagte er zu Jury: »Benny hatte mal ein Verhältnis mit ihr.«

Benny hing schon wieder am Handy. »Ich habe keine ›Verhältnisse‹. Das überlasse ich dem Rest der Welt. Ich hasse schon das Scheißwort. Jock! Mensch, wo treibst du dich rum?«

Die Rothaarige mit der Haut wie Milch und Honig kam an ihren Tisch. Ein Schönheitsfleck prangte neben ihrem Mundwinkel, einer auf der Brust. Beide waren überflüssig. Auch die schöne Blonde schwebte vorbei. Benny schaute durch sie hindurch, nahm ihre Gegenwart gar nicht wahr, sondern blätterte sein Adreßbuch durch. Auf der Suche, dachte Jury, ach, auf der Suche nach irgend etwas, egal, was. Jury lächelte.

Noch zwei Gespräche mit irgendeiner Sekretärin. Sean war nicht da, Miranda war da. Ohne Miranda würde es keiner machen. Sean bestand darauf, Neil bestand darauf. Als Schwester, klar. Ohne sie lief der Deal nicht, das könnt ihr mir glauben.

Malcolm glaubte es.

Jury glaubte es.

Miranda glaubte es bestimmt auch.

34

Sunny erschien praktisch aus dem Nichts.

Als Mary Dark Hope die Tür des Adobehauses öffnete, saß Jury neben dem Kamin im großen Zimmer und trank den Kaffee, den Rosella ihm angeboten hatte. Sie wuselte herum wie immer. Er stand auf. Da staunte Mary. Ein Mann stand auf, wenn sie ins Zimmer trat! Als sei sie wichtig, ja, als sei sie eine Frau. Es war solch eine elegante Geste. Und er lächelte dazu, als freue er sich wirklich, sie zu sehen.

»Hallo«, sagte sie. Mehr ging nicht vor lauter Überraschung. Sie hätte gern mehr gesagt, was Lässiges, was Cleveres. Aber sie machte nur den Mund auf, um nach Luft zu schnappen. Und das tat weh, und sie mußte husten. Sie räusperte sich (ein wenig zu dramatisch vielleicht, um ihre Sprachlosigkeit zu kaschieren). Rosella, die wie alle nervösen Leute, die für jemanden verantwortlich sind, immer Angst hatte, daß »das Kind« krank wurde, ging rasch zu Mary und fühlte ihre Stirn.

Mary hätte gern die Hand weggeschlagen, aber das wäre ja nicht cool gewesen, und sie wollte cool bleiben. Mit leidgeprüfter Duldermiene ergab sie sich. Außerdem besagte ihr Blick, daß sich Rosella jedes Menschen wie eine Krankenschwester annahm, als seien alle ihre Kinder – auch der Superintendent, wenn er sich die Nase putzte oder einen Schluckauf bekam.

»Ich habe nichts, Rosella.« Das »habe« wimmerte sie.

»Hast du wieder draußen in der Februarkälte gesessen mit diesem verrückten Kojoten, der ein Hund sein soll?«

Mary bedachte sie mit einem nachsichtigen Lächeln, als sei sie das trotzige Kind.

»Du brauchst mich gar nicht so anzuschauen, Miss. Ein Kojote! Den erkenn ich mit bloßem Auge.« Sie sprach es wie Mary aus: »Ko-i-jote«.

Mary setzte sich und tat, als sei sie völlig erschöpft. »Go-oott«, sagte sie und machte aus einer Silbe zwei. »Hast du schon mal einen Kojoten gesehen, der so zahm wie Sunny ist? Natürlich nicht.«

»Na, weil du ihn von klein auf hattest und er nur auf dich hört, nicht auf mich, und auch auf sonst niemanden«, sagte sie verächtlich. Und zu Jury: »Was sie und er draußen mitten in der Wüste machen, weiß ich nicht. Schauen Sie ihn nur an!«

Mary und Jury schauten hin. Der Hund – oder Ko-i-jote –, von dem die Rede war, streckte vor dem Kamin alle viere friedlich von sich. Er pfiff und bellte leise und gab Hundegeräusche von sich.

»Ich habe noch nie einen Hund mit solchen O-Beinen gesehen, wie Stöckchen, wie bei einem Huhn.«

Mary schaute Jury unschuldig an. »Rosella glaubt, daß Sunny *heyoka* ist. Daß er die Leute täuscht oder sie dazu bringt, komische Sachen zu machen.«

Wieder schnaubte Rosella. »Du weißt ja nicht mal, was das bedeutet. Du kennst ja die Legenden nicht. Du hast keine Ahnung.«

Demonstrativ freundlich sagte Mary: »Rosella ist eine Zuñi. Jedenfalls ein bißchen.«

Rosella preßte die Hand an die Brust. »Nicht ein bißchen, Miss, fast nur, fast hundert Prozent. Du weißt ja nicht mal den Unterschied zwischen Navajo und Zuñi, du hast keine Ahnung von den alten Legenden.« Die Hände in die Hüften gestemmt, stand Rosella neben dem Kamin, dessen Flammen geheimnisvolle Schatten auf ihr breites Gesicht warfen. Sie war in bunte, fließende Gewänder gekleidet, wobei sie Violett zu bevorzugen schien, obwohl es ihr überhaupt nicht stand, weil ihre olivfarbene Haut gräulich darin aussah. Die langen dunklen Zöpfe trug sie sonst in Schnekken über den Ohren, aber heute lang auf dem Rücken.

»Ich sag dir eins, Miss, wenn ich das nächstemal ins Zuñi-Pueblo gehe, bleibe ich vielleicht da. Du bist groß genug und kannst für dich selbst sorgen. Du brauchst niemanden, oder etwa doch?« Und weil sie entweder vergessen hatte, daß Jury Polizist war, oder sich nicht drum scherte, sagte sie (wie eine Erwachsene zu einer anderen): »Ich bin nach Santa Fe gekommen, um am Institut zu unterrichten.«

Mary unterbrach sie. »Sie meint das für amerikanisch-indianische Kunst.«

»Ich weiß, was ich meine«, blaffte sie. Zu Jury sagte sie: »Ich bin hierhergekommen, um zu unterrichten, und dann wurde es mit meinen Händen so schlimm, daß ich nicht mehr mit Silber arbeiten konnte. Ich habe es Angela beigebracht, und sie war sehr, sehr gut. Hätte die beste sein können, wenn sie nicht so verträumt gewesen wäre.« Rosella ging zu einem kleinen Tisch und zog eine Schachtel heraus, in der sich ein paar wirklich hübsche, kunstvolle Stücke befanden. »Sehen Sie die?« Sie zeigte auf eine Halskette. »Ein Türkis, so fein gearbeitet wie ein Spitzengewebe. Sehr schwierig zu machen.« Ein Armband und eine Brosche waren im selben Stil gearbeitet. Dann nahm sie eine weitere Kette von der Filzunterlage, eine dicke geflochtene Schnur mit geschnitzten Vierbeinern und Vögeln. »Ein Amulett. Mein Volk macht sehr feine.« Sie zog ganz unten aus der Schachtel eine große Brosche mit einem einzigen Türkis heraus. »Die ist nichts wert, Kalkstein mit Plastik überzogen. Sehen Sie, die Oberfläche ist ganz hart.« Sorgfältig stellte sie die Schachtel weg.

»Ah, du hast die Kristalle herausgeholt.« Mary nahm ein Stück Rosenquarz und betrachtete es eingehend. »Was bedeutet dieser Stein?«

»Für dich nichts. Du glaubst ja nur, was du auf dieser Welt siehst und fühlst. Also nichts.« Rosella ließ das halbe Dutzend Steine in einen Lederbeutel gleiten, als wolle sie sie vor schädlichen Einflüssen bewahren. »Vielleicht ist deine Schwester von schlechten Gedanken, bösen Gedanken, getötet worden. Ist dir das klar?«

Mary stöhnte wie jemand, der das alles schon einmal gehört hat. Hundertmal. Sie ließ sich in einen Sessel fallen und schloß die Augen. Sie war augenscheinlich der Meinung, daß sie Jury alles Wichtige erzählt hatte, jedenfalls mehr, als er von einem Haufen Kristalle erfahren konnte.

Jury wiederum war zu dem Schluß gekommen, daß Rosella ein völlig einseitiges Bild von Angela Hope zeichnete. Er fragte sich, ob die ältere Schwester wirklich so lieb und nett gewesen war und ob die »Spiritualität«, die die Haushälterin Angela zuschrieb, mehr als eine vage mystische Schwärmerei ohne festen Boden gewesen war. Er fand, Rosella überschätzte die eine Schwester und unterschätzte die andere.

Er verließ sich mehr auf Malcolm Coreys und Nils Anders' Beschreibung als auf die von Dolly Schell oder Ms. Bartholomew, zumindest bei Dolly war er sicher, daß Eifersucht das Bild der Toten verzerrte. Rosella hatte Malcolm Coreys Aussage bestätigt, daß Angela genau der Typ war, für den die Bio- und Kräuter-Gurus ihre Waren feilboten. Nur interpretierte die Haushälterin Angelas Neigung zu diesen Dingen als spirituelles Anliegen und nicht als naiv. Nach Rosellas Meinung war Angelas einzige Schwäche ihre Nikotinsucht. Jury glaubte an menschliche Schwächen, er hielt sie oft für das einzig Versöhnliche. Der Himmel wußte, wie sehr er sich Angela in dieser Hinsicht verbunden fühlte. Was für ein Nervenkrieg! Wenn er das Gefühl hatte, daß er es keine fünf Minuten mehr ohne Zigarette aushielt, dachte er an Des, die auf dem hohen Hocker an dem Kiosk in Heathrow saß. Aus irgendeinem Grunde glaubte er, daß sie enttäuscht wäre, wenn er ihr erzählen mußte, er hätte es nicht geschafft. Dennoch:

Das Bild, das er von Angela Hope zusammenpuzzelte, war das einer reizenden, wenn auch nicht unbedingt willensstarken Frau, die sich doch sehr wie ein Fähnchen im Wind drehte. Von der jüngeren Schwester dachte er das genaue Gegenteil. Sie war beständig wie ein Kompaß, der nach Nord-Nord zeigte.

Mary saß zwar in ihrem Beerdigungsschwarz da, sah aber weniger wie eine trauernde Hinterbliebene aus als vielmehr so, als brauche sie gleich einen Ballermann.

Rosella kehrte zum Thema »Sunnys Abstammung« zurück. Verächtlich, wie sie wohl immer mit Mary redete, sagte sie: »Ein stinkfauler Kojote, das ist er.«

»Nicht fauler als Angela«, sagte Mary aus den Tiefen des Sessels, in dem sie sich vergraben hatte.

Jury fand, die Bemerkung war gar nicht böse gemeint, doch Rosella ließ nun ihre geballte Wut an Mary aus. »So kannst du doch nicht über deine Schwester reden! Mein Gott! Sie ist tot!« Sie fing an zu weinen.

Ihr Schmerz war echt. Jury stand auf und bot ihr sein Taschentuch an, das sie schnell nahm und wie einen Waschlappen vors Gesicht preßte. Sie versuchte, ihr Schluchzen zu unterdrücken.

Aus Marys blassem Gesicht wich der letzte Rest Farbe. Aber Rosella hatte Mary mißverstanden. Als Mary von ihrer toten Schwester gesprochen hatte, hatte Jury sich nämlich gefragt, ob sie nicht auf einer tieferen Ebene glaubte, daß Angela gar nicht tot sei. Möglich, daß sie es in ihrem tiefsten Inneren einfach nicht glaubte.

Jury hätte sagen können: »Tut mir leid, ich hätte Sie nicht dazu zwingen sollen, über sie zu reden. Ich hätte Sie nicht an sie erinnern sollen.« Aber davon hielt er nichts. Je mehr Tränen flossen, desto besser, und je öffentlicher, desto befreiender. Jury machte sich Sorgen um Menschen, die sich unter Kontrolle hatten. Wie Mary.

Rosella nestelte hilflos an einem Zigarettenetui, das mit bunten Steinen gespickt war. Ihre Hand zitterte. Das Etui erinnerte sie vielleicht mehr an Angela als ein Bild. »Jetzt muß sie sich keine Sorgen mehr darum machen, wie schädlich Rauchen ist.« Wieder begann sie zu weinen und rieb sich die Augen mit dem Handballen. »Wissen Sie, ich habe immer versucht, sie dazu zu bringen, was sie auch in dieser Reklame sagen: Schluß damit.«

Mary ließ ihre Papierrakete oder was immer sie gefaltet hatte, zu Sunny segeln. »Mir wär lieber, es wär nicht Schluß gewesen«, sagte sie. »Soll doch jemand anders zuerst Schluß machen.«

Rosella schaute wieder auf. »So ein Quatsch, Fräulein Neunmalklug.«

»Ja, genau, Quatsch. Das mein ich ja.«

Jury überlegte, ob Mary begriff, wie traurig Rosella war, und nur deshalb Streit suchte, damit Rosella die Traurigkeit in Wut verwandeln konnte. Das wäre für eine normale Dreizehnjährige natürlich sehr sensibel. Aber wer sagte denn, daß Mary Dark Hope »normal« war?

Er stand auf. »Ich muß gehen.« Er tätschelte Rosella die Schulter und gab ihr durch eine Geste zu verstehen, daß sie das Taschentuch behalten solle. »Ich hole es mir später wieder. Mary...«

Mary war schon an der Tür. Er verabschiedete sich von Rosella und ging mit Mary zum Auto. Sie fragte ihn, wo er hinfahre.

»Zum Abendessen mit Dr. Anders.« Er schaute auf die Uhr. »Ich bin schon zu spät.« Trotzdem blieb er, an die Fahrertür des Mietautos gelehnt, stehen.

Sie fuhr mit der Hand über den Wagen. »Sie haben einen Le Baron.«

Jury drehte sich um und schaute das Auto an, als sehe er es jetzt zum erstenmal. Bisher hatte er es nur als roten Flitzer auf vier Rädern gesehen. »Den haben sie mir gegeben.«

»Es ist ein Kabrio«, sagte sie ein wenig empört, als wisse er weltliche Güter nicht richtig zu schätzen. »Sie haben das Verdeck ja gar nicht unten.«

»Wir haben Februar.«

Sie zuckte mit den Achseln.

Er wollte eine Zigarette. Er wollte irgend etwas. Er merkte, daß sie ihn nicht gehen lassen wollte, während sie dort standen und in den blauen Abend schauten. Er blickte auf. Warum hatte er solche Sterne noch nie an einem englischen Himmel gesehen? Einige berührten sich, und es waren so viele, daß es schien, als sei nicht genug Himmel da, um sie alle aufzunehmen.

Mary Dark Hope starrte auch nach oben. »Sternenfelsen nennen die Navajo sie.« Sie schauten beide hinauf. »Manchmal nennt mich Rosella auch *heyoka*. Das ist jemand, der sich immer anders als normale Leute verhält. Ich finde, das ist ein Kompliment.« Wieder fuhr sie mit der Hand über die Motorhaube des Le Baron. »Haben Sie gefunden, was Sie mußten? Was Sie gesucht haben?«

Jury schüttelte den Kopf. »Nein.«

»Vielleicht sollten Sie auf Geistersuche in die Wüste gehen. Ich hätte nichts dagegen.« Sie seufzte.

Jury lächelte sie an. »Wenn ich danach suchen würde oder du?«

»Wir beide. Wir könnten uns ja zusammen aufmachen.«

Schweigen. Jury unterbrach es. »Ich muß in den nächsten Tagen zurück nach England. Ich glaube, ich habe mit den Leuten gesprochen, die deine Schwester am besten gekannt haben.«

»Auch mit Dolly Schell?«

»Ja, natürlich. Mit deiner Cousine auch.«

Schweigend schaute Mary in die Ferne. »Sie hat sich mit Angie nicht verstanden. Sie mochte sie nicht.«

»Das hat sie gesagt.«

»Das hat sie gesagt?«

Jury nickte.

Sie kuschelte sich tiefer in ihre Daunenjacke. »Das war schlau.« Dann ging sie weg.

35

»Was hat sie damit gemeint?« fragte Jury.

Nils Anders schaute ihn über seinen Bourbon hinweg an und lächelte. »Ich habe Ihnen doch gesagt, sie hat's nicht so mit Einzelheiten.«

Er hatte einen Tisch für sie freihalten können, obwohl Jury viel zu spät war, und ihn, nach der Menschenmenge zu urteilen, offenbar mit dem Mut der Verzweiflung verteidigt. Es war ein sehr beliebtes Restaurant, in dem man ohne Reservierung keinen Platz bekam. Aber das wußten die Touristen nicht.

»Sie hat es gesagt und ist – weggegangen.« Jury trank einen Whisky und lechzte nach einer Zigarette. Gott sei Dank rauchte Anders nicht, und sie saßen im Nichtraucherbereich. »Na ja, es klingt doch so, als möge Mary Cousine Dolly nicht besonders.«

»Und Sie?«

Anders war verblüfft. »Ob ich Cousine Dolly mag?« Er zuckte die Achseln. »Ach, ich glaube, sie ist schon in Ordnung.« Nils nahm sich ein Stück Mais-Chili-Brot aus dem Korb.

»Hat Mary Ihnen irgendwas über Dolly Schell erzählt?«

»Wie zum Beispiel was?« Nils schüttelte den Kopf und strich Butter aufs Brot. »Mary ist sehr verschwiegen.«

»Wie stand Angela zu Dolly?«

»Ich weiß nicht. Ich glaube, wir haben nie über sie gesprochen. Über Dolores, meine ich. ›Dolly‹ paßt nicht zu ihr.« Er lächelte ein wenig und brach sich noch ein Stück Brot ab. »Hoffentlich kommt das Essen bald.«

»Dem Wunsch kann ich mich nur anschließen.« Nils Anders (dachte Jury nun) war wahrscheinlich niemand, mit dem man über menschliche Beziehungen sprechen konnte. Er war zu rational. Oder zu sehr mit seinen Theoremen und Axiomen über Licht und Raum beschäftigt. Der Kellner kam mit ihren vollbeladenen Tellern. Vielleicht machte Jury die Luft hier so hungrig. Einerlei, kaum stand der korallenrote Teller vor ihm, griff er nach seiner Gabel und schaufelte *Fajita* in sich hinein. Anders, fiel ihm auf, betrachtete sein Essen, anstatt es zu verspeisen.

»Dann nehmen Sie es nicht ernst«, sagte er zu Anders.

»Was nehme ich nicht ernst?«

Jury schüttelte den Kopf und ging zu seinem Trip nach Colorado über. »Ich bin sicher, daß sie um ihre Schwester trauert, aber sie zeigt es kaum. Sie ist sehr verschlossen.«

Nachdem Anders den Haufen schwarzer Bohnen hübsch mit der Gabel arrangiert hatte, sagte er. »Wissen Sie, vielleicht hatten sie auch Probleme miteinander.«

»Probleme? Angela und Mary?«

Anders beschäftigte sich noch ein paar Sekunden damit, die fachgerecht verteilten Portionen auf seinem Teller hin und her zu schieben – Kürbispudding, Tamales, gedünsteter Spinat. »Im günstigsten Falle waren ihre Gefühle ambivalent. Schlimmstenfalls waren die beiden aufeinander eifersüchtig.«

»Aber es ist doch ganz natürlich, wenn ein Kind seine ältere Schwester beneidet«, wandte Jury ein.

»Ich rede nicht von Mary, sondern von Angela.«

Vor lauter Überraschung lachte Jury kurz auf. »Sie meinen, Angela war eifersüchtig auf Mary?«

Nils Anders ging nicht direkt darauf ein. »Also, Mary ist so bodenständig, sie steht mit beiden Beinen so fest auf der Erde, daß ich manchmal den Eindruck habe, sie wächst daraus hervor.«

Jury erinnerte sich an seine eigenen Gedanken darüber, wie verwurzelt Mary war, und lächelte. »Ich weiß, was Sie meinen.«

»Sie liebt den Südwesten, die Wüste, die roten Felsen – und so. Aber alles andere findet sie faulen Zauber. Santa Fe beziehungsweise was daraus geworden ist, das Restaurant, in dem wir jetzt sitzen«, er fuchtelte mit der Gabel herum, »das ganze Tamtam, die Galerien, die Schickeriafeten. Sie hat etwas unheimlich Überlegenes, wenn das der richtige Begriff ist. So, als könne sie«, er hielt inne und schob das Maisblatt einen Millimeter zurück, »auf alles

Überflüssige verzichten. Dieses Maisblatt, zum Beispiel, wenn es einen Ort, einen Menschen umhüllen würde ... Mary würde es einfach abreißen. Aber einerlei, eine wandelnde Reklame für Santa Fe ist sie sicher nicht. Ganz anders als die meisten Leute, die man hier trifft.«

»Alle«, warf Jury ein, lächelte und erinnerte sich an seinen Frühmorgenspaziergang.

»Genau. Und Sedona – das Angela so toll fand –, na, Sedona ist nach Marys Meinung noch schlimmer. ›Warum sollten bestimmte Teile der Erde mehr Kraft verströmen als andere?‹ Einmal haben wir uns über Energiepunkte gestritten. Wir drei redeten über Sedona und Steinkreise – Avebury, Stonehenge, die Ley-Linien. Mary liest viel, im Endeffekt vielleicht mehr als Angela jemals gelesen hat. Und wenn jemand, den sie mochte, sich für ein Thema interessierte, dann besorgte sie sich ein Buch darüber, um mitreden zu können. Himmel, sie muß ihre Lehrer wahnsinnig machen, wenn sie sie auch selten genug sieht. Schwänzt bestimmt häufig.« Anders neigte den Kopf, als analysiere er die neue Beziehung, die er zwischen dem Maisblatt und dem Kürbispudding hergestellt hatte. »Egal, an dem Tag haben wir alle zusammen im Laden Kamillentee oder was ähnlich Widerwärtiges getrunken, und da fing Angela mit Avebury und den Ley-Linien an. Das war kurz vor ihrer Reise.« Anders schwieg, sah traurig aus, nahm das Weinglas und behielt es in der Hand. »Angela redete also über Ley-Linien, und plötzlich sagte Mary: ›Da kannst du genausogut an Ufos glauben.‹ Angela widersprach heftig. Sie wurde immer stinkwütend, wenn Mary so redete.«

»Eine Frau ärgert sich über die Ansichten eines dreizehnjährigen Kindes? Das ist doch ein bißchen irrational.«

»Na ja, aber was für eine Dreizehnjährige!«

Nils Anders lachte so nervös, daß Jury ihn anschaute, aber Anders starrte wieder auf seinen Teller.

Tief in seine Gedanken versunken, sagte er: »Ich wünschte, sie wäre zehn Jahre älter.« Er mied Jurys Blick.

Jury merkte, was für einen Kummer dem Mann dieses Eingeständnis bereitete, und sagte: »Ich auch, was soll's.« Überrascht sah Anders ihn an. Jury fuhr fort: »Ich habe gerade mal – wieviel Stunden mit diesem Mädchen verbracht? Sieben oder acht. Man hat das Gefühl, es seien sieben oder acht Jahre gewesen. Sie hat etwas überaus Komplexes, ja Verstörendes. Ich weiß genau, was Sie mit dem Verzicht auf alles Überflüssige meinen. Vielleicht liegt es daran, daß sie ohne Eltern aufgewachsen ist und sich soviel selbst überlassen ist, vielleicht daran, daß sie immer in der Wüste sitzt und nachdenkt, oder daran, daß sie sieht, wie diese ganzen Pseudotypen Pseudodinge tun. Ich weiß es nicht. Aber Mary Dark Hope macht nicht den Eindruck – auf mich jedenfalls nicht – eines typischen pubertierenden Teenagers.«

Anders entspannte sich ein wenig. Er stieß ein kurzes Lachen aus. »Ich kam mir ja schon langsam pädophil vor.«

»Wie wir uns vorkommen, ist eine Sache, was wir tun, eine andere.« Jury schaute sich in dem rappelvollen Raum um und dachte nach. Dann fuhr er fort: »Vor kurzem war ich in Baltimore. Zufällig um die Zeit, als Edgar Allan Poe Geburtstag hatte. Wenn wir damals, im neunzehnten Jahrhundert, gelebt hätten, wäre es wohl niemandem in den Sinn gekommen, an einer Beziehung zwischen einer Dreizehnjährigen und einem erwachsenen Mann Anstoß zu nehmen. Aber heute? Alle würden Zeter und Mordio schreinen. Kindesmißbrauch! Sehr heikles Terrain, und das ja auch mit Recht. Aber was wäre aus E. A. Poe und Virginia in unserem Jahrhundert geworden? Sie hätten keine Chance gehabt. Man hätte Poe eingesperrt.« Und mit einer Traurigkeit, deren Vehemenz ihn selbst überraschte, fügte Jury hinzu: »Und ›Annabel Lee‹ wäre nie geschrieben worden.«

Anders schob sein mittlerweile sicher kaltes Essen immer noch auf dem Teller herum.

»Nils«, sagte Jury, »warum essen Sie das nicht und hören auf, das Geheimnis der Beziehung zwischen dem Spinat und dem Maisblatt zu durchdringen?«

Anders rang sich ein mattes Lächeln ab, schaufelte ein paar Bohnen zusammen und überließ Jury seinen eigenen unbehaglichen Gedanken.

Jury rief sich den flüchtigen und schnell verdrängten Eindruck wieder ins Gedächtnis, den er von Mary Dark Hope gestern gewonnen hatte, als sie zusammengesessen und Cappuccino getrunken hatten. In der Hoffnung, Anders etwas von seinen Schuldgefühlen zu nehmen, sagte er wieder: »Sexuell verstörend, ganz bestimmt.«

Hinter Jury sagte eine Stimme: »Jemand, den ich kenne? Oder redet ihr über die Tortillas?«

Anders schaute auf, Jury drehte sich um.

»Hallo, Claire«, sagte Nils nicht sehr begeistert.

Es war eine der drei Ballschönheiten, die Jury vor ein paar Stunden gesehen hatte. Sie lächelte und strahlte mit ihrem glänzenden grünen Seidenkleid um die Wette. Ihr Lächeln, ihre Zähne, das Kleid, die Haare – glamourös! Etliche Gäste drehten sich um und starrten sie an. Woran sie sicher gewohnt war, dachte Jury.

Er wurde vorgestellt und sagte hallo. Claire strahlte sie beide noch einmal an und warf dann ihr wallendes dunkelrotes Haar in einer Geste von der Schulter, die Jury immer gehaßt hatte. So affektiert, so eindeutig dazu bestimmt, Dekolleté und Hals zur Schau zu stellen. Dann ging sie durch das Labyrinth der Tische zu einem Begleiter, der geduldig auf sie wartete.

»Die ist definitiv nicht minderjährig«, sagte Jury, folgte ihr eine Weile mit den Augen und wandte sich dann Anders wieder zu.

Der stocherte an dem kalten Maisblatt herum.

Ihm war nichts aufgefallen.

36

I

Melrose hatte die Gesellschaft des Divisional Commander Macalvie schon mehrere Male genossen: in Brighton, im Dartmoor, im Hammersmith Odeon. Und er fand seine Gesellschaft, milde ausgedrückt, anregend – wie Meeresluft, Regengüsse, donnernden Applaus.

Die Frau in seinem Büro auch. Dem Klang ihrer Stimme nach zu urteilen.

Als könne sie seine Gedanken lesen, deutete Macalvies Sekretärin mit dem Kopf auf sein Büro. »Inspector Thwaite. Sie kommt in einer Minute raus.« Ein wenig geheimnisvoll fügte sie leise hinzu: »Normalerweise.«

Thwaite. Melrose meinte sich zu erinnern, daß Jury von ihr gesprochen hatte. Ja, Gilly Thwaite. Eine der wenigen, die Macalvie bei der Polizei von Devon and Cornwall respektierte. Mochte. Vielleicht liebte.

Sanft plätscherte diese Liebe allerdings nicht daher. Die weibliche Stimme schraubte sich im Arpeggio in die Höhe, und es klang nicht, als mache eine Diva ihre Stimmübungen.

»... ihr verdammtes Skel...« Die Stimme nahm einen neuen Anlauf.

Die Dame, mit der Melrose in dem winzigen Vorzimmer saß, lächelte jedoch um einiges freundlicher als Sam Laskos Sekretärin. Sie schüttelte den Kopf, als wenn ja auch Besucher des Hauptquartiers in Exeter wüßten, wie Macalvie und/oder die Frau hinter der geschlossenen Tür waren. Sie verdrehte die Augen.

Macalvie schien über Knochen zu reden, ein Skelett.

»Die Wirbel passen zusammen... das Röntgenbild von vor zwanzig Jahren... Sie ist es!«

»Nein, ist sie nicht!«

»Verdammt noch mal, ist sie doch! Paßt per. . .«

». . . erklären Sie sich das?«

Melrose hörte leise, aber deutlich Klirren und Klappern. Es klang wie Münzgeklimper auf einer harten Oberfläche. Die Zornesarie verstummte, er vernahm einen klagenden Laut, der wie ein Fetzchen Musik abbrach, das er einmal auf einer alten Blues-Jazz-Platte gehört hatte, dann einen kurzen abgehackten Wortwechsel, gefolgt von Heulen, das auch abbrach . . . offenbar vor lauter Empörung. Dann marschierte eine Frau heraus, wahrscheinlich blasser, als sie beim Hineinmarschieren gewesen war. Sie sah weniger hübsch als intelligent aus, besaß aber (selbst bei diesem Tiefpunkt ihrer Karriere als Kriminaltechnikerin) eine Präsenz und Vitalität, die ihren Mangel an physischer Schönheit mehr als wettmachte. Doch selbst dieses Urteil revidierte Melrose, als sie an ihm vorbeiging, denn sie bewegte sich sehr elegant, und ihr Schopf wippender dunkler Locken milderte auch die Wirkung der unvorteilhaften Hornbrille. Der Anblick ihrer leuchtendkorallenrot geschminkten Lippen freute Melrose aus unerfindlichen Gründen, offenbar ließ sie sich weder von der Kripo von Devon and Cornwall noch von deren Divisional Commander oder Chief Superintendent (oder beides in einem) Brian Macalvie ihre Weiblichkeit nehmen.

Beim Abgang Inspector Thwaites nickte die Sekretärin Melrose lächelnd zu, neigte den Kopf in Richtung Tür und sagte, er könne eintreten.

Brian Macalvie lächelte breit und streckte die Hand aus. Zu Melrose' Überraschung hatten sie sich immer prächtig verstanden. Macalvie war nämlich keineswegs der Typ Kriminalbeamter, der auf Amateure flog. Gut, er flog auch nicht auf Profis, Melrose' Amateurstatus war nicht von Belang. Macalvie war im Mantel, und Melrose erinnerte sich, daß er den immer trug. Er kam ihm auch samt Riß am Ellbogen bekannt vor. Macalvie wirkte, als sei er gerade hereingekommen oder wolle gleich wieder gehen. Sein ganzes Leben kam er, ging er. Was Hingabe und Kompetenz betraf, konnte Macalvie niemand das Wasser reichen, auch Inspector Thwaite nicht. Kupferfarbenes Haar, leuchtendblaue Augen, Macalvie schien in einem Magnetfeld zu existieren.

Nun steckte er sich eine Zigarette in den Mundwinkel und klopfte sich auf der Suche nach Feuer auf die Manteltaschen, als taste er sich selbst nach Waffen ab. Dann angelte er sich unter einem Stapel Papiere eine kleine Schachtel Streichhölzer hervor, besann sich auf seine guten Manieren und hielt Melrose die Schachtel Zigaretten hin.

»Nein danke.« Melrose betrachtete die Münzen, die Macalvie beiseite geschoben hatte, und fragte sich, was für eine Rolle sie in Gilly Thwaites Fall gespielt hatten. Dann sah er den eßtellergroßen überquellenden Aschenbecher. (War vermutlich auch ein Eßteller.) »Sie rauchen nicht mehr so viel, was?«

Auch Macalvie warf einen Blick auf den Teller. »Die? Die sind von Jury.«

»Jury hat aufgehört.«

Macalvie lächelte ironisch und verdrehte die Augen. (»Hoffentlich täuschen Sie sich da mal nicht!«) Dann fiel ihm offenbar ein, daß Jury nicht lange genug in diesem Büro gewesen war, um einen solchen Haufen Kippen zu produzieren, und präsentierte eine andere Schuldige. »Viele sind auch von Gilly Thwaite. Sie ist gerade gegangen.«

»Nein, stimmt nicht.«

Macalvies Augenbrauen schossen fragend in die Höhe, während er die Kaffeekanne holte und zwei Tassen mit rabenschwarzem Kaffee füllte. »Wer sagt das?«

»Ich. Sie trägt Lippenstift!«

»Ha! Der Herr Privatdetektiv!«

»›Privat‹ ist das richtige Wort. Wenn der Kaffee für mich sein soll, nein danke. Ich bin vorhin an ein paar Straßenbauarbeitern vorbeigekommen, die Schlaglöcher ausgebessert haben, die könnten ihn als Füllmaterial gebrauchen.«

»Ja, ziemlich eklig.« Macalvie lugte in die Kanne und stellte sie wieder auf das Stövchen hinter sich. Dann schob er die Papiere einmal quer über den Schreibtisch, fand, was er suchte, und warf es Melrose zu. »Das hat Jury geschickt.«

Die zusammengehefteten Fotokopien flatterten auf Melrose' Seite des Schreibtischs. Er nahm sie und las Jurys Bemerkungen durch, detaillierte Beschreibungen der Leute, mit denen er gesprochen hatte, und darüber, was sie gesagt und was sie nicht gesagt hatten. Nach einer Weile nahm Melrose die Brille ab und sagte: »Mary Dark Hope. Sie klingt interessant.«

»Ja, die kleine Schwester. Aber mein Erzfeind DCI Rush hat nicht die Schwester, sondern ... die Cousine die Leiche identifizieren lassen.« Macalvie legte die Stirn in Falten, als bereite ihm der Gedanke Sorgen. »Mary Hope ist dreizehn; Rush – vielleicht ja auch die Cousine – war der Meinung, daß die weite Reise und das Identifizieren der Leiche für das Kind zum Trauma werden könnten.« Macalvie deutete mit dem Kopf auf die fotokopierten Berichte. »Aber diese Dreizehnjährige klingt todsicher nicht so, als sei sie leicht zu traumatisieren.«

Melrose las weiter, Macalvie dachte nach.

»Coyote Village ist offenbar ein Teil der Anasazi-Ruinen in ...«, er schaute in dem Schreiben nach, »in Mesa Verde.«

Macalvie knöpfte den einzigen Knopf seines Cordjacketts auf, das er unter dem Regenmantel trug, und demonstrierte auf diese Weise, daß er notgedrungen eine Weile hierbleiben würde. »Dann ist völlig klar, daß eine von den Frauen – Frances Hamilton oder Helen Hawes – mit Angela Hope gesprochen hat. Oder alle beide.«

»Warum das?«

»Weil diese Ruine nicht zu den Dingen gehört, die man unbedingt sehen muß. Sie hat eigentlich ja auch nur eine Nummer und keinen Namen – nein, die Nummer in dem Adreßbuch ist es nicht«, sagte er, als Plant hoffnungsvoll aufblickte. »Wenn jemand sich den Ort mit Namen notiert oder vormerkt, dann muß er ihn von irgend jemandem gehört haben. Die Schwestern Hope sind ziemlich oft dort gewesen. Warum Nell Hawes ihn aufgeschrieben hat...« Macalvie zuckte die Schultern und hob die Hände.

»Wissen Sie denn, daß sie es war?«

»Die Handschriftenanalysen haben ergeben, daß ›Coyote Village‹ und die Nummer von jemand anderem geschrieben sind als die ordentlichen Bleistifteintragungen. Wenn es Hamiltons Adreßbuch war, dann stammen die vermutlich von ihr. Ein wenig schwieriger wird es bei der Nummer und dem Namen. Nell Hawes hat das Buch mit zurückgebracht. Also hat Hamilton es ihr vermutlich irgendwann gegeben, damit sie wenigstens eins von beidem hineinschrieb.«

»Ist es denn wirklich so entscheidend, wer was hineingeschrieben hat?«

»Das weiß ich erst, wenn ich weiß, was die Nummer bedeutet.«

»Was ist mit Angela Hope?«

Macalvie hob fragend die Brauen.

»Vielleicht hat sie es ja aufgeschrieben. Das machen die Leute ja manchmal, wenn sie einem eine Adresse oder Wegbeschreibung oder sonst eine wichtige Information geben wollen.«

»Das ist alles ziemlich an den Haaren herbeigezogen.«

»Sie sind genauso wie Ihr Kumpel.«

Welcher Kumpel nun?

»Als Jury hier war, hat er das auch immer gesagt. An den Haaren herbeigezogen. ›Die Verbindung zwischen den drei Frauen ist *ziemlich* an den Haaren herbeigezogen, Macalvie.‹«

Melrose lächelte. Er hatte selten erlebt, daß der Divisional Commander Zeit verschwendete, sich selbst zu beweihräuchern, aber jetzt feixte er geradezu.

Dieser Ausdruck verflüchtigte sich jedoch sofort, als Macalvie fragte: »Haben Sie in London etwas herausgefunden?«

»Also, viel nicht. Gut, im Prinzip überhaupt nichts, jedenfalls nichts Konkretes, außer –« Melrose hielt inne und runzelte die Stirn.

»Die ›außer‹ finde ich immer besonders interessant. Also, weiter im Text.«

»Nur Eindrücke. Glauben Sie, daß Frances Hamilton an etwas anderem gestorben ist als die beiden anderen Frauen?« Er wartete, daß Macalvie nein sagte. Vergeblich. »Sie kann wirklich eines natürlichen Todes gestorben sein, ich meine, nicht durch Außeneinwirkung hervorgerufen. Als ich mit Lady Cray gesprochen habe, Sie wissen, der Freundin, bei der Fanny Hamilton wohnte, ergab sich ein Bild von ihr, das sich von meinem ursprünglichen Eindruck unterschied, daß sie eine alberne, oberflächliche Frau war. Selbst Lady Cray meinte, sie habe ihr unrecht getan, als sie dem Superintendent eine solche Vorstellung vermittelte. Ich glaube, daß Fanny Hamilton eine Frau mit sehr starken Gefühlen war, die sie aber nicht zeigen konnte, weil sie keine Vertraute hatte. Außer ihrem Neffen in Amerika hatte sie keine Angehörigen. Den Neffen liebte sie abgöttisch. Wirklich. Sie ist ja in die Staaten geflogen und zu der Hütte gefahren, wo er umgebracht worden ist, und hat mit der Polizei in Pennsylvania geredet. Jury hat mir erzählt, daß in den Polizeiberichten natürlich eine Beschreibung und Fotos waren – Bilder von der Leiche am Fundort und so weiter –, und obwohl sie diese sicher nicht zu Gesicht bekommen hat, ist ihr gewiß beschrieben worden, wie und wo er gestorben war. Wenn Fanny Hamilton nicht sehr kräftig war, wenn sie ein schlechtes Herz hatte«, Melrose holte tief Luft, »dann meine ich beinahe, daß sie daran gestorben ist. Kann es nicht sein, daß sie vor dem Bildnis des Knaben Chatterton, wie er da ausgestreckt auf dem schmalen Bett liegt, auch vor sich gesehen hat, wie Philip ausgestreckt in der Hütte liegt? Sie ist an dem Tag relativ lange in der Tate gewesen. Beatrice Slocum sagt, sie habe Mrs. Hamilton bemerkt, nachdem sie – Beatrice – die Clore Gallery verlassen habe. Da hängen die Turners. Bea mag die Turners besonders. Wegen des Lichts. Aber Licht spielt wahrscheinlich bei allen Bildern eine entscheidende Rolle, meinen Sie nicht auch?« Melrose hatte sich so deutlich eingeprägt, wie unheimlich sich das goldene, dunstige Licht in Turners Gemälde von Venedig ausbreitete, daß er jetzt, da er den Blick auf das graue rechteckige Bürofenster richtete, das gespenstische Gold fast dort zu sehen erwartete. »Kunst«, fuhr er fort, »ist nicht immer Balsam für die Seele. Vielleicht kann es sogar wie eine Überdosis sein. Schmerz, nicht Gift.«

Plötzlich wurde Melrose unsicher. Macalvie hatte sich nicht gerührt, sondern ihn die ganze Zeit durch halbgeschlossene Lider beobachtet. »Glauben Sie mir nicht?«

»Und ob ich Ihnen glaube! Ich glaube nur nicht, daß Sie über Frances Hamilton reden.«

Darauf sagte Melrose nichts, und als ihn Macalvie einfach immer weiter anstarrte, richtete er seinen Blick schließlich entnervt und verlegen zu dem Fenster hinter Macalvie. Der Farbton des Himmels hatte sich von Blaßgrau zu Zinnfarben gewandelt. Während er den Himmel betrachtete, überlegte er, ob Probleme und sogar Verbrechen unter anderem auch deshalb gelöst wurden (»gelöst« war vermutlich das falsche Wort), weil sie innerhalb des eigenen Lebens- und Erfahrungsbereichs abliefen. Denn letztendlich gab es hier nichts, was ihm nicht bekannt und vertraut war. Vielleicht hatte er das gespürt, als er in Fannys Fußstapfen durch die Tate gegangen war. Die Turners, die Präraffaeliten, Chatterton. Aber er konnte es Macalvie nicht erklären, weil er es nicht einmal selbst begriff.

Als er aufhörte, in den Himmel zu starren und Tagträumereien zu frönen, war er überrascht, daß Macalvie immer noch in derselben Haltung dasaß und ihn anschaute. Der Mann war ein wahres Energiebündel (was der Mantel bezeugte, den er nie ablegte), und seine Ungeduld war legendär. Aber Melrose wußte auch von Jury, daß Macalvie den Ort eines Verbrechens minutiös studieren und so unbeweglich stehen bleiben konnte, daß sein Team reinweg verzweifelte. Vor allem Gilly Thwaite, denn sie war die Spurensicherungsexpertin. »Ungeduld« war auch hier nicht das rechte Wort, das heißt nur dann angemessen, wenn er mit Schwachköpfen und Idioten zu tun hatte – häufiger, als seinen Kollegen lieb war, dachte Melrose. Er mußte lächeln.

Das Lächeln riß Macalvie offenbar aus seinen eigenen Betrachtungen. Er breitete etwa neun, zehn Fotografien aus und drehte sie Melrose hin. »Die hat Jury auch geschickt. Er hat sie im Silver Heron aufgenommen, Angela Hopes Laden.«

Melrose schaute sie sich alle gründlich an. Die Hälfte waren Nahaufnahmen von Silberarbeiten, fertige und halbfertige Teile: Armbänder, Anhänger. Sie lagen auf dem Tisch, anscheinend ihrem Arbeitstisch. Dann gab es Nahaufnahmen von Schaukästen, in denen die Türkis-Silber-Stücke standen. Drei sahen Lady Crays Skulptur sehr ähnlich. An der Schöpferin dieser Arbeiten bestand wohl kein Zweifel. Zwei weitere Fotos zeigten Regale in dem Laden und zwei Sessel mit einem Tisch dazwischen, die Besucher zum Sitzen einluden.

»Keine Kundenkartei, sagt er, offenbar hat Angela nichts davon gehalten, ihre Waren unter die Leute zu bringen. Gut, wir wissen ungefähr, wann sie sich getroffen haben. Aber es wäre nett, es genau zu wissen. Es ist ziemlich sicher, daß Mrs. Hamilton und Angela Hope sich gekannt haben. Aber ich hätte gern Gewißheit über Nell Hawes. Schauen Sie sich das an.«

Macalvie warf Melrose ein paar Seiten eines Berichts zu, der wie das Ergebnis eines EKGs aussah; spitzwinklig verlaufende Linien unterschiedlicher Länge bedeckten die Seiten. Macalvie erklärte, das sei ein Chromatogramm von Angela Hopes Blut.

»Ich habe es den Kollegen in Wiltshire abgeluchst. Jury muß DCI Rush dazu veranlaßt haben, sich die gerichtsmedizinischen Untersuchungsberichte noch einmal genauer anzuschauen. Da steht ja drin, was und wieviel wovon gefunden worden ist. Aber alles kommt nicht raus; das ist das Problem mit Giften und Medikamenten. Der Pathologe sagt, daß Angela an einer Herzklappenerkrankung gestorben sein kann. Laut Aussage der Cousine Dolores Schell hatte Angela schon als Kind rheumatisches Fieber.«

Melrose studierte die Seiten. »Aber Sie glauben nicht, daß dies der Auslöser war.«

»Nein.« Macalvie nahm die Füße vom Schreibtisch und stand auf. »Kommen Sie, fahren wir zum Labor.«

Unzählige weiße Zimmer gingen von einem hellgrünen Flur ab, hier waren die Überreste des Verbrechens und die gerichtsmedizinischen Experten zu finden, die sich damit beschäftigten. Macalvie lief vor Melrose her, blieb vor beinahe jeder Tür stehen, brummelte gelegentlich einen Satz oder warf ihm ein Wort an den Kopf – »Serologie«, »Elektrophorese«, »Spektralphotometrie« –, als sei Melrose mit den gerichtsmedizinischen Disziplinen bestens vertraut. In einem Zimmer stapelten sich Tausende bunt chiffrierter Aktenordner und noch mehr Mikrofiches, in einem anderen schienen nur Farbanalysen erstellt zu werden, denn außer den Fenstern war beinahe jede freie Fläche mit Tabellen, Blättchen, Proben bedeckt. Wenn die Kriminaltechniker keinen Platz mehr hatten, würden sie auch noch die Fenster zukleistern. Alle Räume – Böden, Wände, Arbeitsplatten – waren blitzsauber. »Man hätte vom Boden essen können«, wie seine Köchin Martha immer so gern sagte. Die Angestellten hantierten mit Mikroskopen, Computern und Geräten, die wie Fleischwölfe aussahen. Melrose fehlten die Begriffe, mit denen er ihr Handwerkszeug hätte bezeichnen können, die meisten hätten eine Heimstatt in einer Mercedes-Werkstatt oder einer Brillat-Savarin-Küche finden können. Endlich blieben sie vor einer Tür stehen, und er folgte Macalvie hindurch.

Er erblickte eine glänzende Apparatur, ein paar Leute, die so etwas Ähnliches wie Sporttaucherbrillen trugen, riesige Computermonitore und den Experten, mit dem Macalvie nun konferierte. Zumindest nahm Melrose an, daß es sich um einen solchen handelte, denn Macalvie hörte wahrhaftig zu. Melrose bekam ab und zu ein paar Worte mit – »Mundabstrich«, »Proben des Erbrochenen« –, während er die aufgereihten Petrischalen in Augenschein nahm.

Macalvie ging zu Melrose und sagte: »Noch vierundzwanzig Stunden – dann hat Sloane es raus. Er hat schon weiß Gott wie viele Substanzen ausgeschlossen, die zu den Symptomen passen. Zumindest zu denen, die festgestellt worden sind.«

Melrose hörte zu, wie Dr. Sloane mit Macalvie über Lymphflüssigkeits- und Urinanalysen redete und die für diesen Fall auszuschließende orale Einnahme eines Gifts. Die umfassende Suchanalyse hatte wenigstens hundert Stoffe eliminiert, Barbiturate, Antidepressiva, Tricycliden; die Magensäfte schlossen jedoch eine direkte orale Einnahme aus.

»Natronlauge, um sich umzubringen, hat sie demnach nicht geschluckt.«

Witzig fand Dr. Sloane den kleinen Scherz nicht. »In meinem Bericht steht alles. Das wußten wir schon vor fünf Tagen. Praktisch einige Stunden nachdem wir die Proben hatten.«

»Die Dünnschicht-Chromatographie ist nicht fein genug, um bestimmte Drogen nachzuweisen. Zum Beispiel Kokain. Illegale Drogen«, sagte Macalvie.

»Es handelt sich hier auch nicht um Drogenmißbrauch. Viel wahrscheinlicher um Medikamentenmißbrauch, aber auch da haben wir nichts gefunden. Und wir haben nicht nur das Screening angewandt. Auch Gas-Chromatographie, obwohl das immer noch ein grobes Trennverfahren ist – Mr. Macalvie, haben Sie meinen Bericht gelesen?«

»Wort für Wort.«

»Und warum stellen Sie mir dann diese Fragen?«

Macalvie kratzte sich im Nacken und runzelte die Stirn. »Man übersieht Dinge.«

»Hier ganz bestimmt, und zwar, an welcher Substanz die Frau nun gestorben ist. Nicht notwendigerweise an einem Medikament. Schließlich gibt es auch noch Insektizide.« Dr. Sloane drehte sich um. »Lesen Sie den Bericht.«

»Danke«, sagte Macalvie.

Sie gingen durch den Flur zurück. »Bei Angela Hope«, sagte

Melrose, »verstehe ich es. Aber warum sind Sie so sicher, daß Nell Hawes vergiftet worden ist?«

»Weil alle drei gestorben sind.«

Melrose zog die Stirn in Falten. Ging das nicht doch alles an der eigentlichen Frage vorbei?

Als sie um die Ecke zum Lift gingen, dachte Melrose, wie unheimlich die Welt dieses Labors doch war. Es gab keine Rätsel mehr. Er war sich gar nicht sicher, ob ihm das gefiel. Diese Leute hier konnten einen nicht nur nackt ausziehen, sondern auch noch an den Kleidern, die sie einem ausgezogen hatten, sehen, was man für eine Geschichte hatte.

II

Melrose konnte nicht anders.

Während Macalvie mit der Frau im Altarraum sprach, suchte er die vielen Kissen nach Botschaften ab. All seine Mühe, sich davon abzuhalten, war vergebens.

Was für wunderbare Kunstwerke! Der Schuljunge im blauen Mantel barg sicher kein Geheimnis, denn nicht weit von der Kathedrale, in Princesshay, war der Knabe noch mal zu sehen, dort als Statue. Die meisten eingestickten Worte erklärten sich durchaus von selbst, insbesondere die Namen, Daten und historischen Details über Männer wie Bischof Baldwin, die Kirchen- und Lokalgeschichte, königlichen Häupter und Glaubensbekenntnisse, und überall das Tedeum, der Lobpreis Gottes, das auf allen Kissen erstrahlte. Wahnsinn. Aber was war mit

Die Brunnen waren trocken
Sie nahmen Wein, der versiegte . . .?

Konnte das eine klug verschlüsselte Botschaft sein? Nun schlägt's aber . . . Die ganze Angelegenheit wurde ihm wegen Wiggins und Josephine Tey völlig verdorben. Er hätte eine Elizabeth Onions mit ins Krankenhaus nehmen sollen. Wenn das kein Gegenmittel für überhitzte Phantasien war!

Eine Weile lang blieb er vor der winzigen Gestalt des heiligen Cuthbert stehen, die Blutstropfen aus roter Stickseide fesselten seinen Blick. Während er sie betrachtete, hörte er indes keine Engelsstimmen in seinem Inneren, sondern die Stimme von Ellen Taylor, die von ihrer Figur Maxim sagte: »Wer sagt denn, daß es Blut ist?« Er zuckte zusammen, das machte ihn noch ganz verrückt. Maxim, der am Ende von *Fenster* scheinbar in einer Lache seines eigenen Blutes gelegen hatte, war scheinbar im zweiten Roman, *Türen*, wiederauferstanden. Das entscheidende Wort war hier wohl »scheinbar« . . .

Der wiederbelebte Maxim, eine Nummer kleiner. Maxim, tief in eines seiner unverständlichen, sophistischen Streitgespräche mit Sweetie versunken, der Heroine, der Protagonistin, vermutlich seinem Alter ego. Melrose zog die Manuskriptseiten aus der Innentasche, rollte das Gummiband ab und glättete die Seiten. Er las: »›Ich male dein Bildnis, und wer oder was wirst du?‹«

Ach, zum Kuckuck, an dieses gräßliche Streitgespräch erinnerte er sich gut. Maxim und Sweetie saßen am Eßtisch, in ebendem Eßzimmer, in dem er am Schluß von *Fenster* scheinbar in seinem eigenen Blute gelegen hatte . . .

Melrose blieb vor der schwarzen Basaltfigur eines Bischofs stehen und sann über Maxims und Sweeties Situation nach. Dann ging er durch das Hauptschiff, setzte sich auf einen Stuhl und wandte den Blick zu der gewölbten Decke. Melrose liebte Decken. Die farbigen Bossen, die Steinrippen. Und dort die Chorempore, wo Engel Harfen, Trompeten und Zimbeln in Händen hielten.

Macalvie setzte sich neben ihn. »Was ist das?« fragte er und schaute auf das Manuskript.

»Ach, ein paar Seiten eines Manuskripts, das mir eine Freundin geschickt hat. Schräge Geschichte.« Er erzählte Macalvie, wie Maxim am Ende des ersten Buches in einer Blutlache gelegen hatte und im zweiten Sweetie anscheinend kleine Briefe schickte. Wie er wieder seine verwirrenden Streiche spielte. Melrose wollte weg, wollte im Jack and Hammer genüßlich ein Bier trinken oder an seinem eigenen Eßtisch vor einem von Marthas Roastbeefdinners sitzen. Aber dann schaute er sich im Geist an ebendiesem Tisch um, sah seine Tante vor sich hin quasseln und kam zu dem Schluß, daß Maxim vielleicht doch keine so üble Gesellschaft war.

Zu Macalvie sagte er: »Es hat etwas mit dem Unterschied zwischen Sein und Schein zu tun.«

»Das hat's ja meistens.« Macalvie beugte sich vor und stützte die Ellenbogen auf die Knie.

Melrose schaute ihn böse an und wechselte das Thema. »Und – hatten Sie Glück bei den Stickerinnen?«

»Nein. Aber wer weiß, vielleicht erinnert sich ja eine von ihnen doch irgendwann noch an etwas, das uns weiterhilft.« Macalvie verschränkte die Arme fest vor der Brust. »Rush hat unter Garantie nichts rausgekriegt. Wie gern hätte ich mir die Cousine vorgeknöpft, die die Leiche identifiziert hat. Jetzt ist Jury schon mehr als achtundvierzig Stunden fort«, sagte er ungehalten.

Melrose fragte ihn, warum er nicht selbst nach Santa Fe geflogen sei. »Sie wollten doch immer mal in die Staaten.«

»Stecke bis zum Hals in Arbeit. Aber er kriegt sowieso mehr aus den Leuten heraus als ich.«

Diese Bemerkung überraschte Melrose sehr. Des weiteren war er überrascht, daß Macalvie immer noch neben ihm saß. Daß er nicht nur sitzen geblieben war, sondern sich vorbeugte, die Ellenbogen auf die Knie stützte und die Hände zusammenpreßte. Bei jedem anderen hätte man gedacht, er bete. Macalvie betete aber nicht, er dachte nach. Dann kniff er sich in die Unterlippe und starrte geradeaus, vielleicht zu dem riesigen Lettner, dem Hochaltar, vielleicht auch ins Nichts.

»Die Cousine, die läßt mir keine Ruhe.«

»Wie das?«

»Sie ist in Windeseile hierhergekommen und wieder abgeflogen, meinen Sie nicht?«

»Aber die Polizei brauchte doch ein Familienmitglied, das die Leiche so rasch wie möglich identifizierte.«

»Sie war innerhalb von vierundzwanzig Stunden hier. Weniger eigentlich. Den Flug von Albuquerque muß sie in Rekordzeit gebucht haben, um den Anschlußflug in New York zu kriegen. Ich meine ja nur, es ging verdammt schnell.«

»Geradezu übereifrig, stimmt. Wie erklären Sie sich das?«

»Bisher gar nicht.«

Eine Weile lang schwiegen sie. Dann fragte Melrose: »Wenn sie sich also gekannt haben – diese Cousine und Helen Hawes, meine ich –, ist es dann möglich, daß Angela Hope einfach dazwischengeraten ist? Kann es sein, daß sie, hm, aus Versehen umgebracht worden ist?«

»Aus Versehen« war kein Wort, das in Macalvies Wortschatz vorkam, schon gar nicht bei Ermittlungen in einer Mordsache. Er schaute nur nach hinten und betrachtete Melrose. »Der Punkt ist, sie haben sich gekannt. Also besteht eine Verbindung zwischen ihrem Tod. Möglich, daß man es nur auf eine von ihnen abgesehen hatte oder auf alle drei; vielleicht wußte eine etwas oder sie alle. Oder sie besaßen etwas, das jemand haben wollte. Oder jemand wollte zumindest nicht, daß sie es besaßen. Der Punkt ist, wenn man an einem Faden zieht, zerrt man auch an zwei anderen.«

Melrose überdachte es. »Sie klingen wie Maxim.«

Macalvie stand auf. »Dann laß uns gehen, Sweetie. Ich brauche was zu trinken.«

III

Melrose atmete zufrieden im Gleichklang mit der soeben entkorkten Flasche Châteauneuf du Pape und verspeiste seinen geräucherten Lachs aus der Küche des Royal Clarence Hotel. Wieder entstand vor seinem geistigen Auge Lady Kenningtons kleines Wohnzimmer. Er fragte sich: Mußte die Zeitung, die aufgefaltet neben der Couch gelegen hatte, unbedingt aus der Gegend von

Stratford sein? Meine Güte, nein! Lady Kennington hatte mehrere Jahre in der Nähe von Hertford gewohnt, in einem winzigen Dorf, das zwar sicher keine eigene Zeitung hatte, aber es konnte eine aus Hertford sein oder vielleicht ein Lokalblättchen aus dem Marktflecken Horndean, der ja sogar noch näher lag.

Melrose warf seine Serviette hin und sagte auf dem Weg zum Telefon in seinem Zimmer zum Ober, er möge seine Vorspeise bitte stehen lassen und den Wein in eine Karaffe gießen, damit das Bouquet sich richtig entfalten könne.

Seine alte Freundin Polly lebte immer noch in dem Dorf Littlebourne.

Seine alte Freundin Polly murmelte ein finsteres »Hallo«, sagte, es sei ihr ganz egal, daß es erst halb neun sei, aber sie habe sich geschworen, heute früh zu Bett zu gehen, und sei kurz vorm Einschlafen gewesen, als er die Dreistigkeit besessen habe, anzurufen. Dann schmetterte sie Melrose' Frage nach Zeitungen mit der Gegenfrage ab, ob er ihr Manuskript gelesen habe.

Warum, fragte er sich, benutzten ihn Schriftstellerinnen immer als Erstlektor? Wieso legten sie, einerlei, was er sagte, Wert auf sein Urteil? Polly wollte wissen, ob ihm Seiten fehlten. Nein, er hatte es nur noch nicht zu Ende gelesen, und darum rief er auch nicht an. Als er ihre weinerlichen Fragen mit der Erwähnung des Namens Richard Jury unterbrach und so begründete, warum er noch nicht fertig war, war sie sofort hellwach.

»Oh. Geht es um einen seiner Fälle?«

Melrose sah die Wimpern über den lavendelblauen Augen förmlich flattern. »Ja. Aber ich will jetzt nur wissen, ob Sie eine Lokalzeitung neueren Datums irgendwo herumliegen haben.«

»Meinen Sie den *Hertforder Heimatboten* oder das *Horndeaner Intelligenzblatt*?«

»Polly, ich weiß nicht, was ich meine. Sie wohnen dort, nicht ich.«

In Gedanken an seinen Wein ließ Melrose geduldig ihre weitschweifigen Ausführungen über seine vielen (nicht gehaltenen)

Versprechen über sich ergehen. Daß er sie in Littlebourne habe besuchen wollen und sie sämtliche Einwohner in Aufruhr versetzt habe, und wie peinlich das gewesen sei...

»Polly, holen Sie bitte die Zeitung. Nicht die allerneueste, sondern eine von vor ein paar Tagen.«

»Hier habe ich sie. Es ist eine Wochenzeitung.«

Wie schnell das auf einmal ging! »Schauen Sie mal nach, ob ein Kreuzworträtsel drin ist...«

»Ja. Die rate ich auch immer gern. Die in der *Times* sind mir zu schwer.« Es knisterte und raschelte in der Leitung. »Okay, was jetzt?«

»Was ist zwei waagerecht?« fragte er.

»Band. B-A-N-D.«

»Band?« Melrose überlegte. »Sind Sie sicher?«

»Hm, das D stimmt, weil fünf senkrecht definitiv ›müde‹ ist. Und genau das bin ich auch.«

»Polly, wie lautet die Rätselaufgabe?« Schweigen. »Polly?«

»Wie? Verzeihung, ich habe gerade gedacht, vielleicht habe ich doch unrecht, vielleicht ist es nicht ›müde‹, sondern ›matt‹.«

»Ich meine den Hinweis für zwei waagerecht. Lesen Sie ihn vor.«

»›Ist rund, manchmal aber auch lang und glanzvoll.‹«

Das war's! »Ja, eindeutig ein ›Ball‹.«

»Was?«

»Nichts. Also, Polly, was steht sonst noch auf der Seite? Außer dem Kreuzworträtsel.«

»Nicht viel. Ein Haufen Anzeigen. Es ist die...« Kunstpause, »... die Immobilienseite. Sie wissen schon, ›Verkaufe‹, ›Vermiete‹, das Zeug.«

Melrose runzelte die Stirn. Sehr verheißungsvoll klang das nicht. »Lesen Sie sie bitte vor, ja?«

»Die ganze Seite? Es sind doch nur reihenweise Immobilien.«

»Lesen Sie vor, was ungefähr im Umkreis von zwei, drei Zentimetern um das Kreuzworträtsel steht.«

Polly Praed seufzte schwer, weil sie sich wieder einmal von Melrose Plant nach Strich und Faden ausnutzen ließ. »Die Gemeindefeier – oh, dafür hätte ich eigentlich einen Kuchen backen sollen –, die steht zwischen den Immobilienangeboten; dann das Cottage neben dem Bold Blue Boy, stand das nicht schon zum Verkauf, als Sie vor Jahren hier waren? Wollten Sie das nicht kaufen?«

»Mit Sicherheit nicht. Weiter.«

Sie las mindestens ein Dutzend Beschreibungen von Immobilien vor, die üblichen Schönfärbereien – herrliche Lage und Aussicht, Komfortwohnung –, die Makler immer ausspinnen. Melrose stöhnte. Dann fragte er sie direkt: »Polly, erinnern Sie sich an Lady Kennington?«

»Natürlich. Sie ist ja gerade hier.«

Melrose rutschte fast der Hörer aus der Hand. »Was?«

»Sie wohnt im Bold Blue Boy – ach, davon war die ganze Zeit die Rede? Und warum haben Sie das nicht gleich gesagt und mich statt dessen die ganzen idiotischen Anzeigen vorlesen lassen? Es steht ganz hier oben. Der Landsitz der Kenningtons, Stonington, steht wieder zum Verkauf. Deswegen ist sie doch gewiß hier. Sie hat es immer so gern gemocht – Moment mal! Sind Sie derjenige, welcher?«

Verwirrt fragte Melrose: »Welcher?«

»Derjenige, der es ihr vor der Nase wegschnappen will? Deshalb ist sie nämlich so schnell hierhergekommen, weil dieser skrupellose Mistk...«

»Natürlich nicht, machen Sie sich nicht lächerlich.«

»Wissen Sie nicht mehr, daß Sie es schon einmal kaufen wollten?«

»Wollte ich nie. Das war bloß ein Trick, Tarnung. Also, Polly, ich kann Ihnen nicht genug danken. Sie sind ein Schatz.«

Während des folgenden Schweigens hustete sie und überdachte kurz, wie skrupellos Melrose Plant sein konnte. »Und... hm... was ist mit Lady Kennington? Soll ich mit ihr sprechen oder was?«

»Nein. Nein, eigentlich nicht. Vielleicht wäre es sogar besser, wenn Sie gar nicht erwähnten, daß ich mich nach ihr erkundigt habe.«

»Warum?« Jetzt wurde sie mißtrauisch. Jenny Kennington war schließlich frei und ohne jeden Zweifel attraktiv.

»Es hat etwas mit...« Aalglatt fuhr er fort: »Es kann sein, daß ich selbst nach Littlebourne kommen muß.«

Das freute sie nun richtig. Das heißt, er vermutete es, obwohl sie es nie gesagt hätte. Sie beschwerte sich immer nur über seine gebrochenen Versprechen. »Bringen Sie mein Manuskript mit, dann können wir bei einem guten Tropfen darüber reden.«

»Gute Nacht, Polly.«

Triumphierend eilte Melrose zu seinem Dinner in den Speisesaal zurück. Der Herr Privatdetektiv, jawohl! Er hielt inne, sah, daß er in der Nähe des Empfangs stand, und fragte die Dame dort, ob er ein Fax schicken könne. Natürlich, sagte sie.

Melrose zog einen kleinen Zettel mit der Telefon- und Faxnummer des Hotels in Santa Fe heraus, schrieb sie oben auf das Briefpapier des Royal Clarence Hotel, überlegte, was er schreiben sollte, und beschloß dann lächelnd, sich ein wenig dichterische Freiheit zu nehmen. Eine Zeile aus *Die Geliebte des französischen Leutnants* von John Fowles hatte ihm schon immer sehr gefallen. Da empfängt der arme Teufel von Held nach Jahren der Suche nach seiner Herzallerliebsten ein Telegramm von dem Detektiv.

Verschwörerisch in sich hineinkichernd, schrieb Melrose (mit schwungvollen Lettern)

SIE IST GEFUNDEN!
Plant

Und wenn Richard Jury wissen wollte, wo sie gefunden worden war, konnte er verdammt noch mal nach Hause kommen und sie selber suchen.

Siegesbewußt marschierte Melrose wieder zu seinem Châteauneuf du Pape und seinem exquisit klingenden Mahl.

Geschieht dir recht!

37

I

Am Welcome Break unterbrach Melrose seine Fahrt.

Diese Autobahnraststätten boten weniger die Möglichkeit zu einer entspannenden Pause als vielmehr den Anblick verwüsteter, zertrampelter Schützengräben, aus denen die Stadtbevölkerung in Scharen vor Bomben oder Kampfgas flüchtet. Soweit Melrose sah, erfolgte die Flucht hauptsächlich auf Motorrädern. Er blieb draußen vor dem Restaurant stehen und zählte am einen Ende des Parkplatzes nicht weniger als achtundzwanzig schwarzglänzende Monster in Reih und Glied. Die langhaarigen Besitzer saßen in ihrer schwarzen Kluft rittlings auf den Ledersitzen und rauchten. Melrose überfiel eine Welle nostalgischer Sehnsucht nach John Wayne, der an der Spitze eines Trupps Männer ritt, und nicht ein Pferd hatte einen Auspuff! Der Motorradtrupp ließ seine Maschinen aufheulen, und als Melrose durch die Tür ging, dröhnte das Geschwader an ihm vorbei.

Er erstand eine Tasse Kaffee und leerte sie in einem Zug, die plastikumhüllten Teilchen, Pasteten und Desserts, die unter einem Stahlregal mit steinharten Scones und trockenen Brötchen hübsch symmetrisch angeordnet waren, führten ihn nicht in Versuchung. Ach, wenn es an den Autobahnen doch nur Happy Eaters gäbe. Er teilte Sergeant Wiggins' Vorliebe für die hellorangefarbenen Restaurants, das blitzsaubere Ambiente, die fröhlichen Kellnerinnen, die gebackenen Bohnen auf Toast. Er gab seine Tasse ab und verließ die Örtlichkeit eilends.

Auf dem Weg zur Tür wurde sein Blick von einem Automaten gefesselt. So etwas hatte er noch nie gesehen: Ein Schild teilte ihm mit, daß er hier nach eigenem Entwurf Visitenkarten drucken lassen konnte. Die Anweisungen faszinierten ihn. Zwei verschieden große Formate und ein Dutzend unterschiedlicher Schrifttypen standen zur Auswahl. Wunderbar! Für nur drei Pfund bekam er fünfundzwanzig Karten. Brauchte er nicht Ersatz für die alten, auf denen noch das Familienwappen und seine Titel prangten? Eigentlich nicht. Er benutzte sie ja fast nie. Er lernte ja nur alle zwei Jahre jemand Neuen kennen. (Es sei denn, er fuhr in Städte wie Baltimore, aber die Leute, die er dort getroffen hatte – den Taxifahrer, die Obdachlosen – interessierten sich keinen Deut für Visitenkarten.) Trotzdem wäre es lustig, die eleganten, altmodischen Karten durch neue billige, flapsige zu ersetzen, mit Faxnummer womöglich! Wollte Trueblood sich nicht gerade ein Fax anschaffen? Die tiefere Ursache des Vergnügens war, daß Agatha ausflippen würde, wenn sie sah, daß sie nicht mehr mit einem Grafengeschlecht verwandt war, das schwere, cremefarbene Karten mit Kupferdruck auf silberne Tabletts fallen ließ, sondern mit einem jener Taugenichtse, die auf weiße, maschinengedruckte Karten heruntergekommen waren, die so durchsichtig und dünn waren, daß man die *Times* durch sie lesen konnte.

Melrose stopfte Münzen in den Schlitz und überlegte, welche Schriftart er nehmen sollte. Als er überdies begriff, daß er auf diese Karten alles, was er wollte, drucken lassen konnte, hatte er einen absolut einmaligen Einfall. Auf die größere paßten sogar bis zu sechs verschiedene Zeilen.

Er ließ die Finger spielen, stach auf Buchstaben ein und hielt nur einmal kurz inne, um nachzudenken (das Gerät gab einem allerdings wenig Zeit dazu) und zu begreifen, daß er wirklich so viele verschiedene Karten machen lassen konnte, wie er Münzen hatte, um die Maschine zu füttern. Als der erste Versuch allerdings gleich zu seiner vollen Zufriedenheit ausfiel, sammelte er seine fünfundzwanzig Exemplare ein und begab sich zum Parkplatz.

11

Diesmal achtete er darauf, daß er sich nicht ohne ein Blumengebinde in der Hand zu Sergeant Wiggins' Krankenlager aufmachte. Wenn auch sein Arrangement nicht direkt aus Blumen bestand. Die große flache Keramikschale enthielt eine Auswahl an Kräutern sowie ein, zwei häßliche wurzelähnliche Gebilde, für die er schon unglaubliche Heilkräfte ersonnen hatte.

Das würde der Sergeant zu schätzen wissen. Tat er prompt: »Das entschädigt mich dafür, daß ich meine eigenen Medikamente hier nicht nehmen darf.« Sergeant Wiggins wähnte sich immer gern in dem Glauben, daß seine eigenen Gläschen und Flaschen Medizin enthielten, die freudestrahlende Ärzte für ihn und nur für ihn ersannen und die für gewöhnliche (leidende) Sterbliche zu teuer und exotisch war. Er inspizierte die Kräuterschale, seufzte zufrieden und fragte Melrose nach einem Kraut, das er noch nie gesehen hatte.

Auch Melrose hatte sie samt und sonders noch nie gesehen. Das fragliche stachelige Gewächs nun hielt er für eine Kaktusart oder einfach nur für abgestorben. Doch dann erinnerte er sich an etwas, das er in einem Sportmagazin gelesen hatte, wahrscheinlich in *The Field*, und antwortete im Brustton der Überzeugung: »Große oder gewöhnliche Klette. Wirkt Wunder als Nierenreinigungstee.« Ja, das hatte er irgendwo gelesen, denn er erinnerte sich, wie seltsam er es gefunden hatte, daß Sportsfreunde Wert darauf legten, ihre Nieren zu reinigen.

»Ach, wirklich? Das habe ich auch schon einmal gehört«, sagte Wiggins. »Hab es aber noch nie probiert.«

Melrose zog einen Stuhl heran und machte es sich gemütlich (soweit das in einem Krankenhaus möglich war). Er bemerkte das Lesezeichen in *Alibi für einen König*. Wiggins hatte es fast zu Ende gelesen. »Sie verdienen es aber auch, Sergeant Wiggins, nachdem Sie sich so viele Gedanken über den Fall gemacht haben. Ich bin jedenfalls mit meinem Latein am Ende.«

Wiggins nahm das Buch wie ein Brevier und preßte es an den Busen. Wenigstens nicht an die Lippen, dachte Melrose. »Ganz schön schlimm für ihn, finden Sie nicht? Von jeher wird er von der Geschichte als derjenige verdammt, der seine Neffen im Tower ermordet hat.« Er sprach von Richard III., der Hauptfigur in Teys Krimi. Traurig schaute Wiggins Melrose an. »Und dabei hat er schon gehinkt.«

Wiggins stellte das Hinken natürlich in den Mittelpunkt. Körperliche Gebrechen lagen ihm eben sehr viel mehr am Herzen als politische Intrigen. Melrose erwiderte: »Ja, gut, aber wenn ich Sie wäre, würde ich Teys Version nicht zum Evangelium machen. Richard war vermutlich verdammt schuldig. Ich habe gehört, Sie sind bald hier raus.«

Die meisten Leute hätten sicher mit einem brüsken »Je schneller, je besser« reagiert. Sergeant Wiggins nicht. Er sah unglücklich aus.

Und nicht nur er. Auch die Privatschwester, die Melrose angeheuert und die ihm draußen im Flur erzählt hatte, daß Wiggins bald entlassen werde. Schwester Lillywhite war eine liebenswürdige Frohnatur und wäre außergewöhnlich hübsch gewesen, wenn ihre grasgrünen, exotisch geschlitzten Augen nicht ein wenig aus der Façon geraten wären. Das eine fokussierte nicht richtig, es hatte Schlagseite. Es sah aus, als folge es seiner eigenen Erkundungsfahrt oder als suche es jemanden, der interessanter war als Melrose.

Schwer gebeugt unter einer Bücherlast, hatte Schwester Lillywhite am Schwesternzimmer gestanden und gesagt: »In zwei oder drei Tagen wird er entlassen.« Diese Aussicht stimmte sie tieftraurig. »Ehrlich, er war so brav und nett, nicht wie manche, für die ich mir die Hacken abrenne. ›Gehen Sie hierhin, gehen Sie dahin, gehen Sie überallhin! Holen Sie mir dies, holen Sie mir das . . .‹« Ihre Stimme erstarb, während sie die Bücher auf die Hüfte stemmte. Das sah ja nun eher so aus, als habe auch ihr Lieblingspatient sie heftig auf Trab gehalten. Melrose äußerte seinen dahingehenden Verdacht.

Sie war überrascht. »Aber diese Recherchen, die Mr. Wiggins anstellt, sind so wahnsinnig interessant.« Flink um sich blickend, flüsterte sie: »Er arbeitet an einem Fall – nicht, daß er amtliche Dinge mit mir beredet, das bestimmt nicht«, fügte sie schnell hinzu. »Aber ich finde es großartig, wie er mit nichts als den vier Wänden und der Glotze zum Anstarren daliegen kann und ganz allein all diese Schlußfolgerungen zieht.« Sie gingen zusammen durch den Flur. »Ach, wissen Sie, diese Bücher braucht er jetzt nicht, er hat ja Besuch, also gehen Sie nur zu ihm, und ich komme später mit einer Kanne Tee vorbei.«

»Das wäre sehr liebenswürdig von Ihnen. Sie waren großartig, Sie haben sich wunderbar um ihn gekümmert.« Melrose hatte schon den Scheck für die Schwester ausgeschrieben und versuchte nun, ihn ihr aufzudrängen. Sie wich ein wenig zurück, als wolle sie ihre Beziehung mit dem interessanten Sergeant nicht auf eine so materielle Basis herunterzerren. »Miss Lillywhite, Sie haben es mehr als verdient.« Melrose faltete den Scheck und steckte ihn in die Tasche ihrer Uniform. Während sie ihm noch überschwenglich dankte, verbeugte er sich und ging durch den Flur zu Wiggins.

»In zwei, drei Tagen«, sagte Wiggins auf Melrose' Bemerkung. Er hatte es überhaupt nicht eilig, aus dem Krankenhaus zu kommen.

Bücher gab es auch hier im Überfluß; ein Stapel lag auf Wiggins' Nachttisch. »Ich habe Ihre Schwester auf dem Flur getroffen. Sieht so aus, als habe sie noch einen Stoß Bücher für Sie.«

Das freute Wiggins. »Lillywhite hilft mir wirklich sehr. Ist sogar in ihrer Mittagspause zu Dillon's oder in die Bibliothek gegangen. Es sind sehr viele Recherchen vonnöten, Mr. Plant.«

Das konnte sich Melrose ja nun überhaupt nicht vorstellen.

Im Flüsterton fragte Wiggins: »Haben Sie getan, was ich vorgeschlagen habe, Mr. Plant? Haben Sie sich die Kissen sorgfältig angeschaut?«

»Ja, aber ich habe nichts gesehen, das man als Botschaft hätte auffassen können. Und sei sie noch so abstrus.«

»Wenn das der Fall gewesen wäre«, wisperte Wiggins, »dann wäre das Kissen mittlerweile bestimmt entfernt worden.«

Melrose rieb sich die Stirn. Die Idee, daß Botschaften irgendwo hineingestickt sein sollten, bereitete ihm Kopfschmerzen. Dann wollte Wiggins wissen, ob von »staatlicher Seite« etwas gekommen sei. Habe der Superintendent Informationen geschickt? In Kurzform (damit Wiggins nicht zu viele neue Betätigungsfelder fand) erzählte Melrose, was Macalvie von Richard Jury wußte.

Wiggins überdachte es mit vor Eifer schmerzlich verzogenem Gesicht und sagte: »Aha, da hatte es die Hope mit dem Mystischen.«

Das Mystische wollte Melrose um jeden Preis vermeiden. »Ach, ich glaube nicht, daß ein paar Trips nach Mesa Verde und eine Handvoll Kristalle einen schon zum Mystiker machen.«

»Nein, Sie natürlich nicht, Mr. Plant. Sie sind Skeptiker.«

Melrose runzelte die Stirn. War er das? Er hatte sich eigentlich immer für eher leicht beeinflußbar gehalten, viel zu empfänglich für fast alles, was man ihm erzählte.

»Nach Mr. Jurys Bericht hatte Angela Hope durchaus eine ›spirituelle Ader‹ – wenn Sie den Begriff bevorzugen. Sie fuhr oft nach Mesa Verde. Und vergessen Sie nicht die indianische Haushälterin. Nein, ich sehe Angela Hope als jemanden, der sich sehr für das uns von den Indianern überlieferte Wissen interessiert.«

Überliefertes Wissen der Indianer. Oje. »Ich finde eigentlich nicht...«

Aber Wiggins war einerlei, was Melrose glaubte; er zog schon ein Buch aus seiner Bettlektüre und blätterte es durch. »Wissen Sie, daß die amerikanischen Indianer daran glauben, daß man Menschen mit Flüchen belegen kann? Das hier heißt *Schwarzer Elch spricht*.« Er hielt Melrose das Titelbild hin, damit er sich selbst überzeugen konnte. »Ich lese Ihnen einfach mal diesen Absatz vor.«

Melrose wollte den Schwarzen Elch nicht sprechen hören. Aber er ließ Wiggins sein Zeug herunterleiern, während er sich im

Zimmer umschaute und feststellte, daß mittlerweile in den meisten Vasen welke Sträuße hingen. Er würde noch ein paar schicken. Wessen Namen hatte er bisher nicht benutzt? Was für Kandidaten gab es noch ... ah! Vivian! Sie hätte bestimmt welche geschickt; sie hatte Sergeant Wiggins ja auch vor ein paar Jahren kennengelernt. Vivian würde Rosen schicken. Melrose wurde vom Zuklappen des Buchs aus seinen rosigen Träumereien gerissen und nickte: »Ja, sehr interessant. Aber finden Sie nicht, es ist ein bißchen, hm, unsicher als Mordart? Jemanden mit einem Fluch zu belegen?«

»Von wegen unsicher, doch nicht für einen Indianer!«

»Dann hätten es aber drei Flüche sein müssen, Wiggins. Was ist dann mit Nell Hawes und Frances Hamilton?«

Wiggins legte den Schwarzen Elch weg, wühlte ein anderes Buch aus dem Stoß auf dem Boden und blätterte es durch. »Was wissen Sie über die Anasazi, Mr. Plant?«

»Es reicht zum Leben«, antwortete Melrose und schaute in der Hoffnung zur Tür, daß Schwester Lillywhite sich mit dem Tee beeilte.

III

Nachdem er das Seinige getan hatte, den Schwachen und Kranken zu helfen, verließ er das Krankenhaus und ging durch die Fulham Road hinüber zur Old Brompton Road, blieb einen Moment stehen und schaute in ein Schaufenster, das das Neueste in Sachen formloser Mode präsentierte. Warum liefen Frauen mit Kleidern herum, in denen sie wie in riesengroße Taschen gestopft aussahen? Die Schaufensterpuppe hätte auch auf dem Kopf stehen können, und man hätte es nicht gemerkt.

Im Victoria and Albert Museum entrichtete Melrose seinen Obolus, bekam einen kleinen Metallanhänger dafür und begab sich in den Saal mit den Gemälden.

Als er vor dem Stonehenge-Bild von Constable stand, war er ein wenig enttäuscht. Die Leinwand war gewiß der Größe des Motivs angemessen, das Bild fand er aber trotzdem ziemlich nichtssagend; letztendlich wurde es nur von dem Himmel gerettet. Er wußte, daß Constable für seine Himmel berühmt war, daß er immer »himmeln« ging (wie er sich auszudrücken pflegte). Hier sah man große graue Brocken Himmel wie zerschmetterte Felsen. Aber die Steine selbst sahen aus, als würde eine steife Brise sie umstürzen. In dem frühen Sonnenlicht sahen sie naß aus, als kippten sie gleich um, manche waren ja auch umgefallen. Insgesamt hatte der Anblick etwas zu Bläßliches, zu Verschleiertes, als löse das Licht die Steine auf. Ein so zerbrechliches, nebulöses, gespenstisches Bild von Stonehenge – noch dazu mit dem breiten pastellfarbenen Regenbogen, der sich darüber spannte – hatte Melrose nicht die ganzen Jahre mit sich herumgetragen. Er fand es romantisch, fast sentimental, eine edle Ruine, die leicht in der Landschaft untergehen konnte. Dabei hatte er an Stonehenge immer mit am reizvollsten gefunden, daß es eben nicht leicht von seiner Umgebung absorbiert werden konnte, nicht mit ihr verschmolz. Es war dunkel, schauerlich, undurchdringlich – sogar spöttisch. Aber doch nicht kitschig.

Trotzdem: Constables Bild war selbst mit dem Regenbogen wunderschön. Melrose trat näher heran. Unten in die Ecke hatte der Maler ein Kaninchen gesetzt. Melrose hätte am liebsten gelacht.

Ziellos wanderte er eine Weile herum, die Luft war so kühl wie Marmor. Schließlich schlenderte er in die Modeausstellung – eine Sammlung Damenkleider vergangener Jahrzehnte und Jahrhunderte. Dieses einfach, aber wunderschön geschnittene blaßgrüne Wollkleid würde Vivian gut stehen (fand er). Das hier Miss Fludd. Wieder drängte sie sich in seine Gedanken, und dabei kannte er sie nicht einmal.

Diese Puppe in Zitronengelb, stellte er sich vor, ging sicher zum Nachmittagstee ins Ritz oder Brown's, die andere dort in mitternachtsblauem Samt mit einer Abendtasche aus Staubperlen sah er im Foyer der Royal Albert Hall bei der Premiere von *Schwanen-*

see. (In seinem ganzen Leben hatte Melrose nur ein Ballett gesehen, und zwar das.) Sie würde mit ihrer Freundin, der Puppe in der pfirsichfarbenen Seide, ins Ballett gehen, vermutlich in Herrenbegleitung. Die nächste Puppe war für einen Nachmittag auf dem Lord's Cricketground oder in Wembley angezogen, ach was, noch besser, für die Rennen in Newmarket, wo sie sich (in Gesellschaft ihrer Freunde in grauem Leinen und blaßblauer Baumwolle) an einem Picknickkorb von Fortnum's laben würde. Melrose sah sie alle vor der geschlossenen Hecktür eines Range Rover versammelt.

(Und in diesem Moment fiel Melrose auf, daß Vivian Wiggins statt Blumen einen Präsentkorb von Fortnum's schicken würde.)

Gott! Wurde er verrückt, wie er hier vor diesen in ihren Glaskästen eingeschlossenen, androgynen Schaufensterpuppen stand und sich kleine Welten ausdachte? Viel wichtiger war doch, wie er mit echten Frauen zurechtkam. Vivian, Ellen, Polly, Miss Fludd. Wirklich, er hegte ihnen allen gegenüber nur die zärtlichsten Gefühle, hatte aber keine Ahnung, was sie für ihn empfanden. Für Vivian Rivington war er bestimmt wie ein alter Schluffen (und sie war ja auch mit dem verdammten italienischen Grafen Dracula verlobt); für Polly Praed und Ellen Taylor war er offenbar die Denkfabrik, ein zusätzlicher Lektor, der ihr Selbstbewußtsein stärken sollte. Und für Miss Fludd war er eindeutig nichts.

Ja, sie waren auf ihre Art alle wunderbar und dennoch ... und dennoch. Warum entzogen sich alle diese Frauen ihm in gewisser Weise? Diese Frage war wichtig. Was hatte er, der doch von so vielen Frauen aus Fleich und Blut umgeben war, verbaselt, daß er nun zwischen leblosen Puppen stand? Zu seiner Schande mußte er gestehen, daß er an diesem pubertären Glauben an Liebe auf den ersten Blick festhielt. Er glaubte daran, daß Herzen hüpften, Magen kribbelten, die Sprache versagte und die Zeit stehenblieb. An dem Felsen, wo die Loreley sang, brach sich die Vernunft. Und je mehr er versuchte, diese unreife Haltung abzuschütteln und loszuwerden, desto mehr setzte sie sich in seinem Herzen fest.

Wie kam's, daß die Leidenschaft an ihm vorübergegangen war? War er seinen eigenen Gefühlen gegenüber so unempfänglich? Vielleicht, weil er zu beeinflußbar war, wappnete er sich mit Portwein und Old Peculier und seinem Heim und Herd gegen seine Gefühle. Als er nun von der Dame in Zitronengelb zu der in umbrafarbener Seide schaute – deren Hände starr in der Luft hingen, als wollten sie sich begrüßen oder verabschieden –, fiel ihm nichts, aber auch gar nichts ein, was ihn von seinem behaglichen Kamin hätte weglocken können.

Er seufzte und trieb sich noch ein Weilchen vor der sportlich gekleideten Dame in Schwarz herum, die sich ein flottes Käppi auf die Locken gedrückt hatte und neben ihren ernsten Schwestern fehl am Platze aussah. Er wurde an Ellen Taylor erinnert. Aber dann schaute er in die leeren Augen der Puppen und spürte die enorme Gleichgültigkeit seiner Umgebung.

38

Melrose erinnerte sich lebhaft daran, daß die Cripps-Sprößlinge vor Jahren wie Schnecken über seinen Bentley gekrochen waren, und suchte sich einen Parkplatz an der nächsten Querstraße in der Nähe der Fleischerei Perkins – Eins a Fleisch und Wild. Und genau aus diesem Laden marschierten die jugendlichen Vertreter der East-End-Plage nun. Aus Leibeskräften brüllend, zogen sie mit einigen weiß eingewickelten Paketen (und ihrem Schutzgeld) die Catchcoach Street hinunter.

Melrose schloß sein Auto ab und schaute an dem Spanferkel (wer würde das in dieser Gegend kaufen?) vorbei durch das große Schaufenster in das düstere Innere des Geschäfts. Die lieben Kleinen hatten wahrscheinlich nur ganz harmlos das Gehackte fürs Abendessen besorgt. Obwohl »harmlos« und »Cripps« ein Widerspruch in sich war. Melrose betrat den Laden, die kleine Glocke über der Tür klingelte, er sah sich um. Sollte er nach hinten durchgehen und gleich die Kühltruhen inspizieren? Vorausgesetzt, daß es welche gab? Vielleicht kamen ja Kühe und Schweine wie das blühende Leben an die Hintertür, machten dort Bekanntschaft mit Mr. Perkins' Hackebeil und verließen das Etablissement in Plastik eingehüllt durch die Vordertür. Melrose überlief es vom Scheitel bis zur Sohle: Diese blutrünstigen Visionen hatte er bestimmt nur, weil die Cripps ihn schon angesteckt hatten.

Endlich erschien Mr. Perkins aus den Tiefen seines Ladens. Mit relativ sauberer Schürze und Wangen, so rosig wie das Mastschweinchen im Fenster, fragte er Melrose, womit er ihm dienen könne.

»Ah«, sagte Melrose, der sich noch gar keine Gedanken über den vorgeblichen Grund seiner Anwesenheit gemacht hatte. »Ich, eh, ich wollte einer Familie, die hier in der Straße wohnt, was zum Abendessen mitbringen. Den Cripps, kennen Sie sie?«

»Wer kennt die nicht?« lachte Mr. Perkins. »Die Blagen waren gerade hier. Haben einen Mordsradau veranstaltet und versucht, die HP-Sauce zu stehlen.« Er deutete mit dem Kopf auf ein Regal mit Flaschen und Gläsern mit Steaksauce, Essig und Senf.

»Ich habe überlegt, na ja, vielleicht können Sie mir ja sagen, was sie gern essen. Lamm? Irgendeinen Braten?« Er hoffte, Perkins würde nicht schnurstracks zu dem Spanferkel gehen.

»Bauchspeck!« verkündete er, unverhohlen stolz, daß er seine Kunden so intim kannte. »Ja. Ash Cripps, der mag sein Stück Bauchspeck, das ißt er allemal lieber als Filet.«

Obwohl Melrose das ein ziemlich bescheidenes Präsent dünkte, bat er Mr. Perkins, er möge doch bitte ein paar Pfund einpacken.

Da Ash Cripps mit dem Knast auf noch vertrauterem Fuße stand als mit seinem Fleischer, bemerkte dieser: »Ja, Ash läßt sich manchmal schon mit üblen Burschen ein.«

Während Melrose zusah, wie Mr. Perkins fachmännisch sein

Messer schwang, offenbar auf vertrautem Fuße mit Speckschwarten, überlegte er, was für ein Bursche Ash wohl war.

»Er und Eddie Debens sind in den Autohandel eingestiegen. Jeder, der sich mit Eddie einläßt, ist, ach, wissen Sie...« Der Fleischer machte mit dem Zeigefinger Kreisbewegungen vor seiner Schläfe.

»Nicht sehr vertrauenswürdig, nehme ich an. Wo ist denn ihr Geschäft?«

Mr. Perkins nahm die Speckstücke von der Waage und ließ sie auf weißes Papier plumpsen. »Räume haben sie nicht. Sie nehmen, was sie draußen finden.« Er gestikulierte Richtung Straße.

Mit offenem Mund nahm Melrose seinen Packen Speck entgegen. »Wollen Sie mir erzählen, daß Ash Cripps und dieser sogenannte Geschäftspartner –«

»Eddie Debens, jawohl, der.«

»... daß sie einfach Autos von der Straße nehmen und verkaufen?«

»Verkaufen sie von der Straße weg, jawohl. Fragen Sie mich nicht, wie das funktioniert. Ich weiß nur, daß eines Abends einer von den Pakistani Mord und Totschlag gebrüllt hat, als er nach Hause kam und feststellte, daß sein Vauxhall weg war.« Dann sagte er leise: »Die suchen sie sich nämlich meistens aus. Die Pakistani und die anderen Farbigen. Das Viertel hier ist wirklich auf den Hund gekommen, seit sie sich hier eingenistet haben.« Mr. Perkins rümpfte die Nase. »Das macht dann vier Pfund und zehn Pence, bitte.«

Melrose legte ihm eine Fünfpfundnote in die Hand, nahm das Wechselgeld, erwiderte: »Nichts zu danken«, als Mr. Perkins »Vielen Dank auch« sagte, und verließ den Laden. Als er die Straße entlangschaute und die abblätternde Farbe der Haustüren, die kahlen Vorgärten, den Müll in der Gosse und die völlig verrosteten Dreiräder und Ketten sah, fragte er sich allerdings, wie das Viertel noch weiter auf den Hund kommen konnte.

Beim Näherkommen bemerkte er, daß die Kinder mal wieder

einem Spiel frönten, das bestimmt mit einem oder mehreren Todesopfern enden würde. Wenn sie es richtig anstellten. Er blieb auf dem Bürgersteig stehen und beobachtete, wie drei, der ältere Junge und zwei Mädchen, eifrig dabei waren, Piesel-Pete an einen kümmerlichen Baum zu binden, der so dürr war, daß er sich unter dem Gewicht des Körpers nach hinten bog. Piesel-Pete heulte (natürlich) Rotz und Wasser, denn kein Spiel verdiente offiziell den Namen Cripps-Spiel, wenn nicht ausgiebig geheult und geplärrt, ja, am besten, geschrien wurde. Zwei weitere Kinder, ein Knabe und ein Mädchen, die auch zur Familie gehören mochten – schwer zu sagen –, sammelten Müll ein. Das größere Mädchen drückte Pete ein Bündel Wäsche oder eine Decke in den Arm und bestand darauf, daß er es nahm. Wäsche? Melrose wurde nervös. Wurde das Kleinkind etwa in die Pflicht genommen? Der große Junge bewegte sich auf das mickrige Bäumchen zu und verteilte die Stöckchen und das Papier fein säuberlich um die Wurzeln herum. Melrose begriff, daß hier gleich gezündelt werden sollte und niemand im Haus dem Schreien und Kreischen Beachtung schenkte. Nun war es an ihm, einzugreifen.

»Also, bitte!«

Mit aufgerissenen Mündern und wimpernlosen, schreckgeweiteten Augen drehten sie sich zu ihm um. Als sie sahen, wer er war, ließen sie von ihrem Spiel ab (selbst Piesel-Pete hörte auf zu brüllen) und stürzten sich auf ihn. Er fischte in seinen Taschen nach Münzen und versuchte, ihre schmutzigen, klebrigen Finger von sich wegzuschlagen. Behielt die Münzen aber in der Hand und entriß Piesel-Pete das Baby, weil dieser es, aufgeregt, wie er war, bestimmt gleich fallen gelassen hätte. Dann sagte Melrose ihnen, sie sähen keinen Penny, bevor sie nicht Petey befreit hätten.

Im Überschwang der Gefühle riß dieser sich die kurzen Hosen herunter und feierte seine wiedergewonnene Freiheit auf die einzige ihm mögliche Art.

Melrose teilte Pfundstücke und Fünfzigpencestücke aus, woraufhin sie geschlossen zur Haustür rannten und in den unterschiedlichsten Tonlagen schrien: »Elroy ist hier! Mum, Elroy ist wieder da!« White Ellie konnte durch dieses Tohuwabohu kaum ihre Begrüßungsworte für Melrose loswerden. »Haltet die Klappe! Der heißt nicht Elroy, sondern Melrose, ihr Dummbeutel!« schrie sie, versetzte dem nächstbesten, den sie zu fassen bekam, einen kräftigen Schlag auf die Kehrseite und begrüßte dann Melrose wie einen verlorenen Sohn. »Das issen Herzog oder 'n Graf, eins von beidem, egal, und den quatscht ihr nich mit Vornamen an! Das is Mr. Plant!«

Melrose machte Anstalten, ihr den Säugling in den Windeln auszuhändigen, aber sie bat ihn, ihn so lange zu halten, bis sie den Wagen klargemacht hätte. »Schönen Dank auch«, fügte sie hinzu, als ginge es um eine Flasche Milch, die sie vergessen hatte von der Haustürtreppe mit hineinzunehmen. Als sie die Decken in dem Kinderwagen glattzog, sprang eine orangefarbene Katze heraus, um deren räudigen Hals ein Babyhäubchen baumelte. »Gloria! Warst du schon wieder mit dem Katzenvieh zugange?« kreischte Ellie.

Weder Gloria noch die andern gingen auf diese Frage ein, sondern setzten sich ab und ließen sich vor den Fernseher plumpsen, vor dem schon Bea Slocum saß. Zu ihrer Rechten lagerte ein kleiner, gedrungener Mann und zu ihrer Linken ein junger Bursche, den Melrose für Gabe Merchant hielt. Mit stierem, zugedröhntem Blick saß – das heißt lag – er auf dem Rücken. Nun mußte Melrose sich gegen den Fernseher behaupten. Es lief gerade Werbung, Melrose erwischte einen Blick auf eine riesige Dose Cola. Das restliche Publikum war desinteressiert.

White Ellie brüllte Gloria wieder an, die »huhu« zurückbrüllte. Die anderen kicherten und hopsten im Takt von »huhu, huhu, huhu, huhu!« im Kreis herum.

»Los, macht den Wagen hier mal ordentlich sauber!« rief ihre Mutter, die sich wider Erwarten flink bewegte und einem Mädchen (Gloria vermutlich) einen Klaps auf den Po verpaßte. »Ich huhu eure kleinen Ärsche, wenn ihr jetzt nich spurt, paßt nur auf.«

Aber sie machten sich natürlich nur wieder einen Spaß daraus, unter lautem Gekicher vor Ellies schmerzhaften Schlägen wegzulaufen.

Der stämmige Mann, Ash Cripps, stellte den Jüngling neben Bea als »Gabriel« vor, und einen weiteren bulligen Burschen als »meinen Geschäftspartner Edgar Debens«.

Mr. Debens erhob sich und kam wohlerzogen um den Tisch, um Melrose kräftig die Hand zu schütteln und ihm eine Karte aufzunötigen. »DEBENS' GEBRAUCHTWAGEN, NICHT SO ALT, WIE SIE GLAUBEN«, stand darauf.

Melrose befreite seinen einen Arm von dem Babybündel, gab Ellie das Gastgeschenk und schüttelte Eddie die Hand. Ellie war außer sich vor Freude, schaute in das Päckchen und verkündete der versammelten Mannschaft, daß es zum Abendessen Bauchspeck gebe.

Woraufhin die Kinder in einen weiteren »Halleluja«-Chorgesang ausbrachen, ihren Koboldreigen tanzten, hüpften und jubelten: »Bauchspeck, Bauchspeck, Bauchspeck!« Melrose fand es beinahe lobenswert, daß die Kinder über alles, das sich bot (ob Elroy, durchwachsener Speck oder sonstwas), in Begeisterungsstürme ausbrechen konnten. Sie amüsierten sich mit dem, was kam, und hätten sicher auch Beifall geklatscht, wenn ihnen das Haus unterm Allerwertesten abgebrannt wäre. Ash Cripps dankte Melrose überschwenglich, nahm das weiße Paket und begab sich in die Küche, um »schon mal mit der Brutzelei anzufangen«.

White Ellie schickte sich immer noch nicht an, Melrose von seiner Last zu befreien, sondern zettelte ein Streitgespräch mit Eddie Debens an. In ihrem hohen näselnden Tonfall fing sie mal wieder mitten in der Geschichte an. »Also sag ich ihm, wenn er sich rumtreiben muß, dann soll er, verdammt noch mal, seine Koffer packen. Und schon is er in der Kneipe, und sie lungert an der Ecke rum.«

Melrose hatte keine Ahnung, worüber sie redete. Das Kleinkind, das er in den Armen wiegte, wollte sie aber offenbar auch noch nicht schlafen legen. Sie stritt sich weiter mit Eddie herum. Streitereien waren, das wußte Melrose, die übliche Umgangsform bei den Eltern Cripps, so wie es für die Kinder gang und gäbe war, Piesel-Pete die Lampe über den Schädel zu ziehen.

Als der Vater dem älteren Jungen befahl, aufzuhören, warfen sie sich wieder alle lachend auf den Boden.

»Idioten«, sagte White Ellie.

Um die Möglichkeit zu ergattern, mit Beatrice und Gabe zu sprechen, nahm Melrose schließlich mit dem Baby auf einem Sessel mit kaputten Sprungfedern Platz, über dem ein uraltes Federbett lag. Als er Frances Hamilton erwähnte (und Gabe erklären mußte, daß das die Dame aus der Tate sei), bedachte dieser ihn mit einem finsteren Blick und sagte: »Warum stellen Sie hier Fragen? Sie sind doch gar nicht von der Polizei.«

»Cool«, sagte Bea, lächelte Melrose mitfühlend an und legte den Kopf auf Gabes Schulter.

»Sie haben ganz recht. Bin ich nicht. Ich bin ein besonderes Gewächs, völlig sinn- und zwecklos.«

Das fand Gabe allerhand. Er kniff die Augen zusammen und fragte: »Ey, Sie meinen, so was wie ein Privatdetektiv?«

»Cool«, sagte Bea noch einmal.

Da wehte der Duft von gebratenem Speck ins Zimmer, und die Kinder sprangen auf und rannten hinaus.

»Nein, sondern ein Freund von Superintendent Jury, mit dem Sie schon gesprochen haben. Soweit wir wissen, sind Sie und Bea die einzigen, die Mrs. Hamilton bemerkt haben. Können Sie sich überhaupt an irgendwas erinnern?«

»Also, ich habe ihm ja schon erzählt, was ich weiß. Und das war nichts. He, Elephant, hast du nur Tee zu trinken?« brüllte er quer durchs Zimmer und erhob sich.

Bea zog ihn herunter. »Jetzt beantworte doch die dämliche Frage!«

»Ich hab's dir doch gesagt.« Widerwillig setzte er sich wieder hin.

Melrose schaukelte das Baby ein paarmal und sagte: »Sie haben Beatrice erzählt, daß Sie Mrs. Hamilton an dem Tag in der ›Swagger‹-Ausstellung in der Tate gesehen haben.«

»Sie hat sich die Scheißbilder angeguckt, na und? Es ist eine Scheißbildergalerie.«

Hinter Melrose spielten sich die Kinder wieder übel mit, und Bea brüllte: »Ruhe, auf der Stelle!«

Das Baby in Melrose' Armen bewegte sich so leicht und zart wie ein Falter. Der Geruch nach gebratenem Speck breitete sich im Wohnzimmer aus. Melrose fragte Bea, ob es irgendwo in der Nähe einen Fisch-und-Chips-Laden gebe.

»Ja, in der Circular Road«, sagte sie.

Er setzte sich in dem »Schaukel«-Stuhl so hin, daß Robespierre sicher in seiner Armbeuge lag, und zog seine Geldbörse heraus. Dann rief er die lieben Kleinen zu sich, hieß sie, sich ordentlich aufzustellen, und teilte Fünfpfundnoten aus. Sie schauten Melrose an, als sei er der Weihnachtsmann persönlich. Selbst Robespierre riß die blauen Augen auf.

»So. Jetzt kauft ihr Fisch und Chips für alle, das heißt, wir hier sind sechs, und ihr seid sechs. Alles klar?«

Bei der Aussicht auf zweifachen Hochgenuß, Speck und Fisch und Chips, gerieten sie ganz aus dem Häuschen und riefen alle im Chor: »Huhu, huhu!« Sie hatten ja nun gerade erst entdeckt, wie witzig das war.

»Ab mit euch, ihr Saubande!« rief Gabe.

Sie zogen los. Angeführt von Gloria, warfen sie wie Kunstspringer auf dem Sprungbrett die Arme in die Luft. Die Marschiererei erinnerte eher an einen Aufmarsch der Hitler-Jugend. Sie defilierten aus der Haustür und sangen:

Huhu
El-roy
Huhu
El-roy

Piesel-Pete bildete die Nachhut. Gerade als sein nackter Hintern durch die Haustür entschwand, kam Ellie aus der Küche, schnappte seine Hosen und schrie: »Deine Hose, Petey, deine Hose!«

Robespierre öffnete die Augen, richtete sie auf Melrose und stopfte sich die Faust in den Mund.

Um sich nicht plötzlich zu erbrechen (überlegte Melrose) oder um nicht loszuschreien? Nein, offenbar nur, um darauf herumzukauen. Sein Blick blieb auf Melrose geheftet (wenn dies bei einem so leeren blauen Blick überhaupt möglich war). Dann schloß er die Augen wieder.

»Also diese Mrs. Hamilton, Gabe. Warum erinnern Sie sich denn überhaupt an sie?«

Gabe runzelte die Brauen. »Warum? Weiß ich doch nich. Aber wozu soll das Ganze gut sein? Warum interessieren sich alle so für die Frau?«

»Weil es zwei weitere Todesfälle unter ähnlichen Umständen gibt.« Nicht ganz zutreffend, aber er mußte Gabes Interesse wekken. »Die drei Personen, alles Frauen, scheinen sich gekannt zu haben. Es kann sein, daß alle drei ermordet worden sind.«

Überrascht schaute Gabe ihn an. Robespierre schlug die Augen wieder auf und fixierte Melrose mit einem weiteren beängstigend blauen Blick.

Melrose fragte noch einmal: »Also, erinnern Sie sich nun an irgend etwas? Selbst an etwas, das damals nicht besonders wichtig zu sein schien?«

Gabe kaute auf seinem Daumen, offenbar aufrichtig bemüht, sich zu erinnern.

Beatrice hob den Kopf und sagte zu ihm: »Du hast mir erzählt, daß sie kreidebleich ausgesehen hat, als wenn sie sich erbrechen müßte.«

»Ja, ja, ich glaube, das stimmt. Sie stand da, sah totenblaß aus und zupfte an was.«

Melrose starrte ihn an. »An was, meinen Sie?«

»Na, an so was wie einem Stück Heftpflaster.« Er hielt eine Hand hoch, damit Melrose den Verband aus Gaze und Heftpflaster um seinen Finger inspizieren konnte.

»Auf der Hand?«

»Nö. Auf dem Arm.«

Melrose dachte an sein Gespräch mit Lady Cray. »Mrs. Hamilton hatte es am Herzen. Sie behandelte es mit Nitroglycerinpflastern. Aber die trägt man auf der Brust.«

»Woher soll ich das wissen? Ich hab so was noch nie gesehn. Hab ihr nich auf den Busen geglotzt.« Er grinste anzüglich.

Beatrice setzte sich auf. »O mein Gott, man könnte ja denken, sie hat zuviel von dem Zeug abgekriegt, und da wurde ihr wirklich übel oder so.«

»Das ist möglich. Aber unwahrscheinlich, glaube ich.« Andrews Verlobte hatte auf die Frage, wer Frances Hamiltons Arzt sei, gesagt, es sei ein Spezialist aus der Harley Street. Mit dem mußte Jury reden; Melrose würde er keine Informationen geben. Er saß in dem Sessel und quietschte geräuschvoll nach vorn, zurück, nach vorn, zurück. Beim Denken störte ihn das nicht, er überlegte konzentriert. Er dachte an J. M. W., daran, was ihm Diane über den schwarzen Hund erzählt hatte. »Der Hund war nur ein nachträglicher Einfall.« Melrose runzelte die Stirn. Ein nachträglicher Einfall, ein Unfall, etwas Zusätzliches, das vollkommen ungeplant war.

Was, wenn der Tod einer der drei Frauen – und zwar *nur* einer von ihnen – geplant gewesen und die anderen zufällig gestorben waren? Wenn sie Teil des Gesamtbildes, aber nicht Teil des ursprünglichen Plans waren? Wenn es sich nicht um ein geplantes, sondern ein zufälliges Zusammentreffen, eine unglückliche Kette von Ereignissen handelte? Frances Hamilton und Helen Hawes lernen sich zufällig in Santa Fe kennen; beide treffen genauso zufällig Angela Hope. Eine soll sterben. Melrose glaubte, daß Angela Hope das Opfer sein sollte; Nell Hawes und Fanny Hamilton waren (metaphorisch gesprochen) durch die Querschläger des Terroristen gestorben. Ihr Tod war nur ein nachträglicher Einfall.

»Sie wären ja eine echt gute Mutter, was?« Zum erstenmal am heutigen Nachmittag grinste Gabe.

39

Rosella glaubte, daß Mary hinaus in die Wüste fuhr, um mit der Natur zu kommunizieren oder zu meditieren. Zum Lachen! Das wollte die Natur ja am allerwenigsten: mit der Menschenwelt kommunizieren, schon gar nicht in der Touristensaison. Hier draußen, wo das flache Land sich so weit erstreckte, wie das Auge reichte, konnte Mary besser denken.

Sie setzte sich auf einen glatten Felsen neben einem Reisgrasbüschel und schaute auf das Flußtal hinaus. Neben ihr lag Sunny mit dem Kopf auf den Pfoten, seine Augen schossen zwischen den Felsen und den Piniensträuchern hin und her und verfolgten Mäuse oder Backenhörnchen. Sie wiegte die Leute in dem Glauben, Sunny sei teils silbergrauer deutscher Schäferhund, teils was anderes. Über das andere ließ sie sich nicht aus, hoffte aber, daß es Sunnys extrem lange Beine erklärte. Sunny war ein Kojote. Sie hatte ihn als Welpen gefunden, sie hatte kaum ihren Augen getraut, als er aus einem Bau in den Hügeln herausgetapst kam. Was war mit seiner Familie geschehen? Kojoten ließen ihre Jungen nie im Stich. Im Gegensatz zu Menschen, die machten es, ohne mit der Wimper zu zucken. Kojoten kann man nie vollständig zähmen, ihre ungezähmte Natur tief drinnen kann jederzeit hervorbrechen. Das war allgemein bekannt. Rosella sprach von »attani«: Gefahr.

Sie erinnerte sich, daß sie einmal an einer Schafranch vorbeigekommen war, wo bestimmt hundert Kojotenfelle um einen Zaun gewunden waren. Ein alter Navajo hatte ihr erzählt, daß man einen mächtigen Geist befreit, wenn man einen Kojoten häutet. Das glaubte sie. Sunny hatte etwas Magisches. Zum Beispiel wie er verschwinden und plötzlich wiederauftauchen konnte. Er war da und dann plötzlich weg. Er kam immer wieder zu ihr zurück, aber um nichts in der Welt fand sie heraus, wie er das Kunststück zuwege brachte. Rosella behauptete, dieser Kojote sei in seinem früheren Leben ein Zauberer gewesen. Geisterhund hatte Angela ihn genannt. Rosella nannte ihn Schwindler. Was wurde aus Sunny, wenn sie weit weg von hier bei Pflegeeltern leben mußte?

Diese Sozialarbeiterin. Wie konnte man jemanden ernst nehmen, der »Bibbi« hieß? Was waren das für Erwachsene, die freiwillig mit dem Handicap eines Kinderspitznamens durchs Leben gingen? Sogar mit einem Spitznamen aus Babyzeiten. Aber die Sozialarbeiterin (die in Wirklichkeit Barbara hieß) fand ihn offenbar niedlich. Und jetzt hing Mary Dark Hopes Zukunft allem Anschein nach von jemandem ab, der sich Bibbi nannte und Fragen stellte wie: »Was willst du einmal werden, wenn du groß bist?«

Lebendig sein, das wollte sie. Was sie auch der Sozialarbeiterin erzählt hatte. Mary war der felsenfesten Überzeugung, daß sie sowieso erwachsen geboren worden war. Wer mußte denn das Elektrizitätswerk anrufen, wenn der Strom ausfiel? Sie! Rosella lief durch die Gegend, rang die Hände und betete; Angie holte Kerzen, setzte sich in die Dunkelheit und meditierte.

Sie würde es nicht tun. Basta. Sie würde nicht bei wildfremden Menschen wohnen.

Mary Dark Hope legte den Kopf in die Hände.

Seit Angelas Tod kam sie öfter hierher und blieb länger. Als man ihr die Nachricht überbracht hatte, fühlte sie sich wie betäubt. Und war es immer noch.

Manchmal sah sie Angela. Sie sah Angela auf sich zukommen. Manchmal rief man sie aus dem Schlaf, und Angela erschien wie in weiter Ferne. Und kam dann auf sie zu, kam näher und näher, aber nie in Reichweite. Sie trug immer dasselbe lose bläulich-grünliche

Kleid, das sie gebatikt hatte und das so verwaschen aussah. Und das Fußkettchen mit den Glöckchen, die leise bimmelten. Mary sah Angela auch hier draußen, wie sie aus der Entfernung auf sie zulief und durch die flirrende Hitze schimmerte.

Das erzählte Mary aber niemandem. Erstens, weil es außer Rosella sowieso niemand glauben würde, und die auch nur aus den falschen Gründen. Rosella weinte immer – sie war traurig, daß Angelas Körper noch auf dem Tisch eines Leichenschauhauses in einem anderen Land lag, wo sie doch am Tag nachdem sie gestorben war, hätte begraben werden müssen. Und ihr »Windgeist«, ihr *pinane*, müßte eigentlich nach ihrem Tod vier Tage lang ihr Zuhause bewohnen. Rosella war unglücklich, und Mary (die mitnichten an diese Dinge glaubte) hatte versucht, sie mit dem Gedanken aufzuheitern, daß der *pinane* ihrer Schwester viel rascher von England in die USA fliegen konnte als eine Boeing 747. Aber diese Bemerkung tröstete Rosella nicht. Zweitens erzählte Mary niemandem etwas, weil sie es selbst nicht glaubte – noch ein Grund, Rosella nichts zu sagen. Es war die Frucht ihrer eigenen Einbildungskraft, das wußte sie. Ein Wunschbild. Eine Täuschung. Aber Rosella würde bestimmt mit ihren Kräutern und Wurzeln und heiligem Räucherwerk ankommen, rumkokeln und Tränklein brauen und vor ihrer kleinen Privatkapelle in die Knie sinken.

Nein, Mary wollte Rosella keine Visionen liefern, auf denen sie dann endlos herumritt.

Zu beiden Seiten des Flußtals standen niedrige Kiefernwäldchen, die Sunny vorsichtig durchstöberte. Wonach, wußte sie nicht; sie hatte nicht gesehen, daß sich dort etwas bewegte. Man mußte sich einmal vorstellen, wie es wäre, wenn man soviel sehen und hören könnte wie ein Hund oder eine Katze. Besonders eine Katze. Katzen konnten eine Ewigkeit vollkommen reglos dasitzen und sich auf etwas konzentrieren, was ein Mensch überhaupt nicht bemerkte.

Und dann dachte sie: Genauso sind die Wissenschaftler im Santa Fe Institute. Auch sie können sich stundenlang auf eine Idee konzentrieren. Mary gefiel die Vorstellung, daß ein Ort ausschließlich und nur zum Denken existierte. Kluge Leute gingen dorthin, um zu denken. Was sie erstaunte, weil soviel auf der Welt gedankenlos war. Und dann die Möglichkeit, sein Geld damit zu verdienen, daß man den lieben, langen Tag herumsaß und nachdachte wie Dr. Anders. Toll!

Mary legte die Hand ans Kinn und dachte über Dr. Anders nach. Und Angela. Sie vermutete, daß er in sie verliebt war – gewesen war. Wie er schon immer im Laden rumhing! Angie jedenfalls war in ihn verliebt gewesen. Das hatte Mary gemerkt. Und es überraschte sie nicht. Aber daß er ihre Gefühle erwiderte, hatte sie überrascht. Denn Denken war nicht unbedingt Angelas Sache gewesen. Klar, es sah so aus, sie mit ihrem ewigen Meditieren und Lesen und den Trips nach Sedona. Der ganze Stuß über das Zentrum der Erde hatte ungefähr so viel Sinn, wie mit einer Wünschelrute rumzurennen und Wasser zu suchen. Obwohl sie zugeben mußte, daß Wünschelrutengänger durchaus einem nützlichen Zweck dienten. Denn manchmal fanden sie, was sie suchten. Aber selbst so praktisch hätte Angela nie gedacht. Angie war nicht sehr eigenständig, sie wartete eher, daß ihr die Dinge in den Schoß fielen, als daß sie selbst irgendwelche Anstrengungen unternahm.

Beschämt ließ Mary von diesen kritischen Gedanken ab. Um in irgendeiner Weise Buße zu tun, beschloß sie, einen Gebetsstab zu machen, nur einen ganz primitiven. Sie nahm zwei Zweige vom Boden. Es hätten eigentlich Weidenstöcke sein müssen, aber die gab es hier nicht. Dann suchte sie eine Feder, fand nur eine von einem Geier und entschied, die müsse es auch tun. Es würde ein echt schäbiger Gebetsstab werden, aber da (laut Rosella) Frauen sowieso keine machen durften, sondern nur Männer, hatte er wahrscheinlich eh keine Macht. Mary errichtete ein Kreuz. Unten beschwerte sie es mit einem Stein. Da sie nicht an die Kraft des Gebetes glaubte, mußte der Gebetsstab für sie arbeiten, das heißt, wenn er überhaupt Macht besaß.

Angelas Glaube an das Mystische – die Aura-Ausgleicher, die Leute, die sich für andere Erfahrungen öffneten – hatte Mary immer völlig kaltgelassen. Anders verhielt es sich mit dem, was die Indianer glaubten. Wie diese betrachtete Mary die Natur von einem materialistischen Standpunkt aus. Alles, was Geist war, war mit der materiellen Welt verbunden. Die Zuñi opferten ganz praktische Dinge – Kleider und Essen. An die Wirkung von nützlichen, elementaren Opfergaben konnte Mary leichter glauben als an Angelas Gebete an eine aufgetakelte Version Unserer Lieben Frau von Guadalupe. Mary zog eine Frühstückstüte aus der Tasche, sie enthielt ein wenig von Rosellas Schmuckmaismehl, Maismehl mit Türkis- und Korallenstückchen gemischt. Mary wußte nicht, was sie damit anfangen sollte, aber sie schaute es gern an.

Sie bog sich rücklings über den Felsen, blieb mit den Füßen auf dem Boden und berührte mit dem Hinterkopf die Erde auf der anderen Seite. Sie hatte es gern, wenn ihr das Blut in den Kopf floß, und sie schaute sich die Welt auch gern verkehrt herum an. Wenn jetzt jemand vorbeikäme, wie sähe sie wohl aus? (Hier kam aber nie jemand vorbei.) Wie ein Akrobat? Eine Tänzerin? Sie wollte weder das eine noch das andere sein. Oder würde sie wie jemand aussehen, der Krämpfe oder einen Anfall hatte? Nein, das glaubte sie auch nicht. Sie streckte die Arme nach hinten, so daß ihre Handflächen flach auf dem Boden lagen. Das wirkte bestimmt wie eine Turnübung. Hoffentlich meinte Sunny nicht, ihr sei etwas passiert, und kam angetapst und leckte ihr das Gesicht ab. Nein. Sie hörte, wie er irgendwo herumscharrte und -grub, und fragte sich, was für einen Schatz er wohl gefunden hatte. Sunny vergrub immer Sachen und buddelte sie dann wieder aus.

Das erinnerte sie an Angie, als sie mal diesen Anthropologiekurs mitgemacht hatte und zu einer Ausgrabung losgezogen war. Nein, Archäologie. Anthropologie war was anderes. Anthropologie, Archäologie. Beides klang gleich langweilig. Aber diesen Felsen mochte sie. Er hatte etwas Tröstliches. Wenn sie ihren

Körper so darum wand, verscheuchte sie die schmerzlichen Gedanken und Bilder aus ihrem Kopf. Der Felsen stützte sie im Kreuz, sie hob die Arme und verschränkte sie vor der Brust. Etwas Tröstliches. Gut, so tröstlich ein Felsen eben sein konnte. Aber sie mochte ihn; sie betrachtete ihn immer als ihr Eigentum. Jedesmal, wenn sie und Sunny hierherkamen, landete sie hier. Sie mochte sein changierendes Grau, die Riffel, die Dellen, den winzig kleinen Fluß – einmal hatte sie beobachtet, wie Regen durch die Rinne floß, die um den Felsen lief, und das sah aus wie ein Minifluß. An manchen Stellen war das Flußbett so schmal wie ein Faden, zur Erde hin wurde es breiter. Und sie liebte die Vorstellung, daß sie diesen Sitz obendrauf glattgesessen hatte, denn er war perfekt geformt. Aber natürlich hatte nicht sie ihn glattgeschliffen, sondern das Wetter.

Dann begann sie über Felsen nachzudenken. Felsen, Bäume, die Piniensträucher. Besaßen sie irgendeine Art von Intelligenz? Und würde Dr. Anders das ein »tiefes« Problem nennen? Er hatte ihr einmal die verschiedenen Kategorien von Problemen erläutert. Zum einen gab es die, die jeder Wissenschaftlerkollege lösen konnte; dann die, für deren Lösung man berühmt wurde und Preise kriegte. Aber ein »tiefes« Problem versetzte selbst einen hochintelligenten Wissenschaftler in Erstaunen, und es dauerte lange, es zu lösen. Es reichte tief ins Universum.

Dr. Anders war der einzige Mensch in Santa Fe, der Mary als intelligentes menschliches Wesen behandelte. Er redete nicht von oben herab mit ihr, selbst wenn er über seine Theorien und seine Arbeit mit ihr sprach. Und das war wirklich schwer zu verstehen. Zu komplex. Aber es ging ja auch um Komplexität. Dort drüben im Santa Fe Institute saßen sie und dachten über Komplexität und Chaos nach. Den Rand des Chaos. Sie hatte das Buch gelesen, das er Angela geschenkt hatte. Zweimal. Aber nur ab und zu ein paar Sätze begriffen. Mehr als die meisten, hatte Dr. Anders lächelnd gesagt. Angela hatte lediglich die ersten paar Seiten gelesen und dann aufgegeben. »Zu hochgestochen«, war ihr Kommentar. Da war Mary überrascht gewesen, es war doch schließlich Dr. Anders' Arbeit. Sollte sie nicht wenigstens versuchen, sie zu verstehen? Nun überlegte Mary wieder, warum er in Angie verliebt gewesen war. Ihm waren ihre Schwächen wohlvertraut, und er hatte auch gar kein Hehl daraus gemacht. Als Mary einmal erwähnt hatte, daß ihre Schwester in dem Ruf stand, zu verträumt zu sein, hatte Dr. Anders gelacht und gesagt: »Zu faul, meinst du.« Es hatte Mary erstaunt, daß er das begriffen hatte. Aus purer Faulheit hatte Angela sein Buch nicht gelesen.

Er war immer da: im Laden in der Canyon Road, manchmal zum Essen bei ihnen zu Hause. Was ihr nur recht war. Sie hoffte nur, daß er nicht deshalb nett zu ihr war, weil er sich bei Angela lieb Kind machen wollte. Aber das glaubte sie eigentlich nicht. Er war zu aufrichtig. Er war zu echt. Irgendwie war er wie Sunny, der dort hinten mit unglaublicher Geduld darauf wartete, daß aus den Felsen oder den Bäumen etwas auftauchte. Sie kannte auch andere Menschen – wie zum Beispiel Malcolm Corey –, die kamen ihr so leicht vor wie Rauch, den man mit der Hand zerteilen konnte.

Malcolm Corey, fand sie, hatte eher etwas Trauriges als etwas Lächerliches. Er wollte so verzweifelt gern ein Filmstar sein oder wenigstens die zweite Hauptrolle kriegen. Doch er bekam immer nur diese Miniauftritte, Rollen, die nie zu irgendwas führten. Und obendrein war er ein schrecklicher Maler. In gewisser Weise mußte sie ihn bewundern dafür, daß er, obwohl er es beim Film nie schaffen würde, wenigstens versuchte, etwas anderes zu machen, auch wenn das genausowenig erfolgversprechend war. Jeder, der auch nur einen Pinsel in der Hand halten konnte, schien in Santa Fe zu landen. Wenn man in der Mitte der Plaza stünde und, egal, wohin, einen Stein würfe, würde man immer eine Galerie treffen. Trotzdem konnte sie verstehen, daß Maler hierherkamen. Den ganzen Kommerz verabscheute sie, aber Santa Fe und die Wüste darum herum besaßen eine Schönheit, die auch noch so viele Schickimickigalerien, geschnitzte Kojoten und Türkisschmuck nicht ruinieren konnten. Sie liebte die endlos weite umbrafarbene

Wüste, die sie umgebenden dunklen Berge, die herrlichen Sonnenuntergänge, das Licht wie geschliffenes Glas. Manchmal dachte sie, sie müßte nur mit dem Finger daran klopfen und es würde klingen wie Kristall.

Sie verspürte nicht den geringsten Wunsch, Künstlerin zu werden. Wenn sie erwachsen war, wollte sie im Santa Fe Institute arbeiten. Dazu mußte man aber beinahe ein Genie sein. Sie hatte nur Einser in der Schule, glaubte jedoch nicht, daß sie damit schon als Genie galt. Sie bekam Einser, weil sie schon lange herausgefunden hatte, daß man gute wie schlechte Noten mit demselben Aufwand bekam. Es war genauso leicht, die Englischaufgabe pünktlich abzugeben wie zu spät. Einmal mußte man sie ja abgeben, oder? Es war sogar besser, weil man dann in Ruhe gelassen wurde. Kein Direktor quatschte einen voll, kein Lehrer hing einem auf der Pelle, keine Familie in den Ohren, man solle sich mehr anstrengen.

Mary schwang sich hoch und setzte sich. Sunny war schon wieder weg. Wohin?

Sie arbeitete zwei Tage die Woche in Schell's Pharmacy. Zum Mindestlohn, manchmal an der Getränkebar, manchmal lieferte sie abends mit dem Fahrrad Medikamente aus. Es war langweilig, und sie mochte Dolly Schell nicht und wußte auch genau, daß Dolly sie nicht mochte. Von verwandtschaftlicher Zuneigung konnte keine Rede sein, vermutlich nur, weil sie Angelas Schwester war und Dolly Angela haßte. Das war immer so gewesen, schon so lange Mary Dolly kannte, aber Angela hatte es nie begriffen.

Dolly Schell war nun ihre einzige Angehörige. Würde Bibbi versuchen, sie an Dolly Schell auszuliefern, nur weil sie sonst keine Verwandten mehr hatte? Herr im Himmel! Und warum hatte sich Dolly sogar angeboten, nach England zu fliegen? *Sie* hätte fliegen müssen. Statt dessen hatte sie sich von der Polizei sagen lassen müssen, sie sei zu jung, um die tote Schwester zu identifizieren. Das war ja wohl der Gipfel! Aber sie hatte es geschafft, ihre Wut zu unterdrücken, als Dolly ihr gesagt hatte, sie flöge. Nach Heathrow und von dort mit der Bahn nach Salisbury. Mary konnte ihre Gefühle gut verbergen. Und sie mußte zugeben, Dolly hatte ihr angeboten, mitzukommen. Weil sie genau wußte, daß sie ablehnen würde.

Ärgerlich sprang sie auf die Füße und legte sich die kalten Hände auf das heiße Gesicht. Nach einer Minute fühlte sie sich besser und pfiff nach Sunny. Sie wußte, daß Pfeifen nichts brachte, wenn Sunny keine Lust hatte zu kommen. Sie schaute sich wieder um. Geisterhund.

Bei dem Gedanken an den Beamten von Scotland Yard ging es ihr gleich besser. Wie Dr. Anders behandelte er sie, als besäße sie wenigstens einen Funken Intelligenz, er nahm sie ernst. Es war schrecklich genug, daß Angie tot war. Aber ermordet?

Mary sah zu, wie die Sonne unterging. Die prächtigen Sonnenuntergänge gehörten zu den Dingen, die sie hier liebte. Weit hinten am Horizont glühte der Himmel, loderte auf in orangem Rot, färbte den Horizont in verschiedene Rosa- und Lavendeltöne.

Und in einem anderen Teil der Welt ging die Sonne auf. Hatten die Menschen, die Orte wie Stonehenge anlegten, geglaubt, die Sonne sei Gott? Ein Gott, der sie immer wieder verließ. Aber für ihn und dafür, daß er wiederkam, hielten sie rituelle Opferungen ab. Glaubten sie, daß der Gott immer wieder erschien, weil sie das taten? Und so ging es immer weiter, in einer Art Kreisbewegung, und nie begriff es jemand.

Ein solcher Ort der Mythen und Mysterien gefiel ihrer Schwester: Offenbar wollte Angie glauben, daß das Leben so war – Mysterium und Opfer. Solche Überzeugungen muß man sich leisten können, dachte Mary, schüttelte den Kopf und kniff den Mund zusammen wie eine säuerliche alte Jungfer. Sie hätte gern etwas mehr Ehrfurcht empfunden, aber es fiel ihr zu schwer. Ihrer Meinung nach bestand das Leben darin, seinen Englischaufsatz pünktlich abzugeben und für einen Hungerlohn mit dem Fahrrad Medikamente auszuliefern. Ja, wenn man Gott mal bitten würde, einem *dabei* zu helfen, aber da wäre bestimmt nur Schweigen im Walde.

Wieder schämte sie sich. Solche harschen Gedanken schienen ihr wie Verrat an ihrer Schwester. Mary zog die Beine hoch und stützte das Kinn auf die Knie.

Was sie wirklich niemandem erklären konnte und auch nicht wollte, war ihr Mangel an Gefühl; im Grunde war sie versteinert. Seitdem der Polizist ihr das von Angie erzählt hatte, war sie wie betäubt. Die ganze Woche schon. Sie nutzte ihre Trauerzeit, in der sie nicht zur Schule mußte, nicht richtig. Es war wie damals, als ihre Eltern gestorben waren, aber da war sie erst fünf und alles anders gewesen. Und obwohl sie das nie jemandem gesagt hatte, damals hatte sie sich für sie gefreut. Man stelle sich doch vor: Mann und Frau sterben auf diese Weise zusammen, stürzen in den Flammen ihres eigenen Flugzeugs ab. Mußten nie alt werden. Keiner sah den anderen sterben und blieb allein zurück. Ihr Tod war typisch für sie. Sozusagen todschick und dramatisch. Sylvestra. Mary hätte gern Sylvestra geheißen; es klang wie der Name einer Göttin.

Wieder lehnte Mary Dark Hope sich nach hinten über den Stein, legte die Handflächen auf die Erde, ließ die Tränen rückwärts fließen. Wie durch Zauber erschien Sunny aus dem Nichts vor ihr. Mary hob die Hand, streichelte ihm die Schnauze und wünschte, sie wäre den Dingen gegenüber nicht so hartherzig geworden.

Es war, als hätte sie auf dem Weg nach irgendwohin eine Warnung übersehen, zurückgeschaut und sich zu Stein verwandelt.

40

Als Jury durch die Tür des Rancho del Reposo trat, sortierten dieselben beiden Frauen die – wie es schien – dieselben Anmeldekarten, schauten auf und lächelten. Die Bar wurde wieder von einem riesigen Höllenfeuer erwärmt, das dunkle winkende Finger über den Kachelfußboden warf.

Er blieb in der Tür des atriumähnlichen Cafés stehen und hielt nach Malcolm Corey Ausschau. Die Sonne wurde von den Glaswänden gespiegelt und warf Licht wie Konfetti über die Gesichter der Gäste. Er hätte schwören mögen, daß dieselben Leute wie vor zwei Tagen hier waren. Malcolm Corey sah er nicht, aber dort drüben unter einer Sammlung von Kachinapuppen saß Benny Betts, der in zwei Telefone gleichzeitig sprach. Nein, in drei, sah Jury, als er sich durch Tische und Stühle quetschte. Eins der Hoteltelefone hatte man zu Bennys Tisch gebracht.

Ringsum Geplauder und Stimmengesumm, ab und zu von schrillem Lachen unterbrochen. Benny Betts zeigte mit einem Finger auf das Telefon, bedeutete ihm, sich hinzusetzen, und blinzelte und lächelte, als sei Jury im Deal inbegriffen. Er fuchtelte mit dem Telefon, das er gerade nicht ans Ohr hielt, in Richtung einer silbernen Kaffeekanne und eines Strohkorbs mit Brot und Muffins und lud Jury zum Essen und Trinken ein.

Jury nahm Platz, zog sich eine saubere Tasse heran, goß sich ein und beobachtete Benny Betts' lebhaftes Mienenspiel. Benny war der Inbegriff von West-Coast-Coolheit. Blaue Augen, Zähne so weiß wie der Schaum aufgewühlter Brandung, braungebrannt. Ein kalifornischer Traum.

Aber genau damit handelte Benny Betts ja auch. Den verhökerte er auch über seine Handies. Er kam zum Ende und verabschiedete sich à la Betts: mit einer Frage oder einem Versprechen.

»Hal-lo! Richard Jury, Superintendent Bobby!« Bennys Hand schoß vor.

Jury lächelte. »Ich bin überrascht, daß Sie noch hier sind, aber auch froh. Denn Sie kannten ja Angela Hope auch.«

Benny Betts zog eine Braue in die Höhe und schaute Jury aus Unschuldsaugen an. »Wen?«

»Also, Mr. Betts, Sie wissen, wen.«

»Benny, bitte. Warum so förmlich?« Die weißen Jacketkronen blitzten.

»Damit mir nichts passiert. Damit ich mich am Ende nicht mit einem Agenten und einem Kurzauftritt in einem Remake von *Mein Freund Bill* wiederfinde.« Jury schnitt sich ein Muffin auf. Warum aß er neuerdings dauernd? »Wo ist denn Malcolm Corey heute?«

Betts zeigte nach draußen, in die weiße Ferne zu der schneebedeckten Straße und den Miniaturfiguren. »Dort unten. Ich hab ihm eine kleine Sprechrolle in dem Film besorgt. Er ist ganz aus dem Häuschen.«

»Kann ich mir vorstellen. Sie müssen ja ein Marketing-Genie sein.«

»Doch, ja. Wieso sind Sie denn überrascht, daß ich noch hier bin?«

»Weil ich den Eindruck hatte, daß Sie kein Mensch sind, der sich lange irgendwo aufhält.«

Achselzuckend schenkte Benny sich Kaffee ein. »Ist im Prinzip einerlei, wo ich bin. Hier, dort, überall. Jacke wie Hose.«

Jury aß das Muffin. Karotte. Er dachte an Betty Balls Café in Long Piddleton. »Von Ihnen klingt das ziemlich fatalistisch. Als hätten Sie ohnehin keinen Einfluß auf die Dinge.«

Benny lächelte, verkreuzte die Hände hinter dem Kopf. So sah er wahrscheinlich in seinem mahagonigetäfelten Büro im Managersessel aus.

»Stimmt.«

Jury schaute von seinem Muffin auf. »Und so was sagt der Mann, der den *Zauberer von Oz* neu verfilmen will? Ich bin überrascht.«

»Dorothy ist übel mitgespielt worden. Und das Ende ist der totale Betrug.«

»Übel? Inwiefern?«

»Also, sie geht durch die Hölle, um diesen Zauberer zu suchen, und als sie ihn findet, ist es ein Popanz.« Benny wischte sich ein paar Krümel von seinem Designerjackett. »Aber es ist das größte Kindgef aller Zeiten. Ein Klassiker.«

Jury runzelte die Stirn. »Kind was?«

»*Kind* in *Gefahr*! Kind in Gefahr, Kassenerfolg, klar.« Benny zeichnete ein riesiges Dollarzeichen in die Luft.

»Und ist Toto dann ein ›Hundgef‹?«

»Harr, Harr.« Benny starrte die Telefone an, als wolle er sie zwingen zu klingeln. Dann wandte er sich wieder Jury zu. »Ich will ja nicht unhöflich sein, aber Sie sehen irgendwie niedergeschlagen aus.«

Jury lächelte. »Sie sind nicht unhöflich. Ich bin niedergeschlagen.«

»Wie kommt's?«

Jury goß sich Kaffee ein und sagte: »Ich fliege morgen zurück und habe auf keine meiner Fragen eine Antwort gefunden. Angela Hope –«

Stirnrunzelnd unterbrach ihn Benny Betts. »Antworten? Sie haben Illusionen, Richard Jury.«

Jury lachte. »Leider mache ich die Art von Arbeit, die mehr oder weniger Antworten verlangt.«

»Ich meine, Sie suchen eine echte?«

»Also eine falsche garantiert nicht.« Jury trank einen Schluck Kaffee.

Benny schob seine Tasse beiseite, legte die Arme auf den Tisch und beugte sich zu Jury vor. »Glauben Sie eigentlich an Märchen?«

»Vermutlich.«

»Weil – wenn ich das so sagen darf – Sie geben zuviel auf die Vernunft.«

»Na ja, in meinem Gewerbe handelt man mit Fakten. Mit Realität.«

Bennys Lachen veranlaßte ein paar Gäste, sich umzudrehen und zurückzulächeln. »Wow, Rich!« Plötzlich wurde er ernst. »Mehr als virtuelle Realität können Sie nicht erwarten. Sie wollen eine sogenannte Lösung? Teufel auch, ich hab eine für Sie. Oder ein Dutzend. In diesem Leben kann man nicht mehr tun, als ein Package zusammenzustellen. Was für eins, ist völlig unwichtig. Nehmen Sie X von hier, Y von dort, Z von, weiß der Teufel, woher«, er hob die Hände, zog und zog, »und dann verrühren Sie es zu einem Einheitsbrei. Die Zutaten spielen keine Rolle. Package, das bringt Kasse.«

»X, Y, Z müssen in Beziehung zueinander stehen.«

Benny sah aus, als wolle er ausspucken. »Mir ist es scheißegal, ob sie in Beziehung stehen oder nicht. Wenn zu Ihnen jemand ›Kindgef – Zauberer – Smaragd‹ sagt, denken Sie dann, die stehen miteinander in Beziehung?«

Angesichts diesen Mangels an logischem Denken runzelte Jury die Stirn. »Moment mal. Das können Sie nicht nehmen, Sie setzen *a priori* etwas voraus, es ist schon ein *fait accompli*.«

»Herrje, Französisch kann er und Latein«, sagte Benny, ans Publikum, die leeren Stühle, gewandt.

»Ich rede über Fakten, Benny.«

»Fakten?«

»Für Sie ein Schimpfwort, ich aber bin Polizist!«

Benny schüttelte den Kopf in Richtung der Stühle, die Stühle drückten ihr Mitgefühl aus. »Jungs, das sind die schlimmsten.«

»Es ist kein Hirngespinst, daß die drei Frauen tot sind.«

Benny nickte.

»Es ist auch kein Hirngespinst, daß sie vielleicht ermordet worden sind.«

Eifriges Nicken.

»Und es ist kein Hirngespinst, daß Angela Hopes Leiche in Wiltshire in Sarum . . .«

Weiteres Nicken. Dann schnipste Benny kurz mit dem Finger und zeichnete ein Plakat in die Luft. »Bei Gott, ich sehe es. Sie nicht? Sarum. Sonnenaufgang, vielleicht Sonnenuntergang. Die Farben, die Orangetöne, die in Rottöne verlaufen. Capito? Wie Blut, vielleicht tropfen die Farben durch den Vorspann. Ich sehe Michelle – nein – ich sehe Melanie . . . ich hasse diese Zicke, aber tot würde sie toll aussehen . . . die Leiche auf einer Steinplatte in der Mitte . . .« Er faßte Jury am Arm. »Der Zwischentitel führt uns viele Jahrhunderte zurück – in welchem Jahr wurde es eigentlich erbaut?« Bennys Hand hörte auf, Zwischentitel zu entwerfen und langte . . .

Langte er wirklich nach dem Telefon? Jury legte die Hand auf seinen Arm. Mit einem von Betts' Hirngespinsten wollte er nichts zu tun haben. »NEIN!« Peinlich berührt, daß er so laut gesprochen hatte, schaute er sich um. Dann flüsterte er: »Nein.« Benny lächelte so aufreizend gütig, wie Jury noch nie jemanden hatte lächeln sehen. »Tatsachen sind vielleicht schwer faßbar, aber dennoch sind es Tatsachen. Beweise. Harte Beweise. Und wenn es das Schatzkästlein am Ende des Regenbogens ist.«

Benny schüttelte traurig den Kopf, schaute auf seine Rolex und begann die tragbaren Telefone wegzupacken. »Also ein Schatzkästlein finden Sie am Ende eines Regenbogens nicht, Rich. Verlassen Sie sich drauf.«

Jury lächelte. »Aber was ist denn am Ende eines Regenbogens?« Er rechnete mit einer bitteren, zynischen Antwort, als Benny sich die Lederriemen über die Schulter schlang.

Aber Benny sagte nur: »Wie kommen Sie darauf, daß er ein Ende hat?«

41

I

Erst als Jury sich am nächsten Morgen die Zähne putzte, merkte er, daß Benny Betts ihn ausgetrickst hatte. Den Kopf über das Waschbecken gebeugt, lachte er so laut, daß er sich beinahe an Tom's-of-Maine-Natural-Zahnpasta verschluckte. Benny hatte die Frage nach seiner Beziehung zu Angela Hope nicht beantwortet.

Du Hornochse, sagte er zu seinem Spiegelbild. Dann rubbelte er sich mit einem Handtuch das Gesicht trocken und beschloß, einen Spaziergang zu machen.

Irgend etwas hatte ihn in der Morgendämmerung geweckt, und er war aufgestanden und hatte sich angezogen. Nun ging er durch das schlafende Hotel zu den Aufzügen und fuhr aufs Dach. Er wollte die Sonne aufgehen sehen. Sie stieg aus den Sangre de Cristos hoch, zuerst als Licht, dann als Farbe, blaß und schimmernd wie gehämmertes Gold, dann rosa, blau – so schön, daß es wirklich aussah, als vollbringe ein Kameramann Wunder mit seiner Kamera. Klar, daß die Filmleute Santa Fe liebten. Schnee auf den Bergen, in den Klüften der Gebirgsausläufer, bis hin zur Wüste. Eine Londoner Morgendämmerung war es nicht.

Wie kommen Sie darauf, daß er ein Ende hat? Die Erinnerung an Benny Betts' Worte war aus irgendeinem Grunde tröstlich.

Er wanderte über die Plaza, alle Läden hatten noch zu, und trank das Licht. Es besaß eine beinahe spröde Klarheit. Wenn nur der Verstand von einem solchen Licht erleuchtet würde. Vielleicht war das bei jemandem wie Nils Anders der Fall. Jury war enttäuscht, daß er mit leeren Händen nach Exeter zurückkehren mußte. Aber er hatte Macalvie jeden Tag einen Bericht gefaxt, aufgeschrieben, wen er getroffen und was derjenige gesagt hatte, und zwar so detailliert, wie es seine Erinnerung erlaubte. Unredigiert, ohne Kommentare. Die konnten warten. Sollte Macalvie an seinen eigenen Theorien basteln. Er war sogar noch einen Tag länger geblieben, obwohl er lieber heute als morgen nach Stratford gefahren wäre. Das verdammte Fax von Plant. Sie ist gefunden! Wo denn?

Mit der Wut im Bauch fühlte er sich nun aber etwas weniger machtlos. (Das wenigstens erreichte man, wenn man anderen die Schuld für die eigenen Probleme in die Schuhe schob.) Dabei hatte er keinerlei Grund, auf Melrose Plant wütend zu sein, denn immerhin hatte der sie – im Unterschied zur Polizei in Stratford – gefunden.

Jury überquerte pfeifend den Paseo de Peralta und gestand sich ein, daß er schlicht und ergreifend eifersüchtig war.

Sie ist gefunden! Aber nicht von ihm.

II

In dem kleinen Einkaufszentrum erloschen die Gaslaternen, und die Lampen in Schell's Pharmacy gingen an. Noch hing das Schild »Geschlossen« an der Glastür. Jury wartete. Aber Dolly Schell sah ihn erst, als sie den großen Schlüsselbund und das Schild umdrehte. Sie riß Mund und Augen sperrangelweit auf.

»Entschuldigung, ich wollte Sie nicht erschrecken«, sagte Jury und öffnete die Tür.

Dolly drehte das Schild wieder um und lächelte. »Es lag nur daran, daß es noch so früh ist. Kommen Sie herein.«

»Ich bin schon beim ersten Dämmerschein aufgestanden, weil ich den Sonnenaufgang sehen wollte. Toll!« sagte er, als er ihr durch den Laden folgte.

»Sieht beinahe künstlich aus, zu schön, um wahr zu sein.« Sie blieb stehen, um ein paar Plastikflaschen mit irgendwelchem Zeugs zurechtzurücken, und ging dann durch den Gang weiter. Jury lief hinter ihr her und sah die vielen Haarpflegeprodukte. O ihr Götter, nach dem Ganzen hier zu urteilen, konnte eine Frau einen halben Tag mit Haarewaschen verbringen. Er nahm einen Schaumfestiger und verspürte den kindlichen Wunsch, mit dem weißen Schnee etwas quer über das Schaufenster zu schreiben. Er stellte ihn zu der großen Familie der Schaumfestiger zurück – wie viele Marken existierten davon? – und betrachtete einen weißen Plastiktiegel mit »Formgel«. Was zum Teufel war das? Ob es das auch in London gab, und ob Fiona es besaß? Einerlei, gebrauchen konnte sie es ja immer. Als er am Make-up-Regal vorbeikam, dachte er an Carole-anne. Das war Eulen nach Athen tragen, also nein. Er hatte Carole-anne sowieso schon Ohrringe gekauft, ein silbernes Kojotengehänge.

Am Ende des Gangs gab es noch mehr Kojoten, manche aus Stoff, manche als Aufziehspielzeug aus Blech. Jury hob einen hoch, um zu sehen, wie schwer er war. Dann trug er seine Käufe zu Dolly Schell.

»Die hätte ich gern. Geschenke.« Er lächelte, als sie sie ihm aus der Hand nahm. »Und bitte ein paar Dramamin. Auf dem Flug von New York ist mir ein wenig übel geworden.«

»Das sagen viele Leute. Es hat etwas mit den Luftmassen über den Bergen zu tun.« Sie nahm die Tabletten von dem Regal hinter sich und legte sie in eine Tüte. Als sie auf die Tasten der altmodischen Registrierkasse drückte, sprang die Schublade heraus. »Fliegen Sie wieder nach Hause?« Er nickte, sie zog die Stirn in Falten und sah enttäuscht aus. »Wann geht Ihr Flugzeug?«

»Heute nachmittag. Gegen drei. Das heißt nach New York. Auf den Flug nach London muß ich – ach, ich weiß nicht, bei der Zeitdifferenz bestimmt ein paar Stunden warten. Diese dämlichen Flüge gehen ja immer mitten in der Nacht.«

Dolly gab ihm sein Wechselgeld und fragte: »Haben Sie, was Sie wollten? Ich meine, über Angela?«

»Nein. Vielleicht gibt's ja auch gar nichts.« Er zuckte mit den Schultern. »Allem Anschein nach kann sich niemand, wirklich niemand von den Leuten, mit denen ich gesprochen habe, vorstellen, daß ihr jemand Böses wollte.«

Dolly Shell schaute zu ihm hoch, ein ironisches Lächeln spielte um ihren Mund. »Außer mir?«

Jury dachte einen Moment nach. »Haben Sie sie wirklich so gehaßt, daß Sie sie hätten umbringen können?«

Nun wurde Dolly still. »Ein eindeutiges Nein kann ich dazu nicht sagen.«

Das war schlau, hörte er Marys Stimme. »Was ist mit Mary?«

»Mit Mary? Wie, was ist mit ihr?«

»Sie arbeitet doch manchmal für Sie.«

»Sie fährt die Medikamente aus, wenn die Leute sie geliefert haben möchten.« Sie legte die Hand auf einen kleinen Stoß weißer Umschläge, der neben der Kasse lag. »Die hier hätten gestern nachmittag rausgemußt. Aber sie ist nicht gekommen. Ziemlich ärgerlich. Ich muß mir wahrscheinlich jemand anderen suchen. Mary ist nicht die Zuverlässigste.«

»Machen Sie ihr keine Vorwürfe, sondern mir. Ich war bei ihr zu Hause und habe mit der Haushälterin gesprochen. Als Mary kam, haben wir uns auch noch ein wenig unterhalten. Abends habe ich mit Dr. Anders gegessen.«

Dollys Miene entspannte sich.

»Nils mag sie sehr«, sagte Jury gedankenlos, während er seine Käufe an sich nahm.

»Angela? Ja, wahrscheinlich.«

»Nein, Mary. Ich bezweifle, daß er Angela wirklich so sehr mochte.« Zu spät, die Worte zurückzunehmen. Er hatte – wenn auch in aller Unschuld – geredet, ohne erst zu denken.

Sie schaute ihn neugierig an. »Mary?«

»Ich meinte nur . . .« Jury wußte nicht, mit welcher Antwort er sich über diesen Fauxpas hinwegmogeln konnte.

Aber sie lächelte. »Mag Nils überhaupt irgend jemanden?«

Woraufhin Jury stotterte: »Wir haben uns sehr nett unterhalten. Ich habe viel dabei gelernt.«

Wieder bedachte sie ihn mit einem ironischen Lächeln.

III

»Dahin, wo der Pfeffer wächst!« hatte Rosella geschimpft, als sie im Casita der Hopes auf ein Fenster nach Westen zeigte. »Jedesmal, wenn ich ihnen den Rücken zukehre, gehen sie und ihr verdammter Kojote dort hinaus.«

Nun erblickte Jury sie, wo der Pfeffer wuchs. Er war vielleicht zehn Minuten gelaufen, als er aus einem kleinen Kaktuswäldchen trat und Mary Dark Hope ungefähr dreißig Meter entfernt auf einem Felsen sitzen sah. Sunny war nirgendwo in Sicht.

Sie hatte die Beine angezogen und das Kinn auf die Knie gelegt. Sie drehte sich zu Jury um. »Hallo.« Sie schob sich das Haar mit einer Geste aus dem Gesicht, die bei einer Frau kokett gewirkt hätte. Sie aber wollte das Gesicht frei haben und damit basta. »Wie haben Sie das hier gefunden?«

»Hier?« Er lächelte. »Ich bin Rosellas Wegbeschreibung gefolgt.«

»Echt? Ich hätte nicht gedacht, daß sie wußte, wo ich bin.«

Jury setzte sich neben sie auf den Felsen, der oben vom Wetter und vielen Sitzen glatt war. »Weiß sie auch nicht. Nur, in welche Richtung du normalerweise läufst.« Jury schaute zu den purpurfarbenen Bergen in der Ferne, der Himmel war klar und stahlblau. »Gehst du oft hierher?«

»Ja, ich schaue mir gern den Sonnenuntergang an.«

Er nickte. Dann sagte er: »Ich habe noch einmal mit Dolly Schell gesprochen.« Er schaute sie an. »Nach der Bemerkung, die du gestern abend gemacht hast.«

»Hm, hm.«

»Du meintest, es sei schlau von ihr gewesen, etwas zuzugeben, das ich sowieso herausgefunden hätte.«

Eine Antwort erübrigte sich, sie starrte weiter geradeaus.

»Es ist alles so wenig plausibel. Selbst wenn sie es geschafft hätte, Angela zu ermorden, wie sind dann die beiden britischen Touristinnen in die Sache hineingeraten?«

»Sherlock Holmes.«

»Was?«

»Er meinte, wenn man das Unmögliche ausschaltet und der Rest immer noch nicht plausibel ist, dann ist das immer noch besser als nichts, und man sollte darauf setzen.«

»Na gut, aber Sherlock war ein klügerer Kopf als ich.«

Nach einigem Schweigen fragte sie: »Wann schicken sie – Angie nach Hause?« Bei dem Wort Angie stockte sie.

Eine schmerzliche Frage. »Sobald die Todesursache eindeutig festgestellt worden ist.«

»Das dauert aber ganz schön lange.«

»Es ist auch schwierig, wenn man nicht weiß – was es gewesen sein kann.«

Mary drehte sich um und schaute ihn mit ihren kristallklaren, hellen Augen an. »Das heißt ja letztendlich nichts anderes als: ›Wenn man es wüßte, wüßte man es.‹«

Jury lächelte. »Ja, klingt ganz so. Aber es ist dreimal so schwer wegen der anderen beiden Frauen, deren Tod damit in Zusammenhang stehen kann. Haben sich die drei in England getroffen? Möglich ist es. Haben die drei vielleicht zusammen zu Abend gegessen? Kann es sein, daß sie etwas zu sich genommen haben, das sich bei jeder verschieden ausgewirkt hat? Es kann auch ein Unfall gewesen sein.« Bei zwei von ihnen vielleicht, Frances Hamilton war aber schon im Januar gestorben.

»Und sie können alle ermordet worden sein.« Mary warf einen flachen Stein auf einen Kaktus.

»Das zu beweisen ist sogar noch schwieriger. Und es dauert alles so lange, weil es drei verschiedene Ermittlungen sind.«

Sie nahm wieder einen flachen Stein. »Ich habe aber noch nicht herausgefunden, warum sie auch die Engländerinnen töten wollte.«

Vielleicht versuchte Mary ja, mit ihrer Trauer fertig zu werden, indem sie Dolly Schell verdächtigte. Wütend zu sein ist leichter – angesichts einer Zukunft, die von einer Sozialarbeiterin gemanagt wird. Die Tatsache, daß Dolly Schell nun ihre einzige Verwandte war, mußte ihr besonders schmerzlich bewußtmachen, wie klein ihre Familie nun war.

Sie kratzte mit einem Stock in der Erde. »Sie fliegen ab, was?« sagte sie traurig.

»In ein paar Stunden.«

»Kommen Sie wieder?«

»Wir sehen uns wieder.«

»Woher wollen Sie das denn wissen?«

»Ich weiß es.«

Als sie Seite an Seite dort saßen und in die gottverlassene Landschaft schauten, verlor Jury jedes Zeitgefühl, so daß er sich schon fragte, wie lange sie da gesessen hatten, als er ein kurzes deutliches Bellen hörte, das zu einem so verzweifelten Heulen anstieg, daß ihm die Haare im Nacken zu Berge standen.

»Sunny?«

Mary Dark Hope nickte. »Nehm ich an.«

»Das klingt aber eigentlich nicht wie ein deutscher Schäferhund.«

Einen Moment schwieg sie. Dann sagte sie: »Ich habe ja auch nie gesagt, daß er nur ein deutscher Schäferhund ist.«

42

Nach sieben Stunden ohne Schlaf sah Jury zu, daß er mit dem ersten Schub Fluggäste des British-Airways-Fluges Terminal 3 erreichte. An den Paßkontrollen dort würden die Reisenden ohne EC-Paß ihr blaues Wunder erleben. In Heathrow herrschte das übliche Chaos, Verspätungen, festsitzende Passagiere, schreiende Kinder und Warteschlangen, in denen die Leute so nervös dreinschauten, als sei ihr Flug das Wichtigste auf der Welt und – gestrichen.

Die Maschine war um sechs Uhr morgens gelandet; nun war es sechs Uhr vierzig, und Jury wollte nur noch nach Islington, Plant anrufen, Macalvie anrufen und dann ins Bett fallen. Aber zuerst mußte er sein Versprechen einlösen.

Er sah sie hinter der Kasse auf dem Hocker sitzen und zum Terminal starren. Was muß das für ein entsetzlich langweiliger Job sein, dachte er, als er sich durch einen Schwarm japanischer Touristen boxte und kein Fünkchen schuldig fühlte, weil er zweimal so groß war wie sie. Die Dolmetscherin zog schon ein Gesicht, als ob sie fürchterlich genervt sei.

Endlich war er an der Theke. »Hallo, Des«, sagte er und setzte seine Reisetasche ab.

Wer weiß, wo sie gerade mit ihren Gedanken gewesen war, sie sah ihn ausdruckslos an und fuhr dann vor Freude auf. »Sie sind's!«

»Ja, ich. Zurück aus dem Höllenrachen der Nikotinsucht. Aber immer, wenn ich im Nichtraucherbereich gesessen habe, war ich die Selbstgerechtigkeit in Person. Fünf Tage und keine einzige Zigarette. Ich hatte immer das Gefühl, ich überleb's nicht.«

»Mir ging's genauso. Aber ich habe durchgehalten. Wenn ich auch immer nur ans Rauchen gedacht habe. Und dann muß ich auch noch an diesem Stand arbeiten und seh die dämlichen Dinger die ganze Zeit vor mir.«

Wie auf das Stichwort hin erschien ein Kunde und zwang sie erneut, die dämlichen Dinger anzuschauen. Er legte einen Zehnpfundschein hin und kaufte zwei Schachteln Marlboro, von denen er eine in seine Aktentasche warf. Dann klopfte er mit der Schachtel ein halbes dutzendmal auf die Theke, zog dann den goldenen Zellophanstreifen ab und das Silberpapier heraus, nahm eine Zigarette und steckte sie sich zwischen die Lippen. Er zündete sie mit dem Feuerzeug an und inhalierte tief. »Diese verdammten Nichtraucherflüge!« sagte er verlegen, als habe er dieses Ritual erst in aller Form durchziehen müssen, bevor er die Gegenwart anderer zur Kenntnis nehmen durfte.

»Ich weiß, wie Ihnen zumute ist«, sagte Jury. »Wir versuchen auch, aufzuhören.« Er deutete mit dem Kopf auf Des.

»Aufhören? Gott, wenn ich das nur könnte! Ich habe alles ausprobiert, jeden Mist: Zigaretten ohne Nikotin – schmeckt wie leere Luft –, diese Spitzen, die das Nikotin reduzieren, Kaugummi, Pillen, Gruppentherapie, Nikotinpflaster, sündhaft teure Einzeltherapie – alles, was es gibt. Kein Erfolg.«

Jury sah ihn inhalieren und war sicher, daß jeder Quadratzentimeter Lunge seine Ladung Nikotin abbekam.

Der Fremde sagte: »Und wie schaffen Sie es?«

Jury lachte. »Also, geschafft habe ich es noch nicht. Bisher habe ich fast drei Wochen durchgehalten.«

Mit kläglichen Blicken betrachtete der Mann die Zigarette in seiner Hand und schüttelte traurig den Kopf. »Drei Wochen! Alle Achtung! Ich halte keine drei Stunden ohne aus. Mir fehlt die Willenskraft. Total.«

»Oh, ich glaube nicht, daß es an der Willenskraft liegt.«

Er wirkte erstaunt. »Nein? Woran denn?«

Der Mann nahm es ja todernst. Hier hatte er zwei Menschen vor sich, die weiß Gott, welche Geister beschworen, die dem Minotaurus ins Angesicht geblickt, reißende Flüsse durchquert und es heil an Leib und Seele überlebt hatten. Es war, als böten ihm diese beiden Mitkämpfer einen Zufluchtsort. Als wären sie die Priester und er der reuige Sünder.

Jury sagte: »Ich glaube, man muß etwas ausprobieren oder etwas finden, das einem wichtiger als Rauchen ist. Vielleicht einen Pakt mit jemandem schließen, der auch versucht, aufzuhören. Mit seiner Frau oder einem Freund, egal, mit wem. Außerdem darf man das Ziel nicht zu hoch stecken. Man kann sich zum Beispiel sagen, daß es nur für zwei, drei Tage ist.«

»So ungefähr wie bei den Anonymen Alkoholikern. Schritt für Schritt. In dem Stil.«

»Ja, so.«

Der Mann schaute auf seine Uhr und streckte die Hand aus.

»Danke. Regelrecht erleichternd, daß wir drei etwas gemeinsam haben, was?«

Wir drei. In Jurys Gedanken rührte sich etwas; er sah sich im Silver Heron.

Des winkte ihrem neuen Freund, der zur Sicherheitskontrolle eilte. »Was er sagt, stimmt. Ich habe einen Freund, der geht zu den AAs. Komisch, wie sehr es Menschen miteinander verbindet, wenn sie mit dem Trinken aufhören wollen. Mit dem Rauchen wird es wohl so ähnlich sein.« Sie lächelte. »Ich schulde Ihnen einen Kuß.« Getreu ihrem Versprechen lehnte sie sich über die Theke, schlang die Arme um ihn und gab ihm etwas unbeholfen einen richtig langen Kuß.

»Und ich schulde Ihnen ein Armband.« Er ging zu der Theke auf der anderen Seite der Kasse.

»Es ist nicht mehr da. Verkauft«, sagte Des traurig.

»Was?«

Sie nickte. »Gestern. Eine Frau hat es gekauft.« Sie seufzte. »Halb so schlimm.«

Doch, dachte Jury und war überrascht, wie ärgerlich er wurde. Denn das Armband bedeutete etwas – eine Belohnung, eine Siegestrophäe. Nun schauten sie beide in die Vitrine, wo sich eine satinbezogene Scheibe unaufhörlich drehte, ruckte, stillstand, wieder drehte.

»Ich weiß selbst nicht, warum ich es so gern haben wollte. Ich meine, es war auch nicht schöner als die hier.« Sie langte hinein und zeigte auf eine Reihe Silberarmbänder.

»Wichtig ist, daß Sie es wollten. Nur das zählt.« Er schaute sie an. »Und Sie haben nicht mal eine geraucht, als die Frau es gekauft hat?« Energisch und auch ein wenig stolz schüttelte sie den Kopf. »Toll!« Er bückte sich, öffnete die Tasche und holte die Ohrringe, die er für Carole-anne mitgebracht hatte, heraus. »Schauen Sie, das ist nicht Ihr Armband, aber aus Santa Fe. Sehr typisch für den Südwesten. Ich habe sie gekauft, falls ...« Er zuckte mit den Schultern. Er wollte es nicht zu einer richtigen Lüge auswalzen.

Carole-anne würde ihn natürlich fertigmachen, wenn er ohne Geschenk für sie zurückkam.

Des war sprachlos. Sie nahm einen Ohrring heraus. Die winzigen Kojoten baumelten daran wie ein Miniaturmobile. »Ach, die sind wunderschön, einfach wunderschön. Und ehrlich, schöner als das Armband. Wie toll, wenn wirklich einmal jemand an einen denkt. Wissen Sie, was ich meine?« Im Handumdrehen hatte sie ihre alten Ohrringe abgenommen und die neuen dran. »Danke. Wirklich, danke.«

»Nichts zu danken, absolut nicht, Des.« Jury ergriff seine Tasche. »Jetzt muß ich aber gehen. Wir sehen uns ganz bestimmt wieder.«

Nun wurde sie sehr ernst. »Meinen Sie?«

»Ich weiß es.«

Das hatte er auch zu Mary Dark Hope gesagt.

43

I

»Nikotin.«

Jury hatte den Hörer von der Gabel geangelt und fragte sich, ob er immer noch schlief und in einem Alptraum von London gefangen war, als es noch, wie damals zu Dickens' Zeiten, in gelben Dunst gehüllt, »Old Smoke« genannt wurde. Aber in seinem Traum qualmte es nicht aus Schornsteinen, sondern aus Silk Cuts und Players. Sein Unterbewußtsein hatte ihm eine Botschaft geschickt. Oder eine Warnung. Vermutlich war sein Hirn auf Entzug und spielte verrückt. Der Traum fügte sich so glatt an die Realität wie die Kanten eines zerrissenen Stücks Papier, das man wieder zusammenklebt. Nachdem er den Hörer ergriffen hatte, hatte er sofort mit der freien Hand nach der Schachtel Players auf dem Nachttisch getastet. Nichts. Unendlich frustriert, hatte er das Gefühl, als liege jeder einzelne seiner Nerven bloß. Er fiel auf das Kissen zurück. Der einzige, der ihn jetzt hätte anrufen dürfen, wäre der Gesundheitsminister gewesen, der das Ganze ins Rollen gebracht hatte. Warum teilte der ihm nicht mit, er habe sich geirrt, ein zwingender Zusammenhang zwischen Nikotin, Lungenemphysemen und Tod sei keineswegs erwiesen? Aber als Jury sich an den armen Teufel auf dem Flughafen erinnerte, der so hoffnungslos süchtig, ja, wie besessen war, an sie alle drei . . .

»Sind Sie dran?«

Von wegen der Gesundheitsminister. Macalvie!

»Ich hab mir schon gedacht, daß Sie den Rotaugenflug genommen haben. Deshalb habe ich Sie schlafen lassen. Schlafen Sie immer noch?«

»Ich rede im Schlaf.«

»Also bitte, Jury, es ist bald Mittag.«

Jury hob die Uhr, damit er sie in dem trüben Licht sehen konnte. Er war um sechs gelandet, aber erst kurz vor neun im Bett gewesen. »Halb elf nenne ich nicht Mittag, Macalvie.«

»Egal. Haben Sie gehört, was ich gesagt habe? Mein Mädchen . . .«

(Id est Angela Hope.)

». . . ist an Nikotinvergiftung gestorben. Nell Hawes vielleicht auch. Und Ihre Lady . . .«

(Id est Frances Hamilton.)

Jury sagte: »alle drei«, als spräche er im Traum. Und dann begriff er, warum ihm Santa Fe und Angela Hopes Arbeitsraum wieder in den Sinn gekommen waren.

»Genau, alle drei. Oder zumindest zwei. Ich habe versucht, per Gerichtsbeschluß die Exhumierung der Leiche zu erreichen. So bringt man sich nämlich nicht durch bloßes Rauchen um, Jury. Jedenfalls nicht auf die Art und Weise. Wußten Sie, daß eine Zigarre zwischen zehn und vierzig Milligramm von dem Zeug enthält? Bin froh, daß ich keine Zigarren rauche.«

»Ja, ja, Alkoholiker sagen ja auch, sie sind froh, daß sie nur Bier trinken.«

Macalvie ignorierte diesen Schlag gegen seine Rationalisierungsversuche. »Ich schaue mir gerade die Fotos an, die Sie geschickt haben. Angela hat definitiv stark geraucht, den Kerben und Brandflecken auf dem Arbeitstisch nach zu urteilen.«

Jury setzte sich auf. »Das hatten sie gemeinsam. Nach Aussage der Verlobten von Lady Crays Enkel schaffte Frances Hamilton es weder für Geld noch gute Worte, aufzuhören, und meinte, ihre Herzbeschwerden vor Lady Cray verheimlichen zu müssen, damit diese sie nicht unter Druck setzte. Nell Hawes . . .« Jury hörte ein leises Pochen an der Tür. »Moment mal, da ist jemand an der Tür. Können Sie dranbleiben?«

»Nein.« Macalvie würde nicht mal dranbleiben, wenn der liebe Gott persönlich in der Leitung war. »Wann können Sie hier sein?«

»Am späten Nachmittag. Ich muß Wiggins aus dem Krankenhaus abholen.«

Macalvie gab ein seltsames Geräusch von sich. »Mist, ich habe vergessen, ihm Blumen oder so was zu schicken. Besorgen Sie ihm ein Geschenk von mir, bitte. Eine Atemschutzmaske. Darüber freut er sich bestimmt. Ich weiß nicht mal, warum er überhaupt drin war.«

»Wegen eines typischen Wiggins-Wehwehchen«, sagte Jury vage. »Sie wissen doch, wie er ist.«

»Sagen Sie, er soll nicht so lange herumliegen. Das schlägt auf den Kreislauf.«

»Ist das ein Wink mit dem Zaunpfahl?« Aber der Divisional Commander hatte schon aufgelegt.

An der Tür stand Mrs. Wassermann mit strahlendem Lächeln und einer zugedeckten Schüssel. »Porridge. Ich weiß doch, wie gern Sie das mögen.«

Jury erwiderte das Lächeln und nahm die Schüssel; er hatte es nie gemocht, nicht einmal als Kind. Er bedankte sich und versprach, kurz vorbeizuschauen, wenn er ginge.

Er stellte die Schüssel neben das Telefon und rief in Ardry End an. Nein, sagte Ruthven, Seine Lordschaft sei nicht da, er sei in London.

Jury schöpfte Hoffnung. »Wo in London, Ruthven?«

»Das entzieht sich leider meiner Kenntnis, Sir. Ich weiß nur, daß er die Absicht hatte, im Krankenhaus vorbeizugehen. Aber ich habe seit gestern abend nichts mehr von ihm gehört.«

Die Hoffnung verflüchtigte sich. Jury bedankte sich und legte auf.

Sie ist gefunden. *Wo*, verdammt noch mal?

II

Wenn es je zwei Dinge gab, die wie der Topf auf den Deckel paßten, dann Sergeant Wiggins und ein Rollstuhl.

»Wegen der Krankenhausvorschriften«, hatte Wiggins laut flüsternd gesagt, als Jury in sein Zimmer getreten war. »Mir geht's bestens, ich bin kerngesund. Aber sie haben immer Angst, daß man einen Unfall hat und das Krankenhaus verklagt.«

Nun stellte er Jury Schwester Lillywhite vor, die mehr als irgend jemand sonst zu seiner Genesung beigetragen habe.

Über dieses Lob strahlte sie noch mehr, als es schon bei Jurys Anblick der Fall gewesen war. Er half ihr, die Bücher zusammenzupacken – Himmel, er hatte ja nie gewußt, daß Wiggins soviel las – und die Blumensträuße so zu verteilen, daß sie in drei Vasen paßten. Denn Wiggins bestand darauf, seine Blumen mitzunehmen. Und die gab es in Mengen. Jury machte sich gerade Vorwürfe, weil er keine geschickt hatte, da dankte Wiggins ihm für die Lilien und Nelken. Jury hatte keinen blassen Dunst, worüber Wiggins redete, und dachte, der Sergeant gemahne ihn sanft daran, daß ausgerechnet er es versäumt habe. Aber Wiggins war Ironie so fremd wie ihm Gin trinken. Vollkommen.

Dann wurde Jury klar, wie Wiggins an all die Blumensträuße gekommen war. An Vivian Rivingtons Rosen zum Beispiel. Sie wußte nicht einmal, daß Wiggins im Krankenhaus war. Dasselbe galt für Marshall Trueblood. Sie kannten Wiggins ja kaum, hatten ihn vor mehr als zehn Jahren nur einmal kurz getroffen. Und das kunstvolle Arrangement von Orchideen und Dahlien war viel zu üppig für Fionas mickriges Gehalt. Ein kleines Usambaraveilchen von Cyril. Jury lächelte. Von Racer nichts. Aber der würde keine Nelken schicken, sondern giftigen Goldregen.

Sie gingen durch den Flur, Jury schob den Rollstuhl, Wiggins hatte den Sack Bücher auf dem Schoß, Lillywhite bildete die Nachhut mit den Vasen voller Blumen und einem Niesanfall. War vielleicht allergisch.

»Na, so was. Sie sind ja eine richtige Leseratte, Sergeant.«

»Hm, wissen Sie, die meisten Bücher sind für die Ermittlungen sehr nützlich. Mr. Plant hat mir das hier mitgebracht.« Er hielt *Alibi für einen König* hoch. »Die Geschichte – ein Kripobeamter liegt krank auf der Nase im Krankenhaus – paßt perfekt zu meiner Wenigkeit.«

»Und hatte Ihre Wenigkeit Erfolg?«

»Wie Ihnen vielleicht bekannt ist (oder auch nicht), war ich es, der darauf kam, daß die Telefonnummer keine Telefon . . . oh, auf Wiedersehen, Mr. Innes.« Ein gebrechlicher alter Mensch kam an die Tür und sagte dem Sergeant Lebewohl. »Was ja von einem gewissen Nutzen war.«

»Sehr recht.« Obwohl Macalvie, soweit Jury wußte, immer noch nicht herausgefunden hatte, was die Nummer wirklich bedeutete.

»Egal, mit den Fakten, die mir Mr. Plant hat zukommen lassen, war es mir vergönnt, mein Scherflein zu der ganzen Angelegenheit beizutragen – auf Wiedersehen, Mr. MacDougall. Bis bald, äh, aber hoffentlich nicht hier, ha, ha.« Wieder Händeschütteln, diesmal mit einem grauhaarigen Schotten, der aussah, als treibe er jede Krankheit, die Gott zu bieten hatte, mit Schimpf und Schande in die Flucht. »Aber diese Josephine Tey hat mir gegenüber natürlich den Vorteil, daß ihr Täter – Richard III. – schon tot ist und es jede Menge Literatur über ihn gibt, während ich nur die Informationen von Mr. Plant hatte – auf Wiedersehen, auf Wiedersehen, Miss Grissip, Mrs. Nutting, bis bald, aber hoffentlich nicht...«

Und so ging es weiter den Flur entlang, die Patienten kamen traurig aus ihren Zimmern und weinten sogar, weil Sergeant Wiggins davongerollt wurde. Wie zum Teufel hatten sie in nur fünf Tagen eine solche Zuneigung zu Wiggins entwickelt? Jury schüttelte den Kopf und hörte Wiggins zu, der ihm was von indianischen Verwünschungen, Hovenweep und den Navajo- und Hopi-Indianern erzählte. Als sie schließlich zum Aufzug kamen, nicht ohne ihren eigenen Tränenpfad hinter sich zurückzulassen, redete Wiggins immer noch. Lillywhite nieste, und Jury bestand darauf, ihr die Blumen abzunehmen. Sie sollte den Rollstuhl schieben, was sie wahrscheinlich sowieso lieber tat. Er stellte zwei Vasen auf Wiggins' Schoß.

»... daß die Hope, die sich, wenn Sie sich erinnern wollen, für Archäologie oder Anthropologie interessierte, vielleicht etwas wirklich Wertvolles an einer dieser Grabungsstätten gefunden hat – einen der schwarzweißen Töpfe, für die die Anasazi berühmt sind...« Die Aufzugtüren öffneten und schlossen sich hinter den dreien.

Jury sagte: »Aber was haben Hamilton und Hawes dann damit zu tun? Kommt mir ein bißchen weit hergeholt vor. Doch einerlei, Divisional Commander Macalvie hat mich heute morgen angerufen. Das gerichtsmedizinische Labor in Exeter meint, es sieht ganz nach Nikotinvergiftung aus.«

Das versetzte Wiggins in solche Aufregung, daß er fast aus dem Rollstuhl flog, als er aus dem Lift geschoben wurde. »Lieber Gott, Sir...« Dann wühlte er in dem Büchersack, bis er das Gesuchte fand. »Ed McBain! Das habe ich erst gestern abend zu Ende gelesen.« Er nahm ein Taschenbuch in die Hand und wedelte damit herum. »*Todeskuß*. Da drin kommt es vor. Ich sage Ihnen ja immer wieder, was für ein pfiffiger Schreiber er ist. In reiner Form ist Nikotin tödlich. Sie können das Zeug aus dem Tabak von

Zigaretten gewinnen. Das kann jeder. Man kann es verflüssigen und dem Opfer ins Essen oder Trinken mischen.«

Als sie durch die automatischen Glastüren auf den Bürgersteig gelangten, fragte Jury: »Und wie verabreicht Mr. McBain es?«

Schwester Lillywhite ging zum Taxistand, um einen Wagen zu besorgen.

»Hm, das sollte ich lieber nicht erzählen, weil Sie es ja vielleicht mal lesen wollen.«

Jury schloß die Augen. Zähneknirschend sagte er: »Ich lese es nicht, Wiggins, ich mache mir nichts aus Kriminalromanen. Wie also?«

»Sie sollten mehr lesen, Sir, wenn ich das mal sagen darf. Vom vielen Fernsehen kriegt man ein faules Gehirn.«

»Gegen Hirnfäule haben Sie doch bestimmt ein Kraut in diesem Rasierbeutel.« Und so, wie Wiggins eben mit dem Buch gewedelt hatte, wedelte Jury nun mit dem Beutel herum. »Also?«

Aber Wiggins blieb eisern. »Ich möchte es nicht aus der Hand geben.«

Wenn er nicht mit einem ganzen Gewächshaus Blumen beladen gewesen wäre, hätte Jury ihm am liebsten eine runtergehauen, Rollstuhl hin oder her.

Zum Glück kam Schwester Lillywhite mit dem Taxi, und es folgte ein rührseliger Abschied. Jury trat bei dieser Neuinszenierung von *In einem andern Land* dezent zur Seite. Er wußte nicht, was er dringender wollte: eine Zigarette oder ein Wort von Plant über diese unverschämte Nachricht. Wenn in London, wo in London? Als sei die Antwort in Wiggins' Rasierbeutel, zog er den Reißverschluß auf. Er mußte zugeben, in gewisser Weise war er von den Heilmittelchen des Sergeant fasziniert. Man wußte nie, was man fand. Ein paar Medikamente, die ihm im Krankenhaus verschrieben worden waren, hatte er mitgehen lassen. Diese Flaschen sahen noch am wenigsten abenteuerlich aus. In den anderen Gläschen befand sich seltsames vertrocknetes Zeugs, das in Gärten wuchs, in die Jury nie einen Fuß setzen wollte. Auch die Krankenhausmedikamente schaute er sich finster an. Was, zum Teufel, war...?

Und dann sah er die Nummer: 431455. Jury schaute in die Fulham Road, ohne etwas wahrzunehmen. Was, wenn es eine Rezeptnummer war? Was, wenn –? Schwester Lillywhites Stimme riß ihn aus seinen Gedanken. Sie winkte ihn zum Taxi.

Wiggins, die Blumen, Bücher und das restliche Sammelsurium waren schon verstaut. Jury stieg ein, das Taxi fuhr los, Wiggins winkte verzückt aus dem Rückfenster, und Schwester Lillywhite wurde immer kleiner, bis sie schließlich nur noch ein weißer Fleck in der Ferne war.

Jury sagte: »Schluß mit Stromkabeln und Wasserschüsseln, Wiggins, ist das klar?«

Bockig schaute Wiggins aus dem Seitenfenster und antwortete nicht.

44

I

Erstaunlich, wie wenig sich ein englisches Dorf über die Jahre veränderte. Bis auf Theo Wrenn Brownes Buchhandlung und Mr. Jenks' Reise-/Maklerbüro sah ja auch Long Piddleton keinen Deut anders aus als während all der Jahre, die Melrose dort gelebt hatte, im Grunde seit seiner Geburt.

Das gleiche galt für Littlebourne, stellte er nun erfreut fest, da er rauchend neben seinem Bentley stand und beobachtete, wie der frühe Abendnebel über dem Dorfanger aufstieg, weitertrieb und sich wieder setzte. Beim letztenmal war er zu einer anderen Jahreszeit hiergewesen. Nun war der Dorfanger, um den die Hauptstraße verlief, nicht grün, sondern weißgefleckt und glitzerte im Licht der schwarzen Lampen, die die Straße säumten und blaßgoldene Lichtbögen auf den dunklen Bürgersteig warfen. Trotz der Dunkelheit stellte er fest, daß alles noch an Ort und Stelle war – die Autowerkstatt, die Post, die Läden. Und kam da wirklich Miles Bodenheim aus der Post, wie immer redlich bemüht, das friedliche Dorfleben zu stören? Auf dieser Seite des Angers waren das Pub, ein Süßigkeitenladen, ein Maklerbüro. Melrose überquerte die Straße und blieb stehen, um Polly Praeds Cottage anzuschauen. Es stand nicht weit entfernt von der Einmündung der Hauptstraße in die Landstraße nach Hertford. Die gekalkten Wände waren efeuüberrankt, der kleine Vorgarten verwahrlost, hohes Gras kämpfte mit wild wuchernden Hecken.

Melrose blieb mitten auf dem Dorfanger stehen, zündete sich die Zigarre wieder an und setzte dann seinen Weg fort. Die Fenster von Polly Praeds Cottage leuchteten als warme Lichtrhomben, und als er das Feuerzeug in die Tasche steckte, gingen die Stores in einem der Erdgeschoßfenster auseinander, und Polly erschien. Sie schirmte das Gesicht mit den Händen ab wie jemand, der aus unerfindlichen Gründen meint, er würde nicht gesehen, weil es vor ihm dunkel und hinter ihm hell ist. Sie schaute abwechselnd nach links und nach rechts, versuchte etwas zu sehen, verschwand, und die Vorhänge fielen zu. Fasziniert wartete Melrose. Nun wiederholte sich der Vorgang an einem anderen Fenster. Die Gardinen gingen auseinander, das Gesicht erschien, sie schaute nach rechts, links und verschwand. Melrose stand auf seinen zusammengerollten Schirm gestützt und wartete weiter. Ah, da war sie wieder, diesmal an einem Fenster im Stockwerk darüber, und suchte und suchte.

Offenbar nach ihm. Es war fünfzehn Minuten nach sieben. Er hatte sich für circa sieben angekündigt, ihr aber gesagt, daß es später werden könne, weil er nicht wußte, wie die Straßen waren. Sah nach Schnee aus. Aber da hatte Polly bestimmt schon abgeschaltet, solche Banalitäten und Unwägbarkeiten interessierten sie nicht. Sie bestand auf Pünktlichkeit. Melrose ging auf der anderen Seite des Dorfangers über die Straße, lief Pollys kurzen Eingangsweg hinauf und hob den Messingklopfer. Keine Antwort. Dann klopfte er noch einmal. Er sah, wie sich der Sekundenzeiger auf seiner Armbanduhr einmal um das Zifferblatt drehte. Immer noch kam niemand. Dann beugte er sich über die Veranda und klopfte mit dem Schirm gegen die Scheibe.

Endlich ging die Tür auf, und Polly schaute hinaus. »Ach, Sie sind's.« Eine begeisterte Begrüßung.

»Ja. Hallo, Polly.«

»Hallo.« Sie brachte ein Gähnen zustande. »Kommen Sie herein.«

Noch bevor Melrose im Flur war, drehte sie ihm den Rücken zu und ging ins Innere des Hauses. Da fuhr er mit dem gebogenen Griff des Schirms in den Kragen ihres Kleides und zog.

»Was?« Sie stolperte rückwärts, so nahe, daß er sie umarmen und – da sie ihm immer noch den Rücken zukehrte – auf den Nacken küssen konnte.

Polly stieß einen mißbilligenden Laut aus und rieb sich die Schulter. »Was machen Sie da?«

»Ich gebe Ihnen einen Kuß. Immerhin habe ich Sie seit vier Jahren nicht gesehen.«

Sie ging sofort ins Wohnzimmer und zog ihren Pullover glatt, als hätte er einiges mehr verbrochen, als sie nur auf den Nacken geküßt. »Bitte, lassen Sie das.«

Polly war durchaus attraktiv, aber unfähig, sich entsprechend zu kleiden. Im Moment trug sie wieder ihre Lieblingsfarben. Eine ganze Palette von Gemüsetönen hätte für sie erfunden werden müssen. Kürbisbrauner Pullover. Der Rock in Aubergine und Grün! Genau die rechte Kombination, damit die Haut wie Kerzentalg und das Haar schlammbraun aussah. Aber dennoch konnte einen nichts von ihren wunderbaren Augen ablenken, die je nach Lichteinfall die Farbskala von Lavendel bis Tiefviolett durchliefen. Augen wie Amethyste.

Wie kam's, überlegte Melrose, als er sich in dem halbherzig angebotenen Sessel niederließ, daß ihm Frauen (wie trockene

Alkoholiker dem Glas Wein) zeigten, daß er sie nicht im geringsten interessierte, und sich gleichzeitig fast ein Bein ausrissen, damit er sie besuchte? Richard Jury passierte das nicht. Bei Richard Jury brachte Polly kein Wort heraus. Aber Sprachlosigkeit hieß ja nicht notwendigerweise »Liebe«, oder?

Bei Melrose war sie nicht sprachlos. Auch nicht schüchtern. Und zurückhaltend schon gar nicht. Sie stand an einem Kupferspülbecken, das ihr als Getränkebar diente, und erkundigte sich mit finsterem Blick: »Und wo wohnen Sie?«

»Im Bold Blue Boy.« Wo sonst? Das wußte sie doch.

Sie gab ihm einen Whisky mit Wasser, hielt ihm einen Teller mit winzigen Käsehäppchen hin und setzte sich auf das Sofa ihm gegenüber. »Also, was soll das ganze Getue um Lady Kennington?«

»Richard Jury hat mich gebeten, sie zu suchen.«

»Er selbst ist außerstande, sie zu finden? Ist er verblödet oder was?«

»Also, eigentlich sucht die Polizei in Stratford sie.«

Vor Spannung geriet Polly außer Atem. »Mein Gott! Was hat sie getan?«

»Nichts, muß ich Ihnen leider sagen. Sie ist lediglich Zeugin von etwas gewesen.«

»Etwas? Was für einem Etwas?«

»Ich kenne die Einzelheiten nicht. Jury ist wegen eines Falles in den USA, und dieser Freund von ihm, der Polizist in Stratford, hat mir eine Nachricht übermittelt.« Melrose hätte ja mit Freuden eine Geschichte über einen Massenmörder erfunden, aber da er einen der Hauptübeltäter kannte, unterließ er das besser. »Wirklich, Polly, ich weiß überhaupt nichts.« Er wechselte das Thema. »Wunderbar, Sie zu sehen, es ist so lange her.«

»Schaffen Sie es vielleicht, nicht dauernd darüber zu reden, wie die Zeit vergeht?« fragte sie böse.

Er lachte. »Keine Bange, Sie haben noch viele, viele Jahre des Schreibens vor sich.«

»Na ja, bis zum absolut letzten, vorletzten Abgabetermin für mein Buch habe ich nicht einmal mehr ein paar Tage.«

»Deshalb die schlechte Laune?« Polly war Schriftstellerin mit vielen Abgabeterminen. Termine, die man frohgemut ignorieren konnte, solche, die man nicht zu ernst nehmen mußte, solche *vor* den Abgabeterminen und zum Schluß diejenigen, mit denen nicht mehr zu spaßen war. Sie setzte sich diese verschiedenen Termine, um sich selbst zu überlisten. Melrose hatte noch nie erlebt, daß es funktionierte. »Ich habe eine Freundin in Baltimore, die kettet sich an den Schreibtisch, wenn das hilft.«

»Das ist ja toll!« Eine Freund*in* wog nichts gegenüber der Tatsache, daß sie Schriftstellerin war. Eifersucht kam gar nicht erst auf, wenn sie das Vergnügen hatte, übers Schreiben und die Schriftstellerei zu reden. Sie beugte sich vor, auch ihr Drink war nicht mehr wichtig. »Wie macht sie es denn? Ich meine, wenn man sich anketten kann, dann kann man sich auch wieder losmachen und rausgehen.« Wie üblich nahm sie es sehr ernst.

»Sie legt den Schlüssel irgendwohin, wo sie nicht drankommt.«

Polly zog die Stirn in tiefe Falten. »Aber...«

Melrose erklärte, wie Ellen es anstellte.

»Gott!« Polly fiel zurück aufs Sofa. »Verglichen damit geht's mir ja wohl noch prächtig!«

Sie fragte nicht, ob Ellen Taylors Bücher gut waren. Sie war an den Qualen, nicht an der Qualität interessiert. Sie redete für ihr Leben gern übers Schreiben. Melrose begriff, daß es für sie etwas Sinnliches war, auf jeden Fall eine Leidenschaft. Es regte sie an. Er erzählte Polly, er schreibe auch einen Krimi.

Der munter sprudelnde Quell der Begeisterung versiegte rasch. »Sie?«

»Warum nicht? Ich habe doch lange genug Ihre zerknitterten Entwürfe gelesen.« Vielleicht klang sie deshalb so verächtlich. Wenn er sich selbst in dem Metier versuchte, konnte er sie nicht mehr lektorieren. Er seufzte. »Und dieser absolut letzte Abgabetermin? Für welches Buch ist der?«

»Erinnern Sie sich an *Tod eines Dogen*?«

»Ehrlich gesagt, ich habe versucht, es zu vergessen.«

»Na, herzlichen Dank. Egal, es ist die Fortsetzung.«

»Wie bitte?« Wenn es ein Buch gab, für das sich eine Fortsetzung geradezu verbat, dann *Tod eines Dogen*. »Wissen Sie denn nicht mehr, wie schlecht es Ihnen ging, als Sie es geschrieben haben?«

»Ja, aber ich mochte Aubrey.«

Melrose nickte. Sollte er Aubrey Adderly wahrhaftig noch einmal auf seiner mühevollen Flucht durch die nebligen Kanäle Venedigs folgen? »Ich dachte, Sie hätten Aubrey dort das Lebenslicht ausgeblasen.«

»Nein, Sie meinen jemand anderen.«

»Wenn ich mich an das richtige Buch erinnere, dann meine ich *alle* anderen.« Polly murkste problemlos ein Dutzend Menschen auf ebenso vielen Seiten ab. »Polly, die venezianische Konkurrenz ist zu stark. Warum haben Sie keinen anderen Schauplatz genommen? Portsmouth oder Bury St. Edmunds zum Beispiel.«

»Jetzt stellen Sie sich nicht dümmer an, als Sie sind. Solche Orte nimmt man nicht.«

»Das sage ich ja. Was wäre denn mit Littlebourne? Bringen Sie die Bodenheims immer noch um?«

Auch eine ihrer Lieblingsbeschäftigungen. »Julia habe ich gerade zum achtzehntenmal in die Grube fahren lassen.«

Julia Bodenheim war Miles' Tochter, kein simpler Snob, sondern ein Snob auf einem Pferderücken.

»Sie ist auf Fuchsjagd, und da schmeißt ihr Pferd sie beim Sprung über eine Hecke ab, und die halbe Reiterrotte springt hinterher und trampelt sie zu Tode. Ha, da gerinnt einem das Blut in den Adern.« Sie stieß einen zufriedenen Seufzer aus. Seit Jahren brachte sie die Bodenheims einen nach dem anderen um.

»Ich habe eben Miles Bodenheim aus der Post kommen sehen.« Melrose sank tiefer in den bequemen Sessel. Polly hatte vielleicht keinen Geschmack bei Kleidung, bei Möbeln aber sehr wohl. Ihr kleines Cottage war wunderschön eingerichtet. »Ich kann es nicht fassen, daß es zehn Jahre her ist. Zehn Jahre.« Er studierte den Deckenstuck. »Es ist, als sei die Zeit im Dorf stehengeblieben.«

»Quatsch.«

Diskutieren bedeutete für Polly Widersprechen. Sie reichte ihm die Käsecracker.

»Quatsch? Also ich könnte schwören, Bodenheim sah genauso widerlich aus wie immer, wenn er jemandem erfolgreich das Leben zur Hölle gemacht hat. Diesmal wieder der Frau in der Poststelle – wie heißt sie noch?«

»Pennystevens.« Wenn sie nicht über ihre Bücher sprachen, konnte sie ebensogut eine Illustrierte durchblättern.

»Miss Pennystevens. Also, die wirkte ja schon pensionsreif, als ich sie vor zehn Jahren gesehen habe. Doch siehe da, sie lebt immer noch. Wie all die anderen auch. Bodenheim sieht einschließlich des Eiflecks auf seiner Weste noch genauso aus wie früher.«

»Sie sind bloß sentimental. Wahrscheinlich mögen Sie A. E. Housman – ›die blauen Hügel der Erinnerung‹. Das Zeug.«

»Na, Sie hängen aber auch an Ihrem venezianischen Kram!«

Zur Antwort gähnte sie.

»Gut, dann geh ich mal. Sie sind müde.«

Oh, der Schuß war nach hinten losgegangen. »Nein! Nein, Sie brauchen nicht zu gehen ...« Jetzt winselte sie tatsächlich.

»Wir können uns doch morgen treffen, Polly. Vielleicht zum Lunch.«

Sie schaute ihn nachdenklich, ja mißtrauisch an. »Haben Sie sie schon gesehen?«

»Lady Kennington, meinen Sie? Nein, im Pub war sie nicht.«

»Ist sie aber. Ich habe sie gesehen.«

»Ich meine, sie ist irgendwo hingegangen.«

Polly schaute in die Luft. »Wahrscheinlich zu dem Haus, das ihr mal gehörte. Schleicht bestimmt auf dem Grundstück herum.«

In Pollys finsterer Welt gingen die Leute nicht einfach spazieren und schauten sich was an, sondern sie schlichen und spionierten.

Melrose wollte nicht sagen, daß er als nächstes Stonington auf dem Programm hatte. »Ich glaube, ich mache einen kleinen Spaziergang durchs Dorf. Mal sehen, ob ich unrecht habe. Mal sehen, ob es nicht überall noch so ist wie früher.«

»Es führt kein Weg zurück.«

Eins der dämlicheren Klischees, die im Umlauf waren, dachte er.

»O doch. Gute Nacht, Polly.«

II

Melrose hatte die Steinmauer nie von der anderen Seite gesehen, aber er erinnerte sich an sie und an das kleine Messingschild, in das »Stonington« eingraviert war.

Damals im Sommer hatte er durch die Eisenpforte geschaut. Der Park war verwachsen und ungepflegt gewesen. Nun im Februar erlaubten die kahlen Bäume einen besseren Blick auf das Haus; es war riesig. Er suchte im Steinpfosten eine Rufanlage oder etwas Ähnliches, mittels dessen man um Einlaß bitten konnte. Fehlanzeige. Doch das Tor war weder verschlossen noch zugekettet, er drückte dagegen, und es schwang auf.

Er ging die Kiesauffahrt hinauf. Um die müßte sich auch mal jemand kümmern, dachte er, als er die Schlaglöcher umrundete. Wie lange stand das Haus wohl leer? Es wirkte, als habe seit Ewigkeiten niemand mehr darin gewohnt. War er jemals an einem so stillen, verlassenen Ort gewesen? Die üppig wuchernden Hekken, die verwahrlosten Blumenbeete hätten das reinste Vogelparadies sein müssen, aber er hörte keine Vögel. Wahrscheinlich stand er immer noch unter dem Einfluß von Baltimore und Edgar Allan Poe, denn er stellte fest, wie sehr er kahle Parks und verlassene Gebäude genoß. Er empfand sie als »poeesk«.

Melrose ging die breiten Treppenstufen hoch. Oben angelangt, schirmte er, genau wie vorhin Polly, als sie nach ihm Ausschau gehalten hatte, die Augen ab, um hineinzusehen.

Was würde er finden?

Lächerliche Frage. Lady Kennington, die würde er finden. Die gelangweilte und deshalb schwatzhafte Sekretärin im Maklerbüro hatte ihm gesagt, Lady Kennington sei sehr wahrscheinlich im Haus. Sie sei sehr häufig dort, schaue sich alles an, messe sicher schon einiges aus, und wisse er eigentlich, daß sie es einmal besessen habe? O ja, aber ihr Mann, Lord Kennington, sei ihr urplötzlich weggestorben. Trotzdem sei sie so lange wie möglich dort wohnen geblieben. »Also, das würde ich ja nun nie, nicht allein, ganz bestimmt nicht, nicht nach den grauenhaften Morden dort, wissen Sie das denn eigentlich? Eine Frau war –«

Ja, sagte Melrose, er kenne die Geschichte. Er bedankte sich und ging.

Die Statue in der Mitte des Hofes mußte als Ruhepunkt gedient haben, um den das Leben des Hauses und seiner Bewohner kreiste. Es faszinierte ihn, daß man sie aus jedem Zimmer oben und unten sehen konnte, denn die Zimmer im Erdgeschoß öffneten sich alle zum Hof hin, und die im ersten Stock hatten alle einen kleinen Balkon.

Das bemerkte er durch die hohen Fenster eines großen leeren Raums, nachdem er eine Frauengestalt – nicht die Statue, sondern eine Frau, die im Garten stand und sich manchmal herunterbeugte – beobachtet hatte. Was tat sie da? Zupfte sie Unkraut aus? Vermutlich, denn als sie aufstand, hatte sie die behandschuhte Hand voll schwarzer Stengel. Er fand es lustig, wie sie den irrsinnig verwilderten Garten betrachtete. Trotzdem bückte sie sich immer wieder, um mit dieser undankbaren Arbeit fortzufahren. Wenn sie das Anwesen auch nicht offiziell besaß, sie gehörte einfach, im Grunde wie die Statue, zur festen Ausstattung.

Er war unsicher, was er tun sollte, wie er sich, ohne sie zu Tode zu erschrecken, bemerkbar machen konnte. An die Fensterscheibe klopfen? Nein, das wäre in dem leeren Haus noch beängstigender. Und sie hatte ihm den Rücken zugekehrt, wenn er also auf sie zulief, sah sie ihn nicht einmal. Er trat durch das Zimmer in ein anderes, um von dort durch die Verandatür von vorn auf sie zuzugehen.

Und so geschah es dann auch. Sie ließ von ihrer sinnlosen Tätigkeit ab, schaute ihn lange an, legte den Kopf zur Seite, lächelte und sagte dann: »Ich weiß, wer Sie sind.« Als habe die Frage nach seiner Identität sie lange beschäftigt und als sei das Problem nun endlich gelöst; als habe sich ein Schicksal erfüllt.

So wollte Melrose es jedenfalls gehört haben. »Wir haben uns aber nie kennengelernt.«

»Nein, aber Sie waren bei – der Beerdigung.« Einen Moment schaute sie weg.

»Stimmt. Vor zehn Jahren. Ich bin erstaunt, daß Sie sich daran erinnern.«

»So lange ist das her.« Sie schüttelte den Kopf. »Wie die Zeit einen täuschen kann. Kaum vorstellbar, daß in diesem Haus einmal jemand gelebt hat. Aber es war mehrere Jahre lang vermietet. Und nun steht es zum Verkauf.« Und dann fragte sie schnell: »Sie sind nicht . . . ?«

Er lächelte über ihren ängstlichen Ton. »Nein, ich bin kein potentieller Käufer, Lady Kennington.«

»Oh, nennen Sie mich nicht so.« Sie strahlte. »Dieses ganze Lady-Trara hat mir immer mißfallen. Und da mein Mann nun tot ist, finde ich . . . Nennen Sie mich einfach Jenny. Aber wenn Sie nicht hierhergekommen sind, um das Haus zu besichtigen, warum dann . . . ?«

»Ich habe Sie gesucht«, sagte Melrose.

Das war die Untertreibung des Jahres.

45

»Eine Rezeptnummer«, sagte Jury.

Er war im Hauptquartier in Exeter, die Mittagspause war noch nicht lange zu Ende, und der dritte Anwesende in Macalvies Büro, ein Dr. Sloane, sah aus, als wäre er lieber woanders (selbst beim Erdesieben in einem offenen Grab) – überall, nur nicht mit zwei Kripomännern in einem Büro.

Macalvie lehnte sich in seinem Drehstuhl zurück. Es knirschte. Er lächelte. »Ich wußte ja, es würde sich lohnen, nach New Mexico zu fliegen.«

Jury fummelte mit der fotokopierten Seite des Adreßbuches herum. »Die Ehre gebührt Wiggins. Es war sein Rezept.«

»Ich habe Ihre Freundin Lady Cray angerufen und sie gebeten, die Medizinschränkchen durchzusehen. Und da hat sie ein paar von den Nitroglyzerinpflastern gefunden.«

»Gegen Herzbeschwerden, ich weiß.«

Macalvie nickte. »Starkes Zeug. Damit spielt man nicht. Mrs. Hamilton hat ein wahnsinniges Risiko auf sich genommen, Kette geraucht, obwohl ihr die Dinger verschrieben worden waren. Nach dem Telefongespräch mit Ihnen habe ich ihren Arzt angerufen. Bevor sie in die Staaten geflogen ist, hat er ihr ein Rezept ausgestellt, und zwar genau für die Dauer der Reise. Er wollte nicht, daß sie ihr ausgingen. Als sie wiederkam, hat sie sich ein neues geholt. In anderen Worten, in den Staaten brauchte sie nicht zum Arzt zu gehen.«

»Also war das Rezept – immer unter der Voraussetzung, daß es sich um ein solches handelt – nicht für sie gedacht, obwohl die Nummer in ihrem Adreßbuch steht.«

Mit demonstrativem Blick auf die Uhr sagte Dr. Sloane: »Ich muß zurück ins Labor, Superintendent.«

Macalvie entschuldigte sich halbherzig und sagte: »Dann erzählen Sie ihm, was Sie mir erzählt haben.«

Sloane seufzte. »Es ist alles in meinem ...«

»... Bericht. Ich weiß. Aber Sie erzählen es immer viel besser.«

Dr. Sloane verzog keine Miene, doch Jury lächelte. Dr. Sloane war eindeutig einer der sehr wenigen Kollegen, die Macalvie bewunderte. Er ließ die Uhr aufs Handgelenk zurückschnellen und sagte: »Eine toxische Dosis Nikotin bewirkt eine hohe Pulsfrequenz, geistige Verwirrtheit, Krämpfe und andere Symptome, wie zum Beispiel heftige Übelkeit. Bei diesem Opfer«, Sloane zeigte auf das Papierchaos auf Macalvies Schreibtisch, in dem sich auch die Fotografien der Leiche Angela Hopes befanden, »würde es das Rätsel erklären, wie sie in diesen Schacht in Old Sarum fallen konnte. Die Polizei in Wiltshire hatte recht. Sie konnte nicht einfach ausgerutscht sein. Aber bei der akuten Nikotinvergiftung wäre das ihr geringstes Problem gewesen: auszurutschen und zu fallen. Es ist schade, daß niemand sie gesehen hat und ich keine richtungweisenden Symptome hatte, aber ich kann sie förmlich vor mir sehen. Ich kann mir ohne weiteres vorstellen, wie sie in ihrer Verwirrtheit und mit den Krämpfen regelrecht in die Grube gezwungen, wenn nicht sogar hineinkatapultiert worden ist. Sie hätte sich auch nicht im Gras verkrallt, sie hätte sich nur in ihren eigenen Körper verkrallt.«

»Dann sind Sie sicher, daß es eine toxische Dosis Nikotin war?« Kaum hatte er das gesagt, hätte Jury sich am liebsten die Zunge abgebissen.

Die Pause dauerte nur einen Herzschlag lang, troff aber vor einem höhnischen »Stehlen Sie mir nicht meine Zeit« oder »Haben Sie nicht zugehört?«. Doch da Sloane mit Macalvie auch nicht anders umging, nahm Jury es nicht persönlich. Sloane zog ein Blatt Papier hervor und gab es Jury, der auf die steilen Linien, Prozentangaben und Medikamentennamen mit beträchtlichem Unverständnis reagierte.

»Die Resultate dieses Gas-Chromatogramms zeigen an, was in dem entnommenen Blut gefunden wurde. Der Nikotingehalt ist nicht überraschend, da das Opfer heftig geraucht hat.«

Wie ein Assistent in einer Zaubervorstellung zog Macalvie in dem Augenblick eine angebrochene Stange Marlboro hervor und knallte sie auf den Schreibtisch.

Jury sah von Sloane zu Macalvie und sagte: »Verzeihung, das begreife ich nicht. Ich bin auch ein starker Raucher – ich war es zumindest«, er lächelte heiter, »aber ich habe keine Krämpfe. Hoffe ich jedenfalls nicht.«

»Ich auch nicht«, sagte Sloane in seiner beruhigenden Art. »Ich wurde unterbrochen.« Macalvie erhielt einen Blick, der womöglich so toxisch wie eine Nikotinüberdosis war. »Könnten Sie wohl auf Ihr Feuerwerk wenigstens so lange verzichten, bis ich hier wieder raus bin, Superintendent?«

Macalvie grinste. Es war schwer, ihn zu bremsen, wenn er einmal in Fahrt geriet.

Sloane fuhr fort. »Bei Nikotin liegt die tödliche Dosis für Menschen zwischen dreißig und sechzig Milligramm. Eine Schachtel Zigaretten enthält etwa 300 Milligramm.« Bei diesen Worten verweilte Dr. Sloanes Blick lange auf Macalvies überquellendem Aschenbecher, dann bedachte er Macalvie und den Superintendent mit einem vernichtenden Lächeln. »Das meiste verbrennt natürlich oder wird metabolisiert. Trotzdem . . .«

»Zigarren sind schlimmer«, sagte Macalvie.

Du Dummkopf, sagte Sloanes tadelnder Blick. Zu Jury gewandt, fuhr er fort: »Der Tod kann innerhalb weniger Minuten eintreten, hier erfolgte er durch einen Herzinfarkt auf dem Boden einer Herzmuskelvorschädigung durch einen Herzklappenfehler, vermutlich Folge des rheumatischen Fiebers in der Kindheit.«

»Innerhalb von Minuten? Warum ist es dann in Old Sarum passiert?«

Sloane antwortete: »Der Tod kann innerhalb weniger Minuten eintreten. Es kann aber auch bis zu vier Stunden dauern. Die wahrscheinlichere Zeitspanne«, er zuckte die Achseln, »beträgt eine Stunde. Je nach Dosis und Opfer.«

Macalvie nickte. »Als Plant sich mit dem Burschen da aus

London unterhalten hat, Gabriel Merchant, erwähnte dieser etwas, worüber er vorher nicht geredet hatte, ein seiner Meinung nach unwichtiges Detail. Als er die Hamilton in der Ausstellung gesehen hat, ›zupfte sie an etwas‹. Wie an einem Heftpflaster...«

»Dem Nitroglycerinpflaster?« Jury runzelte die Stirn. »Ich dachte, wir redeten über Nikotin.«

Malcalvie hob die Hand. »Die Packungsbeilage zu dem Zeug besagt unter anderem, daß man es sofort entfernen soll, wenn sich bestimmte Symptome bemerkbar machen. Sie sah ziemlich schlecht aus, nach dem, was dieser Gabe Plant erzählt hat, weiß oder sogar schon grün – egal, jedenfalls so, als ob ihr speiübel gewesen wäre. Sie verließ die Ausstellung in großer Eile. Dann tauchte sie wenig später im Präraffaelitensaal auf. Sah aber immer noch krank aus. Todkrank, sozusagen.« Macalvie lehnte halb über seinem Schreibtisch, die blauen Augen und das kupferrote Haar loderten. »Jury, wenn Sie aufhören wollten zu rauchen –«

»Wollte?«

»– und Sie hätten so ungefähr alles ausprobiert...«

Präzise wie eine Kombination zum Safeknacken klickten Jury einzelne Gedanken durch den Kopf. *»Ich habe alles ausprobiert, jeden Mist – Pillen, Pflaster... Therapie...«*

»... und wenn nichts hilft, würden Sie dann nicht zum Arzt gehen und sich Nikotin...«

»... pflaster verschreiben lassen«, sagte Jury.

Dr. Sloane verschränkte die Arme vor der Brust, als falle der Februarschneeregen hier im Büro. »Die Übelkeit der Dame wurde durch Nikotin verursacht. Transdermal verabreicht.«

»Nikotinpflaster sind verschreibungspflichtig. Zumindest in den Vereinigten Staaten. Die kriegt man nicht so über den Ladentisch. Aber ein Arzt hätte einer Frau, die sich schon mit Nitroglyzerin zudröhnte, keine Nikotinpflaster verschrieben...« Jury hielt inne.

»Gut, und dann haben wir noch eine Frau, die mit dem Rauchen nicht aufhören kann, aber Ärzte haßt.«

»Sie meinen Angela Hope.«

Macalvie fuhr fort: »Und die Pflaster kriegt man nur vom Arzt.«

»Es sei denn, natürlich . . .«

Macalvie nickte mit einem Lächeln auf dem Gesicht.

»Man hat zufällig einen Apotheker in der Familie.«

Da saßen die drei und schwiegen und schauten sich an. Selbst Dr. Sloane schien das Ganze nun Spaß zu machen.

Er sagte: »Eine Apothekerin könnte durch die Papierhülle leicht mit einer sehr spitzen Nadel eine toxische Dosis hineinspritzen. Durch die Haut verabreicht, ist es eines der tödlichsten Gifte, die ich kenne. Und selbst wenn das Opfer das Pflaster entfernt, ist es unerläßlich, daß der gefährliche Stoff sofort abgewaschen wird, sonst absorbiert die Haut ihn weiter. Damit spielt man nicht, meine Herren.« Dr. Sloane erhob sich. »Ich überlasse die weniger wissenschaftlichen Aspekte Commander Macalvie.« Ein kaltes Lächeln.

»Fein, danke. Die simplen Dinge sind auch eher mein Ressort. Die schaffe ich – man gerade.«

Dr. Sloane ging aus dem Raum.

Endlich sagte Jury: »Sie hatte recht.«

»Wer hatte recht?«

»Mary Dark Hope.«

»Die kleine Schwester. Hoffen wir, daß sie es nicht in die Welt hinausposaunt. Zumindest nicht so, daß Dolores Schell es hört. Und hier muß ich einen meiner brillanten Gedankensprünge machen: Die Nikotinpflaster sind durch die Hände von Nell und, da bin ich ganz sicher, Frances Hamilton gegangen. Bloße Spekulation, aber nehmen wir an, daß die Nummer deshalb in dem Adreßbuch war, weil Angela Hope eine oder beide bat, das Medikament abzuholen? Vielleicht haben sie sich auch ein paar Pflaster gekauft, um sie nur einmal auszuprobieren? Wahrscheinlicher ist, daß Angela ihnen welche gegeben hat.« Dann nahm er die Stange Zigaretten und wedelte ein wenig damit herum. »Die haben wir in

Angelas Zimmer im Red Lion gefunden. Dolores Schell war sehr hilfsbereit, sie sammelte Angelas Zeug zusammen und meinte, vielleicht hätte die Polizei ja was übersehen. Hatte sie auch. Die Zigaretten. Sie sehen aus, als verstünden Sie nur Bahnhof, Jury.«

»Stimmt. Was machte denn eine Frau, die Nikotinpflaster benutzte, mit einer Stange Zigaretten?«

»Nichts! Dieses Requisit hat Dolly beigesteuert. Sie packte sie in Angelas Zimmer für den Fall, daß in der Routineanalyse Nikotin auftauchte. Wenn keine Zigaretten dagelegen hätten, aber bekannt geworden wäre, daß Angela stark rauchte, hätte Rush sich vielleicht gewundert. Aber Dolly wußte Rat; wenn sie eine Stange Zigaretten ›fand‹, dann wäre Nikotin im Organismus nicht überraschend. Selbst wenn Angela das verdammte Pflaster nicht abgerissen hätte, hätte die Polizei angenommen, sie hätte geraucht, obwohl sie sich mit den Pflastern verarztete. Das ist sehr gefährlich und hätte den Herzstillstand erklärt.« Macalvie lehnte sich zurück und starrte an die Decke. »Was für ein Motiv hat Dolores Schell?«

»Sie hat mir erzählt, sie habe Angela nicht gemocht. Aber sie hat das Ausmaß ihres Hasses und ihrer Eifersucht bestimmt heruntergespielt. Und sie hat es mir deshalb erzählt, weil sie annahm, daß ich es sowieso von jemandem herausgefunden hätte, und das hätte nicht gut ausgesehen. Lange Jahre hat Dolly zusehen müssen, wie Angela Hope alle Menschen von ihr ›weglockte‹, einschließlich ihres eigenen Vaters.«

Macalvie schaute in einen der Berichte, die Jury geschickt hatte. »Auch einschließlich dieses Dr. Nils Anders?«

»Garantiert. Als sie sah, wieviel Zeit Nils Anders mit den Schwestern Hope verbrachte, reichte es ihr. Sie kannte ihn ja lange vor Angela. Ich glaube, sie konnte es einfach nicht mehr ertragen. Nils Anders –« Jury unterbrach sich, beugte sich vor und griff zum Telefon. »Was passiert, wenn Dolly Schell herausfindet, daß sie die falsche Schwester umgebracht hat?«

»Sieht ganz so aus, als hätten wir es hier mit einer wahnsinnigen Apothekerin zu tun, finden Sie nicht auch?«

Jury wählte. »Es sieht nach Kindgef aus.«

Macalvie zog die Stirn in Falten. »Wie bitte?«

46

Mary Dark Hope würde sie finden, und wenn es sie das Leben kostete.

Die Nummer! Sie wußte, sie hatte sie schon einmal irgendwo gesehen. Sie konnte sich nicht genau erinnern, nur an die ersten drei Ziffern, aber an die genau, denn die gehörten nach Española. Fast alle Nummern dort begannen mit 753. Bei insgesamt sieben Ziffern war das schon mal was. Im Moment fiel ihr nur eine Stelle ein, wo sie sie gesehen haben konnte, und zwar auf einem der Rezepte, das zu ihren Lieferungen gehörte, oder auf einem Rezept, das zur Abholung auf dem Apothekentisch bereitlag.

Damit sie kein Licht machen mußte, benutzte sie eine Minitaschenlampe, die sie sich zwischen die Zähne klemmte. Dann hatte sie nämlich die Hände frei, um die Karteikarten zu durchsuchen. Wenn sie sich nur so schwach erinnerte, mußte das Rezept schon vor längerer Zeit eingelöst und ausgeliefert worden sein. Sie ließ von den Karten ab und schlug das große Buch auf, in das Dolly die Nummern der Rezepte schrieb. Das hatte sie oft gesehen. Plus Name, Datum, Adresse. Mary richtete die Taschenlampe auf das Buch mit den »registrierpflichtigen Substanzen«. Außer den Karteikarten und diesem Buch gab es keine Unterlagen. Sie bezweifelte, daß sie darin etwas finden würde. Während sie mit dem Finger langsam die Liste mit den Nummern entlangfuhr, hörte sie vorn vom Laden her ein gedämpftes Geräusch. Sunny. Wo war Sunny? Sie schaute sich in dem winzigen Raum um, auch hinter den Regalen. Wieder verschwunden. Sie sollte ihn erziehen –

dafür sorgen, daß er auf Befehle gehorchte, »Sitz, Platz«. Ha, ha. Sie dachte über Kojoten nach. Der Kojote hatte für jeden Indianerstamm eine andere Bedeutung. Es gab eine Warnung: Schau einem Kojoten niemals in die Augen. Idiotisch. Wann kam man den Tieren schon mal so nahe?

Sunny? Mary reckte den Kopf, ließ den Finger stehen, lauschte angestrengt. Wieder ein leises pfeifendes Geräusch vorn im Laden. Sie konzentrierte sich erneut auf das Buch und fuhr weiter mit dem Finger die Eintragungen entlang. Dollys Handschrift war penibel, sehr ordentlich und klein. Aber Dolly war ja auch ein penibler Mensch. Alles in der Apotheke war ordentlich und hatte seinen Platz, von den Reihen Shampoos, Haarspülungen und -festigern bis zu den Kachinapuppen. Das hohe Regal forderte Katastrophen geradezu heraus. Die Kunden entkamen immer nur um ein Haar der Gefahr, dagegenzurennen oder es anzustoßen und umzuwerfen. Komisch, daß Dolly es hier hingestellt hatte. Oder war das sogar der Grund? War es eine subtile Art, die Leute zu kontrollieren?

Die Eintragungen im Buch der »registrierpflichtigen Substanzen« waren in der Tat ziemlich interessant. Hier hatte Dolly Mrs. Rudolph Seese Arsen ausgehändigt. Mary kannte sie. Man sollte *Mr.* Seese im Auge behalten. Percaset und Percodan und auch Valium wurden offenbar in rauhen Mengen für schrecklich viele Leute verschrieben. Und die halbe Stadt hielt sich mit Prozac auf den Beinen. Waren die Bürger in Santa Fe immer so gut drauf, weil sie so viele Medikamente nahmen? Sie machte weiter, ihr Blick wanderte über die Seite, die von dem schmalen Strahl der Taschenlampe beleuchtet wurde.

Als sie schließlich den letzten Eintrag gelesen hatte, schüttelte sie den Kopf. Die Nummer war nicht dabei. Nicht einmal die ersten beiden Ziffern – 75. Es gab nur 78er, 79er und 71er. Aber keine 75er. Enttäuscht schloß Mary das Buch. Dann hatte sie unrecht, und es war doch keine Rezeptnummer. Kamen Leute aus Española mit ihren Rezepten zu Dolly? Ganz selten mal, ja...

Sie fuhr auf, als das Telefon läutete. In der Dunkelheit klang es viel lauter als sonst. Da war jemand sehr stur, es klingelte und hörte gar nicht auf. Aber wenigstens hatte es Sunny aus seinem Versteck gelockt. Für ihn waren die explodierenden Töne vielleicht ein Zeichen, daß Mary in Gefahr war. Sie langte hinunter und kraulte ihn hinter den Ohren. Ein toller Kojote.

Die Nummer. Mary kniff die Augen zusammen, um das Problem bis zum Ende durchzudenken. Denn sie war immer noch überzeugt, daß sie etwas mit einem Rezept zu tun hatte. Aber sie war nicht zu finden. Dann mußte sie davon ausgehen, daß es keine Rezeptnummer war. Oder ... Dolly hatte sie nicht in das Buch schreiben wollen!

Mary saß in dem Kabuff der Apothekerin und schaute über die Theke in die Dunkelheit, in der die gespenstischen Formen der Regale allmählich sichtbar wurden. Sie kannte sie in- und auswendig, sie hatte ja oft genug dort aufräumen müssen. Dolly Schell hatte einen Ordnungstick, sie hielt sich wirklich an das abgedroschene Sprichwort »Ordnung ist das halbe Leben«. Wie oft hatte sie Mary beauftragt, nach den Regalen zu sehen und Shampoos, Färbepackungen, Gesichtscremes und Make-up-Utensilien wieder ordentlich hinzustellen. »Du weißt ja, wie die Leute sind, sie nehmen was heraus, tragen es woanders hin und lassen es da stehen.« Also mußte Mary die Regale abklappern und einzelne Artikel von den Glasstellflächen nehmen und sie dorthin zurücktragen, wo ihre Artgenossen, Haarpflegemittel oder Make-ups, standen. Clairol. Sebamed. Vichy. Mary konnte diese Litanei wie einen Rosenkranz herunterbeten. Sie war so vertraut damit, daß sie die Sachen blind gefunden hätte.

Vielleicht war es albern und sentimental, aber Mary nannte sie insgeheim »Familien«. Die Familie der Revlon-Produkte, die Clairol-Familie, die Prell-Familie – die war sehr klein. Wenn sie zum Beispiel die große Flasche Almay-Shampoo zu den anderen Flaschen zurückstellte, stellte sie sich vor, wie die Verwandten applaudierten: Nett, daß du wieder da bist.

Okay, es war albern und sentimental, aber wenigstens war es ein lustiges Spiel, und man ärgerte sich nicht mehr so über die lästige Pflicht, diese Regale aufräumen zu müssen. Und selbst Dolly Schells schrille Stimme kam einem dann weniger durchdringend vor. *Cousine* Dolly Schell, ermahnte sich Mary nun mit Schaudern. Die Familie Hope. Die war nun auf einen Menschen, auf sie, reduziert. Mary weigerte sich, Dolly in diesen klein gewordenen Kreis aufzunehmen.

Und wenn sie nun nicht so entschlossen gewesen wäre, das Rezept zu finden, wäre sie völlig zusammengebrochen. Würde sie vielleicht noch. Sie legte den Kopf auf die Arme, richtete sich aber plötzlich wieder auf. Sunny war erneut verschwunden.

Ein Geräusch! Unter Garantie die Tür, die sich mit einem schnalzenden Laut öffnete oder schloß. Jede Wette, daß sie aufging. Sunny konnte die Tür nicht aufdrücken und hinausgehen, das war klar. Mary kniff die Augen zusammen, schaute nach vorn in den Laden (denn von dort hatte sie das Geräusch gehört) und spähte in die dichten Schatten. Der Raum war entsetzlich finster. Doch obwohl sie das Gesicht nicht erkennen konnte, die angespannte Gestalt ihrer Cousine hätte Mary überall erkannt.

Mary hatte Angst. Hier in dem Kabuff konnte sie nicht bleiben. Hinter dieser verschiebbaren Glascheibe war sie ja wie ein Goldfisch im Glas. Sie bückte sich ein wenig, kroch leise zu der niedrigen Tür und dann hindurch. Sie gelangte an die Theke mit der Kasse, vor der die Regale mit Aspirin, Beruhigungsmitteln, Kopfschmerztabletten, Erkältungspillen und -kapseln standen. Aber auch hier war sie ein leichtes Ziel.

Als sie den ersten Knall hörte, dem ein Lichtersprühregen folgte, begriff sie, daß Dolly nicht mal kurz vorbeigekommen war, um zu sehen, ob alles in Ordnung sei. Die Kugel hatte die Luft direkt über ihrem Kopf zerrissen und die Scheibe des Kabuffs hinter ihr zerschmettert. Zuerst erstarrte Mary in ihrer gebückten Haltung, aber dann glitt sie unter der Tür in der Thekenplatte hindurch und schob sich vorsichtig zwischen ein Regalende und die Kachinasachen. Die Haarpflegeprodukte waren um die Ecke. Kein großartiges Versteck, denn bei Licht konnte man sie sofort sehen, aber sie fühlte sich hier ein wenig sicherer. Und wenn an Rosellas Philosophie etwas dran war, dann wurde sie von all den Göttern beschützt, die die Kachinapuppen darstellten. Verlassen wollte Mary sich aber nicht darauf.

Plötzlich knallte und krachte es. Glas zerbrach. Wieder war die hintere Theke das Ziel. Woher kam das Krachen? Kannte Dolly ihre eigene Apotheke so wenig, daß sie gegen die Regale lief?

Wieder ein Krachen, wieder was umgekippt. Der Ständer mit den Taschenbüchern vielleicht, denn man hatte zwar das metallische Rumsen, aber nichts zerbrechen gehört. Wieder ein Schuß, diesmal nach vorn.

Sunny! Das mußte Sunny sein, der mit Absicht alles umwarf, was ihm in die Nähe kam, auf ihn zielte Dolly im vorderen Teil des Ladens. Schoß sie mit einem Revolver oder einer Automatik?

Wie viele Schüsse hatte sie drin? Wie viele Schüsse waren in einem Lauf oder einem Magazin? In einem Lauf sechs, dachte Mary. Aber in einer Automatik? Gott! Hätte sie doch bloß diese dämliche Nancy Drew aufmerksamer gelesen.

Sie drehte sich schnell um, ging einen Schritt nach vorn, schnappte sich eine von den großen Plastikflaschen aus der Sebamed-Familie mit flüssiger Seife und wirbelte wieder herum. Sie hatte drei Schüsse gehört. Vielleicht hatte Dolly ja noch ein Magazin dabei. Doch das bezweifelte Mary, Dolly hatte bestimmt gedacht, ein, zwei Schüsse reichten.

Einer reichte, dachte Mary und schraubte die Flasche auf. Und Dolly war wahnsinnig, aber nicht dumm. Mittlerweile mußte sie gemerkt haben, daß sie ins Blaue schoß und die Geräusche sie nur ablenken sollten . . .

Doch dem war nicht so. In den zwei, drei Sekunden bis zum vierten Schuß rannte Mary in den Gang und leerte die Flasche in Zickzackmuster einen halben bis einen Meter auf den Boden. Gleichzeitig schnappte sie sich einen Behälter von dem zweiten

Regal darüber – Haarpflegemittel – und rannte wieder zu ihrem ursprünglichen Versteck hinter den Kachinasachen.

Sunny. Sunny. Mary Dark Hope hielt den Behälter bereit und betete. Das mußte jetzt – wie sagte man so schön? – exakt in Szene gesetzt werden. Sie spürte, wie ihr Gehör überfein wurde, alle ihre Sinne waren in Alarmbereitschaft. Sie hätte gehört, wie die berühmte Stecknadel gefallen wäre. Sie vernahm die gedämpften Geräusche von jemandem, der sich durch den Gang heranschlich.

Sunny. Mary erstarrte. Sie war stark versucht, einfach hier hinter den schwankenden Puppen stehenzubleiben und zu hoffen, man könne sie nicht sehen und die Dinger würden nicht umkippen. Das war natürlich dumm. Sie war nicht unsichtbar! Jetzt herrschte die tiefste Stille, die sie sich vorstellen konnte. Wie in einer Höhle. Aber sie *spürte*, wie die Person immer näher kam.

Dann ertönte ein langer Schrei, und die Regale schwankten wie unter dem Gewicht von jemandem, der Halt daran suchte. Schwankten zu sehr auf eine Seite und krachten schließlich mit Getöse zu Boden. Aber von Dolly weg, nicht auf sie. Mary rannte wieder vor, zielte und hielt Dolly die Öffnung des Schaumfestigers vors Gesicht. Sie drückte drauf. Dolly geriet so viel Schaum in die Augen, daß sie nicht erneut zielen konnte. Gleichzeitig sprang Sunny vor, warf die halb kniende Gestalt rückwärts auf die glitschigen Kacheln und hielt sie mit den Pfoten auf der Brust am Boden fest. Schwanz und Ohren aufgestellt, fletschte Sunny die Zähne, sein aufgerissenes Maul war nur wenige Millimeter von ihrem Gesicht entfernt. Einen so furchterregenden Anblick oder ein so schreckliches Geräusch hatte Mary noch nie gesehen und gehört, weder bei einem Hund noch bei einem Kojoten. Dolly hielt die Waffe immer noch in der Hand, aber sie zu heben und zu schießen hätte eine Sekunde länger gedauert, als Sunny gebraucht hätte, ihr die Zähne in den Hals zu schlagen.

In dem nun allmählich durch die Fenster fallenden Licht sah

Mary alles. Sie schaute sich in dem Raum um. Graues Licht strömte durch die Scheiben, und dahinter breitete sich über den niedrigen Hausdächern ein Streifen stumpfen Goldes aus und beleuchtete die gelben Blätter der Pappeln. In das blasse Licht getaucht, konnte sie nun alles ganz deutlich sehen: das Durcheinander, die Mörderin, den Kojoten.

»Land of Enchantment«, sagte Mary Dark Hope.

47

»Ich glaube nicht, daß sie der Rettungsaktion so richtig getraut hat«, sagte Nils Anders.

Jury hatte kurz zuvor mit der Polizei in Santa Fe gesprochen. Jack Oñate hatte ihm erzählt, was passiert war.

»Ich glaube, sie traut nichts und niemandem«, sagte Jury, den Telefonhörer zwischen Schulter und Wange geklemmt. Seine Hände waren damit beschäftigt, ein Stück Seidenstoff freizubekommen, der sich in Carole-annes Reißverschluß verfangen hatte. War sie immer noch nicht alt genug, sich selbst anzuziehen?

Carole-anne schaute nach hinten über die Schulter zu Jury hinunter, der in seinem Sessel saß. »Wer ist ›sie‹?«

»Stillhalten«, sagte Jury.

Am anderen Ende der Leitung in Santa Fe sagte Nils Anders: »Wie bitte?«

»Sie nicht.« Jury lachte. »Ich helfe einer Nachbarin beim Anziehen. Warum tragen Frauen Kleider mit Reißverschlüssen auf dem Rücken?«

»Damit Tolpatsche wie Sie sich nützlich machen können«, sagte Carole-anne.

Schöner Rücken, mußte Jury zugeben. Keine Spur von einem BH-Träger. Carole-anne fand Halt in ihrer Überlegenheit.

Nils fuhr mit seinem Bericht über die morgendlichen Ereignisse in Santa Fe fort. »Sie haben Dolly Schell in Untersuchungshaft genommen. Sie hat Zeter und Mordio geschrien.«

»Auch was zu Angela Hope?«

»O ja, aber nicht etwa gestanden. Doch das spielt eh keine Rolle. Der Mordversuch an Mary«, er räusperte sich, »reicht schon, um sie zu hängen.«

»Bei Ihnen im Wilden Westen lynchen Sie die Leute immer noch, was?«

»Ach, Sie wissen, was ich meine.«

Endlich hatte er den Reißverschluß frei und zog ihn zu. Beinahe tat es ihm leid, daß sich Carole-annes schöner Rücken von ihm entfernte. Sie stöberte in ihrem Kulturbeutel, der auf dem Sofa lag.

Nils redete weiter. Jury lehnte sich zurück und hörte zu. Er wußte schon alles, aber er wußte ebenso, daß Nils es ihm erzählen mußte. Er beobachtete, wie Carole-anne leuchtenden Nagellack auf ihre Nägel tupfte und vor lauter Konzentration den Mund verzog.

»Also, ich habe sie jedenfalls nie ermutigt...« Nils Anders machte eine Pause und überlegte, wie er dezent ausdrücken konnte, daß Dolly Schell blind in ihn vernarrt gewesen war. »... zu glauben, daß ich sie – ich habe ihr nie zu der Annahme Anlaß gegeben, daß ich etwas anderes als Freundschaft für sie empfand.« Wieder schwieg er. »Ich kann es nicht fassen, daß ich die Ursache für das alles bin.«

»Sind Sie auch nicht.« Jury hoffte, sein Ton war nicht zu harsch. »Dollys Plan war zu raffiniert, als daß man ihn nur unerwiderter Liebe zuschreiben kann, Nils. Sie waren nicht die Ursache; Sie waren der Anlaß. Dolly Schell ist ja schon ihr halbes Leben lang auf Angela eifersüchtig, und es ist immer schlimmer geworden.«

Schweigen. Nils dachte darüber nach.

»Aber Mary geht's soweit gut, oder?«

Nils lachte. »Also, besser als mir im Moment. Als ich da reinkam und die Schweinerei gesehen habe – Sunny hatte ganz blutige Pfoten –, war ich entsetzt. Bin ich immer noch. Ich sollte mich an meine Axiome und Theorien halten, meinen Sie nicht?«

»Nein. Sie sind der einzige Mensch, den Mary Dark Hope achtet. Der einzige, soweit ich weiß. Sie haben eine Verpflichtung ihr gegenüber.« Jury wußte nicht, warum er das gesagt hatte. Der Gedanke an »Verpflichtung« war aus dem Nichts gekommen. Wie das Gefühl von Verantwortung, das der Retter für den Menschen, den er gerettet hat, empfindet.

Wieder langes Schweigen, Jury wartete. Nils Anders verhielt sich am Telefon wie im direkten Gespräch: auch da mußte ab und zu geschwiegen werden. Jury konnte sich lebhaft vorstellen, wie er in seinem Drehstuhl saß und die Lichtschnüre betrachtete, die das Fenster zur Hyde Park Road umrahmten. Dann sah er, daß Carole-anne die Hände hob, die Finger spreizte und die lackierten Nägel begutachtete.

»Nicht der einzige, den sie achtet«, meinte Nils schließlich. »Sie gehören auch dazu. Mary hat gesagt, es wäre schade, daß Sie wieder weggeflogen sind. So etwas sagt sie sonst nie.«

»Bestellen Sie ihr, ich rufe sie an.«

»Mach ich, aber tun Sie's auch.«

Jury lächelte über Anders' strengen Befehlston. »Sehr wohl.«

Als sie zum Ende kamen, sah Jury, saß Carole-anne die Götter der Schönheit gnädig gestimmt und sich auf der Couch niedergelassen hatte. Kleid zu, Nägel lackiert, hatte sie den Anforderungen der Schönheitspflege Genüge getan, als handle es sich um eine tägliche Pflicht wie Abwaschen, das sie fürs erste erledigt hatte. Nun konnte sie wieder nur Carole-anne sein, die hochhackigen Pumps abstreifen, sich ausstrecken und die Nase in eine Zeitschrift stecken.

Er stand auf, ging zum Fenster und sah zu, wie der Regen über die Glasscheiben strömte. Trotz des niederschmetternden kleinen Vortrags, den Dr. Sloane Macalvie gehalten hatte, hätte Jury jetzt gern geraucht. Wo zum Teufel war Plant? Sollte er es noch einmal bei Ruthven versuchen? Bei Lasko? Beide hatte er schon ein halbes dutzendmal belästigt. Er drehte sich um und fing an, hin und her zu laufen. Gott, ein Königreich für eine Zigarette! Dann dachte er an Des, die der Versuchung nicht erlegen war, obwohl sie sie umzingelte. Aber lobte ihn jemand dafür, daß er die verdammten Dinger aufgegeben hatte? Nein. Er blieb stehen und fragte betont provokativ: »Ist Ihnen an mir was aufgefallen?«

Carole-anne ließ den Kopf nach hinten hängen, um Jury einmal anders zu betrachten, ihr rotgoldenes Haar ergoß sich auf den Teppich. »An Ihnen? Nein.« Abgehakt. Sie legte den Kopf wieder auf die Lehne des Polstersofas und las weiter. Jury durfte sich nicht ändern.

Darüber mußte er zunächst ein wenig lächeln, doch dann wurde er wieder ärgerlich. Weder gratulierte man ihm, noch hatte man Mitgefühl. Carole-anne gehörte leider zu den nicht süchtigen Rauchern. Wie konnte sie es wagen, heute zu rauchen und dann tage-, ja wochenlang nicht? »Also, wo gehen Sie heute noch hin?«

»Den Nine-One-Nine. Stone und ich.«

Der Nine-One-Nine war Stan Keelers Club. Er war immer proppenvoll, nur hier konnte man Stan Keeler bewundern. Jury schaute Carole-anne bitterböse an – was sie natürlich nicht merkte. Er war sich nicht sicher, ob er diese Geschichte guthieß. Guthieß? Wieso maßte er sich an, Carole-annes Herrenbekanntschaften gutzuheißen oder zu mißbilligen? Er wollte gerade etwas sagen, da hörte er ein Klopfen an der Tür. Das Pochen.

Den Blick immer noch auf dem Modeheft, sagte Carole-anne: »Das ist Stone.«

Jury schaute von der Tür zu der dahingegossenen Carole-anne, die es keineswegs eilig hatte, aufzustehen.

Sie blätterte eine Seite in der Illustrierten um und sagte: »Und, lassen Sie ihn jetzt rein?«

»Ich soll ihn reinlassen? Sind wir jetzt schon soweit? Ich soll den Türsteher für einen Hund mimen?«

Sie sagte nur: »Er ist zu früh.«

Jury verdrehte die Augen und riß die Tür auf. Dort saß Stone. »Du bist zu früh«, sagte Jury. Stone war sich nicht zu schade, Jury freundlich mit dem Schwanz zuzuwedeln. »Kannst trotzdem reinkommen.«

Stone trat ein, blieb stehen, schnüffelte an Jury, nahm dann Platz und schaute Carole-anne an.

»Vor neun gehen wir nicht. Es ist erst Viertel vor.«

Stone legte sich hin, schlug die Pfoten übereinander und ließ den Kopf daraufsinken.

Jury stöhnte und zog mißmutig das Telefon heran.

Da erwachte Carole-annes Interesse. Sie riß den Blick von der Zeitschrift los und schaute Jury an. »Wollen Sie schon wieder telefonieren?« Sie runzelte die Stirn.

Er schaute sich demonstrativ in seiner Wohnung um und sagte: »Ja, ich glaube, daß dies mein Zuhause ist. Richtig. Ich bin sogar sicher. Und dieses ist mein ureigenes Telefon.« Er tätschelte es zärtlich.

»Ha, ha«, sagte Carole-anne und widmete sich wieder ihrer Lektüre. »Darf man nicht mal mehr fragen? Was sind wir heute wieder grantig.« Dann schaute sie auf ihre klitzekleine Armbanduhr, schwang die Beine herum und tastete mit den Zehen nach ihren Pumps. »Bin in einer Sekunde zurück. Hab mein Parfüm vergessen. Bleib hier, Stone, und munter den alten Miesepeter auf.«

Jury knurrte nur, als sie ging. Stone begab sich zu Jurys Sessel und ließ sich dort nieder. Seine Art, den alten Miesepeter aufzumuntern, dachte Jury, während er die Nummer in Stratford wählte. Noch ein Anruf bei Lasko konnte nicht schaden. Lasko wohnte ja praktisch im Büro.

Offenbar schadete es aber doch, denn Lasko stieß einen großen Seufzer aus, als er Jurys Stimme hörte. »Nichts, Richard. Ich habe absolut nichts gehört.«

Jury beugte sich vor, langte nach unten und kraulte Stone hinter den Ohren. »Hören Sie, Sam, das paßt doch alles nicht zusammen. Warum schickt er mir das dämliche Fax und verschwindet dann?«

Stone bellte leise vor sich hin und streckte sich unter Jurys Hand.

»Vor zwei Tagen war er in Stratford.«

»Dann ist er nach Exeter gefahren«, sagte Lasko.

»Also war er vor zwei Tagen in Exeter und hat das Fax geschickt.«

»Stimmt alles.«

»Und dann ist er von Exeter – wohin gefahren? Nicht zurück nach Northants. Wenn Sie noch einen Moment Geduld haben . . .«

»Habe ich. Seit eh und je.«

»Irgend etwas fehlt –«

»Abendessen, das fehlt mir. Was mit Ihnen ist, weiß ich nicht. Es ist neun Uhr, Richard, verdammt, und ich verhungere.«

»Sie und Plant waren in Lady Kenningtons Haus.«

Sammy Lasko seufzte. »Hm, hm.«

»Also, da muß er etwas gesehen haben.«

»Wenn ja, hat er es mir aber nicht mitzuteilen geruht.«

»Was hat er gemacht?«

»Gemacht?«

»Er muß etwas gemacht haben, während Sie Ihre illegale Hausdurchsuchung veranstaltet haben.«

»Sehr witzig. Mr. Plant hat dagesessen, Zeitung gelesen und ein Kreuzworträtsel gelöst.«

»Nein.«

»Nein? Na gut, wenn Sie es sagen. Sie waren ja dabei.«

»Was für eine Zeitung?«

»Verdammt, das weiß ich doch nicht. Er hat mich gefragt, ob es eine aus Stratford sei.«

Jury beugte sich interessiert vor. »Warum hat er das wohl gefragt?«

»Woher soll ich das wissen? Er ist Ihr Freund, nicht meiner.«

»Eine komische Frage.«

»Saukomisch.«

»Aha?«

Lasko mußte sich vom Telefon abgewandt haben. Jury hörte Papier rascheln. »Was, aha?«

Jury stöhnte. »Passen Sie doch auf! Eine Lokalzeitung?«

»Woher zum Teufel soll ich das – nein, war es nicht – ach, und er hat mich gefragt, wo man Zeitungen kaufen könne.«

»Vielleicht hat er was gesehen. In der Zeitung.«

»Ich sitze hier und esse die restlichen Kartoffelchips von Clarissa. Ich habe Ihnen gesagt, ich bin am Verhungern. Wenn ich was erfahre, rufe ich Sie sofort an.«

Dann hörte Jury die Amtsleitung. Er legte auf. Sam Lasko trug ja nun wirklich keine Schuld.

Traurig langte er wieder nach unten und streichelte Stone. In Gedanken wanderte er kreuz und quer durch Jennys Haus. Plant mußte etwas gesehen haben.

Er hörte Carole-annes spitze Absätze die Treppe herunterknallen; im nächsten Moment tauchte sie, von einer Duftwolke umgeben, auf.

»Wird Zeit, Stone. Danke, Super.«

Der Hund war sofort wach und schüttelte die Lethargie, die ihn unter Jurys Händen befallen hatte, ab.

»Viel Spaß. Ihnen und Stone.«

Ein hübscher Hund. Unglaublich agil und klug. Er überlegte, warum Stan Keeler ihn Stone genannt hatte. Wegen Drogen vermutlich. »Stoned« sein, breit sein . . .

Jury sprang aus dem Sessel.

Stonington.

Herr im Himmel, Stonington.

48

I

Aus purer Höflichkeit (vielleicht wollte er sich auch nur für die Informationen erkenntlich zeigen) hatte Jury den Versuch zu einer zwanglosen Plauderei mit dem Wirt des Bold Blue Boy unternommen, war aber von Mr. Ribblesbys Neigung, selbst den simpelsten Gesprächsgegenstand in einen Streitpunkt zu verwandeln, gebremst worden. Selbst Jurys Bemerkung zum Wetter – nachts hatte es geschneit – hatte Mr. Ribblesby kritisch beleuchtet.

»Ach, ich glaube nicht, daß es schlimmer wird, nein, ich glaube, es läßt nach. Ja, es läßt definitiv nach.«

Jury hatte nur etwas zu dem stärker fallenden Schnee und den großen Flocken gesagt. Sie plumpsten regelrecht herunter, und Jury fand sie ziemlich dick.

Aber Mr. Ribblesby spähte durch die Bleiglasfenster des Pub (durch deren wellige Scheiben ohnehin alles nur verzerrt zu sehen war), drehte langsam ein Geschirrtuch in einem Bierglas und schüttelte ernst den Kopf.

Da Jury seine Informationen über Jenny Kennington sicher in der Tasche hatte, nahm er es nicht tragisch. Auch das kleine Glas Bitter hatte er nicht deshalb bestellt, weil er Durst hatte (es würde seine Gier nach einer Zigarette ohnehin nur verstärken), sondern als Bezahlung für die Information. Ja, er hatte auch Mr. Ribblesby was zu trinken spendieren wollen, aber Mr. Ribblesby »rührte das Zeug nicht an, nein«, und hatte Jurys Glas Bitter mit einem traurigen kleinen Kopfschütteln bedacht. Zu dieser frühen Stunde Alkohol?

Aber Jury, der – in Mr. Ribblesbys Augen – Quartalssäufer, saß völlig zufrieden mit dem Wissen da, daß er Jenny endlich gefunden hatte. Er war ganz zuversichtlich. Oder wäre es gewesen, wenn auch nur ein Funken von seinem Optimismus auf den Wirt übergesprungen oder wenigstens ein mitfühlendes Schweigen gefolgt wäre. Mr. Ribblesby polierte hingebungsvoll das Glas und focht Jurys harmlose Bemerkung über den Schnee an. Er konterte mit der Warnung, daß es die Art Schnee sei, die nicht liegenbleibe. Der hafte nicht. Nein, er werde um vier, fünf Uhr geschmolzen sein, da könne sich Jury drauf verlassen. Und Mr. Ribblesby redete weiter über Schneegestöber, während Jury geduldig wartete, daß er eine Verschnaufpause einlegte, damit er seine nächste Frage stellen konnte.

Während eines Flocke-für-Flocke-Berichts über den großen Schneesturm von 1949 unterbrach Jury ihn endlich und fragte: »Hat Lady Kennington erwähnt, wo sie hinwollte? Hat sie zufällig Stonington erwähnt?«

Er hätte keine zwei Fragen auf einmal stellen dürfen. Mr. Ribblesby hatte schon mit einer genug Schwierigkeiten. Nun benötigte er mehrere Augenblicke, um die Antwort zu bedenken. »Nein.«

Es war doch immer wieder so, daß einen Leute stundenlang als Geisel nahmen und mit Dingen vollquatschten, die man *nicht* wissen wollte. Aber wenn es um etwas ging, das man wissen wollte, schwiegen sie wie ein Grab.

Jury vergrub sich in seinen Mantel. »So, ich muß gehen, Mr. Ribblesby.« Er warf ein paar Münzen auf den Tresen und drehte sich um.

»Sie ist mit dem Herrn weggegangen.«

Jury drehte sich – wirbelte! – herum. »Was?«

»Einem Herrn, der auch hier übernachtet hat – mal sehen.« Vorsichtig zog er das Gästebuch an sich. Öffnete es aber nicht. Mr. Ribblesby verbreitete lieber heiße Luft, als daß er Beweise auf den Tisch legte. »Also, das hat meine Frau gesagt, verstehn Sie. Sie war da.« Sein finsterer Blick und der skeptische Tonfall ließen die Zimmervermietung durch die Gattin höchst verdächtig erscheinen. »Sie hat ihn gesehen.« Er öffnete das Buch und fuhr mit dem Finger die Seite hinunter, blätterte um, wiederholte die Prozedur. Dann noch eine Seite. Noch eine.

Warum er nicht bei den letzten Eintragungen begann, wußte Jury nicht. Die Anzahl Gäste, auf die ein so langsames Seitenumblättern schließen ließ, hätte man gar nicht im Bold Blue Boy unterbringen können. Jury wollte aber nicht warten, bis Ribblesby lesen gelernt hatte. »War der Herr groß und sah aristokratisch aus? Blondes Haar, extrem grüne Augen? Ungefähr so groß wie ich?«

Mr. Ribblesby legte die Finger auf die Lippen und schaute Jury mit konzentrierter Miene an: Größenvergleiche waren höchst fragwürdig. Und anstatt dann mit einem knappen »Ja« zu antworten, das die Angelegenheit geklärt hätte, schmückte Mr. Ribblesby seine Beschreibung aus. »Aber ›ein hübscher Herr‹, hat Mrs. Ribblesby gesagt.«

Aber. Nicht genug damit, daß er sich diesen Kommentar anhören mußte, sondern Mr. Ribblesby benutzte offenbar Jury auch noch als Maßstab in puncto Aussehen. Jury hätte ihm am liebsten eine Ohrfeige verpaßt. Recht bedacht, würde er ihn möglicherweise sowieso umbringen, wenn er nachher wiederkam. Es sei denn, er brachte Melrose Plant zuerst um. Als hätten seine Hände einen eigenen Willen, wühlten sie in seiner Manteltasche nach einer versteckten Schachtel Players. Mist. Dann begnügte er sich damit, zu fragen, ob der Bursche Plant geheißen habe und wann er angekommen sei.

Wieder fuhr sich der Wirt mit der Hand zum Mund und trommelte mit den Fingerspitzen auf der Oberlippe herum. »Also, das müßte ... mal sehen ... vorgestern abend, würde ich mal sagen, gewesen sein. Oder ist sie da gekommen? Nein, nein, sie ist«, er zählte es an den Fingern ab, »seit mindestens vier Nächten hier. Es sind unsere einzigen Gäste.«

Wie idyllisch. »Und heute morgen, sagen Sie, sind sie zusammen weggegangen? Meinen Sie, sie sind abgereist?«

»O nein. Sie wollten nur eine kleine Spazierfahrt in seinem

Bentley machen. Oder war es ein Rolls? Aber das spielt ja keine Rolle. Jacke wie Hose. Ich glaube, es war einer von den Silver Shadows.«

»Ghost. Silver Ghost.« Jury lächelte (ein wenig steif) und ging durch die mit dicken Balken beschlagene Tür auf den Bürgersteig. Getreu Mr. Ribblesbys Vorhersage ließ der Schneefall nach. Jury blieb stehen und starrte ins Nichts. Warum stieg er nicht einfach ins Auto und fuhr nach Stonington? Dort mußte sie ja sein. Dort mußten die beiden sein, korrigierte er sich.

Dann geriet ihm der Dorfanger von Littlebourne allmählich ins Blickfeld, und nach ein-, zweimal Blinzeln begriff er, daß er über den Anger auf Polly Praeds kleines weißes Cottage mit den gelben Fensterläden starrte. Melrose würde nicht nach Littlebourne fahren, ohne Polly zu besuchen. Vielleicht war er nicht in Stonington, sondern dort.

»Inspector! Hallihallo!«

Die Stimme kam Jury bekannt vor. Er schloß die Augen vor einem Gott, der keine Gnade kannte, und als er sie wieder öffnete, sah er den Honourable Miles Bodenheim auf sich zueilen. Sir Miles.

»Wußte doch, daß Sie es waren!« brüllte Sir Miles. Er war das Vornehmste an Aristokratie, das Littlebourne zu bieten hatte. Er schlug Jury auf die Schulter, ergriff seine Hand, um sie kräftig zu schütteln, und erklärte: »Das entschädigt mich nun natürlich vollkommen für den vermasselten Morgen mit dieser Pennystevens.«

Mrs. Pennystevens hätte bei den ständigen Beschwerden des Querulanten Bodenheim eigentlich längst den Geist aufgegeben haben müssen. Starben diese Leute eigentlich nie? Miles Bodenheim war ja schon weit über siebzig gewesen, als Jury ihn und Mrs. Pennystevens kennengelernt hatte – na, Gott allein wußte, wie alt er war. Vielleicht hielt sie die hartnäckige Anwesenheit von Miles, der sie mit seinem ständigen Nörgeln und Streiten ärgerte, wie durch Magnetkraft auf Erden und am Leben.

»Zehn Jahre«, sagte Jury mehr zu sich selbst als zu Miles. Er hatte Jenny Kennington zum erstenmal vor zehn Jahren gesehen. Wie war das möglich? All die Jahre ...

»Ah ja, und wieder ein Jahrzehnt vorüber. Sie werden auch nicht jünger, Inspector, was? Ja, das seh ich doch, die verräterischen grauen Strähnen an den Schläfen.« Vor Freude, daß er jemandem eins auswischen konnte, schier außer sich, lachte er.

Schützend legte Jury die Hand über seine Schläfe. Er war also nicht nur häßlicher als Plant, sondern auch grauer. Dabei hatte er noch nie ein graues Haar an sich entdeckt. »Aber Sie, Sie haben sich ja überhaupt nicht verändert, Sir Miles.« Diplomatisch war das nicht gemeint. Miles Bodenheim hatte nämlich vor zehn Jahren schon wie eine Mumie ausgesehen und sah auch heute noch so aus. Gespannte Haut, rosige Wangen, das graue Haar an den Schädel geklatscht und der Schnurrbart so wohlgepflegt und geölt, daß er falsch aussah.

»Sie raten nie, wen ich gesehen habe! Genau hier, wo Sie jetzt stehen.«

Jury verzichtete auf ein »Doch«. Er wußte es nur allzugut.

»Ihren verrückten Freund, Plant, diesen Burschen! Genau hier hat er gestanden.« Dreimal klopfte Miles Bodenheim mit dem Spazierstock auf den Boden, als wolle er die Geisterwelt anrufen, der Melrose entsprungen war. »Habe nie verstanden, warum Sie beide so dicke miteinander waren. Ich fand ihn immer ein bißchen meschugge.«

Ein bißchen Graf, meinst du. Ein bißchen Marquis, ein bißchen Vizegraf. Deshalb konntest du ihn nicht ausstehen. »Er ist zum Ritter geschlagen worden«, sagte Jury und starrte Miles direkt in die austernfarbenen Augen. Mal sehen, wie er auf diese weitere Ehre reagierte, die auf Melrose' goldenes Haupt gehäuft wurde.

»Zum Ritter ...«

Warum erzählte er diese Lüge? Gut, er hätte Melrose am liebsten eine Ohrfeige verpaßt, weil er ihm Jennys Aufenthaltsort vorenthielt, aber deshalb ließ er doch noch lange nicht zu, daß der größte Schnarchsack von Littlebourne sich abfällig über ihn äußerte. »Für besondere Verdienste um Ihre Majestät in Sachen ...« Moment: Wofür rannte Ihre Majestät durch die Gegend und schlug die Leute zum Ritter? Im Grunde für alles.

Als Miles, der entschieden weniger fröhlich aussah als zuvor, versuchte, sich eine Retourkutsche für diesen (zweifellos unverdienten) Ritterschlag auszudenken, wurde Jurys Blick von jemandem angezogen, der den Dorfanger überquerte. Polly Praed kam des Wegs, wie ein Blätterhaufen in den üblichen wenig schmeichelhaften Herbstfarben Kürbisbraun, Dunkelgrün und Rostrot. Mit unbewegter Miene und festem, auf Miles Bodenheim gehefteten Blick (den sie verabscheute).

Als sie dann sah, mit wem Sir Miles im Gespräch zusammenstand, blieb sie mitten auf der Straße wie angewurzelt stehen, riß den Mund auf, schloß ihn wieder und setzte dann ihren Weg fort.

Jury konnte sich ein Lächeln nicht verkneifen, als er merkte, wie unbehaglich sie sich bei seinem Anblick fühlte. »Ich freue mich ja so, Sie zu sehen, Polly.«

Miles Bodenheim gab zwar unmißverständliche Laute von sich, um Aufmerksamkeit zu erheischen, aber Polly nahm nicht mehr Notiz von ihm als von einem Baum. Sie sagte: »Melrose ist hier. Er hat Lady Kennington gesucht.«

»Kennington!« brüllte Sir Miles, baß erstaunt, daß ihm etwas entgangen war.

»Sie erinnern sich an Sie, nicht wahr?« sagte sie zu Jury. »Aber ... natürlich! Er hat ja gesagt, daß Sie versucht haben, sie zu finden.« Ihr Ton wurde äußerst unwirsch. »Ich begreife nicht, wieso immer alle zu mir gerannt kommen, wenn sie etwas suchen.«

»Ich auch nicht«, meinte Miles. »Sie verschanzen sich doch tagein, tagaus in Ihrer winzigen Bude. Und Lady Kennington ...«

Pollys Augen wurden dunkler, ja veilchenfarben. Das verhieß nichts Gutes, Jury mußte an einen Gewitterhimmel mit dem letzten violetten Licht über den Bergen denken. Da er Polly kannte, wußte er, hier war ein Gewitter im Anzug. »Sie ist in Stonington«, blaffte sie.

»Stonington! Was um alles in der Welt macht die Frau in Stonington? Du lieber Himmel, sie will es doch nicht etwa – also, sie will es doch nicht etwa kaufen? Die ist doch arm wie eine Kirchenmaus, jetzt wo Lord Kennington tot ist. Sylvia sagt immer: ›Hochmut kommt vor dem Fall.‹ Auf sie trifft das gewiß zu. War ja nicht anders zu erwarten, die Frau hat kein Talent, keinen Beruf!« Miles schlug mit dem Spazierstock in die Hecke.

»Sie können Freddie Mainwaring fragen, er ist immer noch der Makler. Sie muß bei ihm gewesen sein. Gehen Sie mit ins Magic Muffin? Ich wollte gerade dorthin.«

Jury machte den Mund auf und wollte gerade freundlich nein sagen, da antwortete Miles Bodenheim für ihn. »Ho! Ho! Miss Pettigrew hat wahrscheinlich heute wieder nur Auberginen, ekelhafte, labbrige Dinger! Aber ich habe noch ein paar Minuten Zeit, die kann ich genausogut dort wie woanders totschlagen.«

»Ich bin ein wenig in Eile, Polly.«

Die Enttäuschung schien sie niederzudrücken, aber sie rappelte sich ein wenig auf und fragte: »Was hat sie verbrochen? Melrose hat gesagt, die Polizei wollte sie wegen irgendwas sprechen.«

»Was?« Mit großen Augen kam Miles die paar Schritte zurück, die er schon (in Erwartung, daß ihm alle folgen würden) in Richtung Magic Muffin gelaufen war. »Die Kennington? Die Polizei hinter ihr her? Das überrascht mich nicht, und Sylvia bestimmt auch nicht. Also, Mr. Jury, wie erklären Sie es sich?« Er grinste wie ein Honigkuchenpferd.

»Überhaupt nicht.« Jury verabschiedete sich von Polly und ging zu seinem Auto.

II

Weder vor noch hinter den hohen grauen Mauern von Stonington standen ein Bentley oder ein Silver Ghost.

Es gab überhaupt kein Anzeichen von Leben, keine Katze, keinen Maulwurf, keine Maus. Nichts. Jury ging die breite Treppe hinauf und hob einen schweren Türklopfer in Gestalt eines einst glänzenden, nun oxidierten grünlich-grauen Kupferfischs. Unter dem Druck öffnete sich die unverschlossene Tür einen Spaltbreit. Er schob sie mit der Hand weiter auf. Vorsichtig, als würde ich jemanden in flagranti ertappen, dachte er.

Aber er betrat nur eine noch tiefere Stille, eine größere Leere als die draußen in der Auffahrt und dem Park. Er blieb in der Eingangshalle stehen. Sie war geräumiger als die meisten Zimmer, besaß einen schwarzweißen Marmorboden in Schachbrettmuster, grüne Marmorkonsolen an beiden Wänden und die weiße Marmorskulptur einer Frau an dem gewundenen Treppenaufgang. Es war die scheußliche Reproduktion eines einstmals scheußlichen Originals, einer reizlosen, ungraziösen Gestalt mit einem ausgestreckten Arm, den Jenny (die sie haßte) immer benutzt hatte, um ihren Mantel daran zu hängen. Auch ihren Hut hatte sie der Statue aufs Haupt gedrückt. Da ist sie wenigstens zu etwas nutze, hatte sie gesagt. Nun hingen weder Mantel noch Hut daran.

Aber in einiger Entfernung hörte Jury Stimmen, auch wenn er die Richtung nicht ausmachen konnte. Er lief in das erste Zimmer, das von der Marmorhalle abging, ein schmales Arbeitszimmer mit einer Verandatür, die drei, vier Zentimeter offenstand. Durch diese Tür kamen die Stimmen, deren Besitzer er nicht sehen konnte. Er ging ins nächste Zimmer. Alle Räume des Hauses waren durch Türen miteinander verbunden, und man konnte von einem zum anderen gehen und hatte immer den Hof im Blick. Der Architekt mußte eine klosterähnliche Anlage im Kopf gehabt haben.

Dieses Zimmer war riesengroß, wahrscheinlich das Eßzimmer.

Jury erinnerte sich, wie er vor all den Jahren hier mit Jenny gestanden hatte (und es war damals genauso leer gewesen wie heute, weil sie ja schon beim Ausziehen war). Sie und Melrose unterhielten sich nun draußen im Hof. Oder schauten sich das Haus an, denn sie zeigte auf irgend etwas im ersten Stock. Melrose lachte.

Hätte Jury sie vom Arbeitszimmer aus gesehen, wäre er durch dessen Verandatür in den Hof gegangen. Aber hier in dem Eßzimmer gab es keine Tür. Also ging er in den nächsten Raum, einen Salon, wo er stehenblieb und sie aus dem nun etwas anderen Blickwinkel beobachtete. Und dann ging er weiter in die lange Bildergalerie. Die verlief über die gesamte Ostseite des Hauses, enthielt aber keine Bilder mehr. Er sah die tiefroten, an den Rändern verblaßten Tapetenrechtecke, wo sie gehangen hatten. An der einen Seitenwand befanden sich drei Verandatüren, er hätte durch jede hinausgehen können.

Aber er tat es nicht. Er blieb stehen und beobachtete Melrose und Jenny, die immer noch ins Gespräch vertieft waren. Sie bemerkten beide weder ihn noch sein Spiegelbild in einem der Fenster.

Und weiter lief Jury durch einen Raum nach dem anderen, ohne zu wissen, um was für ein Zimmer es sich handelte, denn in keinem befanden sich Möbel, anhand derer man sie hätte näher bestimmen können. Nur die große Bibliothek mit Regalen vom Boden bis zur Decke und einem riesigen Kamin war als solche zu erkennen. Schließlich hatte er das gesamte Erdgeschoß durchwandert und befand sich im letzten Zimmer, einem kleinen Raum, der von der marmornen Eingangshalle abging. Dort blieb er wieder stehen und sah Jennys Rücken und Melrose Plants Gesicht. Ein Bild des Glücks. Jury hatte keine Ahnung, warum er sich so verhielt, warum er hier wie ein Voyeur durch die Gegend schlich. Er schämte sich ein wenig. Und dann auch wieder nicht, denn er war ja durchaus im Blickfeld der beiden. Sollte er etwa das Publikum abgeben, das Einmannpublikum?

Er trat durch die Glastür auf den Weg, der um den Hof verlief.

Merkwürdigerweise war es Jenny, die seine Anwesenheit spürte, obwohl sie ihm den Rücken zukehrte und die beiden auch mindestens zehn Meter von ihm entfernt standen. Plant sah ihn nicht einmal. Sie drehte sich um.

»Richard!«

Einen Augenblick lang freute er sich, sie schrie seinen Namen ja beinah jubelnd heraus, fast hätte sie wie ein Kind vor Wonne in die Hände geklatscht. Wie irrational wütend er gewesen war, merkte er erst jetzt, als es plötzlich aufhörte. Dann rief auch Plant etwas und winkte.

Jury ging auf sie zu, unfähig, sich der wieder aufsteigenden Wut zu erwehren. Auf sie beide. Er starrte Plant böse an. »›Sie ist gefunden‹, was?«

Verständnislos schaute Jenny von einem zum anderen.

Und Plant schaute reichlich belämmert drein. Und wenn Plant mit diesem schiefen Lächeln im Gesicht belämmert dreinschaute, sah er leider auch sehr charmant aus. »Tut mir leid«, sagte er mit einem flehentlichen Schulterzucken.

Sonst nichts. Er fragte nicht nach dem Fall, nicht nach der Reise, nach Macalvie, nicht nach Wiggins. Nach absolut nichts. Eisig sagte Jury: »Sam Lasko – von der Kripo in Stratford, falls Sie sich erinnern –«

Sie schlug die Hände vors Gesicht. »O Gott! Wir hätten ihn sofort anrufen sollen.« Sie schaute Melrose an.

Wir???

Melrose sagte: »Ich habe ihn angerufen. Heute morgen. Ich habe ihm gesagt, Sie seien hier. Ich dachte, ich hätte Ihnen gesagt, daß ich ...«

Jury betrachtete den Himmel, als sie ihren kleinen Zwist ausfochten, wer wem was gesagt hatte. Er erinnerte sich an sein Gespräch – wenn man es denn so nennen konnte – mit Sam Lasko am Abend zuvor. Und daran, was für Sorgen er sich gemacht hatte. »Hm, kein Grund zur Besorgnis.« Er versuchte es mit ein wenig Herzlichkeit, aber es klang so falsch, daß er wieder den alten Miesepeter herauskehrte. »Sie hätten nicht wegfahren dürfen, Jenny.« Sie schaute ihn ernsthaft bekümmert an. Aber es war unmöglich zu erkennen, aus welchem Grund. Dann bemühte er sich um ein wenig Distanz und sagte: »So, ich muß gehen. Mein Schreibtisch quillt über, immerhin war ich fünf Tage weg.«

»Aber Sie müssen hierbleiben, Richard«, sagte sie.

Dem pflichtete Melrose aufrichtig bei. »Wir wollten gerade irgendwo was zu Mittag essen. In Richtung Horndean gibt es ein –«

Jury schüttelte den Kopf und brachte ein Lächeln zustande. »Ich muß zurück nach London. Das Leben eines Polizisten ist, wie mein Chef immer so gern sagt, voll Kummer und Sorgen.«

Und da hatte sein Chef wahrhaftig mal recht.

III

Wieder schleppte der Kater Cyril den ausgestopften Kojoten in Racers Büro. Er war zerlumpt, zerrissen, zerfetzt und wies nur noch geringe Ähnlichkeit mit seinem Originalzustand auf.

Allerdings hatte nicht Cyril ihn so mißhandelt (er liebte das Tier, behauptete Fiona), sondern Chief Superintendent Racer. Behauptete wiederum Fiona.

»Er meint, er würde ihn in Stücke zerfetzen und ihm das Herz ausreißen – angeblich dem Kojoten –, wenn er ihn noch mal in seinem Büro fände. Hat versucht, ihn wegzuwerfen. Aber ich habe ihm gesagt, da müssen Sie ihn schon aus dem Fenster schmeißen, aus dem Papierkorb holt ihn sich Cyril wieder raus.« Energisch fuhr Fiona sich mit der Feile über die Fingernägel.

Jury hörte es raspeln und fragte sich, ob er sein halbes Leben lang Frauen bei ihren Verschönerungsarbeiten zusehen mußte. Fiona und Carole-anne bestimmt.

Fiona hielt ihre gefeilten Nägel hoch und fuhr fort: »Er ist wegen des kleinen Klebeschildchens auf dem Rücken so wütend, ich weiß gar nicht, wofür das sein soll, Sie? Egal, gestern kam er«, sie sandte ein müdes Nicken zu Racers Büro, »fuchsteufelswild aus seinem Club. Erzählte, er sei zum Gespött aller geworden. Seine Freunde hätten ihn gefragt, warum er einen Kojoten hinten auf dem Mantel spazieren trüge.« Sie blies auf ihre Nägel. »Können Sie sich das vorstellen? Sag ich zu ihm: ›Und warum haben Sie ihn nicht in einen Papierkorb am Bürgersteig geworfen oder sonstwohin?‹ ›O nein, o nein‹, sagt er mit einem tierisch gemeinen Lächeln, wo man schon weiß, daß er was Fieses vorhat.« Fiona seufzte.

Jury beobachtete Cyril durch die offene Tür. Mit dem Kojoten im Maul war er auf Racers Schreibtisch gesprungen und schien ein Problem zu überdenken. Er setzte das Stofftier auf das Faxgerät und schaute von einem zum anderen. »Na ja, wenn Racer etwas Böses im Schilde führt, dann hat Cyril was noch Böseres vor.« Jury lächelte Fiona an und ging.

»Natürlich lasse ich am ersten Tag alles langsam anlaufen«, sagte Wiggins und rührte eine pulvrige Substanz in sein Glas Rinderbrühe. »Man möchte ja einen Rückfall vermeiden.« Er lächelte matt.

Jury saß an seinem ganz und gar nicht überquellenden Schreibtisch, die Füße auf einer offenen Aktenschublade. »Recht so. Sonst könnte ja eine elektrische Ladung losgehen.«

Wiggins hörte mit Rühren auf, klopfte mit dem Löffel leise gegen die Tasse, setzte sich zurück und schlürfte mit einem befriedigten Seufzer. »Eins muß ich sagen, Sir. Wie Sie und Mr. Macalvie das herausgefunden haben, war hochintelligent. Brillant.«

»Ich mußte nicht sonderlich brillieren«, sagte Jury verdrießlich.

Wiggins runzelte die Stirn. »Sie sollten den Mantel nicht drinnen tragen. Da holen Sie sich doch sofort eine Erkältung, wenn Sie rausgehen.«

»Was ich jetzt tun werde.« Jury erhob sich langsam. Seit er von

Littlebourne zurückgefahren war, fühlte er sich lahm und schwerfällig.

»Sie sind doch vor kaum einer halben Stunde erst gekommen. Wo wollen Sie denn hin, Sir?«

»Nirgendwohin.«

49

»Nirgendwo« entpuppte sich als Salisbury und Old Sarum.

Obwohl sein Auto fuhr, als habe er auf Automatiksteuerung gedrückt, brachte es ihn nicht nach Northamptonshire oder Stratford-upon-Avon (wo sie ja auch gar nicht wäre) oder an irgendeinen anderen vage umrissenen Zielort, wie zum Beispiel die Kripo in Exeter, wo er sicher am ehesten erwartet wurde.

Es war Abend, als Jury schließlich auf den leeren Parkplatz in Old Sarum einbog. Eine Weile blieb er sitzen und überlegte, warum er ein paar Stunden auf der langweiligen Autobahn zu einem Ort gefahren war, der erstens geschlossen hatte und zweitens nichts mehr zum Anschauen bot, weil es acht Uhr und dunkel war. Es herrschte eine tiefe, deprimierende Winterdunkelheit.

Als er aus dem Auto stieg und die Tür zuschlug, sah er, daß zumindest noch ein Auto auf der anderen Seite stand. Vermutlich ein Paar junge Leute, die sich darin vergnügten. Er mußte an Bea und Gabe denken und dann wiederum an seine eigene verlorene Jugend. Dieser Verlust lag schätzungsweise hundert Jahre zurück. Er überquerte die Holzbrücke.

Auf dem Wall blieb er stehen und schaute in die formlose schwarze Tiefe – den Palast des Bischofs, wenn seine Erinnerung ihn nicht täuschte. Wie lange er dort gestanden und sich umgeschaut hatte, ohne etwas zu sehen, wußte er nicht. Doch plötzlich hörte er etwas zu seiner Linken.

Eine Stimme. Er kniff die Augen zusammen. Ein winziges

Licht. Die Stimme rauchte eine Zigarette. Eine dunkle, unförmige Gestalt kam schleppend auf ihn zu. Bestimmt der Teufel, der aus den uralten Steinen auferstanden war! Herrgott noch mal, schalt er sich, angewidert, was für ein Drama er nun daraus machte. Die Stimme (die sogar zu einem normalen menschlichen Wesen gehörte) und das rotglühende Ende der Zigarette kamen näher.

»Sind Sie von der Polizei?«

»Nein.« Die Lüge kam Jury ganz spontan über die Lippen. Warum wohl? »Sind Sie vom Wachpersonal?«

Nun konnten sie einander deutlich sehen. Sie lächelten beide ein bißchen verlegen. Albern, hier herumzuhängen, wenn das Ding für Besucher geschlossen war.

»Wissen Sie«, sagte der Mann, »sie haben gerade erst das Flatterband abgenommen. ›Zutritt verboten.‹ Die Polizei, meine ich.« Als er die Zigarette auf die Erde warf, konnte man seinen Atem sehen.

Jury beobachtete den Funkenregen, bevor er unter dem Absatz zertreten wurde. »Ist hier was passiert?«

»Eine Frau ist gefunden worden. Tot. Amerikanerin. Um die Wahrheit zu sagen, ich hab sie gefunden.« Er versuchte – erfolglos –, nicht so zufrieden zu klingen. »Da unten.« Er zeigte zu den steinernen Ruinen des Bischofspalastes. »Wissen Sie, ich arbeite ein paar Tage die Woche für den Trust. Und ich war hier. Als einziger. Da unten hat sie gelegen, in einem der Aborte. Hießen Latrinen. Komischer Name für ein Klo. Setzen wir uns doch ein bißchen. Da hinten ist eine Bank.«

Sie gingen ein paar Meter und nahmen Platz. Trevor Hastings stellte sich vor, Jury auch. Nett, sich kennenzulernen.

Und als ob er einen Pakt besiegeln wollte, fast wie in dem uralten Ritual eines heimlichen Händedrucks oder daß man sich in den Daumen stach, um Blutsbrüderschaft zu schließen, hielt Trev Jury seine Schachtel Zigaretten hin.

Jury betrachtete die schimmernde Schachtel – Marlboro? Silk Cut? Völlig einerlei. Es hätte eine Schachtel Maisblätter sein können, und er hätte danach greifen wollen. »Ich habe aufgehört, Trevor. Trotzdem vielen Dank.«

»Aufgehört? Brav, brav. Ich versuche es schon seit Jahren.«

Jury lächelte. »Ich habe erst vor kurzem aufgehört, loben Sie mich nicht zu früh.«

»Ich teile sie mir ein.« Er zündete sich eine an.

»Wie? Alle drei Minuten eine?«

Trev lachte und mußte husten. »Sie klingen wie meine Frau, ehrlich. Manchmal geh ich aus dem Haus, nur um in aller Ruhe eine zu qualmen, damit ich sie nicht die ganze Zeit rumnörgeln höre. Verheiratet?«

»Nein.«

Trev knurrte zustimmend. »Wie haben Sie denn aufgehört?«

»Hm, ich habe mehr oder weniger einen Pakt mit einer Freundin geschlossen. Ich kenne ein Mädchen, das an einem Zigaretten- und Zeitschriftenstand in Heathrow jobbt.«

Wieder knurrte Trev: »Scheißjob, wenn man aufzuhören versucht.«

»Ja. Aber wenn Desdemona es schafft, dann muß ich es auch schaffen.«

»Desdemona, hm? Shakespeare. *Othello*?«

Jury nickte.

»Das ham wir gesehen, ich und meine Frau. Muß zehn, zwölf Jahre her sein. In Stratford-upon-Avon.«

Jury seufzte. Da wähnte man sich dem Ganzen glücklich entronnen, und schon holte es einen auf Umwegen wieder ein.

»Und das haben sie gespielt. Sie haben ja das Royal Theatre dort oder so was.«

»Das Royal Shakespeare Theatre. RSC. Royal Shakespeare Company, so heißt es.«

»Genau. Jetzt erinnere ich mich. Mit dem König, was war das für ein Schurke, bringt seine Frau um – Desdemona, stimmt's? –, weil er glaubt, sie ist fremdgegangen. Der Blödmann glaubt dem – wie hieß er noch gleich?«

»Jago.«

»Genau, Jago. Ein ganz schönes Schlitzohr. Er braucht ja nur dem König mit dem Taschentuch vor dem Gesicht herumzuwedeln und ihm zu erzählen, er hätte es im Bett von, na, Sie wissen schon, gefunden, und schon ist's um Desdemona geschehen. Wenn die Jungs von der Polizei so mit Beweisen umgingen wie der Penner, wärn wir alle im Knast. Sie hatte keine Chance, Desdemona. Und alles nur wegen der Eifersucht. ›Hüte dich vor dem grünäugigen Monster‹ oder so.« Trevor seufzte, zog an seiner Zigarette, und sie glühte rot auf. »Da sieht man's mal wieder.«

Sie saßen im Dunkeln, zogen sich die Mantelkragen hoch, weil es so kalt war, und wünschten sich beide, es sei Sonnenaufgang oder Sonnenuntergang, jedenfalls ein Anblick, für den es sich lohnte, hier zu sitzen, vielleicht könnte die Natur ja zur Abwechslung mal Mitgefühl zeigen und sagen: Ihr Armen, ihr nehmt ja einiges auf euch, aber jetzt schaut euch das an. Blitz!

Jury lächelte. »Da sieht's man mal wieder.«

DANKSAGUNG

Dr. Elizabeth Martin, Pathologin am Northern Virginia Doctor's Hospital, ganz besonderen Dank für ihre wertvolle Hilfe in medizinischen Fragen.